BASTEI LÜBBE

POUL ANDERSON

Eine atemberaubende galaktische Odyssee

STERNENGEIST

Science Fiction Roman

Ins Deutsche übertragen
von Karl-Ulrich Burgdorf

BASTEI
LÜBBE

BASTEI-LÜBBE-TASCHENBUCH
Band 23 161

Erste Auflage:
Februar 1995
Zweite Auflage:
Oktober 1995

Deutsche Lizenzausgabe 1995
Bastei-Verlag Gustav H. Lübbe
GmbH & Co., Bergisch Gladbach
Originaltitel: Harvest of Stars
Lektorat: Anke Schäfer /
Stefan Bauer
Titelbild: Alan Gutierrez
Umschlaggestaltung:
Quadro Grafik, Bensberg
Satz: KCS GmbH,
Buchholz / Hamburg
Druck und Verarbeitung:
Brodard & Taupin, La Flèche,
Frankreich
Printed in France

ISBN 3-404-23161-9

Für Frank und Laura Kelly Freas

DANKSAGUNG

Für Informationen, Ratschläge und ihre Hilfsbereitschaft ganz allgemein danke ich Karen Anderson, John G. Cramer, Victor Fernández-Dávila, Robert Gleason, A. T. Lawton, Bing F. Quock und P. Wright. Für das, was noch an Fehlern, Fehlinterpretationen oder Uneleganzen stehengeblieben ist, sind sie nicht verantwortlich, aber sie haben mich vor einer ganzen Menge davon bewahrt.

Dank schulde ich auch Frank J. Tipler, der mir freundlicherweise aufzuzeigen gestattete, wie einige seiner Ideen in der Zukunft mißbraucht werden könnten – so, wie leider viele Ideen in der Vergangenheit mißbraucht worden sind oder in der Gegenwart mißbraucht werden.

DRAMATIS PERSONAE

(Einige Nebenfiguren sind nicht aufgeführt)

Dolores Almeida Candamo: Generaldirektorin der irdischen Unternehmungen von Fireball Enterprises.
Arren: Lunarier, ein Agent Rinndalirs.
Pierre Aulard: Ingenieur und Direktor bei Fireball.
Jack Bannon: Ein Offizier der (Chaotischen) Befreiungsarmee.
Gabriel Berecz: Die Bewußtseinskopie eines Ökologen.
Esther Blum: Regentin der Heimstätter.
Jerry Bowen: Konstrukteur des Laserkatapults.
Charissa: Eine Siedlertochter, später Ehefrau von Hugh Davis.
Charlie: Ein Männchen der Keiki Moana.
Cua: Lunarierin, eine Weltraumpilotin.
Erling Davis: Ein Nachfahre von Hugh Davis.
Kyra Davis: Raumpilotin und *consorte* von Firball; ihre Bewußtseinskopie.
Demeter Mutter
Demeter Tochter
Rory Donovan: Ein Kneipenwirt in Tychopolis.
Manuel Escobedo Corrigan: Präsident der Nordamerikanischen Union.
Anne Farnum: Eine Chaotin.
Jim Farnum: Ein Chaot.
Hans Gieseler: Ein Angestellter bei Fireball.
Anson Guthrie: Mitbegründer und Herr der Fireball Enterprises; seine Bewußtseinskopien; seine Reinkarnation.
Juliana Trevorrow Guthrie: Ehefrau von Anson Guthrie und Mitbegründerin der Fireball Enterprises.
Helledahl: Kapitän des Fireball-Raumschiffes *Bruin*.

Felix Holden: Ein Oberst der Nordamerikanischen Sicherheitspolizei.

Isabu: Lunarier, ein Agent Rinndalirs.

Robert E. Lee: Intuitionist und *consorte* von Fireball.

Leggatt: Eine einflußreiche Persönlichkeit auf dem Nova-Rummel.

Lin Mei-Ling: Ehefrau von Wang Zu und *consorte* von Fireball.

Luis Moreno Quiroga: Ein Freund Anson Guthries in dessen Jugend.

Sitabhai Lal Mukerji: Präsidentin der Weltförderation.

Boris Iwanowitsch Nikitin: Ein Freund von Kyra Davis während ihrer Mädchenjahre.

Niolente: Lunarierin, Verbündete Rinndalirs.

Noboru: Das Kind von Demeter Tochter.

Christian Packer: Ein Nachfahre von Jeff Packer.

Jeff Packer: Ein Sohn Washington Packers.

Washington ›Wash‹ Packer: Direktor des Kamehameha-Raumhafens und *consorte* von Fireball.

Pedraza: Ein Offizier der Nordamerikanischen Sicherheitspolizei.

Consuelo Ponce: Wissenschaftler und *consorte* von Fireball.

Rinndalir: Lunarier, ein Selenarch.

Basil Rudbeck: Forschungsdirektor am Lifthrasir-Felsturm.

Rusaleth: Lunarierin, Lady Commander der Phyle Ithar.

Juan Santander Conde: Ein Direktor von Fireball, am Ende emeritiert.

Enrique Sayre: Chef der Nordamerikanischen Sicherheitspolizei.

Ivar Stranding: Ein früherer Liebhaber von Kyra Davis.

Stuart: Kapitän des Fireball-Raumschiffes *Jakobit*.

Zeyd Abdullah Aziz Tahir: Ein Scheich der muslimischen Gemeinde im Nordwest-Integrat.

Eiko Tamura: Eine Technikerin auf L-5 und Angestellte von Fireball.

Noboru Tamura: Vater von Eiko Tamura, Leiter der Weltraumoperationen auf L-5 und *consorte* von Fireball.

Nero Valencia: Ein Gunjin von den Sally Severins.

Wang Zu: Ein Flugdienstleiter auf L-5 und *consorte* von Fireball.

Xuan Zhing: Ein Visionär, auf dessen Theorien sich die Avantisten-Bewegung gründet.

Clarice Yoshikawa: Eine Technikerin bei der Nordamerikanischen Sicherheitspolizei.

EPILOG

Selbst vergangene Nacht war der Tod nicht mehr als der hellste der Sterne. Die Sonnen waren eng am Himmel zusammengerückt, wie um sich vor dem zu verstecken, was sich da näherte, und Phaethon herrschte über die Dunkelheit. Heller als Sol, war sein Weiß wie ein bei einem Friedensgebet entzündetes Licht, von fast unerträglich großer Schönheit. Von Stunde zu Stunde stärker strahlend, war es auch für das unbewaffnete Auge immer noch deutlich erkennbar, als er mitten am Morgen unterging.

Wir werden unser Bewußtsein nicht auf der Tagseite verstecken. Es gibt kein Versteck. Wir werden hier sein und zuschauen. Ich werde tun, was immer ich kann, um die Todesangst meiner armen Geschöpfe zu mildern, die zusehen müssen, ohne zu begreifen.

Das Wetter ist ruhig gewesen. Schnee bedeckte die Hügel, ihre Täler waren voller blauer Schatten, kahl gewordene Bäume trugen Eiszapfen, die das Licht in tausend farbige Helligkeiten zersplitterten. Aber ein paar Wolken zogen auf, die den Westen verschleierten, und unser letzter Sonnenuntergang flammte rot. Jetzt hat sich ein Wind erhoben, scharf und schneidend. Ein Staub aus Eiskörnern treibt über das Land. Durch Wurzeln und Gestein spüre ich, wie gewaltig die Meere in der Ferne rasen.

Phaethons strahlender Glanz eilt ihm voraus, eine Blässe, die aus dem Südosten aufsteigt, bis sie den Zenit erreicht. Vögel erwachen in dieser seltsamen Dämmerung, ich höre sie ihre Verwunderung hinausschreien; ein Hirsch röhrt, Wölfe heulen.

Ich muß meinen Geschöpfen helfen. Harre meiner. Ich liebe dich.

– Und ich liebe dich. Ich werde warten.

Der Planet beginnt aufzugehen. Zu so riesiger Größe ist er

angewachsen, daß mehr als eine Stunde vergeht, bevor er über dem Horizont steht. Inzwischen schwillt er weiter an. Auf beiden Seiten konvex, glüht er schwach in seiner Nachtregion, wo Sternenlicht auf sein eigenes aufgewühltes Wetter fällt; aber in den Augen, die unter uns noch verblieben sind, hat er jeden Stern überstrahlt. Die Tagregion blendet, ein Gewirbel von Stürmen, zwischen denen ich flüchtig Bergketten erspähe, Gletscher und gefrorene Ozeane, die nun schmelzen. Unser Schnee glitzert edelsteinbesetzt. Im Osten ragen Gewitterwolken auf. Phaethon läßt ihre Zinnen phosphoreszieren. Blitze spielen in ihren Tiefen. Unnatürlich mitten im Winter – nein, auch das ist Natur, ist die Realität, der wir angehören.

Der Boden erzittert. Wind heult. Ich spende Falke und Hase, Fuchs und Krähe, Wühlmaus und Sperling, was ich ihnen an Trost zu bieten vermag. Sie werden sich nicht lange fürchten müssen, aber ich will sie so gut schonen, wie ich kann.

Schwarze Flecken erscheinen auf Phaethon: Rauch, Asche. Vulkane sind in Scharen erwacht. Eine Linie rast über die Scheibe, ausgezackt, eine Spalte, die sich über geschmolzenen Tiefen auftut. Ein Erdbeben wogt unter uns. Berghänge brechen in sich zusammen, lauter als der herannahende Hurrikan.

Ich kehre zurück. Unsere Geister umarmen sich.

Phaethon beginnt sich zu spalten. Er wird auftreffen, bevor er vollständig auseinanderbricht, aber eine glühende Flut ergießt sich aus ihm. Diese Welt hier schüttelt sich und grollt.

Lebe wohl, Geliebter.

Die ersten Meteore flammen auf.

– Danke für alles, was du mir gegeben hast, und für alles, was du warst. Ich liebe dich.

ERSTER TEIL
KYRA

1

Ihre Chancen standen eins zu sieben, außer, der Geist hielt sich in keinem seiner alten Verstecke auf. In dem Fall lagen sie bei Null, und die Suche nach ihm wurde zu einem Wettlauf gegen seine Feinde. Kyra hoffte darauf, daß wenigstens sie eine Niete ziehen würde. Außerhalb der Erde hatte sie es mit unermeßlichen Weiten, Vakuum und manchmal mit gewaltsamem Tod zu tun gehabt, aber ein Wild, das gejagt wurde, war sie noch nie gewesen. *Por favor*, am liebsten wäre es ihr gewesen, wenn sie einfach und ehrlich hätte berichten können, daß Guthrie nicht dort war, um dann anschließend in den Weltraum zurückzukehren.

Ihre Nerven spannten sich. Immerhin hatte sie den Treueeid abgelegt.

Außerdem, wenn ihr die Aufgabe zufiel, dann würde sie sich mit ein bißchen Glück als ungefährlich herausstellen. Sie wäre bloß ein Fahrgast in überfüllten öffentlichen Verkehrsmitteln. Niemand sollte sie verdächtigen, den Herrn Fireballs bei sich zu tragen. Wenn die Jäger irgendwie erfuhren, daß sie das Erie-Ontario-Integrat besucht hatte, gab es fertige Antworten auf alle Fragen, die man ihr stellen mochte. Sie hatte ihre ersten Lebensjahre in Toronto verbracht. Naheliegend, daß sie einen kurzen Urlaub auf der Erde dazu benutzte, die Stätten ihrer Kindheit aufzusuchen. Außerdem würde sie nicht persönlich Auskunft geben müssen. Wenn diese Situation überhaupt eintrat, würden Guthrie und sie sich zu dem Zeitpunkt schon auf der anderen Seite des Himmels befinden.

In ihr kribbelte es. Sie, seine Retterin!

Möglicherweise. Was immer auch geschah: Besser, sie bewahrte einen kühlen Kopf und gab sich ganz lässig. Konzentriere dich in erster Linie auf den Verkehr! Dutzende von kleinen Dreirädern wie das ihre schlängelten sich leise surrend zwischen Hunderten von Fußgängern hindurch. Bei den meisten waren die nahezu unsichtbaren Verdecke, die Schutz gegen das Wetter boten, hochgeklappt. Ihre Kuppel hatte sie zusammengefaltet gelassen, in dem irrationalen Wunsch, heute selbst von einer so minimalen Einengung befreit zu sein. Auf dieser Straße waren keine größeren Fahrzeuge zugelassen, aber von der Einschienenbahn darüber warfen Güterwagen ihren Lärm und ihre Schatten herunter. Dann und wann pfiff ein Flitzer über sie hinweg. Egal, wie schlecht die Zeiten sein mochten, hier brodelte die Megalopolis.

Von jedem der dahineilenden, ausweichenden, herumtrödelnden, gestikulierenden, zur Seite abschwenkenden, verweilenden Körper und Körper und Körper breiteten sich Turbulenzen aus. Farben und Gesichter verloren in dem Gewimmel jede Bedeutung. Die Luft war erfüllt von ihrem Atem, grell von ihren Schritten und Stimmen. Wind trieb Wolken wie Rauch über die schmalen Streifen aus Himmel zwischen den Mauern. Er durchdrang sogar Kyras Hapi-Mantel. Ihr Blut nahm die Frische gern an, die einen Teil des Gestanks und der klaustrophobischen Enge vertrieb.

War dieser Sektor in den letzten Jahrzehnten wirklich zu einer solchen Hölle geworden, oder hatte ihre Erinnerung sich nur nachträglich abgemildert? Sie war sich nicht sicher. Ihre Eltern hatten sie nur selten in das Gebiet östlich der Seen mitgenommen. Wo immer die Wahrheit lag, eigentlich sollte sie sich nicht bedroht fühlen. Das hier waren menschliche Wesen, und sie waren besser dran als die meisten anderen. Ja, sieh, diese dunkle Frau in ihrem Sari, dieser *caballero* mit Glöckchen am breitkrempigen Hut, dieser *hombre*, den die Bruderschaftsabzeichen und die großen vernarbten Hände als Handarbeiter auswiesen, dieses Paar, das sich durch seine grüne Kleidung trotzig als Anhänger der Erneuerungsbewegung zu erkennen gab, wie schon seine Großeltern es gewesen waren – wie konnten sie ihr schaden? Die Bedrohung ging von der Hochwelt aus, von den Beherrschern der entwickeltsten Technologien, des Geldes, der Macht – genauer gesagt: von jenen der Hochweltler, die in diesem Land die Regierung stellten. Sie entstammte einer mathematischen Theorie.

Trotzdem nahmen die rußigen Mietskasernen, die düsteren Türdurchgänge, die Wachposten in den Läden, deren Schaufenster früher einmal mehr und bessere Waren enthalten hatten, vor allem aber die Menschenmassen plötzlich etwas von einem Alptraum an. Folgte sie einer Asymptote, kämpfte sie sich mühsam näher und näher an das Blaue Theta heran, ohne es jemals ganz erreichen zu können?

Und dann war sie auf einmal da.

So gigantisch er auch war, die umliegenden Gebäude hatten den Komplex trotzdem vor ihr verborgen. Sogar jetzt konnte sie ihn nicht in seiner Gesamtheit überblicken. In einem Kilometer Entfernung und ein ganzes Stück weiter oben wäre der Blick hinauf über Wände, Pfeiler, Bögen, Dächer und Türme geschweift, die durch Azurblau und Weiß bis zu dem griechischen Buchstaben aufragten, der den Zentralturm krönte. Von hier aus jedoch gewahrte sie nur einen Eindruck von Höhe und ein breites, offenstehendes Tor.

Das genügte. Freude stieg in ihr auf.

Einen Augenblick runzelte Kyra die Stirn. Warum diese Stimmungsumschwünge? Sie war auch früher schon in gefährliche Situationen geraten und trotzdem *zen* geblieben. Erschöpfung? Von der Dreiradvermietung bis hierher war es eine lange Fahrt gewesen. Natürlich war sie vorher mit dem Lufttaxi vom Kamehameha nach Honolulu gefahren, war mit dem Suborbiter zum Nordwest-Zentralflughafen geflogen und hatte auf ihrem Weg zum Bahnhof Buffalo zweimal die Magnetschwebebahn gewechselt; aber das war wohl kaum eine besondere Anstrengung.

Bueno, sicherlich hatte das Wissen darum, was auf dem Spiel stand, mehr an ihr genagt, als ihr bewußt war. Lautlos ein Friedensmantra rezitierend, suchte sie sich einen Parkplatz.

Da. Sie stellte den Motor aus, stieg ab, schob die Maschine

hinüber zum Ständer, warf eine Münze ein und prägte das Schloß auf ihren Daumenabdruck. Fünfzig *centos* für eine Stunde, das sollte eigentlich reichen. Wenn nicht, hatte sie ja genug Geld, um es auszulösen. Da nicht auszuschließen war, daß es regnen würde, ließ sie das Verdeck aufspringen. Sinnlos, nasse Sättel, ein nasses Armaturenbrett und einen nassen Gepäckkasten zu riskieren; wenn sie mit einer solchen Fracht – und vielleicht einem Passagier – davonfuhr, würden diese Unannehmlichkeiten ihre Aufmerksamkeit zu sehr von etwaigen Gefahren ablenken.

Keine Zeit, Wasserstoff nachzufüllen, auch wenn sie sich besser nicht durch übertriebene Eile verdächtig machte. Sie ging durch die Menge und passierte das Tor zum Innenhof.

Der Tumult ließ nach. Wieder fühlte sie sich nackt. Das Areal war nicht menschenleer. Leute strömten hierhin und dorthin, Anwohner, Personal, Käufer, Besucher. Aber der Publikumsverkehr wirkte so spärlich, so gedämpft. Vielleicht, dachte Kyra, war es der Kontrast zu der nicht nur überlaufenen, sondern auch fremdartigen Szenerie draußen – arm, primitiv, machtlos, die Niederwelt, die überall auf der Erde der Hochtechnologie zugrunde lag, aber keinen wirklichen Anteil an ihr hatte.

Oder vielleicht überwältigte die Pracht hier einfach ihre Bewohner. Von Mosaikpflastern umrahmte Brunnen, Gärten, deren Blumen und Büsche das Werk von Genkünstlern waren, ein überdimensionales Holo, das ein Ballett zeigte, welches auf einer der Niedrigschwerkraftebenen von L-5 aufgezeichnet worden war. Vor der Abschlußwand stiegen Arkaden in zehn Stockwerken zu einem transparenten Dach auf. Sonnenstrahlen durchschnitten die Wolken. Dahinter schwebte der fahle Tageslichtmond wie eine im Traum geschaute Heimat. Ja, dachte sie, gerade jetzt in diesem Augenblick fühlte sie sich im Geiste den Lunariern näher als den Mitmenschen hier.

Sie biß sich auf die Lippen und schritt weiter zum Hauptturm. Das Foyer an diesem Eingang war nahezu leer. Ein Wartungsroboter rollte vorbei, um einen Auftrag zu erledigen. Ein metallener Tierkreis in der Decke war stumpf geworden, weil niemand ihn polierte. Zwei Männer saßen in Klubsesseln. Einer von ihnen, sepiafarben, trug einen tristen Overall und rauchte eine Zigarette. Kyra fing den Geruch einer billigen Tabak-Marihuana-Mischung auf und dachte mit plötzlich aufblitzendem Sarkasmus, daß, egal wie gut oder schlecht es den Avantisten gelungen sein mochte, die Gedanken der Nordamerikaner zu kontrollieren, die kleinen Laster ihnen für gewöhnlich entgangen waren. Der andere Mann, in ein wallendes Gewand gehüllt, war völlig haarlos. Seine Haut war tiefgolden, sein Gesicht ... merkwürdig? Ein Metamorph, dessen Erbgut noch aus Zeiten stammte, als das Experimentieren mit DNS im Bereich bestimmter Gerichtsbarkeiten fast uneingeschränkt erlaubt war? Sie sprachen nicht, vielleicht waren sie nicht miteinander bekannt, aber sie schauten auch nicht auf den Multiceiver. Er zeigte eine Frau, die eine Jugendgruppe ermahnte, nach korrekten Prinzipien zu lernen und zu leben und jeden, der vom rechten Wege abwich, bei den Behörden anzuzeigen, damit diese ihm erleuchten konnten.

Kyra fröstelte ein bißchen. Sie hatte weitestgehend fern solcher Dinge gelebt. Fetzen davon schnappte sie in Nachrichtensendungen, in geschriebenen Berichten und aus Erzählungen von Augenzeugen auf. Manchmal schockierten sie sie zutiefst. (Ein Kind, das seinen Eltern weggenommen wurde, die man wegen Kindesmißhandlung anklagte, weil sie ihm wiederholt erklärt hatten, es solle nicht an das glauben, was es in der Schule über Xuans große Einsichten hörte. Eine Importeurin, die ihre Einwände gegen diverse Bestimmungen in ausländischen Medien äußerte, von den Steuerprüfern in den Bankrott getrieben und dann wegen Steuerhinterziehung verurteilt wurde. Eine Dokumentation über ein Rehabilitationszentrum, das leere Lächeln der Insassen und das kühle Leugnen, daß sie aus politischen Gründen dort seien: »Diese Nation befindet sich im Prozeß der Tranzendierung aller Politik.«) Immer jedoch hatte sie sich eingeredet, das sei zwar unerfreulich, könne sich aber nicht weiter ausbreiten oder über längere Zeit Bestand haben. Heute hatte sie ein Stück der Wirklichkeit gesehen, gefühlt, gerochen.

Am elektronischen Richtungsweiser gab sie über Tastatur ›Robert E. Lee‹ ein, statt den Namen laut auszusprechen. Lächerlich; glaubte sie, die Männer da drüben seien Geheimagenten, die sie belauschten? *Bueno,* sie war an dieses Spiel noch nicht gewöhnt. Der Bildschirm zeigte ›D-1567‹ an, was sie bereits wußte, und gab eine Wegbeschreibung dorthin. Ihr Gedächtnis war ausgezeichnet; deshalb bezahlte sie nicht für einen Ausdruck, sondern ging direkt zum Fahrzeug und machte ein Zeichen. Die Tür glitt beiseite. Sie trat ein. Da sie keinen Absorber benötigte, der ihr half, den leichten Beschleunigungsschock zu dämpfen, wechselte sie sofort von Streifen zu Streifen, bis sie auf dem schnellsten angekommen war.

Die Fahrt dauerte enervierende zehn Minuten, mit dreimaligem Umsteigen einschließlich des senkrechten Schachts. Damit sich nicht noch mehr Anspannung in ihr aufbaute, beobachtete sie die anderen Leute dabei, wie sie auf- oder abstiegen oder mitfuhren. Sie waren weniger bunt gemischt als die, die sie in Städten anderswo auf der Erde oder auf den Straßen hier gesehen hatte. Ihre Kleidung beschränkte sich auf die gleichen Arten von Mänteln und Hosen, Jacken und Strumpfhosen oder Unisuits in konservativen Farben. Selbst modische Sachen, die Rüschenbluse eines Mannes, das Iridonkleid einer Frau, hatten wenig Extravagantes an sich. Die Männer waren bartlos, und die Frisuren beider Geschlechter reichten selten tiefer hinab als bis zu den Ohrläppchen. Seit nunmehr dreiundzwanzig Jahren war Konformität bei den Hochweltlern und vielen der Niederweltler in der Nordamerikanischen Union eine Voraussetzung für Erfolg gewesen. Mehr und mehr wurde sie inzwischen zu einer Voraussetzung fürs Überleben.

Sie registrierte auch Ausnahmen. Drei Jungen stolzierten mit Schädellocken, Federn und fransenbesetzten Kleidungsstücken herum. Mehrere bärtige Männer mit Kopftüchern begleiteten Frauen mit Schleiern und figurverhüllenden, knöchellangen Gewändern. Gleichfalls bärtig war ein Paar sofort als solche zu erkennende Chassidim und ein Mann, der offen ein Brustkreuz zur Schau trug und den sie für einen orthodoxen Priester hielt. Dieser unterhielt sich mit einem stämmigen Burschen in Blau, der eine Mütze mit einem silbernen, zweiköpfigen Adler als Abzeichen und einen Schlagstock am Gürtel trug. Höchstwahrscheinlich handelte es sich dabei um einen Polizisten, der für eine der Mietervereinigungen arbeitete. In einem Komplex von dieser Größe konnten ganze Zeilen von Wohneinheiten Sitz spezieller Gemeinwesen sein, die nach innen autonom waren – gar nicht so viel anders als Fireball, dachte Kyra, nur daß in Nordamerika die gegenwärtige Regierung ihre Existenz nur zögernd tolerierte, weil es nicht möglich war, sie abzuschaffen, und daher versuchte, ihr Treiben scharf im Auge zu behalten.

Trotzdem war es ein Schock, als ein weiterer, großgewachsener Mann zustieg. Seine Kleidung war lohbraun, schneidig enganliegend; er trug eine Feuerwaffe an der Hüfte. Auf seinem Armband prangte das Unendlichkeitssymbol des Avantismus. Rings um ihn herum bereitete sich Schweigen aus wie Wellen, wenn ein Stein in einen Teich fällt. Offiziere der Sicherheitspolizei kamen nur selten in Uniform hierher.

Richtete sich sein finsterer Blick auf Kyra? Ihr Puls schlug schneller. Trockenheit ließ ihre Zunge prickeln. Was für ein dummes Versehen es gewesen war, in bunter Tropenjacke, Shorts und Sandalen zum Festland hinüberzujetten! Selbst auf Hawaii, erinnerte sie sich, rümpfte man heutzutage die Nase darüber. Sie hatte dem wenig Beachtung geschenkt, weil sie auf der Erde hauptsächlich mit Leuten der Firma auf Firmengelände zusammentraf.

Sie straffte sich. Noch tat sie nichts Gesetzwidriges. Ihre Identicard wies sie nominell als Bürgerin aus.

Ein schwacher Trost! Ein Ausländer, der verhaftet wurde, hätte mehr Rechte, mehr Hilfe, auf die er sich berufen konnte.

Der Sipo-Mann stieg ab. Kyra atmete tief aus. Einen Augenblick lang stützte sie sich auf den Absorber neben ihr. Nonkonformisten sahen einander an und nahmen nach und nach ihre Unterhaltungen wieder auf.

Mit einem Aufblitzen zeigte das Anzeigelicht ihr an, daß sie sich ihrem Bestimmungsort näherte. Sie wechselte über die Streifen, machte fahrig eine Handbewegung, trat durch die Tür, während diese noch beiseite glitt, und griff nach dem Sicherheitshandlauf, um nicht zu stolpern.

Ärger flammte in ihr auf. Was für ein Unsinn! Sie war Weltraumpilotin, daran gewohnt, sich in jeder Schwerkraft von null bis zehn G zurechtzufinden. Sei war nicht hochbetagt oder krank, sie war gerade achtundzwanzig Jahre alt, und ihr Genom verhieß ihr noch ein rundes Jahrhundert bei bester Gesundheit, wenn sie sich an ihr Medizinprogramm hielt. Na schön, sie war mit einem Auftrag unterwegs, der ihr neu war und womöglich gefährlich, aber das war keine Entschuldigung für Tölpelhaftigkeit. Mach weiter, Mädchen!

Außer ihr befand sich niemand im Gang. Durch seine Pastelltöne joggte sie bis zu der Tür mit der Markierung 1567. Die Übung wärmte Blut und Geist. Die Chancen standen gut, daß hier nichts auf sie wartete und sie direkt zum Raumhafen zurückkehren konnte. Sie grinste. Was für eine Enttäuschung nach so viel Herumgezappel! Sie berührte das Klingelfeld.

In der Station hatte sie ihren Infomaten benutzt, um einen schnellen, anonymen Audioruf zu tätigen, der ihr bestätigte, daß Lee zu Hause war. Das war eigentlich auch zu erwarten gewesen; diese Räume waren nicht nur seine Wohnung, sondern auch sein hauptsächlicher Arbeitsplatz. Als sie jetzt keine Antwort erhielt, erwachte wieder der Zweifel in ihr. War er ausgegangen? Sie unterdrückte die Gefühlsregung. Bestimmt wollte er sie zuerst scannen. Unter den gegebenen Umständen war das eine natürliche Vorsichtsmaßnahme. Sie straffte sich, verzog ihr Gesicht zu einem Lächeln und hoffte, daß ihm der Anblick gefiel.

Männer hatten ihr gesagt, sie sei hübsch. Das fand sie auch, ohne es sich zu Kopf steigen zu lassen. Sie war groß, breitschultrig für eine Frau, im übrigen schlank, aber rundum gut ausgestattet. Ihr sandfarbenes Haar, zum Bubikopf frisiert, umrahmte haselnußbraune Augen, vorstehende Wangenknochen, eine gerade Nase und einen vollen Mund. Als sie sprach, war ihre Stimme ein wenig rauchig. »*Saludos, consorte.* Ich gehöre zu Fireball, mein Name ist Kyra Davis, und ich komme in einer dringenden Firmenangelegenheit.«

Die Tür glitt zur Seite. »Kommen Sie herein«, sagte Lee. Er sah die Überraschung, die sie nicht verbergen konnte, und die Anspannung in seiner Stimme wich einem leisen Lachen. »Ich schätze, Sie haben noch kein Bild von mir gesehen. Bei einem Namen wie dem meinen ... und meine Familie lebt tatsächlich in Roanoke, wo ich auch geboren bin. Aber Lee ist ein guter alter chinesischer Name.«

Er war klein, zierlich und kleidete sich mit der Nachlässigkeit eines Junggesellen, der bei der Arbeit nicht auf sein Äußeres achten muß. Sein Gesicht war jungenhaft, auch wenn Kyra nicht glaubte, daß ein professioneller Intuitionist wesentlich jünger als sie sein konnte. Als sie eintrat, kehrte seine Nervosität zurück, was dazu führte, daß er ziellos weiterplauderte: »Meine Familie ist schon seit ein paar Jahrhunderten hier, die Gene haben sich ziemlich verdünnt, aber als zu Zeiten des Dschihad die Flüchtlinge kamen, waren einige davon ethnische Chinesen aus Südostasien, und drei oder vier davon heirateten in meine Familie ein. Seit damals ... *bueno*, Sie wissen ja, die Menschen neigen dazu, sich eng an diejenigen anzuschließen, die sie kennen und denen sie trauen können – Endogamie ist ja inzwischen allgemein üblich –«

Er hielt inne und schluckte. Kyra fühlte mit ihm. »Fürchten Sie, daß Sie zuviel gesagt haben könnten?« fragte sie. »Keine Sorge, ich bin weder ein Psychomonitor noch irgendeine Art von Polizist. Wie ich Ihnen schon sagte, ich gehöre zu Fireball. Hier, ich beweise es Ihnen.« Aus einer Jackentasche zog sie ihr Kartentäschchen, um ihm die Firmen-ID zu zeigen, die so viel mehr bedeutete als die, die von staatlicher Seite ausgegeben wurde.

»Ja, *gracias*«, murmelte er. »Verzeihen Sie mir, aber ich muß – Verzeihen Sie. Nichts für ungut, aber ... wenn sie mir folgen würden, *por favor*?« Er führte sie zu einer inneren Tür.

Auf dem Weg dorthin nahm sie ihre Umgebung in sich auf. Dieses Wohnzimmer war bescheiden eingerichtet, vollgestopft mit Souvenirs, Andenken, einem Schachbrett und einem Bücherregal voller alter Handschriften, die wohl Familienerbstücke sein mochten. Im Augenblick nicht aktivierte Bilder an den Wänden zeigten wahrscheinlich Familienangehörige und die Hügel seiner Heimat. Ein großer Sichtschirm bot einen Ausblick vom höchsten Turm direkt unterhalb der Theta. Diese Szene griff ihr ans Herz. Das Integrat wurde zu einer geometrischen Wildnis aus Zinnen und grünen Bioflächen, die sich schimmernd in alle Richtungen erstreckte, bis sie sich in der dunstigen Luft verlor, so phantastisch wie nur irgend etwas auf Luna oder L-5. In westlicher Richtung erblickte sie die gigantischen Wasserfälle des Niagara-Parks und undeutlich dahinter gewisse Türme, an die sie sich gut erinnerte. Im Norden und Süden machte sie die Seen aus, stumpfe, silbrige Flächen im Dunst. Sie entschied sich, Robert E. Lee zu mögen.

Der nächste Raum war mit technischen Geräten vollgestopft. Das schloß drei große Multiceiver ein, ebenso viele verschiedene Computerterminals und einen Vivifer, der nicht nur für Unterhaltungszwecke geeignet war, sondern vollen sensorischen Input bot. Ein Molekularscanner bestätigte rasch, daß ihre Identicard echt war und niemand daran herummanipuliert hatte. Der Infomat an seinem Handgelenk war eine Luxusausführung; in Anbetracht dessen, war er gekostet haben mußte, hatte ihn möglicherweise die Firma zur Verfügung gestellt. Er überprüfte nicht nur ihre Daumen, sondern auch ihre Netzhäute, und bestätigte, daß die Muster mit denen auf der Karte übereinstimmten.

Lee lächelte entschuldigend. »Sie verstehen, daß das notwendig war«, sagte er. »Wir müssen wohl kaum eine DNA-Probe nehmen! Nun, äh, *consorte* Davis, was kann ich für Sie tun?«

Kyras Herz machte einen Satz. Sie mußte schlucken, bevor sie die Frage herausbringen konnte. »Haben Sie Guthrie?«

Er starrte sie an. »Was?«

»Anson Guthrie. Den *jefe*. Halten Sie ihn versteckt?«

»Was – äh –«

»Hören Sie zu. Ich habe Ihnen bewiesen, wer ich bin, aber wenn ich noch weitergehen muß, *muy bien*.« Die Geschichte brach aus ihr heraus. »Washington Packer schickt mich. Sie wissen, wer das ist? Der Direktor des Kamehameha-Raumhafens. Heute morgen rief er mehrere von uns zu sich in sein

Büro. Er erklärte uns, Guthrie halte sich seit kurz nach der Besetzung der nordamerikanischen Fireball-Zentrale durch die Regierung auf dem Gebiet der Union auf. Er sei eingeschmuggelt und dort versteckt worden, damit er verfügbar sein könne, um vor Ort als führender Kopf unsere Strategie zu planen. Das sei eigentlich gar nicht so gyrocephal, meinte Parker. Wir mußten schnell und entschieden reagieren. Die internationalen Kommunikationsverbindungen können zu leicht abgehört werden, aber innerhalb des Landes verfügen wir über gesicherte Leitungen.

Packer hatte eben erst davon erfahren. Woher, das sagte er nicht, aber wahrscheinlich war es ein Maulwurf in der Sicherheitspolizei. Ob ein chaotischer oder einer von unseren Agenten, weiß ich nicht. Die Regierung plant, zum zweiten Mal gegen uns durchzugreifen. In den nächsten zwei oder drei Tagen werden sie alles übernehmen. Und wie es scheint, haben sie herausgefunden, daß der *jefe* hier ist. Sie besitzen eine Liste mit einem halben Dutzend Orten, an denen er sich mit einiger Wahrscheinlichkeit aufhalten könnte.

Packer konnte diese Liste aus unseren verschlüsselten Dateien abrufen. Natürlich hat er aufgepaßt, nicht selbst zu erfahren, wo Guthrie sich versteckt. Er wußte nicht, ob die Leitungen zu jenen Orten gesichert sind, darum hat er nicht gewagt, dort anzurufen. Das Beste, was er tun konnte, war, einen von uns an jeden dieser Orte zu schicken.

Uns – damit meine ich die Personen, die zufällig greifbar waren. Ich selbst bin Pilotin. Wir waren diejenigen, denen er glaubte vertrauen zu können und die den Raumhafen verlassen konnten, ohne daß es den Wächtern draußen verdächtig erschien, und deren baldige Rückkehr genauso natürlich wirken würde. Wer immer Guthrie findet, soll ihn mit zurückbringen, damit er in ein Raumschiff gesetzt und außer Reichweite gebracht werden kann, bevor die Avantisten dort sind, um das zu verhindern.

Bueno, ist er hier?«

Kyra hielt inne, außer Atem, ein bißchen benommen. Hatte sie wirklich so ausführlich werden müssen?

Lees starrer Blick spießte sie auf. »Gottverdammt«, murmelte er, »Sie *sind* echt.« Und: »Ja. Hier entlang.«

Die Worte trafen sie wie ein Donnerschlag. Dann plötzlich war sie ganz wachsam und ruhig. Es fühlte sich an, als liefe eine Resonanz durch ihre Knochen, aber alle Sinne waren aufs äußerste geöffnet, das Universum wurde übernatürlich lebendig, während ihr Geist sich entspannte. So hatte sie sich schon früher gefühlt, wenn ihr Leben nur noch von ihr ganz allein abhing; einmal beim Stranden eines Bootes auf einem gischtüberspülten Pazifikriff, und mehr als nur einmal im Weltall.

Lee brachte sie in ein anderes Zimmer, wo sein Bett, ein Schrank und eine Frisierkommode, ein Schreibtisch und ein paar Hobbymaterialien standen. Er spielte mit Modellflugzeugen, sah sie. Ein halb vollendetes historisches Stück – ein Doppeldecker in Skelettbauweise, wehmütige, jahrhundertealte Erinnerung an Zeiten, da Menschen in Maschinen flogen, die sie mit ihren Händen bauen konnten – verströmte einen Geruch nach Klebstoff. Ein Sichtschirm war auf ein Naturreservat eingestellt – die Wälder im Norden, vermutete Kyra flüchtig, denn die wohlgeordneten, wohlgepflegten Bäume waren Koniferen, und über das Wasser hinter ihnen glitten Kanus dahin. Nur wenige Menschen waren zu sehen, aber Geräusche im Hintergrund deuteten darauf hin, daß sich ganz in der Nähe ein Lagerplatz befand. Nicht, daß in irgendeinem dieser Areale ein Lagerplatz jemals weit entfernt gewesen wäre.

Der belanglose Gedanke verflüchtigte sich. Lee sagte gerade: »Er bleibt aus dem Leitungsnetz heraus, es sei denn, er steht in Kontakt mit seinen Vorstandsmitgliedern. Diese Leitungen sind, wie wir hoffen, abhörsicher, aber warum unnötige Risiken eingehen? Ansonsten bleibt er in einem verborgenen, abgeschirmten Safe. Er hat ihn von dem ersten Agenten installieren lassen, der diese Wohnung mietete, was Jahrzehnte her ist, schätze ich. Er kann hinaussehen, zuhören, mich per Stimme rufen, und natürlich kann ich ihn mit allem versorgen, was er an Informationen oder als *pasatiempo* benötigt.«

Neugier flackerte in Kyra auf. Was Guthrie nach mehr als hundert Jahren als Geist in einem Kasten wohl gerne hörte, las, betrachtete, vivifizierte? Während seiner Existenz als Sterblicher hatte sein persönlicher Stil den Rekord an Derbheit gehalten, aber vielleicht war das nur eine Fälschung, eine Masche der Public-Relations-Abteilung gewesen . . .

Lee blieb vor einem Flachbildschirm stehen. Wie bei jenen im Wohnzimmer war das Bild, das er zeigte, nicht in Bewegung. Ein Portrait von vorne, der Kopf und die Schulter eines Mannes – dieser Haarschnitt und die Jacke mit dem hohen Kragen waren schon seit Generationen aus der Mode, die abgebildete Person mußte jemand sein, den Guthrie gemocht oder bewundert hatte oder – Moment! Sie hatte ihn doch schon einmal in einer Geschichtssendung gesehen, oder nicht? Mamoru Tamura, der Bürgermeister, der L-5 durch seine erste große Krise geführt hatte –

Lee salutierte. »Ein Notfall, Sir.« Nun, da es an ihm war zu handeln, hatte er seine zögerliche Art abgelegt. »Pilotin Kyra Davis bringt Nachrichten von Direktor Packer. Die Regierung bereitet eine Razzia vor. Wir sollten besser von hier verschwinden.«

»Heiliger Judas?« explodierte ein rauher Baß. »Dann aber Tempo!«

Lee berührte den verzierten Rahmen an bestimmten Stellen. Die gesamte Einheit schwang zur Seite. War sie eine Attrappe? Hatte Guthrie sie durch die Augen des Portraits beobachtet, mit seinen Ohren zugehört, so, wie er nun beinahe mit seinen Lippen zu sprechen schien? Der Hohlraum dahinter enthielt einen Gegenstand. Lee griff hinein, löste ihn von einem tragbaren Terminal und holte ihn hervor.

»Nehmen Sie ihn, *consorte*«, sagte er. »Erklären Sie ihm die Situation, während ich eine Tasche oder so etwas hole, in der ich ihn transportieren kann.«

Kyra streckte die Hände aus. Das Gewicht, das sich auf sie niedersenkte, war seltsam gering, nur zwei oder drei Kilo. Hätte der Begründer und Lenker Fireballs nicht eigentlich eine größere Masse haben sollen? Seine Unternehmungen erstreckten sich von einem Ende des Sonnensystems zum anderen und darüber hinaus, bis zu den Sternen. Die Person, der Verstand, der in dieses Programm hineinkopiert worden war, es war selbst – nein, *er* war selbst – den ganzen Weg bis nach Alpha Centauri und zurück gereist. Sicherlich mußte mehr an ihm sein als bloß das hier.

Falsch. Ein menschliches Gehirn enthielt weniger Material.

Und der Geister-Guthrie benötigte kein vollständiges Gehirn. Ein neuronales Netzwerk, das einem Zerebralkortex entsprach. Sensorische Zentren, zur Verarbeitung von elektronischen, magnetischen und photonischen Eingaben, motorische Zentren zur Steuerung von Kontrollgeräten. Ein Gedächtnisspeicher. Eine Software, die beschrieb, was er war. Vielleicht noch ein bißchen mehr. Kyra wußte es nicht; Psychonetik war nicht ihr Fachgebiet. Aber viel mehr bestimmt nicht. Im übrigen bestand der Rest dessen, was sie in der Hand hielt, aus einer Instrumentenausrüstung, minimalen Hilfssystemen, einer Batterie, einem Gehäuse.

Und das, was sie da hielt, war, alles zusammengenommen, ihr Lehnsherr. Sie waren sich vorher noch nie begegnet, aber letztendlich war er es, auf den sie den Treueid abgelegt und der ihr dafür Fireballs Treue geschworen hatte.

»Sir«, flüsterte sie. »Sir.«

Sie hatte Abbildungen und Beschreibungen dieses Gehäuses – und anderer seiner Art – gesehen. (Wie wenige von ihnen es doch gab!) Dennoch: Dieser Präsenz gegenüberzustehen, sie festzuhalten, war so überwältigend, wie ihre ersten Konfrontationen mit Liebe und Tod es gewesen waren.

Die bloße Schlichtheit wurde unbegreiflich. Das hier war nur ein Kasten aus dunkelblauem Organometall, hart, glatt wie Glas, mit abgerundeten Ecken und fast unsichtbaren Fugen. Sein flacher Boden maß ungefähr zwanzig mal dreißig Zentimeter, mit bündig abschließenden Fünf-Millimeter-Scheiben zum Schutz der verschiedenen Anschlüsse. Darüber erhob es sich noch einmal etwa zwanzig Zentimeter bis zu einem geschwungenen Kopfteil. Zwei weitere Scheiben auf jeder Seite kennzeichneten zusätzliche Anschlüsse. Zwischen jedem der Paare verschloß ein größerer Kreis von vier Zentimetern Durchmesser die Membran, die als Ohr diente. Eine entsprechende Membran auf der Vorderseite bildete den Lautsprecher. Auf der gleichen Seite – dem ›Gesicht‹, denn als solches mußte sie es wohl betrachten – befanden sich zwei Halbkugeln vom Durchmesser der Audiosensoren.

Das Volumen entsprach etwa dem eines großen menschlichen Kopfes. Dem Anson Guthries? Er war ein großer Mann gewesen.

Die halbkugelförmigen Schalen teilten sich und zogen sich zurück, wie zwei Augenlider. Zwei biegsame Stiele, fünf oder sechs Millimeter dick, erschienen. Ihre Enden wölbten sich zu Knöpfen von etwa drei Zentimetern Durchmesser. Mit schlangengleicher Zielsicherheit fuhren sie auf ihre vollen fünfzehn Zentimeter aus und drehten sich in ihre Richtung. Aus den Knöpfen funkelten Linsen sie an.

»He, lassen Sie mich nicht fallen, Mädchen«, dröhnte die Stimme. »Setzen Sie mich ab, und heben Sie erst mal Ihren Unterkiefer vom Boden auf.«

Konnte ein Mann noch Scherze machen, nachdem er gestorben war? *Bueno*, Guthrie machte oft welche, es sei denn, auch das war eine gezielte Vorspiegelung. Aber ausgerechnet jetzt, wo ihm die Meute auf den Fersen war? Sehr behutsam stellte Kyra ihn auf dem Schreibtisch neben dem Modellflugzeug ab.

»Okay, bringen Sie mich auf den neuesten Stand«, befahl Guthrie. Die synthetisch erzeugten Töne, die auch aus einer menschlichen Kehle hätten stammen können, wiesen einen Akzent auf. Sie hatte gehört, daß es amerikanisches Englisch war, wie es in seiner Jugend gesprochen worden war, und wußte, daß er dazu neigte, Ausdrücke aus dieser Epoche zu benutzen.

Sie nahm ihren Verstand zusammen und wiederholte, was sie Lee erzählt hatte.

Guthrie erzeugte einen schrillen Pfiff. »*Sanamabiche*! Wie zum Teufel –? Ja, wir werfen besser gleich die Leinen los. Guter Mann, dieser Wash. Und Sie sind auch ein prima Mädel. Ich werd's nicht vergessen.«

Lee brachte einen Rucksack herein. »Geht der?« fragte er. Kyra runzelte unsicher die Stirn. »Er wird keine Aufmerksamkeit erregen«, sagte er. »Man sieht sie heutzutage überall. Dadurch hat man beide Hände frei.«

Sie nickte. »*Muy bien*.«

»Sie meinen, Sie haben nichts eigenes dabei, Davis?« knurrte Guthrie. »Keine Vorkehrungen?«

»Tut mir leid, Sir«, erwiderte sie tief getroffen, obwohl sie zugeben mußte, daß die Kritik berechtigt war. »Wir waren furchtbar in Eile.«

»Und Sie und Wash und der Rest sind nicht im Ränkeschmieden ausgebildet. Sicher, ich verstehe. Nehmen Sie mich, und stopfen Sie mich rein«, was dunkel wie ein weiterer Scherz klang, »und dann lassen Sie uns von hier verschwinden.« Die Linsen schwangen zu Lee herum. »Sie bleiben hier. Wenn die Bullen die Tür aufbrechen, zeigen Sie sich überrascht. Sie wissen von überhaupt nichts. Außer uns Mädels ist keiner hier gewesen. Kriegen Sie das hin? Man wird Sie verhören, was kein Honigschlecken sein dürfte, aber ich rechne nicht damit, daß man ein Tiefenverhör durchführt, wenn Sie keinen Grund liefern, Sie zu verdächtigen. Sind Sie dabei?«

Lee straffte sich. »Jawohl, Sir.«

»Sie können auch abhauen und versuchen, sich zu verstecken, wenn Sie das lieber möchten. Ich halte das allerdings für keine gute Idee. Es zeigt nur, daß Sie womöglich in die Sache verwickelt sind, und dann setzt man alle erdenklichen Arten von High-Tech-Bluthunden auf Ihre Spur. Aller Wahrscheinlichkeit nach wird man Sie ziemlich schnell erwischen. Als Bürger dieser großartigen freien Republik sind Sie auf hunderterlei Art gekennzeichnet, bekannt, registriert und identifiziert. Außerdem dürften Sie als Angehöriger von Fireball eine Menge zusätzlicher Daten in Ihrem Dossier haben. Wenn man Sie zur Strecke gebracht hat, wird man alle Informationen aus Ihnen herausquetschen und sich über den Zorn Fireballs erst hinterher Gedanken machen. Das wird keineswegs angenehm werden.«

Das würde es tatsächlich nicht, dachte Kyra. Keine Folter; das konnte zu Problemen mit der Weltföderation führen, und die Effektivität war auch nicht garantiert. Rehabilitative medizinische Versorgung. Chemikalien und in Phase gebrachte Elektroimpulse öffneten den menschlichen Verstand so, wie man eine Orange schält. Oft ließen sie ihn auch in einem ähnlichen Zustand zurück.

»Ich glaube wirklich, Ihre beste Chance besteht darin, ruhig hierzubleiben und sich dumm zu stellen«, schloß Guthrie.

Lee nickte, ein krampfhaftes Rucken. »Jawohl, Sir.«

Guthries Ton wurde sanfter. »Es tut mir leid, Bob. Mehr, als ich sagen kann. Die einzige Entschuldigung, die ich dafür habe, mich zu verdrücken und Sie hierzulassen, ist, daß eine Menge Leute in Gefahr sind.«

Und eine Menge Hoffnungen, dachte Kyra.

»Ich verstehe«, sagte Lee mit dünner, aber fester Stimme. »Wenn irgend jemand diese verdrehte Gleichung lösen kann, dann sind Sie es. Gehen Sie.«

Das Videophon läutete. Lee wandte sich der Zimmertür zu.

»Halt«, bellte Guthrie.

»Was?« fragte Lee. Das Videophon läutete erneut.

»Gehen Sie nicht dran.« Eine Linse neigte sich zu Kyra. »Davis, woher wußten Sie, daß Bob zu Hause war? Sie hätten ja wohl nicht herumlungern und auf ihn warten und bemerkt werden wollen.«

»Ich ... ich habe ihn angerufen«, sagte Kyra. »Von einer öffentlichen Fernsprechzelle aus. Als er sich meldete, legte ich auf.«

»Ich dachte, jemand hätte eine falsche Nummer gewählt«, ergänzte Lee. Das Videophon läutete. »Das kommt vor. Ich habe nicht weiter darüber nachgedacht.« Das Videophon läutete wieder. »Das könnte ein Sipo-Spion sein«, verkündete Guthrie sachlich. »Wenn sie wollen, sind sie ziemlich fix.«

»Packer sagte – der Maulwurf sagte –, in zwei oder drei Tagen«, stotterte Kyra.

»Das war das, was der Maulwurf sagte, wer immer er auch ist. Wie lange hat er gebraucht, um irgendwohin zu gelangen, von wo aus er halbwegs ungefährdet weitergeben konnte, was er erfahren hatte? Wie präzise waren seine Informationen? Hat die Zentrale inzwischen beschlossen, schneller vorzugehen als ursprünglich geplant?«

Kyra erinnerte sich an den Beamten, der auf den Fahrweg aufgesprungen war. Soweit sie wußte, waren uniformierte Sicherheitspolizisten selbst heutzutage nirgends ein alltäglicher Anblick. (Bei Beamten in Zivil mochte das anders sein.) War er in einer anderen Angelegenheit unterwegs gewesen, oder handelte es sich bei ihm um eine erste Vorhut?

»Sie kundschaften das Territorium gerne gründlich aus, bevor sie einen Zugriff durchführen«, fuhr Guthrie fort. »Wir sollten vielleicht besser erst einmal selbst rekognoszieren. Bob, Ihr großer Bildschirm kann die Umgebung abschwenken.«

Das Videophon verstummte. Lee setzte an, aufgezeichnete Nachrichten abzuspielen. »Stopp!« befahl Guthrie. »Falls sie es wirklich sind, haben sie Anzeigegeräte, um festzustellen, daß Sie das tun.«

Lee zog mit einem Ruck die Hand zurück. »Stimmt«, keuchte er. »Das hatte ich vergessen. Ja, Sie sind der *jefe*.« Eine Welt an Bedeutung schwang in diesem zwanglosen kleine Wort mit. Er nahm das Gehäuse und trug es ins Wohnzimmer. Kyra folgte nach.

Sie starrten auf das vom Turm aus aufgenommene Bild des Himmels. Etwas glitzerte hoch über ihnen. Lee stellte Guthrie auf einem Tisch ab und bediente die Kontrollen. Der Blick schnellte empor, vergrößerte, verstärkte. Eine schlanke Träne schwebte schwarz und weiß auf ihren Düsentriebwerken. Kyra schätzte ihre Höhe auf drei Kilometer. Aus dieser Entfernung konnte man mit Optiken, die weniger hochauflösend waren als die, die sie routinemäßig in ihrem eigenen Raumschiff benutzte, Ameisen auf dem Pflaster am Boden zählen. Sie spürte ihren Schweiß, scharf und kühl.

»Ja, Sipo«, sagte Guthrie. »Sie sind keinen Augenblick zu früh gekommen, Davis.«

»Was können wir tun?« hörte sie sich selber fragen.

»Lassen Sie mich nachdenken. Vielleicht könnten Sie immer noch mit mir hinausgehen und verschwinden, ohne belästigt zu werden. Darauf wetten würde ich allerdings nicht. Aller Wahrscheinlichkeit nach lassen sie die Ausgänge bereits bewachen. Von Männern in Zivilkleidung natürlich.«

Kyra begann sich zu fragen, ob das auch schon bei ihrer Ankunft der Fall gewesen war. Wahrscheinlich. Vielleicht auch nicht. Es machte keinen Unterschied, nahm sie an. Sie würden nicht jeden anhalten, der hinein- oder hinausging. Es wäre zu aufwendig gewesen. Schlimmer noch, es konnte ihre Beute warnen, die dann belastende Daten löschen oder ihnen auf andere Weise Ungelegenheiten bereiten mochte. Aber jeder, der auftauchte und nur minimal verdächtig aussah – zum Beispiel sie mit einem ausgebeulten Sack auf den Schultern – würde einem Instrumentenscan unterzogen werden. Und wenn sich dabei nur das kleinste bißchen an Ungewöhnlichem zeigte – zum Beispiel ein neuronales Netzwerk – nun, das war's dann wohl.

Säure verbrannte ihr die Kehle.

»Da Sie das Videophon nicht angerührt haben, Bob, wird man annehmen, daß Sie ausgegangen sind«, fuhr Guthrie fort. »Nach einiger Zeit wird man es erneut versuchen. Und ob Sie nun antworten oder nicht, irgendwann kommen sie natürlich herein. In zwei bis drei Stunden vielleicht. Mal sehen, was Ihre Freunde in B-24 für uns tun können.«

»Vielleicht gar nichts, das wissen Sie«, sagte Lee schroff. »Selbst im günstigsten Fall dürfte es nicht viel sein.«

»Immer noch besser als stillzusitzen, oder? Kommen Sie. Sacken Sie mich ein und brechen Sie auf. Je eher wir verschwinden, desto geringer ist die Wahrscheinlichkeit, daß wir unterwegs einem Sipo-Beamten begegnen.«

»Wohin?« fragte Kyra. Dieser kleine Rest Hoffnung beruhigte ihren Magen und ließ ihr Herz schneller schlagen.

Lee ging hin, schloß den Safe und holte den Rucksack. »Ich habe die Bewohner meiner sicheren Häuser elektronisch überwacht«, erklärte Guthrie inzwischen. »Nicht, um mich in ihr Privatleben einzumischen, und auch nicht sehr ausführlich. Ich hatte weiß Gott genug anderes zu tun. Aber als Wash Packers Mann mich in meinem Übergangsquartier zurückließ, hatte ich genügend Informationen gesammelt, daß es Bob Lee war, dem ich durch eine harmlos wirkende Nachricht auf dem elektronischen Schwarzen Brett seines Computers signalisieren konnte, mich abzuholen. Wissen Sie, er pflegt mit einigen Leuten in diesem Komplex freundschaftlichen Umgang, die die Avantisten auch nicht mögen. Das war schlau von ihm, auch wenn ich annehme, daß er es hauptsächlich getan hat, weil er ein freundlicher, extrovertierter, neugieriger Typ ist. Jedenfalls hat mich das dazu bewogen, mich für das Blaue Theta zu entscheiden. Jeder Fuchs will in seinem Bau zwei Löcher.«

2

Auf dem Fahrweg wagten sie sich nicht zu unterhalten. Als sie abstiegen, drängte Lee sich an Kyra, die Guthrie trug, vorbei und murmelte: »Lassen Sie immer mich vorausgehen. Sprechen Sie nicht, es sei denn, man spricht Sie an.«

Arabesken wirbelten vielfarbig auf Gangwänden und arabische Schriftzeichen über Torwegen. Viele Eingänge standen offen. Hinter manchen waren Regale zu sehen, auf denen Waren zum Verkauf angeboten wurden: Nahrungsmittel, Kleidung, Gerätschaften, Blumen, Kinkerlitzchen. Davor saß immer ein Mann mit gekreuzten Beinen auf einem Polster, rauchend oder seine Ware anpreisend oder scheinbar in tiefe Meditation versunken. Vereinzelt hatte man Räume umgestaltet, um dort Kaffee oder einfache, für Kyra exotische Mahlzeiten zu servieren. Gerüche schwängerten die Luft: Kochdunst, Rauch, Parfüm, völlig fremdartige Düfte. Desgleichen Geräusche: Stimmen, weichbeschuhte Füße, hin und wieder eine getragene Flöte oder eine dröhnende kleine Trommel. Gewöhnliche nordamerikanische Kleidungsstile waren seltener vertreten als weite, fließende Gewänder, entweder wallende Mäntel oder Kleider oder Bluse und Hose, gewöhnlich in Weiß. Diejenigen, die sie trugen, waren dunkelhäutige Kaukasier, die Männer bärtig und oft mit stolz zur Schau getragenen Kopftüchern, die Frauen verschleiert. Ja, ein paar davon hatte Kyra schon früher beobachtet. Hier waren sie in ihrem eigenen Reich.

Tausendundeine Nacht! In Multiceiver-Nachrichten, Dokumentationen und Spielfilmen hatte sie den Nahen Osten gesehen. Sand, Staub, ausgetrocknete Brunnen, Salzflüsse, Elend. Maschinen und nanotechnische Strukturen, die das Land Hektar um Hektar wieder urbar machten. Geordnetes, sorgsam geplantes Leben, das in ihrem Gefolge vorrückte, grüne Felder, glitzernde Gebäude, moderne Industrien, neue Gesellschaftsformen. Reservate für jene wenigen Übriggebliebenen, die sich nach Hungerleiderart geweigert hatten wegzugehen, nachdem das Ökosystem zusammengebrochen war.

Überfluß an Nahrungsmitteln, hervorragende medizinische Versorgung, rehabilitative Erziehung für die Kinder. Oh, die Weltföderation hatte ein Recht darauf, stolz auf das zu sein, was sie dort leistete. Warum sollte jemand in einer Phantasiewelt leben wollen, in einer Vergangenheit, die es nie gegeben hatte?

Lee bahnte sich einen Weg durch die Menge. Kyra, die sich dicht hinter ihm hielt, sah genauer hin. Nein, entschied sie, was immer das hier sein mochte, Theater war es nicht; es war keine Pseudokultur, um die innere Leere von Menschen zu füllen, die in Wirklichkeit nichts hatten, dem sie sich zugehörig fühlen könnten, so wie die Na-Dene oder die Amazonasindianer oder die Manors. Sie erhaschte einen flüchtigen Blick auf einen Kupferschmied in seiner Werkstatt, er benutzte eine Werkzeugmaschine, und sein Nachbar reparierte soeben ein Elektrogerät. Die Technologie hier war auf dem höchsten Stand dessen, was Niederweltler sich leisten oder bedienen konnten. Wenn sich zufällig ein weiter Ärmel hochschob, sah sie am Handgelenk darunter einen Infomaten wie ihren eigenen; offensichtlich mußte der Eigentümer mehr erfahren können als bloß die Uhrzeit; er benötigte einen raschen Zugriff auf Kalkulationsprogramme, Datenbänke und Kommunikationsverbindungen. Das Abzeichen eines anderen Mannes verkündete, daß ›Global Chemistry‹ sein Arbeitgeber war, und das bedeutete, daß er sich damit befaßte, Strukturen Atom um Atom aufzubauen.

Zwei kleine Jungen in Dschellabas gingen vorüber, die Köpfe bis auf Haarknoten kahlgeschoren, aber die Bücher, die sie unter dem Arm trugen, waren wissenschaftliche Lehrbücher.

Und dennoch, dachte Kyra, war das alles dem Avantismus ungefähr so entgegengesetzt, wie sie es sich nur vorzustellen vermochte. Sicherlich glaubte hier niemand ernsthaft daran, daß Xuan die Kräfte der Geschichte bis zu dem Punkt quantifiziert hatte, an dem man sie sicher handhaben konnte, oder teilte das Ideal einer Welt, die auf diese Weise der völligen Rationalität immer stärker angenähert wurde. Sicherlich juckte es der Regierung, von der Beratenden Synode bis hinunter zum durchschnittlichen örtlichen Verwaltungsbeamten, in den Fingern, alle solchen altmodischen Außenseitergesellschaften zu zerschlagen, die Älteren unter ihnen in alle Himmelsrichtungen zu zerstreuen und die Ausbildung der Kinder vollständig in die eigenen Hände zu nehmen. Theoretisch war das natürlich möglich: eine interne Angelegenheit, auf die die Föderation keinerlei Einfluß hatte. In der Praxis verwoben Verkehr und Kommunikation die Bevölkerung zu dicht miteinander; zu wenig ließ sich geheimhalten; zu viele Hochweltler aller Nationalitäten standen ständig miteinander in Verbindung und teilten zu viele Überzeugungen. Sie, oder die Öffentlichkeit als Ganzes, konnten durchaus andere Regierungen, zumindest jene, die demokratisch waren, dazu zwingen, noch stärkeren Druck auszuüben, als Fireball es in letzter Zeit getan hatte . . . Ihr Geist war abgeschweift. Sie holte ihn wieder in die unmittelbare Gegenwart zurück.

Zweimal blieb Lee stehen, um kurze Grußworte mit einem Mann zu wechseln. Kyra wurde sich mißbilligender Blicke bewußt. Sie mußte entsetzlich schamlos wirken. Sie sagte sich, daß das hier keine abgeschottete Enklave war. Hierher kamen eine Menge Außenstehende, manche geschäftlich, manche als Schaulustige. Zweifellos hing ein gewisser Teil ihrer Wirtschaft von solchen Leuten ab. Trotzdem fühlte sie sich zutiefst erleichtert, als Lee vor einer Tür stehenblieb und diese sich für sie öffnete.

Sie betraten einen Raum mit üppigen Teppichen, niedrigen

Möbeln, vergoldetem und silbernem Maßwerk. Der junge Mann, der sie einließ, gab der Tür ein Zeichen, sich zu schließen. Er verbeugte sich tief, als ein anderer, graubärtig und mit markanten Gesichtszügen, in Kaftan und Keffiyeh gewandet, durch einen Torbogen im Hintergrund hereinkam. Diesem bezeugte Lee einen ehrerbietigen Gruß und sagte: »*Salaam aleyk*.« Kyra war sich ihrer eigenen Erscheinung kläglich bewußt.

»*Aleykom es-salaam*«, erwiderte der ältere Mann. Sein würdiger Ernst wich einem Lächeln. »Was verschafft mir diese Freude?« fragte er auf englisch mit leichtem Akzent. Als er aufmerksamer hinschaute, verschwand sein Lächeln. »Haben Sie Schwierigkeiten, mein Freund?«

»*Ana nuzîlak*«, sagte Lee verlegen.

»A-a-ah. Dann kommen Sie.« Der Mann stieß einen scharfen Befehl hervor. Der Diener hastete davon. Ihr Gastgeber führte die Neuankömmlinge weiter. In einer mit weißem Perlux ausgehängten Kammer, die an ein großes Zelt erinnerte, bedeutete er ihnen, sich auf den Boden zu setzen, an einen Tisch aus echtem Holz. Als er sich dazusetzte, nickte er Kyra zu. »Stellen Sie Ihre Last ab, wenn Sie möchten, *señorita*.«

»*Gracias*, Sir, aber –« Als sie einen raschen Blick von Lee auffing, wiederholte Kyra schnell: »*Gracias*« und nahm den Rucksack ab.

Lee sprach mit vollendeter Förmlichkeit. »Scheich Tahir, darf ich Ihnen Kyra Davis vorstellen, eine meiner *consortes* bei Fireball Enterprises? Pilotin Davis, *por favor*, die ist Saïd Abdullah Aziz Tahir, Scheich der Beni Muklib. Er gehört zu den Führern seiner ... seiner Nation.«

Tahir musterte die Frau eingehend, aber wohlwollend. »*Bienvenida*, Pilotin Davis«, sagte er. »Weltraumpilotin, nehme ich an?«

»J-ja, Sir«, antwortete sie. »Äh, *por favor*, entschuldigen Sie meine Kleidung. Es blieb keine Zeit, und ich wußte nicht –«

Er nickte. »Natürlich. Robert Lee würde nicht so plötzlich hier auftauchen, wenn es sich nicht um eine Notsituation handelte. Und Sie sicherlich auch nicht.«

»Mir sind Ihre Bräuche . . . völlig fremd, Sir.«

Tahir lächelte erneut, und sein zerklüftetes Gesicht legte sich in tausend Fältchen. »*Wellah*, aber es soll Ihnen vergeben sein. Ich hoffe, Sie finden Zeit, mir etwas über Ihre Arbeit und über sich selbst zu erzählen. Wenn Sie zwischen Gottes Sternen reisen, dann sind Sie glücklich.«

Lee rutschte auf seinem Platz hin und her. »Ich fürchte, im Augenblick ist das keiner von uns«, warf er ein. »Genauer gesagt, wir sind verzweifelt.«

»Das haben Sie deutlich gemacht.« Von der Tür her ertönte ein Klopfen. Auf Tahirs Geheiß hin öffnete sie sich. Ein Junge brachte ein Tablett mit Kaffeegeschirr und eine Schale Dattelkuchen herein. Er setzte die Erfrischungen auf dem Tisch ab, verneigte sich und verschwand wieder. Als die Tür sich hinter ihm geschlossen hatte, lud Tahir ein: »Essen Sie. *Kheyr Ullah*.«

Lee blinzelte. »Wie bitte?«

»Das wissen Sie nicht? Da Sie sagten, Sie seien in meinem Zelt abgestiegen, um meinen Schutz in Anspruch zu nehmen, dachte ich, Sie wüßten auch, wie es dann weitergeht. *Bueno*, dies ist die Gabe Gottes. Eßt, trinkt, seid meine Gäste.«

»Sie sind zu freundlich.« Lee räusperte sich. »Wir werden ehrlich zu Ihnen sein. Ich gehöre weder Ihrem Stamm noch Ihrem Glauben oder dergleichen an. Im Grunde bin ich nicht mehr als ein flüchtiger Bekannter, der sich ein paar rudimentäre Informationen über Ihr Volk angeeignet hat. Ich habe keinerlei Ansprüche Ihnen gegenüber.«

»Sie haben mir Ihre Freundschaft erwiesen, und mehr als nur Ihre Freundschaft. Ich freue mich, wenn wir uns revanchieren können.«

»Die Sicherheitspolizei ist hinter uns her.«

Tahir warf den Kopf zurück und lachte schallend. »*Bismillah*! Was, das macht es ja noch besser!« Sofort wurde er wieder ernst. »Sind Sie Ihnen dicht auf den Fersen?«

»Nein, ich hoffe nicht. Ich denke, uns bleiben noch ein paar Stunden, bevor sie feststellen, daß ich ausgeflogen bin. Aber dann werden sie das Theta auf den Kopf stellen.«

»Das wird Zeit und Männer kosten, so groß und verzweigt,

wie es ist. Wird man Grund zu der Annahme haben, daß Sie sich hier aufhalten?«

»Nein, das glaube ich nicht. Das heißt, da ich zu Fireball gehöre, hat man mich wohl in irgendeiner Form überwacht, aber ich bin keine wichtige Persönlichkeit, und Leute wie mich gibt es zu Hunderten. Bei vielen davon wird man ebenfalls eine Razzia durchführen. Und es wurde erst vor ein paar Tagen angeordnet.«

Warum? Kyra suchte Trost in ihrer winzigen Tasse Kaffee, heiß, dickflüssig und übersüßt.

Tahir strich sich durch den Bart. »*Wah*. Dann werden sie dieses Viertel nicht gleich durchsuchen, es sei denn, sie wüßten von Ihrer Gewohnheit, uns zu besuchen.«

»Ich habe auch jede Menge anderer Orte besucht, in diesem Komplex und anderswo. Ich erinnere mich nicht, jemals meinen – meinen Nachbarn, meinen flüchtigen Bekannten – gegenüber erwähnt zu haben, daß ich wegen irgend etwas anderem als wegen eines Cafés mit gutem Essen und guter Unterhaltung hierher gegangen wäre.«

Aber Guthrie hatte Wind davon bekommen, die Sache überprüfen lassen und herausgefunden, daß mehr dahintersteckte, dachte Kyra. O ja, ein alter Fuchs. Durch den Stoff des Rucksacks drückte das Gehäuse hart gegen ihren Oberschenkel.

»Man hat Sie heute in den Korridoren gesehen«, erinnerte Tahir.

»Entschuldigen Sie«, platzte Kyra heraus. »Ich frage mich, ob ich nicht deutlicher bemerkt worden bin als er.«

Der Scheich lachte leise. »Dessen bin ich mir sicher. Es ist hilfreich.«

»Ich bin zwei Männern begegnet, die ich kenne«, gestand Lee.

»Geben Sir mir später ihre Namen. Ich werde mit ihnen sprechen und vielleicht Aufträge für sie finden, die sie weit von hier wegführen. Und was alle anderen betrifft – Sie wissen, daß wir keine Freunde der Avantisten sind. Wenn die Sipo Fragen bei uns stellt, muß sie sich wahrscheinlich auf Stichproben beschränken, und ehrliche Antworten wird sie nur sehr wenige erhalten.« Tahir nahm einen Kuchen und verspeiste ihn, als sei dies ein gesellschaftlicher Anlaß.

»Sie können uns nicht lange hierbehalten«, sagte Lee.

»Richtig. Die Neuigkeit würde heraussickern wie . . . wie Elektronen, die mit Quantensprüngen durch jede Potentialbarriere tunneln, die ich errichten kann. Aber *inschallah*, bis morgen kann ich Ihnen Schutz gewähren und Ihnen dann helfen weiterzukommen. Sie wollen doch sicher bald von hier fort, oder?«

»Teufel, ja! Wir – das heißt –« Lee senkte den Blick.

Tahir musterte seine Gäste aufmerksam. »Was sind Sie denn bereit mir zu erzählen? Aber bedenken Sie dabei: Was ich nicht weiß, kann ich nicht verraten, wenn der schlimmste Fall eintreten sollte und ich einem Tiefenverhör unterzogen werde.«

Kyra schauderte. Tahir bemerkte es. »Dazu dürfte es kaum kommen, *señorita*«, versicherte er ihr. »Wahrscheinlich würde ich eher sterben, während ich mich meiner Verhaftung widersetze, und zwar auf eine solche Weise, daß nicht genügend Gehirn für eine Sondierung übrig bliebe. Aber wir sollten trotzdem vorsichtig sein.«

Sie fuhr sich mit der Zunge über die ausgedörrten Lippen. »Sie haben ein . . . ein Recht darauf – etwas zu erfahren«, stammelte sie. »Wir, Lee und ich, fliehen nicht einfach nur, um uns selbst zu retten. Wenn wir es Ihnen erklären könnten –« Wenn Guthrie selber zu ihm spräche –

Lee hob eine Hand. »Wir können nicht in die Einzelheiten gehen«, sagte er rasch. »Das wäre wirklich zu gefährlich. Aber, *bueno*, Sie wissen, wie die Spannungen zwischen Fireball und der Regierung zugenommen haben, bis diese plötzlich behauptete, sie habe Beweise dafür gefunden, daß Agenten von uns hinter dem angeblichen Unfall steckten, bei dem die Datenbank im Sicherheitszentrum des Mittleren Westens durcheinandergebracht wurde. Sie erinnern sich vielleicht daran, wie die Firma anbot, bei einer Untersuchung mitzuwirken, und Sie wissen bestimmt auch, wie die Regierung dennoch unsere nordamerikanische Zentrale besetzte, um ›diese und ähnliche Fragen sorgfältig zu überprüfen‹, wie sie verkündete. Seither wühlt und schnüffelt die Sipo herum. *Bueno*, ich kann Ihnen verraten, da es sowieso bald in den Nachrichten kommt: Jetzt werden sie alles, was uns in diesem Land gehört, beschlagnahmen.«

Tahir formte ein lautloses Pfeifen. »*Hayâtak*! Werden Sie dann nicht alle Ihre Geschäftsbeziehungen mit der Union aufkündigen? Sicherlich eine Katastrophe für sie. Der Zustand ihrer Wirtschaft ist sowieso schon erbärmlich genug.«

Lee seufzte. »Ich verstehe ihre Logik auch nicht. Auf jeden Fall tun sie es. Ich sage lieber nicht, wie ich es erfahren habe, aber seien Sie gewiß, das ganze Solsystem wird bald davon hören. Davis und ich müssen, äh, außerordentlich wichtige Informationen überbringen. Äh, wir können den Kommunikationsverbindungen nicht länger trauen, das sehen Sie bestimmt ein. Wir müssen persönlich gehen.«

Tahirs Blick schweifte über den Tisch und nach unten. Kyra dachte unbehaglich, daß er es nicht tat, um ihre Beine zu bewundern. Er sah wieder Lee an. »Ich freue mich, einen Teil der Schuld abtragen zu können, in der ich bei Ihnen stehe«, sagte er. »Durch Ihr Vertrauen erweisen Sie mir und meinem Volk eine Ehre. *Gracias*. Wir werden versuchen, uns dessen würdig zu erweisen.«

Eine Erinnerung durchzuckte Kyra, jemand Historisches, über den sie einmal etwas gelesen hatte. Ja, Saladin.

»Sie haben *señor* – Scheich Tahir einen Gefallen getan, *consorte*?« fragte sie. Zu spät erinnerte sie sich an Lees Warnung, eine möglichst passive Rolle zu spielen.

Ihr Gastgeber nahm keinen Anstoß daran. Er mußte es gewohnt sein, mit Außenstehenden zu verkehren. »Das hat er in der Tat«, erzählte er ihr. »Vor zwei Jahren geriet einer meiner Neffen in Schwierigkeiten. Er ist ein stolzer junger Mann, voller Feuer. Wir alle wissen, daß der Avantismus unsere Lebensweise dem Vergessen anheimgeben wird, wenn er noch länger besteht. Die meisten von uns warten einfach ab, weil sie nicht glauben, daß Gott das zulassen wird. Hamid studierte biotische Ingenieurwissenschaften. Die Blasphemien, die er ebenfalls studieren mußte, die Xuanistische Doktrin, der er sogar in den wissenschaftlichen Programmen begegnete, empörte ihn schließlich so sehr, daß er es nicht mehr ertragen konnte. Er begann, sich offen, vor Publikum, dagegen auszusprechen, bis er verhaftet wurde. Als Robert Lee davon hörte, sorgte er dafür, daß Hamid freigelassen und sicher in einer firmeneigenen Schule in Ecuador eingeschrieben wurde.«

»Ach, das war doch nichts Besonderes«, murmelte Lee. »Ein ziemlich unbedeutender Verstoß, das erste Mal vor Gericht, und er wurde noch als ›entwicklungsbedingt benachteiligt‹ eingestuft, was heißt, er hat es vielleicht nicht besser gewußt. Alles, was ich tun mußte, war, mit meinem Koordinator zu sprechen, der die richtige Person in der Regierung beeinflußte. Fireball und die Synode waren uneins, ja, waren es schon seit langer Zeit, aber bisher war es noch zu keinem offenen Bruch gekommen, und eine große Anzahl von Personen auf beiden Seiten war ängstlich darauf bedacht, einen solchen zu vermeiden. Doch auch nachdem die Anklage fallengelassen worden war, wäre Hamid für alle Zukunft gezeichnet gewesen und wahrscheinlich bald in wirkliche Schwierigkeiten geraten. Aber er ist intelligent, und Sie wissen, die Firma ist nach Möglichkeit immer darauf bedacht, frisches Blut zu bekommen. Genaugenommen habe ich durch die Affäre selbst einen Karriereschub erlebt.«

Kyra war alarmiert. »Aber das zeigt, daß Sie Verbindungen nach hier haben!« rief sie aus.

»Nein, nein. Ich habe doch erwähnt, daß ich über Fernando Pardo gegangen bin, meinen Vorgesetzten. Er wiederum gab die Sache an jemand anderen weiter, der ›Interesse an dem Fall zeigte‹ und die Verhandlungen führte. Es wurden keine Aufzeichnungen angelegt, denen man nachspüren könnte. Fireball hat in Nordamerika schon auf solche Dinge geachtet, bevor er anfing, für die Firma zu arbeiten.«

Und Guthrie hat Fireball beigebracht, wie, dachte Kyra.

»Ich hoffe, Ihr Neffe ist jetzt glücklich«, sagte sie zu Tahir.

Huschte da ein Ausdruck von Schmerz über sein Gesicht? »Ja«, antwortete er langsam. »Wir hören von ihm. Natürlich wird er allmählich . . . ein richtiger Bewohner der Hochwelt . . . der säkularen Welt. Aber das war . . . unvermeidlich. Und er ist frei. Sie werden ihn niemals mitnehmen und seinen Verstand umformen.«

Besser das Thema wechseln. »Sie müssen hier schon gut bekannt gewesen sein, um von der Geschichte zu erfahren«, meinte Kyra zu Lee.

»Nur ein bißchen«, sagte er. »Scheich Tahir und ich kamen eines Abends zufällig in einer Kaffeebar miteinander ins Gespräch. Wir wiederholten das ein paarmal, er lud mich zum Essen in sein Heim ein, ich zeigte ihm die örtlichen Arbeitsstätten der Firma. Keine Sorge, das geschah per Multiceiver, nicht persönlich. Niemand hier weiß von der Beziehung. Aber es war einfach beiderseitige Neugier und, äh, Freundlichkeit, nicht mehr. Ich war überrascht, als er mir das mit seinem Neffen erzählte.«

»Ich war voller Zorn und Trauer«, sagte Tahir. »*Señor* Lee erschien mir als ein mitfühlender Mann. Vielleicht besaß er Einfluß. Was konnte ich verlieren? Gott sorgt für die Seinen.«

»*Gracias*«, sagte Lee reumütig. »Sie schmeicheln mir. Um die Wahrheit zu sagen, habe ich mich nie so weit in Sie hineinversetzen können. Diese Kultur ist mir zu fremd. Das soll keine Beleidigung sein. Dort wo ich aufgewachsen bin, konnte ich nicht so viele Erfahrungen mit den unterschiedlichsten Arten von Menschen machen wie Sie. Aber heute, da ich derjenige bin, der verzweifelt ist, dachte ich, Sie könnten vielleicht bereit sein, uns zu helfen.«

Mehr als nur eine Vermutung, reflektierte Kyra, und in erster Linie Guthries Idee, nachdem er von Lees Verbindungen zu diesen Leuten erfahren hatte – Wie? Der Vorfall mit Hamid? Hatte die Nachricht in der Firma die Runde gemacht, bis hinauf zu ihrem Eigentümer?

Nicht direkt, nahm sie an. Dennoch, praktisch alles, was geschah, konnte als Hypertext erfaßt und in einer geheimen Datenbank gespeichert werden, die sich wahrscheinlich außerhalb der Erde befand. Von Zeit zu Zeit konnte Guthrie sich in den Hauptcomputer einklinken. Während dieser Zeit *wäre* er der Computer mit all seinen Fähigkeiten, zu speichern, zu suchen und zu korrelieren. Wenn ihm irgend etwas besonders interessant erschien, würde er es in seinen persönlichen Gedächtnisspeicher übernehmen, bevor er sich wieder abkoppelte, und weitere Nachforschungen anstellen.

Nachdem er auf diese Weise von Lees Verbindungen zu diesen Leuten erfahren hatte, mußte Guthrie ein oder zwei Agenten ausgeschickt haben, die sich heimlich unter sie mischten und einen Bericht für ihn schrieben. Als er eine Basis in Nordamerika benötigte, hatte sein Wissen um diesen möglichen Fluchtweg ihn dazu bewogen, sich für Lees Behausung zu entscheiden.

Ja, ein quasi Unsterblicher konnte in so großen Zügen, so weit im voraus denken.

Trotzdem war er nur ganz knapp entkommen, und die Jäger konnten ihn immer noch zur Strecke bringen.

Kyra bemerkte, daß sich Schweigen ausgebreitet hatte, während sie in sich versunken dasaß. Tahir regte sich. »Lassen Sie uns zum Geschäft kommen«, sagte er. »Ich sehe nicht, wie die Polizei das Blaue Theta für längere Zeit abriegeln könnte, wenn überhaupt. Zu viele Leute gehen ein und aus. Oftmals haben sie notwendige Aufträge zu erledigen. Diese Gemeinde bezieht zum Beispiel den Großteil ihrer Nahrung von einer Nanofab, die ihr im Syracuse-Distrikt gehört. Ähnliches gilt für andere, etwa die Crusoes. Natürlich wird man die Tore noch einige Zeit scharf überwachen. Eine Verkleidung – aber führen Sie irgend etwas mit sich, das Sie gegenüber Augen oder Instrumenten verraten könnte?«

»Ich fürchte ja«, gab Lee zu. »Einen speziellen Computer.«

Tahir nickte. »So etwas dachte ich mir.« Er hakte nicht weiter nach, sondern sagte statt dessen: »*Bueno*, vielleicht kann ich eine glaubwürdige Tarnung arrangieren. In der Zwischenzeit müssen Sie beide Pläne machen. Wir Brüder können nicht mehr tun, als Sie zu irgendeinem Platz in der Nähe zu bringen. Überlegen Sie sich, welche Schritte Sie im Anschluß daran unternehmen wollen.«

»Das werden wir«, sagte Kyra. »O ja.«

»Es ist weise, wenn Sie in der Abgeschiedenheit warten«, riet Tahir. »Ich bedauere, daß diese Unterkunft nur über ein einziges Gästezimmer mit nur einem Bett verfügt. Wenn Sie wünschen, Pilotin Davis, können wir Sie auch im *harem* unterbringen.«

Kyra schreckte zusammen. Er grinste. »Das bedeutet, im Reich meiner Ehefrau«, sagte er. »Meiner einzigen Ehefrau.«

»Aber wie können wir uns dann beraten?« Sie suchte Lees Augen. Er zuckte leicht mit den Achseln. »Nein, *gracias*, Sir, aber wir teilen uns besser das Zimmer.« Eine Erinnerung regte sich. »Äh, wenn es Ihnen nicht allzuviel ausmacht.«

Tahirs Belustigung hielt an. »Wir sind keine Wahhabiten. Es ist verständlich, daß ein junges Paar, das lange getrennt war, in der Nacht gerne für sich wäre.«

Für seinen Haushalt sollte er sich auf jeden Fall eine bessere Geschichte zurechtlegen, dachte Kyra. Es sei denn, er sagte ihnen einfach, die Sache gehe sie nichts an, und sie nahmen das hin und hielten den Mund.

Lee errötete bis zu den Ohrspitzen. »Ich kann mich benehmen, *consorte*«, versprach er ihr.

Wie befreiend, so ein komisches Intermezzo! Kyra brüllte vor Lachen. »Ich werd's versuchen!« antwortete sie. Ob Guthrie jetzt wohl auch schallend lachte?

Tahir erhob sich. Die Flüchtlinge folgten ihm auf dem Fuße, nachdem Kyra den Rucksack aufgehoben hatte. »Ein Junge wird Ihnen gleich eine Mahlzeit bringen«, sagte der Scheich. »Er wird klopfen und warten, bis Sie ihn einlassen. Wenn Sie sonst noch etwas wünschen, drücken Sie null-drei auf dem Telefon. Das aktiviert meinen Infomaten. Ansonsten sind Sie strikt isoliert. Möge ich eines Tages in der Lage sein, Ihnen bessere Gastfreundschaft zu bieten!«

»Sie könnten Ihre jetzige nicht übertreffen, Sir«, beteuerte Kyra.

Das Zimmer lag am Ende eines kurzen Ganges. Tahir trat beiseite und bat seine Gäste hinein. »*Yerhamak Allah*«, sagte er leise. Kyra nahm an, daß es sich um einen Segen handelte. Die Tür schloß sich hinter ihm.

Sie schaute sich um. Die Kammer war von bescheidener Größe, aber hübsch eingerichtet. Hinter Paneelen schloß sich ein Minibad an einen Schrank mit Schubladen an. Ein Multiceiver stand neben einem Tisch mit einem einfachen Computerterminal. Zwei Stühle westlichen Stils zeigten an, daß sich auch andere aus ihrem Milieu gelegentlich hier aufhielten. Der Boden war üppig mit Teppich ausgelegt. An einer der schlichten weißen Wände zeigte ein Sichtschirm unter einem Ventilator Palmen und Jasmin an einem Teich. Kyra konnte nicht erkennen, ob die Szene echt oder synthetisch erzeugt war. Sie wirkte zu hübsch, um echt zu sein, aber andererseits existierten tatsächlich noch solche straff verwalteten natürlichen Bereiche. Das Bett – das Bett war breit genug, daß zwei Personen schicklich getrennt darin liegen konnten.

Nicht, daß sie unter diesen Umständen etwas Sexuelles erwartete; danach war ihr gewiß nicht zumute. Als die Anspannung nachließ, durchflutete Müdigkeit ihr Innerstes.

Lee bemerkte es. »Ich bin auch erledigt«, sagte er, »und ich bin nicht durch sechs Zeitzonen gereist, bevor diese Hetzjagd begann.«

»Sollten wir *señor* Guthrie herausnehmen?«

»Das würde ich Ihnen verdammt noch mal geraten haben«, knurrte es aus dem Rucksack.

Lee zog das Gehäuse heraus und stellte es auf den Tisch. Die Augenstiele erschienen und schwangen in Position. Kyra dachte an Gewehre, die ein Ziel erfaßten. Guthries Wärme überraschte sie völlig: »Sie waren prima, Sie beide. Jetzt entspannen Sie sich lieber erst einmal. Kein Schnaps zur Hand, schätze ich, aber eine heiße Dusche könnte Wunder wirken.«

Ein Kribbeln lief Kyras ganze Wirbelsäule entlang. Sie suchte nach etwas Alltäglichem, das sie sagen konnte. »Stehen Sie nicht auch unter einer ziemlichen Spannung, Sir?« Immerhin hatte er hilflos in einem Rucksack gelegen, während sein Schicksal sich ohne sein Zutun entschied.

So hätte vielleicht ein Wolf gelacht. »Wie sollte ein Gespenst sich denn fürchten? Keine Drüsen, vergessen Sie das nicht.« Freundlich fügte er hinzu: »Immer nur locker, Mädel. Sie sind groggy, und das dürfen Sie auch sein. Wir unterhalten uns später.«

»Ich –« Ein Gefühl von Durst überlagert alles andere. »*Bueno, gracias,* Sir.«

In der Badekabine trank sie drei Gläser wunderbar kalten Wassers und spritzte sich noch mehr ins Gesicht. Neben Handtüchern lagen auch Zahnbürsten bereit, wie sie bemerkte, handbetrieben, aber noch in ihren neuen Plastikhüllen. Außerdem ein Kamm, ein Rasierer, Mundwasser, milde Aufputsch- und Schmerzmittel. Sie hatte ein gutes Dock gefunden. Von dieser Erkenntnis aufgemuntert, verschob sie das Duschen und trat ins Zimmer zurück, wo sie sich auf einen Stuhl hockte. Lee folgte ihrem Beispiel.

»Wir haben Glück gehabt, nicht wahr?« sagte Kyra. »Für den Augenblick jedenfalls.«

»Glück ist nicht einfach nur eine Zufallsfunktion«, erwiderte Guthrie.

»Tut mir leid. Ich habe damit nicht gemeint, daß nicht auch Klugheit eine Rolle gespielt hätte.« Kyra richtete sich auf ihrem Platz auf. Allen Berichten zufolge verabscheute der *jefe máximo* Speichellecker. »Aber wir haben Glück damit, Tahir auf unserer Seite zu haben. Ein bemerkenswerter Mann, nicht wahr?«

»Ein Löwe«, stimmte Guthrie zu. »Ich habe den Islam immer für einen der größten Irrtümer der menschlichen Rasse gehalten, aber durch ihn könnte sich meine Ansicht ändern.«

»Er wirkt nicht wie ein ... ein Führer der Niederweltler.«

»Das ist er eigentlich auch nicht«, sagte Lee. »Abgesehen davon, daß er in dieser Gemeinde als Ratsherr und Richter fungiert, ist er der Einkäufer für alle Güter, die ihre Industrien aus auswärtigen Quellen benötigen. Dadurch kommt er ebenso mit High- wie mit Low-Tech und mit allem, was damit zusammenhängt, in Berührung.«

Kyra zögerte. »Ich verstehe das nicht recht«, gestand sie. »Das heißt, ich weiß ein bißchen über die Wirtschaft Bescheid. Die Menschen, die Mehrheit auf der Erde, diejenigen, die nicht die Fähigkeiten oder die Begabungen haben, die die Elite der Welt verlangt – natürlich existieren die meisten davon nicht in einer Art primitiver Selbstgenügsamkeit. So einfach ist das nicht. Aber ich bin mir nicht sicher, wie es funktioniert.«

»Woher sollten Sie das auch wissen«, sagte Guthrie. »Sie sind Weltraumspilotin, Sie haben mit einer Menge anderer Dinge zu tun, die Sie beschäftigen. Und Sie verbringen Ihre Erdaufenthalte in Hochwelt-Enklaven, nicht wahr?«

»*Bueno*, ich –«

»Beim heiligen Judas, Frau, fühlen Sie sich doch nicht schuldig wegen etwas, das ganz logisch ist!«

Lee brachte Kyra zurück zu ihrer Frage. »Es funktioniert nicht nur auf eine einzige Art«, sagte er. »Es ist so vielfältig und variabel wie die Gruppen, die es betrifft. Genaugenommen ist ›Hochwelt‹ und ›Niederwelt‹ eine falsche Zweiteilung. Sie beeinflussen sich nicht nur in vielfältiger Weise, sie gehen fließend ineinander über.«

Sie runzelte die Stirn. »Aber können Sie mir ein par spezifische Daten geben? Zum Beispiel Tahirs Gesellschaft. Wenn sie etwas braucht, das über die Grundrente hinausgeht, die jeder Bürger erhält, muß sie dafür bezahlen. Das bedeutet, daß sie etwas produzieren und verkaufen muß, für das ein Bedarf besteht. Was ist das in diesem Fall?«

»Nicht eine spezielle Ware. Verschiedene Güter und Dienstleistungen. Ein bißchen Tourismus und Unterhaltungsgewerbe, obwohl diese Menschen meistens zu stolz und clanbewußt dafür sind. Handgefertigte Waren – in erster Linie mit Raritätenwert, weil Nordafrika den Markt mit der gleichen Art von Kunst überschwemmt.« (Ja, dachte Kyra, jedes Stück ein Unikat, individuell aufgrund eines selbstdiversifizierenden Programms von Maschinen hergestellt.) »Aber die meisten Männer hier haben Jobs außerhalb, manche davon ziemlich high-tech, manche nicht. Gunjins zum Beispiel. Diese Kultur hat eine Kriegertradition.«

»Woher stammt sie ursprünglich?«

»Teilweise aus dem alten Amerika. Im zwanzigsten Jahrhundert gab es eine Welle von Übertritten zum Islam. Besonders unter Afroamerikanern, glaube ich. Aber die Vorfahren dieser Leute waren überwiegend Nahostler, Flüchtlinge vor der Heiligen Liga, nachdem das Vierte Reich zusammengebrochen war und die Europäer sich zurückgezogen hatten. Moslems waren im Westen bereits unpopulär, wurden oft diskriminiert. Diese Einwanderungswelle verschlimmerte die Lage noch. Richtig schrecklich wurde es während der Großen Dschihad – Rassentrennung, Aufenthaltsbeschränkungen, regelrechte Verfolgungen. Sie wurden auf sich selbst zurückgeworfen, auf ihre eigenen Ressourcen. Natürlich reagierten sie darauf, indem sie ihre kulturelle Identität betonten; man mag denken, daß sie sie übertrieben haben. Als sie sich schließlich wieder frei mit den anderen vermischen durften, wollten viele es gar nicht mehr. Außerdem stieg inzwischen die Kurve der technologischen Entwicklung für viele zu schnell an, so daß sie nicht mehr Schritt halten konnten. Das Endergebnis waren Gemeinschaften wie diese hier.«

»Sie hören sich wirklich gerne selber reden, ja?« bemerkte Guthrie.

»Tut mir leid, Sir.« Kyra hörte die Verletztheit in Lees Stimme und verspürte um seinetwillen einen Stich Unmut.

»Ups«, sagte Guthrie. »*Mir* tut es leid. Sollte keine Beleidigung sein. Wenn ich keine Effektoren habe, nur diesen verdammten Kasten, ist es schwierig, deutlich zu machen, daß ich Sie nur aufziehe. Sie sind dem Temperament nach ein Gelehrter, Sie wollen die Dinge in aller Ausführlichkeit erklären, klar, prima. Ich bin manchmal selbst eine Maschinengewehrschnauze, sagt man mir nach.«

Kyra richtete sich auf ihrem Stuhl auf. »Vielleicht könnten wir uns weniger auf die Vergangenheit und mehr auf die Zukunft konzentrieren«, bemerkte sie scharf. »*Unsere* Zukunft.«

»Wenn wir nicht zu nervös sind, um uns vernünftig zu unterhalten«, sagte Lee unausgeglichen.

»Das glaube ich nicht«, erklärte Guthrie ihnen. »Sie sind beide erstklassige Leute, mit mehr Reserven, als Sie selber ahnen. Wenn Sie über ein paar Dinge nachdenken, bevor Sie sich schlafen legen, werden Sie auf jeden Fall mit ein paar Lösungen für Ihre Probleme aufwachen.«

Selbst er, dachte Kyra, benötigt eine seltsame Art von Schlaf.

Bestimmte Zeilen stiegen aus ihrem Gedächtnis auf und ließen sie frösteln.

Was in dem Schlaf für Träume kommen mögen,
Wenn wir des Ird'schen Fessel abgeschüttelt –

Die prosaische Stimme riß sie zurück: »Angenommen, Tahir kann uns nach draußen schmuggeln lassen. Er hat uns gewarnt, daß das alles ist, was er vermag. Wir müssen darüber hinaus planen. Zuerst sollten wir uns besser einen Überblick über die Lage verschaffen, so wie sie sich im Augenblick darstellt. Wovor sollten wir Tahir warnen? Was für eine Spur hinterlassen wir für die Bullen, und wie können wir sie verwischen?« Die Augen schwenkten zu Lee hinüber. »Bob, bald wird man den Schlüsselkode aus der Datei holen und damit in Ihre Wohnung eindringen. Ich bin sicher, Sie waren nicht so dumm, einen nicht registrierten Kode zu benutzen.«

»N-nein, Sir, natürlich nicht«, sagte Lee. »Im Falle einer Stichprobenüberprüfung oder . . . oder irgendwelcher anderer ungewöhnlicher Ereignisse wäre ich sonst in Schwierigkeiten gekommen.«

»Vor langer Zeit haben einige Männer in diesem Land ein Märchen verfaßt und es die *Bill of Rights* genannt – die erste Verfassung Amerikas. Darin wurde etwas sehr Kurioses über das Grundrecht eines jeden Menschen gesagt, Schutz vor solchen Dingen zu genießen.«

»Ich weiß. Ich bin in einer Firmenenklave zur Schule gegangen.«

»Ich auch«, murmelte Kyra.

»Ja«, sagte Guthrie. »Einer der Reibungspunkte zwischen Fireball und der Regierung. Wir wehrten uns dagegen, daß unseren Kindern das öffentliche Schulsystem aufgezwungen wurde. Na ja, ist ja jetzt egal. Manchmal werde ich mißmutig, das ist alles.

Der entscheidende Punkt ist, die Sipo wird Ihre Unterkunft engmaschig durchkämmen. Haben Sie irgend etwas zurückgelassen, das darauf hinweisen könnte, daß ich mich dort aufgehalten habe? Seien Sie ehrlich, und schämen Sie sich nicht. Ich denke bestimmt nicht schlechter von Ihnen, weil Sie kein Mantel-und-Degen-Profi sind.«

Lee runzelte die Stirn, starrte ein paar Sekunden lang ins Nichts und schüttelte dann den Kopf. »Ich glaube nicht. Sie könnten den Safe finden, obwohl er ziemlich gut abgeschirmt ist, aber in dem Fall werden sie sehen, daß er lange vor meiner Zeit installiert wurde. Ich habe nichts, was mit Ihnen in Zusammenhang steht, schriftlich festgehalten. Die Kommunikationskanäle, die Sie benutzt haben, stammen ebenfalls noch aus der Zeit vor meinem Einzug. Sie wissen besser als ich, wie sicher sie sind.«

»Ziemlich sicher, soweit es Detektoren und Wanzen betrifft. Wenn sie nicht in Betrieb sind, trennen sie sich spurlos vom Rest unseres Netzes. Okay. Sie werden eine Erklärung benötigen, warum Sie abwesend waren, eine, die ohne viel Nachfragen akzeptiert wird. Das erfordert Bestätigung. Denken Sie nach. Was könnten sie gemacht haben? In einer Lasterhöhle der Niederwelt herumgehurt? Ich habe die Verbindungen, um binnen kürzester Zeit Zeugen dafür zu beschaffen, wenn Sie dazu bereit sind.«

Lees Stirnrunzeln vertiefte sich. »Ich weiß nicht recht, Sir. Ich meine, es macht mir nichts aus. Aber wenn sie herumfragen, werden sie feststellen, daß so etwas nicht meinem Charakter entspricht. Das könnte unangenehme Folgen auch für Ihre . . . Freunde haben.«

»Haben Sie denn eine bessere Idee?«

»Nein, ich fürchte nicht. Anfangs sagten Sie, ich sollte einfach den Ahnungslosen spielen. Das sieht jetzt nicht mehr so einfach aus. Lassen Sie mich noch ein wenig nachdenken.«

»Tun Sie das.« Die Linsen richteten sich auf Kyra. »Sie sind dran, Pilotin Davis. Gibt es irgendeinen Grund für die Sipo anzunehmen, daß Sie dabei die Hand im Spiel hatten?«

»Nein«, sagte sie. »Ich bin nur eine Raumfahrerin, die zufällig auf dem Kamehameha war, als Dr. Packer Kuriere benötigte.«

»Irgend etwas in Ihrer Lebensgeschichte, das besondere Aufmerksamkeit erregen könnte?«

»*Bueno – bueno*, ich bin Fireball-*consorte* der dritten Generation, aber das ist nichts Ungewöhnliches, oder?« Kyra hielt inne. Sie mußte sich selbst ein bißchen antreiben. »Meine Eltern wurden in Nordamerika geboren, aber in den letzten, Moment, vierzehn Jahren haben sie in Rußland gelebt. Sie wollten nicht wegziehen, aber die Firma hat sie versetzt, eigentlich sogar in bessere Stellungen – um ihrer Sicherheit willen, glaube ich beinahe. Sehen Sie, Paps ist ein glühender Anti-Avantist. Mit jedem neuen Gesetz und jeder neuen Bestimmung, die die Synode verabschiedete, wurde er unverblümter in seinen Äußerungen.« Ein Lächeln zuckte in ihren Mundwinkeln. »Mutter ist ein kühlerer Kopf.«

»Ich verstehe. Ihre Familie ist nicht die einzige, die wir umsiedeln mußten. Was machen sie?«

»Paps ist theoretischer Physiker.« Sie hörte den Stolz in ihrer Stimme aufsteigen. »Derzeit arbeitet er mit Antimaterie an Verfahren, die die großtechnische Produktion von schweren Kernen verbessern. Mutter ist Biotikprogrammiererin. Ich habe einen jüngeren Bruder auf der Akademie.«

»Warten Sie. *Diese* Familie Davis?« Guthrie verstummte für einen Augenblick. »Verdammt, ich weiß, daß mir die Namen schon früher einmal begegnet sind, aber der größte Teil meiner Erinnerungen ist anderswo gespeichert. Tut mir leid.«

Es war anständig von ihm, sich zu entschuldigen, dachte Kyra. »Nicht Ihr Fehler, *jefe*. Sie können nicht alles in Ihrer ... persönlichen Datenbank speichern.«

Wenn er an seinen Hauptcomputer angeschlossen wäre, dachte sie, könnte er alles aufrufen, was sich in Fireballs Dateien befand, einschließlich detaillierter Erinnerungen an seine unmittelbaren Erlebnisse. Um ein eigenes Gesicht, ein menschliches Mienenspiel auf einen Multiceiver zu projizieren, statt aus einem nackten Gehäuse heraus sprechen zu müssen, bräuchte er weniger Computerkapazität als das.

»Danke«, sagte er. Nach einem neuerlichen Schweigen: »Eine Familie, die fest zusammenhält, was? Ich vermute, Sie haben einen großen Teil Ihrer Zeit auf der Erde bei ihnen in Rußland verbracht.«

»Ja. Und ansonsten, ach, Sightseeing, Urlaub machen rings um den Globus. Kaum jemals in der Union, außer auf Hawaii.« Berg, Wälder, Strand, Gischt, Riff, Ozean, Reste der Vergangenheit, die wunderbar lebendig gewesen war; ein Hulatanz, ein Luau, für die Touristen inszeniert, aber trotzdem Reste einer Vergangenheit, die wunderbar menschlich gewesen war; die Keiki Moana, anmutig, wehmütig, Reste einer Zukunft, die gescheitert war. »Ansonsten ist dieses Land deprimierend.« Wie bitter dieses Wort klang. »Nicht, daß ich viel auf der Erde gewesen wäre, seitdem ich mein Kapitänspatent erhalten habe. Ich habe einige lange Reisen unternommen.«

»Wirklich? Wohin?«

»Asteroiden- und Kometenschürftouren, bis hinaus zum Kuiper-Gürtel. Die äußeren Planeten, Fährdienste für die wissenschaftlichen Stationen. Einmal eine Tauriden-Mission, ein Notruf.«

Muy bien, sie prahlte, und sie war sich Lees ehrfürchtiger Blicke wohl bewußt. Aber es war weniger ihre Absicht, Guthrie zu beeindrucken, als vielmehr, ihm einen annähernden Überblick über ihre Fähigkeiten zu geben.

»Hui!« rief die Kunststimme aus. »Damit haben Sie sich ein für allemal in mein Alltagsgedächtnis eingeschrieben, Pilotin Davis, und wenn ich irgendwann Ihre Datei zu Rate ziehe, kommt auch die auf Dauer in diese Blechdose. Gottverdammt, in den alten Zeiten wäre ich persönlich mit Ihnen zusammengetroffen und hätte Sie beglückwünscht. In meinen Tagen als Mensch aus Fleisch und Blut hätte ich Ihnen außerdem auch noch einen dicken, feuchten Kuß gegeben. Fireball ist zu verflucht groß geworden.«

Im Grunde zu einer eigenständigen Nation, hatte Kyras Mutter einmal bemerkt. Es *ist* eine Nation, hatte ihr Vater erwidert, mehr als die meisten, die heute diesen Namen tragen.

O ja, hatte er (wie sie später begriff) zum Besten des Kindes, das zuhörte, hinzugefügt, in rechtlicher Hinsicht ist es nichts weiter als ein in privater Hand befindliches Großunternehmen mit Hauptsitz in Ecuador, das eine Vielzahl von Unternehmungen überall auf der Erde und im Sonnensystem betreibt. Seine

Bedeutung bringt ihm nichts als enormen Reichtum und Einfluß ein – rechtlich gesehen. In Wirklichkeit aber versorgt es die meisten seiner Mitarbeiter mit fast allem, was sie benötigen, von Wohnungen und Schulen und medizinischer Versorgung bis hin zur Hilfe gegen die Regierung, die sie als ihre Untertanen betrachten. Wenn wir uns dafür entscheiden, ihm rückhaltlose Treue zu schwören, wird Fireball uns dasselbe geloben; und dann sind wir nicht länger bloße Angestellte, sondern *consortes*. Das ist nicht einfach nur ein Arbeitsvertrag, das ist eine Verfassung. Und denk an unsere Bräuche, unsere generationenalten Traditionen, an alles, was wir miteinander teilen, weit über alle materiellen Werte hinaus. – Ich sage dir, das ist eine Nation.

Das war nicht ganz korrekt, Paps, dachte Kyra jetzt. Die Nation, das sind wir, und unser souveränes Hoheitsgebiet, das ist das gesamte All.

Und doch: Durch seine Computer und Kommunikationskanäle war ein einzelner Geist immer noch fähig, diese Nation zu regieren, sie zusammenzuhalten, ihre Feinde abzuwehren, sie dazu zu bringen, nach den Sternen zu greifen. Wie viel länger noch? Schon jetzt hatte sich sein Griff gelockert. – Nein, falsch. Er hatte den Mitgliedern immer so viel Unabhängigkeit gelassen wie möglich. Das war der wahre Urgrund von Fireballs Stärke.

Guthrie zog ihre Gedanken wieder auf sich zurück. »Okay«, fragte er, »was hat Sie diesmal zur Erde geführt? Ein Urlaub?«

»Eigentlich nicht«, sagte Kyra. »Ich war auf L-5, während mein Schiff routinemäßig überholt wurde. Eine Sonderfracht sollte nach Nordamerika, organische Cryozellen. Gemäß den Vorschriften war ein menschlicher Pilot erforderlich. Der Pilot, der normalerweise dafür vorgesehen gewesen war, hatte einen Strahlenunfall erlitten und befand sich in DNA-Therapie. Ich erbot mich, ihn zu vertreten, und man stimmte zu.« Warum auch nicht, bei jemandem mit ihren Qualifikationen, auch wenn es sich um eine langweilige Routinemission handelte? »Bis zum Rückstarttermin waren etwa drei Tage Zeit, weil das Entladen dieses Zeugs so langwierig ist. Das hätte es mir ermöglicht, meine Eltern zu besuchen oder vielleicht ein bißchen zu surfen.«

»Kurz gesagt, Ihre Anwesenheit war reiner Zufall, und wenn die Bullen das Logbuch abspielen, werden sie genau das bestätigt finden. Das Dossier Ihrer Familie könnte ein paar hochgezogene Augenbrauen bewirken, aber ich bezweifle, daß man es überhaupt überprüft. Wenn Sie sich nicht pünktlich zum Start wieder zurückmelden, könnte man sich allerdings wundern. Andererseits haben sie auch eine Menge anderer Dinge im Kopf. Außerdem, wenn erst einmal der Schlag gegen die Firma bekanntgegeben worden ist, wird es ganz natürlich erscheinen, wenn Sie sich nicht von dort wegrühren, wo Sie sich gerade befinden.«

»Ich bin in der Anonymität sicher?« Erregung flackerte auf. »Ich kann einfach so hier hinausmarschieren?«

»Hm, ganz so einfach ist es vielleicht doch nicht. Lassen Sie uns das alles noch einmal ganz genau durchgehen. Wie sind Sie hierhergekommen?«

Von präzisen Fragen geführt, beschrieb Kyra ihre Reiseroute. Mit Bestürzung erinnerte sie sich an das Kuppeltrike, das an einen inzwischen abgelaufenen Ständer angeschlossen war und sich durch ihren Daumenabdruck zu ihr zurückverfolgen ließ.

»Wie steht's mit der Parkdauer?« erkundigte sich Guthrie.

»Ich habe eingegeben, daß ich heute oder vielleicht auch morgen zurückkommen würde. Ich wußte es ja selbst nicht, verstehen Sie.«

»Kluges Mädchen. Tja, auch wenn Sie das Gefährt nicht morgen rausholen können, glaube ich nicht, daß jemand die unbezahlte Parkuhr gleich bemerkt, und danach ist es eine Sache der Stadtverwaltung, nicht der Bullen – zunächst jedenfalls.«

»Da gibt es noch eine bessere Möglichkeit«, schlug Lee vor. »Rufen Sie von einer öffentlichen Zelle aus an, sobald Sie hier raus sind, und erklären Sie der Agentur, Sie hätten aufgrund eines Notfalls woanders hingemußt, und sie sollten jemanden schicken, der das Trike abholt. Die zusätzlichen Unkosten soll man von Ihrem Konto abbuchen. Ich bin sicher, so etwas passiert immer mal wieder, und sie werden sich wenig oder gar nichts dabei denken.«

»He, Bob, Sie haben die Anlange zu einem echt prima Verschwörer«, sagte Guthrie.

»Also *bueno*«, sagte Kyra erfreut. »Ich kann Sie an einem sicheren Ort zurücklassen, Sir, und persönlich alle Nachrichten überbringen, die Sie an Dr. Packer übermitteln wollen. Oder an jemand anders?«

Sie hörte, wie sein Grimm wiederauflebte. Nein, begriff sie, er war die ganze Zeit über dagewesen, unter der Oberfläche.

»Unglücklicherweise können wir keinen so geraden Kurs segeln. Zuerst einmal frage ich mich, ob es überhaupt noch irgendwo in diesem Land einen sicheren Ort für mich gibt. Je mehr ich darüber nachdenke, desto stärker wird mein Verdacht, wer hinter dem ganzen Hallo steckt. Der schlimmste Feind, den ich haben könnte.«

Der Atem zischte zwischen Lees Zähnen. Hatte er es erraten? Kyra, der plötzlich ganz kalt war, konnte nur flüstern: »Wer?«

»Ich selbst.«

»Was?«

»Mein Duplikat. Mein Doppelgänger. Die Kopie von mir, die nach Alpha Centauri geflogen ist.«

Die Erinnerungen kamen in einem Schwall zurück. Wie alt war sie gewesen, als die *Juliana Guthrie* heimgekehrt war? Sieben, acht? Ja, sieben. Das Ereignis war kein triumphaler Eintrag in den Annalen. Schließlich waren die Daten mittels Richtstrahl übertragen und lange im voraus empfangen worden. Die mitgebrachten Proben waren notwendigerweise klein und von geringer Zahl, ihre Molekularstruktur längst analysiert, bloß Trophäen. Trotzdem war die Ankunft seltsam gedämpft vor sich gegangen und alles darüber mit einer Geschwindigkeit, die im nachhinein ebenso merkwürdig erschien, wieder aus den Nachrichten und dem öffentlichen Bewußtsein verschwunden. Sie hatte sie schon halbwegs vergessen gehabt.

Guthrie fuhr fort. Seine Nüchternheit war beängstigender als jede Dramatik. »Wir tauschten unsere Daten aus, er und ich. Natürlich hatte ich mehr Erfahrung mit dem Datentransfer. Auf dem Weg nach draußen und wieder zurück war er im leeren Weltraum viele Jahre lang abgeschaltet gewesen. Andernfalls wäre er vor Langeweile verrückt geworden. Aber der Gedanke war, daß *ich* an der Reise teilnehmen und trotzdem nichts von all dem verpassen würde, was *mir* zu Hause wiederfuhr. Während der Zeit, in der er unterwegs war, veränderte sich die Lage im Sol-System. Ich hatte nie vor, bis in alle Ewigkeit die Geschäfte der Firma zu leiten, aber ich beschloß, daß es unter den gegebenen Umständen besser sei, wenn Fireball eine Sicherheitskopie hätte. Deshalb richtete ich es so ein, daß seine Rückkehr so unauffällig wie möglich erfolgte. Nachdem er über die aktuelle Lage informiert worden war, einigten wir uns darauf, ihn zu deaktivieren, und ich ließ ihn für einen zukünftigen Notfall verstecken.«

Und wenn dieser zweite Guthrie wieder auferweckt wurde, dachte Kyra, wäre es so, als sei für ihn keinerlei Zeit verstrichen.

Flüchtig fragte sie sich, welchem der beiden sie jetzt körperlich gegenüberstand, dem Original oder dem Double. Dann wurde ihr klar, daß es keinen Unterschied machte.

»In Nordamerika«, wußte sie im voraus.

»Ja. Eine unglückliche Wahl, wo doch die Avantisten an der Macht waren? Hätten wir ihn nicht an einem wirklich sicheren Ort verstecken sollen? Tja, es war eben ein Vabanquespiel. Als Fireball seine neue Zentrale für dieses Land baute, ließ ich Geheimkammern und -vorkehrungen einbauen. Ich hatte die Erneuerung, den Dschihad und einen ganzen Haufen kleinerer Katastrophen erlebt, und der Avantismus dämmerte gerade am Horizont herauf. Vorbereitet zu sein war alles. Es schien mir, als ließe er sich dort ebenso sicher verstecken wie überall sonst auf der Erde, sicherer sogar als an den meisten Orten.

Die Synode brachte die Unionsregierung mit jedem Tag auf einen härteren Kurs, und unsere Konflikte mit ihr wurden zusehends schlimmer, aber niemals hätte ich erwartet, daß sie es wagen würde, unsere vertraglich verbürgten Rechte auf eine solche Weise zu verletzen, wie es jetzt geschieht. Ich witterte zu viele Schwächen hinter den Predigten und der Großtuerei.

Bereits damals kannte ich die Kayos in rudimentärer Form als organisierte Widerstandsbewegung. Bis vor ganz kurzer Zeit veranlaßte mich nichts von dem, was seither geschehen war, dazu, meine Meinung zu ändern. Irgendwann in nicht allzuferner Zukunft würde in Nordamerika die Hölle losbrechen. Zu diesem Zeitpunkt mochte es durchaus wichtig sein, mein anderes Ich vor Ort zu haben, damit es dort das Kommando übernahm. Dadurch ließen sich vielleicht zahllose Menschenleben und eine Menge an Besitz retten.«

Der Teil von Kyra, der neben ihr stand, fragte sich, ob das an Größenwahn grenzende Selbstgefälligkeit war. Nein, entschied sie. Guthrie hatte seine Qualitäten zu oft bewiesen, und er war zu realistisch, um bescheiden zu sein. Die schlichte Wahrheit war, daß er, an ein Netz gekoppelt, Fireball – oder einen abgeschnittenen Teil Fireballs – besser durch eine Krise führen konnte als jede aus Menschen zusammengesetzte *junta* oder jede rein künstliche Intelligenz. Seine Macht entsprang aus mehr als nur Erfahrung, Wissen, angeborener Feldherrnkunst. Es war Autorität. Ein beinahe göttliches Recht; etwas, das von Menschen fordern konnte, achtlos in den Tod zu gehen, weil es im Namen dessen sprach, was ihrem Leben Bedeutung verlieh. Er war der Gründer, der Meister, die Präsenz. Er war Fireball.

Aber Führer konnten versagen, und ihre Sache konnte scheitern.

Kyra vernahm ein Seufzen. Nüchtern begriff sie, daß Guthrie es ohne Lungen erzeugt hatte, so wie er jedes Wort erzeugte, das er sprach. »Als die Truppen jenes Gebäude besetzten, wurde ich davon überrumpelt«, sagte er. »Plötzlich gab es keine Möglichkeit mehr, mein Double zu erreichen oder ihm gar Anweisungen zu erteilen. Die beste Möglichkeit, die mir einfiel, war, mich zur Erde und in die Union schmuggeln zu lassen.«

Ein kühner Schritt, dachte Kyra, aber bisher hatte er gut funktioniert. Statt paralysiert zu sein, von der Kommunikation mit einem Zentrum abhängig, das jetzt von der Sipo kontrolliert wurde, handelten die nordamerikanischen Unterabteilungen der Firma auf sich allein gestellt klug in der Tradition Fireballs. Ihre Direktoren protestierten und verhandelten. Unterdessen landete eine von einem regierungseigenen Werk in der Union georderte Schiffsladung reinen Titans ›irgendwie‹ in Québec, das ›irgendwie‹ beschloß, diesen Schatz trotz der Empörung seines mächtigen Nachbarn zu behalten. Unterdessen teilte die südwestliche Energieempfangszentrale der Firma zu ihrem Bedauern mit, daß sie aus technischen Gründen überschüssige Megawatts nicht länger ins nationale Netz einspeisen konnte. Zur gleichen Zeit meldeten Wachsatelliten mysteriöse kleine Objekte, die auf einer ballistischen Bahn über dem Ozean zwischen Kalifornien und Hawaii dahin zogen, und ein guatemaltekischer Delegierter bei der Vollversammlung der Weltföderation forderte die Friedensbehörde zu einer Untersuchung auf, ob es sich dabei womöglich um einen nordamerikanischen Verstoß handeln könne –

»Ich hatte gehofft, wir könnten eine Einigung erzwingen, die uns unseren Status zurückgäbe und zu einer Schwächung der Synode führte«, fuhr Guthrie fort. »Wieder wurde ich überrascht. Die Großaktion begann, und wir drei mußten verduften.« (Kyra vermutete, daß das bedeutete, daß sie zwangsweise eine hyperbolische Bahn eingeschlagen hatten.) »Warum? Stehen sie so unter Druck, daß sie eine Vergeltung herausfordern, die sie ruinieren könnte? Keine der von mir gesammelten Informationen legt diese Vermutung nahe. Es geht ihnen schlecht genug, daß sie gewillt sind, Risiken einzugehen, aber noch sind sie keine Kamikaze. Sie müssen glauben, sie hätten eine reelle Chance, Sieger in diesem Spiel zu bleiben.

Wie? In den letzten Stunden bin ich von Minute zu Minute mehr davon überzeugt, daß ihnen mein anderes Ich in die Hände gefallen ist.«

Da Kyra sich auf die Hintergrundereignisse konzentriert hatte, war ihr bisher nicht klargeworden, was für Folgen das hatte. Die Erkenntnis traf sie wie ein Schlag in den Magen.

»Aber sie wußten doch gar nicht, wo er war«, protestierte Lee, als versuche er, die Tatsache abzuwehren.

»Irgendwie hat die Sipo es erfahren«, erwiderte Guthrie. »Im nachhinein kann ich eine Vermutung anstellen. Außer mir wußten drei Personen Bescheid. Ich werde keine Namen nennen, nicht einmal Ihnen gegenüber, aber es handelte sich um enge Freunde von mir. Zwei sind es immer noch; sie leben außerhalb der Erde. Einer, ein Nordamerikaner, war vor einigen Monaten hier zu Besuch, als er bei einem Unfall getötet wurde. Jedenfalls wurde die Weltöffentlichkeit dahingehend informiert – auf die übliche Art, mit den üblichen Beweisen, einschließlich der Leiche. Natürlich tat es mir leid, aber ich habe mich schon von vielen Freunden verabschiedet ... Jetzt muß ich daran denken, wie leicht sich solche Dinge fälschen lassen, wenn man über fähige Techniker und eine gut funktionierende Organisation verfügt. Inklusive einer künstlichen Leiche. Sie müßte nicht einmal einer genauen Überprüfung standhalten, nur die Angehörigen täuschen. Seinen Wünschen gemäß wurde sie eingeäschert.

Ich hege den Verdacht, daß man ihn gekidnappt und einem Tiefenverhör unterzogen hat. Vielleicht ganz ohne besondere Hintergedanken, einfach nur, um Hinweise auf irgend etwas zu erhalten, das sich gegen uns verwenden ließe. Sayre ist imstande, jede Sauerei zu arrangieren. Außerdem ist er ein raffinierter Hundesohn, der wissen muß, daß seine Regierung dem Untergang geweiht ist, wenn sie nicht bald etwas Drastisches unternimmt. Wenn ich recht habe, erfuhr er so von meinem Zwilling.«

»Was wurde dann in Wirklichkeit aus Ihrem Freund?« fragte Lee mit leiser Stimme.

»Tot, nachdem sie mit ihm fertig waren«, erwiderte Guthrie tonlos. »Ich hoffe es jedenfalls. Um seinetwillen.«

Kyra erschauerte.

»Wenn die Synode wußte, daß mein Double in unserer Zentrale versteckt war, konnte sie einen Vorwand erfinden und das Gebäude besetzen«, fuhr Guthrie fort. »Danach würde die Regierung Hinhaltemanöver veranstalten, Theater machen, behaupten, sie sei kompromißbereit, aber die Angelegenheit verzögern, während sie – « die Maschinenstimme stockte kaum – »ihre Beute reprogrammierte. Jetzt hat sie mich auf ihrer Seite und weiß einen Großteil dessen, was auch ich weiß.«

»Bestimmt nicht!« rief Kyra aus.

»Nicht alles, aber genug«, sagte Guthrie gnadenlos. »Alles, war in seinem persönlichen Gedächtnisspeicher enthalten war, und das heißt: mehr oder weniger alles, an das ein Mensch sich erinnern würde, einschließlich der Lage meiner alten Verstecke. Neuigkeiten der letzten zwei Jahrzehnte, die ihm problemlos überspielt worden sind. Umfassende Informationen über die Firma von den Speicherplatten, die ihnen in die Hände gefallen sind – nichts streng Geheimes natürlich, aber bei Fireball gibt es nur wenig, was streng geheim wäre.

Vor allem aber kennt er meine Denkweise. Er weiß, daß ich mich in das Land eingeschmuggelt habe, weil er es genauso gemacht hätte, denn er ist ich. Er wird auch einige verteufelt schlaue Vermutungen darüber anstellen, was ich als nächstes tue.«

Kyra sträubte sich gegen diesen Alptraum, genau wie Lee. »Sind Sie sich dessen sicher? Es klingt fürchterlich weit hergeholt.«

»Wenn Sie eine Hypothese aufstellen können, die besser zu den Fakten paßt, wäre ich entzückt, sie zu hören.«

»Aber könnten sie ihn wirklich ... verändern ... und ihn dabei nicht zerstören, ihn nutzlos machen? Wie?«

»Sie können es«, erklärte Lee ihr. »Die Theorie, die dahintersteht, berührt mein Fachgebiet, darum kann ich mir die Methoden vorstellen.« Seine Hand berührte ganz kurz ihre. »Aber ich würde sie lieber nicht beschreiben.«

3
Datenbank

Die Einflußmöglichkeiten des Meteorologischen Dienstes der Weltföderation waren begrenzt, und sie erstreckten sich nur auf das Wetter, nicht auf das Klima. Das Nordwestliche Integrat würde immer mehr Regen und Wolken als blauen Himmel haben, bis die Erde als Ganzes sich tiefgreifend verändert hatte.

Letzte Woche jedoch war eine längere Regenperiode für eine Weile strahlendem Sonnenschein gewichen. Am ersten Tag davon nahm Enrique Sayre sich einen Augenblick Zeit, ihn zu bewundern.

Das örtliche Gebäude der Sicherheitspolizei war eher breit und tief als hoch, eine Festung. Dennoch hielt der Blick vom Dach einen Vergleich mit dem stand, was er von seinem Flitzer aus gesehen hatte, bevor er landete; und nachdem er ausgestiegen war, pfiff ihm ein stürmischer kalter Wind ins Gesicht und jaulte ihm in den Ohren. Er roch nach Salzwasser mit jener schwachen Beimischung von Chemikalien und Ozon, die von Energien zeugte, die am Werke waren. Darüber lag Verkehrslärm, ein Gemurmel wie Meeresrauschen, stieg er hinauf zu kreisenden Möwen und glitzernden Luftfahrzeugen. Auch die Stadt strebte nach oben, von Straßen, Brücken, Einschienenbahnen, Dymaxions und anderen niedrigeren Gebäuden zu stolzen Turmeshöhen. Bioflächen leuchteten in intensivem Grün; obwohl sie in letzter Zeit nachlässig gepflegt wurden, rückte die Natur vor: Gras, Unkräuter, Schößlinge. In einiger Entfernung glitzerte silbern die Elliott Bay, weniger als früher aufgewühlt von Schiffsverkehr und Segelbooten. Jenseits der Gebäude auf der anderen Seite erhoben sich die Schneegipfel des Kaskadengebirges weiß vor dem Blau.

Sayre konnte verstehen, warum Anson Guthrie seine nordamerikanische Zentrale hier angesiedelt hatte. Der Mann war in Port Angeles geboren und aufgewachsen, an der Meerenge, nicht weit von den Bergen und Wäldern der Olympic-Halbinsel. Das körperlose Programm mußte sich hierher zurückgesehnt haben. Sayre warf einen Blick auf das Fireball-Gebäude. Auf anmaßende, arrogante Weise höher als sein eigenes, erhob es sich auf dem Queen-Anne-Hügel, und seine Umrisse ließen an ein startendes Raumschiff denken. Aber jetzt flatterte die Unendlichkeitsfahne auch an seinem Mast.

Wachtposten salutierten, als Sayre von seinem Flitzer wegtrat. Er erwiderte die Gesten. Die Männer waren hauptsächlich fürs Zeremoniell da, eine Beigabe zu den robotischen Überwachungsanlagen und Geschützen, aber auch das Zeremoniell war wichtig. Xuan selbst hatte eingeräumt, daß der Mensch weitgehend ein Wesen aus Instinkt und Gefühl blieb. Die Zähmung des Hirnstammes und des limbischen Systems im Dienste des Großhirns würde eine Arbeit von Generationen sein.

Sayre war in den Disziplinen weit genug fortgeschritten, um zwar zu erkennen, daß er in körperlicher Hinsicht wenig eindrucksvoll war – ein kleiner, zierlicher Mann mit scharfgeschnittenen Gesichtszügen, aber mit einem fliehenden Kinn und blonden Haaren, die in dünnen Strähnen an einem runden Kopf klebten –, sich aber nichts daraus zu machen. Er hatte auf jegliche Änderungen außer einer Korrektur seiner Kurzsichtigkeit und seiner Anlage zu Magengeschwüren verzichtet. Seine Uniform war schlicht, kaum von der eines einfachen Offiziers zu unterscheiden. Es war das, was er leistete, das Ehrenbezeigungen verdiente.

Nachdem er eine Fahrwegkuppel betreten hatte, fuhr er hinunter in das Büro, das er requiriert hatte. Angehörige des Personals sprangen auf und grüßten militärisch. Ungeduldig drängte er sich an ihnen vorbei und zog sich in das Zimmer dahinter zurück. Von seinem Schreibtisch aus rief er das Labor an. Das Gerät verband ihn sofort mit Clarice Yoshikawa.

»Sir!«

»Ist das neue Programm fertig?« fragte Sayre.

»Ja, Sir«, erwiderte die Chefin der Techniker, die er vom Oberkommando im Osten, aus Futuro, hierhergerufen hatte. »Wir haben es die ganze Nacht über getestet.« Nicht nur das zeigte sich in ihrer Hagerkeit. Auch Aufputschmittel und Nahrung hielten einen Menschen nur bis zu einem gewissen Punkt aufrecht, und Sayre hatte das Team gnadenlos angetrieben, seitdem sie angekommen waren.

»Haben Sie es endlich richtig hingekriegt?«

Indigniertheit, beinahe Ärger, sprach aus ihr, auch wenn ihre Stimme gleichgültig klang: »Sir, Sie wissen, wir haben nur dieses eine Exemplar der Guthrie-Hardware. Alles, was wir tun können, ist, Kopien der Software zu überprüfen, bis wir sie in diesen einen Computer einsetzen und sie Bewußtsein erlangen.«

»Wo Sie schon einmal dabei sind«, erwiderte Sayre, »sagen Sie mir, was für einen Monat wir haben.«

Furcht regte sich hinter dem starren Gesicht. »Es tut mir ... sehr leid, Sir. Habe nicht nachgedacht. Bin todmüde.«

Sayre lächelte. »Ich weiß. Sie und Ihre Leute haben wie Maschinen gearbeitet. Keine Angst, Ihre Loyalität wird in den Akten vermerkt werden. Vielleicht bin ich selbst überanstrengt. Diese Sache ist so wichtig, so dringend.«

Er hörte das erleichterte Zittern. »*Gracias,* Sir. Ich hoffe, diesmal haben wir Erfolg gehabt«, und nicht etwas produziert, das irre redet oder wie ein Affe schnattert.

»Wir werden es herausfinden.«

Yoshikawa fuhr sich mit der Zunge über die trockenen Lippen. »Sie wissen ja, Sir, selbst wenn es geklappt zu haben scheint, können wir es nicht mit Sicherheit wissen. Entschuldigen Sie, wenn ich etwas so Elementares wiederhole, aber noch ist die Psychomedizin keine exakte Wissenschaft. Ein lebender Mensch, der einer ideationalen Rekonditionierung unterzogen wird, kann uns trotzdem noch gelegentlich überraschen. Hier versuchen wir es bei einer Bewußtseinskopie. Damit liegen bisher kaum Erfahrungen vor.«

Sayre schnalzte mit der Zunge. »Sie sind *wirklich* erschöpft, nicht wahr? So, wie Sie reden! Wie auch immer die Dinge sich heute entwickeln, Sie und Ihr Team sollen, äh, vierundzwanzig Stunden Tiefschlaf und vierundzwanzig Stunden Erholungsbehandlung erhalten. Aber halten Sie vorher noch zwei oder drei Stunden länger durch. Können Sie das?«

»Natürlich, Sir«, sagte Yoshikawa, die sofort lebhafter wurde. »Auch wir sind begierig darauf, die Ergebnisse zu erfahren. Immerhin dient es der Transfiguration.«

Sayres Finger vollführten das Unendlichkeitssymbol. »Für die Transfiguration.« Er beugte sich vor. »Was die Ungewißheit angeht, ja, dessen bin ich mir sehr wohl bewußt, nicht nur, weil Sie mich gleich zu Anfang gewarnt haben. Wenn der neue Guthrie zufriedenstellend zu sein scheint, wird die Regierung es mit ihm versuchen. Meine Pflicht ist es, ihn scharf im Auge zu behalten, so wie man das bei jeder wichtigen Person macht, deren Loyalität nicht unstrittig ist. Sollte er abweichende Verhaltensweisen zeigen, stehen uns Strafen zur Verfügung, um ihn wieder auf Vordermann zu bringen, und Belohnungen, die wir ihm für gutes Betragen anbieten können. Mit Glück, vorausgesetzt, wir haben ausreichend schnelle Computer, sollten wir schon bald alle noch verbliebenen Widerstände aus ihm hinauskonditioniert haben.«

Das, was er sagte, war so offensichtlich, daß er damit keine Geheimnisse verriet, auch wenn man Yoshikawa und ihren Leuten nicht explizit mitgeteilt hatte, was die Behörden planten. Einem Programm mit Selbstbewußtsein eine virtuelle Hölle oder einen virtuellen Himmel zu bescheren, mußte technisch einfacher sein als bei einem Menschen aus Fleisch und Blut. Der Trick bestand darin zu ergründen, was in diesem speziellen Fall der Schrecken und was die Ekstase war. Sayres Karriere hatte ihn geschickt gemacht im Herausfinden solcher Dinge.

»Schließlich«, fügte er hinzu, »müssen wir ihn irgendwann alleine losziehen lassen, aber bis dahin sollten wir uns seiner ganz sicher sein.«

»*Muy bien*, Sir«, sagte Yoshikawa. »Sollen wir den Austausch sofort durchführen?«

»Warten Sie noch«, befahl Sayre. »Ich hätte vorher gerne noch eine private Sitzung mit ihm, so wie er jetzt ist. Ich rufe Sie dann, wenn ich fertig bin.«

Er verließ das Büro und begab sich in die Laborebene. Als er die Korridore entlangschritt, umgab ihn anfangs ein Summen und Klicken reger Aktivität, größtenteils von unermüdlich arbeitenden Maschinen. Berichte strömten herein: diese verdächtige Aktivität, jene unzutreffende Idee, die jemand geäußert hatte, der und der Bürger, der aus der Registrierung herausgefallen war, dann und wann ein tatsächliches Verbrechen, von dem die zivile Polizei glaubte, es könne politisch motiviert sein, Erkundigungen von anderen Befehlsstellen überall in der Union, Nachrichten aus dem Ausland, die für die Aufgaben der Sicherheitspolizei von Belang waren. Die Computer sammelten, scannten, forderten an, korrelierten und entschieden, wer welche Informationen erhalten sollte. Dennoch saß zahlreiches

Personal an den Konsolen oder ging mit Unterlagen von Zimmer zu Zimmer. Immer noch waren es Menschen, die die abschließenden Entscheidungen treffen mußten.

In naher Zukunft würde auch das nicht mehr der Fall sein. Sayre bedauerte oft, daß keiner der gegenwärtigen Fortschritte bei der Entwicklung künstlicher Intelligenzen in Nordamerika erzielt worden war. Aber wenn die Regierung darauf beharrte, daß der Verstand algorithmisch war, weil Xuan das gesagt hatte, und Wissenschaftler, die etwas anderes andeuteten, in Schwierigkeiten gerieten –

Sayre war für sie eingetreten. In seiner Position konnte er das wagen. Die quantenmechanische, nicht-algorithmische Herangehensweise sei nicht notwendigerweise subversiv, führte er aus, wann immer die Umstände es zuließen. Sie verlange nur eine vorsichtige Handhabung. War sie richtig, würden Xuans Einsichten im Grunde trotzdem unbestritten bleiben.

Im Geiste zuckte Sayre die Achseln. Die in Europa und auf dem Mond geleisteten Forschungsarbeiten gaben ihm recht. Die Doktrin würde sich der Wirklichkeit anpassen müssen. Und man überlege nur, was für eine Macht bald zur Verfügung stehen würde, um den Xuanismus neu zu beleben, indem man der Transfiguration um Lichtjahre näherkam! Nicht der Überalterung und der Auslöschung der Menschheit, sondern ihrer Apotheose in der Vereinigung mit der Denkmaschine – denn das Denken hatte sich als von subtilerer Natur erwiesen, als die Kybernetiker vorausgesehen hatten, und doch *war* es eine Serie physikalischer Prozesse.

Wie Anson Guthrie bezeugte. Sayre beschleunigte seine Schritte.

Auf halber Höhe eines bestimmten Korridors präsentierten zwei Wächter bei seinem Erscheinen ihre Schockgewehre. Pistolen steckten in Halftern an ihrer Seite. Hinter ihnen erstreckten sich leere Räume und Stille. Sein Team hatte das Psycholabor übernommen. Das behinderte den Nordwest-Kader, aber schließlich konnten sie alle anstehenden Probleme auch anderswohin weiterleiten. So zwingend notwendig Geheimhaltung auch war, Sayre hatte die Anweisung erteilt, daß Guthrie nicht weiter bewegt werden sollte als vom Fireball-Gebäude bis hierher. Eine geschlossene Tür zeigte an, wo Yoshikawa und ihre Untergebenen warteten. Sayre ging weiter. Kurz vor dem Ende der Passage gab er einer anderen Tür ein Zeichen, sich zu öffnen, und betrat eine kleine, fensterlose, spärlich möblierte Kammer.

Der Kasten auf dem Tisch drehte seine Augenstiele, um ihn anzublicken. »Alpha«, grüßte Sayre mit avantistischer Förmlichkeit.

Wie vorauszusehen gewesen war, erwiderte Guthrie nicht »Omega«, sondern erzeugte nur ein Grunzen.

Sayre bemühte sich um einen freundlichen Tonfall. »Es ist dumm, verdrießlich zu sein, das wissen Sie. Ich hatte gehofft, die schiere Langeweile, wenn schon nichts anderes, hätte Sie gesprächsbereit gemacht.«

»Ich habe meine Gedanken und Erinnerungen als Gesellschaft«, sagte die Bewußtseinskopie, »wenn ich nicht subaktiv bin.«

»Dieser Zustand interessiert mich«, bemerkte Sayre. »Ein Äquivalent zum Schlaf, aber keiner von Ihrer Art hat jemals ganz klar gesagt, wie sich . . . das anfühlt.«

»Ich könnte Ihnen nicht klarmachen, wie irgendein Teil der Existenz als Bewußtseinskopie sich anfühlt«, antwortete Guthrie. »Nicht, daß ich es für Sie versuchen würde.«

»Gefällt Ihnen Ihr Zustand, oder ist er Ihnen unangenehm?«

Guthrie blieb stumm. Einen Augenblick lang lief Sayre ein irrationales Frösteln das Rückgrat entlang, als er sich fragte, was das da vor ihm wirklich war. Menschen und ihre Maschinen hatten es hergestellt. Verstanden sie es anschließend? Würden sie das jemals tun?

Die ganze Sache war so sauber wissenschaftlich erschienen. Vorausgesetzt, man verfügte über das theoretische Wissen und die technologischen Möglichkeiten, konnte man eine Persönlichkeit kopieren und sie auf die Software eines neuronalen Netzwerks übertragen, welches seinerseits das einzigartige Gehirn, das diese Persönlichkeit beherbergt hatte, simulierte. Zugegeben, der Prozeß war langsam, komplex, teuer, unvollkommen. Er führte keine schnelle, saubere Abtastung durch, sondern statt dessen eine Durchdringung. Durch den Blutstrom und die Gehirn- und Rückenmarksflüssigkeit wurde eine Unzahl spezieller Moleküle herangeführt, um Zelle für Zelle ihre Untersuchungen zu absolvieren, während das Versuchsobjekt halb bewußtlos unter einer Elektrophasenbehandlung lag. Dann wurden mit externen Feldern Resonanzen aufgebaut, um die Daten zu erhalten und eine Batterie von Hypercomputern darauf angesetzt, die Daten zu interpretieren und die Ergebnisse zu sortieren. In der Zwischenzeit unterzog man das Versuchsobjekt einer Behandlung, um es von seinen winzigen Inquisitoren zu befreien und wieder in seinen Normalzustand zu versetzen. Entwurf, Überprüfung, Neuentwurf, Neuüberprüfung. Schließlich das Programm, die Bewußtseinskopie – Annäherung, Skizze, Schatten seines Verstandes. Sie hatte ihre Erinnerungen mitsamt aller Neigungen, Überzeugungen, Vorurteile, Hoffnungen, der Weltanschauung, der Denkweise, dem gesamten Bewußtsein. Aber sie war nicht die Person aus Fleisch und Blut. Sie müßte so begreifbar sein wie jedes andere technische Erzeugnis. Und ebenso kontrollierbar.

Die Geschichte sämtlicher Bewußtseinskopien bewies, daß dem nicht so war.

Wie kontrollierbar war letztlich überhaupt irgend etwas?

Sayre unterdrückte ein Schaudern. Er sagte sich, daß er übermüdet war, überarbeitet. Seine Selbstdisziplin kehrte zurück, und er sprach gleichmütig. »Sehen Sie mal, ich mache einen letzten Versuch, freundlich zu sein. Verfügen Sie über genug Wissen, um das zu würdigen? Sie waren lange ohne Bewußtsein, und die Updates, die Sie seither erhalten haben, waren nur audiovisuell. Ich frage mich, ob Sie begreifen, was für ein Entgegenkommen mein Besuch ist.«

»Ich weiß, daß Sie der Chef der Sicherheitspolizei sind und daher *ex officio* Mitglied der Beratenden Synode, die der Legislative im stillen vorschreibt, welche Gesetze sie verabschieden, der Judikative, welche Entscheidungen sie fällen, und der Exekutive, wie sie handeln soll.« Guthrie klang unbeeindruckt. »Ich weiß außerdem, daß Sie in der Geschichte keine ungewöhnliche Erscheinung sind. So etwas wie Sie hat es immer wieder gegeben – wie Akneausbrüche.«

Sayre konnte eine leichte Aufwallung von Ärger nicht verbergen. Er errötete. »Damit zeigen Sie nur Ihre Unwissenheit«, empörte er sich. »Es gibt Ereignisse, die einzigartig, von entscheidender Wirkung und irreversibel sind. Das Feuer. Die Landwirtschaft. Die wissenschaftliche Methode. Xuan Zhing und sein System.«

»Das habe ich früher auch schon gehört.«

»Haben Sie nicht! Wer sonst hat die Dynamik sozialen Handelns richtig analysiert? Die Wissenschaft, nicht Hexendoktoren oder Volksheilmittel, die Wissenschaft hat Pocken, AIDS, Herzkrankheiten, Krebs ein Ende gemacht. Bilden Sie sich ein, etwas anderes als die Wissenschaft könne Ungerechtigkeit, Verschwendung, Entfremdung, Gewalt, all den Schrecken, die die Menschen sich selbst erschaffen, ein Ende machen? Wenn Sie sich die Mühe gemacht hätten, Xuans mathematische Berechnungen zu studieren –«

Sayre unterbrach sich. Es war lächerlich, einem Computerprogramm in einem Kasten eine solche Predigt zu halten. Ja, er benötigte wirklich Ruhe und Erholung.

Trotzdem, wie schon oft zuvor, packte ihn das Konzept, richtete ihn auf, erfrischte seinen Geist und lud ihn wieder auf. Nicht, daß er persönlich vorgab, jede Facette dieser grandiosen Denkleistung verstanden oder erfaßt zu haben. Nur wenige Intellekte reichten so hoch hinauf. Selbst Xuan hatte während seiner jahrzehntelangen Mühen ausgiebig von den Computermöglichkeiten des Akademischen Internets Gebrauch gemacht, ebenso wie er seine Schuld gegenüber früheren Denkern offen eingestanden hatte. Menschen wie Sayre mußten sich auf das verlassen, was man ihnen in der Schule beigebracht hatte, ergänzt durch Vorträge und populärwissenschaftliche Schriften, um es anschließend ein wenig zu vertiefen. Trotzdem vermochte er die *Schlüssigkeit* des Ganzen zu erkennen – den Beweis, daß die gleichen Prozesse im China der Han-Dynastie und im kaiserlichen Rom, im Islam und im Cao-Dai, in der Zeitmessung und in der Infinitesimalrechnung gewirkt hatten. Er konnte von seinen Argumenten überzeugt sein, daß angesichts der modernen Informationsverarbeitung die Marktwirtschaft mit ihrer Ineffizienz und ihren Ungleichheiten veraltet war. Er konnte sich von der Aussicht beflügeln lassen, Bedingungen zu schaffen und zu erhalten, die so gut geplant waren, daß die Gesellschaft sich hin zu einer vernünftigeren Ordnung der Dinge entwickeln mußte, so, wie ein auf die richtige Flugbahn gestartetes Raumschiff sich zwischen den vielfältigen veränderlichen Kräften, die auf es einwirkten, hindurchbewegen muß, um das gewünschte Ziel zu erreichen.

Nicht zum ersten Mal wurde ihm flüchtig bewußt, daß es eigentlich keines dieser bewiesenen Theoreme war, was ihn zum engagierten Avantisten machte und auch bleiben ließ. Es war ein logisches *non sequitur* - eine Vision, wenn man so wollte – und deshalb nicht rational. Aber Xuans System gestattete Nichtrationalität, Irrationalität und das Chaos nonlinearer Systeme. Sie waren machtvolle Elemente im Verlauf der Ereignisse; seine Logik berücksichtigte sie vollauf. Was Sayres Phantasie gefangengenommen hatte, war Xuans Nachwort. Hier schließlich spekulierte der Denker einfach; der Prophet prophezeite nicht länger, sondern imaginierte. Er räumte ein, daß niemand, der in einer unvollkommenen und beschränkten Gegenwart lebt, vorhersehen kann, was in einer Zukunft geschehen wird, die sich der Vollendung angenähert und alle Beschränkungen abgeschafft hat. Trotzdem wagte man nach vorn zu schauen, und tatsächlich hatte es schon im neunzehnten und zwanzigsten Jahrhundert Menschen gegeben, die das taten. Sie sahen undeutlich, Xuan klarer, die Transfiguration – in tausend Jahren, in einer Million Jahre? –, und auch sie wiederum mochte nur ein Anfang sein – wenn der gesamte Kosmos sich von blinder Materie zu reiner Intelligenz entwickelte –.

Eine Überraschung riß Sayre in Guthries Gegenwart zurück. »Ich habe die mathematischen Berechnungen studiert«, hörte er die Bewußtseinskopie antworten. Das war vorher noch nicht zur Sprache gekommen, egal, wie intensiv die Befragung gewesen war. »Immerhin gewannen sie als Doktrin täglich neue Anhänger. Ihre Avantisten-Vereinigung wurde zu einer politischen Macht, mit der man rechnen mußte, o ja. Hauptsächlich allerdings aufgrund der Halbgläubigen, der Massen, die annahmen, das System müsse etwas für sich haben, weil alle sagten, es sei objektiv und wissenschaftlich. Da war es besser, wenn ich es selbst überprüfte. Also holte ich mir einen Logiker zu Hilfe, und wir knieten uns in die Psychotensor-Matrizen hinein, den *lao-hu*-Operator, die quantitativen Untersuchungen, genug von dem ganzen Kram, um einen ziemlich guten Eindruck davon zu bekommen, bevor ich entschied, daß mir meine Zeit zu wertvoll für so etwas war.«

»Was beweist, daß Sie nichts begriffen haben«, erwiderte Sayre. »Haben Sie sich niemals gefragt, warum diese Ideen so viele Menschen ansprachen?«

»Sicher habe ich das, und ich kam auf die üblichen Gründe. O ja, die Welt war in einem schlimmen Zustand, im Gefolge der Erneuerungsbewegung und des Dschihad und der anderen Tollwutanfälle, die sie durchgemacht hatte. Dieses Land hatte es zwar nicht am schlimmsten getroffen, aber es konnte sich an bessere Tage erinnern als die meisten anderen, was bei der Bevölkerung das Gefühl hervorrief, sie sei tiefer und härter abgestürzt. Xuan machte einige Voraussagen, die mehr oder weniger zutreffend waren, und verkündete einige Rezepte, die nicht vollkommen absurd waren. Die Nordamerikaner waren schon immer anfällig für Seelenrettungslehren. Genügend von ihnen schluckten den Xuanismus – oder ich sollte sagen, seine mundgerechten Slogans –, daß Ihre Bande gewählt wurde, egal, auf welchem Wege auch immer. Die letzte halbwegs freie Wahl, die dieses Land erlebte.«

»Unsinn. Die Öffentlichkeit sah, was geleistet wurde.«

»Einige positive Dinge, ja. Meistens von der auffälligen Art: Wohnungen, Wiederurbarmachung von Land, allgemeine genetische Beratung et cetera et cetera. Nichts, woran ich mit gesundem Menschenverstand und etwas Menschenkenntnis nicht auch selbst gedacht haben könnte.«

»Unwahr. Ebensogut könnten Sie behaupten, Einstein habe

sich nichts ausgedacht, was Ihnen nicht auch hätte einfallen können.«

»Ein völlig anderer Fall. Die allgemeine Relativitätstheorie war neu. Sie erklärte einen großen Brocken der Wirklichkeit. Der Xuanismus hingegen ist unter der phantasievollen Sprache und den Gleichungen im Grunde die gleiche kollektivistische Quacksalberei, mit der man die letzten zwei- oder dreitausend Jahre wieder und wieder und wieder hausieren gegangen ist. Noch länger, möchte ich wetten.«

»Nein. Zum ersten Mal haben wir eine Theorie, die die geschichtlichen Tatsachen erklärt.«

»Einige der Tatsachen. Astrologie oder eine flache Erde erklären auch einige der Tatsachen. Der Rest des Xuanismus ist in etwa ebenso nützlich. Oder, genauer gesagt, ebenso verhängnisvoll. Wie gut hat sich die Union unter der avantistischen Regierung eigentlich entwickelt? Wohin haben alle Ihre Umstrukturierungen und Umverteilungen und Umorientierungen sie gebracht, außer tiefer in den Sumpf? Irgend jemand hat einmal gesagt, ein Fanatiker sei ein Mensch, der, wenn er den Blick auf sein Ziel verloren habe, seine Anstrengungen verdopple. Und Ihr Ziel war sowieso von vornherein nicht wissenschaftlich. Es war religiös. Spinnert religiös. Nicht wahr, Ihre Machtelite bezeichnet sich nicht als ›Ministerium‹ oder als ›Rat‹, sondern als ›Synode‹. Interessante Konnotationen, he? Was Ihr Hirngespinst von einer Weltintelligenz angeht, die am Ende das ganze Universum umfassen wird –«

»*Bastante*!« rief Sayre aus. »Ich bin nicht hierhergekommen, um mir Ihre agnostische Phrasendrescherei anzuhören.«

»Nein, Sie sind ein Intellektueller«, höhnte Guthrie, »Sie glauben an den freien Austausch von Ideen.«

»Zwischen Gehirnen, die dazu fähig sind, Gehirnen, die geistige Gesundheit erlernt haben.«

»Ja, ich schätze, ich bin wohl ein Anti-Intellektueller. Bin's immer gewesen. Hören Sie. Ich wurde neunzehnhundertsiebzig geboren, als die Jungintellektuellen auf den Universitätscampussen wüteten. Sie bewunderten Mao und Castro, so wie die vorherige Generation Stalin bewundert hatte. Später wurden sie Mitglieder des Lehrkörpers, und ich war froh, aus der Hochschule auszuscheiden. Ihre Nachfolger brüteten die Erneuerungsbewegung aus und jubelten sie an die Macht, weil sie die Umwelt retten und die Gesellschaft läutern würde. Aber *Sie* sind *anders*. Klar.«

Sayre holte dreimal tief Luft. Langsam hörten seine Hände auf zu zittern. »Sind Sie völlig in der Vergangenheit verhaftet? Ich kam hierher, um Ihnen eine letzte Chance zu geben. Machen Sie mir das nicht unmöglich.«

»Wieso, was würden Sie denn gerne tun?«

»Sie erhalten. Wir benötigen Ihre Hardware, da es sich nun einmal um eine Spezialanfertigung handelt, aber zu gegebener Zeit können wir eine weitere Einheit für Sie anfertigen lassen. Ich hatte gedacht, wir könnten uns dann miteinander unterhalten. Nicht notwendigerweise diskutieren, plaudern. Sie haben so viel erlebt, Sie sind selbst ein so wichtiger Teil der Geschichte. Meine Kollegen und ich – Gelehrte, Wissenschaftler – wären sehr daran interessiert.« Sayre hielt inne. »Sie vielleicht auch. Das hoffte ich jedenfalls.«

»Als mein früheres Selbst jung war«, erwiderte Guthrie, »diskutierte es oft mit wahren Gläubigen der verschiedensten glorreichen Bewegungen. Nach und nach fand es heraus, daß im Kern alle Fanatiker gleich sind. Sayre, Sie sind ein Langweiler. Außerdem sind sie ein aufdringlicher Mensch und mehr als nur ein bißchen sadistisch, aber hauptsächlich sind Sie ein Langweiler. Verschonen Sie mich.«

Der Mann kämpfte gegen seine Entrüstung und brachte es fertig, seine Stimme ruhig zu halten. »Haben sie auch nur den geringsten Gedanken darauf verschwendet, was mit Ihnen geschehen wird, wenn Sie in dieser Haltung weitermachen? Zuerst: Abschaltung.«

»Was, schon wieder?« Die Frage war reiner Sarkasmus.

»*Bueno*, natürlich müssen wir das auf jeden Fall machen. Wir benötigen Ihre Hardware für den neuesten Ersatz, den wir entwickelt haben. Funktioniert er richtig, und meine Techniker glauben, daß das diesmal der Fall sein wird, dann wird er in Ihrem Netzwerk fortbestehen. Aber wie ich sagte, letzten Endes können wir ein neues für Sie bauen, und dann werden Sie wieder erwachen. Das heißt, wenn Sie mir einen Anlaß geben, wenigstens ein Minimum an Kooperationsbereitschaft von Ihnen zu erwarten. Andernfalls, so fürchte ich, sind Sie eine zu große potentielle Gefahr. Auch wenn ich es bedauere, werde ich die Anweisung erteilen müssen, Ihre Speicherplatten zu löschen.«

Guthrie blieb stumm.

»Vergessen«, erklärte Sayre ihm. »Nichtexistenz. Als hätte es Sie nie gegeben.«

»Nicht anders als das, was schon immer auf alle gewartet hat.« Guthrie klang cool. Wäre er an einen bildverarbeitenden Computer angeschlossen gewesen, hätte das Bild wahrscheinlich mit den Achseln gezuckt. »Es sei denn, es gibt so etwas wie ein Leben nach dem Tode. Ich bezweifle es sehr, aber wenn doch, dann werde ich vermutlich meinen Anteil daran erhalten.«

Es wäre wirklich zu ärgerlich, dieses faszinierende Relikt vernichten zu müssen. Vielleicht konnte man ihm so große Angst einjagen, daß er Vernunft annahm. »Oder wir können Sie als Material für Experimente benutzen«, warnte Sayre.

»Das haben Sie schon mit einer Reihe von Kopien gemacht, die Sie von mir angefertigt haben.« Verspürte dieser Guthrie Mitleid und Entsetzen ihretwegen? Wenn ja, verbarg er es gut. »Ich sehe keinen Grund für Sie, noch eine mehr zu foltern. Außer Rache. Oder dem guten alten Spaß daran. Stehen Xuans Apostel nicht über solchen Gefühlen?«

Der verdammte, perverse Dickschädel hatte recht. Es würde schon schwer genug sein, die bereits geleistete Arbeit geheimzuhalten, vor allem, da eine Reihe von Spezialisten daran beteiligt gewesen war. Sollte die Notwendigkeit zur Geheimhaltung nicht eines Tages ein Ende finden, würde alles Unnötige das Risiko vervielfachen. Wenn Kunde davon nach außen drang, würde dadurch nicht nur eine Operation kompromittiert werden, die möglicherweise einen Wendepunkt in der menschlichen Geschichte darstellte, nein, auch die Chaotiker würden es zu einem Teil ihrer Propaganda machen. (»Seht her, die

Regierung gibt sich nicht mit dem zufrieden, was sie gewöhnlichen menschlichen Inhaftierten in den Umerziehungszentren antut –«)

Sayre seufzte. »Dann also Termination. Wir bewahren Sie noch so lange auf, bis wir uns des neues Modells sicher sind, aber ich glaube nicht, daß Sie je wieder aus dieser Abschaltung erwachen werden. Tut mir leid.«

Das entsprach nicht ganz der Wahrheit.

»Meine letzten Worte«, sagte Guthrie, »sind: Leck mich doch.«

Sayre blinzelte. Was bedeutete das? Nein, er würde seinem Gefangenen nicht die Genugtuung geben zu fragen.

Die Augenstiele fuhren ein. Guthrie hatte sich zurückgezogen.

Sayre widerstand der Versuchung, ihn anzuschreien, um seine Aufmerksamkeit wieder zu erregen. Statt dessen ging er zum Videophon. »Sie können jetzt den Austausch durchführen, Yoshikawa«, befahl er.

Innerhalb von zwei Minuten erschien das Team mitsamt seinen Geräten. Sayre stand daneben und sah zu. Die Aufgabe war einfach, dieser Teil davon jedenfalls.

Yoshikawa schraubte eine Schutzplatte ab und berührte den Schalter darunter. Lautlos hörte Guthrie auf zu funktionieren. Geschickte Hände öffneten das Gehäuse, entfernten die Speicherplatten und legten sie beiseite.

Sayre betrachtete sie nachdenklich. Das flackernde, fließende Netz aus Wechselwirkungen – Elektronen, Löcher, Photonen, Felder – die das Denken ausmachten, war erloschen. Eingefroren in der Konfiguration der Atome waren jene Muster, die Erinnerungen, Gewohnheiten, Neigungen, Instinkte und Reflexe aufzeichneten – alles, was im Vorderhirn des lebenden Anson Guthrie abgelaufen war, zusammen mit einem nicht bestimmbaren Anteil seines uralten nichtmenschlichen Erbes; und alles, was der Geister-Guthrie nach dem Transfer bis zur Herstellung dieser Kopie erlebt hatte; und alles, was danach durch die eigenen Sensoren und die eigene Gehirntätigkeit der Kopie hindurchgegangen war.

Das waren das Programm und die Datenbank, diese dicken Speicherplatten, die man in einem Gestell auf dem Tisch abgelegt hatte. Die Hardware war eine Analogie des schon lange zerstörten Gehirns, der angeborenen Möglichkeit, der Fähigkeiten, die es sich angeeignet, und der Verluste, die es während eines turbulenten Lebens erlitten hatte. Keine andere Software war mit dieser kompatibel. Jede Bewußtseinskopie von den wenigen, die jemals existiert hatten, war in jeder Hinsicht so einzigartig wie ihr sterblicher Prototyp gewesen.

Aber Organismen ließen sich verändern. Ebenso, nur durch andere Methoden, nämlich direktes Neuschreiben und Überlagern von Sequenzen, auch Programme.

Yoshikawa setzte die neuen Speicherplatten ein. Eine Zeitlang arbeiteten sie und ihr Team mit Instrumenten, die sie an das Gehäuse anschlossen. Der wartende Sayre erschauerte. Endlich berieten sie sich miteinander, entfernten die Meßgeräte und Beobachtungsinstrumente, schlossen den Kasten. Yoshikawa schaltete das Gerät wieder ein.

Augenstiele schoben sich heraus. Sayre bot seine ganze Selbstbeherrschung auf. Er trat vor, um diesem Blick zu begegnen. Drohend über ihm aufragend, sagte er: »Guthrie.«

»J-ja.« Die Antwort erfolgte mit Verzögerung. Die Linsen schweiften umher, bevor sie sich auf ihn ausrichteten.

Sayre lächelte und sprach mit großer Sanftheit, wie man es bei Gefangenen in bestimmten Stadien ihrer Umerziehung machte. »*Bienvenido,* Anson Guthrie. Wissen Sie, wer Sie sind?«

»Ja, das... das tue ich.« Die Worte holperten. »Ich bin noch... noch nicht daran... gewöhnt.«

»Das ist schon okay. War zu erwarten. Lassen Sie sich Zeit. Gewöhnen Sie sich ein. Sie werden alle Hilfe erhalten, die Sie sich wünschen. Stellen Sie alle Fragen, die Sie stellen möchten. Ihr Gedächtnis wird Ihnen zeigen, daß wir völlig ehrlich mit Ihnen sind.«

In dem Schweigen, das folgte, wirkte das Surren des Ventilators unnatürlich laut. »Es scheint so«, sagte das Objekt endlich. »Ich fühle mich ein bißchen durcheinander, aber ich glaube, das wird sich geben.«

»Das wird es, da bin ich mir sicher. Lassen Sie uns einen kleinen Test machen. Was sind Sie?«

»Ich bin eine Kopie – einer Kopie – einer Kopie, die von einem lebenden Menschen angefertigt wurde – Aber Sie haben mir neue Informationen gegeben!« Plötzlich klang die Stimme kraftvoll. »Ich war im Unrecht. Ich hatte die Situation nicht verstanden, und auch nicht das, worauf Xuan hinauswollte, nicht wirklich. Ich muß noch mehr darüber nachdenken, aber –« Die Stimme verlor sich. Nach einer Minute: »Ja, Sayre, mein Denken hat sich verändert. Wir sind Verbündete, schätze ich. Danke.«

4

Ein Klopfen ertönte. Lee und Kyra versteckten Guthrie im Schrank, bevor sie den Diener einließen. Er rollte ein Servierwägelchen herein, trug das Mahl auf, grüßte und verschwand wieder. Sie holten ihren Oberherrn heraus und setzten sich zum Essen.

Erst jetzt merkte Kyra, wie heißhungrig sie war. Gewürztes Lamm, Pilaw, Auberginen, Pita, Gurkensalat mit Joghurtsauce, süße Beigerichte, Sauermilch, Fruchtsorbet, Kaffee, all das war auf ihr fremde Weise zubereitet, schmeckte aber hervorragend. Lee erklärte, es handele sich um traditionelle Kost. Diese Menschen mußten beträchtliche Schwierigkeiten und Kosten auf sich genommen haben, um ihre Nanotanks auf die notwendigen Zutaten zu programmieren. Vielleicht kauften sie sie von einem echten Bauernhof.

Das Essen gab ihnen ihren Optimismus zurück und hielt für eine Weile die Erschöpfung in Schach. Nachdem der mit einem Summer herbeigerufene Diener die Reste abgeräumt hatte, begann das Gespräch frei zu schweifen und erhob sich über Themen wie Flucht und Rückkehr.

Lee schien das weniger aufzumuntern als Kyra. Als sie eine

diesbezügliche Bemerkung machte, erklärte er trocken: »Das ist nicht meine Art von Abenteuer. Bisher habe ich ein ziemlich ruhiges Leben geführt.«

»Ach, ich weiß nicht«, sagte sie. »Sie haben sich mit einer ganzen Reihe von eigenartigen Menschen herumgetrieben, oder? Und Sie sind mit ihnen vertraut geworden, was mehr ist, als ich wahrscheinlich könnte.«

»*Bueno*, das verlangt mein Job.«

Ja, dachte sie, ein Intuitionist mußte eine merkwürdige Mischung aus Intellekt und Sensibilität sein. Er (oder sie) benötigte nicht nur ein grundlegendes Verständnis der modernen Wissenschaft und Technik, sondern auch der Gesellschaft; nicht nur der Geschichte – graphisch dargestellter Strukturen, analysierter Triebkräfte –, sondern auch individueller menschlicher Wesen; sowohl der Hochwelt als auch der vergleichsweise zurückgebliebenen Kulturen und Subkulturen, so daß er etwas von ihren Interaktionen mit ersterer erkennen – nein, erspüren – konnte. Auf dieser Grundlage erwartete man von ihm, Modelle zu entwickeln und Programme zu schreiben, Ideen hervorzubringen und Vorschläge zu machen, die mit einiger Wahrscheinlichkeit zumindest partiell richtig waren. So konnte er vielleicht die Ergebnisse einer Veränderung – besonders im menschlichen Bereich – voraussagen und Wege aufzeigen, um denen zuvorzukommen, die unerwünscht waren, oder sie wenigstens abschwächen.

Guthrie hatte diesen Beruf ins Leben gerufen, erinnerte Kyra sich. Er hatte die ersten Studien und Experimente initiiert, danach die Anwerbung der ersten Kandidaten. Fireball hatte dadurch sogar schon in diesem ersten Stadium so viel gewonnen, daß andere Firmen – und schließlich auch Regierungen – rasch nachzogen. Eine Unterrichtsstunde fiel ihr ein. Es gehörte zu ihrer Ausbildung, darüber Bescheid zu wissen, egal, ob es sie jemals persönlich betraf oder nicht. Guthrie selbst hatte die Lektion aufgezeichnet. Er erschien nicht auf dem Multi. Ein gesichtsloser Kasten würde Jugendliche nicht ansprechen, und Neuschöpfungen seiner Erscheinung als Sterblicher hob er sich für spezielle Anlässe auf. Kunstvoll vorbereitete Szenen begleiteten die freundliche Stimme.

»Das klassische Beispiel aus der Vergangenheit ist das Automobil. Sie haben es im Geschichtsunterricht gesehen: ein von einem lebenden Fahrer gesteuertes Bodenfahrzeug, das mit Kohlenwasserstoffen angetrieben wurde. Innerhalb von nur einer Generation wurde es praktisch einsetzbar und begann, das Pferd abzulösen. In jenen Tagen hätte jeder Narr sehen können, was da vor sich ging. Ein kluger Mann hätte sogar voraussagen können, daß das zu einem bedeutenden Industriezweig werden würde. Sobald erst die Subsidiärindustrien wie Öl und Straßenbau dazukamen, entstand eine Kombination, die die Wirtschaft ganzer Nationen beherrschte. Aber ich glaube nicht, daß irgend jemand vorausgesehen hatte, daß Ölreserven eine lebenswichtige strategische Bedeutung gewinnen könnten, bis die Verfügungsgewalt über sie plötzlich zu einer der Fragen wurde, derentwegen man Kriege austrug. Die explosionsartige Ausweitung der Vororte und das Absterben der Innenstädte, das Ersticken im Verkehrschaos, die nicht mehr atembare Luft, all das kam für die Menschen mehr oder weniger überraschend. Ich brauche wohl kaum die Revolutionierung der Sexualgewohnheiten zu erwähnen, um Sie zu weiteren eigenständigen Studien anzuregen ...

Ich sage nicht, daß das Auto die ausschließliche Ursache all dessen war, aber es hatte jedenfalls eine Menge damit zu tun. Ich sage auch nicht, daß man das Auto hätte unterdrücken oder für eine Eliteklasse hätte reservieren sollen, während man die *hoi polloi* in öffentliche Verkehrsmittel pferchte. Aber bei entsprechender Voraussicht hätten einzelne Unternehmer viel Gutes tun und dabei – durchaus nicht nur als Nebeneffekt – eine Menge Geld machen können.

Der Verbrennungsmotor zum Beispiel war ein schrecklicher Fehler. Mit einem geeigneten Schnellverdampfer, der technisch nicht schwer realisierbar gewesen wäre, hätte Dampf ihn aus dem Rennen werfen können, da er erhebliche sauberer brannte.

Die Autos hätten schon viel früher aus den Stadtzentren verbannt werden können. Die Öffentlichkeit hätte das mitgemacht, wenn kleine, wendige Fahrzeuge wie Ihre Kuppeltrikes zur Verfügung gestanden hätten. Das hätte dazu beigetragen, die Städte als angenehme Lebensräume zu erhalten, und vielleicht hätten sie sich dann weniger unkontrolliert ausgebreitet.

Ich wiederhole, endgültige Antworten hätte es nicht gegeben. Zweifellos hätten die Lösungen wieder ihre eigenen Probleme erzeugt. Köpfchen allein reicht nicht aus. Daß es so sei, das ist die große, beständige Illusion der Intellektuellen. Aber verdammt, unsere Gehirne sind dazu da, benutzt zu werden! Denken Sie jetzt einmal über unsere heutige Welt nach. Sehen Sie sich um, und überlegen Sie. Technische Innovationen; sich wandelnde Beziehungen zwischen Institutionen; eine so simpel erscheinende Frage wie die, wo man eine neue Anlage hinbaut; eine menschliche Rasse, die so zersplittert und in alle Winde verstreut ist wie die Stücke in einem Kaleidoskop.« Der Multiceiver zeigte dieses vergessene Spielzeug in Aktion. Seine Wirkung war größer als die der herkömmlichen Bilder von Fraktalen und chaotischen Systemen. »Finden Sie nicht auch, daß wir Menschen brauchen, die über diese Dinge nachdenken, nicht bloß in Worten und Zahlen und Gleichungen und Grafiken, sondern mit dem Herzen?« Seine Metapher für den gesamten Organismus war ebenso schlagend. »Sie können uns keinen im voraus geplanten optimalen Kurs liefern, und was sie uns anbieten, ist oft falsch und stets unvollständig. Aber ihre Existenz macht einen jupitergroßen Unterschied. Glauben Sie mir: das tut sie wirklich.«

Kyra warf einen raschen Blick zu Lee hinüber. Er wirkte zu jung, um so wichtig zu sein. Natürlich war er nur einer von vielen. Genau wie die anderen konzentrierte er sich auf Wissen aus einem bestimmten Teilgebiet, was der Grund für die Wahl seines Wohnorts war. Einen Großteil seiner Arbeit verrichtete er zu Hause, am Computer oder in seinem Kopf. Aber dazu benötigte er mehr als nur quantitative Daten. Er mußte nach draußen gehen, es sich zum Prinzip machen, die verschiedensten Menschen zu treffen, mußte ein Gefühl für ihre Gedanken und Empfindungen entwickeln, für das Unausgesprochene ebenso wie für das, was sie in Worten ausdrücken konnten.

Es mußte *simpático* und aufmerksam sein, dachte sie. Was er ganz offensichtlich ja auch war.

Die Erinnerung und die Gedanken waren ihr durch den Kopf geschossen, während er gerade sagte: »Sie erleben die wirklichen Abenteuer.«

»Nicht, wenn ich es vermeiden kann«, lachte sie.

»Ein irdischer Forscher, Amundsen, hat einst behauptet, Abenteuer seien das, was den Nichtskönnern zustoße«, fügte Guthrie hinzu.

»Sie wissen, was ich meine«, argumentierte Lee in seiner ernsten Art. »Tahir sagte es. Sie, Pilotin Davis, Sie sind auf dem Mars spazierengegangen«, –

(Auf halber Höhe am Olympus Mons schweifte der Blick über eine Felseinöde zu den subtilen Farben der Wüste, die sich unter einem rosenblattfarbenen Himmel wellte. In den Dunst eines Staubsturms gehüllt, der im grellen Tageslicht glitzerte, erhob sich ein Krater wie eine Burg, die den Rand der Schöpfung bewachte.)

– »auf Asteroiden, Kometen«, –

(Ein Schritt ließ sie schweben. Die einzige Welt war kaum mehr als eine Dunkelheit, die schwach glänzte, wo ein Grat aus dem Schatten vorsprang, ein herausgerissenes Stück aus dem Himmel, der sie umgab. Sterne erfüllten diese Nacht, überluden sie, ein starres Funkeln, die Farben klar und rein: die stahlblaue Wega, der bernsteinfarbene Arkturus, die glühende Kohle, die Beteigeuze war. Die Milchstraße strömte in Frost und Schweigen dahin. Dann, während sie hoch hinaufflog, hob sich die zusammengeschrumpfte Sonne in ihr Gesichtsfeld, und ihr Helm dämpfte den strahlenden Glanz, um ihre Augen zu retten. Gerade noch konnte sie die äußeren Schwungfedern ihrer Zodiakalschwingen ausmachen und einen Funken, der ein Planet war.)

– »und noch weiter draußen.«

(Das Eis von Enceladus glitzerte, als seien Sterne darüber verstreut, von einer Böschung am linken Blickrand zum nahegelegenen Horizont am rechten. Wenige leuchteten droben. Saturn überstrahlte sie, überwältigend groß, leuchtend gelbbraun, heraldisch geschmückt mit Wolkenbändern und mit Schlieren, die zyklopische Stürme waren. Beim Blick fast genau auf die Ringkante waren die Ringe nicht die Juwelenarbeit, die sie von anderswo sah, sondern eine niemals verblassende Meteoritenspur, die sich durch ihr gesamtes Sichtfeld zog. Zwei Schwestermonde schimmerten wie entblößte Krummsäbel. Durch die Stille hörte sie ihren Pulsschlag. Tränen brannten ihr in den Augen. Als sie blinzelte, verfingen sie sich in ihren Wimpern, und der Saturn verwandelte sie in Regenbögen.)

»Ich bin als Tourist zweimal auf dem Mond und einmal auf L-5 gewesen«, sagte Lee. »Ansonsten existiert das Universum außerhalb der Erde für mich nur in Büchern, auf dem Multiceiver und dem Vivifer.«

»In der Hinsicht hatte ich Glück«, schwelgte Guthrie in Erinnerungen. »Als ich jung war, gab es noch Plätze auf der Erde, wo die Nächte anständig schwarz waren. Vor allem in den Bergen, wenn ich aus meinem Schlafsack nach oben schaute, *fühlte* ich, wie dieser Globus ein winziger Tänzer zwischen einer Milliarde Milliarden Lagerfeuer war.«

Kyra fragte sich, ob es das war, was seine Träume zuerst auf den Weltraum gerichtet hatte. Sie dachte an sich auf der Erde, wie sie sich abmühte, ein paar schwache, winzige Stecknadelspitzen auszumachen. Zu viele verdammte Lichter, ganz gleich, wohin man ging. Sogar mitten im Ozean trübten sie die Dunkelheit und funkelten aus dem Orbit herunter. Zu viele Menschen.

»Nicht, daß ich mir leid täte«, sagte Lee hastig. »Ich weiß, wie glücklich ich mich schätzen kann, eine interessante, gutbezahlte Arbeit zu haben.«

Wirklich glücklich, pflichtete Kyra ihm bei. Für die meisten Menschen war die Existenz bis zur Bedeutungslosigkeit automatisiert. Und das normalerweise schon, bevor sie überhaupt geboren waren.

»Oh, ich würde mein Leben gegen nichts eintauschen«, gab sie zu. Der Gedanke ging weiter: Das wildromantische Glück aber gehörte ihr und ihren Kollegen. Sie konnten Schiffe steuern, weil diese Schiffe zu neunundneunzig Prozent robotisiert waren. Es würde keine große Entwicklungsarbeit mehr erfordern, einhundert Prozent daraus zu machen und alle menschlichen Raumfahrer zu entlassen. Unter rein wirtschaftlichen Gesichtspunkten hätte das zweifellos schön längst geschehen müssen. Aber Guthrie verhinderte es durch sein Veto. Das mußte er getan haben. Bei den vertraulichen Beratungen Fireballs hatte sonst niemand diese Macht.

Warum tat er das? Sinn für Romantik, ein Festhalten an den Triumphen der Vergangenheit? Eine feudale Idee der Verpflichtung eines Herrschers gegenüber seinen Untergebenen? Vielleicht. Sie hegte den Verdacht, daß das nicht alles war. Er hätte seine Position nicht bis heute behauptet, ohne ein gewiefter Realist zu sein. Lebende Geschöpfe wie sie konnten ihm besser dienen als irgendwelche Maschinen, wenn die Chips versagten.

Sinnlos, sich in Grübeleien zu verlieren, die während ihrer einsamen Reisen schal geworden waren. Besser, sie führte diese Unterhaltung fort. Unglaublicherweise befand sie sich hier in einer Dreiergruppe, zu der der *jefe máximo* gehörte. »Aber ehrlich gesagt, beneide ich Sie doch ein bißchen wegen der Vielfalt der Menschen, denen Sie begegnen«, gestand sie Lee. »Im Weltraum gehören alle zur Hochwelt.«

Er lächelte. »Notwendigerweise.«

»Das bedeutet nicht, daß wir nicht jede Menge verrückter Originale da draußen hätten«, sagte Guthrie.

»Ja, ich weiß«, antwortete Lee. »Von den Lunariern mal ganz abgesehen, müssen Raumfahrer für sich selbst denken.«

Kyra lachte wieder. »Oft haben wir sonst nichts zu tun.«

Lee musterte sie einen Augenblick lang, bevor er sich zögernd erkundigte: »Darf ich fragen, was Ihre speziellen Interessen sind?«

»Ich wäre ebenfalls neugierig darauf, das zu hören«, sagte Guthrie. »Wir sitzen zusammen in der Patsche, also können wir uns auch näher kennenlernen.«

Kyras Wangen begannen zu glühen. Obwohl sie nicht zurückhaltend war, hatte sie diese Art gespannter Aufmerksamkeit nur selten erlebt. »Diverse Sportarten«, erzählte sie mit einem Achselzucken. »Musik. Ich spiele Sonor und ein archaisches Holzblasinstrument namens Flöte, und ich singe – überwiegend alte Balladen – nicht sehr melodisch. Ich lese eine Menge und schreibe auch selbst ein bißchen.«

Das schien Lee zu interessieren. »Wirklich? Sie schreiben? Was?«

»Nichts Besonderes«, murmelte Kyra. »Nichts, was man vorzeigen könnte. Hauptsächlich Knittelverse. Ebenfalls archaisch, Sonette, Sestinen, so etwas.«

Eiko Tamura sagte, sie seien gut. Aber Eiko war zu nett. Ihre eigenen Arbeiten, selbst wenn sie ins Englische übertragen und dadurch verstümmelt wurden, Haikus, Prosaskizzen – ja, und die Zeichnungen, die Kalligraphie –, schickten einen elektrischen Strom durch Kyras Wirbelsäule und bis in ihre Nervenenden. Die beiden trafen sich jedesmal, wenn sie auf L-5 war. Laserübermittelte Nachrichten zwischen ihnen brachten es normalerweise auf mehrere Seiten lange Ausdrucke.

Kyra warf den Kopf zurück. »*Ay de mí*«, rief sie so fröhlich aus, wie sie nur konnte, »bald fange ich schon an wie einer dieser Intellektuellen zu klingen, die der *jefe* so verachtet. An wesentlichen Beschäftigungen spiele ich eigentlich nur eine wüste Partie Ortho oder Heisenberg gegen meinen Computer oder Poker um hohe Einsätze gegen meine Freunde.«

Offenbar ging Lee gerne auf ihre Leichtigkeit ein. »Poker? Das Kartenspiel? Was, das spiele ich auch! Wir, ein paar andere und ich, haben einen kleinen Club, der sich einmal im Monat im Netz trifft.«

»Es macht mehr Spaß, wenn man leibhaftig dabei ist«, erklärte Kyra ihm. »Dann geben *wir*, abwechselnd, nicht der Computer.« Und sie waren zusammen, atmeten die gleiche Luft, tranken das gleiche Bier, machten die immer gleichen abgedroschenen Scherze.

Lee seufzte. »Ich weiß, aber solche Gelegenheiten sind rar.«

War sie auf einer langen Mission, bei der sie abgesehen von

der Semiintelligenz ihres Schiffes und den gelegentlichen zeitverzögerten Nachrichten keine Gesellschaft hatte, jemals so einsam, wie er es vielleicht immer war? »Wie wär's, wenn wir eine Spielrunde organisieren, sobald diese ganze Geschichte vorbei ist?« schlug sie vor.

»Stecken Sie mich in einen Roboter, und ich mache mit«, sagte Guthrie. »Ich erinnere mich an ein paar heroische Spiele, als ich noch Mensch war.«

Als er noch Mensch war. Was für ein Schmerz lauerte hinter diesen fünf Worten? Vielleicht keiner. Er hatte sich freiwillig dafür entschieden, das zu sein, war er war. Er konnte seine Existenz jederzeit beenden, wenn er das wünschte.

Oder?

Seine Stimme holte sie zurück. »Sie tagträumen, Davis. Alles in Ordnung mit Ihnen?«

Teufel, dachte sie, hatte sie so lange geistige Quantensprünge gemacht, daß sie es merkten? Sie rüttelte sich auf. »Was Sie da sagten, Sir«, beichtete sie wahrheitsgemäß, wenn auch nicht ganz offen und ehrlich, »hat mich an die Historie erinnert, die Sie gesehen haben und, ja, die Sie gewesen sind. Es, *bueno*, überfiel mich einfach.«

»›Da ist Vergißmeinnicht‹«, murmelte er, »›das ist zum Andenken: Ich bitte Euch, liebes Herz, gedenkt meiner! Und da ist Rosmarin, das ist für die Treue.‹«

»*Hamlet*?« platzte sie erstaunt heraus.

Klang er ein winziges bißchen abwehrend? »Hm-mh. Ich bin nicht der ungetrübte Dummkopf, für den Sie mich halten. Damals habe ich auch eine Menge gelesen. Nicht das modische Zeug, nein. Shakespeare, Homer, Cervantes, die mochten akzeptabel sein, auch wenn sie antiquiert waren, aber Kipling, Conrad, MacDonald, Heinlein, solche Leute, die galten als unsensibel und reaktionär. Oder als Rassisten oder Sexisten oder wie immer das aktuelle Schimpfwort gerade lautete. Verstehen Sie, sie beschäftigten sich mit Dingen, die wirklich wichtig waren.«

Kyra fragte sich, was für Inputs ihm heutzutage Spaß machten. Lee mußte etwas darüber erfahren haben.

Der Intuitionist gähnte. »Entschuldigen Sie«, sagte er.

»Ist ganz natürlich«, versicherte Guthrie ihm, »und nicht nur, weil ich vor mich hinschwafle.«

»Es ist faszinierend«, sagte Kyra. Und sofort darauf: »Und das soll kein Kotau vor Ihnen sein, Sir.«

»Ich weiß«, erwidert Guthrie. »Aber Bob hat recht. Oder sein Körper – was immer sein Vorderhirn auch meint. Sie brauchen Schlaf, Sie beide, oder Sie werden morgen zu nichts zu gebrauchen sein.«

»Und Sie, Sir?«

»Ebenfalls.« Guthrie ließ unausgesprochen, wie er die Nacht verbringen würde.

Das Gespräch hielt sich noch eine Weile am Leben, in zunehmendem Maße sprunghaft, in abnehmendem Maße informativ. Es war Kyra, die schließlich die Initiative ergriff. »*Bueno*, ich bin *totalmente* erschöpft.« Sie stand auf. »Jetzt die versprochene Dusche und acht oder neun Stunden Schlaf! Es sei denn, du möchtest zuerst gehen, Bob?« Inzwischen hatten sie begonnen, sich zu duzen. Guthrie war immer noch ›Sie‹ und ›der *jefe*‹, aber für sie hatte dieser Titel etwas Vertrautes bekommen.

»Nein, *gracias*«, sagte Lee. »Ich habe da so eine Idee, was wir tun sollten, über die ich ein paar Minuten nachdenken möchte.«

»Okay, ich werde meinen Mund halten«, bot Guthrie an – den Mund, den er längst nicht mehr hatte.

Die Flut heißen Wassers war der reine Hedonismus. Kyra schwelgte darin. Sie rieb sich mit dem Handtuch trocken und genoß den Dampf, den sie einatmete.

Als sie rosig schimmernd aus der Dusche trat, sah sie Lees Gesicht. Sofort wandte er den Blick ab, als hätte etwas anderes seine Aufmerksamkeit erregt. Amüsiert warf sie einen Blick auf seinen Schoß. Ja. Sie hatte vergessen, daß die Avantisten über Nacktheit die Nase rümpften und sie in der Öffentlichkeit verboten. Sinnlichkeit jeder Art lenkte die Menschen von dem ab, was ebenso ihr Vergnügen wie ihre Pflicht sein sollte: ihren Verstand zu ordnen, so daß sie und ihre Nachfahren die rationale Gesellschaft aufbauen konnten, die der Keim der Noospähre sein sollte.

Armer Bob. Da er ständig von ihr umgeben war, konnte er sich dieser Weltanschauung nicht vollständig erwehren. Außerdem hatte Xuans System seine Reize. Wenn schon sonst nichts, so umfaßte es immerhin die gleichen soziodynamischen Matrizen, mit denen er arbeitete, und fügte noch weitere hinzu.

Sie beeilte sich, ins Bett zu schlüpfen, unter den Schutz der Decke. »*Buenas noches*«, sagte sie und schloß die Augen. Sie hielt sie geschlossen, während er die Dusche aufsuchte, zurückkam, das Licht ausschaltete und sich vorsichtig hinlegte. Sie sah und spürte ihn atmen.

Versuchung regte sich. Es war schon eine ganze Weile her. Doch nein. Keine gute Idee, unter diesen Bedingungen. Später vielleicht. Er war wirklich ziemlich nett.

Vielleicht sogar *zu* nett, zu sanft? Er hatte sich als sehr tapfer erwiesen, aber das schloß eine innere Empfindlichkeit nicht aus, die sich als tödlicher Nachteil erweisen mochte. Immerhin gehörte er zu Fireball, obwohl er sein ganzes Leben in Nordamerika verbracht, inmitten seiner Bürger gelebt und gearbeitet hatte. Von seinem Stil her vermutete sie, daß er schon als Fireballer geboren worden und aufgewachsen war. In dem Falle wahrscheinlich auch alle Personen, denen er sich am nächsten fühlte. Er mochte über Videophon mit ihnen in Kontakt treten und nicht persönlich, aber sie waren seine *amigos*, seine wahren *compadres*; und er wußte, daß der Treueeid in beide Richtungen galt und er die mächtige Firma im Rücken hatte, wenn er in Schwierigkeiten geriet. Darum konnte er sich ein gewisses Vertrauen leisten, etwas, was der gewöhnliche Nordamerikaner nicht länger konnte.

Diese Situation hatte einen großen Teil des Konflikts verursacht, sann Kyra. Zwischen Fireball und sämtlichen Regierungen, selbst der Ecuadors, hatte es immer gewisse Reibungen gegeben. Keine Regierung sah es gern, wenn einer von jenen, über die sie Autorität beanspruchte, gegenüber einer fremden Macht eine tiefere Bindung hatte als gegenüber den eigenen Politikern und *caudillos*. Die meisten vermochten das jedoch zu tolerieren, vor allem die demokratischen. Es bedrohte sie nicht mehr als die Ergebenheit gegenüber einer weltweiten Religion oder einer weltweiten Interessengruppe. Aber der Avantismus, der alles gemäß Xuans Doktrin organisieren wollte – am Ende sogar den menschlichen Verstand –, der Avantismus geriet durch die tagtägliche Präsenz eines Systems, das anders und trotzdem erfolgreich war, ernstlich in Schwierigkeiten.

Ja, Fireball war völlig anders, die Schöpfung eines wilden Individualisten, dessen Maschinengeist es weiterhin regierte. Mehr als eine Ansammlung profitorientierter Betriebe, war es eine Gesellschaftsform, eine Art zu leben und zu denken – eine Nation, wie Paps einmal gesagt hatte. Eine Nation, deren Angehörigen es gestattet war, ja, die dazu ermutigt wurden, für sich selbst zu denken, zu sprechen und zu handeln und die sie dennoch in Loyalitäten zusammenband, die stärker waren als das Gesetz. Eine Nation, deren Kopf ein total unwirtschaftliches, nichtaltruistisches, nichtrationales Beispiel setzte und dafür bejubelt wurde, indem er nicht nur Flüge zu den Sternen sponserte, was sich immerhin noch als wissenschaftliche Forschung rechtfertigen ließ, sondern sogar persönlich nach Alpha Centauri flog. (*Bueno,* als Kopie seiner selbst, aber das lief auf das gleiche hinaus.) Und es war keineswegs so, daß der Planet dort – die Demeter – zu irgendeinem Zeitpunkt irgendwem auch nur den geringsten materiellen Gewinn versprach, bevor das Verhängnis über ihn hereinbrach.

Trotzdem hatten die Avantisten es geschafft. Fireball versuchte nicht aktiv ihren Sturz zu betreiben, und sie hingen ebenso sehr von Fireball ab, wie die Erde es im allgemeinen tat. Das Verhältnis war zwar angespannt, aber es funktionierte leidlich. Warum hatten die Avantisten dann plötzlich losgeschlagen? Warum zuerst die Besetzung der nordamerikanischen Zentrale und nun von all dem, was Fireball innerhalb ihrer Jurisdiktion gehörte?

Weil sie von Guthries Duplikat erfahren hatten und es für ihre eigenen Zwecke nutzen wollten, und weil eines zum anderen geführt hatte. Aber ganz offensichtlich war es ein verzweifelter Schritt.

Sie *waren* verzweifelt, dachte Kyra.

Sie waren Totalitaristen. Bisher hatte sie noch nie so ganz

begriffen, was das eigentlich bedeutete. Es war irgend etwas im Geschichtsunterricht gewesen, als sie noch zur Schule ging. Oh, sie hatte gehört, wie Analogien zwischen den Avantisten und der Yin-Dynastie, den Inkas, den Kommunisten und so weiter gezogen wurden, aber das war ihr ziemlich abstrakt vorgekommen. Sie hatte von Menschenrechtsverletzungen gehört, und einmal hatte sie ein Opfer kennengelernt, das nach Brasilien entkommen war. (Er war Physiker gewesen und einigermaßen unbekümmert in seinen Meinungsäußerungen. Nach dem, was man mit seinem Gehirn gemacht hatte, nahm er jede Art von Hilfsarbeiten an, die er kriegen konnte.) Aber auch in verschiedenen anderen Ländern der Erde flogen Dissidenten einen gefährlichen Orbit.

Sie hätte ihre Eltern aufmerksamer ausfragen sollen, warum sie nach Rußland umgezogen waren. Sie hätte sich selbst fragen sollen, warum denn wohl irgendein Land ideologische Nonkonformität zum Verbrechen erklären, eine Sicherheitspolizei dagegen unterhalten und Zuwiderhandelnde ins Gefängnis oder zur Korrekturbehandlung schicken mußte. Dann hätte sie schon vorher begriffen, wie diese Regierung sich selbst in die Enge getrieben hatte.

Derartige Maßnahmen waren nötig, wenn man sein Volk geschlossen in das Paradies marschieren lassen wollte, das das System ihm versprach; aber in der Welt von heute konnte man so etwas nicht auf Dauer aufrechterhalten. Eine globale, nein, eine interplanetarische Wirtschaft verlangte von ihnen, täglich zu Tausenden und Abertausenden die Grenzen in beide Richtungen zu überqueren; ein interplanetarisches Kommunikationsnetz überflutete sie pausenlos mit Informationen von draußen; sie sahen, daß sie herumkommandiert wurden, ohne viel Nutzen davon zu haben, und sie sahen, daß es anderswo mehr Freiheit und Wohlstand gab. Sie verloren ihre Illusionen. Einige von ihnen äußerten Klagen, und man verpaßte ihnen das Etikett ›Chaoten‹, Reaktionäre, die den Verlauf der Geschichte gerne wieder der Zufälligkeit anheimgeben wollten. Fingen Bestimmte unter ihnen heimlich an, Waffen anzusammeln und eine Revolution zu planen?

Kyra wußte es nicht. Sie dachte bloß, daß die Avantisten über eine Möglichkeit für ein wildes, riskantes Hasardspiel gestolpert sein mußten und diese letzte Chance ergriffen hatten. Was nicht hieß, daß sie nicht jede Menge Schaden an Leben und Besitz anrichten konnten, bevor sie untergingen. Es hieß nicht einmal, daß sie ihre Wette nicht gewinnen und die Macht über die gesamte Menschheit an sich reißen konnten. Weit hergeholt, gewiß, aber möglich.

Infierno! Damit machte sie sich nur selbst hellwach. Und was nutzte das? Nichts. Entspann dich! Was sie brauchte, war Schlaf. Lautlos rezitierte sie das Mantra, das sie einschlafen lassen würde.

5

»Futuro«, ratterte es von den Lippen des Nachrichtensprechers. »Gestern beschlagnahmte die Regierung sämtliche Einrichtungen der Fireball Enterprises auf dem Gebiet der Nordamerikanischen Union. Milizen halten die Gebäude besetzt, und Einheiten der Sicherheitspolizei sind in die Schlüsseleinrichtungen eingedrungen.« Szenen huschten vorüber. Nordöstliches Integrat, das World Trade Center glänzte nach seiner Renovierung wie eine Insel zwischen Riffen und Wracks, Flitzer schwebten darüber hinweg, Soldaten und Geschütze standen auf dem Dach. Toronto-Enklave, Kyras Geburtsstätte, uniformierte Männer standen entlang einer Straße mit ordentlichen kleinen Wohneinheiten Wache, während Kinder sie auf dem Rückweg von der Schule ängstlich passierten. Südwestliche Energiezentrale, eine Wüste mit einem Wald von Empfängern, die auf den Mondaufgang und die Energie warteten, die sie bald aufsaugen würden; jetzt duckten sich gepanzerte Fahrzeuge darunter. Der Kamehameha-Raumhafen, ein Schimmern von blauem Meer und weißer Gischt, ein hoch auf seiner Rampe aufragendes Raumschiff, aus dem mehrere Techniker von einem Kommandotrupp, mit den Händen an den Schockpistolen in ihren Halftern herausgetrieben wurden.

Was für ein *mierda* Hintergrund für ein Frühstück, dachte Kyra. Trotzdem verdrückte sie das Essen mit gutem Appetit. Niemand konnte sagen, wann sie das nächste Mal Gelegenheit dazu haben würde. Lee stocherte lustlos in seinem herum. Am Ende des Tisches sah Guthrie zu, gepanzert in der Reglosigkeit seines Kastens.

»Die Firmenoperationen überall im Land wurden zeitweilig eingestellt. In einer offiziellen Verlautbarung wurde jedoch der Hoffnung Ausdruck verliehen, daß sie in Kürze wieder aufgenommen werden können. Weiter heißt es, dieser Schritt, ich zitiere, habe ›die volle Zustimmung leitender Fireball-Angestellter auf höchster Ebene‹, Zitat Ende. Nach vielen Jahren wachsender Schwierigkeiten zwischen der Regierung und einer Reihe großer internationaler Firmen, vor allem Fireball, kommt das als zusätzliche Überraschung.«

In der Tat, vor allem Fireball, dachte Kyra. Ohne Guthries Führung, die sicherlich auch eine Menge versteckten Druck und Begünstigung einschloß, wären die anderen längst zu Kreuze gekrochen.

Sein Gemurmel ließ sie frösteln. »Damit ist die Sache endgültig klar. Sie haben tatsächlich mein Duplikat, und sie haben ihn in die Mache genommen. Armer Kerl.«

Lee hob den Kopf. »Werden Ihre Mitarbeiter keinen Verdacht schöpfen?« fragte er.

»Schon möglich«, antwortete Guthrie, »obwohl außer mir nur zwei meiner Leute wissen, wo er sich befand, und die haben bisher keinen Grund zu denken, daß er nicht mehr dort sein könnte. Erinnern Sie sich, ich habe es ja selbst nicht getan, bis es zu spät war. Wenn und falls der Anti-Guthrie an die Öffentlichkeit tritt, wird er absolut überzeugend sein.«

»– aus dem Leitungsbüro spricht nun Präsident Manuel Escobedo Corrigan.«

Das Bild, das auf dem Schirm erschien, zeigte einen gutaussehenden, weißhaarigen Mann mit sonorer Stimme. »Achtung, Bürger! Ich habe eine wichtige Ankündigung zu machen. Lassen Sie mich zuerst klarstellen, daß kein Grund zur Beunruhigung besteht. Zur Wahrung Ihrer ureigensten Interessen unternimmt Ihre Regierung Maßnahmen gegen eine Gefahr, die sogar Ihr Leben bedroht. Im Zuge dessen werden wir einen Konflikt beenden, der längst unerträglich geworden ist. Nur wenige Personen sind direkt davon betroffen, abgesehen davon, daß die Gesellschaft in ihrer Gesamtheit enorm davon profitiert. In der Zwischenzeit haben sie alle ein Recht auf Information. Hören Sie aufmerksam zu. Vernehmen Sie die Wahrheit. Es könnten unwahre Gerüchte zirkulieren. Wenn Sie richtig unterrichtet sind, werden Sie imstande sein, ihnen keinen Glauben zu schenken, sie öffentlich zu verurteilen und jeden anzuzeigen, der sie weiterhin verbreitet.

Aufgrund der mir verliehenen Autorität und unter der weisen Führung der Beratenden Synode habe ich die Beschlagnahme des gesamten inländischen Besitzes der als Fireball Enterprises bekannten Firma angeordnet. Aus einem Verdacht wurde Gewißheit. Ihre Sicherheitspolizei hat herausgefunden, daß diese ganze riesige Organisation über die Jahre hinweg von Chaotischen Terroristen unterwandert worden ist. Ihr Ziel ist kein geringeres als der gewaltsame Sturz Ihrer Regierung. Die Ausführung ihrer Pläne würde millionenfachen Tod, landesweite Verwüstung und unendliches Leid mit sich bringen. Wir müssen ihnen zuvorkommen. Wir müssen auch den letzten von ihnen zur Strecke bringen, ihn an seinem üblen Tun hindern und ihn der Rehabilitation zuführen – der Gerechtigkeit.

Sicherlich erinnern Sie sich noch an den scheinbaren Unfall, der die Datenbank im Sicherheitszentrum des Mittelwestens durch einen starken elektromagnetischen Impuls zerstörte. Das hätte die polizeilichen Operationen überall in diesem Bereich empfindlich gestört. Glücklicherweise hatte Ihre Sicherheitspolizei vorab einige Hinweise erhalten. Sie wußte nicht genau, was geschehen würde, aber vorsichtshalber lagerte sie Duplikate der Dateien aus. Als sich der Zwischenfall ereignete, konnte sie rasch reagieren. Sie stellte fest, daß es kein Unfall, sondern Sabotage war. Sie fand heraus, was sie bereits vermutet hatte, nämlich, daß Mitarbeiter von Fireball zu den Verantwortlichen gehörten.«

Kyra warf einen Blick zu Guthrie hinüber. Er sah es und grollte: »Nein, natürlich hatten wir nichts damit zu tun. Glauben Sie etwa, ich würde verdammt noch mal nicht sicherstellen, daß in einem so durchgedrehtem Land wie diesem alle unsere Leute, die in der Lage sein könnten, etwas Ungewöhnliches zu tun, zurechnungsfähig und nüchtern sind? Zum Teufel sollten wir im übrigen eine so idiotische Nummer abziehen? Und woher wissen Sie, daß die Geschichte überhaupt jemals passiert ist? Wir haben nur das Wort der Regierung dafür, und die hat unser Angebot, ihr bei der Untersuchung behilflich zu sein, glattweg ausgeschlagen.«

Ein erfundener Vorwand dafür, in das Gebäude einzudringen, in dem, wie die Sipo erfahren hatte, der andere Guthrie lagerte, und es zu durchstöbern – Kyra wandte ihre Aufmerksamkeit wieder Escobedo zu. »– kann nicht in die Einzelheiten gehen«, sagte der Präsident soeben. »Kriminelle und Umstürzler dürfen keine Kenntnis von unseren Ermittlungsmethoden erhalten. Aber seien Sie versichert, meine Mitbürger, wenn diese Arbeit abgeschlossen ist, werden Sie die Ergebnisse erfahren.«

Er wurde sehr ernst. »Ich muß offen zu Ihnen sein. Ich will und darf nicht vor Ihnen verbergen, daß es in näherer Zukunft viele schwierige, ja gefährliche Augenblicke geben wird. Wir haben es mit einer großen und mächtigen Organisation zu tun, die den Idealen des Avantismus stets feindlich gegenübergestanden hat. Lassen Sie mich das erklären. Lassen Sie mich Ihnen noch einmal den Hintergrund darlegen, auch wenn Sie damit vertraut sein dürften, damit ich dann mit Ihnen die Hoffnung teilen darf, die helleuchtend vor uns steht.

Während der vergangenen zwei Jahrhunderte ist Fireball Enterprises gewachsen. Heute umspannen seine Unternehmungen das gesamte Sonnensystem, reichen darüber hinaus und dringen gleichzeitig in die lebenswichtigen Organe aller Länder der Erde ein. Es ist mehr als eine Raumschiffahrtslinie; seine Beteiligungen erstrecken sich auf alles mögliche, von außerirdischen Bergwerken und Fabrikationsbetrieben bis hin zu planetengebundenen Frachtdiensten, von wissenschaftlichen Stiftungen bis hin zum Handel mit Luxusgütern. Es unterhält ganze Siedlungen, die seinen Gesetzen unterstehen, erzieht Generation um Generation von Erfolgsleuten die in erster Linie ihm selbst ergeben sind, und verhandelt mit richtigen Regierungen unter praktisch gleichen Bedingungen. Trotzdem ist es nicht einmal eine Korporation, außer in einem rein technischen Sinne. Es ist eine straff geführte, profitorientierte, einer Einmischung in der Politik jedoch nicht abgeneigte Privatorganisation, die alle ihr lästigen nationalstaatlichen Gesetze ignoriert.«

Escobedo lächelte. Sein Ton wurde milder. »Heute jedoch prangere ich nicht Fireball an sich an. Statt dessen bin ich glücklich sagen zu können, daß eine neue Weltordnung anbricht. Wir nähern uns dem Ende der Probleme, die sich ständig verschlimmert haben, seit die Avantisten-Assoziation die Führung dieser großen Nation übernommen hat. Bedenken Sie wohl, ich klage die Direktoren von Fireball *nicht* der Kriminalität, antisozialer Absichten oder auch nur der Unwissenheit an. Auf beiden Seiten sind oft hitzige Worte gefallen. Aber analytisch betrachtet, so wie Xuan es von uns erwarten würde, handelte es sich um einen Weltanschauungskonflikt. Wenn sie nicht mir uns darin übereinstimmen, daß unsere Restrukturierung der nordamerikanischen Gesellschaft richtig ist, wenn sie nicht unsere Jahrmilliarden umspannende Vision eines sich auf das Omega hin entwickelnden Geistes teilen, dann war es ganz natürlich, daß sie uns Hindernisse in den Weg legen wollten.

Unter dem Schutz der berüchtigten Planetaren Protokolle lebten so weiterhin ihre Angestellten in praktisch autonomen Enklaven unter uns, schickten ihre Kinder zur Indoktrination durch die Firma auf firmeneigene Schulen und wiegelten Bürger, mit denen sie zusammentrafen, durch unwahre Behauptungen auf. Die Juneau-Aufstände, die siebenundreißig Menschen das Leben kosteten, waren nur das auffälligste Ergebnis dieser Hetze.«

»Blödsinn«, murmelte Guthrie. »Die Alasker erinnerten sich besser als die meisten anderen daran, wie es war, frei zu sein.

Sie wollten kein Umerziehungszentrum in ihrem Hinterhof, und irgendwie kam ein Gerücht auf, daß die Russen herüberkommen und sich ihnen anschließen würden.«

»Vom Ausland aus«, erklärte Escobedo, »gaben hohe Fireball-Vertreter *pronunciamentos* ab, die man bestenfalls als feindselig und schlimmstenfalls als aufwieglerisch bezeichnen muß. Das Unternehmen verhängte gegenüber der Union ein Handelsembargo für sicherheitsrelevante Stoffe. Immer wieder halfen Angestellte flüchtigen Umstürzlern dabei, ins Ausland zu entkommen.«

»Zur Abwechslung wenigstens mal ein bißchen was Wahres«, bemerkte Guthrie.

»Aber ich wiederhole, das war unvermeidlich«, sagte Escobedo beinahe mitfühlend. »Es war genauso lauter wie manch ein Konflikt in der Vergangenheit zwischen widerstreitenden Kräften – Christen gegen Heiden, Astronomen gegen Astrologen, Demokraten gegen Royalisten, Befreiungsbewegungen gegen Imperialisten.«

Sein Tonfall wurde wieder streng. »Jetzt haben wir, wie ich Ihnen bereits sagte, entdeckt, daß gewisse Personen in den niedrigeren Ebenen Fireballs so von fanatischem Haß erfüllt wurden, daß sie eine kriminelle Verschwörung eingegangen sind. Sie nahmen Verbindung mit Chaotischen Terroristen auf, die seit langem auf eine Gelegenheit warten, tödliche Schläge gegen Sie, die Bürger Nordamerikas, zu führen. Diese Einzelpersonen in den Reihen Fireballs förderten und unterstützten die Terroristen. Sie halfen Chaoten dabei, Anstellung in der Firma zu finden, so daß diese heute durch die Unterwanderung völlig durchlöchert ist.

Die so entstandene Bedrohung ist, wie man sofort sieht, gewaltig. Wie in jedem Land der Erde füllt Fireball auch in der Union Schlüsselpositionen in der Wirtschaft aus. Seine potentielle Macht, Sabotage zu begehen, ist praktisch unbegrenzt. In unserer modernen Welt hängt unser aller Leben von einem beängstigend verletzlichen Netzwerk hochtechnologischer Dienstleistungen ebenso ab wie von Rohstoffen und Energien aus dem Weltraum. Sobald all das unterbrochen wird, stehen wir sofort am Rande des Hungertodes, des Chaos, des Massensterbens. Skrupellose Feinde, die einen noch schnelleren Zusammenbruch anstreben, könnten unsere Verkehrs- und Kommunikationseinrichtungen hier auf der Erde zerstören. Die Terroristen, bewaffnet und zum Zuschlagen bereit, würden die Herrschaft über die Ruinen an sich reißen.

Das ist der Grund dafür, warum Ihre Regierung alles in unserem Land besetzt hat, was Fireball gehört. Könnten wir es, hätten wir restlos alles besetzt. Ich habe die nordamerikanischen Vertreter bei der Weltföderation angewiesen, die Friedensbehörde zum Handeln aufzufordern. Denn gewiß bedroht Chaos in einer Nation, die so groß ist wie die unsrige, die gesamte menschliche Rasse.«

Er lächelte von neuem. »Jetzt zu den guten Nachrichten. Ich sagte bereits, daß die Direktoren von Fireball und in der Tat auch ein Großteil seiner Belegschaft im Grunde nicht böse sind. Fehlgeleitet, das wissen wir. Negativistisch, selbstsüchtig, gierig, ja, viele davon – ich sage nicht alle. Aber sie sind nicht verrückt. Sie sind nicht dumm. Sie begreifen sehr wohl, wieviel auch sie durch einen Zusammenbruch der Ordnung verlieren würden. Sie akzeptieren, daß die Chaoten Feinde nicht nur des avantistischen Xuanismus, sondern der Zivilisation insgesamt sind. Sie waren sich nur einfach nicht des Ausmaßes bewußt, in dem diese Feinde ihre eigene Quasi-Nation infiziert hatten.

Nachdem Ihre Sicherheitspolizei erst einmal Zutritt zur Fireball-Zentrale hatte, ging sie an die Arbeit. Sie benutzte auf brillante Weise die fortschrittlichsten Ermittlungstechniken. Stück für Stück deckte sie die grundlegende Wahrheit auf. Natürlich bleibt uns noch viel zu tun, aber wir wissen jetzt, was. Als wir diese Information in Händen hielten, traten wir unter äußerster Geheimhaltung an bestimmte Führer Fireballs in Schlüsselstellungen heran. Sie waren entsetzt. Sie stimmten uns zu, daß eine vollständige Besetzung notwendig war. Die Chaoten mußten bis zur letzten Krebszelle ausgerottet werden. Das dient der Gesundheit des Unternehmens fast so sehr wie unserer eigenen.

Bürger, ich sage Ihnen, daß diese Entwicklung mehr bedeutet als nur unmittelbare Sicherheit. Sie weist auf eine ganzheitliche, positive Zukunft voraus. Ich erwarte nicht, daß die Mitarbeiter Fireballs oder der anderen Firmen, die diesem Beispiel folgen – ich erwarte nicht, daß sie über Nacht die richtige Doktrin annehmen. Noch auf lange Zeit hinaus werden sie auch weiterhin ihre eigenen Interessen und die Interessen ihrer Organisationen verfolgen. Ich glaube jedoch, daß sie nun anfangen zu erkennen, daß diese Interessen nicht wirklich im Gegensatz zu einer rationalen Gesellschaftsordnung stehen. Ich sehe zuversichtlich einer Ära wachsender Zusammenarbeit entgegen –«

Die Stimme redete weiter. »Schalten Sie den Ton ab«, sagte Guthrie. »Der Rest sind sowieso nur Platitüden in A-Dur.«

Kyra gehorchte. Sie verstand zwar nicht die Metapher, aber den Sinn. »Er ist nur eine Galionsfigur, nicht wahr? Genau wie die ganze Regierung.«

»Nicht ganz, aber für den gegenwärtigen Zweck treffend genug. Hm. Diese nordamerikanischen Manager von uns, Reynaldo, Langford, Rappaport – wie viele noch? – was ist mit denen? Ich hoffe bei Gott, daß ihnen nichts passiert ist.«

»Ich glaube nicht, daß die Avantisten ihnen etwas antun, Sir«, sagte Lee. »Das würde nur unnötige Ressentiments erzeugen. Wahrscheinlich hat man verschiedene Schlüsselpersönlichkeiten in ›Schutzhaft‹ genommen, ihnen aber ansonsten keinen Schaden zugefügt, einfach nur, um sie von der Außenwelt zu isolieren. Dann kann sich niemand sicher sein, ob ein Teil von ihnen wirklich die Meinung vertreten hat, die Besetzung sei richtig und notwendig.«

»Aber wie glaubwürdig wird das sein, und für wie lange?« fragte sich Kyra. »Würde auch nur einer von ihnen stillsitzen und den Mund halten, wenn er die Wahl hätte?«

»Nein«, erwiderte Guthrie »aber dieser Zustand läßt sich einige Tage aufrechterhalten; anschließend kann man die Gefangenen freilassen, weil es dann egal ist. Man wird alle kleinen Unstimmigkeiten zwischen ihren Geschichten und der Escobedos übersehen. Bis dahin muß Sayres Bande nicht mit allzuviel Ärger von denen rechnen, die man auf freiem Fuß gelassen hat. Das Vernünftigste für alle *consortes* ist im Augenblick, sich ruhig zu verhalten und auf Anweisungen von mir zu warten.«

Wie zur Bestätigung endete die Ansprache des Präsidenten, und ein neues Bild erschien. Kyra drehte den Ton wieder an und hörte: »Quito. In der hiesigen Oberzentrale Fireballs gab die Leitende Direktorin Dolores Almeida Candamo eine Erklärung heraus, in der sie die Entwicklung als äußerst beunruhigend bezeichnete. Bis zum Eintreffen weiterer Nachrichten wollte sie keinen weiteren Kommentar abgeben, nur, daß sie und ihre Kollegen in ständiger Verbindung mit anderen Büros auf der Erde und im Weltraum stünden. Auch von diesen wurden bisher keine Kommentare geäußert.«

»Ja«, knurrte Guthrie beifällig. »Sie warten ab.«

»– in der Vollversammlung der Weltföderation«, sagte der Nachrichtensprecher, »antwortete Colin Small aus Karibien auf die nordamerikanische Forderung nach einer Intervention der Friedensbehörde.«

Das Bild verwandelte sich in das eines dünnen, ebenholzschwarzen Mannes, dessen Lippenbewegungen zeigten, daß das Englisch sein eigenes war: »Bei allem Respekt für meinen hochgeschätzten Freund aus der Union möchte ich bemerken, daß diese Forderung nicht das ist, was sie zu sein vorgibt. Sie dient Propagandazwecken und vielleicht dem Schaden Fireballs. Solange sie sich an das Erdabkommen halten, sind die einzelnen Nationen innerhalb ihrer eigenen Grenzen souverän. Deshalb kann die Regierung der Nordamerikanischen Union die Truppen der Friedensbehörde auf alle Orte und Einsätze beschränken, die sie für angebracht hält. Ihre Behauptungen sind vage und durch nichts bewiesen. Wenn sie wirklich Hilfe will, soll sie eine formelle Anklage wegen militärischer, völkermörderischer, der gemeinsamen Umwelt schadender oder auf unzumutbare Weise verkehrs- oder kommunikationsbehindernder Aktivitäten erheben. Wird eine solche Anklage durch das zuständige Kommitee untersucht und für glaubhaft befunden, dann kann die Weltgerichtsbarkeit Maßnahmen gegen Fireball oder – was durchaus möglich wäre – gegen die Regierung der Nordamerikanischen Union einleiten. Ich rechne nicht damit, daß das eine oder das andere geschehen wird. Zumindest in juristischer Hinsicht ist dies eine Auseinandersetzung zwischen einer nationalen Regierung und einer privaten, aber internationalen Organisation.«

Die Szene wechselte auf einen Wirtschaftswissenschaftler, der vom Nachrichtensprecher gestellte Fragen beantwortete. Ja, Nordamerika hänge von Rohstoffen und Energie aus dem Weltraum ab; die ganze Erde täte das. Ja, Fireball sei der Hauptlieferant dafür. Ja, wenn es die Lieferungen einstelle, würde das Land bald in ernste Schwierigkeiten kommen. Nein, eine Hungersnot oder dergleichen würde es nicht geben; dafür trüge die Föderation und die Weltbehörde Sorge. Außerdem spräche die Wahrscheinlichkeit dagegen, daß Fireball jemals derart drastische Maßnahmen ergreifen würde. Man bedenke, die Kosten wären unkalkulierbar, sowohl hinsichtlich verlorener Einnahmen und, was weitaus schwerer wöge, hinsichtlich der Beziehungen mit dem Rest der Welt. Fireball sei anfälliger, als man annehmen mochte. Man bedenke, es sei ja nicht wirklich eine Nation, wie überheblich es auch auftreten möge. Es verfüge nicht einmal über die minimale Bewaffnung zur Friedenssicherung, die einer Nation zustünde, von den Arsenalen der Weltbehörde ganz zu schweigen – Kyra, Lee und Guthrie hörten nicht einmal mit halbem Ohr zu.

»Bemerkenswert. So viel«, sagte Kyra.

»Was meinst du damit?« fragte Lee.

»Daß die offizielle Multizeption überhaupt einen Teil von Smalls Rede bringt. Ich habe ihn bei einer Konferenz über Weltraumentwicklung kennengelernt. Wir haben uns unterhalten und zusammen einen draufgemacht, und seitdem wechseln wir gelegentlich Briefe. Er ist auf unserer Seite.«

»*Bueno,* in seiner Position konnte er schließlich nicht offen auftreten und das verkünden, oder? Ich denke, der Redakteur dieser Sendung ist ziemlich raffiniert. Wir haben genau den Schnipsel gesehen, der einen Eindruck von unparteiischer Berichterstattung erzeugt.«

»Darin sind sie gut«, grollte Guthrie. »Jeder bei den Medien ist das. Mit dem Ergebnis, daß der Mann auf der Straße keine

Möglichkeit hat zu unterscheiden, was echt ist und was aus einem Studio stammt.«

»Das ist nicht ganz richtig, Sir«, widersprach Lee. »Schon die schiere Menge an Informationen, ob nun wahr oder falsch –«

»Ja, das und der internationale Verkehr, diese beiden Dinge machen es unmöglich, einen totalitären Staat auf lange Sicht aufrechtzuerhalten, es sei denn, er übernähme irgendwie das gesamte Sonnensystem. Sie sind es, die die Freiheitsidee hier am Leben erhalten und den Chaoten die Hoffnung geben, die sie brauchen, um nicht aufzugeben und selbst zu Avantisten zu werden.«

»Wer sind sie?« fragte Kyra. »Ich dachte, ›Chaoten‹ sei nur ein Regierungsschimpfwort für Abweichler.«

»Das sie stolz übernommen haben«, sagte Guthrie. »Überwiegend sind es harmlose Unzufriedene.«

»Aber nicht alle? Sind ein Teil von ihnen wirklich Terroristen, die auf eine günstige Gelegenheit warten?«

»Möglich, daß auch das nur ein Schimpfwort ist«, erwiderte Guthrie.

Kyra bekam das Gefühl, daß er nicht mehr darüber sagen wollte. »Was erwarten Sie, wird Fireball tun, Sir?«

»Das sagte ich Ihnen doch schon. Zunächst einmal nicht viel. Auf Nummer Sicher gehen, bis weitere Karten auf dem Tisch liegen. Mit einigen örtlichen Ausnahmen vielleicht. Wir sind kein Monolith, das wissen Sie.« Ein Klopfen ertönte. »Schnell, verstecken Sie mich. Am besten im Rucksack.«

Seine Begleiter taten es und ließen Tahir herein. Der Scheich trug einen mit Stoff ausgestopften Beutel. Sein Gesicht wirkte abgespannt – Kyra vermutete, daß er den größten Teil der Nacht auf den Beinen gewesen war –, aber er hielt sich gerade, grüßte knapp und kam direkt zur Sache.

»Die Sipo ist hier, uniformiert und zweifellos auch in Zivil. Sie patrouillieren durch die Korridore, allerdings noch nicht durch diese hier, und halten an allen Portalen Wache. Sie haben elektronische Apparaturen dabei. »Trotzdem, *inschallah,* habe ich Vorkehrungen getroffen, die es Ihnen ermöglichen sollten, an ihnen vorbeizukommen. hier sind Frauenkleider für Sie, *senõr* Lee. Verschleiert und in meiner Begleitung dürfte man Sie nicht belästigen. Die Polizei wird ihre Aufgabe nicht dadurch erschweren wollen, daß sie Anwohner erzürnt, insbesondere jene, die nicht ganz arm und ohne Einfluß sind; und es ist wohlbekannt, wie wir Gläubigen hinsichtlich unserer Frauen empfinden.« Ein schlaues Grinsen. »Natürlich müssen Sie den Gang und das Verhalten üben. Ich werde so lange mit Ihnen proben, bis Passanten, die uns unterwegs sehen, sich fragen, was dieser alte Schurke in letzter Zeit getrieben hat.«

Lee errötete ein bißchen. »*Mil gracias*, Sir«, sagte er. »Äh, *afy aleyk, el-afy*.« Er deutete auf die Stelle, an der der Rucksack lag. »Aber was ist damit? Wir müssen es hinausbringen. Es ist unendlich viel wichtiger als wir.«

»Das habe ich schon verstanden.« Tahir strich sich mit den Fingern durch den Bart und starrte durch die Wände rings um ihn.

»Ich will gar nicht wissen, was es ist. Sie haben es einen Spezialcomputer genannt; das möge genügen. Immerhin kenne ich seine Größe, und ich habe Vorkehrungen getroffen. Zu gegebener Zeit wird ein Krankenwagen kommen und die Besatzung einen Lebenserhaltungskokon zu uns hinaufbringen. Er bietet genügend Platz, daß Sie Ihren . . . Gegenstand darin verstauen können, während alle anderen wegschauen. Ich gehe davon aus, daß er wasserdicht ist?«

Kyra holte scharf Atem. Ein Bild stieg vor ihrem inneren Auge auf: ein sargähnlicher Kasten, dessen Schale aus Behältern, Röhren, Ventilen, Pumpen, Anzeigegeräten, Kabeln, Computern, Handkontrollen und der Maschinerie darunter bestand. Ja, dieses ganze Metall, diese ganze elektrische und chemische und isotopische Aktivität würde Guthrie sicherlich vor allen Detektoren abschirmen.

»Aber wird man nicht überprüfen, ob Sie wirklich einen Patienten darin haben?« sorgte sich Lee.

»Es wird einer dasein.« Die Flüchtlinge sahen, wie Tahirs Gesicht sich verdüsterte. »Einer meiner Söhne ist bereit, sich unter Drogen setzen zu lassen. Die Simulation eines komatösen Schlaganfallopfers dürfte selbst für Hirnstromanzeigen ziemlich gut sein. Ich rechne nicht damit, daß die Sipo einen Arzt ruft, der sich die Sache genauer anschaut.«

»Aber das, das ist unglaublich, Sir«, stammelte Kyra. »Das sind Sie uns nicht schuldig – so viel –«

Tahir warf ihr einen Blick zu. »Ich habe den Eindruck, daß uns eine Pflicht zugefallen ist.« Die Düsterkeit wurde unpersönlich. »Vielleicht kommt man später auf die Idee zu überprüfen, ob dieser Mann wirklich ins Ibn-Daoud-Hospital eingeliefert wurde. Die Aufzeichnungen werden beweisen, daß das der Fall war, daß die Bioreparatur gut verlief und daß er bald wieder zur Erholung nach Hause entlassen wurde.«

Islamische Solidarität? fragte sich Kyra. Konnte sie so zuverlässig sein? Hatte Tahir nicht vielleicht Verbindung zu den Chaoten? Erfahrene Untergrundler konnten eine Datenbank noch besser manipulieren, nicht wahr? Ja, das ergab Sinn. Offiziell tolerierte der Avantismus notgedrungen traditionelle Religionen und Lebensweisen, aber er machte ihnen zugleich auch das Leben schwer und würde sie auf lange Sicht vernichten. Somit wurden die Chaoten, wer immer sie sein mochten, zu ihren natürlichen Verbündeten.

»Im Hospital müssen Sie Ihre Last wieder an sich nehmen und uns verlassen«, erklärte Tahir Lee. »Weiter können wir nichts für Sie tun.«

»Wir verstehen. Hoffentlich können wir Ihnen eines Tages erzählen, wie viel Sie eigentlich für uns getan haben.«

Unbehagen regte sich. »Entschuldigen Sie«, sagte Kyra, »aber was ist mit mir? Ich muß auch hinaus!«

»Sie können einfach weggehen, oder nicht?« erwiderte Tahir. »Hat man denn einen Grund, Sie aufzuhalten?«

»N-nein, ich glaube nicht.«

»Am besten, Sie brechen jetzt gleich auf. Das verteilt das Risiko. Haben Sie einen Ort, vorzugsweise außerhalb dieses Landes, wohin Sie gehen können?«

Der Gedanke brach über sie herein. Es war, als sehe sie das Haus am Ilmensee, blau und weiß über den Rosenbeeten ihrer Mutter, in einem Birkenhain an die schimmernden Wasser geschmiegt. Blätter raschelten, Sonnenlicht und Schatten tanzten in ihnen, der Wind roch nach grünem Wald; hier war ein Überrest der Alten Erde, und das nicht in einer *quivira*, sondern real, real ... Sie verfügte über genügend Geldmittel. Fahr nach Hause, geh zur russischen Zentrale und erkläre ihnen die Situation –

Heftiges Erschrecken. Nein! Wie in MacCannons Namen hatte sie auch nur eine Mikrosekunde auf eine solche Entschuldigung dafür verwenden können, Reißaus zu nehmen? Sie gehörte zu Fireball. Sie hatte den Treueid abgelegt, genau wie ihre Eltern und zwei ihrer Großeltern vor ihr.

Sie versteifte die Schultern. »Ja, aber das sollte ich besser nicht. Wir müssen das, was wir transportieren, in Sicherheit bringen.« Sobald sie Guthrie sicher versteckt hatte, sollte sie sich vielleicht mit ihrer Information davonmachen. Vielleicht konnte Fireball dann eine Rettungsaktion einleiten oder sich an die Friedensbehörde wenden oder was auch immer. Aber das erste und wichtigste war, Guthrie vor dem Zugriff der Reprogrammierer zu bewahren. »Und damit meine ich mich. Bob – sie werden mit allem, was sie haben, hinter *senõr* Lee her sein. Nein, sie sind es bereits. Ich sehe nicht, wie irgendeine Verkleidung ihn lange schützen könnte.«

Während sie sprach, zwang sie sich dazu, den Blick des jungen Mannes zu erwidern. Hatte er überhaupt geschlafen, wo er doch wußte, was ihm in den Händen der Sipo widerfahren konnte? Sein Gesicht regte sich kaum.

»Richtig«, sagte er ruhig. »Wir treffen uns an einer vorher vereinbarten Stelle, und ich übergebe dir das Objekt.«

»Wo?« Das hatten sie noch nicht diskutiert, so müde und mitgenommen, wie sie gestern, und so abgelenkt, wie sie heute gewesen waren. Amateure! Warum hatte Guthrie sie nicht daran erinnert? Weil er annahm, daß es wenig Sinn hatte, bevor sie genauer wußten, was sie unternehmen würden? Lieber wollte sie das glauben, als daran, daß sein eigener Verstand ihn im Stich gelassen hatte.

»Schreiben Sie's auf«, drängte Tahir. »Ich sollte es nicht hören.« Er wandte sich ab.

»Gut gedacht, Sir.« Lee schwang herum und setzte sich ans

Terminal. Kyra trat hinter ihn. Sie sah, wie angespannt die Sehnen an seinen Händen waren. Aber die Finger huschten fließend über die Eingabetastatur. Worte sprangen auf den Bildschirm. *Kennst du den Novarummel?*

Beinahe hätte sie laut geantwortet. Dann beugte sie sich vor und langte an ihm vorbei. *Nur aus dem einen oder anderen Multiceiver-Programm. Dagewesen bin ich noch nie.* Damals, als sie aus dieser Region fortzogen, war sie nach Ansicht ihrer Eltern für so etwas noch zu jung gewesen. Sie spürte, wie ihre rechte Brust leicht auf seine Schulter drückte.

Wir können für eine Weile dort untertauchen. Die Hand stockte fast unmerklich. *Und ich kann mir etwas besorgen, was woanders kaum zu kriegen ist.*

Wo auf dem Novarummel? schrieb sie.

Sie sah ein schiefes Lächeln. *Ich bin nicht gerade Stammgast, aber weil es eine gewisse regionale Bedeutung hat, bin ich gelegentlich dort gewesen und habe Informationen aus einigen anderen Quellen gesammelt. Geh zu Mama Lakshmis Teehaus. Nimm dir ein Zimmer und warte dort auf mich. Gib einen falschen Namen an, damit man mir sagen kann, welches Zimmer. Man wird keine Fragen stellen, aber man wird Bargeld haben wollen.*

Eine Übernachtungsunterkunft, die keine Gastindentifizierung in die Polizeidatenbank eintrug – in Nordamerika? Ihre Existenz konnte ihnen nicht unbekannt sein. Aber das war die Zivilpolizei. Durchaus bestechlich, wie sie gehört hatte. Was die Sipo und die wirklichen Machthaber anging, *bueno,* sie hatten das Fortbestehen des Novarummels all diese Jahre gestattet, ganz gleich, als wie üble Pestbeule sie ihn offiziell auch bezeichneten. In einer Sendung, die sie einmal gesehen hatte, hatte ein Kommentator gesagt, daß er in ihrer Sicht auf einem geographisch eng begrenzten Raum atavistischen Impulsen und Unverbesserlichkeiten ein Ventil bot. Manchmal veranstaltete die Polizei eine Razzia. Nach ein oder zwei Tagen ließ sich schon nicht mehr feststellen, daß überhaupt etwas geschehen war.

Das Bedürfnis, jemandem eine lange Nase zu drehen, durchzuckte Kyra. Sie durchforschte ihr Gedächtnis. Ein Name, ein Name, vorzugsweise ohne Bezug zu ihr. – Auf einer langen Raumreise entdeckte man beim Durchstöbern seiner Freizeitdatenbank oft halbvergessene alte Werke. *Ich werde mich Emma Bovary nennen.*

Sag ihnen, du erwartest John Smith. Lees Grinsen wurde breiter. *Das ist sehr gebräuchlich.*

Er löschte die Datei und erhob sich. »*Muy bien,* wir haben uns entschieden, Sir«, sagte er zu Tahir. »Sie und ich sollten uns jetzt besser an die Arbeit machen.« Er wandte sich Kyra zu. »Paß auf dich auf, *amiga. Buena suerte.*«

»Und einen freien Orbit für dich, *consorte*«, antwortete sie, als sei auch er ein Raumfahrer. Sie schüttelten sich die Hand.

Tahir hob die rechte Handfläche. »*Fí amâm illah*«, sagte er ernst zu ihr. »Gehen Sie im Frieden des Herrn.«

Da sie nicht wußte, was sie sonst tun sollte, entbot sie ihm die Ehrenbezeigung, die einem befehlshabenden Offizier zustand.

»*Gracias* für alles«, sagte sie linkisch und verließ sie. Während der ersten paar Sekunden war sie sich hauptsächlich des Wunsches bewußt, das gleiche Vertrauen in die Vorsehung zu besitzen wie er.

Oder lieber doch nicht, denn das hätte schließlich bedeutet, die Vernunft abzuschaffen, nicht wahr? Sie trat auf den Gang hinaus und mischte sich unter die Menge. Ihre Aufmerksamkeit verlagerte sich nach außen. Wieder kribbelten Blicke auf ihrer Haut. Wenn Tahir bloß daran gedacht hätte, ihr weniger schamlose, weniger verdächtige Kleidungsstücke mitzubringen! Wenn sie bloß daran gedacht hätte, ihn darum zu bitten!

Bueno, wahrscheinlich würde die Sipo, wenn überhaupt, erst in einigen Tagen dazu kommen, dieses Viertel zu durchstöbern. Bis dahin würde sie nur noch eine verschwommene Erinnerung sein, ein Außenseiter unter vielen, mit dem man kein spezielles Datum oder sonst etwas verband. Außerdem war es sowieso unwahrscheinlich, daß einer der Bewohner freiwillig Informationen herausgab, falls er sich tatsächlich an sie erinnerte. Trotzdem nahm Kyra den ersten Fahrweg, den sie erspähte.

Auf dem Weg nach draußen zwang sie sich dazu vorauszuplanen. Deshalb bewirkte jede Uniform, die sie sah, nur ein unangenehmes kleines Stocken ihres Pulsschlags, ein Herunterschlucken von trockener Baumwolle in ihrer Kehle. Am schlimmsten war der Übergang vom Hof zur Straße. Dort standen sie am Tor: zwei große Männer in Braun auf jeder Seite. Einer von jedem Paar hatte den Blick unverwandt auf das Instrument gerichtet, das er in der Hand hielt; der andere suchte mit den Augen alle, die vorübergingen, ab. Es waren weniger als gestern. Die Information mußte sich herumgesprochen haben. Kyra konzentrierte ihre Gedanken auf ein Mantra.

Aber dann war sie vorbei, verloren im Gedränge, unter einem Himmel, der jetzt mild und sonnig war. Frei!

Für eine Weile jedenfalls. Wenn sie wollte, daß diese Weile länger dauerte, dann blieb sie besser in Bewegung.

In der Nähe des Fahrzeugständers fand sie eine öffentliche Informationsstelle. Sie stellte ihren Infomaten ein, dann betrat sie die Zelle und bezahlte mit einer Münze. Erst nachdem sie die Angaben, die sie benötigte, abgerufen hatte, merkte sie, wie kräftig ihr Handgelenk auf den Kontakt gedrückt hatte. Mit einem kläglichen kleinen Lachen ging sie weiter zu ihrem Kuppeltrike, löste es aus und fuhr los.

Sie mußte ihre hawaiianischen Klamotten loswerden, die sie so auffällig machten. Was sie brauchte, war ein Schneidergeschäft der mittleren Preisklasse, etwas entfernt. Die Richtungsanweisungen, die der Infomat lieferte, führten sie zu einer Adresse im Raum Tonawanda. Das Viertel war altehrwürdig, überwiegend Ziegelbauten mit mehreren Stockwerken und ein paar einzeln stehende Häuser, die jetzt als Mietshäuser dienten. Die Bürgersteige waren kaum belebt, die Fußgänger bewegten sich geruhsam. Ausgewachsene Fahrzeuge, die hier zugelassen waren, weil es nur so wenige davon gab, glitten fast lautlos über das Pflaster. Zuerst verspürte Kyra ein Gefühl von Frieden. Die Riesen jenseits dieser Dächer schienen weit entfernt, wie Luftspiegelungen; das Babel um sie herum war zu einem kaum noch hörbaren Flüstern abgeebbt.

Dann sah sie genauer hin und entdeckte bröckelndes Mauerwerk, kümmerliche Auslagen in den Schaufenstern, schmutziges Hyalon, schäbige Kleider, verstohlene Blicke auf sie, die Fremde. Das Gras wuchs üppig, während die Blätter der Bäume unjahreszeitlich gelb geworden waren in einem Park, wo zwei Männer neben einer leeren Flasche schnarchten. Als Kind hatte sie so etwas in der ganzen Region nicht erlebt, trotz der anhaltenden schweren Zeiten und der Unruhe, die den Avantisten geholfen hatte, an die Macht zu kommen.

Nur vereinzelte Gebäude schienen noch in recht gutem Zustand zu sein: eine Fabrik, eine Genklinik, zwei oder drei Restaurants, die Art von Einrichtungen, die ihre Kunden aus weitem Umkreis anzogen, es sich aber wegen ihrer bescheidenen Größe nicht leisten konnten, in Viertel mit höherer Miete umzuziehen. Der Schneider war einer davon. Seine Inneneinrichtung war angenehm und sauber, der menschliche Verkäufer, der sie begrüßte, höflich und gut gekleidet. Er bot seine Hilfe an, während er entschuldigend erklärte, daß sie Ausstattung veraltet sei und die Programmierung nicht die neueste internationale Mode einschließe.

»Das macht nichts«, sagte Kyra. »Ich erinnere mich an Geschäfte wie dieses aus der Zeit, als ich Kind war.« Das stimmte zwar nicht, aber ihr Beruf hatte die angeborene Begabung für die dafür erforderliche Technologie geschärft. »Was ich suche, sind einfach nur ein paar praktische Kleidungsstücke.«

Trotzdem ließ sie sich Zeit, als sie, ausgezogen und vermessen, allein im Entwurfsraum war. Es machte Spaß, es war eine Therapie, dieses und jenes Bild auf das lebensgroße Hologramm von sich selbst zu projizieren, dem Wechseln der äußeren Erscheinung zuzuschauen, während der Computer Muster passend veränderte, ihre Änderungen einzugeben und zu sehen, wie sie umgesetzt wurden. Vier Paar Unterwäsche zum Wechseln sollte reichen. Zwei Paar Freizeithosen aus Perlux, eine schwarz und enganliegend, eine blau und unten weit ausgestellt, mit einem schmalen roten Streifen an jedem Bein. Ein stabiles graues Arbeitshemd, eine femininere, aprikosenfarbene Iridon-Jacke, eine flauschige und bauschige Bluse in weißem

Luna, die aber – dessen vergewisserte sie sich – ungehinderte Bewegungsfreiheit erlaubte. Ein weiter Tigryl-Rock, wadenlang. Ein blaßgrüner Umhang mit Kapuze, falls es regnete. Das ermöglichte ihr eine Vielfalt von Kombinationen, die zu den meisten Gelegenheiten passen sollten. Als Standardartikel wählte sie für diese und ihre bisherige Kleidung eine Reisetasche, die sich in einen Rucksack verwandeln ließ.

Ihre Finger drückten *Fertig*. Auf dem Schirm leuchtete der Preis auf. Es ging über das Bargeld hinaus, das sie bei sich hatte. Widerstrebend belastete sie ihr Konto. Wenn die Sipo irgendwie anfing, sie zu verdächtigen und eine Datenbanksuche anordnete, hier war ein Fußabdruck, den sie finden konnten. *Bueno*, mit etwas Glück würde das nicht passieren, wenigstens nicht während der nächsten Tage, in denen sie auf der Flucht war. Und sie nahm nicht an, daß selbst im avantistischen Nordamerika das System die Details ihres Einkaufs gespeichert hatte. Seine Kapazität war enorm, aber endlich. Unwichtigere Daten wie die Transaktion selbst wurden zweifellos nach einem Zeitraum von vielleicht drei Jahren oder so gelöscht.

Das Gesetz der Verjährung. Sie kicherte.

Nein, bleib ernst. Nutze die Zeit, während die Maschine arbeitet, um weiter über deine Situation und die Guthries nachzudenken. Bargeld hinterließ keine Spuren. Dollars waren nicht mehr konvertierbar, aber trotzdem vorzuziehen, bis sie über die Grenze entkommen war. UCUs wurden natürlich begierig akzeptiert, mochten aber dazu führen, daß man sich deutlicher an sie erinnerte. Wenn sie zu einer Bank ging und tauschte, würde das in die Datenbank gelangen und konnte dazu führen, daß jemand sich nach dem Grund dafür fragte. Trotzdem benötigte sie mehr Scheine und Münzen. Und wenn sie eine falsche Spur legen konnte –

Ein Glockenspiel ertönte, irritierend fröhlich. Ein Gestell, auf dem ihre neuen Kleider hingen, schob sich vor. Sie probierte sie an, entschied sich für die Jacke und die schwarze Hose, packte den Rest ein und trat wieder in den Vorraum.

»Ich hoffe, Sie sind zufrieden. Miz Davis«, sagte der Verkäufer. Sein Lächeln wirkte ölig, und warum hatte er sich bei seinem Terminal nach ihrem Namen erkundigt? Sie hoffte, daß er nicht an der Privatsphärenschutzschaltung herummanipuliert und ihr heimlich zugeschaut hatte.

»Ja, das wird schon gehen«, antwortete sie kurz angebunden.

»Kommen Sie aus dem Weltraum?«

Sie erstarrte. »Wie kommen sie darauf?« Ohne Autorisierung konnte er ihre Adresse nicht aufgerufen haben. Außerdem war ihre Adresse auf der Erde sowieso nur ein Umleitprogramm in Quito.

»Ach, Ihre ... Erscheinung, Miz. Sie sprechen zwar wie eine Nordamerikanerin, aber Ihre Haltung ist so ... stolz. Ich wollte schon immer mal ins All.«

Sie hörte Wehmut und verspürte ein wenig Mitleid. War er überhaupt je gereist? Die höfliche Anrede, die er benutzte, war anderorts selten.

Reisen ... Der Multiceiver bot einem bewegte holographische Bilder. Wenn man sich einen Vivifer-Anschluß leisten konnte, konnte man zusätzliche Sinneseindrücke erleben. Aber die Gärten von Tychopolis im Rund zu sehen und zu hören, einen Hauch zu spüren, der die Duftstoffe andeutete, die aus den Riesenblumen strömten, seinen Nerven Streichen spielen zu lassen, um eine Ahnung des Muskelgefühls bei Niedrigschwerkraft zu erleben – es war nicht einfach nur verarmt, es war passiv. Man war nicht dort, man konnte nicht frei umhergehen, nichts geschah, das nicht in die Vorführung einprogrammiert worden war.

Sie erkannte eine Gelegenheit. »Ja, ich arbeite zwischen den Sternen.« Sinnlos, sich präziser auszudrücken. Piloten hatten mehr Glanz, als klug für sie war. Sie seufzte, in der Hoffnung, daß es glaubwürdig rüberkam. »Auf Urlaub, aber ich fürchte, ich muß ihn vorzeitig abbrechen. Die Nachrichten heute morgen.«

Seine Augen weiteten sich. »Über die Firma Fireball? Für *die* arbeiten Sie?«

»Alle Organisationen mit Geschäften im Weltraum sind davon betroffen«, sagte sie wahrheitsgemäß, aber mehrdeutig. »Ich sollte mich besser beim nächsten Vertreter meiner Gesellschaft außerhalb dieses Landes melden. Persönlich; die Videophonleitungen scheinen ... blockiert zu sein.« Vielleicht verstand er ja, daß das ein Euphemismus sein mußte. »*Bueno*, ich wollte schon immer mal nach Québec. Aber dafür brauchte ich passende Kleidung, nicht?«

»Ja. Ja, natürlich. Wunderbar ausgesucht und entworfen, Miz Davis. Tut mir leid, daß Ihr Urlaub unterbrochen worden ist, aber trotzdem gute Reise. Kommen Sie jederzeit wieder, *por favor. Muchas gracias.*« Sie ließ ihn furchtbar nervös in der Tür zurück und fuhr davon.

So. Wenn die Sipo tatsächlich eine Überprüfung vornahm, müßten sie eigentlich die Information von ihm erhalten, daß sie sich nach Nordosten gewandt hatte. Die Grenze war nicht geschlossen, oder die Nachrichten hätten etwas davon gesagt. Bei so vielen Menschen, die sie täglich an zahlreichen verschiedenen Stellen in beide Richtungen überquerten, konnte eine Massenüberprüfung sowieso höchstens in einem Identicard-Scan bestehen, entweder, bevor sie Luftfahrzeuge bestiegen, oder wenn sie mit bodengebundenen Transportmitteln zur Grenze kamen. Aufzeichnungen würden nicht aufbewahrt werden, es sei denn, es ereignete sich etwas Ungewöhnliches. Wahrscheinlich wurde jetzt jeder, der irgend etwas bei sich trug, bei dem es sich um ein neuronales Netzwerk handeln mochte, angehalten und durchsucht. Wenn also die Sipo eine Datenbanksuche nach ihr durchführte und nichts über eine Ausreise fand, sollte die naheliegende Schlußfolgerung sein, daß sie einfach in Panik geraten war und sich aus dem Staub gemacht hatte und daher für sie nicht mehr von Interesse war.

Ein Vermerk, daß sie heute eine beträchtliche Menge Dollars gekauft hatte, würde dem widersprechen. Trotzdem – Im stillen nickte sie. Nach den Jahren ihrer Abwesenheit war sie hier in Erie-Ontario ein Neuling, aber sie war schon in anderen Städten gewesen, wo es massenhaft Arme gab.

Sie fuhr an den Straßenrand, holte sich eine Karte des Novarummels auf den Bildschirm des Trikes und studierte sie. Wenn sie sich richtig an das erinnerte, was sie als Kind gehört hatte, war dieses Gebiet damals ein ungefährer Kreis von etwa einem

Kilometer Durchmesser gewesen. Seither war es kaum – wenn überhaupt – geschrumpft. Anfänglich war der Wiederaufbau rasch in die Zone der Verwüstung vorgedrungen, die nach dem Meteoriteneinschlag von Buffalo zurückgeblieben war. Aber bald darauf hatte der Zusammenbruch der Zweiten Republik begonnen, und niemand, der ehrbar oder seriös war, hatte die Möglichkeit gehabt, noch Weiteres zu unternehmen. Als die Avantisten die Macht übernommen hatten, hatten sie eine rasche Sanierung versprochen. Sie hatten überhaupt eine Menge versprochen. Kyra zuckte die Achseln und fuhr weiter.

Etwa zwei Kilometer von ihrem Ziel entfernt lag ein Busbahnhof. Sie parkte das Trike in einem Ständer und rief die Vermietung an, so wie Lee es gestern vorgeschlagen hatte. Mit atemloser Stimme warf sie die unnötige Erklärung ein, daß sie den ersten verfügbaren Flug nach Montréal erreichen müsse. Nur für den Fall, daß. Mit dem Rucksack auf dem Rücken sah sie sich um, bis sie eine Bank entdeckte. Nachdem sie ihre Identicard in den Schlitz des Kassenautomaten geschoben hatte, gab sie *tausend Universal Currency Units in Zwanzigern* ein.

Insgesamt vierhundertdreißig sind in Fünfzigern und Hundertern verfügbar, leuchtete es auf. *Möchten sie auf Lieferung warten*?

Verdammt! Das hier war eine größere Zweigstelle. War die Ineffizienz inzwischen schon so vorherrschend? *Abbrechen,* befahl sie. *Vierhundertdreißig Universal Currency Units.* Als der Umschlag herausschnellte, machte sie sich die Mühe, die Scheine zu zählen, bevor sie sie in die Sicherheitstasche ihrer Jacke schob.

Jetzt weiter. Dieses Stadtviertel war genauso rauh wie jenes um das Blaue Theta. Dann, nach dem Überqueren einer Straße, fand sie sich plötzlich inmitten totalen Verfalls. Zerbrochene, zusammengeflickte Fenster waren wie Wunden auf rußigen Wänden. Türöffnungen gähnten vor Leere. Graffiti buchstabierten zornige oder obszöne Worte falsch. Sie waren bunter als die wenigen Ladenschilder. Ein Bettler saß zerlumpt auf dem Bürgersteig, mit ausgestreckter Hand, und leierte immer wieder die Litanei seines persönlichen Unglücks herunter. Zwei unförmige Frauen stritten sich müde. Drei Kinder kamen aus einer Gasse gerannt, um an Kyras Kleidern zu zupfen und kreischend um Almosen zu bitten. Sie marschierte weiter, ignorierte die Kinder, denn andernfalls wäre sie sofort in einer ganzen Horde gefangen gewesen. Ein alter Mann torkelte vorbei, in die Luft starrend, murmelnd. Vier junge Männer pfiffen hinter ihr her. Ein breitschultriger Mann, der in entgegengesetzter Richtung unterwegs war, schwenkte aus, wie um ihr den Weg zu verstellen. Sein Gesicht war stoppelbärtig; sie roch ihn aus zwei Metern Entfernung. Sie holte tief Luft und machte ihren Körper bereit. Aikido war eine ihrer Lieblingssportarten, aber der Gedanke, es im Zorn einzusetzen, hinterließ einen unangenehmen Geschmack in ihrem Mund.

Er kniff die Augen zusammen, änderte den Kurs und ging an ihr vorbei. Sie hörte, wie er ausspuckte. Egal. Würden Politiker je begreifen, daß eine staatlich gelenkte Wirtschaft in erster Linie Armut produzierte?

Nicht, daß schrankenloses freies Unternehmertum automatisch Reichtum garantierte. Vor ihr nahm der Radau zu: Stimmengewirr, Schreie, Hupen, das Pulsieren von Trommeln, Maschinen, weniger leicht identifizierbare Geräusche. Kyra bog um eine Ecke, ging noch einen Block weiter und betrat den Novarummel.

Dieser Teil war ein Flohmarkt. Schon jetzt, um die Mittagszeit, wimmelte es vor Menschen. Viele Verkäufer saßen auf dem Boden, vielleicht mit einem Teppichfetzen zwischen Hinterteil und rissigem Pflaster, ihre Waren vor sich ausgebreitet. Manche besaßen auch einen Stuhl und einen Tisch. Andere hatten Stücke von Plastikplanen aufgespannt, so daß Buden entstanden. Sie schienen allen möglichen Rassen anzugehören, Männlein und Weiblein, Jugendliche und ältere Leute und solche im verhärteten mittleren Alter, sauber und schmutzig, rundlich und knochig, fröhlich und traurig. Psalmodierte Loblieder auf das, was sie anzubieten hatten, drangen durch das Geplapper und die Schritte der Besucher, die zwischen den Auslagen herumspazierten, feilschten, kauften, verkauften, tauschten. Letztere waren aus fast jedem gesellschaftlichen Stand;

nicht nur Niederweltler kamen hierher. Sie wogten in so großer Menge durch die Gassen, daß Kyra ihre Zahl nicht annähernd schätzen konnte. Es war ihr unangenehm, von allen Seiten eingekeilt zu sein und angerempelt zu werden.

Weiter entfernt erspähte sie richtige Gebäude, hauptsächlich Baracken, ein paar größer und stabiler. Darüber ragte der Stumpf eines Wolkenkratzers auf, in Höhe des zwanzigsten Stocks durch die Stoßwelle des Einschlags abgebrochen. Verrostet und verdreht schob sein Skelett Stümpfe über die Wandreste hinaus. Fensterglas blitzte im Sonnenlicht; nichts Besseres hatte die ursprünglichen Scheiben ersetzt. Überall blinkten Leuchtreklamen, flackerten und zuckten, in gespenstischen Farben. Ihr Effekt nach Einbruch der Dunkelheit mußte wahrhaft gyrozephal sein.

Ein Mann machte sich an sie heran. Er war dürr, von fahler Blässe, in einen schmuddeligen gelben Overall gekleidet. »Geld wechseln?« fragte er heiser.

Aha. Sie blieb stehen. Er nahm vor ihr Haltung ein. »Ich gebe einen besseren Kurs als jede Bank«, meinte er hoffnungsvoll.

»Wieviel können Sie denn wechseln?« Sie war darauf eingestellt, sich mit mehreren kleinen Wechslern auseinandersetzen zu müssen, bevor sie genug umgetauscht hatte.

Er spannte sich. »Wieviel haben Sie?« Als sie zögerte: »Ich arrangier's. Sicher, ehrlich, guter Kurs.« Und kein Datenbankeintrag.

Je schneller, desto besser, oder? Das, was sie abgehoben hatte, plus das, was sie noch von Hawaii her hatte, ließ Kyra sagen: »Tausend UCUs.« Danach würde sie nicht mehr viel an harter Währung besitzen, aber alles, was sie noch tun mußte, war, aus diesem entsetzlichen Land herauszukommen.

»Kommen Sie.« Er nahm ihren Ellbogen. Sie wollte seine Hand abschütteln, entschied sich aber dagegen.

Als sie sich einen Weg zwischen den Buden bahnten, sah sie, daß hier mehr zum Verkauf stand als Kleider, Hausrat, Spielzeug, Nahrungsmittel, alles Billige. Woher mochte dieser Laserschweißbrenner stammen? Und was war mit dem Diamanthalsband dort drüben? So große und reine Steine waren teuer in der Herstellung. Auf einem Computerholoschirm spielte eine Animation von Petie, halb Kind, halb flauschiger Bär, mit dem Bediener, der ihn an jemanden zu verkaufen hoffte, der sich ein Haustier wünschte. Interaktive Programme wie dieses ließen sich angeblich nicht raubkopieren und wurden deshalb zu stolzen Preisen gehandelt. High-Tech-Sicherungen erzeugten High-Tech-Einbruchswerkzeug, dachte sie.

CASINO GRANDIOSO tanzte hektisch über einem großen Haus. »Hier herein«, sagte der Mann. »Ich heiße Edwin.« Kyra spürte seinen Blick erwartungsvoll auf ihr ruhen. Sie hielt den Mund. Seiner wurde verkniffen, aber er konnte seinen Unmut schlecht äußern.

Mit kastanienbraunem Velvyl ausgehängt, war das Foyer eine Höhle düsterer Ruhe. Hinter einer Theke saß ein Mädchen. Ihr Gesicht war das eines Teenagers, ihre Augen hundert Jahre alt. »Zu *señor* Leggatt«, erklärte Edwin ihr. »Wir haben ein großes Geschäft für ihn.«

Sie nickte, sprach kurz in eine Gegensprechanlage und sagte: »Sie haben Glück. Er ist nicht zu beschäftigt. Gehen Sie rein.«

Sie passierten drei weitläufige Räume. Im Augenblick waren erst wenige Spieler an den Tischen und Automaten zugange. Vor einer Reihe von Terminals verharrte Kyras Schritt einen Moment lang. Fraktale Muster füllten die Schirme mit schauriger Schönheit. Dieses Spiel kannte sie. Man ließ das System chaotisch werden und versuchte dann, es in Richtung des einen oder anderen Attraktors zu bringen. Der Gewinn richtete sich danach, welchem man sich annäherte, wenn überhaupt.

»Hübsch, was?« sagte Edwin. »Möchten Sie's später spielen?«

»Nein, *gracias*.« Zweifellos war es manipuliert. Außerdem hatte sie Hunger.

Ein bewaffneter Wächter ließ sie in das Büro ein. Es war luxuriös ausgestattet. Ein Multiceiver zeigte etwas, das sehr wohl echt und vielleicht sogar in Echtzeit sein mochte. Ein Mann lag mit einem weiblichen Metamorphen im Bett. Ihre Arme und Beine waren spinnenhaft lang, ihr Körper von aalgleicher Schlankheit und Biegsamkeit, glänzendes braunes Fell überzog sie, und ein gefiederter Schwanz krümmte sich um ihn herum, um ihm den Rücken zu streicheln. Sie trällerte dabei.

Ein Metamorph – Es war, als betrachte Kyra die Szene durch die großen, unschuldigen Augen der Keiki Moana, der Seekinder. Sie wandte den Kopf ab.

Leggatt hinter seinem Tisch bot einen ebenso verblüffenden Anblick. Aus irgendeinem Grund hatte er sich dafür entschieden, fett zu sein. Sein schwarzer Blick musterte sie stechend aus einem kugelrunden Kopf.

»Die Lady will tausend UCUs wechseln«, sagte Edwin, halb triumphierend, halb unterwürfig.

»Ach«, erklang ein schriller Tenor. »*Bueno, bueno. Por favor,* setzten Sie sich, *señora*.« Leggatt schaltete den Multiceiver aus. »Möchten Sie etwas rauchen? Tabak, Marihuana, vielleicht eine Mischung?«

Kyra nahm an der Kante des Sessels Platz. »Nein, *gracias*«, gab sie barsch zurück. »Kommen wir einfach gleich zum Geschäft. Dieser ... *caballero* sprach von einem günstigen Kurs. Ich brauche Dollars.«

»Meine Kommission, Sir«, winselte Edwin. »Vergessen Sie meine Kommission nicht.« Er erntete einen finsteren Blick und zuckte zurück.

»Was immer Sie möchten, *señora*«, sagte Leggatt strahlend. »Das günstigste Geschäft in der ganzen Stadt, das versichere ich Ihnen. Lassen Sie mich sehen – der offizielle Kurs von heute – was ich für Sie tun kann –« Er nannte eine Zahl.

Er mußte damit rechnen, daß Kyra feilschte. Sie wollte nur hinaus und akzeptierte einfach. Er versteckte seine Überraschung hinter Worten des Inhalts, wie sehr er sich darüber freute, jemanden zu treffen, der sich in diesen Dingen auskannte, während er das Unionsgeld aus einem Wandsafe nahm. »Zählen Sie es, ja wirklich«, drängte er. »Nein, nein, behalten Sie Ihre UCUs, bis Sie sich überzeugt haben. Das ist ein Handel zwischen *amigos*, richtig?« Außerdem hatte er ja seinen Gunjin vor der Tür.

Seine Freundlichkeit hielt ihn nicht davon ab, die Scheine, die sie ihm aushändigte, doppelt zu überprüfen, bevor er sie verstaute. Edwin hustete. Leggatt zog eine dicke Brieftasche aus seinem Gewand, zählte ein paar Dollar ab, drückte sie in die zugreifenden Finger und sagte: »Geh.«

Edwin rappelte sich auf. »War hyper, Sie kennenzulernen, *señorita*«, plapperte er. »Wenn Sie mal wieder –«

»Geh«, befahl Leggatt. Edwin ging.

Kyra erhob sich. »Nicht so eilig«, sagte Leggatt. »Kann ich sonst noch irgend etwas für Sie tun? Ich stelle meine Kunden immer gerne zufrieden.«

»*Bueno* –« Ihr Magen schmerzte. »Können Sie mir sagen, wo ich hier etwas zu essen finde? Nichts Großartiges, bloß eßbar und hygienisch einwandfrei.«

»Ach, da weiß ich etwas Besseres. Gestatten Sie, daß ich Sie zum Essen ausführe? Die besten Speisen und Getränke in zehn Kilometern Umkreis, obwohl es hier auf dem Rummel ist.«

»Nein, ich, äh, *gracias*, aber –«

»Kein Aber. Ich bestehe darauf.« Walgroß ragte er vor ihr auf. »Ich bestehe wirklich darauf. Wir sollten einander näher kennenlernen, *señora*. Sie gefallen mir. Ich zähle darauf, daß wir auch in Zukunft noch öfter Geschäfte miteinander machen werden. Wie heißen Sie, *por favor*?«

»Das tut nichts zur Sache. Sehen Sie, ich habe eine Verabredung.«

»Ich *bestehe* darauf.« Er kam um den Schreibtisch herum und nahm ihren Arm. Seine kleinen Augen richteten sich unverwandt auf sie. »Ein Nein als Antwort akzeptiere ich nicht. Also, wie heißen Sie?«

Er hatte sie als verirrtes Lamm eingestuft. Das konnte übel werden. Wenn man es sich selbst überließ, würde es das wahrscheinlich auch. Kyras Herz machte einen Satz und faßte dann wieder zuverlässig Takt. Ihre Sinne schärften sich. Sie roch Moschusparfüm an ihm. Durch die Wände hörte sie das Plärren von Musik, Blechinstrumente und Bässe. »*Bueno*, wenn Sie es so sehen«, sagte sie und zwang sich zu einem Lächeln. »Ich bin –« Sie beherrschte sich. Beinahe hätte sie den Decknamen benutzt, den sie Lee genannt hatte. »Anna Karenina.«

»Eine Russin?« Ganz offensichtlich glaubte er ihr nicht.

Trotzdem geleitete er sie hinaus. Als sie das Büro verließen, nickte er dem Wächter zu, der sich ihnen anschloß.

Sie traten in lauten Tumult hinaus. Mit scharlachrot und golden wallendem Gewand bewegte Leggatt sich durch die Menge. Die Leute sahen, wer hinter ihm ging, und machten Platz. Ein Kielwasser verminderten Lärms folgte ihm nach. Kyra fragte sich, mit welcher Hilfe sie rechnen konnte, wenn sie gepackt und davongeschleppt würde. Höchstwahrscheinlich mit gar keiner. Er sprach, ein steter Strom: »– ja, wunderbares Essen. Man zeigt Ihnen die Vögel, Sie suchen sich den aus, den Sie haben wollen, und man dreht ihm an Ort und Stelle den Hals für Sie um –« Eine Schießbude, an der sie vorüberkamen, warb mit lebenden Ratten als Zielscheiben.

SCHRECKENSPALAST verkündete eine Schrift auf einem Gebäude. Bildschirme zeigten flüchtige Beispiele für das, was man drinnen sehen konnte, Szenen, die direkt nach dem Meteoriteneinschlag aufgenommen worden waren, Szenen aus dem Kraal in Kapstadt, Szenen aus Bombay, Szenen aus alten Kriegen und späteren Polizeiaktionen. Winzig und unpassend präsentierte eine Bude direkt daneben ein Plakat, das IHRE PERSÖNLICHE ZUKUNFT – WISSENSCHAFTLICHE STOCHASTISCHE ANALYSE verhieß.

»– Privaträume zum Entspannen«, sagte Leggatt. »Jede Art von Droge, die Sie mögen, garantiert rein –«

»Real, real, real!« donnerte eine verstärkte Stimme. »Keine Show, keine *quivira*, sondern das Echte, die wirkliche Erfahrung! Roboter wie lebendig! Treiben Sie es mit der besten Auswahl an Hurenautomaten im bekannten Universum!«

Irgendwie mußte es einen Ausweg geben. Voraus ragte der zerstörte Wolkenkratzer auf. Über einer Tür buchstabierten blutrote Blitze DIE WILDNIS. Unter ihnen glomm todesblau *Eintritt auf eigene Gefahr.*

Kyra schluckte, befeuchtete ihre Lippen, deutete darauf und fragte: »Was ist das?«

Leggatt blinzelte, in seinem Redefluß unterbrochen. »Hm? Ach, das? Das wissen Sie nicht?«

Offensichtlich war es berüchtigt. »Ich bin weg gewesen. Weit weg. Ich . . . erzähle Ihnen später davon. Aber was ist es?« Sie wandte sich in die entsprechende Richtung.

»Ach, da werden Sie nicht hineingehen wollen«, sagte Leggatt. »Das ist was für Nullköpfe. Jeden Monat kommen zwei, drei Leute dabei um. Gehen wir weiter.« Er zog hart an ihrem Arm.

Sie wandte Muskelkraft und geschickte Bewegung gegen ihn an. »Ich möchte es aber wissen«, erwiderte sie ungeduldig.

Er gab nach. »*Bueno*, es ist für gefährliche, äh, Aktivitäten. Alle möglichen Arten von Leichtsinn. Kämpfe gegen einen Robotstier. Ein Schwimmbecken mit künstlichen Sturmwellen und Strudeln. Ringkämpfe mit einem drüsenstimulierenden Riesen und keine Garantie, daß man sich nicht das Rückgrat dabei bricht.

Karussels, hoch hinauf, ohne Schutzbügel. Oder Sie klettern auf Balken; die versetzt man dann für Sie in Schwingungen. Und so weiter, und so weiter.« Er schüttelte den Kopf. »*Loco.*«

»Klingt aufregend.« Kyra fuhr fort, den einmal gewählten Vektor einzusetzen.

»Häh? Nein, warten Sie, was für eine Art von Spinnerin sind Sie eigentlich? Kommen Sie weiter!«

Sein Griff wurde fester. Sie hörte Unwillen und sah, wie seine Wangen sich röteten. Er war es gewohnt, daß man ihm gehorchte. Sie waren nicht weit von dem Vergnügungsschuppen entfernt. Kyra entzog ihm ihren Arm, ein ruckartiges Herausreißen zwischen Fingern und Daumen. Sie sprang seitwärts, wirbelte herum und rannte los.

»Ay!« bellte er. »Stopp! Los schnapp Sie, Otto!«

Es war, als spüre sie die Stiefel, die sie verfolgten. Würde der Wächter seine Schockpistole ziehen und feuern? Sie hechtete um eine verdutzte Touristengruppe herum, die, ihrem Aussehen und ihrer Kleidung nach zu urteilen, von einer der schwimmenden Städte im Südpazifik stammte. Hastig griff sie in ihre Tasche und nach einer Handvoll Dollar. Die Bewegung verlangsamte sie kaum. Raumfahrer wie sie waren auf multiple Koordination trainiert. Ein Blick zurück zeigte ihr, daß der Gunjin an Boden verlor. Am Eingang kam sie abrupt zum Halten und zwängte eine Münze in den Schlitz. Eine Eintrittskarte wurde ausgeworfen, eine Tür öffnete sich. Sie griff nach der Karte, wartete nicht auf ihr Wechselgeld, sprang hindurch und hörte, wie sich die Tür mit einem Zischen hinter ihr schloß.

An einer Theke in der Eingangshalle dahinter stand ein Aufseher. Er war wie ein Krieger bei Homer gekleidet. Wenn es ihn überraschte, einen Kunden zu erblicken, der so außer Atem ankam, noch dazu eine Frau, ließ er das nicht erkennen. »*Saludos*«, grüßte er. »Welches Vergnügen wünschen Sie?«

»Ich, ich würde mich ... gerne umschauen. Vielleicht finde ich etwas, das mir zusagt, aber ... hauptsächlich bin ich einfach interessiert. Ist das okay?«

»*Muy bien.*« Er stanzte ihre Eintrittskarte und gab ihr eine Broschüre. »Ich schlage vor, Sie lesen zuerst das hier. Und nun, *por favor*, drücken Sie Ihren rechten Daumen hier drauf.« Er deutete auf einen Bildschirm. »Wie Sie sehen, handelt es sich um einen Haftungsausschluß. Natürlich bieten wir zu einem angemessenen Preis auch medizinische Versorgung, aber – «

»Ich habe davon gehört.« Sie ließ ihn stehen. Jeden Augenblick konnte Leggatt Otto durch die Tür schicken.

Oder? Sie stellte sich vor, wie er davonwatschelte und dabei »Leptonenschlampe«, knurrte. Andererseits mochte er gekränkt oder neugierig genug sein, um nicht gleich aufzugeben. Kyra ging weiter.

Wandbildschirme längs des Korridors zeigten Männer im Krieg, Assyrer, Hebräer, Römer, Wikinger, Mauren, Ritter, Samurei, Azteken ... bis schließlich ein Chinese während des Großen Dschihad mit einem Paschtun die Bajonette kreuzte. Es handelte sich um Trickfilme, anschaulich, aber zu stilisiert, um wirklich sadistisch zu sein. Bei der Klientel hier konnte es sich um keine echten Gyrocephalen handeln. Der Eintrittspreis bewies, daß sie finanzkräftig waren, ergo von hohem Bildungsniveau, ergo bereits in jungen Jahren auf etwaige Pathologien hin behandelt. Warum kamen sie dann? Wenn sie Erregung suchten, konnten sie sich doch sicher eine *quivira* leisten.

Sie erreichte einen Quergang. Rolltreppen zogen sich in drei Richtungen hinauf. Willkürlich wählte sie die linke. Im Stockwerk darüber bog ein breiter Gang ab, dessen eine Wand transparent war. Sie trat näher, um einen Blick darauf zu werfen. Dahinter befand sich ein Raum, in dem ein Mann, vielleicht ein Schiedsrichter, zwei andere beobachtete, die kaum mehr als große Jungs waren. In Trikots gekleidet, kämpften sie mit Bauernspießen gegeneinander, Stoßen und Parieren. Blut mischte sich mit dem Schweiß, der auf ihren mit blauen Flecken übersäten Körpern glänzte. Mit solchen Spießen konnte man jemandem den Schädel zerschmettern.

Im nächsten Raum stand ein Gerüst, das aussah wie ein umgedrehtes L. Es war ein Galgen. Während ein anderer ihm zuschaute, zappelte ein nackter Mann einen Meter über dem Boden, am Hals aufgehängt. Kyra keuchte auf.

»Der Doc läßt ihn schon rechtzeitig wieder runter«, sagte eine Stimme.

Der Sprecher war geschmeidig, auf Afroart gutaussehend, und trug eine Badehose. Offenbar war er auf dem Wege irgendwohin, hatte ihr Erschrecken bemerkt und war stehengeblieben, um sie mit einem liebenswürdigen Lächeln zu bedenken. *»Warum?«* stammelte sie.

Er zuckte die Achseln. »Nicht mein *pasatiempo.* Aber man hat mir erzählt, die Empfindungen dabei seien etwas ganz Besonders. Plus die Gefahr, natürlich.« Sein Blick war offen fragend. »Wir haben nur selten Fragen hier. Interessieren Sie sich für etwas Bestimmtes? Vielleicht kann ich Ihnen helfen?«

»N-nein.« Kyra krampfte die Fäuste zusammen. Die Zunge des Gehenkten baumelte ihm aus dem Mund. »Ich, ich bin einfach nur neugierig.« Ein Aufschrei: »Laßt ihn *runter!«*

»Sie hätten wirklich eine angenehmere Einführung haben können«, gestand ihr Gegenüber ein. Er schaute finster. »Teufel, es dauert wirklich etwas lange, was? Lassen Sie uns abdüsen. Wenn er wirklich stirbt, habe ich keine Lust zuzuschauen. Könnte ja sein, daß er nicht mehr wiederzubeleben ist.«

Mit einem Schaudern paßte sie sich seinem Schritt an. »Wohin sind Sie unterwegs?« flüsterte sie mit trockener Kehle.

Er lächelte erneut. »Das ist nun etwas, das Ihnen beim Zuschauen sicher Spaß macht. Ein Zwölf-Meter-Wasserfall in ein Bassin mit Pfählen unter der Oberfläche. Wenn ich runtergehe, trage ich ein Kiemengerät. Sie ändern die Position der Pfähle jeden Tag. *Grandissimo.*«

»Ich würde es eher gräßlich nennen.«

Er klang aufrichtig verblüfft. »Wieso? Es ist ein sauberer Sport. Nicht wie der Haifischtank. Oh, ich würde nicht wollen, daß Sie es ausprobieren. Ich frage mich, ob es überhaupt gut war, daß Sie gekommen sind.«

»Vielleicht nicht.« Impulsiv fügte sie hinzu: »Ich bin schon mehr als einmal selbst in Gefahr gewesen. Das bringt mein Job mit sich. Aber das hier ist – ist – warum machen Sie das?«

Sie kamen an einem Raum vorbei, der bis auf einen in die Höhe starrenden Beobachter leer zu sein schien. Etwas in Kyra zwang sie nachzusehen. Die Räumlichkeit war drei Stockwerke hoch. Unter der Decke spannte sich ein Drahtseil. Gerade balancierte ein Mann hinüber. Unter ihm befand sich kein Netz.

Seine Bitterkeit erstaunte sie: »Was soll man denn sonst tun, wenn man noch Blut in den Adern hat?«

Es lag in der Natur junger Männer, ihren Hals zu riskieren, dachte sie benommen. Nicht wahr? Oder resultierte das, was sie sah, aus irgendeiner Rebellion des Geistes gegen – gegen das?

Ihr Begleiter beruhigte sich wieder. »Außerdem sind meine Chancen ausgezeichnet«, sagte er. »Ich bin kein Selbstmörder. Es ist nur eine Möglichkeit, völlig lebendig zu sein. Hinterher entspanne ich mich.« Er wurde seltsam scheu. »Äh, ich heiße Sam, Samuel Jackson. Ich bin wissenschaftlicher Assistent für Proteindesigns. Wenn Sie Lust haben, mir zuzuschauen, wie ich über den Wasserfall gehe, würde ich mich freuen, Sie zum Essen einzuladen. Wir könnten uns doch ein bißchen unterhalten.«

Die Versuchung war groß. Er war gutaussehend, und sein Nimbus hatte die Verlockung, fast unbegreiflich zu sein. Nein. Lee, Guthrie, Fireball. »*Gracias*, es tut mit leid, aber ich kann nicht. Viel Spaß. Möge das Glück mit Ihnen sein.« Ein weiterer Gang zweigte ab. Sie eilte ihn entlang.

In einem Alkoven entdeckte sie Sitzplätze, ließ sich auf einem davon nieder und las die Broschüre. Unter anderem enthielt sie Lagepläne. Sie zeigte drei Ausgänge, die weit voneinander entfernt lagen. Leggatt würde wohl kaum seine *bandidos* darauf ansetzen, sie alle zu beobachten. Sie konnte jederzeit gehen.

Irgendwie erschien ihr das nicht recht wie eine Befreiung. War die WILDNIS tatsächlich etwas Böses? Sie befriedigte das Tier im Menschen, aber man wurde nicht gezwungen, hier hereinzukommen, und niemand versuchte, einen umzukrempeln. Draußen waren die Avantisten, ihre Gefängnisse und Umerziehungskliniken, die Zensur und die ständigen Ermahnungen, alles mit dem Ziel, die Menschheit über das Tier zu erheben.

Nicht allzu erfolgreich, nicht wahr? Aber der Versuch hatte eine große Anzhal von Menschen umgebracht. Auch ihr konnte er immer noch den Tod bringen. Oder Schlimmeres.

Angespannt trat sie ins Tageslicht hinaus, mischte sich unter den bedeutungslosen Schwarm und konzentrierte sich darauf, Abstand zwischen sich und die Ruine zu legen.

Ein Stand nahm ihren Blick gefangen. IHRE ZUKUNFT stand darüber. Eine Stimme intonierte: » – psychische Projektion vorwärts entlang Ihrer Weltlinie durch das Raum-Zeit-Kontinuum –«

Sie vergaß es. Direkt daneben pries ein anderer Stand SPEISEN UND GETRÄNKE an.

Es war ein passabler kleiner Laden, wo eine Frau ihr zwei *burritos* zubereitete und ihr einen Krug Bier zapfte. Bier! Die kalte Katzenminze schäumte über Kyras Gaumen und ihre Kehle hinunter. Zum Nachtisch bekam sie eine Wegbeschreibung zu Mama Lakshmis Teehaus.

Das war ein zweistöckiges, metallverkleidetes Gebäude, völlig durchschnittlich bis auf eine Veranda, auf der ein wandgroßer Bildschirm die Liebesaffairen Krischnas zeigte. Rechts führte die Lobby zu einem Restaurant mit Bar, links zu einem Spielsalon. Abgesehen von einer dunklen Frau an einem Schreibtisch war niemand zu sehen. Kyra trat näher. »Ich hätte gern ein Zimmer«, sagte sie.

»Zehn Dollar die Stunde«, erwiderte die Empfangsdame. »Keine Professionellen.«

Kyras Gesicht wurde heiß. »Ich möchte es – über Nacht.«

»Zehn Dollar die Stunde bis einundzwanzig-null-null. Danach Übernachtungstarif, einhundert Dollar. Räumen des Zimmers um neun.«

Von einem vollen Magen mutig gemacht, sagte Kyra: »Zuviel. Einhundert bar auf die Hand, von jetzt an gerechnet.«

»Gemacht«, sagte die Empfangsdame sofort.

Beim Bezahlen dachte Kyra, daß sie lernen sollte, besser zu handeln. Ihre Reserven schrumpften rasch. »Ich erwarte einen Besucher«, sagte sie. »Mein Name ist Emma Bovary. B, O, V, A, R, Y.«

Die Empfangsdame tippte eine Notiz in ihren Computer. »Wie heißt der Besucher?«

»Müssen Sie das wissen?«

»Um Ihrer eigenen Sicherheit willen. Das hier ist ein sicheres Haus.«

Kyra durchforstete ihr Gedächtnis. »Äh, John Smith.« Die Empfangsdame kicherte, gab es aber trotzdem ein und überreichte ihr den Schlüssel.

Das Zimmer lag im Obergeschoß, ärmlich eingerichtet, aber einigermaßen sauber, mit einer Naßzelle und einem rudimentären Multiceiver. Die Wände dämpften den Krach draußen bis auf ein Minimum herab. Kyra erwog, die Nachrichten einzuschalten. Nein, erst benötigte sie ein wenig Ruhe. Ihren Rucksack abnehmen, die Schuhe wegschleudern, auf das Bett fallen – Sie war im Weltall, im Tauridenstrom. Seltsam, daß diese myriadenfache Bedrohung außer Form von Radarsignalen unsichtbar war! Ihre Augen fanden nur winterhelle Sterne in einer kristallenen Dunkelheit. Das Licht in der Kabine überstrahlte alle bis auf ein paar Hundert. Die Beschleunigungsphase endete, sie trieb im freien Fall, so allein wie ein Geist. Dann wuchs langsam ein Bild von ihr, ein Aufflackern von Schatten und vagem Leuchten, als der Komet sich drehte, schwankte, sich auf seiner Kreisbahn in Richtung auf die ferne Erde zu bewegte. Er bestand aus Eis und Gestein und Staub, dreihundert Millionen Tonnen ursprünglicher Materie aus der Anfangszeit des Sonnensystems. Wenn er aufschlug, bedeutete das Tod, Verheerung und ein Jahr ohne Sommer. Er war zu brüchig, als daß er sich hätte ablenken lassen; die dazu notwendige Kraft hätte ihn auseinandergerissen, und die unkontrollierbaren Bruchstücke wären fast ebenso tödlich gewesen. Statt dessen mußte er vernichtet werden, und zwar bald, indem man ihn in Stücke zerteilte, die klein und verstreut genug waren, um kein Unheil anzurichten, wenn sie den Planeten erreichten. Aber nukleare Sprengungen dieser Größenordnung würden das umgebende All mit Splittern erfüllen, und sie, der datensammelnde Scout, mochte sich auf einem Fluchtkurs befinden, der sich als unglücklich erwies . . .

Ein Klopfen weckte sie. Mit einem Laut des Erstaunens setzte sie sich auf. Sonnenstrahlen fielen niedrig durch das Fenster herein. Jesus auf einer Rakete, hatte sie so lange geschlafen? Das Klopfen wiederholte sich. Sie stürzte los, um die Tür aufzuschließen.

Lee kam herein, in Männerkleidung westlichen Stils. Auf dem Rücken trug er den Rucksack, der Guthrie enthielt, und in der linken Hand einen kleinen Beutel. Sie bemerkte, daß der Infomat von diesem Handgelenk verschwunden war. Ihr Blick durchforschte sein Gesicht. Die Linien darin hatten sich tief eingegraben, auch wenn er eine Art Lächeln zustande brachte. »Hi!« sagte er. Seine Stimme war flach vor Anspannung.

»*Bienvenido*«, antwortete Kyra unsicher. »Du hast eine ganze Weile gebraucht. Ärger?«

»Nichts Ernstes.« Lee schloß die Tür. »Ich mußte länger als erwartet suchen, bevor ich fand, worauf ich aus war.«

»Holen Sie mich aus diesem Sack und erklären Sie mir, was zum Teufel es war«, grollte Guthrie.

Lee nahm ihn heraus und stellte ihn auf die Frisierkommode. »Sie wollten mich nicht in den Schuppen reinlassen«, berichtete er. »Ich mußte über Intercom verhandeln. Der Laden ist ganz neu. Sie sind ultravorsichtig geworden.«

»Ich dachte, auf dem Novarummel sei alles erlaubt«, sagte Kyra.

»Nicht ganz. Wenn die Sipo Wind davon bekäme, daß hier

mit *diesem* Zeug gehandelt wird –« Lee sank in einen Sessel und starrte vor sich hin.

»Zu einem angemessenen Preis«, bemerkte Guthrie. »Ich habe gehört, wie Sie schließlich Ihren teuren Infomaten eingetauscht haben – gegen was auch immer.«

»Das war es aber auch wert. Ich hatte noch nie einen solchen Kauf getätigt, aber ich hatte gehört, daß es möglich sei, und wo.«

»Wovon sprecht ihr?« fragte Kyra.

»Laß mir erst mal Gelegenheit, mich auszuruhen«, seufzte Lee. »Es ist kein schönes Thema.«

»Ich gehe nach unten und hole was zu trinken. Was hättest du gerne?«

Lee schüttelte den Kopf. »Was ich über alle Maßen gerne hätte, wäre ein steifer Bourbon, aber für mich heute keinen Alkohol.«

»Holen Sie sich etwas, wenn Sie möchten, Kyra«, sagte Guthrie.

»Nein, eigentlich nicht«, antwortete sie. »Außer Kaffee vielleicht –« Nein. Ihre Nerven zitterten sowieso schon. Sie begann, zwischen den Wänden auf und ab zu gehen. »Ich hatte selbst ein paar Probleme.« Sie beschrieb ihre Reise.

Lee pfiff. »Für eine Lady, die ein behütetes Leben geführt hat, waren Sie nicht schlecht, Madame.«

»Ja, wir sollten Sie so schnell wie möglich zurück zu Ihren netten, gemütlichen kleinen Sonnenfackeln, Strahlungsgürteln, Meteoritenkollisionen und Mondbeben befördern«, lachte Guthrie. Sein Tonfall wurde metallisch. »Oder schneller. Wir haben verdammt wenig Zeit, wenn überhaupt.«

Ein Frösteln durchlief Kyra. »Ist die Lage so ernst, Sir? Warum?«

»Ist das nicht offensichtlich? So offensichtlich wie eine Warze auf einem Nudistenarsch. Mein anderes Ich! Er wird nicht lange brauchen, um daraufzukommen, daß ich auf freiem Fuß bin, und Maßnahmen ergreifen, um allem, was ich tun könnte, zu begegnen. Wenn er das gedeichselt kriegt, gehört Fireball ihm. Beziehungsweise dem Feind, der Beratenden Synode. In diesem

Falle lassen Sie uns hoffen, daß wir sorgenfrei tot sind. Die Zukunft würde uns nicht gefallen.«

Lee verzog das Gesicht zu einer Grimasse. »Wie schrecklich ist diese Situation für ihn, was glauben Sie?«

Die Kälte in Kyra vertiefte sich. Die Antwort auf diese Frage vermochte sie nicht zu erraten; ihr Wissen in Sachen Psychonetik war spärlich. Vielleicht hatte auch Guthrie keine klare Vorstellung davon. Aber der Pseudo-Guthrie –

Falsch. Der andere war ebenfalls Guthrie. Genausogut hätte *er* der materielle Gegenstand gewesen sein können, der zu Hause geblieben war und über Fireball geherrscht hatte, und dieser hier, der jetzt mit ihr sprach, derjenige, der vier ein Drittel Lichtjahre und zurück gereist war. Es hätte nichts ausgemacht. Da sie sie nach der Rückkehr ausgetauscht hatten, waren ihre Erinnerungen identisch. Erst mit den Ereignissen danach spalteten sich diese Lebensgeschichten auf.

Sie hegte den irrationalen Wunsch, daß die Substanz, die sie in ihren Händen getragen hatte, die Substanz war, die die Reise unternommen hatte. Sie sollte nicht versklavt sein – *er* sollte es nicht sein, er, der unter dem Himmel der Demeter geschritten war.

6
Datenbank

Gegen Abend hatte der heftige Regen, der den ganzen Tag über gepeitscht hatte, aufgehört. Eine Zeitlang wehte der Wind noch kräftig und jagte die Wolken auseinander, bis kaum noch welche übrig waren. Ein so klarer Himmel war ein seltener Anblick. In dieser Jahreszeit standen die Sonnen darin dicht beieinander. Guthrie verließ das Lager, das zu gut von einer Hügelkette abgeschirmt wurde, um eine gute Aussicht zu bieten, und marschierte los, um den doppelten Sonnenuntergang zu beobachten.

Auf seinem Weg zum Meeresufer begegnete er einem Biologen, der mit seinen fünfzehn Zentimetern Länge auf sonderbare Weise an ein riesiges Insekt erinnerte, das lebendiger war als die grünlichbraune Matte aus pflanzlicher Substanz, in die er seine Fühler bohrte. Als für einen Augenblick einer seiner Sensoren Guthries Anwesenheit registrierte, hielt er in der Arbeit inne. Guthrie wußte, daß die Information zu einem ballongetragenen Empfänger oberhalb der Station übertragen wurde und von dort aus verstärkt weiter zum Hauptcomputer am Boden. Selbst wenn er sich in der Strahlenbahn befunden hätte, wäre sein eigener Funkenempfänger nicht empfindlich genug gewesen, um mitzuhören. Egal. Innerhalb einer Mikrosekunde idenfizierte der Computer ihn und sendete den Befehl *Ignorieren.* Der Biologe machte sich wieder an die Arbeit.

An anderen Stellen waren weitere Roboter, die ihm je nach ihren Spezialgebieten mehr oder weniger ähnelten, ebenfalls eifrig beschäftigt, auch wenn Guthrie sie nicht sah. Das Land erstreckte sich unbelebt und von den Hügeln im Westen zum Meer im Osten: Findlinge und offen liegendes Felsgestein in Blau- und Grautönen mit glitzernden Quarzsprengseln, die sich hinter gelbbraunen Dünen erhoben. Da und dort fing eine Pfütze das flach einfallende Licht und verwandelte sich in Gold, das der Wind zersplitterte. Der Sturm hatte die Schwüle mit sich fortgetragen. Frische Luft pfiff vom Ozean herüber, aufgeladen mit Salzgischt, einem Hauch von Ozon und stehenden Gerüchen, die nicht wirklich von Seetang und Fisch stammten.

Er ließ den Robokäfer, wie er ihn nannte, hinter sich zurück und wanderte weiter zum Strand. Der Körper, den er benutzte, lief auf Raupenketten. Er spürte, wie sie sich schlangengleich über den Untergrund wanden, den feinen Kies, der unter seinem Gewicht nachgab, die Feuchtigkeit, die in diesem Boden enthalten war. Sein anderer Körper hatte Beine, war aber komplexer und verletzlicher. Genaugenommen brachte ihn dieser hier in engeren Kontakt mit der Welt ringsum, gab ihm eher das Gefühl, wieder menschlich zu sein. Erinnerungen regten sich, die viele Jahre lang geruht hatten.

Es war Ebbe. Die sanften Brandungswellen hatten den Sand

naß und dunkel gemacht. Auf der Erde wäre der Brandungsstreifen breiter gewesen. *Scht-scht-scht*, flüsterten die Wellen unter dem Wind.

Guthries Augen, deren Stiele aus dem Türmchen ragten, das sein Gehäuse beherbergte, senkten sich nach unten. Der Strand war mit Seetang, Muschelschalen und toten Tieren bedeckt, die eine entfernte Ähnlichkeit mit Würmern und Quallen aufwiesen. Jede Ebbe ließ ein paar zurück, und der Sturm hatte jede Menge davon an Land geworfen. Ihre Überreste erinnerten ihn an das, was er an den Küsten seiner Heimat gesehen hatte, bevor die Fauna der Erde drastisch dezimiert worden war. Seltsam, daß hier das Leben in den Ozeanen schon seit so langer Zeit so vielfältig war, während es auf dem Land bisher noch kaum existierte. Oder vielleicht doch nicht so seltsam. Es war durchaus möglich, daß es die Gezeiten waren, die der Evolution den Weg an Land eröffneten, und die mondlose Demeter besaß nur ihre Sonne, um sie zu verursachen.

Ein fernes Aufblitzen weckte seine Aufmerksamkeit. Neugierig spähte er über die Wellen. Sie gingen immer noch hoch, purpurn gefärbt durch das Glühen aus dem Westen, mit weißen Kronen, bis zu einem nebelhaften Horizont. Nicht eine einzige Möwe oder Trottellumme flog über sie dahin. Guthrie vergrößerte das Bild, das seine Linsen auffingen. Hundert Meter weiter draußen war ein torpedoförmiges Gebilde aufgetaucht, das Mutterfahrzeug der Robokäfer, die die Meeresumwelt und ihre Ökologie studierten. Er fragte sich, ob es sich von der letzten Basis, die die Expedition errichtet hatte, so weit nach Norden vorgearbeitet hatte oder ob es ein Neubau war. Umkonstruierte Produktionsanlagen arbeiteten jetzt mit voller Leistung, und Luftfahrzeuge transportierten Untersuchungsroboter zu Einsatzorten rings um den Globus. Er konnte die Datenbank fragen.

Später. Er war gekommen, um zu sehen, wie Alpha Centauri unterging. Er wandte sich nach Westen.

Jenseits der Dünen erhoben sich dunkle Hügel mit Erosionsnarben voller Schatten. Wolken lagen in rosé- und honigfarbenen Bändern vor leuchtendem Blau. Dunst filterte den Glanz von A zu einer glühenden Kohle herab. Im Untergehen wirkte die Scheibe riesig, obwohl sie etwas kleiner war als Sol, von der Erde aus gesehen. B folgte ein paar Grad dahinter, ein strahlender Punkt, der die Spitzen der Wolken bernsteinfarben tönte.

Die Umdrehungszahl der Demeter betrug nur fünfzehn Stunden. A verschwand unter dem Horizont. Als sein Licht versickerte und der Himmel dunkel wurde, konnte man B deutlicher erkennen, gelb und kräftig wie tausend irdische Vollmonde. Höhen und Grate ragten über die Dämmerung auf, die von unten heraufstieg. Dann verblaßte auch die Begleitersonne im Untergehen, wurde röter und tauchte ins Meer. Die letzten Farben bleichten aus, und Sterne kamen einer nach dem anderen heraus, um denen zuzublinzeln, die schon im Osten standen.

Zwischen ihnen erschien ein Funke, der sich bewegte. Er stieg schnell auf, gegenläufig, in einer niedrigen Umlaufbahn um den Planeten – die *Juliana Guthrie,* die ihn hierher gebracht hatte und darauf wartete, ihn wieder nach Hause zu tragen. Nein, wußte er, das stimmte nicht ganz. Was er sah, waren die Tanks der in Gruppen angeordneten Antriebseinheiten. Selbst wenn er auf Vergrößerung schaltete, war das eigentliche Raumschiff für seine Augen zu klein – ein paar Tonnen, mit Nutzlast. Auf fernen Kometen und auf Asteroiden der chaotischen Zone plackerten Roboter sich ab, um Rohstoffe zu schürfen und sie zu Reaktionsmasse für die nächste Reise zu veredeln. Dafür würden sie mehrere Jahre benötigen.

Seine Erinnerung übersprang Raum und Zeit.

Ein Büro in Port Bowen. Darüber die durchscheinende Kuppel der Nacht, in der die Erde in ihrer ganzen Pracht stand, blau und weiß marmoriert, zu drei Vierteln voll. Auf der anderen Seite des Schreibtisches, hinter dem Guthrie saß, Pierre Aulards ehrliches, hakennasiges Gesicht. Ein aufbrausendes ›*Qu'est-ce que vous dites?* Ist bei Ihnen eine Sicherung durchgebrannt?«

»Manche Leute könnten diese Frage ein klitzekleines bißchen taktlos finden.«

»Ich – ja, es tut mir leid, Sir.«

»Ach, hören Sie auf. Ich habe doch nur gescherzt.«

»Was Sie vorher gesagt 'aben, war das auch ein Scherz?«

»Nein. Ich würde meinen besten Ingenieur nicht persönlich kommen lassen, nur um zu sehen, wie ihm die Augen aus dem Kopf fallen. Ganz im Gegenteil, ich tat es, weil mir so ernst damit ist, daß ich Ihre komplette Reaktion miterleben wollte, Körpersprache, den ganzen Krempel. Das beste Hologramm, das ein Videophon erzeugen kann, ist nicht dasselbe.«

»Aber es ist *fou, loco,* gyroceph. Ich verstehe nicht, warum Sie überhaupt eine zweite Mission wünschen. Die Roboters vor Ort –«

»Unzureichend. Wir brauchen mehr und bessere. Gottverdammt, Pierre, die Demeter ist das einzige Stück Land da draußen, auf dem es Leben gibt, das wir studieren können.«

»Keineswegs. Man 'at noch an drei anderen Stellen Planeten mit Sauerstoffatmosphäre entdeckt –«

»Ja, ich weiß. Zu verflucht weit weg. Was auf der Demeter ist, können wir *jetzt* erreichen.«

»Primitives Leben.«

»Es ist alles, was wir haben. Es wäre schön gewesen, wenn sich diese angeblichen Signale als CETI und nicht als Laune der Natur herausgestellt hätten, aber wie es jetzt aussieht, müssen wir das Universum aus eigener Kraft erforschen. Also, packen wir's an!«

»*Eh bien,* wenn Sie nicht zufrieden sind, können wir schicken eine andere Weltrraumschiff. Zuerst wir verbessern das Design, wenn Sie viel Geld ausgeben. Auch die Roboters und Instrumente, ja.« Aulards Faust krachte auf den Schreibtisch. »Aber eine Weltraumschiff, das zurückkommen kann? *Mon Dieu,* warum? Was stimmt denn nicht mit der Datenübertragung?«

»Unzureichend, ich kann es nur wiederholen. Im Ernst, die Roboter leisten ihr Bestes, und das ist nicht wenig, aber bisher hat noch niemand eine Künstliche Intelligenz konstruiert, die so etwas wie wirkliche Phantasie besäße. Wie man zum Beispiel am Verschleiß unter den Maschinen sieht, die sich jetzt auf der Demeter befinden. Ständig tauchen Situationen auf, mit denen sie nicht immer fertig werden können. Und was für Aspekte, was für Möglichkeiten übersehen sie? Nein, ich will einen echten menschlichen Verstand vor Ort haben; und nach einiger Zeit sollte er auch wieder die Heimreise antreten können.«

Aulard gaffte einige Sekunden lang mit offenem Mund, bevor er murmelte: *»Sacrée putain.«*

»He, verstehen Sie mich nicht falsch. Ich will Ihnen nicht aufhalsen, Lebenserhaltungssysteme für eine solche Reise zu entwickeln. Die Antimaterie, um so viel zusätzliche Masse zu beschleunigen, können wir uns gar nicht leisten. Was wir hinschicken werden, das bin ich, oder ein Zwilling von mir, den wir herstellen, wenn die Zeit gekommen ist.«

»– Ich... 'abe... nichts zu sagen... außer, daß Sie – ich dachte, ich würde Sie kennen, aber nun sehe ich, ich 'abe Sie nie gekannt. Nicht das geringste bißchen.«

»Ach was, so verrückt ist der Gedanke auch wieder nicht, Pierre. Wirklich nicht. Ich habe seit Jahren damit gespielt und selbst einige Berechnungen angestellt, und ich bin überzeugt davon, daß es sich mit einem halbwegs vernünftigen Budget machen läßt. Hören Sie, der Grund, warum wir das Raumschiff zurückbringen müssen, auch wenn wir die Roboter dalassen können, der Grund dafür ist einfach der, daß ich nicht meine gesamten Erfahrungen werde übermitteln können. Interferenzen, nicht ausreichende Bandbreite, Quanteneffekte... Sie kennen die physikalischen Beschränkungen besser als ich. Und dann ist da noch alles andere, die Ahnungen, das Gefühl, die Vertrautheit, die sich kaum in Worte oder Diagramme umsetzen lassen. Ich muß zurückkehren und mich in mich selbst zurücküberspielen – was hätte es sonst überhaupt für einen Nutzen, hinzufliegen?«

Aulard breitete die Handflächen aus und blickte gottergeben zum Himmel. »Ja, welchen wohl?« stöhnte er.

»Ganz locker, *amigo.* Sie sollten mir dankbar sein. Ich biete Ihnen ein absolut wunderbares technisches Problem. Wie ich Sie kenne, werden Sie die nächsten paar Jahre darin suhlen wie ein Schwein im Mississippi-Schlamm. Und da wir gerade von

Flüssigkeiten sprechen, schlage ich vor, Sie nehmen einen Drink. Sie wissen ja, wo der Scotch steht.«

Immer mehr Sterne zeigten sich, bis es in etwa so viele waren, wie das unbewaffnete Auge durch diese dunstige Luft oder von jenen Naturreservaten der Erde aus sah, wo das Streulicht ungewöhnlich schwach war. Guthrie verstärkte ihren Glanz, bis er sich weiter die Uferzone entlangbewegen konnte, in der Hoffnung, auf etwas zu stoßen, das die Aufmerksamkeit der wissenschaftlichen Maschinen lohnte. Das gehörte nicht unbedingt zu seiner selbsterschaffenen Rolle, denn auch sie betrieben Forschungen. Im Augenblick jedoch hatte er nichts Besseres zu tun. Obwohl er sich schmeichelte, Entdeckungen gemacht und Vorgehensweisen entwickelt zu haben, die jedem im voraus geschriebenen Programm unmöglich gewesen wären, wollte er, daß sein Beitrag so groß wie möglich war. Er stand unter keinerlei Zwang, sich gegenüber Leuten wie Aulard zu rechtfertigen; er hatte den Befehl gegeben, und damit basta. Aber er wollte es.

Wenn Aulard bei seiner Rückkehr noch am Leben war.

Der Wind flaute ab. Das Meer zischte und rauschte. Es schimmerte schwarz, mit sternenhellem Schaum gesprenkelt. Kühle wehte herüber. Guthrie blieb stehen. Er streckte einen Arm aus, um einen schimmernden Gegenstand aufzuheben und ihn vor seine Linsen zu holen. Ein Stück Muschelschale, schillernd wie Perlmutt, nichts, was er bisher auf der Demeter gesehen hatte. Vielleicht hatte die Hauptdatenbank auch keine Aufzeichnungen darüber. Vielleicht war es eine Spur, der man nachgehen sollte.

Wahrscheinlich nicht. Man konnte nicht alles erforschen. Das Leben auf der Demeter mochte sich nicht weiter als bis zu einem Äquivalent des irdischen Kambriums oder Silurs entwickelt haben oder wie zum Teufel man es immer nannte – sinnloserweise, in Anbetracht der Fremdartigkeit der gesamten Biologie, aber seine Mannigfaltigkeit und Raffinesse ließen den stellaren Kosmos neben sich verblassen.

Guthrie hielt das Bruchstück ein oder zwei Minuten lang, bevor er es in seinem Sammelfach verstaute. Einmal hatten er und Juliana etwas ganz Ähnliches an einem kalifornischen Strand gefunden. Die Schale einer Abalone, hatte sie ausgerufen. Aber die Abalone war nahezu ausgestorben! Sie beugten ihre Köpfe über das Wunder. Niemand sonst war in der Nähe, sie waren zu Besuch in einem Land, dessen Wirtschaft zusammengebrochen war, Sonne, Salz und Sand gehörten ihnen allein. Ihr Haar wehte gegen seine Wange. Er schob einen Arm unter ihre Jacke, um ihre Taille. Sie fühlte sich warm und glatt an. Mit einem raschen Blick und einem Lächeln preßte sie sich an ihn. Für ein Programm in einem neuronalen Netzwerk war es eine sehr lebhafte Erinnerung.

Guthrie richtete seinen Blick hinauf in den Himmel. Hoch droben stand lampengleich und starr eine Helligkeit. Es war Phaethon, der Irrläuferplanet, der bald die Umlaufbahn der Demeter kreuzen würde. Aber das würde in sicherem Abstand geschehen. Guthrie beschloß, nicht weiter vorauszudenken. Seine Aufmerksamkeit richtete sich auf die Sterne jenseits davon.

Die Sternbilder und das bleiche Silber der Milchstraße waren vertraut. Seine zwanzigjährige Reise hatte ihn keine Entfernungen zurücklegen lassen, die angesichts der unendlichen Räume dieser galaktischen Randbezirke einen großartigen Unterschied machten. Natürlich war die Orientierung schwierig. Zu dieser Stunde und auf diesem mittleren Längengrad fand er Polaris fast direkt über sich. Seine Suche ging weiter, an der trübroten Proxima vorbei zur Kassiopeia. Dort strahlte ein neu hinzugekommener Stern heller als die anderen fünf: Sol.

»Bei Gott, Schatz«, rief er laut über die Lichtjahre hinweg ihrer Asche zu, »wir haben es geschafft!«

7

»Wir sollten jetzt nicht morbide werden«, sagte Guthrie. »Besser, wir sprechen über uns.«

Dankbar stimmte Kyra zu. »Ich wünschte, ich könnte einfach ein Flugzeug nehmen und irgendwohin ins Ausland fliegen.« Sie konnte nicht widerstehen und glaubte auch nicht, daß es ihm etwas ausmachte: »Mit Ihnen als Handgepäck.« Dann wieder düster: »Aber die Sipo muß alle Sicherheitseinrichtungen auf den Flughäfen mobilisiert haben, um nach allem Ausschau zu halten, was Sie sein könnten. Wir würden in dem Augenblick entdeckt werden, da wir den Flughafen betreten.«

Lee nickte. »Schade, daß Tahir die Biobox nicht mit plausiblem Grund nach Kairo oder sonstwohin verschicken konnte«, sagte er.

»Das hätte sich arrangieren lassen, wenn wir mehr Zeit gehabt hätten«, bemerkte Guthrie.

Lees Augenbrauen gingen hoch. »Wirklich?«

»Ich denke schon. Mit den Computerdateien herumspielen, die Freigaben und Ausreisegenehmigungen und den ganzen anderen Müll hineinschreiben, und ich wäre unterwegs gewesen. Aber es hätte Tage gedauert, Kontakt zu den Leuten aufzunehmen, die das können, sie zu überreden, die Einzelheiten zu planen und et cetera, und die hatten wir nicht.«

»Wieso Tage?« wunderte sich Kyra.

Guthrie erzeugte ein fast lautloses Lächeln. »Unschuldiges Mädel! Nun, zu Ihrer Information, auch wenn ich annehme, daß Sie inzwischen selbst darauf gekommen sind: es existiert tatsächlich ein aktiver Untergrund, eine Widerstandsbewegung. Menschen, die nicht nur davon träumen, die Avantisten zu stürzen und wieder ein freies Land zu errichten, sondern die ihren Hals dafür riskieren. Es sind nicht viele, und in der Öffentlichkeit treten sie als untadelige Bürger auf, aber sie sind diszipliniert und haben ganz allmählich Waffen angehäuft. Ja, sie wissen, daß sie nicht die geringste Chance haben, allein eine Revolution anzuzetteln, aber sie wollen bereit sein, wenn sich jemals eine Gelegenheit dazu ergeben sollte, und in der Zwischenzeit können einige von ihnen dann und wann hier und da im stillen etwas bewerkstelligen.

Wie viele solche Gruppen in der Vergangenheit sind sie in Zellen zu jeweils wenigen Personen organisiert. Kein Mitglied einer Zelle weiß mit Sicherheit, daß mehr als einer in jeder der anderen zur Organisation gehört. Wenn die Sipo jemanden erwischt, ja selbst wenn sie ihn einem Tiefenverhör unterzieht, kann er auf diese Weise keine Anhaltspunkte liefern, um gründlich mit den *camaradas* aufzuräumen. Aber leider verlangsamt es auch die Nachrichtenwege.«

Kyras Rückgrat prickelte. »Trotzdem, es *sind* also Chaoten in der Regierung – oder wenigstens in ein paar nützlichen Positionen?«

»Hm-mh. Die Details kenne ich nicht, und ich sollte sie auch nicht kennen.«

Lee starrte in die Linsen. »Woher wissen Sie das alles, Sir?« Seine Stimme zitterte ein wenig.

»Ich dachte, das sei offensichtlich«, antwortete Guthrie scharf.

Ja, dachte Kyra, jetzt ja, nach all dem, was sie gesehen und was er erzählt hatte. Über die Jahre hinweg mußte Fireball einige Verbindungen – wie dürftig auch immer – zu der geheimen Streitmacht aufgebaut haben. Beispielsweise mußten einzelne *consortes*, die dabei halfen, politische Flüchtlinge über die Grenzen zu schmuggeln, Dinge gehört haben, und dieses Wissen mußte schließlich auch bis zu Guthrie gelangt sein.

Er mochte in direktem Kontakt mit der *junta* stehen oder auch nicht. Wahrscheinlich nicht, nahm sie an. Sowohl für sie wie auch für Fireball hätte das gefährlich sein können. Außerdem war die Firma trotz der Anschuldigungen seitens der Avantisten nie im Umsturzgeschäft gewesen. Selbst jetzt, so vermutete sie, würde der *jefe* sich durchaus mit einer Rückkehr zum Status quo zufriedengeben.

Aber dennoch: Vorsichtig und auf indirekten Wegen hielten Fireball und die Rebellen in gewissem Grade Verbindung miteinander. Und gelegentlich war die eine Partei in der Lage, der anderen einen Gefallen zu tun.

Die Frage drängte sich ihr auf: »Hat Fireball auch infiltriert?«

»Nicht in nennenswertem Maße«, erwiderte Guthrie. »Die meisten Leute, die wir für so etwas hätten engagieren und denen wir hätten vertrauen können, haben einen Werdegang, der sie von vornherein ungeeignet dafür machte. Außerdem sind solche Leute selten gute Regierungsangestellte.« Sein Ton wurde schroffer. »Andererseits scheint klar, daß die Avantisten einige Agenten bei uns eingeschleust haben. Keine Familienmitglieder, wahrscheinlich niemanden, der den Treueid geschworen hat, sondern Mietlinge in Positionen, die es ihnen ermöglichten zu spionieren, wenn nicht noch mehr. Womöglich haben sie auf diesem Wege auch erfahren, daß es sich lohnen könnte, Jonas Nordberg zu entführen und auszupressen – meinen Freund, der wußte, wo mein Duplikat versteckt war. Es bedeutet auch, daß wir nicht einfach von einer öffentlichen Zelle aus nach Quito anrufen können. Wir wissen nicht, über was für Abhörmöglichkeiten der Feind verfügt. Sie müssen ziemlich gut sein, oder die Avantisten hätten sich nicht sicher genug gefühlt, um diesen Kraftakt zu versuchen.

Und mein Alter ego weiß definitiv das, was ich zum Zeitpunkt seiner Rückkehr über Fireballs Vorkehrungen in Nordamerika wußte. Seither haben sie sich weiterentwickelt, aber er verfügt über Hinweise, denen nachzugehen die Sipo nicht zögern wird. Besser, ich benutze nichts von dem, was ich an Verbindungen zur Regierung habe, und verlasse mich auch nicht auf die Informationen, die ich darüber besitze. Das alles kann dazu beitragen, mich aufzuspüren und mir eine Falle zu stellen.«

Was für Verbindungen das wohl sein mochten? fragte sich Kyra. Er hatte den Avantismus kommen sehen. Er hatte Vorkehrungen dagegen getroffen und noch mehr unternommen, nachdem er die Macht ergriffen hatte. Gehörte dazu etwa auch, daß er Störprogramme in lebenswichtige Computerprogramme eingeschmuggelt hatte? Wieviel von Anson Guthrie schlummerte in den Gehirnen des Staates selbst?

Wie schnell konnte sein Double seinen Jägern dabei helfen, das zu beantworten? Wann würde auch dieses Hilfsmittel gegen ihn gewendet werden?

Er schwenkte seine Augenstiele in Lees Richtung. »Das erste Problem, mit dem wir uns befassen müssen, betrifft Sie«, fuhr er fort. »Wenn die Bullen anfangen, Sie ernsthaft zu verdächtigen, und sich gründlich dahinterklemmen ... Sie auf Tahir und seine Männer, die unsere Flucht organisiert haben, aufmerksam zu machen, wäre ein schäbiger Dank für seine Freundlichkeit. Und außerdem ein Schlag gegen die Widerstandsbewegung.«

Lee machte sich in seinem Stuhl ganz starr. Ebenso steif sprach er auch. »Ich weiß. Deshalb habe ich auch eine Vorsichtsmaßnahme geplant.«

Auf seinem Schoß lag der Beutel, den er mitgebracht hatte. Er öffnete ihn und nahm eine Flasche und einen Injektor heraus. »Das hier«, sagte er. Das Blut war aus seinen Lippen gewichen. »Lesmonil.«

»Was ist das?« Kyra spürte, wie eine Ader an ihrem Hals pochte. Schweiß sammelte sich kalt und scharf in ihren Achselhöhlen.

Lee sah geradeaus, auf die nächstgelegene der ihn umgebenden Wände. »Eine synthetische Droge.« Seine Worte klangen abgehackt. »Sie wird selten benutzt. Nicht nur, weil sie illegal und schwer zu beschaffen ist. Die unmittelbaren Auswirkungen sind ekstatisch. Aber die geringste Überdosis erzeugt eine Amnesie, ähnlich wie bei einer großen Überdosis Alkohol, nur daß die Amnesie hier total ist.« Er bellte ein Lachen. »Lustig, wenn man sich nicht erinnern kann, daß der nächste Tag nicht so hyper war, was? Das Amnesiakum ist wirklich durchschlagend. Es blockiert nicht nur den Übergang vom Kurz- zum Langzeitgedächtnis, sondern es zerstört jede Spur. Deswegen wird das Verbot dieses Mittels konsequenter durchgesetzt als bei gewöhnlichen Gehirngiften. Sogar Psychomediziner, die es bei der Behandlung von Geisteskrankheiten vielleicht nützlich fänden, selbst sie können es sich nicht beschaffen.«

»Es sei denn, es handelt sich um Psychomediziner der Regierung, die schwierige Fälle umerziehen, darauf möchte ich wetten«, sagte Guthrie.

Lees Mund wurde schmal. »Ja, ich habe Gerüchte gehört, daß es in gewissem Umfang in solchen Einrichtungen eingesetzt wird. Von dem bißchen, das auf dem Schwarzmarkt zirkuliert, wird das meiste zu Genußzwecken verwendet – denken Sie daran, es ist ein Ekstatikum –, aber ich wage zu behaupten, daß manche Kriminelle andere Verwendungen dafür haben.«

Kyra sprang auf ihn zu. »Nein, Bob!« schrie sie. »Du kannst dich nicht – einfach so auslöschen – nicht so!«

Er bedachte sie mit so etwas ähnlichem wie einem Lächeln. »Das habe ich auch nicht vor. Bevor ich meinen Infomaten dafür eintauschte, habe ich die öffentliche Datenbank angezapft. Die Formel findet sich dort natürlich nicht, aber immerhin die wesentlichen physiologischen Fakten. Zunächst greift die Substanz neuere Erinnerungen an. Ich vermute, sie sind zytologisch gesehen am leichtesten zugänglich. Für mein Körpergewicht kann ich die Dosis schätzen, die etwa die letzten fünfzig Stunden löschen wird. Nicht mehr.«

»Und dann? Und dann?«

»Nun, ich wache morgen hier auf, mir ist elend, ich rätsele, was passiert ist, bin aber in der Lage, nach Hause zu gelangen. Sollte ich bald verhaftet werden, mag ein Bluttest zeigen, daß ich auf einen Lesmoniltrip gegangen bin. Zweifellos wird die Sipo sich fragen, was mich veranlaßt hat, etwas zu tun, das so wenig zu meinem bisherigen Leben paßt – ich werde mich das ja selber fragen –, und es ist möglich, daß man sich einem Tiefenverhör unterzieht. In diesem Falle erfahren sie, daß ich den *jefe* bei mir beherbergt habe, aber das ist auch alles, denn mehr ist nicht herauszuholen. Eines Tages kannst du mir dann alles erklären.«

»Wenn . . . du überlebst.«

Er zuckte die Achseln. »Sie bringen die Opfer ihrer Tätigkeit selten wirklich um, weißt du. Ich rechne damit, daß man mich zur Rehabilitation schickt.«

Was immer von dir übrig bleibt, nachdem sie mit ihren Chemikalien und ihren elektronischen Geräten durch dein Gehirn gegangen sind, wollte Kyra hinausschreien. Und wenn du die Jahre der Behandlung in einem Umerziehungszentrum überlebst, wird das, was sie am Ende entlassen, nur noch den Namen Robert E. Lee tragen.

Sie blinzelte angestrengt, krallte die Fäuste zusammen und stammelte: »W-wir werden dich bald da rausholen.« Bevor sie dir unheilbare Schäden zufügen können, schwor sie. Und inzwischen mußte sie versuchen, ebenso mutig zu sein wie er.

Optimismus war nicht Dummheit. Er war eine Überlebensnotwendigkeit.

Auch Guthrie schien die Absicht zu haben, sich von allem Mitleid fernzuhalten. »Das ist eine nette Theorie«, grollte er. »Aber hören Sie zu. Ich kannte diese Höllensuppe auch nicht, aber ich habe gesehen, was diverse Arten von Drogen bei Menschen anrichten können. Vor allem ist es nicht vorhersehbar. Wie genau können Sie die Dosis abschätzen? Und haben Sie jemals von idiosynkratischen Reaktionen gehört? Sie könnten als sabberndes Gemüse aufwachen. Oder tot, was *ich* vorziehen würde.«

Kyra sah, wie die Entschlossenheit in Lee stärker wurde. Damit einher ging eine Ruhe, die seine Muskeln langsam entspannte und das Leben in sein Gesicht zurückbrachte. »Es ist ein Glücksspiel, ja«, sagte er. »Diese ganze Sache ist eines. Aber die Chancen scheinen mir nicht allzu schlecht zu stehen, wenn man bedenkt, daß Sie beide auf meiner Seite sind. Und außerdem, Sir, habe ich den Treueid geschworen.«

Schweigen breitete sich zwischen ihnen aus.

»Okay, mein Sohn«, sagte Guthrie schließlich sehr sanft. »Wenn wir siegen, wird man Ihren Namen so lange ehren, wie es freie Menschen gibt. Aber bei Gott, ich wünschte, ich könnte Ihnen die Hand schütteln!«

Kyra beugte sich über Lee und schlang die Arme um ihn. *»Gracias, mil gracias«*, sagte sie durch plötzliche Tränen hindurch.

Er erhob sich und erwiderte die Umarmung herzlich. Sie verwandelte sich in einen lang anhaltenden Kuß.

»Ay«, murmelte sie, als ihre Blicke sich trafen, nachdem sie

sich einen Schritt voneinander entfernt hatten, »du steckst wirklich voller Überraschungen. Wir sollten dem weiter nachgehen, wenn wir die Gelegenheit dazu erhalten.«

Sein Mund zuckte. »Du wirst mich daran erinnern müssen. Ich hoffe, du tust es.«

Guthries Baß veranlaßte sie, ihm die Köpfe zuzuwenden. »Tut mir leid, Kinder, wir konzentrieren uns besser auf die anstehenden Aufgaben. Bob, Sie sind zweifellos genauer über die örtlichen Gegebenheiten informiert als Kyra oder ich. Was, würden Sie sagen, ist für uns der am wenigsten heikle Weg hier heraus?«

Lee blinzelte und reagierte wie jemand, den man aus einem Traum aufgeweckt hat. »Oh . . . ach ja. *Bueno*, ich denke . . . ich denke, Sie sollten die Gegend *pronto* verlassen. Züge und Busbahnhöfe –« Seine Stimme wurde schneller. »Sie verfügen nicht über Detektoren wie die Flughäfen, und vielleicht stehen sie noch nicht unter Überwachung. Allein die Anzahl der Fahrgäste sollte schon helfen. Aber reisen Sie nicht vor aller Leute Augen. Es wäre möglich, daß ein allgemeiner Alarmaufruf gesendet wird. Nehmt einen Zug, Kyra, ein Abteil. Kein Zimmer, ganz bestimmt keine Suite. Zu teuer und zu verdächtig. Einen *recintito*. Sie sind ziemlich preiswert, aber angesichts des daniederliegenden Zustands der Wirtschaft fast immer erhältlich. Bezahlt bar, in Dollars.«

»Gut!« rief Guthrie aus. »Wie ich schon früher sagte, Sie haben Ihren Beruf verfehlt. Wenn ich nächstesmal einen Verschwörer brauche, melde ich ich bei Ihnen.«

»Aber wo sollen wir hingehen?« fragte Kyra in die Luft hinein.

»Ich habe eine Idee«, sagte Guthrie. »Fireball-*consortes* sind nicht sicher, und angesichts der Hinweise, die die Sipo gesammelt haben könnte, vertraue ich auch nicht länger auf die wenigen Kontaktleute unter den Chaoten, von den ich weiß. Aber wenn wir eine Karte nach, hm, Portland kaufen –«

»Stopp«, unterbrach Lee. »Machen Sie sich lieber auf den Weg.«

»Aber du, du wirst doch alles vergessen«, sagte Kyra.

»Je eher ihr abhebt, desto besser. Meine Abwesenheit wird sie neugierig machen, nicht wahr?«

»Ja«, sagte Guthrie. »Sobald sie Nachricht von denen anderen Orten haben, an denen Razzien stattgefunden haben, werden sie ihr Netz in dieser Region enger zusammenziehen. Wenn sie Ihre Route zurückverfolgen, werden sie die hiesige Empfangsdame finden, die sich an Kyra erinnern wird. Das dürfte einige Tage dauern, aber Sie haben recht, wir müssen den Anker lichten.«

Lee holte Luft. »Außerdem«, erklärte er Kyra, »möchte ich lieber allein sein, wenn ich mir meinen Schuß setze und in Verzückung gerate. Ich habe mir sagen lassen, das sei kein sehr würdevoller Anblick.«

Ihr fehlten dir Worte. Guthrie polterte: »Bis bald, mein Sohn. *Vaya con Díos«*, bevor er die Augen einzog und Kyra ihn in den Rucksack schob. Sie schlang ihn sich über die Schultern und nahm den Kleiderbeutel in die Hand. Lächerlicherweise dachte sie an andere Dinge, die sie benötigte, einen Kamm, eine Zahnbürste. – Am Bahnhof würde es Automaten geben. Sie legte ihren freien Arm um Lees Hals. »Ach, verdammt«, war alles, was sie herausbringen konnte. Diesmal war der Kuß nur kurz. Sittsam, wenn man es wollte. Er stand in der Tür und sah ihr nach, als sie die Treppe hinunterging.

8

Als die Nachricht den Technischen Direktor Pierre Aulard in seinem Labor auf L-5 erreichte, saß er lange Zeit nachdenklich da.

Sie war über einen schon vor langer Zeit eingerichteten Kommunikationskanal Fireballs gekommen, der geheim, von jedem Netz unabhängig und in jeder Hinsicht so gesichert war, daß nichts von dem, was übermittelt wurde, je abgehört worden war. Freilich verfügten nur sehr wenige Personen über die Chiffrierschlüssel; diejenigen Mitarbeiter Anson Guthries, welche seine ältesten und treuesten waren. Trotz ihrer Kürze war diese verschlüsselte Eilbotschaft in seinem persönlichen Stil, den man sonst seit langen Jahren nicht mehr gehört hatte, gehalten, und sie machte beiläufige Anspielungen auf vergangene Zeiten, die ein flüchtiges Lächeln auf Aulards Lippen zauberten. Der Kern war: »Unsere Aussichten sind mehr als vielversprechend, *wenn* wir die Sache richtig anpacken, aber es wird knifflig werden. Ich brauche meine alte *camarilla* um mich, euch alle, und zwar persönlich. Zusammen werden wir mit der Geschichte fertigwerden, so, wie wir es gemacht haben, als wir jung waren. Erinnert ihr euch noch? Sagt absolut nichts zu niemandem, außer, daß ihr für eine ganze Weile weg sein werdet.« Dann folgten Instruktionen für die Kontaktaufnahme.

Sein erstes Gefühl war ungeheure Erleichterung. Er war in lautstarke Proteste ausgebrochen, als Guthrie vorgeschlagen hatte, sich in dieses verrückte Nordamerika einzuschmuggeln und die Operationen gegen die Avantisten vor Ort zu leiten. Was, wenn sie seine Anwesenheit unter ihnen zu ahnen begannen? Was, wenn sie ihn aufspürten? Im Vergleich damit hatte seine als Dienstreise deklarierte Vergnügungsfahrt zum Alpha Centauri von einem gesundem Menschenverstand gezeugt, der an Spießigkeit grenzte. Aber Guthrie hatte nicht hören wollen. Nach seinem Abflug hatte Aulard Zuflucht in seiner Arbeit gesucht. Konstruktionsprobleme neuer Raumschiffe, das war etwas, auf das sich ein Mann ohne Angst einlassen konnte. Selbst die nie enden wollenden, pedantischen Ansprüche an ihn in seiner Funktion als Projektleiter waren auf einmal fast willkommen.

Jetzt schien es, als sei der *jefe* wenigstens teilweise in Sicherheit und bereitete sich darauf vor, ernsthaft zurückzuschlagen. Aber wie? Und von was für einem denkbaren Nutzen konnte ein alternder Techniker dabei sein? »Die alte *camarilla*« – das schloß sogar Juan Santander Conde ein, der mit dem Ehrentitel eines Direktors emeritus in Pension gegangen war. *Nom de Dieu*, war der Ruf auch an Juan in Quito ergangen? Und an wen noch?

Von neuem nervös, begann Aulard zu begreifen, wie wenig er von der Situation verstand. Er war nie jemand gewesen, der sich etwas aus Politik und ähnlichem Affenzirkus machte. Die Vorgänge auf der Erde versetzten ihn in Wut, aber er hatte die Ereignisse nur in den allergröbsten Zügen verfolgt. Um sie nun besser zu verstehen, begab er sich an sein Computerterminal und rief eine Übersicht auf. Während sie auf dem Schirm ablief, forderte er von Zeit zu Zeit Daten zu bestimmten Aspekten an. Schließlich lehnte er sich zurück, schloß die Augen und sortierte die Informationen fein säuberlich in seinem Geist.

– Nachdem die Unionsregierung die nordamerikanische Zentrale von Fireball besetzt und sie zu durchsuchen begonnen hatte, war die Wiederaufnahme der Geschäfte gestattet worden, allerdings unter Aufsicht. Firmeneinrichtungen in anderen Teilen des Landes funktionierten beinahe wie immer. Nachrichten und Personal wanderten von einem Ort zum anderen, national und international, je nach Bedarf. Inzwischen ging der öffentliche Streit zwischen beiden Seiten weiter. Ebenso, aber ohne daß Näheres darüber in den Nachrichtenmedien auftauchte, die Verhandlungen.

Fireball forderte den sofortigen und bedingungslosen Abzug der Miliz und der Kriminalbeamten aus seinen Zentralbüros. Die Regierung beharrte darauf, daß sie nur nach langem Zögern gehandelt habe und sich nichts mehr wünsche, als wieder abzuziehen. Zuerst jedoch müsse sie sich vergewissern, daß keine gefährlichen Subversionen, womöglich Terroristen, sich in den Dienst der Firma eingeschlichen hätten. Das sei keine Frage der Ideologie, sondern der Vorsicht. In einer Ära fusionsgetriebener Maschinen, der Molekulartechnologie und potentiell tödlicher industrieller Substanzen könnten Fanatiker, die Zugang zu den Ressourcen einer interplanetarischen Organisation hätten, Völkermord begehen, ob das nun ihre Absicht sei oder nicht. Fireball solle die Untersuchung nicht behindern; in seinem eigenen Interesse solle es kooperieren. Und da die Ereignisse sich nun einmal so zugespitzt hätten, sei es wohl besser, gleichzeitig auch eine Reihe seit langem anstehender Fragen zu klären . . . Die Verhandlungen zogen sich hin.

Dann begann die Lage sich zu verschlechtern. Dienstleistungen für Nordamerikaner wurden eingestellt. Lieferungen gingen anderswohin. Angebotene Aufträge, die man sonst routinemäßig angenommen hätte, wurden abgelehnt. Proteste erhielten zur Antwort, es sei nicht überraschend, wenn die gegenwärtigen Umstände einen gewissen Verlust an Effektivität nach sich zögen. Im Lande stationierte leitende Angestellte Fireballs erklärten durchaus ehrlich, damit hätten sie nichts zu tun. Ihre Firma sei keine Aktiengesellschaft, sondern befände sich in Privatbesitz. Die meisten ihrer wichtigen Zweige seien Tochtergesellschaften oder unabhängige Subunternehmen, aber nur in technischer Hinsicht. So dicht auch alle miteinander verwoben seien, mehr noch durch Tradition und Gefühl als durch geschriebene Verträge, die letztendliche Kontrolle sei rein persönlich. *Señor* Guthrie könne zweifellos alles in Ordnung bringen, wann immer er sich dazu entschließe. Aber nachdem er zum Zeitpunkt der Übernahme eine scharfe Erklärung herausgegeben habe, hätte er das Problem offenbar seinen Leuten *in situ* und ihren Vorgesetzten in Quito überlassen. Das sei seine übliche Vorgehensweise; er sei kein Mikromanager, sondern ermutige persönliche Initiative. Seither habe er sich zurückgezogen und noch nichts von sich hören lassen. Sein derzeitiger Aufenthaltsort sei unbekannt. Auch das sei nicht ungewöhnlich.

Bei informellen Gesprächen mit Regierungsagenten grinsten Firmenvertreter und äußerten Worte, wie: »Natürlich macht er Ihnen Druck. Was hatten Sie denn erwartet?« Die Maßnahmen waren schlafwandlerisch sicher gezielt. Die Sicherheitspolizei schaffte es nicht, die Quelle dieser gelegentlichen Befehle aufzuspüren. Fireballs Nachrichtenverbindungen waren raffiniert angelegt.

In zunehmendem Maße erhoben sich Stimmen, die eine Überwindung des toten Punkts forderten, selbst wenn die Übereinkunft darauf hinausliefe, daß die Unionsbehörden in jedem wesentlichen Punkt nachgeben müßten. Diese Stimmen gehörten nicht einfach nur Geschäftsleuten und gewöhnlichen Bürgern, die Unannehmlichkeiten erleiden mußten – in manchen

Fällen sogar den finanziellen Ruin. Auch Politiker und verschiedene hochrangige Bürokraten meldeten sich zu Wort. Entgegen den Behauptungen einiger seiner Feinde und vieler seiner Anhänger war der Avantismus kein monolithischer Block. Das war er eigentlich noch nie gewesen. Wenn schon in nichts anderem, dann differenzierten die Meinungen oft hinsichtlich der Auslegungen und der praktischen Anwendungen von Xuans Gleichungen; diese Auseinandersetzungen konnten in Machtkämpfe ausarten. Mit dem Verstreichen der Jahre und der Zunahme der Enttäuschungen – nicht erreichte Ziele, wirtschaftliche Schwierigkeiten, Korruption, Unruhe, offener Widerstand, weitverbreitete Teilnahmslosigkeit, spirituelle Sezession – hatte auch die Fraktionierung zugenommen. Bisher hatte keine Person des öffentlichen Lebens, die noch innerhalb der Staatsgrenzen wohnte, offen vorgeschlagen, das gesamte System abzuschaffen; aber immer mehr von ihnen sagten – häufig unumwunden, daß es anscheinend einer Modifikation bedürfe.

Frieden mit Fireball zu schließen mochte sehr wohl einen Weg dafür eröffnen, die Auslandsbeziehungen ganz allgemein zu verbessern und im Anschluß daran zu inneren Reformen überzugehen. Drei Kongreßmitglieder sagten das nacheinander vom Rednerpult aus und wurden dafür weder kritisiert noch festgenommen.

Die Sitzungen der Beratenden Synode waren niemals öffentlich. Trotzdem sickerten die Informationen nach draußen, daß einige Mitglieder nun eine solche Politik favorisierten ...

Das war der Stand der Dinge, abgesehen von dem, was Guthrie tat. Offensichtlich war seine Lenkung aus seinem Geheimversteck heraus bisher erfolgreich gewesen. Plante er nun, eine spektakuläre Aktion einzuleiten, die Fireball zum Sieg führen würde?

Aulard seufzte, schüttelte den Kopf, stand auf und ging los, um seine Vorbereitungen zu treffen. Während dieser Abendwache verließ er die Orbitalkolonie an Bord eines fahrplanmäßigen Shuttles zum Kamehameha-Raumhafen. Bei seiner Ankunft rief er die Nummer an, die ihm in der Nachricht genannt worden war, und erhielt als Reaktion darauf die Adresse, zu der er gehen sollte. Wie befohlen, war er unter falschem Namen gereist, mit entsprechenden Ausweisunterlagen, wie sie für den möglichen Gebrauch in einem solchen Fall bereitgehalten wurden. Unauffällig verließ er das Ankunftsgebäude und nahm ein Taxi zu seinem Bestimmungsort.

Rund fünfzig Stunden später besetzte die Unionsregierung alle Grundstücke Fireballs in ihrem Hoheitsgebiet. Sie gab bekannt, daß neue Entdeckungen über das Ausmaß der Gefahr diesen Schritt und andere Notmaßnahmen erforderlich machten, sie aber damit rechne, daß die Krise alsbald als Zufriedenheit beider Parteien und der ganzen Menschheit beigelegt werden würde.

Am folgenden Tag eskortierten drei Beamte der Sicherheitspolizei Pierre Aulard in ihr Hauptquartier im Nordwestlichen Integrat und in ein Privatzimmer darin. Als die Tür hinter dem Vorraum beiseite glitt, traten sie zurück. Er ging hindurch, und sie schloß sich hinter ihm. Natürlich würden sie alles, was geschah, verfolgen, wenn nicht akustisch, dann wenigstens optisch, und gewiß würden Geräte andernorts es mit multiceivergeeigneter Genauigkeit aufzeichnen.

Ein Sichtschirm bot einen weiten Ausblick über die Stadt, so, wie man ihn vom Dachlandeplatz aus hatte. Wolken jagten vor einem Wind dahin, dessen Heftigkeit Aulard gespürt hatte, als er aus dem Flitzer stieg, der ihn hierher gebracht hatte. Sonnenschein und Schatten liefen darunter um die Wette, die Straßen entlang und über die Türme. Die Bucht glitzerte. Bis in das Büro drang jedoch kein Laut, und die Luft darin bewegte sich nur dank der Ventilatoren. Die Temperatur war so gut reguliert, daß sie ebenso frei von Wärme oder Kälte zu sein schien, wie sie es von Gerüchen war. Aulard warf kaum einen Blick auf das Bild, bevor er sich auf den Schreibtisch konzentrierte und auf das, was dahinter stand.

Es war ein Allzweckroboter auf Rädern. Seine vier Arme endeten in beweglichen Händen, aber die meisten Funktionen befanden sich innerhalb des kastenartigen Körpers oder waren an extreme Geräte anschließbar. Das Türmchen hatte man abgewandelt; offenbar handelte es sich um eine Spezialanfertigung, da Zeichen von Handarbeit zu erkennen waren. Augenstiele ragten heraus. Als der Roboter sprach, war der Ton kein Standardtenor oder -sopran, sondern ein rauher Baß, Englisch mit einem altertümlichen amerikanischen Akzent. »Hallo. Willkommen.«

Aulards Fäuste ballten sich an seinen Seiten. »Was sind Sie?« fragte er.

»Anson Guthrie – wer sonst? – der im Augenblick in Ermangelung von etwas Besserem dieses Chassis trägt. Schön, Sie zu sehen, Mann. Möchten Sie einen Drink? Ich habe Scotch bestellt.« Der Robot deutete auf ein Tablett auf dem Schreibtisch. Aulard schüttelte den Kopf. »Na schön, bedienen Sie sich, wann immer Sie möchten. In der Zwischenzeit setzen Sie sich doch, bitte, und lassen Sie uns reden.«

Aulard ging zu einem Flexistuhl. Der Robot bemerkte sein leichtes Humpeln und rief aus: »He, man hat Sie doch nicht etwa mißhandelt, oder? Wenn irgend jemand Ihnen etwas getan hat, sagen Sie es mir, und ich lasse den Hurensohn an den Eiern aufhängen.«

»Nein. Es ist nur, daß man in meinem Alter knarrt unter der Erdgravitation.« Aulard setzte sich. »Ich 'abe mich nicht gewehrt. Sie 'atten Waffen, und es gab keine Zeugen.«

»Pierre, ich muß mich entschuldigen. Wir hatten keine Wahl, aber es war trotzdem eine gemeine Art, Sie zu behandeln. Bitte, lassen Sie's mich erklären, und dann falle ich vor Ihnen aufs Gesicht, das ich nicht habe, um mich wieder mit Ihnen zu versöhnen. Ist Ihre Unterkunft okay?«

Aulard zuckte die Achseln. »Wie ein Gefängnis 'alt.«

»Schauen Sie, ich kann dafür sorgen, daß Sie ein schönes, abgelegenes Haus bekommen – zwischen Bäumen, Pierre – mit gutem Essen und Wein, Zugriff auf jede Art von Unterhaltungsprogramm, Frauen, wenn sie möchten. Ja, und auch wissenschaftliche und technische Geräte, innerhalb vernünftiger Grenzen jedenfalls. Sie hätten Gelegenheit, an allem zu arbeiten, worauf Sie schon immer Lust hatten. Niemand und nichts würde Sie stören.«

»Weil ich wäre von alle und alles abgeschnitten?«

»Nicht für lange. Eigentlich sollte es nicht für sehr lange sein.«

Aulard saß fast eine Minute schweigend da, bis er sein weißes Haupt hob und eisig fragte: »Was ist mit Santander?«

»Nun –« Die synthetische Silbe verlor sich. Der Robot selbst rührte sich nicht.

»Wenn Sie ihn nicht auch 'ier'er gelockt 'aben, 'at es keinen Sinn, daß Sie mich 'aben. Er wird bald Verdacht schöpfen und 'andeln.«

Die Antwort kam knirschend. »Sicher, ja, wir haben ihn hierhergeholt. Sie haben recht, fürs erste können wir nicht zulassen, daß irgend jemand frei herumläuft, der weiß ... was Sie wissen ... über meine beiden Ichs. Wenn diese Nachricht die Runde machte, bräche am hellichten Tage die Hölle los. Ich werde Ihnen noch erklären warum, und hoffe, daß Sie mir dann beipflichten, daß dieses, äh, heimliche Vorgehen nötig war.«

Aulard blickte in die Linsen, als seien es menschenleere Augen. »Nordberg ist tot, Santander und ich sind Gefangene«, sagte er, »aber sind Sie sich ganz sicher, daß es nicht gibt noch jemanden? Einer von uns 'ätte Vorkehrungen treffen können.«

Der Ton wurde rein sachlich. »Das hat keiner von Ihnen getan. Ich weiß es. Man hat Juan einem Tiefenverhör unterzogen.«

Aulard setzte sich senkrecht auf. Dort, wo er die Lehnen seines Sessels umklammerte, traten die Knöchel farblos hervor. »Was?« flüsterte er. »Dieser gute alte Mann, Sie 'aben ihn unter Drogen gesetzt und Pulse durch seine Gehirn geschickt?«

»*Ich* nicht.«

»Sie 'aben es ermöglicht.«

»Geben Sie mir eine Chance, Pierre. Ich ... um diesen Teil der Angelegenheit hat sich die Sipo gekümmert. Sie müssen Juan für die Überprüfung ausgesucht haben, weil sie glaubten, er sei ... einfacher. Als Sayre, ihr Oberboß, mich anrief, um mir zu sagen, daß er sich vergewissert habe, daß das Geheimnis sicher sei, daß er aber nur um sicherzugehen auch Sie durch die Mühle drehen wolle, legte ich mein Veto ein. Gott, bin ich froh, daß ich das konnte! Ich erklärte ihm in einfachen, unanständigen Worten, was für Schwierigkeiten ich ihm machen würde, wenn er Sie dieser Unannehmlichkeit aussetzte, und er gab nach. Aber ich hätte nie damit gerechnet, daß er tatsächlich ... das tun würde, was er getan hat. Ich schwöre es, bei Julianas Namen.«

»Wie sicher ist das ganze über'aupt?« fragte Aulard unerbittlich. »Zahlreiche Menschen erinnern sich daran, daß es zwei Gussries gab und einer davon eingelagert wurde.«

»Sie erinnern sich vage daran. Sie wissen nicht, wo. Sie haben keinen Grund zu der Vermutung, daß er nicht immer noch versteckt ist. Und schon sehr bald werden wir ihn vorweisen können, wenn diese Frage auftaucht.«

»Ja. Noch ein Kopie, von eine andere Stelle.« Aulard dachte nach. »Er wird die Software von dem 'aben, der in das Geheimversteck kam, kürzlisch 'eimgekommen von Alpha Centauri, nichts wissend von dem, was seit'er gesche'en ist.« Sein Lächeln wurde schief. »Also ist *er* der echte Anson Gussrie.«

»Nein, das bin ich.«

»Anson Gussrie würde nie zum Verräter werden, so wie Sie zum Verräter geworden sind. Viele Leute 'aben ihn eine Teufel genannt, aber Judas 'at ihn noch nie jemand genannt.«

Die Stimme war nicht ganz fremd. »Pierre, Sie wissen es besser. Identität ist Kontinuität, richtig? Ich bin ebenso sehr ich selbst wie ... wie jeder andere auch.« Lauter: »Woher wissen Sie, daß ich, die Hardware in diesem Körper, nicht dasselbe physikalische Objekt bin, das sich in dieses Land einschmuggeln ließ, um den Avantisten Kummer zu bereiten?«

Aulard zuckte erneut die Achseln. »Vielleicht sind Sie's. Es ist gleichgültig. Offensichtlich 'at man Sie reprogrammiert. 'at Sie kastriert. Selbst nachdem er zu eine Geist wurde, war Anson Gussrie eine *Mann.*«

Der Robot stand einige Augenblicke lang schweigend da, bevor er murmelte: »Das tat weh, Pierre«, und es kostete ihn noch einen Augenblick, um rasch hinzufügen: »Aber Sie täuschen sich. Man hat mir neue Daten eingegeben. Ich weiß jetzt mehr, als ich vorher wußte, und meine Ansichten über einige Dinge haben sich geändert. Das ist alles.«

Aulard starrte in den Himmel. »Ich denke, Sie sind nicht derjenige, mit dem ich zuletzt gesprochen 'abe«, sagte er langsam. »In dieser gemütlichen Gefängniszelle 'atte ich Zeit zum Nachdenken. Was geschehen ist, erscheint mir sehr klar. Aber sagen Sie mir, wo ist der echte Gussrie?«

»Hier vor ihnen, verdammt noch mal!« Pause. »Aber wenn Sie darauf beharren, okay, meine Hardware hier ist die, die zur Demeter geflogen ist.« Sanft: »Dank Ihnen, *amigo viejo.*«

»Eine schöne Dank!«

»Ich sagte Ihnen doch, es tut mir leid. Ich habe mich nicht verändert, nicht wirklich. Habe nichts vergessen, einschließlich meiner Freunde. Ich bin immer noch ich, Pierre. Ich erinnere mich – vielleicht besser als Sie, nach all diesen Jahren – ich erinnere mich, ach, an diese Nacht, als wir die erste Sendung der Epsilon-Eridani-Sonde aus dem Systeminneren auffingen, dieser verrückte Planet, den sie ausgemacht hatte, und alle betranken sich, ich ließ mich pulsen, damit ich mich auch betrunken fühlen konnte, und Sie ließen ein Translatorprogramm mitlaufen, damit wir folgen konnten, als Sie uns dieses schmutzige alte französische Lied über drei Goldschmiede beibrachten –«

Aulards Hand hackte durch die Luft.

»Ich bin immer noch Ihr Freund, Pierre.«

Aulard schaute wieder in die Lisen. »Und was ist mit Juan Santander?« So hätte vielleicht das Ziehen eines Schwertes geklungen.

Schweigen.

Aulard beugte sich vor. *»Eh bien?«*

Sehr leise: »Es tut mir leid. Er war älter als Sie, wissen Sie. Er war gebrechlicher geworden, als er sich anmerken ließ. Die Befragung hat ihn umgebracht.«

Aulard sank in seinen Sessel zurück. »Mord!«

»Nein! Ein Unfall! Hören Sie, Sayre wollte ihn wiederbeleben lassen, aber auch dagegen habe ich mein Veto eingelegt. Ich nahm an, sei Gehirn würde schwerer geschädigt sein als ... Darum gewährte ich ihm wenigstens das, Pierre, und wünschte mir, diese meine Augen könnten weinen.«

Aulard straffte sich und griff erneut an. »Was ist mir Ihre andere Ich? Wo ist es?«

Guthrie fing sich. »Das müssen Sie nicht wissen.«

»Zerstört? So verstümmelt wie Sie? Oder – *bon Dieu*, laß ihn in Freiheit! Ich 'offe, er erledigt Sie.«

»Das ist wohl kaum eine realistische Möglichkeit.« Die Schärfe ließ nach. »Schauen Sie, ich ließ Sie hierher in dieses Büro bringen, weil ich Ihnen die Wahrheit darlegen wollte. Sicher, dies ist eine schlimme Zeit, und eine Menge von dem, was geschehen ist, wird mich ewig verfolgen, aber ... nun, wir befinden uns an einem kritischen Punkt. Lassen Sie mich Ihnen meine Pläne erläutern und warum ich an ihnen arbeite. Ich brauche Ihre Hilfe, Ihren Rat, damit wir das tun können, was für alle am besten ist.«

»Sie beweisen damit nur, was Sie sind?« spuckte Aulard aus. »Anson Gussrie, er war manchmal eine Bastard, aber er war niemals schein'eilig.«

Schroff: »Setzen Sie mir nicht zu sehr zu, alter Freund. Ich bin sowieso schon nervös.«

»Ihnen zusetzen? Ich 'abe kein Bedürfnis, Sie anzufassen. Lassen Sie mich von 'ier weggehen.«

Die Linsen musterten ihn, die Software fällte Entscheidungen. »Sie meinen das so, nicht wahr? Okay. Ich setze mich später wieder mit Ihnen in Verbindung. Verfolgen Sie in der Zwischenzeit die Nachrichtensendungen. Denken Sie darüber nach.«

»Ja, weil ich es muß. Lassen Sie mich jetzt ge'en! Egal wo'in, solange Sie nicht dort sind.«

Aulard mühte sich auf die Füße und humpelte zur Tür. Ein Signal wurde gegeben, sie öffnete sich, die Beamten draußen sprangen auf, um ihn in Empfang zu nehmen. »Bringt ihn zurück«, befahl der Robot. »Behandelt ihn gut.« Die Lisen blieben starr auf ihn gerichtet, bis die Tür sich schloß.

9

Zuerst galt es, die Region zu verlassen, und zwar sofort, bevor die Polizei eine wirklich gründliche Suche organisieren konnte. Ein Bus brachte Kyra und ihre Taschen zum Hauptbahnhof von Pittsburgh. Dort gelang es ihr, eine kurze Konferenz mit Guthrie abzuhalten: Geflüster in einer Waschraumkabine.

Sie fragte ihn, ob sie nicht versuchen solle, von einer öffentlichen Videophonzelle aus Quito oder vielleicht irgendein aufs Geratewohl ausgewähltes Fireball-Büro im Ausland anzurufen. Die Avantisten konnten ihre Agenten oder Instrumente höchstens an einigen wenigen Punkten plaziert haben. Ebenso konnte die Sipo höchstens einen winzigen Bruchteil aller Ferngespräche überwachen. Sollte sie die Fakten weitergeben und dann mit ihm flüchten und sich verstecken, um abzuwarten, während Fireball handelte?

Nein, erwiderte er, das sei ein zu großes Risiko bei einer zu kleinen Gewinnchance. Warum sollten diejenigen am anderen Ende der Leitung eine so wilde Geschichte glauben? Sicherlich würden sie überall Erkundigungen einziehen, Ermittlungen anstellen, wenigstens ein gewisses Maß an Bestätigung erhalten wollen. Das würde Zeit kosten und wahrscheinlich dem Gegen-Guthrie zur Kenntnis gelangen. Es mochte ihn dazu veranlassen, seine Pläne um einige Tage vorzuziehen, aber so oder so würde er bestimmt in wenigen Tagen nach Quito reisen, und seine Anwesenheit würde viel mehr Gewicht haben als die Anschuldigungen einiger Flüchtlinge. Und der Anruf selbst konnte der Sipo entscheidende Hinweise auf ihre Beute liefern.

Es würde sowohl schneller als auch sicherer sein – wenn angesichts dieses Schlamassels Sicherheit überhaupt noch etwas bedeutete –, verläßliche Freunde aufzusuchen und sich ihrer Hilfe zu versichern, um leibhaftig, in Person, zu entkommen. Unterwegs ließ sich da und dort die Wahrheit säen, was für eine Ernte sie auch immer bringen mochte.

Kyra gab nach und verbrachte den kläglichen Rest der Nacht

damit, auf ihren Zug zu warten. Die Reiseroute, die sie sich mit Hilfe ihres Infomaten zurechtgelegt hatte, war nicht die direkteste; sie schloß zweimal Umsteigen ein, vermied aber größere Bahnhöfe. Sie konnten ja nicht jede verdammte Nebenstation zwischen Quebec und Mexico im einzelnen überraschen, oder? Die dritte Etappe endete in Portland, was günstigenfalls heikel war. Vorher hielt der Zug aber schon in Salem, nahe der Grenze des Integrats, und dort würde sie aussteigen.

Nachdem sie einmal an Bord war, um ihr Reise anzutreten, klappte sie zusammen und fiel in einen Schlaf, der tiefer war, als sie es für möglich gehalten hatte. Sie hatte schon in schlechteren Betten geschlafen als in diesem Sitz; er ließ sich sogar ein bißchen zurückstellen. Die Magnetschwebebahn lief ruhig, einlullend.

Sie erwachte hungrig und durstig, blinzelte und spähte aus dem Fenster. Die Landschaft, durch die sie flohen, dehnte sich weitläufig aus, mit gelegentlichen Hügeln und Schwemmlanden, zu den Prärien weiter westlich hin flacher werdend. Sie war fast baumlos, aber von intensivem Grün, Reihe um Reihe um Reihe gepflanzt. Kyra war sich nicht sicher, was hier angebaut wurde, ob diese hoch aufragenden Stengel genetisch so verändert waren, daß sie Nahrung oder Chemikalien lieferten. Ein Raster von Bewässerungsleitungen schimmerte zwischen den Reihen. In einigem Abstand erspähte sie flüchtig Maschinen, die vielleicht der Überwachung, vielleicht aber auch der Bearbeitung dienten. Über dem Horizont bohrten sich die Türme einer kleineren Stadt in einen wolkenlosen Himmel ohne Vögel.

»Wo sind wir?« fragte sie sich laut.

»Lassen Sie mich raus, und ich sehe mal nach«, grollte Guthrie aus seinem Rucksack. Sie hatte nicht gewagt, ihn offen liegen zu lassen, während sie ohne Bewußtsein war. »Im Augenblick ist meine Umgebung so ärmlich wie das Innere eines Politikerkopfes. Ich dachte schon, Sie würden bis in alle Ewigkeit schnarchen.«

Kyra vergewisserte sich, daß die Tür des Abteils abgeschlossen war, klappte ein Ablagetischchen herunter und stellte ihn darauf. Dabei konnte sie nicht verhindern, zu erröten und zu erwidern: »Ich schnarche nicht.«

»Mit welchem Recht behaupten Sie das? Ach, machen Sie sich nichts daraus, das geht mich sowieso nichts an. Genaugenommen war es nur ein kleiner Schnarcher dann und wann, damenhaft – eigentlich irgendwie sexy.«

Du alter Bock! hätte sie fast gesagt, zügelte sich dann aber. Es hätte ihn kränken können. »*Bueno,* wo sind wir?«

Er sah nach. »Indiana oder Illinois, würde ich schätzen ... Das sagt Ihnen nichts? Dieses Land war mal eine Republik aus vielen verschiedenen Bundesstaaten. Die Menschen waren um so reicher, weil es etwas gab, das näher bei ihnen lag als die Unionshauptstadt. Tja, stellen Sie die Zeit auf Ihrem Infomaten eine Stunde zurück.«

»Wie geht es Ihnen, Sir?«

»Meine Batterie hält noch. Allerdings darf ich wohl behaupten, daß *Sie* eine Wiederaufladung gebrauchen könnte, von anderen natürlichen Bedürfnissen mal ganz zu schweigen. Kümmern Sie sich erst mal darum. Äh, und sehen Sie zuallererst nach, ob Sie eine Nachrichtensendung reinkriegen können, ja?«

Der Multiceiver verdiente diesen Namen kaum. Er bestand aus einem winzigen Flachbildschirm und einem einzelnen Lautsprecher, aber als Kyra die Programmhinweise aufrief, stellte sie fest, daß es in zwanzig Minuten einen Infodienst gab, und ließ Guthrie beim Betrachten dieses Kanals zurück. Im Augenblick wurde eine Sendung für den Schulunterricht ausgestrahlt, ein Überblick über frühe Denker, die Xuans Vorläufer gewesen waren. Kyra hatte sie während ihrer eigenen Schulzeit kennengelernt, Politikwissenschaftler, die bis zum überschätzten Plato und dem vielverleumdeten Machiavelli zurückreichten, systematische Historiker wie Spengler und Toynbee, Psychologen von Pawlow an aufwärts, die im Labor den Verstand als Funktion des Organismus studierten, Moravec und Tippler und die anderen Visionäre der Kybernetik. Dieses Programm enthielt nur Banalitäten, Bilder und Phrasen, die durch die ständige offizielle Wiederholung jeder Bedeutung beraubt waren.

»Brillante Männer«, knurrte Guthrie. »Ehrliche Männer. Sie haben der Welt Schätze geschenkt. Verdammt, selbst Xuan hat einige gute Ideen geliefert. Nicht ihr Fehler, daß ihre Arbeit pervertiert wurde. Ich wage zu behaupten, Jesus und Jefferson fühlen mit ihnen.«

Kyra schloß die Tür hinter sich wieder ab und spazierte den Gang jenseits davon entlang. Er stank nach den Passagieren, die sich in ihm drängten und jeden Sitzplatz belegten. Der Zug schnurrte flink und stetig dahin, aber seine Inneneinrichtung war verdreckt, beschmiert, stellenweise zerstört, das Metall angelaufen, die Polsterung durchgescheuert oder aufgerissen; er hatte nicht mehr viel mit dem zu tun, was er einmal gewesen war oder worin man in den ersten Ländern fuhr. Siebzehn Minuten lang wartete sie in einer Schlange vor einem WC, wo der Geruch noch schlimmer war und das Waschwasser ein Rieseln mit einem Warnschild darüber, daß es nicht trinkbar sei.

Die Schlange vor dem Verkaufsautomaten war noch länger, bewegte sich aber mit annehmbarer Geschwindigkeit voran. Der Automat verkündete, daß ihm die meisten Gerichte auf seiner Speisenkarte ausgegangen seien. Sie erwarb eine Art Kaffee, einen Kalzium-Protein-Trank, Sojahaschee, Toast und Kunsthonig und trug alles zurück, wobei sie in ihrem Eifer ziemlich rüde drängelte. Der *recintito* mochte wenig mehr als eine Wand um ein paar Sitze herum sein, aber er bot immerhin eine Rückzugsmöglichkeit, die für den Durchschnittsmenschen auf der Erde einen Luxus darstellte, vergleichbar mit Fleisch von lebendigen Tieren, einem Besuch in einem Wald oder einem ... einem gedruckten Buch, dessen Papier fleckig war und nach Alter roch. Natürlich, ein größeres Abteil wäre angenehmer gewesen, aber Lee hatte sie vor Komfort, der Aufmerksamkeit erregen mochte, gewarnt.

Lee – Abrupt stolperte ihr Herz und ihr Fuß. Fast hätte sie das Tablett fallengelassen.

Nein, er war es nicht, der Mann im Sitz auf dem Gang, er ähnelte ihm nicht einmal. Aber ach, einen Augenblick lang hatte sie gedacht, es sei Ivar Strandig. Die gleiche schlanke

Figur, die gleichen klaren Gesichtszüge, das blonde Haar ... Nein, nicht wirklich.

Sie drängte weiter, voller Flüche, die auf den Aufruhr in ihrem Inneren gerichtet waren. Was für eine Art von Lepton war sie überhaupt? Mehr als zwei Jahre waren vergangen, seit sie sich getrennt hatten. Und in den drei Jahren davor war es auch nicht so fabelhaft gewesen, auch wenn es ihnen so vorgekommen war und sie von einer dauerhaften Beziehung mit Kindern und dem ganzen Rest geträumt hatte. Wie konnte es überhaupt zwischen einer Weltraumpilotin und einem Ingenieur im Asteroidengürtel ernst sein? Wie oft traf man sich denn, und für wie lange an einem Stück? Teure Multiceiver-Botschaften mit Laser über Millionen von Kilometern hinweg, plus das, was die Technik sonst noch an Ersatz und Trost bieten konnte, machten die Sache auf lange Sicht nur noch schlimmer. Sie hatte angefangen, sich mit anderen abzugeben, wenn sich Gelegenheit dazu bot, und nicht nur mit guten Freunden, die sie nicht durch eine unerwartete Ablehnung hatte verletzen wollen. Zweifellos hatte Ivar das auch getan. Denn schließlich konnte er sich niemals dafür qualifizieren, ihr Partner bei Raumreisen zu werden, und sie konnte – und wollte – ihr Schiff nicht verlassen, um für immer bei ihm zu sein. Sicher, die Arbeit zwischen den fliegenden Bergen barg ihre Herausforderungen, aber sie war nicht die Lange Straße, war nicht die Erde, die über Kopernikus' Ringwall schimmert, oder der trotzige Jupiter in seiner Strahlenhöhle oder ein Komet, den noch kein lebendes Wesen betreten hatte, oder die Geschichten und Lieder und die Kameradschaft bei den Zusammenkünften –

Kyra würgte die Erinnerungen grob ab. Die Überraschung hatte sie aufsteigen lassen, sagte sie sich. Und sie war verletzlich gewesen, weil sie in dieser kitzeligen Situation mit Guthrie ausgehungert war nach etwas Sanftem, Friedlichem, Sicherem. Was es mit Ivar nie gewesen war, von den kurzen Augenblicken nach der Liebe einmal abgesehen.

Eiko Tamura aber, droben auf L-5 ... nun, das war etwas anderes. Zweifellos hatte auch Eiko ihre Probleme, aber ihr Geist schien unbeeinflußt davon zu bleiben, denn wie hätte eine heitere Gelassenheit wie die ihre Verstellung sein können? Kyra hatte ihr einmal den Versuch eines Gedichts geschickt:

Sonnenuntergang bernsteinvoll, der See
Liegt spiegelstill für die Pinien
Die ihn umringen mit Schattenhöhen
Durch die ein Geist so gülden scheint
Blau zu brünieren diese Metallstücke
Über dem Wasser, Flügel und Flügel
Wo, schweigend wie im Weltall selbst
Drei Libellen kometengleiche Bahnen ziehen.

aber nie erwähnt, daß es Eiko war, die sie dabei im Sinn hatte.

Der *recintito* hieß sie willkommen. Sie preßte den Daumen auf das Schloß, drängte sich sofort hinein, als die Tür beiseiteglitt, und schloß sie mit dem Fuß, während ihr Blick zum Videoschirm sprang. Sie hatte den Anfang der Nachrichten verpaßt, aber –

Wieder hätte sie fast ihr Tablett fallen lassen.

Das Bild zeigte einen großgewachsenen, stämmigen Mann mittleren Alters, dessen breites, offenes Gesicht mit den hellblauen Augen unter buschigen Brauen und dem schütter werdenden rötlichen Haar zerknittert und wettergegerbt war. Unter der Jacke einer Interimsuniform, wie sie bei Fireball seit Generationen nicht mehr getragen wurde, stand sein Hemd über einer struppigen Brust offen. Sie kannte ihn, sie hatte genau diese elektronische Darstellung schon fünfzigmal gesehen, und die Baßtöne waren zuletzt noch vor einer halben Stunden über ihre Trommelfelle getrampelt. »– Ich kam auf meine eigene Weise, die wir hier nicht beschreiben müssen, nach Nordamerika, um persönlich zu beobachten und zu tun, was immer ich für notwendig erachtete. Was ich herausfand, erschreckte mich zutiefst.«

Kyras Blick wanderte hinüber zu Guthrie in seinem Kästchen. Er legte kurz einen Augenstiel über seinen Lautsprecher. *Seien Sie still.* Benommen ließ sie sich auf einen Sitz fallen.

»Ich werde später, wenn ich eine vollständige Erklärung

abgebe, in die Einzelheiten gehen«, sagte das Simulacrum Anson Guthries, wie er gewesen war, als er berühmt wurde. Es war das Bild, das er für seine jährlichen Weihnachtsgrüße an *consortes* von Fireball und für seine seltenen öffentlichen Verlautbarungen erzeugte. »Das wird vermutlich in ein paar Tagen sein, nachdem ich in die Hauptbüros nach Quito zurückgekehrt bin und Gelegenheit gehabt habe, ausführlich mit meinen leitenden Direktoren zu konferieren. In der Zwischenzeit hat man mich jedoch gebeten, ein paar Anmerkungen zur Unterstützung der Maßnahmen zu machen, von denen Sie gehört haben. Es macht mir nichts aus, dieser Bitte zu entsprechen.«

Seine Mundwinkel zogen sich hoch, ein sardonisches Lächeln. »Nun, eigentlich macht es mir doch irgendwie etwas aus. Schließlich bin ich nicht plötzlich zum Xuanismus bekehrt worden oder etwas ähnlich Blödsinniges. Aber ich konnte mich vergewissern, daß eindeutig und in diesem Augenblick eine reale Gefahr besteht. Ein paar Desperados, die sich so weit nach oben vorgearbeitet haben, bis sie Zugriff auf die Schlüsselnetzwerke und die machtvollen Maschinen haben – die können Gewalten wie bei einem großen Meteoriteneinschlag entfesseln.«

Eine geschickt ausgesuchte Metapher, dachte Kyra. Heutzutage war sich wohl jeder der unwahrscheinlichen, aber grenzenlosen Bedrohung aus dem Weltall bewußt und froh darüber, daß Fireball einen Vertrag mit der Weltförderung hatte, Patrouillenflüge durchzuführen und etwaiges Unheil abzuwenden. Was plötzlich ein bißchen ironisch wirkte, nicht wahr?

»Sicher, auch ich bin für die Freiheit. Ich habe mich oftmals lautstark in diesem Sinne geäußert. Aber meine Freunde haben mich auch sagen hören, daß soziale Revolutionen nicht der richtige Weg sind, sie zu erlangen. Das hat man 1789 in Frankreich versucht, 1917 in Rußland – warum so weitermachen? Die Regierung der Nordamerikanischen Union ist fähig, sich selbst zu reformieren. Ich bezweifle, daß ein Kriegsrechtregime, das zwanzig oder dreißig Millionen Tote nach sich ziehen würde, dazu in der Lage wäre. Wie dem auch sei, diese Toten möchte ich nicht auf dem Gewissen haben. Sie etwa?

Einige von Ihnen haben vielleicht gelesen, was ich den wirklich vehementen Fürsprechern einer Bevölkerungsverringerung zu antworten pflegte, damals, als es so aussah, als würde sich die Kurve des Bevölkerungswachstums niemals abflachen. ›Sie haben recht‹, sagte ich immer. ›Der Planet ist maßlos übervölkert, und wir sollten besser etwas dagegen unternehmen. Möchten Sie den Überschuß selbst mit dem Maschinengewehr niedermähen, oder sollen wir mit Ihnen anfangen?‹ Damals war ich auch für Ökologie, Mutterliebe und Apfelkuchen, aber für Öko-Faschisten hatte ich nichts übrig. Jetzt bin ich für die Freiheit, habe aber nichts für Befreiungsfaschisten übrig.«

Das vorletzte Wort erkannte Kyra nicht. Wenn er eine Ansprache hielt, neigte Guthrie dazu, Archaismen einzuwerfen und manchmal ein bißchen vom Thema abzuschweifen.

Streng: »Man hat Ihnen die Gefahr geschildert, das Ausmaß der Unterwanderung durch fanatische Verschwörer. Später werde ich erklären, woher ich weiß, daß es sich dabei um Wahrheit handelt und nicht um Propaganda. Jetzt im Augenblick haben weder ich noch andere Zeit dazu. Wir müssen die Lage meistern, und zwar *prontito.* Ich befehle den Fireball Enterprises, bei allen notwendigen, zeitlich befristeten Maßnahmen zur Bewältigung dieses Notfalls in vollem Umfang mit der Regierung Nordamerikas zusammenzuarbeiten. Alle anderen bitte ich jetzt und in Zukunft dringend, dasselbe zu tun.«

Das Bild lächelte erneut. »Nun zu den guten Nachrichten. Diese Maßnahmen sind, ich wiederhole es, zeitlich befristet. Inzwischen lassen Sie mich sagen, so ich einmal Ihre Aufmerksamkeit und die Gelegenheit habe, über Multiceiver zu Ihnen zu sprechen, daß die Personen, die mich überzeugt haben, nicht die kompromißlosen Avantisten sind, nicht die Dinosaurierfraktion. Es sind die Gemäßigten, die erkennen, daß das System am Ende ist, wenn es nicht repariert wird, und sei es nur dadurch, daß es einfach auseinanderfällt. Unsere Mitarbeit wird ihre Position gegenüber ihren Gegenspielern stärken. Das war auch der Grund, warum ich mich dafür entschieden habe, aus meinem Versteck hervorzukommen, und es hat sich ausgezahlt. Einzelheiten später von Quito aus. Ich glaube fest daran, daß die Besetzung unserer Einrichtungen binnen eines Monats beendet und der normale Geschäftsbetrieb bereits in ein oder zwei Wochen wieder aufgenommen werden kann.

Allen, die guten Willens sind und über gesunden Menschenverstand verfügen, *gracias* für Ihre Geduld. *Adiós.«*

Das Bild erlosch. Eine Ansagerin erschien. »Sie sahen und hörten soeben Anson Guthrie, *cacique* der Fireball Enterprises –«

»Schalten Sie ab«, sagte Guthrie. »Der Rest ist bestimmt wieder nur Standardfutter.«

Kyra tat es. »Das war ... wirklich Ihr anderes Selbst, *jefe?«* flüsterte sie. »Oder eine elektronische Fälschung?«

»Nein. Ein raffiniertes Programm, das die Aufzeichnungen meiner Multiceiveransprachen studiert hat, hätte so etwas zwar hinkriegen können, aber sie müßten schon mehr machen, um es wirkungsvoll zu gestalten. Mein Double muß tatsächlich gesprochen haben und wird auch tatsächlich nach Quito fliegen, um die Leitung der Firma zu übernehmen.«

Kyra schüttelte den Kopf. »Wie kann er das? Während der letzten zwanzig Jahre oder mehr muß er inaktiv gewesen sein.« Sie holte Luft. *Muy bien,* sie könnten die Geschichte mit Gewalt in seinen Gedächtnisspeicher füttern, aber das geheimgehaltene Material, die unzähligen kleinen persönlichen Details –«

»Ja, es ist ein Hasardspiel, aber er rechnet offensichtlich damit, daß er sich durchbluffen kann.« Guthries Blick schweifte ins Nichts. Seine Stimme wurde zum Geräusch einer fernen Brandung. »Ich glaube, wenn meine Kopie nicht auf der Bildfläche erschiene, könnte *ich* es schaffen. Beim heiligen Judas, was für ein Wagnis! Verdammt, beinahe beneide ich ihn.«

»Und wenn er scheitert«, erkannte Kyra nüchtern, »haben die Avantisten nicht viel verloren.«

»Richtig. Ein bißchen Verlegenheit vielleicht, aber Regierungen arbeiten nach dem System der Vetternwirtschaft. Keine setzt irgendeine andere zu sehr unter Druck, es sei denn, sie bedroht aktiv den Frieden oder die allgemeine Lebensumwelt. Nordamerika wird darauf beharren, daß es eine Katastrophe verhindern wollte, wie irregeleitet die Maßnahmen einiger weniger Funktionäre auch immer gewesen seien. In der Zwischenzeit wird es die Früchte einer dicken Freundschaft mit Fireball geerntet haben, die diese miserable Wirtschaft so dringend braucht wie ein leckes Raumschiff Luft. Die Firma kann das nicht rückgängig machen und den Streich auch nicht sehr hart bestrafen. Ein Boykott beispielsweise wäre nicht praktikabel. Andere Länder würden einfach an Nordamerika weiterverkaufen, und wir zögen auch ihre Feindschaft auf uns.

»Natürlich«, fügte Guthrie hinzu, »wenn das Anti-Ich mich wirklich bezwingen kann, ohne öffentliches Aufsehen zu erregen, und sich nicht durch irgendeinen groben Schnitzer verrät, haben die Avantisten gewonnen. Oder sie werden es jedenfalls glauben. Er wird Zeit brauchen, um Fireball in eine aktive politische Macht zu verwandeln, aber die wird er auch haben. Ob er es schafft oder nicht, nur Gott weiß, wie das Endergebnis aussieht.«

Er warf Kyra einen raschen Blick zu. »Lassen Sie Ihr Essen nicht kalt werden, Mädchen«, riet er, »besonders nicht Ihren Kaffee. Wie gut ich mich erinnere . . .«

Sie folgte seinem Rat. Trotz allem hieß ihr auf Unverwüstlichkeit trainierter Körper die Nahrung willkommen. Als ihre Gefühle sich stabilisiert hatten, konnte sie fragen: »Was war die offizielle Ankündigung?«

»Das, was mein Anti-Ich skizziert hat. Die Entdeckung, daß Extremisten den Staatsapparat, Fireball, andere Organisationen, verdammt, praktisch alles in Sichtweite unterwandert haben. Nichts zu Spezifisches, aber alarmierend. Vage beschriebene Schrecken sind sowieso die schlimmsten. Das Vorgehen gegen sie – wollen Sie die vollständige Liste?«

»Hm-mh«, sagte Kyra um einen Mundvoll Essen herum.

»Tja, Sie wissen von der Besetzung unserer Einrichtungen. Ich erinnere mich an Ihre Vermutung, daß es radikale Sicherheitsmaßnahmen an den Flughäfen geben würde. Sie hatten recht. Die kleineren sind geschlossen, bis eine genaue Kontrolle gewährleistet ist. Keine privaten Luftfahrzeuge dürfen Nordamerika ohne vorherige Überprüfung und eine Ausreisegenehmigung verlassen. Satelliten und Leichter-als-Luft-Fahrzeuge können das überwachen, wie Sie wissen.

Kontrollstellen an jedem Grenzübergang am Boden, egal, wie unbequem das für die breite Bevölkerung ist. Die Suche gilt ›tödlichen Instrumenten‹, aber Sie wissen ja, auf was die Detektoren wirklich eingestellt sind, auch wenn der gewöhnliche diensttuende Polizist es nicht weiß. Ich stelle mir vor, er hat einfach die Anweisung, alles abzuliefern, was einer sehr allgemeinen Beschreibung von mir entsprechen könnte, und den Überbringer festzustellen.

Die Durchsuchung von Wasserfahrzeugen, bevor sie ausklariert werden, um irgendeinen ausländischen Staat anzulaufen. Das wird keinen so großen diplomatischen Stunk auslösen, wie man vermuten möchte. Wenn sie nur nach einem neuronalen Netzwerk suchen, geht das schnell und unaufwendig.

Internationaler Postversand – natürlich Pakete und andere größere Objekte. Elektronische Kommunikationen – von monströsem Umfang, aber sie stellen die Hypercomputer zur Überwachung ab und scheiß was drauf, was in der Zwischenzeit mit den Regierungsdiensten geschieht. Briefpost – ich weiß es nicht, das wurde nicht gesagt, aber davon fällt sowieso nicht viel an, und im allgemeinen ist sie langsam, also nichts, was für uns besonders hilfreich wäre. Vergessen Sie nicht, mein Gegenstück wird bald draußen sein und Befehle erteilen.«

Kyra verzog das Gesicht. »Ich habe das Gefühl, die Wände schließen sich immer enger um uns«, sagte sie.

»Dieses Gefühl habe ich schon, seit ich geboren wurde, meine Liebe«, erwiderte Guthrie. »Das war ein Grund dafür, warum ich mich dafür zu interessieren begann, die Menschen auf Dauer ins Weltall zu bringen. Eine Leiter, die hier hinausführt.«

»Aber – im Inland –«

»Eine Menschenjagd. Eigentlich eine Ego-Jagd, aber natürlich wird das nicht gesagt. Die Ankündigung sprach von einem allgemeinen Alarmzustand und einer umfassenden Suche nach Fanatikern. Wenn irgendeiner von den Einheimischen offen zu verkünden versucht, daß es eine Farce ist, dürfen Sie genau einmal raten, wie lange er es noch macht. Quatsch, ich würde nicht mal wollen, daß Sie mich per Expreß zu irgendeinem Ziel innerhalb dieser Grenzen schicken.«

»O nein«, flüsterte Kyra.

»Ich würde mir weniger Sorgen machen, wenn es nur die Avantisten wären, die hinter uns her sind«, sagte Guthrie. »Aber mein Hauptredner ist anders. Er *kennt* mich. Er spielt Hasard, aber er muß sich die Chancen vorher sehr gut ausgerechnet haben. Und die nordamerikanischen *honchos* spielen unter seiner Anleitung.«

Das sollten sie auch, dachte Kyra. Was wäre besser? Seht, was der *jefe* in seinem Leben auch danach geleistet hat!

»Alles, was ich jetzt im Augenblick tun kann, ist, mich in ihn hineinzuversetzen«, fuhr die Stimme aus dem Kästchen fort. »Okay, ich würde versuchen, die Bälle in der Luft zu halten. Ich würde versuchen, dafür zu sorgen, daß ich auf meiner Flucht innerhalb dieses Landes bleibe; so lange wie möglich jedenfalls, wenn ich mich nicht sofort fangen könnte. Denn mit jedem Tag, der verstreicht, würde ich meine Position weiter festigen. Eine Möglichkeit dazu ist, jede verfügbare Vorkehrung dagegen zu treffen, daß jemand wie Sie, der die Wahrheit kennt, mich irgendwo versteckt und mit der Information außer Landes gelangt. Mit etwas Vorbereitungszeit läßt sich diese durch keine Beweise gestützte Information abblocken – vielleicht nicht restlos, aber hinreichend für alle praktischen Zwecke.«

»Sind Sie sich dessen sicher?« fragte Kyra.

»Nein«, sagte Guthrie. »Er aber auch nicht. In einer Organisation wie Fireball, die immer auf persönliche Unabhängigkeit Wert gelegt hat, ist es nicht einfach, jemanden zu knebeln. Aber mir fallen durchaus Möglichkeiten ein, mit denen es klappen könnte.

Der entscheidende Punkt ist, wir spielen gegeneinander, er und ich. Meine beste Chancenabwägung, die, so vermute ich, mit seiner identisch ist – die sagt mir, daß es das Beste, ist, *persönlich* von hier zu verschwinden, und zwar schnell, bevor er Zeit gehabt hat, sein Wissen zu aktualisieren und seine Position zu festigen.«

Kyra verspürte ein kaltes Prickeln. »Das erscheint mir eine ganz schön riskante Strategie.«

Die Linsen funkelten sie an. »Ja, das ist es. Auch für Sie, fürchte ich.«

Das Blut stieg ihr in die Wangen. »Sir, ich habe einen Treueid abgelegt.« War das zu dramatisch? Eigentlich neigten Weltraumfahrer traditionell eher zum Unterstatement. »Fireball ist gut zu mir gewesen. Ich möchte, daß es so bleibt, wie es ist.«

»Gottverdammt, wenn ich Sie nur umarmen könnte!« seufzte Guthrie. Dann lachte er leise. »Zuneigung, Dankbarkeit, aber auch abstrakte Lust. Ich kann immer noch daran Gefallen finden, daß Sie ein leckeres Mädel sind.«

Wie vielen Versuchungen hatte er widerstanden? fragte sie sich. Angesichts seines Reichtums konnte er, wenn er wollte, ein *quivira*-Paradies für sich in Auftrag geben – oder unendlich viele davon. Aber wenn er sich je so etwas gönnte, dann nicht oft oder lange Zeit an einem Stück. Warum nicht? Woran lag es, daß er, obwohl körperlos, sich so fest an die Realität klammerte?

Wie froh sie darüber war!

Sie brachte ein Lächeln zustande. »*Gracias, jefe.* Nach dem, was ich über Ihre üblichen Umgangsformen gehört habe, war das eben eine ziemliche Schmeichelei, und ich würde Ihr Angebot bestimmt gerne aufgreifen. Was die Risiken angeht, ich bin schon früher gelegentlich ein paar eingegangen.«

»Ich weiß. Die alten Zeiten –«

Nach einer Weile fanden sie sich in Erinnerungen vertieft.

10
Datenbank

Die Ortschaft war hochgelegen und einsam. Durch ein Fenster des Hauses, in dem er sich aufhielt, sah Guthrie, wie das letzte Licht von Westen her über kultivierte Flächen flutete, weiter nach Osten über Weidegras und spärliches Gebüsch, bis sich in der Ferne der *altiplano* in Dunst hüllte und Alpenglühen die Schneegipfel dahinter rosig überhauchte. Über ihnen wurde der Himmel dämmrig, und ein Planet strahlte weiß – Saturn, so glaubte er. Die Sonnenstrahlen vergoldeten ein paar Lamas, die ein Junge von der Weide nach Hause trieb. Das Leben, die Arbeit, mit der man sich den Lebensunterhalt verdiente, gingen weiter, weil sie mußten, solange Krieg und Politik es erlaubten.

Die Sonne verschwand, und die Dunkelheit breitete sich rasch aus. Der Wind wehte schwach und kalt.

Er spürte ihn, da das Fenster zwar klein, aber trotzdem unverglast war, und wenn er sich auf eine Verteidigung einrichten mußte, konnte er die Läden nicht schließen. Das Haus selbst verdiente kaum diesen Namen; ›*cabaña*‹ wäre für einen einzelnen Raum mit einem Fußboden aus gestampftem Lehm und ein paar armseligen Besitztümern darin angemessener gewesen. Gewiß, die Lehmwände waren stabil, und ein größeres Gebäude hätten zwei Männer wohl auch kaum halten können . . .

Er hielt vorsichtig Ausschau, indem er ein paar Sekunden um den Rand herum spähte. Wenn er seinen Kopf gut sichtbar herausstreckte, würde er eine Kugel hineinbekommen. Das war beinahe passiert, als er und Moreno den Ansturm der *senderista* abwehrten; aber ihr Feuer hatte die Treffsicherheit beeinträchtigt, und die Angreifer hatten sich bald wieder zurückgezogen.

Guthries Blick galt dem Jeep. Er stand in etwa fünfzig Metern Entfernung auf dem ausgefahrenen Weg, der hier als Straße durchging, dort, wo er und Moreno aus ihm hinausgesprungen waren, als die Guerillas sie wild um sich schießend umzingelt hatten. Er wußte nicht, wie knapp sie es bis zu dieser Zuflucht geschafft hatten, und ebensowenig wußte er, ob es nicht das klügste für sie gewesen wäre, die Hände zu heben und auf die Gnade der Maoisten zu vertrauen. Sie waren nicht stehengeblieben, um darüber nachzudenken. Guthrie hatte das Kommando gerufen, das ihm als erstes in den Sinn kam, und sie hatten ihre für den Notfall mitgenommenen Gewehre geschnappt und waren gebückt und im Zickzack losgelaufen. Das Haus erwies sich als leer, ob nun durch Zufall oder weil die Familie in Todesangst geflohen war. Erst, als sie im Innern waren, merkte Guthrie, daß er die Wagenschlüssel mitgenommen hatte.

Zwei Männer bewachten das Fahrzeug. Er hatte sie schon früher gesehen: zähe kleine Indios in undefinierbarer Kleidung, Feuerwaffen – eine Maschinenpistole und einen wahrscheinlich gestohlenen Colt AR-15 – schußbereit in der Hand. Sie hatten sich hineingesetzt, und jetzt konnte er nur die glühende Spitze einer Zigarette ausmachen. Der Hirtenjunge verschwand aus seinem Gesichtsfeld. Es erfaßte ansonsten keine Menschenseele und auch kein Nachbargebäude. Zweifellos hielt sich der Rest der Bande unter diesen Dächern bei den Bewohnern auf, bei denen sie sich einquartiert hatten. Er besaß keine Informationen darüber, wie lange sie schon hier waren, obwohl er vermutete, daß es nicht sehr lange sein konnte, oder wie bereitwillig sie empfangen worden waren. In praktischer Hinsicht machte es keinen Unterschied. Wenn der *Sendero Luminoso* kam, begrüßte man ihn freudig als glorreichen Befreier, oder man starb – manchmal auf ziemlich häßliche Art.

Er wandte sich vom Fenster ab. An dem gegenüberliegenden hielt Luis Moreno Quiroga Wache, ein schlanker Schatten in der tiefer werdenden Dämmerung. »Immerhin *ein* Trost«, sagte Guthrie auf englisch. »Ich hatte befürchtet, sie würden den Wagen kurzschließen oder ihn bei dem Versuch kaputtmachen. Jetzt werden sie es bis zum Morgen bleibenlassen.«

»Ich rechne nicht damit, daß sie es überhaupt tun werden«, erwiderte Moreno fließend in der gleichen Sprache. Er und Guthrie hatten sich angefreundet, als sie beide in Seattle Ingenieurswesen studierten. Er hatte seinen Abschluß gemacht, Guthrie hatte die Hochschule vorzeitig verlassen, und kurze Zeit später hatten sie sich in Morenos Heimatland Chile wiedergefunden. »Sie müssen uns auf jeden Fall gefangennehmen.«

»Ja, aber es hätte sein können, daß sie wegen des Jeeps ungeduldig geworden wären.« Es war eine wertvolle Beute, die die Partner aus den Staaten mitgebracht hatten: alt, aber gut gepflegt, ein Gefährt, mit dem man fast überall hinkam. ›Alt‹

bedeutete in erster Linie, daß er von American Motors gebaut worden und daher ein solides, zuverlässiges Stück Arbeit war; außerdem benötigte er kein unverbleites Benzin, das in den Hochländern der Anden oft nicht zu bekommen war. »Sie können uns aushungern. Nein, uns aus-*dursten.*« Guthries Nasenflügel sogen die trockene Luft ein.

»Diese Möglichkeit werden sie nicht wählen«, sagte Moreno. »Allein schon aus Prestigegründen. Später heute nacht, denke ich, wenn wir müde und schläfrig sind, werden sie uns an den Fenstern beschäftigen und – vielleicht die Tür einrennen und den Raum mit einer Salve bestreichen.«

»Das ist auch meine Vermutung. Also kommen wir ihnen zuvor. He, warum sprechen wir eigentlich *yanqui?* Luis, *amigo mío, lo siento* –«

»Scht! Englisch ist besser. Es könnte jemand zuhören.«

»Ja, richtig. Ich ... es tut mir verdammt leid, daß ich dich in diese Geschichte hier hineingeritten habe.«

Moreno lachte leise. »Wir haben uns zusammen da hineingeritten, Anson. Du hast mich auch nicht mehr gezwungen als ich dich, damals auf Vance Holbrooks Party, als du dich für Bier entschieden hast, um den Rum runterzuspülen, den ich mitgebracht hatte.«

»Na ja, aber ... Ursprünglich war es doch meine Idee.« Ein bißchen Startkapital zusammenkratzen. Nach Südamerika reisen. Der Markt für klassische Automobile hatte sich in den Staaten zusammen mit der Gesamtwirtschaft erholt, und in Nordchile und Peru gab es noch ziemlich viele davon, von ihren Besitzern und dem Klima in erstklassigem Zustand erhalten. Billig kaufen, nach Norden verschiffen, teuer verkaufen.

»Es hat doch auch sehr gut funktioniert«, sagte Moreno. »Unser Fehler war nicht einmal der Wechsel hinüber nach Peru. Der Fehler war, daß wir abgebogen sind, um uns den Titicacasee anzusehen, und zu glauben, daß dieser Narr in Ilo wußte, wovon er sprach, als er uns erzählte, in dieser Gegend gäbe es keine Terroristen mehr.«

»So weit, wie er gekommen ist, könnte er auch recht damit gehabt haben. Vielleicht handelt es sich hierbei um ein Stoßtruppenunternehmen. Ich hätte an diese Möglichkeit denken und wenigstens Sorge dafür tragen sollen, daß wir uns einem Konvoi anschlossen.« Guthrie spuckte aus. »Ach, Scheiße, wir klingen wie ein paar Liberale, was? Voll auf dem Schuldtrip. Als nächstes übernehmen wir noch die Verantwortung für die hiesige Armut.«

Morenos Tonfall wurde grimmig. »Das ist genau das, was sie denken.« Er zögerte. »Ich glaube nicht, daß sie uns als Geiseln oder des Lösegeldes wegen behalten werden, wenn wir uns ergeben. Besonders nicht nach dem Ärger, den wir ihnen in den Augen der Bevölkerung bereitet haben. Wir waren einfach durch und durch dickköpfig, du und ich. Wir sollten uns diese Lektion in Zukunft zu Herzen nehmen.«

Zorn und Ungeduld drängten die Furcht in Guthrie beiseite. »Zuerst einmal müssen wir uns durchkämpfen. Okay, das werden wir auch tun!«

»Wann?«

Am liebsten hätte Guthrie geantwortet: »Jetzt gleich.« Er bezähmte sich: »Sobald es völlig dunkel ist. Darauf werden sie auch warten, als Deckung für ihren Angriff, aber der Mondaufgang ist erst gegen elf, darum sind sie wahrscheinlich nicht in Eile. Brechen wir in einer Stunde auf?«

»Einverstanden.« Sanft: »Wenn es dir nichts ausmacht, ich muß noch ein bißchen nachdenken und ein paar Gebete sprechen.«

»Sicher. Ich auch.«

Nachdenken auf jeden Fall. Es brauchte nur einen Funken Aufmerksamkeit, um wachzubleiben. Das erledigte größtenteils sein Körper. Das Tier in ihm war qualvoll angespannt, die Sinne so weit geöffnet, daß jeder einzelne Stern von dem Augenblick an hell loderte, da er über der grauen Ebene erschien. Der größte Teil seines Bewußtseins hatte Zeit, sich mit Warten zu foltern, es sei denn, es konnte irgendwo anders innere Stärke finden. Guthrie versuchte, seine Ohren vor dem Flüstern auf der anderen Seite des Raumes zu verschließen. Es schickte sich nicht, heimlich zu lauschen, wenn ein Mann mit seinem Herzen sprach.

Oder mit seinem Gott. Für Guthrie war beides gleich.

Ruf dir in dieser Nacht die glücklichen Tage ins Gedächtnis. »Ich kann aus unermeßlicher Tiefe Erinnerungen heraufbeschwören.« Ja, aber werden sie auch kommen, wenn du sie rufst? Dad, der große Maschinist mit der freundlichen Stimme, der vor niemandem buckelte. Mutter, voller Lachen, die ohne fremde Hilfe Sinn und Verstand in die Computerprogramme hineinbrachte, an denen sie arbeitete. Susie – Herrgott, er hatte den Collegeabschluß seiner Schwester völlig vergessen, hatte nicht einmal daran gedacht, ihr ein Geschenk zu schicken oder den Versuch zu machen anzurufen.

Also wende dich von dem behaglichen Zuhause in dem häßlichen Seehafen seinem Hinterland zu. Olympische Höhen und uralte Wälder. Gischt, der gewaltig vom Rande der Welt hereinkam. Bei Flaute in einer zwanzig Fuß langen Schaluppe vor Anker liegen, in einer absoluten blauen Dämmerung, und durch die Stille schwimmt ein halbes Dutzend Mörderwale die Straße von Juan de Fuca entlang, und einer hebt einen Moment lang den Kopf über die Reling, wie um guten Morgen zu sagen. Ein Spaziergang im Regen unter den Pinien, Hand in Hand mit einem Mädchen – nein. Diese Sache, die Schwangerschaft, die Worte und die Tränen und das halb versteckte Kichern, das Herumhacken noch lange nach der Adoption, und immer der Blick in Mutters Augen, auch wenn sie nie etwas sagte, was nicht liebevoll gewesen wäre. – Mit seiner Achtlosigkeit und Halsstarrigkeit hatte er sie verraten, sie alle, so, wie er sich heute selbst verraten hatte.

Sein Mund sehnte sich nach seiner Pfeife, aber die lag im Wagen.

Wann, zum Teufel, war die Stunde endlich um? Warum überhaupt so lange warten? Draußen war es schon schwarz genug. Jeden Augenblick konnten die Charlies angreifen, wenn er sie falsch eingeschätzt hatte, und dann war es zu spät. Drück den Knopf, sieh das Licht auf deiner Uhr aufleuchten, lies noch einmal die Ziffern ab. Noch nicht, noch nicht. Warum nicht? Tja, er hatte gesagt, eine Stunde. Sechzig Minuten. Wenn er das nicht so lange durchstehen konnte, würde Luis weniger von ihm halten. Beiß die Zähne zusammen, Kumpel, beiß die Zähne zusammen! Singe Lieder – nicht laut, das würde Luis nicht gefallen, aber in deinem Kopf – alle Lieder, die du kennst, einschließlich der schmutzigen. Besonders die schmutzigen. *»Tante Clara, die erwähnen wir nie –«*

Es war soweit, o Gott, es war so weit.

»Laß uns gehen.« Es war, als höre er jemand anderen sprechen.

Eine rasche, geflüsterte Beratung, wer was tun sollte. Kümmere dich nicht um Eventualitäten, sie waren unvorhersehbar. Morenos fester Griff fand in der Dunkelheit Guthries Schulter. »Was immer auch geschieht, du warst ein großartiger Freund, Anson. Danke.« Guthrie wünschte sich, er hätte diese Eingebung gehabt oder eine bessere Antwort gewußt als: »Gleichfalls. Los, komm, schnappen wir sie uns.«

Sie hatten mit den Fingern geknobelt, gerade gegen ungerade, wer als erster durch die Tür gehen sollte. Die Wahl war auf Moreno gefallen. Er warf sich an den sich drehenden Türangeln vorbei und rannte geduckt an der Wand entlang, das Gewehr mit beiden Händen umklammert. Guthrie stapfte in größerem Abstand hinterher. Der Jeep war ein Schatten, der schwach unter den Sternen schimmerte.

Er hörte das Schwirren, bevor er den Knall vernahm. Ha, wenigstens ein zusätzlicher Mann war draußen postiert. Nicht nach ihm Ausschau halten, in Bewegung bleiben!

Noch ein Knall, und noch einer. Moreno kippte zur Seite hin um. Er überschlug sich zweimal und blieb dann gräßlich ausgespreizt liegen.

In Bewegung bleiben!

Moreno hatte die nähergelegene Wagenseite zugewiesen bekommen. Statt dessen schwenkte nun Guthrie zu ihr um. Er kam von hinten und packte den Griff der Rücksitztür. Er war kalt. Sie hatten nicht daran gedacht, abzuschließen. Er riß die Tür auf. Der Mann vorne am Steuerrad auf der gegenüberliegenden Seite war halb ausgestiegen. Der auf dem Beifahrersitz war ein verschwommener Fleck Dunkelheit. Er wedelte mit seiner Waffe, als sei er verwirrt. Guthrie feuerte. Der Mann krachte gegen das Armaturenbrett und sackte nach unten in die Lichtlosigkeit. Guthrie feuerte auf den anderen. Der machte einen Satz, stürzte außer Sicht, schrie, schrie.

Guthrie wirbelte herum, den Rücken am Metall. Moreno war ein häßlicher Klumpen auf dem Boden. Guthrie gab mehr oder weniger auf gut Glück mehrere Schüsse aus seiner Halbautomatik ab. Vielleicht nutzten sie ja etwas gegen diesen dritten Mann; vielleicht auch nicht. Er warf das Gewehr in den Wagen und stürmte hinüber.

Er beugte sich über Moreno. Augäpfel standen weiß in dem nur undeutlich erkennbaren Gesicht. Blut um den Mund spiegelte Sternenlicht wider. Hörte er ein *»No, no, vaya –«*, oder war es nur ein Rasseln in der Kehle? Wir lassen unsere Verwundeten nicht zurück, sagte er nicht und dachte er vor allem nicht. Er war viel zu beschäftigt. Mit mehr Kraft, als er sich zugetraut hätte, wuchtete er Moreno in seine Arme und lief zum Wagen zurück.

Rufe ertönten. Schüsse bellten und schwirrten. Er hörte, wie Kugeln krachend vom Jeep abprallten, aber irgendwie verfehlten sie ihn alle. In der Nacht bot er ein lausiges Ziel, weil er sich so schnell bewegte und alle überrumpelt hatte. Nichts als ganz gemeines Pech, daß Luis getroffen worden war. Guthrie erreichte den Wagen. Seine Stiefel trampelten über den Mann hinweg, der darunter um sich schlug und jammerte. Etwas knirschte. Guthrie warf Moreno auf den Rücksitz und sich auf den des Fahrers. Ohne sich Zeit zu lassen, die Türen zuzuschlagen, steckte er den Schlüssel ins Zündschloß, stellte die Füße auf die Pedale und umklammerte mit der Faust die Gangschaltung. Heulend erwachte der Motor zum Leben.

Noch mehr Männer hasteten umher, nur undeutlich sichtbar. Die Maoisten verfügten selbst über einen fahrbaren Untersatz. Ein verbeulter Pick-up kam aus der mit Fenstern gesprenkelten Masse des Dorfes herangetuckert. Seine Scheinwerfer tasteten umher. Guthrie ließ seine ausgeschaltet. Er beschleunigte. Die offenen Türen knallten halb zu.

Für mehrere halsbrecherische Meilen blieb er auf der Straße. Der Grund stieg an und wurde immer unwegsamer, je weiter er kam. Nachdem der Pick-up weit zurückgefallen war, wagte er, die Scheinwerfer anzuschalten, ging auf Vierradantrieb und bog von der Straße ab. Hierher konnte der Pick-up ihm nicht folgen, und er würde jeden hinter sich lassen, der es zu Fuß versuchte.

Schließlich kam er zu dem Schluß, daß er anhalten konnte. Stille brach über ihn herein. Er kletterte hinaus, schwang die rückwärtige Tür beiseite und lehnte sich hinein. »Luis? Luis, alter Junge?«

Unter dem Deckenlicht glotzte ihn Schlaffheit an. Die Augen starrten und starrten, ohne zu blinzeln, tränenlos.

Der Guerilla vorne war ebenfalls tot, wie Guthrie schon vermutet hatte. Eine Kugel war unter dem Wangenknochen einund aus der Schädeldecke wieder ausgetreten, bevor er die Windschutzscheibe dahinter durchlöcherte. Alles war mit Blut und Hirnmasse bespritzt. Beides gerann schon in der Kälte. Der Guerilla war noch ein halbes Kind gewesen, sechzehn vielleicht, obwohl er gerade mal wie vierzehn aussah.

Diesen Leichnam ließ Guthrie zurück, damit seine Gefährten ihn finden konnten. Wahrscheinlich würden sie schneller sein als die Ameisen und die Geier. Er wischte die Schweinerei weg, so gut er konnte, bahrte Moreno auf – wegen des Platzmangels in einer Art Embryonalstellung, aber hatten es die Inkas nicht auch so gemacht? – und fuhr weiter. Erst später begriff er, daß er noch etwas anderes zurückgelassen hatte: seine Jugend.

11
Datenbank

Der 20. Juli war ein Fireball-Feiertag, darum ließ Boris Iwanowitsch Nikitin sich von seiner eigenen Schule beurlauben, um Kyra Davis zu begleiten. Sie hatten sich kennengelernt, als ihre Eltern Bekanntschaft miteinander schlossen, und sich immer öfter getroffen. Angesichts der geringen Bevölkerungszahl und einer freundlichen Stimmung gab es in dieser Gegend keinen Grund für *consortes,* in einer Enklave zu wohnen, auch wenn sie naturgemäß dazu tendierten, mehr untereinander als mit Außenstehenden zu verkehren.

Das Paar flog nach Nowgorod, und er führte sie durch die historischen Teile der Stadt. Sie hatte sie schon vor zwei Jahren besichtigt, als ihre Familie sich zuerst hier ansiedelte, aber nur kurz. Die Erinnerungen mischten sich verschwommen und wirr in das allgemeine Durcheinander jener Zeit. Seit damals war sie, obwohl die Stadt so sehr in der Nähe lag, zu beschäftigt gewesen oder hatte in ihren freien Augenblicken zu viel anderes vorgehabt.

Es war ein wunderschöner Morgen. Sie hatten den Kreml beinahe für sich allein. Was zerstört gewesen war, war so gut restauriert worden, wie das vorliegende Wissen es erlaubte. Seltsam, wie wenige Menschen jemals kamen, um ihn sich anzusehen, dachte Kyra. Vielleicht befriedigte die Mehrheit ja ein gelegentlicher flüchtiger Anblick auf einem Multiceiver, wenn sie überhaupt so viel Interesse zeigte. Sonnenlicht liebkoste die byzanitinischen Kuppeln von St. Sophia . . .

»Jaroslaw der Weise hat sie im elften Jahrhundert erbaut, nachdem die ältere hölzerne Kathedrale abgebrannt war«, sagte Boris. »Aber die Tore von Korsun lagen schon für sie bereit; Großprinz Wladimir hatte sie sechzig Jahre zuvor von der Krim mitgebracht. Die Stadt war damals zwei- oder dreihundert Jahre alt, gegründet von warägischen Händlern und Abenteurern. Ihre Handelsrouten erstreckten sich bis Konstantinopel und weit nach Asien hinein. Nowgorod war die erste Stadt, die Rurik willkommen hieß, als er in seinem Drachenschiff aus dem Norden kam.«

Seine Stimme sang beinahe. Sie hegte den Verdacht, daß dies wirklicher für ihn war als die Welt, die er berühren konnte, und er nie eine *quivira* brauchen würde. Sein Wunsch war es, Historiker zu werden – nicht Fakten auszugraben und sie in sich zu speichern, was eine Maschine um viele Größenordnungen besser erledigen konnte, sondern sie vielmehr zu verstehen, die Toten wieder zum Leben zu erwecken und sie dazu zu bringen, durch ihre Nachkömmlinge zu ihm zu sprechen. Manchmal fragte sie sich, wer das bezahlen würde und wer sich überhaupt dafür interessierte. Der Kompilator eines *quivira*-Programms vielleicht?

Da ihr der Mut fehlte, diesen Gedanken laut auszusprechen, erwiderte sie nur: »Das war schon ein kühner Haufen, nicht wahr?« Die Unbeholfenheit lag halb in ihr, halb in ihrem Russisch begründet. Eine Lernmaschine mit Gehirnstimulation konnte einem die Grundzüge einer neuen Sprache eintrichtern, aber man benötigte Zeit, Übung, Leseerfahrung und Nachdenken ebenso wie Gesprächspraxis, um sie sich wirklich anzueignen. Und meistens traf sie sich mit ihren Klassenkameraden, die von überall her kamen und Englisch miteinander sprachen.

»Sie hatten auch die Möglichkeit dazu.« Boris ballte die Faust. Sein Blick ging an ihr vorbei, wie durch die Mauern hindurch zum Fluß, zu jedem mächtig dahinströmenden Fluß überall in diesem Land, und zu den Meeren, in die sie mündeten. »Ihre Welt war vom Unbekannten umgeben. Sie forderten es mit Segeln und Rudern, zu Pferde und zu Fuß heraus, den Wind im Gesicht und mit spielenden Muskeln, weil das alles war, was sie hatten. Keine Roboter, keine allwissenden Computer. Und wenn sie sich Wachträume wünschten, hörten sie sie von ihren Dichtern und Geschichtenerzählern, menschlichen Wesen, oder sie erfanden sie selbst.«

Die Faust öffnete sich und fiel an seiner Seite herab. »Aber das war vor langer, langer Zeit«, schloß er nüchtern.

Ein Prickeln lief Kyras Rückgrat hinauf. »Nicht im All«, sagte sie.

»Für solche wie dich, nehme ich an. Wenn sie bereit sind, diese Imitationen der Natur aufzugeben, die auf der Erde noch existiert. Wenn sie zu der kleinen Zahl der Auserwählten gehören. Und wird es noch für die Dauer unseres Lebens Bestand haben?«

Boris riß sich zusammen. Er bellte ein Lachen heraus. »Ach was, ich krächze wie ein Rabe, nicht wahr? Vergib mir. Hilf mir, mir selbst zu vergeben, daß ich für einen Augenblick vergessen habe, in welch angenehmer Gesellschaft ich mich befinde. Komm, ich zeige dir auch noch den Rest.«

Danach war er auf seine etwas zu ernste Art ein charmanter Begleiter. Um die Mittagszeit schlug er vor, mit dem Flitzer von der Stadt zum Mittagessen in einen Landgasthof zu fliegen, den er kannte. Als sie zum Parkhaus gingen, fühlte Kyra erneut, wie friedlich diese Straßen waren, kein Vergleich mit dem hektischen Treiben von Erie-Ontario.

Friedlich, dachte sie plötzlich, oder hohl? Sonnenschein flutete warm über Pflaster, Mauern, Fenster. Die Gebäude waren antiquiert, aber in gutem Zustand. Bäume längs des Weges raschelten in einer Brise und sprenkelten den Boden mit einem Schattentanz. Aber Fahrzeuge fuhren nur in großen Abständen vorüber. Leere in mehr als der Hälfte der Fenster zeugte von unbewohnten Zimmern dahinter. Ein kleines Mädchen kam vorbei, niedlich mit ihren Zöpfen und ihrem gestärkten Kleidchen, aber ganz allein. Drei Frauen betrachteten lustlos eine Auslage in einem Naturkostladen; vielleicht waren die Sachen zu teuer für sie, vielleicht hatten sie sonst gerade nichts vor. Ein Straßenverkäufer versuchte schüchtern, Kyra für seinen in Handarbeit hergestellten Schmuck zu interessieren, nahm es aber ganz selbstverständlich hin, als sie nach einem flüchtigen Blick darauf dankend ablehnte. Ein offenes Portal ließ einen Innenhof erkennen, in dem mehrere Tische standen, an denen Männer Schach spielten. Ihr Haar war grau oder weiß. Ein sanfter, fast unterschwelliger Pulsschlag durchdrang die Luft, aber der stammte von den Maschinen, die ihre Arbeit taten, den lebenswichtigen Organen der Stadt.

Bueno, dachte sie, das war auch nicht anders zu erwarten gewesen. Sie hatte diese Art von Zustand schon oft genug gesehen, auf dem Multiceiver oder manchmal persönlich, auch an vielen Stellen Nordamerikas. Die Bevölkerungszahlen mußten sinken, aber der Übergang erzeugte neue Probleme, und wäre angesichts der asymetrischen Altersverteilungen vielleicht unmöglich gewesen, hätte es nicht die Maschinen und ihre Produktivität gegeben. Wenn ein Volk diese Notwendigkeit so ernst nahm, wie die Russen es getan hatten, seit das Große Sterben ihnen die Alternative vor Augen geführt hatte, mußte es zwangsläufig radikale Veränderungen auf allen Ebenen der Gesellschaft in Kauf nehmen.

Ein weiterer Rückgang war doch eigentlich nicht mehr nötig, oder? Bei einer vernünftigen Steuerung (und das war schließlich, was die Hypercomputer am besten konnten, oder nicht?) konnte die Erde viele Milliarden ernähren, sogar bei vernünftiger Lebensqualität. Natürlich, für sie wäre eine solche beengte, reglementierte Existenz nichts gewesen. Was für ein unglaubliches Glück, daß sie die Möglichkeit haben würde, ins All zu entkommen! Dennoch fragte sie sich einen schaudernden Augenblick lang, ob sie nicht das menschliche Meer, aus dem sich die Toronto-Enklave wie eine Insel erhob, dieser . . . Leere vorzog. Waren die Menschen hier vernünftig und altruistisch, oder hatte sie nur die Antriebskraft verlassen?

Teufel! Was war nur in sie gefahren? Sie war schon so schlimm wie Boris. Eigentlich sollten sie sich bei diesem Zusammensein doch amüsieren, nicht dumpf vor sich hinbrüten wie Figuren von Dostojewski!

Der Abstecher zu dem Gasthof war angenehm, so ländlich, wie man es sich nur wünschen konnte. In seinem Park entdeckte sie zwar eine Fabrik, aber das war okay; die Bauten waren eine raffinierte Mischung aus Farbnuancen und Geometrie, die Nanotanks im Inneren erzeugten Roboterteile. Boris schwenkte in weitem Bogen nach Norden um die endlosen Plantagen herum und flog über ein Reservat, das gerade entwickelt wurde. Hormone würden den Wald in nur einem halben Jahrzehnt hoch aufschießen lassen. »Sie werden ihn mit einheimischen Tieren bestücken«, erzählte er ihr. »Hirsche, Elche, Bären, Wölfe.«

»Sind einige davon nicht ausgestorben?« wunderte sich Kyra.

»Hm-mh, ich glaube, die meisten Arten lassen sich in Zoos finden, wenn nicht hier, dann im Ausland. Andernfalls, nehme ich an, hat man die Genome aufgezeichnet, und sie lassen sich klonen. Hast du davon gehört, daß sie in Sibirien den Tarpan wiedererschaffen haben?«

»Ja.« Sie lächelte. »Was mir Spaß machen wird, sind die

Mammuts, wenn sie sie erschaffen. Obwohl mich das verwirrt. Ich habe gehört, man muß die DNA der eiszeitlichen Proben erst reparieren, bevor man sie kartieren kann. Woher weiß man, daß sie nicht zu stark verfallen ist? Sind sie denn sicher, daß sie sie wieder genauso hinkriegen?«

»Wenn sie einen zottelhaarigen Elefanten mit langen, gekrümmten Stoßzähnen erschaffen –«

»Und wenn er getüpfelt ist, wissen sie, daß sie was falsch gemacht haben. Glaubst du, irgend jemand probiert es wirklich mal mit einem Dinosaurier?«

Der Gasthof lag eingebettet zwischen weißen und goldgrünen Birken in den Waldai-Hügeln. Er war neu, aber entsprechend den gerade modernen traditionellen Stilen und Motiven erbaut. Er bot hervorragende Speisen und Getränke, dazu Live-Service durch junge Männer und Frauen in alten Volkstrachten. Ein Sänger begleitete sich selbst auf der Balalaika. Die Angestellten hatten gut zu tun. Das Ehepaar, dem der Laden gehörte, mußte reich dabei werden.

Und warum auch nicht? Sollten Sie faul dasitzen, ihre Bürgerrente kassieren und sich die Langeweile durch Multizeption vertreiben? Hier fanden sie vielleicht einen Grund, ein oder zwei Kinder zu zeugen.

Kyra schob den Gedanken weg. Die Umgebung war zu schön dafür.

Alles Imitation, natürlich. Ein So-tun-als-ob. Aber was schadete das? Genieße. Morgen würde sie wieder in der Schule sein und büffeln, voller Angst, einen Moment nachzulassen und bei dem Rennen ins Hintertreffen zu geraten, sich nicht für einen Platz im Weltall zu qualifizieren, wo alles und alle wirklich waren.

12
Datenbank

Eine Brise blies kühl aus Richtung des Sonnenuntergangs entlang einer Straße aus brennendem Gold. Der Schoner geisterte vor ihr dahin; seine Segel fingen nicht nur den Wind, sondern auch das Licht ein, weiß vor einem Blau, das zur Nacht hin ins Violette überging. Wellen in noch vielfältigeren Farbschattierungen schimmerten von Horizont zu Horizont über dem Korallenmeer. Sie schlüpften klein unter den Bug des Schoners, flüsterten und glucksten stillvergnügt an seinem Rumpf entlang, strudelten achtern in einem Kielwasser, das von dem geschmolzenen Glühen erfüllt war.

Anson Guthrie und Juliana Trevorrow standen an der Heckreling, so gut wie allein. Der Steuermann schenkte ihnen keine Beachtung; andere Passagiere und die Besatzung waren auf dem Hauptdeck: verlorene Stimmen in den Geräuschen des Wassers.

Guthrie kostete es aus, seine Lungen zu füllen und langsam wieder auszuatmen. »Ah, das tut gut«, murmelte er. »Gibt nicht mehr viele Orte, wo man so tief Atem holen kann.«

Juliana nickte. »Oder solche Ausblicke genießen und solche Dinge tun.« Die Kreuzfahrt führte sie auch zum Großen Barrierriff; Schnorchel und Unterwasseratmungsgeräte wurden all jenen zur Verfügung gestellt, die sie haben wollten.

»Ich bin froh, daß wir gekommen sind, solange noch Zeit dazu ist.« Die Touristenhorden machten eine weitere Verschärfung der Einschränkungen unumgänglich. »Ich dachte, ich könnte mir den Preis nicht leisten, aber dann rechnete ich mir aus, daß ich es mir noch weniger leisten konnte, diese vielleicht unwiederbringlich letzte Gelegenheit zu versäumen.«

»Desgleichen. Na ja, in meinem Falle war eher die Zeit das Problem als das Geld, aber Sie haben recht.«

Es gefiel ihm, Juliana sprechen zu hören. Sie hatte einen rauchigen Alt, und obwohl sie aus Sydney stammte – oder gerade deswegen? – wirkte der Akzent auf ihn weniger australisch als britisch, ein Klang aus den längst verschwundenen grünen Wäldern des Mutterlandes. Auch ihre äußere Erscheinung gefiel ihm: groß, langbeinig, mit blondem Haar, das ein fast klassisches Gesicht umrahmte. In diesen Händen, die auf der Reling ruhten, lag Kraft. Anfangs war sie etwas reserviert gewesen, aber nach ein paar Tagen hatte sie sich offenbar entschieden, die Bekanntschaft weiter reifen zu lassen.

Er ergriff die Gelegenheit. »Dann haben Sie viel zu tun? Darf ich fragen, in welchem Besitz Sie tätig sind?«

»Ihr Amerikaner würdet es wohl Grundbesitz und Landentwicklung nennen, glaube ich.« Sie erwiderte seinen Blick und lächelte. »Nein, nicht das Herzaubern kleiner Reihenhäuser. Angefangen habe ich in der Firma meines Vaters. Er hat aufgegebene Schafweiden gekauft, seit der Wollmarkt seinen Tiefstand erreicht hat, und Biotechnologie eingesetzt, um sie in Agrarland umzuwandeln. Kürzlich habe ich mich selbständig gemacht.«

»Nicht genau in der gleichen Branche, würde ich vermuten.«

»Nein, jetzt bin ich Vertrauensunternehmerin im nördlichen Queensland. Die Arbeiter, die das dortige Raumfahrtzentrum errichten, benötigen da draußen im tiefen Busch alle möglichen Güter und Dienstleistungen. Die ganze Region benötigt das. Beispielsweise sollten wir gleich von Anfang an eine vernünftige Landschaftsgestaltung betreiben und eine geeignete Bodenbepflanzung wählen, selbst wenn es nur um Übergangsunterkünfte geht; den Problemen mit Erosion, Wasser und Schädlingsplagen zuvorkommen. Wir sollten alles dafür vorbereiten, Tropenfrüchte anzubauen und zu verfrachten, sobald die Transportmöglichkeiten da sind; ein potentielles Füllhorn, das neben anderen Vorteilen den Aborigines dabei helfen könnte, ein angemessenes Einkommen zu erzielen. Oh, die Möglichkeiten sind unbegrenzt.« Sie seufzte. »Aber für ein neues Unternehmen ist es schwierig, Fuß zu fassen. Vom praktischen Standpunkt aus gesehen war es idiotisch, jetzt Urlaub zu machen.« Ein Lachen. »Was für ein Glück, dieser Anfall von Schwachsinn!«

Sein Herz schlug höher. »He«, rief er aus, »was für ein Zufall! Ich strebe genau das gleiche Ziel an.«

»Ach, wirklich?« Das Interesse schien echt zu sein. »Wie denn?«

»Kommt darauf an. Erst einmal muß ich das Terrain sondieren. Zweifellos hätte ich schon in dem Moment damit anfangen sollen, als ich aus dem Flugzeug stieg, aber . . . Jedenfalls habe ich einige Erfahrung im Ingenieurswesen und etwas Geld, um es in High-Tech zu investieren, computerisierte Ausrüstung, die Art, die es einem Menschen ermöglicht, die Arbeit von zwanzig zu leisten.« Als er diesmal Atem holte, geschah es unbewußt. »Äh, vielleicht könnten wir uns . . . gegenseitig helfen. Ich will Sie nicht drängen oder so etwas, aber vielleicht möchten Sie wenigstens mit mir darüber sprechen.«

»Möglich«, sagte sie vorsichtig. »Sind Sie nicht ziemlich kühn?«

Guthrie zuckte die Achseln. »So macht es mehr Spaß.«

»Ich würde denken, Sie sollten es zuerst näher bei sich zu Hause probieren.«

Guthrie schüttelte den Kopf. Sein Tonfall wurde schroffer. »Ich würde mein Hemd, meine Hose und auch noch meine lange Unterhose verlieren.«

»Warum?«

»Sie müssen doch wissen, wie es heutzutage in den Staaten ist. Obwohl man es vielleicht am eigenen Leibe erlebt haben muß, um zu begreifen, wie meschugge das Land allmählich wird. Kanada auch. Ich gebe zu – nun, ich kam nach Jahren aus Südamerika zurück, das Geld, von dem ich sprach, flehte geradezu darum, benutzt zu werden, und es war, als wate man in einem Sumpf aus Leim.«

»Ich weiß, daß die Erneuerungsbewegung derzeit einen Aufschwung erlebt.«

»Ja, das ist ein entscheidender Teil davon. Umweltschutz, der Amok läuft.«

Sie runzelte ein wenig die Stirn. »Unser Planet befindet sich in einem schlechten Zustand.«

»Sicher. Keine Frage. Seit ich meine Windeln abgestreift

habe, bin ich Umweltschützer gewesen. Stoffwindeln. Aber wenn irgend jemand mich einen Environmentalisten nennt, sollte er lieber schnell mit der Pistole sein. Verdammt, Ju – Verzeihung. Miss Trevorrow, nach allem, was Sie mir erzählt haben, unternehmen Sie und Ihr Vater einiges, um den Schaden zu reparieren und weiteren zu verhindern. Was nicht dazu beitragen wird, ist zum Beispiel, Atomkraftwerke zu schließen, so daß die Menschen im Winter zittern und den Mist einatmen müssen, den Kohlekraftwerke ausspucken – nicht bloß Kohlendioxid und Karzinogene, sondern auch mehr Radioaktitivität, als jemals durch Nuklearunfälle freigesetzt wird. Oder Edelsteinpreise für Solareinheiten zu bezahlen, die an einem kleinen Tag pro Quadratmeter Ökologie, den sie bedecken, vielleicht den Saft für eine Glühbirne liefern. Oder Plastikmaterialien, die sich problemlos recyclebar machen ließen, zugunsten von Papier zu verbannen, das es erforderlich macht, die letzten unserer Wälder in Monokultur-Plantagen umzuwandeln. Oder Handel und Gewerbe mit so vielen Steuern, Bestimmungen und Papierkram zu belasten, daß es allen außer den größten Multis das Rückgrat bricht. Oder –«

Er mußte innehalten, um Luft zu holen. »Ja, das alles und noch mehr ist mir bewußt«, sagte sie. »Das kommt hier in Australien allmählich auch.«

»Nicht so stark, wie ich höre.« Guthries Lächeln war reuig. »Entschuldigen Sie, ich wollte Ihnen keine Phrasen an den Kopf werfen. Genaugenommen denke ich, Öko-Faschismus ist nur eine Seite des Übels. Das Übel ist der Faschismus im allgemeinen oder der Puritanismus, wenn Sie so wollen. H. L. Mencken hat einen Puritaner einmal als einen Menschen definiert, der mitten in der Nacht bei dem Gedanken, daß irgend jemand irgendwo gerade Spaß haben könnte, in kalten Schweiß gebadet aufwacht. Deshalb laß uns den armen, unwissenden Konsumenten vor sich selbst schützen. Besteuert Alkohol, Tabak und Junk-food so hoch, daß niemand es bezahlen kann, und macht Propaganda dagegen mit dem Ziel eines letztendlichen Verbots. Indoktriniert und dressiert die Schulkinder, kommandiert sie in Mannschaften für die richtigen Sportarten ab. *Kraft durch Freude.* Besteuert Benzin und andere Kraftstoffe tausendfach; Spritztouren zum eigenen Vergnügen sind böse, und wenn man sein Haus auf eine angenehme Temperatur aufheizt, ist das antisozial. Sorgt dafür, daß man zum Öffnen einer jeden Medizinflasche eine Bügelsäge benötigt – oder eine Ladung Nitroglyzerin.

In der Zwischenzeit natürlich vorwärts mit dem Aufschwung! Verlangt, daß die richtige Quote an Männern, Frauen, Zwischenformen, ethnischen Minderheiten und ›Benachteiligten‹ beschäftigt wird. Führt an den Universitäten strikte Quotierungen für die Klugen und Gebildeten und für diejenigen ein, die ernsthaft für ihr Studium arbeiten, um Platz für die ›Normalbegabten‹ zu schaffen. Verbannt Bücher mit sensiblen Bemerkungen darin aus den Regalen der Bibliotheken und Buchhandlungen. Noch besser, laßt gar nicht zu, daß sie überhaupt veröffentlicht werden. Spitzt die Ohren, damit euch nur ja keine falschen Äußerungen entgehen, tadelt den Missetäter in aller Öffentlichkeit, schleift ihn vor Gericht und verurteilt ihn, wenn ihr könnt. Oder schlagt ihn zusammen. Es wird ja niemand Klage erheben –

Verdammt! Jetzt schwadroniere ich schon wieder. Was für eine Verschwendung eines wunderschönen Sonnenuntergangs. Ich muß mich wirklich entschuldigen.«

»Das brauchen Sie nicht«, sagte sie sanft. »Ich stimme vielleicht nicht in allem mit Ihnen überein, aber ich mag Menschen, die starke Gefühle haben und sich nicht fürchten, ihnen Ausdruck zu verleihen, wenigstens, wenn die Gefühle im wesentlichen ehrbar sind. Ist das der Grund, warum Sie nach Australien gekommen sind?«

»Nicht ganz«, gab er zu. »Ich hätte nach Südamerika zurückgehen können. Dort gibt es jede Menge an Gelegenheiten, jetzt, wo sich dort demokratische Institutionen fest verwurzeln. Aber ... Australien hat heutzutage ein lebenswichtiges Weltraumprogramm. Unseres steckt hoffnungslos in Bürokratie und kollektiver Dummheit fest. Zu vielen Unternehmern hat es das Herz bei dem Versuch gebrochen, in eigener Regie den Weltraum zu erobern. Auf die eine oder andere Weise hat der verknöcherte Riese sie plattgedrückt. Die Europäer und Japaner haben sich mit dem begnügt, was sie haben, was nicht schlecht ist, aber auch nicht viel Interesse an Verbesserungen gezeigt. Außerdem empfangen sie Ausländer nicht gerade mit offenen Armen.

Ihre Landsleute haben endlich beschlossen, einen eigenen Raumhafen zu bauen. Ihr redet davon, verbesserte Startsysteme zu entwickeln. Daran möchte ich mich beteiligen, in wie geringem Maße auch immer. Ich möchte es wirklich sehr.«

Ihr Blick ruhte unverwandt auf ihm. »Warum?«

»Warum? Weil dort die Zukunft liegt, wen wir überhaupt eine haben! Ich sagte, ich sei ein Umweltschützer. Es ist wahr, daß wir nicht mehr sehr viel länger weitermachen können, indem wir alles aus der Haut unserer Mutter Erde herausholen. Wenn wir nicht anfangen, die Ressourcen dort draußen zu nutzen, und zwar bald, dann ist die industrielle Zivilisation erledigt, und mehrere Milliarden Menschen mit ihr, vielleicht sogar alle. Für diejenigen, die den großen Zusammenbruch irgendwie überleben, heißt es zurück ins Mittelalter, und zwar auf Dauer. Ich wünsche mir bessere Zukunftsaussichten für meine Kinder.«

»Wie viele haben Sie?«

»Bis jetzt noch keine. Ich bin unverheiratet.« Und laß in diesem Augenblick das längst vergangene Mißgeschick ruhen. Ebenso sah er keinen unmittelbaren Anlaß, Bernice zu erwähnen. Sie hatte es versucht, und er hatte es versucht, auf eine – wie er nun wußte – ungeschickte Art, und die Scheidung war äußerlich in aller Freundschaft abgelaufen, aber der damit verbundene Schmerz hatte ihn nach Übersee getrieben.

»Sie haben recht, was die Notwendigkeit der Weltraumfahrt betrifft«, sagte Juliana. »Auf jeden Fall habe ich ähnliche Ideen.« Sie zögerte. »Außer mit meinen Vater habe ich noch mit keinem darüber diskutiert.«

»Ich auch nicht oft.« Er grinste. »Um die Wahrheit zu sagen, ich hoffe, damit zugleich ein Vermögen zu machen. Ein unanständig großes Vermögen. Gutes tun und damit gut verdienen.«

»Ja, wir sollten uns weiter unterhalten«, sagte sie beinahe scheu.

Sein Puls hämmerte, aber keiner von ihnen fand sogleich Worte. Sie wandten ihre Gesichter nach Westen. Die Sonne hatte sich fortgestohlen, und das Meer wogte dunkel, von der Helligkeit schimmernd, die über ihren Köpfen verblaßte. Der Wind gewann an Kraft, man spürte ihn frisch auf den Schläfen und Wangen. Er raschelte in den Wanten. Ein Mastbaum knarrte. Das Schiff krängte leicht, und die Wellen wogten lauter. Aber unter der gewaltigen Stille im Himmel blieben alle Geräusche gedämpft.

Die Venus glitzerte wie ein Leuchtfeuer.

Impulsiv brach es aus Guthrie heraus: »Bei Gott, der Weltraum bedeutet auch Spielraum! Das Neue. Freiheit.«

Er hörte kaum, wie Juliana sagte: »Diesen Gedanken habe ich auch schon mit mir herumgetragen.«

Er legte eine Hand über ihre. Es schien sie nicht zu stören.

13
Datenbank

Da sie auf dem Mond zwischen zwei Missionen Zeit zur freien Verfügung hatte, nahm Kyra Davis die Einschienenbahn von Port Bowen nach Tychopolis. Das war der Ort, an dem sie am ehesten etwas erleben konnte. Astrebourg auf der Mondrückseite war seriöser, in erster Linie der Forschung gewidmet, und andere Siedlungen waren seit der Unabhängigkeit rein lunarisch geworden. Zwar war Fremden der Zutritt nicht verboten, aber man ermutigte sie auch nicht, und jene, die hinfuhren, sahen sich so isoliert, daß sie froh waren, wieder abreisen zu können. Tychopolis war weiterhin das wirtschaftliche und kulturelle Bindeglied zum Rest des Sonnensystems.

Die Fahrt hinauf ins Hochland war so spektakulär wie immer. Die Erde am Nachthimmel sank tiefer, als der Zug nach

Süden eilte; die Schatten, die ihr blauweißer Glanz warf, wurden länger und ließen zahllose kleine Pockennarben deutlich hervortreten. Dasselbe taten sie für das aufgeworfene Regolit, unter dem Stromkabel vergraben lagen. Sendeschüsseln ragten skelettartig vor den Sternen auf. Man konnte die Strahlen nicht sehen, die sie der Mutterwelt entgegenschleuderten, aber manchmal, wenn Kyra eine sah, war es, als pulsierte der Ton in ihrem Mark, ein Lied aus sauberer und fast schrankenloser Energie, ein Triumphgesang.

Der Zug erklomm Tychos Ringwall, stieß wieder abwärts, sauste über den Kratergrund und tauchte in der Nähe des Skyview Tower in den Untergrund ein. An der Endstation verstaute Kyra ihren Koffer in einem Schließfach. Später würde sie ihn zu dem Hotel bringen, wo sie ein Zimmer reserviert hatte. Morgen nach Universalzeit würde sie vielleicht wieder einmal die Standardattraktionen besuchen. Ganz besonders mochte sie die Gärten und den Zoo, die einzigartigen Lebensformen, die sie beherbergten. Aber Sightseeing, oder was immer sich an Abenteuern ergeben mochte, machte am meisten in Gesellschaft Spaß. Also würde sie sich zuallererst einen Freund suchen, was wiederum damit begann, einen trinken zu gehen.

Die reich verzierten alten Wandgemälde in der Station im Rücken, sprang sie die Treppe hinauf zur Gangebene. Bewegung war hier die reinste Freude: lange und luftig leichte Schritte, Känguruhsprünge, wo der Platz es erlaubte, vogelgleicher Flug im Avis-Park. Die Abwesenheit ziviler Fahrzeuge trug wesentlich zum Vergnügen bei. Es bestand kein Anlaß, sich Sorgen wegen Niedrigschwerkraft-Effekten zu machen. Sie würde nur für kurze Zeit hier sein; mehrere Stunden täglich in einer Zentrifuge waren nicht notwendig.

Als sie den Ziolkowski-Prospekt erreichte, zwangen die Menschenmassen sie dazu, langsamer zu werden. In dieser Umgebung machte ihr das nichts aus. Die Passage verlief gerade und breit, die Seitenstreifen für Skater gepflastert, Duramoos grün und elastisch auf dem Mittelstreifen. Drei Ebenen von Arkaden erhoben sich auf fedrigen Säulen, Läden, Cafés, Kneipen, Amüsierschuppen, exotischere Betriebe. Die Decke darüber war eine einzige Leuchtplatte. Illusionen trieben wie Wolken an ihr entlang, ein Drache, eine Juweleneruption, eine wogende Abstraktion, die ihre Schatten unter sich herzog.

Gerüche nach Speisen, Getränken, Parfüm und aromatischem Rauch vermischten sich mit Musik, die von hier und da in den Arkaden trällerte, heulte, hämmerte, plätscherte, nie laut, nie vollständig für sie erfaßbar. Stimmen überlagerten sie, ein endloses Geplapper. Mehr als die Hälfte der Menschen, die sich in dem Korridor drängten, waren Besucher, Touristen, Geschäftsleute, Journalisten, Raumfahrer, Urlauber aus Astrebourg oder L-5. Das Durcheinander von Rassen, Kleidungsstilen, Verhaltensweisen ließ sie an Kaleidoskope denken.

Die Lunarier dazwischen waren weniger auffällig, als man hätte erwarten mögen. Sicher, sie alle waren zartknochig, und die meisten waren sehr groß, zwei Meter oder mehr; aber die Statur war nicht unveränderlich, und es war auch nicht jeder so dünn, wie es dem Klischee entsprach. Viele trugen die typischen, auf düstere Weise prächtigen, renaissanceartigen Kleider, aber manche waren auch einfach in Alltags-Unisuits oder Blusen und leichte Freizeithosen gekleidet. Den Männern fehlten immerhin Bärte und Haare auf den Armen, die Frauen waren kleinbrüstig und schmalhüftig, aber das lockige Haar fiel nicht notwendigerweise lang herab, die Augen waren nicht unbedingt groß und schräggestellt und die Haut auch nicht bleich. Die genetische Umwandlung hatte nicht jede Spur der unterschiedlichen Ahnen ausgelöscht. Was sie mehr als alles andere von ihrer Umgebung abhob, war ihr Stil. Sie bewegten sich geschickt durch die Menge, mieden Berührungen, als seien die Außenstehenden ein unbelebter Fluß. Sie gingen einzeln oder in Paaren und sprachen leise, in der angenehm klingenden Sprache, die sie für sich entwickelt hatten.

Ladeninhaber, Touristenführer und dergleichen waren extrovertierter. Kyra hegte den Verdacht, daß das im allgemeinen nur Schau war. Zweifellos machten die meisten von ihnen mit ihrer distanzierten Höflichkeit den Eindruck, daß sie einem Ehre erwiesen, wenn sie Geld von einem nahmen. Es machte ihr nichts aus. Je mehr Vielfalt im Kosmos, desto besser, und das hier war ihre Welt. Sie fragte sich allerdings, ob jene Kommentatoren recht hatten, die behaupteten, die Lunarier seien nicht nur vom Körper, sondern auch vom Geiste her grundlegend anders. Konnte man die menschliche DNA so radikal umbauen, daß ihre Träger hier ihr Leben verbringen und Kinder haben konnten, ohne zugleich auch eine Seele zu entwickeln, die erdfremd war?

Eine Truppe von Musikanten und Schauspielern in auffälligem Narrenkleid kam vorüber. Sie machten Luftsprünge, sie gestikulierten, sie spielten ihre Sonore und Tabore und die blitzenden Mondsicheln ihrer Jägerinnenhörner; aber alle Gesichter blieben hinter phantastischen Tiermasken verborgen. Sie traten nicht für Almosen auf. Dies war ein traditioneller Teil der Szenerie, von den hiesigen Feudalherren finanziert. (Traditionell? Fünfzig Jahre höchstens. Aber wenn man einen Organismus veränderte, fand er offensichtlich rasch seine neuen Lebensweisen.)

Der Prospekt mündete in den Hydra-Platz. Unter Kyras Füßen war jetzt ein durchsichtiger Bodenbelag, das Dach eines Aquariums, in dessen Tiefen Fische vielfarbig zwischen gewundenen Algen schimmerten. Der Brunnen in der Mitte sprang fast bis zur Decke auf, ein Ausbruch von Weiße und reinem Klang. Unterschallschwingungen pulsten seine Kaskaden zu vergänglichen Formen, die an Schlangen denken ließen. Eine Seite der *plaza* beherbergte Versorgungsdienste, die Polizei, den Wartungsdienst, das Krankenhaus, die Rettungsdienste. Die anderen drei nahmen Museen ein. Das historische Museum war besonders interessant, wie Kyra sich ins Gedächtnis zurückrief. Zu seinen Exponaten zählten Darstellungen von Tychopolis vor der Unabhängigkeit, damals, als noch jeder die Wohnsektoren betreten konnte.

Vom Platz aus nahm sie die Oberth-Passage. Der Verkehr war hier viel geringer. Hinter diesen verschlossenen Türen dachten Computer und erzeugten Nanofabriken ihre Produkte. Das Viertel lohnte einen Spaziergang wegen der Embleme, die jedes Grundstück kennzeichneten. Es war eine fremdartige Kunst, die weder an europäische Heraldik noch an chinesische

Kalligraphie erinnerte, sondern irgendwie durch die Kurven der analytischen Geometrie bestimmt wurde.

Von der Oberth ging die Ellipsenstraße ab. Fünfzig Meter weiter längs ihrer Krümmung erblickte Kyra das, was sie suchte. Eine Leuchtreklame blinkte DIE STARTRAMPE. Sie trat ein.

»Kyra!« Eine kleine Gestalt drängte sich ihr entgegen. Arme schlangen sich um sie.

Sie blinzelte und starrte, während ihre Sehfähigkeit sich an das Halbdunkel der Bar anpaßte. Einen Augenblick lang war sie verblüfft. *Eiko?* Dann machte sie die Gesichtszüge aus und erkannte Consuelo Ponce. Eine leuchtende L-5-Schulterklappe hatte dazu beigetragen, sie zu täuschen. Doppelt töricht, dachte sie; Eiko hätte nie ein so plakatives Verhalten an den Tag gelegt, wenn sie ihr Zuhause denn überhaupt jemals verließ.

Die junge Frau trat zurück und strahlte zu Kyra hinauf. »Was für eine angenehme Überraschung«, sagte sie. Ihr Englisch hatte immer noch einen schwachen, liebreizenden Tagalog-Akzent; sie war nicht in dem Weltraumhabitat geboren, in dem sie lebte. »Das letzte, was ich hörte, war, daß du Eis zum Mars brächtest.«

»*Bueno,* hab' geholfen, es wieder in die richtige Bahn zurückzuschubsen, nachdem es abgelenkt worden war«, erwiderte Kyra. »Wie in MacCannons Namen hast du davon erfahren?« Ihre Bekanntschaft war nur oberflächlich, da Consuelo Zellmedizinerin war.

»Ach, ich verfolge begeistert alle Nachrichten über euch Raumpiloten. Es sind nicht mehr viele von euch übrig, oder?« Als sie sah, daß Kyras Lippen ein wenig schmaler wurden, fügte sie hastig hinzu: »Ich bin wegen einer Konferenz über Strahlenschädentherapie nach Astrebourg gekommen, wollte aber erst sehen, welche *consortes* hier sind. Können wir später ein bißchen Zeit miteinander verbringen?«

Kyra zögerte. Consuelo war eine liebenswerte Person, aber außerordentlich redselig. Nach ihrer langen Reise suchte Kyra außerdem nicht nach weiblicher Gesellschaft. Aber – »Warum nicht jetzt? Ich hole mir nur eben ein Bier.«

Das Gesicht der anderen umwölkte sich. Sie neigte sich auf Zehenspitzen nahe heran und flüsterte unter dem Summen und der Unruhe der allgemeinen Unterhaltung: »Ich kann schlecht den armen Mann da drüben alleinlassen. Ich hab' ihm versprochen, nach einem kurzem Abstecher zum Klo wieder zurückzukommen. Laß mir Zeit, ihn freundlich abzuwimmeln.«

Kyras Blick folgte Consuelos verstohlener Geste. Der Mann wirkte ziemlich jung, obwohl er einen Schnurrbart, einen Turban auf dem dunklen Kopf und einen weißen Umhang mit dem aufgenähten Markenzeichen von Maharashtra Dynamics zur Schau trug. Mit zusammengesackten Schultern starrte er in das Trinkglas vor sich. »Der ist mir fremd«, sagte Kyra.

»War er mir auch, als ich hier hereinkam, aber er wirkte so traurig, daß – Es ist eine ernste Angelegenheit, wenn ein Parse sich betrinkt. Er braucht ein mitfühlendes Ohr.«

»Was hat er für Probleme?«

»Er war Mineralogieingenieur, arbeitete mit Meteoritenherzen. Seine Firma hat ihm seinen Job unter dem Arsch weggecybert. Oh, er hat eine neue Stelle, aber er weiß, daß es nur eine Arbeitsbeschaffungsmaßnahme ist. Der Stolz, der Sinn, die sind weg.«

Zum zweiten Mal zuckte Kyra zusammen. Wie viel länger konnte der alte Guthrie sich noch gegen solche Leute behaupten? Sie sagte sich immer wieder, daß ihr noch keines der bisher geschriebenen Programme im Hinblick auf die unaufhörlichen Überraschungen im Weltraum völlig ebenbürtig war – ungeachtet der Fähigkeiten, die moderne Hardware besitzen mochte – und außerdem mußte man die Investitionskosten berücksichtigen. Trotzdem . . .

»Lieb von dir, daß du dich um ihn kümmerst, Consuelo«, sagte sie. »Ja, wir sollten uns auf jeden Fall später treffen. Vielleicht habe ich diese Abendwache etwas vor, aber . . . morgen? Ja, ja, wir bleiben in Verbindung.«

Unwürdig froh darüber zu entkommen, bewegte sie sich in Richtung Theke. Die STARTRAMPE war so alt, wie ihr Name andeutete: dicht gedrängt stehende Tische und Stühle, eine Dartscheibe, wahllos zusammengetragene, hoch auf staubigen

Borden aufgetürmte Souvenirs von Weltraumreisen, Fotos und Karten, die wie eine zweite Tapete an die Wände gepinnt worden und mit der Zeit verblaßt waren. Ein Multiceiver lieferte die chromokinetische Begleitung zu einer gedämpften Wiedergabe von Beethovens Fünfter. Hierher kam man nicht aus Schaulust, sondern um seine Logenbrüder und -schwestern zu treffen. Erdlingen beschrieb man diesen Laden nicht, und man ging auch nicht besonders auf Touristen ein, die zufällig hereinschneiten. Die gewöhnlichen Gäste waren Raumfahrer aller Branchen und ihre irdischen Freunde und Geschäftspartner. Deshalb gehörten die meisten zu Fireball – inklusive natürlich der von L-5, trotz ihres Sonderstatus –, und die Bindungen der Minderheit verteilten sich auf ein halbes Dutzend kleinerer Organisationen.

Verschiedene von ihnen, die Kyra bemerkten, erkannten sie und riefen Begrüßungen. Sie grüßte zurück, nun wieder glücklich, und arbeitete sich an die Bar vor. »Willkommen daheim, Schmuckstück«, sang Rory Donovan dahinter fröhlich. »Du warst unverschämt lange weg, wirklich. Endlich lohnt es sich wieder, diesen Schuppen zu betreiben! Was ist dein Wunsch, Darling, das übliche?«

»Ja, *gracias*, ein Keplerbräu vom Faß. Und, äh, zur Einstimmung, ein Schuß Aqualunae, eisgekühlt.« Man konnte auch Importe bekommen, wenn man bereit war, den entsprechenden Preis dafür zu bezahlen, aber der hiesige Stoff war prima.

Der Barkeeper machte sich an die Arbeit. »Wann und wohin geht deine nächste Reise?« fragte er. Sie begriff, daß er über ihre letzte Bescheid wußte. Neuigkeiten von überall im System erreichten Tychopolis, wenn nicht per Raumschiff, dann per Laser. »Weit in der Zukunft, hoffe ich.«

»Das ist noch nicht entschieden«, sagte sie. »Was läuft denn hier so, das Spaß macht?«

»Ein Mädchen wie du muß nicht fragen oder lange suchen. Es findet dich schon. Hier. Diese Runde geht aufs Haus.« Und als sie sich bedankte: »Nein, nein, das schulde ich dir, so froh, wie du mein Herz stimmst.«

»Das sagst du doch zu jeder Frau, die hereinkommt, Rory. Und wir lieben es.«

Er grinste, dann mußte er weg, um eine Bestellung entgegenzunehmen. Solange es ihn gab, würde kein Roboter ihn ersetzen. Häßlich wie der Avantismus, dieser Rory, aber so, wie er schmeicheln konnte, brauchte er sich das Gesicht nicht neu modellieren zu lassen.

Vielleicht hätte er das sogar gemacht, als er jung war, kam Kyra in den Sinn. Sicherlich hatte er damals den Mädchen mehr bieten wollen als nur Schmeicheleien. Aber sein Körper – Er war nicht offensichtlich deformiert. Es war etwas Inneres. Er verbrachte sein Leben bei schlechter Gesundheit auf dem Mond, weil er auf der Erde keine längere Zeitspanne überlebt hätte, ohne an Maschinen und chemische Tanks angeschlossen zu sein. Kein Metamorph; ein Adaptierter, Überbleibsel eines Experiments, das sich nicht ausgezahlt hatte. Die Gene, die ihm halfen, mit der Niedrigschwerkraft fertig zu werden, waren nicht angeboren; sie waren nach seiner Geburt hinzugefügt worden, und sie verbanden sich nicht so erfolgreich mit seinen eigenen, wie man gehofft hatte. Kaum einer von seiner Art war übriggeblieben. Sie hatte keine Ahnung, ob sein Frohsinn echt oder ein Schutzschild war.

Teufel, warum ließ sie sich von diesen düsteren Gedanken die Stimmung vermiesen? Sie konzentrierte sich auf den scharfen Geschmack ihres Alkohols, das Perlen ihres Bieres.

»Ah, Pilotin Davis. Gute Abendwache.«

Sie wandte sich um. Der Mann, der an ihre Seite getreten war, war blond, gutgekleidet, attraktiv. »Vielleicht erinnern Sie sich nicht an mich«, sagte er. Sein Englisch klang guttural. »Hans Gieseler. Wir haben uns letztes Jahr auf einer Party in Heidelberg kennengelernt.«

Jetzt fiel es ihr wieder ein. Er gehörte zu Fireball, ein Symbolanalytiker an der Verbindungsstelle von Technik und Wirtschaft. Sie hatten sich über Reisen unterhalten. Er hatte mehrere Plätze in Europa empfohlen, und tatsächlich gefielen ihr diejenigen davon, die sie später aufsuchte. Er hatte ein nettes Lächeln. Als sie sich die Hand schüttelten, war sein Händedruck geradeaus und offen. »Was führt sie nach Luna?« fragte sie.

»Eine etwas außergewöhnliche Mission. Entschuldigen Sie. Barkeeper, noch ein Glas Chablis. Und darf ich Ihres nachfüllen lassen, Pilotin Davis?«

»Warten Sie, ich habe kaum angefangen«, lachte sie.

»Ich hoffe, ich bin nicht anmaßend. Die Wahrheit ist, daß ich mich nach einem schweren Tag ziemlich einsam fühlte und Sie die erste mir bekannte Person sind, die hier hereingekommen ist.«

Kyra entspannte sich auf ihrem Hocker. »*Bueno*, eigentlich sollte ich ja herumgehen und meinen Freunden *hola* sagen, aber im Augenblick scheinen sie alle beschäftigt zu sein.«

»Die werden sich auch so schon noch bei Ihnen melden. Solange ich die Gelegenheit habe: wie ist es Ihnen ergangen?«

»*Muy bien, gracias.*« Ihre Neugier war geweckt. »Was ist das für eine geheimnisvolle Mission, in der Sie unterwegs sind?«

»Nichts Geheimes, auch wenn wir es nicht öffentlich bekanntmachen. Sie wissen vielleicht, daß die Firma gerne einen dritten Transfersatelliten in einer Umlaufbahn um den Mond hätte. Die Selenarchen weigern sich. Sie führen verschiedene Bedenken an, aber wir hegen den Verdacht, daß sie vor allem nicht noch mehr Bodenkontroll- und Hilfspersonal von uns auf dem Mond haben wollen. Ich programmierte eine Recherche und ließ sie auf meinen Computern laufen, wobei ich herausfand, daß die Vorteile für sie alle Unannehmlichkeiten überwiegen würden, die wir ihnen bereiten könnten. Sie prüften sie, meinten, sie seien nicht überzeugt, luden Fireball aber ein, einen Vertreter zu entsenden. Aus irgendeinem Grund, nicht nur wegen der Verzögerungszeiten, ziehen sie es vor, in persönlicher Anwesenheit zu verhandeln. Ich habe Stunden mit Rinndalir und seinen Untergebenen zugebracht.«

Kyra pfiff. »Rinndalir? Nach dem, was ich gehört habe, haben Sie wenigstens so weit oben wie nur möglich angefangen. Wir war es?«

»Oh, sie waren unendlich huldvoll, aber immer spürte ich

den Stahl und die *Mutwilligkeit* darunter.« Das vorletzte Wort sagte er auf Deutsch. »Mir fällt leider kein englisches Wort dafür ein. Stahl, ja, aber auch Quecksilber, und es fließt Elektrizität in ihnen –«

So glatt wie eine geschärfte Klinge durch Stoff schnitt eine Stimme durch den Lärm. Es war der Bariton eines Sängers. Obwohl er jetzt nur sprach, vibrierte sie vor beinahe hörbaren Obertönen, und das Englisch war so betont wie keines, das je auf der Erde gesprochen worden war. »Hans Gieseler von Fireball Enterprises.«

Was zum Teufel! Jeder Blick im Raum richtete sich auf den Multiceiver. Sein Zylinder war groß genug, um in Lebensgröße die Holographie eines Kopfes und Oberkörpers zu enthalten. Das Gesicht war marmorweiß, eine Ader blau in der Kehle. Hohe Wangenknochen flankierten große Augen, grau wie Eis. Die gerade Nase bebte an den Nasenflügeln, der Mund wurde durch ein spitzes Kinn darunter vor weiblicher Fülle bewahrt. Silbriges Haar fiel bis auf die Schultern, an Ohren vorbei, deren Windungen nicht menschlich waren. Ein aus gold gewirktes Stirnband zog sich oberhalb der Brauen dahin, und über den schwarzen Umhang spielte ein Irisieren.

»Jesus, Maria und Josef«, flüsterte Rory, »er ist es selbst.«

Rinndalir, wußte Kyra. Sie hatte nur wenige Bilder von lunarischen Lords und Ladies gesehen, sie zeigten sich selten in der Öffentlichkeit, aber es war unmöglich, Gieselers Gesichtsausdruck zu verkennen.

»Ich habe mich mit meinen Kollegen beraten«, schnurrte die Stimme. »Wir möchten die von Euch aufgeworfenen Fragen gerne weiter diskutieren. Bitte kehrt sofort in Euer Hotel zurück. Ein Fahrzeug für Euch und Eure persönliche Habe erwartet Euch. Ich bitte Euch, diese Eile zu entschuldigen. Es bestehen gewisse Dringlichkeiten. Ich danke Euch.«

Das Brustbild verschwand. Farben und Musik kehrten zurück. Noch einige Sekunden lang hielt das Schweigen die Menschen in seinem Bann.

Wie betäubt schüttelte Gieseler den Kopf. »So etwas habe ich noch nie erlebt«, murmelte er. »Woher wußte er, wo ich bin?

Wie hat er dieses Gerät beeinflußt? Oder hat er das überall gemacht?«

»Was werden Sie unternehmen?« fragte Kyra benommen.

Giesler richtete sich auf. »Ich gehe. Was sonst? Ich wage es nicht, das Risiko einzugehen, sie zu beleidigen.«

Rory zupfte ihn am Ärmel und sagte vor dem Hintergrund zunehmenden Aufruhrs: »Momentchen mal, mein Junge. Es würde mich ganz und gar nicht überraschen, wenn diese Halunken vorhätten, Sie zu zermürben und einen besseren Handel abzuschließen, als sie es verdienen.«

»Ich kann nur Empfehlungen aussprechen.« Gieseler versuchte sich loszureißen.

»Trotzdem haben Sie noch nicht zu Mittag gegessen, und ich wette, es wird spät werden, bis man Ihnen einen Happen anbietet. Lassen Sie mich Ihnen ein Sandwich fertigmachen, das Sie auf dem Weg zum Hotel essen können. Das dauert nur eine Minute.«

»Gute Idee«, sagte Kyra. Gieseler nickte ruckartig. Danach mußte er denjenigen, die um ihn herumschwärmten, weil sie wissen wollten, was eigentlich los war, Rede und Antwort stehen, so gut er es vermochte. Die Unruhe verfolgte ihn bis zur Tür.

Es war nicht so, daß irgend jemand feindselige Gefühle gegenüber der Selenarchie hegte, wie Kyra wußte. Lunarier mochten nicht die liebenswertesten Leute sein, aber man war hier sicher vor Verbrechen, sie belästigten einen nicht, wenn man sie nicht belästigte, und auf ihre Weise waren auch sie *der Weltraum.* Es war ganz natürlich gewesen, daß ihre Eltern sich gefreut hatten, als der Mond sich zur souveränen Nation erklärte und dieser Erklärung auch den nötigen Nachdruck verlieh. Aber jetzt war es ebenso natürlich zu hoffen, daß Fireball den Sieg davontrug.

Die Ablenkung hatte die Gesprächsgruppen aufgebrochen. Als sie sich wieder neu formierten, war Kyra von *camaradas* umgeben. Eine hektische Fröhlichkeit setzte ein. Der Alkohol floß in Strömen. Statt loszuziehen, um essen zu gehen, machte sich die Gruppe über Rorys gewaltige Sandwiches her. Schließlich begannen sie alle zu singen, mehr und mehr von den alten Raumfahrerliedern, bis hin zu –

MacCannon war ein Fireball-Mann. Der tapfere Raketier
Schoß sich in jede Umlaufbahn mit einem Fäßchen Bier.
Der Whisky, den er liebte, war nicht für die Frommen gebraut.
Ein Schlückchen davon hat noch jeden Nichtschotten umgehaut.

MacCannon war ein Macho, ein Raufbold und Hurenbock.
Bei EVAs trug er nur 'nen Helm, doch nie einen Raumanzug.*
Die Mädels priesen MacCannon mit Jauchzen, mit Stöhnen und »Ach!«
Sie nannten ihn nur den ›Elefant‹ und wurden gleich wieder schwach.

Wolken aus Schwefelsäure hoch über dem CO_2
So heiß und schlüpfrig darunter, da kocht vor Schreck selbst das Blei:
Die Atmosphäre der Venus, sie brodelte voller Gift.
MacCannon stopft sich die Pfeife und hat sich eingeschifft.

Sein Schiff bekam einmal Ärger mit einem Asteroid.
Der löcherte es durch und durch, worauf der Antrieb verschied.
Hilflos im Weltall treibend nutzt' er die Zeit zum Spiel.
Und trotz der mangelnden Schwerkraft der Würfel stets recht für ihn fiel.

* EVA: Extra-Vehicular Activity = Aktivität außerhalb des Raumfahrzeugs, ›Weltraumspaziergang‹ (A.d.Ü.)

Der Teufel klopft' an die Schleuse: »Mac Cannon, bist du bereit?«

MacCannon tauft' ihn mit Whisky. Er fand, es sei noch nicht Zeit.
Das Zischen und der Rückstoß, sie schickten den Teufel jäh
Auf einen Orbit zur Hölle hinab aus des Weltraumes Höh'.

Verzweifelt dachte MacCannon: »Mein Boot braucht zusätzlich Schub!«
Er aß 'nen Topf voller Bohnen und tat einen mächtigen Pup.
»Mein Gott! Ein Rückstoßantrieb!« Sprach's und begab sich zum Heck.
Und mit lautem Prt-prt von achtern kam prächtig er alsbald vom Fleck.

Er kurvte um Jupiter sportlich und auch um sein Mondespack.
Die Strahlung kräuselte ihm nicht mal ein Haar auf seinem ... Haupt.
Als er die Heimat erblickte, da regt' sich in ihm der Pilot.
Er landete bruch am Südpol. Der Südpol war's von ihm gewohnt.

MacCannon pafft mächtig die Pfeife auf seiner Eisbastei
Und ruft mit des Knasters Wolken flugs Rettungstrupps herbei.
Derweil schmaust er zur Erholung nach kühner Landeaktion
Ein Omelett aus Pinguineiern und Walroßspeck, den roh'n.
MacCannon war ein Fireball-Mann, und mir liegt's auch im Blut –

Die Ballade ging immer weiter, rüde, kindisch und für Kyra einen Moment lang, nachdem ihr Blick zufällig auf den Mann gefallen war, der seine Karriere verloren hatte, hoffnungslos trotzig.

14

Von Salem aus nahm sie einen Bus etwa vierhundert Kilometer Richtung Osten nach Baker. Sie erreichte die Stadt spät am dritten Tag ihrer Flucht, trieb ein Zimmer in einem kleinen Hotel und eine Mahlzeit ganz in der Nähe auf und legte sich hin. Die Fahrt war nicht schlimm gewesen, aber das Warten in den Busbahnhöfen hatte ihre Nerven erheblich strapaziert. Wie viele Beamte in Zivil mochten dort postiert gewesen sein?

Die pausenlose Ausstrahlung von Nachrichtensendungen über Terroristen war auch nicht gerade hilfreich. Das Land wurde in eine Vigilantenstimmung aufgestachelt. Die Regierung mochte nicht länger populär sein, aber alles war besser als Bomben in Kontrollzentren oder destruktive Nanotechnologie.

»Das essentielle Minimum an Wahrheit«, hatte Guthrie angemerkt.

»›Chaotisch‹ ist ein weites Schimpfwort. Es umfaßt die paar Verrückten, die tatsächlich existieren, ebenso wie alle anderen, die die Avantisten ernsthaft loswerden wollen. Nicht, daß wir versuchen werden, Verbindung zu den geistigen Gesunden, mehr oder weniger Organisierten aufzunehmen. Diejenigen, die schlau waren und Glück hatten, haben sich unauffindbar gemacht. Worauf ich hoffe – nun, mein Pseudo-Ich weiß davon und hat der Sipo sicher einen Tip gegeben, aber ich denke, ihr Hauptaugenmerk wird auf naheliegendere Möglichkeiten gerichtet sein, wie etwa, daß ein Fireball-*consorte* mich irgendwo versteckt hält. Das sind eine gewaltige Menge an Leuten und Orten, die man überprüfen muß. Und in der Zwischenzeit . . . die, an die ich denke, wissen sich zu helfen.«

Am Morgen fühlte Kyra sich erheblich besser. Sie ließ Guthrie in ihrem Rucksack verpackt zurück, eingewickelt in ihre Kleider, und machte sich auf den Weg. Das Hotel war altertümlich; eine lebende Arbeitskraft würde das Zimmer putzen und das Bett machen. Notgedrungen unterstellte sie, daß diese Person nicht schnüffeln würde. Sie wagte es nicht, den Rucksack im Hoteltresor zu deponieren. Jede Nachrichtensendung, die sie gesehen hatte, forderte die Öffentlichkeit dazu auf, nach teuflisch raffinierten technischen Geräten Ausschau zu halten und der Polizei alles zu melden, was verdächtig oder einfach nur ungewöhnlich sein mochte.

Draußen erwärmte sich die Luft bereits in dem heißen, trockenen Sommer, der östlich des Kaskadengebirges herrschte. Die alten und überwiegend niedrigen Gebäude erinnerten sie trotz ihres ganz anderen Stils an Nowgorod; aber hier gab es mehr Geschäftigkeit, mehr Leben. Obwohl der Verkehr nicht so dicht war, daß Personenfahrzeuge und Lkws von irgendwelchen Straßen verbannt worden wären, war er doch rege. Die meisten Fahrzeuge trugen das Heimstädter-Emblem, ein grünes Feld, auf dem sich ein mittelalterlich aussehender Pflug als Silhouette vor einer aufgehenden Sonne abzeichnete. Die meisten Fahrzeuginsassen und Fußgänger trugen schlichte Kleider aus gutem Material. Insgesamt wirkten sie entspannter und fröhlicher als der durchschnittliche Nordamerikaner. Ihr Infomat besorgte ihr eine Übersicht über die örtlichen Buslinien, und sie nahmen einen zur Peripherie.

Das Umland bestand aus bebauten Feldern, Weiden, Obstgärten. Ihre Bearbeitung geschah nicht durch Roboter; sie erspähte Menschen auf Traktoren. Die Häuser mitsamt ihrer Nebengebäude lagen zwei oder drei Kilometer auseinander. Nach Norden zu erhob sich ein Industriepark; er war nicht groß, aber seine glatte Modernität bildete einen Kontrast zu den Farmen. Auf diese Entfernung konnte sie nicht erkennen, was für eine Fahne darüber flatterte; da es aber eindeutig nicht die der Union war, hätte sie darauf gewettet, daß es die der Heimstätter war.

Wie sie gehört hatte, waren sie die am wenigsten vom Hauptstrom getrennte Gesellschaft und die bereitwilligste, wenn es darum ging, Geschäfte mit Nichtmitgliedern zu machen. Das bedeutete nicht, daß sie weniger danach getrachtet hätten, ihre wirtschaftliche und kulturelle Unabhängigkeit zu bewahren, ihre besonderen Ideale und Lebensweisen, als es etwa die Muslime taten. Sie hatten ebenso ihre Gesetze, ihre Regierungsform, ihre Ränge, ihre Riten, ihre Initiationen, ihre Mystik. Ihr

Mangel an offenkundig Malerischem, dachte Kyra, bewahrte sie höchstens besser als andere vor Aufmerksamkeit und Einmischung von außen.

Sie spazierte eine Straße entlang bis zu der Adresse, die Guthrie ihr gegeben hatte. Bäume warfen Schatten auf das Pflaster. Manche Häuser mit ihren Seitenwänden aus Balkenwerk und ihren tiefen Veranden waren vielleicht schon einige Jahrhunderte alt. Rasenflächen und Blumenbeete umgaben sie. Die Luft war still und roch süß. Höchstwahrscheinlich war dies kein reines Heimstätter-Viertel, aber wie im gesamten Tal mußten sie auch hier die Mehrheit bilden. Die Kapitel der Gemeinschaft hatten sich besonders schnell in Regionen ausgebreitet, in denen die Landwirtschaft die einheimische Bevölkerung ernähren konnte, ohne phantastische Maschinen zu benötigen, und wo Selbsthilfe eine noch nicht völlig ausgestorbene Tradition war.

Ihre Nerven spannten sich bis zum Zerreißen, als sie sich Esther Blums Heim näherte. Die Regentin aller Heimstätter mochte von früher her mit Guthrie befreundet sein, aber ihre Zeit wurde von Hunderten von Dingen in Anspruch genommen, und Kyra konnte schlecht den Namen des *jefe* benutzen, um sich Einlaß zu verschaffen. Schlimmer noch, dieser Ort stand wahrscheinlich unter Überwachung. Wer saß in dem ungekennzeichneten Wagen, der langsam vorüberfuhr, wer war das, der da an der Ecke stand, als warte er auf etwas?

Sie ging zwischen Rosenbeeten hindurch zu einer Treppe, stieg sie hinauf in Verandahöhe und berührte das Klingelfeld. Die Tür öffnete sich. *»Saludos«*, sagte ein muskulöser junger Mann. Seine Augen musterten sie abschätzend. »Was kann ich für Sie tun?«

»Ich ... ich muß mit *señora* Blum sprechen«, antwortete Kyra.

»Das müssen viele Leute. Vielleicht kann ich Ihnen übermorgen einen Termin verschaffen.«

»Jetzt gleich. *Por favor.* Es ist persönlich und dringend. Würden Sie ihr wohl ausrichten, es beträfe Winston P. Sanders und die betrunkene Meerjungfrau?«

»Häh?«

»Por favor.« Kyra bedachte ihn mit einem Dreikilowattlächeln, während sie die Achseln zuckte, um ihr Oberwerk in optimale Bewegung zu versetzen. »Ich weiß, es klingt seltsam, aber ich verspreche Ihnen, sie wird mich empfangen. Wenn nicht, können Sie mich ja immer noch rausschmeißen.«

»Hm, es ist ulkig genug, daß es sie wenigstens amüsieren dürfte, es zu hören. Kommen Sie herein, *señorita,* äh –«

»Bovary. Emma Bovary.«

In einer Kammer, die als Vorzimmer diente, warteten eine Reihe unterschiedlicher Männer und Frauen darauf, hereingerufen zu werden. Zwei sahen aus wie Farmer und zwei wie Technologiebosse, aber wer waren der Afro im Dashiki und der kahlköpfige Mönch in der roten Robe? Einen Multiceiver gab es nicht. Ausdrucke von Büchern und Zeitschriften lagen auf kleinen Tischen. Kyra versuchte, einen Artikel über Entdeckungen unter der Marsoberfläche zu lesen. Er vermochte sie nicht zu fesseln. Interessante Materie, aber es waren nicht Menschen, die diese Höhlen erforschten, sondern Maschinen. Der Autor betonte ihre Intelligenz. War der Autor ebenfalls eine Maschine, die Verfasserangabe ein Heteronym? Sehr wohl möglich. Wenn nicht, dann zeigten der im großen und ganzen weitschweifige Text, in dem sich nur gelegentlich ein lebendiger, zufallsgenerierter Satz fand, daß er oder sie sich eines Schreibprogramms bedient und den Text anschließend nur leicht überarbeitet hatte.

»Señorita Bovary, *por favor.«*

Kyras Herz machte einen Satz, genau wie ihr Körper. Eine Frau führte sie einen Korridor entlang und geleitete sie durch eine Tür, die sich in altmodischen Angeln drehte.

Die Unordnung ließ das Büro dahinter weniger geräumig erscheinen, als es war, ein Dohlennest dicht an dicht auf Regale und Tische gepackter Gegenstände: alte Handschriften, Replikate uralter ägyptischer Figurinen, eine Kachina-Puppe, diverse Papiermesser, das präparierte Fossil eine Fisches, deutsche Bierseidel, diverse Trophäen, ein Teddybär, der eindeutig keinen Mechanismus hatte, sondern mit Füllmaterial ausgestopft war ... Esther Blum saß in einer gelben Bluse und einer purpurfarbenen Freizeithose hinter einem gewaltigen Schreibtisch. Sie war klein, dünn und beweglich. Steifes weißes Haar umrahmte ein tief zerfurchtes, aber ausdrucksvolles Gesicht und blaßblaue Augen, die fast ein Jahrhundert hatten vergehen sehen.

»Hallo«, zirpte sie, als die Tür sich geschlossen hatte. »Wie lautet Ihr wirklicher Name? Wenn ich schon aus vergessenen Klassikern stehlen würde, würde ich etwas weniger Melancholisches wählen, zum Beispiel Roberta Wickham. Sprechen Sie.«

Kyra holte Luft. »Sind wir sicher?«

»Vor den Schnüffelnasen unserer geliebten Regierung, meinen Sie? Ja. Es ist schon ein ganzes Weilchen her, seit ich dieses Haus auf alle möglichen Arten abschirmen ließ. Die Erneuerungsbewegung war zwar auf dem Müllhaufen der Geschichte gelandet, aber ich konnte mir nicht vorstellen, daß das Land für immer frei bleiben würde, wenn Sie dieses bißchen an Rechten, das wir zurückbekommen haben, Freiheit nennen wollen. Seit damals habe ich die Sicherungen je nach Bedarf modernisieren lassen. Gewisse Personen in gut unterrichteten Positionen informieren mich heimlich darüber, was demnächst notwendig werden wird. Zufrieden? Setzen Sie sich, und stellen Sie sich vor.«

Kyra gehorchte. »Es geht um Anson Guthrie«, fügte sie hinzu.

»Das wußte ich von dem Augenblick an, als ich Ihr Paßwort hörte.«

»Er hat es mir gegeben. Wollte nicht erklären, was es bedeutete.«

Blum feixte. »Ich auch nicht, meine Liebe. Die Geschichte würde Ihnen die Socken ausziehen.«

»Ah, *señora* –«

»Nichts zu machen! Es ist lange her, und ich war jung, und ich verspüre bis zum heutigen Tag kein Bedauern, aber es ist am besten, daß nur noch Anse und ich übrig sind, um darüber zu lachen.« Blums Grinsen verschwand. »Okay, was ist der *zores?*«

»Bitte?«

»Der Ärger. Etwas Schlimmes, nicht wahr?«

»Ja.« Kyra erzählte es ihr.

Faltige Lippen formten ein lautloses Pfeifen. *»Oy gevalt!«* Die Augen wurden schmaler, der hagere Kopf nickte. »Aber es wundert mich gar nicht. Ich mußte mich anstrengen, um glauben zu können, daß das da auf dem Multiceiver Anse war. Aber was können sie gewinnen, indem sie ihn nachahmen? Könnten diese Behauptungen über Saboteure, die sich bereitmachen, alles in die Luft zu sprengen, wahr sein? Nun – Wir sollten besser rasch handeln, bevor dieser *mamzer*, den sie da fabriziert haben, seine Position bei Fireball so niet- und nagelfest macht, daß Anse ihn nicht wieder aushebeln kann.«

»Er hofft, daß Sie –«

Blum hob eine Hand. »Pst. Lassen Sie mich nachdenken.« Sie wandte sich ab und starrte aus dem Fenster auf einen Baum und den Himmel. Mit einem Teil ihres Gehirns fragte Kyra sich, welche von mehreren Methoden man wohl angewandt hatte, um die Scheiben undurchlässig für Stimmvibrationen zu machen, die von Geräten draußen dekodiert werden konnten. Blum hatte es nicht für nötig erachtet, das Rouleau herunterzuziehen. Natürlich nicht; das hätte diesem Gespräch den Anstrich von etwas Besonderem verliehen ... Kyras Pulsschlag zählte die Minuten.

Blum regte sich, blinzelte, griff in ein Kästchen auf ihrem Schreibtisch und nahm eine Cheroot heraus. »Frönen Sie dem auch, Fräuleinchen?« fragte sie. »Nein? Vernünftig. Hält die Bioreparaturrechnungen niedrig.« Ein protziger Ring an ihrem Finger spie Feuer zum Anzünden. Ihr Tonfall wurde nüchtern. »Ich fürchte, ich kann nicht viel Hilfe offerieren.«

Kyra hatte sich wieder gefangen. »Was *können* Sie tun?«

Blum bedachte sie mit einem anerkennenden Blick. »Direkt auf den Punkt. Hervorragend. Zu allererst einmal kann ich Ihnen nur einen Klacks Zeit einräumen, oder die Beobachter fangen an, sich Gedanken zu machen.« Sie seufzte. »Ja, die Sipo beschattet uns. Nicht auffällig, aber in einer Gemeinde wie dieser bemerkt man solche Dinge, und ich habe Freunde bei der örtlichen Polizeidienststelle. Auch nicht sehr gründlich, aber ausreichend, daß wir verrückt wären, hier Kontakt mit Anse aufzunehmen, und daß er verrückt wäre, länger hierzubleiben.

Trotzdem möchte ich mich auf jeden Fall mit ihm treffen, und ich denke, ich kann durch vertrauenswürdige Mittelsmänner etwas Brauchbares arrangieren. Wir treffen uns morgen in Portland.«

»Was?« rief Kyra aus. »Ist der Bahnhof dort nicht inzwischen eine Falle?«

»Durchaus möglich, aber kein Grund zur Beunruhigung. Sie kaufen ein Ticket nach Portland, ganz recht, steigen aber in einem bestimmten Dörfchen auf etwa halber Strecke nach dort aus. Trinken Sie eine Tasse Kaffee im einzigen Café des Ortes. Es dürfte wohl der zweitschlechteste Kaffee des Planeten sein, aber jede gute Sache verlangt Opfer. Ein Mann wird sie ansprechen. Ich bin nicht sicher, wer es sein wird, aber auch wenn es nicht Henry Willard ist, wird er Ihnen trotzdem diesen Namen nennen, damit Sie Bescheid wissen. Die Kriminaler verfolgen keinen gewöhnlichen Farmer, der losfährt, um die eine oder andere Besorgung zu erledigen. Erzählen Sie Henry nichts. Ich werd's auch nicht tun. Warum sollen wir ihn ebenso in Gefahr bringen wie uns selbst?«

Flüchtig dachte Kyra über Vertrauen und Loyalität unter Menschen nach, die eng miteinander verbunden waren. Wie bei Fireball. »Ich verstehe.«

»Er wird Sie nach Portland bringen und Sie an einem Haus absetzen, wo die Familie keine Fragen stellt und Sie etwas schlafen und eine vernünftige Mahlzeit zu sich nehmen können. Es sind, nebenbei bemerkt, keine Heimstätter. Ich habe meine Tentakeln an den verschiedensten Orten. Das ist notwendig, um zu überleben.«

»Was sind sie? Vielleicht muß ich es wissen.«

»*Nu*, seien Sie vorgewarnt und bitten Sie nicht um einen Drink. Es sind Mormonen, falls das eine Glocke in Ihnen zum Läuten bringt. Die Avantisten gehen besonders scharf gegen ihre Kirche vor – unter dem Vorwand, ihre Grundlagen seien antiwissenschaftlich, aber die Wahrheit ist, daß ihre Gemeinden lautstark gegen die Erschaffung eines posthumanen Menschen protestieren.

Okay, Henry wird Ihnen eine abgeschirmte Box geben, um Anse darin zu transportieren. Sie wird wie ein Päckchen aus einem Warenhaus aussehen. Die Abschirmung wird zu Ihrer Verhaftung führen, wenn sie einen in Ihre Richtung zielenden Detektor blockiert, aber morgen abend werden Sie vom Haus aus eine Route nehmen, die die wahrscheinlichsten Kontrollstellen meidet. Die Abschirmung ist nur für den Fall da, daß Sie einem Detektor zufällig näher als ein oder zwei Häuserblocks kommen. Ihr Ziel ist Emprises Unlimited, das ist die *quivira* in Portland. Haben Sie genug Geld?«

Kyra schluckte ihre Verblüffung herunter. »Äh, ja.«

»Nehmen Sie lieber noch etwas.« Die Cheroot wippte in Blums Mund, während sie in einer Schublade herumwühlte. »Sie betreten Emprises gegen 19 Uhr 30. Um diese Zeit hat es für gewöhnlich den größten Zustrom; nicht, daß so etwas überlaufen wäre, in Anbetracht der Preise, die sie verlangen. Sagen Sie ihnen, sie seien Roberta Wickham – sinnlos, die gleiche Spur zu hinterlassen – und Sie hätten eine Verabredung mit zwei anderen, die in Kürze eintreffen müßten. Sind sie jemals in einer *quivira* gewesen?«

»Ja, zweimal.«

»Gut. Dann kennen Sie den Ablauf einigermaßen. Falls irgend jemand sich über Ihr Päckchen wundert, erklären Sie, es handle sich um eine Feier, und Sie wollten einem Ihrer Freunde ein Geschenk machen, bevor Sie sich zu dritt in einer Phantasiewolke niederlassen. In Anbetracht des Geldes, das Sie auf den Tisch blättern, wird man Ihnen keine Scherereien machen. Hier.« Blum reichte ihr ein Bündel Geldscheine.

Mechanisch nahm Kyra es entgegen. »Warum eine *quivira?«*

»Weil es sehr wohl sein kann, daß ich beschattet werde, und das der sicherste Ort ist, an dem wir uns treffen können.«

»Wirklich?«

»Absolut. Bis zum heutigen Tage ist jeder einzelne Raum in einer erstklassigen *quivira* so sicher abgeschirmt wie mein Haus, und das Gesetz zwingt keinen Angestellten, jemals Informationen über das preiszugeben, was dort geschieht. Das Management hat Mittel und Wege, um zu erfahren, wenn er es täte, und das würde ihn seinen Job kosten und ihn von allen solchen Örtlichkeiten ausschließen. Was für Leute seiner – oder ihrer – Art so etwas wie der Tod oder Schlimmeres wäre. Sie kriegen Gratiszeit an der Maschine und werden normalerweise süchtig danach. Was die Geheimhaltung angeht, diverse hohe Tiere sind Stammgäste dieser Etablissements. Stellen Sie sich die Macht vor, die ein Gegenspieler über Sie gewinnen würde, wenn er herausfände, welchen Phantasien Sie frönen.«

Blum ging rasch noch in die Details, bevor sie ihre Besucherin entließ. Kyra hörte zu und reagierte, aber nicht mit ihrem ganzen Selbst. Fast gegen ihren Willen schweifte ein Teil von ihr in die Vergangenheit zurück.

15
Datenbank

Bei ihrem ersten Mal war sie allein gegangen, ohne irgend jemandem davon zu erzählen. Es war nichts, dessen man sich schämen mußte, versicherte sie sich immer wieder. Eine Erfahrung, ein Abenteuer. Viele Leute gingen hin, und jenen, die es ihr beschrieben hatten, schien dabei nichts passiert zu sein. Sie hatte gerade die Abschlußprüfung an der Akademie bestanden, bald würde sie unterwegs ins All sein, dies war ihre letzte Chance für Heisenberg weiß wie lange. Trotzdem erforderte es ebenso Entschlossenheit wie einen großen Batzen ihrer Ersparnisse. Es ärgerte sie zu spüren, wie heiß ihr Gesicht war, und das ließ sie nur um so tiefer erröten.

Die Beraterin, die sie empfing, war auf geschickte Weise *simpática.* »Wir gehen einfach nur einen Schritt über die Vivifer-Möglichkeiten auf einem Multi hinaus«, erläuterte sie. »Ich gebe zu, es *ist* eine Schwelle. Sie tun gut daran, sie vorsichtig überqueren zu wollen. Darf ich Ihnen vorschlagen, daß Sie zunächst eine Stunde objektiver Zeit in einem Standardprogramm verbringen? Auf diese Weise können Sie sich entspannen, die Dinge geschehen lassen und sie einfach genießen. Wenn Sie sich sicherer fühlen, können Sie damit anfangen, einen interaktiven Part zu übernehmen. Falls Sie nicht gerade etwas ausprobieren, was zu sehr aus dem Rahmen des Programms fällt, wird es sich so problemlos Ihren Wünschen anpassen wie die reale Welt, wenn alles perfekt für Sie läuft ... Sind Sie damit einverstanden? ... Dann lassen Sie uns jetzt darüber sprechen, was für eine Art von virtueller Realität Sie gerne möchten. Lassen Sie sich Zeit. Fürchten Sie sich nicht davor, offen zu sprechen. Ich bin nicht so leicht zu erschüttern, und es bleibt alles unter uns.«

Kurz darauf geleitete sie Kyra in eine Einpersonenkabine, half ihr, sich zu entscheiden, legte ihr den Helm und die anderen Verbindungen an, führte sie in das Bad. Für eine unbestimmte Zeit lag Kyra blind und taub da. Sie spürte eine seltsame Unstetigkeit in ihren Wahrnehmungen, begriff, daß das System die Flüssigkeit an ihr genaues spezifisches Gewicht und ihre Hauttemperatur anpaßte, dann begann sie den angenehmen Abhang hinunterzugleiten, der in den Schlaf führt, nur daß es diesmal die Maschine war, die sanft ihr Gehirn pulste ...

Sie schwebte im All. Überall um sie herum glommen Sterne. Große Fächer aus Zodiakallicht breiteten sich von einer geschrumpften Sonne aus, deren Leuchten ihren Augen keinen Schaden zufügte; und obwohl sie nichts außer einem rückenfreien Oberteil, einem Rock und Sandalen trug, war sie *zen*-entspannt, ganz Aufmerksamkeit, jeder Sinn auf das äußerste geschärft. Als sie sich umwandte, sah sie den Mars vor sich, eine gewaltige Röte, mit weißen Polkappen gekrönt, von Kanälen wie von Adern durchzogen, gesprenkelt mit Oasen und toten Meeresböden. Sie streckte die Arme nach vorn und stürzte darauf zu.

Auf der Oberfläche war sie völlig materiell, atmete die dünne Luft, kostete die Aromen von Wüstensträuchern, die eine kühle Brise herantrug, bewegte sich leichtfüßig in der niedrigen

Schwerkraft. Die Sonne stand mitten im Nachmittag; sie hatte Zeit bis Mitternacht, subjektive Zeit. Aschenputtel.

Ihre Wahl war ganz unschuldig gewesen – wahrscheinlich infantil. John Carpenter kam aus dem Westen geritten und begrüßte sie mit einer virginischen Höflichkeit, die auch die Jahrhunderte nicht hatten verwischen können. Er führte einen Thoat für sie am Zügel. Während sie über den Sand dahinritten, machte er sie auf ehrwürdige Ruinen und flinke Wildtiere aufmerksam. In einem Lager der grünen Menschen schenkte Tars Tarkas ihnen Wein ein, worauf sie ein fliegendes Schiff bestiegen. Über einen Kanal blitzten die Türme von Helium vor dem Sonnenuntergang. Dejah Thoris war nicht daheim, als sie landeten, aber rote Krieger hießen Kyra mit katzenhafter Würde willkommen, jeder hübscher als der vorige, auch wenn keiner von ihnen John gleichkam. Inzwischen hatte sie auch ihre Schüchternheit überwunden und angefangen, ihn darum zu bitten, ihr dieses oder jenes zu zeigen. Er tat ihr den Gefallen – nicht passiv, sondern wie ein Gentleman es tun würde, der das Land kannte und eigene Ideen hatte. Zusammen durchstreiften sie die verzauberten Straßen, während Phobos und Deimos hoch über ihnen dahineilten, größer als Luna über der Erde, um die Welt mit Silber und hastenden Schatten zu erfüllen. Als sie schließlich zurückkehren mußten, las er ihre Körpersprache und nahm sie in die Arme. Nie zuvor war sie mit so viel Nachdruck geküßt worden. Verdammt, dachte sie, als sie zu einem Astralleib wurde und auf den blauen Stern zuschoß, der die Erde war, nächstes Mal würde sie ihm den Antrag eher machen.

Es gab kein nächstes Mal. Eine Zeitlang war die Versuchung übermächtig, aber zu vieles andere beschäftigte sie, und das war *wirklich*. Ihre Erinnerungen an Barsoom verblaßten nicht nach Art eines Traumes. Soweit es ihr Gehirn betraf, unterschieden sich diese Gedächtnisspuren in nichts von solchen, die tatsächliche Ereignisse zurückgelassen hatten. Aber sie nahmen den ihnen gemäßen Platz unter jugendlichen Schwärmereien und in der Kindheit heiß geliebten Spielsachen ein.

Ihren zweiten Ausflug in eine *quivira* unternahm sie mit Ivar

Stranding, während der kurzen Spanne, die sie gemeinsam auf der Erde einrichten konnten. Er wollte es mehr als sie. Nicht, daß er süchtig gewesen wäre, aber er hatte alle seine wenigen Gelegenheiten genutzt, um hinzugehen. Daher wußte er eine ganze Menge über die interaktiven Möglichkeiten. Es sei mehr als nur ein Spiel, beharrte er. Für ein Paar könne es eine Art spiritueller Vereinigung sein. Sie zögerte. Was war mit ihrer inneren Privatsphäre? Sie fragte ihn nicht danach. Ihre Beziehung war ohnehin schon belastet. Ganz offensichtlich glaubte er, das hier könne vielleicht helfen. Schließlich stimmte sie zu.

Ein freies Programm erforderte die vollen Reserven des Systems, besonders, wenn zwei Personen miteinander verbunden waren. Und es war teuer. *Bueno,* was immer einem Raumfahrer fehlen mochte, Geld gehörte nicht dazu. Er schlug ihr vor, ihm die Initiative zu überlassen, bis sie ein Gefühl für die Dinge entwickelt hatte. »Dann, Liebling, werden wir beide Götter sein.«

Sie standen an einer Brustwehr über dem noch ungeborenen Kosmos. Ihr eigener strahlender Glanz erhellte die titanischen Wälle und Türme ihrer Festung. Vor ihren Wällen, unter der Urnacht, loderte und tobte Formlosigkeit. Wellen, eine Million Lichtjahre von Tal zu Kamm, brandeten heran, um mit einem Brüllen und einem Lied aus Energien zu brechen. Sterne wie zerstäubtes Wasser, hoch hinaufgeschleudert, explodierten als Supernovae, eine schauerliche Pracht, die den Urstoff zukünftiger Welten über die Leere verstreute.

»Komm.« Seine Stimme hallte wider wie Trompetenschall, von einem Ende der Raumzeit zum anderen. »Es werde wir.« Er nahm sie bei der Hand, und sie schritten hinaus über das Meer.

Mit seiner freien Hand und seinem Willen griff er hinab, um das Chaos aufzuwühlen. Es strudelte, brach in Wolken auseinander, trennte sich weiter, um embyronische Anfänge von Galaxienhaufen zu bilden; und das war der erste Tag.

Als sie versuchte, ein graziles Flechtwerk aus Spiralarmen zu spinnen, stießen neu entstandene Sonnen zusammen oder wirbelten verloren davon, und alles löste sich auf. Sein Lachen hallte. »Versuch es noch einmal, Geliebte. Wisse, was du willst, und es wird geschehen.« Am Ende des zweiten Tages hatte sie ein Planetensystem gemacht, kunstreich wie ein Uhrwerk.

Am dritten Tage wählte sie eine Weltkugel und hauchte ihrer brodelnden Chemie Leben ein. Er spielte mit vielen.

Am vierten Tage ließ sie das Land erblühen und machte Schwingen, um die Himmel zu erfreuen. »Sei nicht so sorgfältig«, warnte er. »Du könntest die Ewigkeit verlieren, während du einen Kolibri erschaffst. Die Dinge werden sich aus sich selbst heraus weiterentwickeln. Komm hierher, sieh, was ich mit diesen Zwillings-Gasriesen gemacht habe.«

Am fünften Tage richtete sie ihre Wahrnehmungen wieder auf ihre Lieblingswelt und stimmte sie atomfrei ein. Gewisse Tiere fertigten Werkzeuge aus Stein. Sie schauten sich um, staunten und wunderten sich. Ihre Zahl war gering. Gletscher rückten vom Pol heran und bedrohten sie. Sie veränderte subtile Parameter, und nach tausend ihrer Jahre war das Klima wieder mild.

Am sechsten Tage fand sie ihre kleinen Wesen in einen grausamen Krieg verstrickt. Sie hörte Weinen inmitten der Toten und der Flammen. Deshalb zerschmetterte sie ihre Führer, offenbarte sich ihrem Volk, befahl ewigen Frieden und zeigte ihnen, wie man ins Weltall flog.

Am siebten Tage sagte er: »Es ist gut. Wir haben genug gearbeitet. Lieben wir uns.«

Sie taten es, wie es Göttern geziemte, auf einem Bett aus Sternenwolken, in blitzschneller Süße, die die Hälfte der Ewigkeit anhielt.

»Es war wunderbar«, sagte er, »und doch war es nicht völlig anders, als wir es vorher gekannt haben. Laß uns nun tun, was wir damals nicht tun konnten.«

Sie war die gestaltgewordene Erde und das Meer. Er war der himmlische Drache, der sich um sie schlang.

»Wagen wir es, noch länger zu bleiben?« flüsterte sie in einer schwankenden Dunkelheit.

»Wir können nicht, selbst wenn wir wollten«, antwortete er. »Lausche aufmerksam, und du wirst die schwachen Töne unseres Heimkehrrufs hören. Bald müssen wir ihnen gehorchen.«

»Es ist gut. Ich bin zerrissen von so viel Herrlichkeit.«

»Zuerst«, sagte er, »laß uns uns noch einmal lieben, auf rein menschliche Weise, das gleiche Teilen des Selbst, das uns in unserem sterblichen Leben vergönnt ist.«

Ihr Herz erschauerte. »Warum?«

»Weil wir es hier so tun können, wie es uns sonst niemals möglich wäre, und einander vollständig erkennen können. Du wirst ich sein, und ich werde du sein.«

Sie zögerte, aber er drängte, und als sie das Anschwellen seines Zorns spürte, sagte sie ja. Sie entdeckte, daß auch ein Mann sich manchmal zwingen muß – wenn er überhaupt dazu fähig ist, wie sie es durch ihre Willenskraft konnte – aber das sagte sie ihm nicht. Ein Teil von ihr stand daneben, beobachtete von innen heraus. Sein Körper hatte sein Vergnügen und fand sie schön.

Der Abend ihres Universums brach für sie herein. Sie flogen zwischen seinen Sonnen und Planeten dahin. »Was wird aus unseren armen Anbetern werden?« fragte sie sich.

»Wieso, sie werden aufhören zu sein«, erwiderte er teilnahmslos. »Sie waren niemals wirklich, das weißt du doch.«

Auf ihrem Weg hinaus blieb sie hinter ihm zurück, damit er ihre närrischen Tränen nicht sah. Jede wurde zu einem blauen Stern, solchen, die hell erstrahlen, aber nur für eine kurze Zeit.

Sie brauchte einen Tag, um sich wieder auf der normalen Erde zurechtzufinden, eine Woche, bevor sie ihre Selbstkontrolle zurückgewonnen hatte. Ivar versuchte es zu verstehen, doch es gelang ihm nicht. Sie machte ihm keinerlei Vorwürfe, er hatte sein Bestes getan, aber gegen Ende ihres Planetenurlaubs begriff sie, daß ihre Wege sich bald trennen würden. Auch bedauerte sie ihre Erfahrung nicht. Es war faszinierend und erhellend gewesen. Aber sie wußte, daß sie niemals mehr wollen würde.

16

Emprises Unlimited belegte einen kleinen Turm auf einem Hügel in Portland. Kyra fragte sich, welche seiner Virtuellen Realitäten es wohl mit dem Anblick des fernen Mount Hood aufzunehmen vermochte, der in der milden Küstenluft in der Abendsonne glühte. Aber natürlich konnten die Hirn- und Drüsenstimulationen jeden davon überzeugen, daß alles unaussprechlich schön sei, oder schrecklich oder entschuldbar oder was immer man wählte. Sie ging hinein.

Auf ihr Ersuchen hin und nach Zahlung einer entsprechenden Summe geleitete eine Empfangsdame sie in ein Zimmer, wo sie auf ihre Freunde warten und mehrere Stunden garantiert ungestört mit ihnen zusammensein konnte, wenn sie das wünschten. Zu den komfortablen Möbeln gehörte ein Wandbett, das heruntergelassen Platz für vier Personen bot. Sie vermutete, daß es nur selten benutzt wurde. Wer kam schon hierher, um eine gewöhnliche Orgie zu feiern? Es sei denn vielleicht, die künstlich erzeugte hatte einen vorher entsprechend heiß gemacht.

Seltsam, dachte sie, wie tolerant die Avantisten in mancher Hinsicht waren. Nach dem, was sie darüber gehört hatte, wäre die Erneuerungsbewegung der Tod für diese Art Zügellosigkeit gewesen. Wahrscheinlich – sie hatte die Geschichte nicht bis ins Detail studiert – war vieles von dem, was die Avantisten nicht billigten, zum Zeitpunkt ihrer Machtübernahme schon zu tief eingewurzelt gewesen, als daß sie es per Erlaß hätten abschaffen können. War es außerdem nicht die Idealvorstellung, nicht durch Gewaltanwendung, sondern durch Erziehung, Indoktrination und die Schaffung wissenschaftlich entworfener sozioökonomischer Bedingungen voranzuschreiten, so daß die Weiterentwicklung in Richtung auf die Transfiguration unvermeidlich wurde?

»Das ist natürlich gescheitert«, hatte Guthrie gesagt. »Mit Pauken und Trompeten. Als die Menschen immer enttäuschter und zynischer wurden, lief alles immer schlechter, die Ideologen und Bürokraten wurden hektisch, und der ganze Laden entwickelte sich zu einem dauernden Kampf um Machtgewinn und Machterhalt. So enden alle Regierungen, aber die übereifrigen kommen am schnellsten dorthin. Das Ziel der Macht ist die Macht.«

Sie wickelte ihn aus und stellte ihn auf den Tisch. »Danke«, knurrte er. »Macht keinen Spaß, in einem Kasten innerhalb eines anderen Kastens zu sitzen. Heiliger Judas, ich bin es gründlich leid, körperlos zu sein!«

Mitgefühl bewegte sie zutiefst. »Ich könnte mir nicht vorstellen, es auch nur einen Bruchteil der Zeit auszuhalten, die Sie es ausgehalten haben«, sagte sie.

»Na ja, für mich bedeutete ›Existenz‹ schließlich auch etwas anderes. Heute fällt es mir leichter, geduldig zu sein als damals, als ich noch am Leben war.« Er sprach den Satz mit einer Beiläufigkeit aus, die sie frösteln ließ. »Am Ende geht es einem auf die Nerven, aber ich sage mir, daß ich irgendwann schon wieder angeschlossen werde.«

Wie gut taugten robotische Sensoren und Effektoren als Ersatz für Fleisch und Blut? Kyra hatte nicht den Mut, danach zu fragen. Und doch hatte sie ihn mehr als nur ein bißchen kennengelernt, und dieses erste offene Eingeständnis von Müdigkeit, von inner Qual, berührte sie so tief, als hätte ihr Vater es gemacht. »Sie sind sehr tapfer, *jefe.* Ich würde nie eine Bewußtseinskopie von mir anfertigen lassen.«

»Verdammt wenige haben das jemals, das wissen Sie, und bis auf zwei andere haben es inzwischen alle beendet. Ich hatte Fireball, um mich bei Laune zu halten.« Guthries Tonfall wurde sanfter. »Allerdings ist es keine Frage des Mutes. Der Vorgang tut *Ihnen* nicht weh. Er erzeugt nur eine Kopie Ihres Bewußtseins, ein durchaus eigenständiges Geschöpf.«

Kyra nickte. »Natürlich. Es ist keine Rettung vor dem persönlichen Tod.« Eine solche Rettung war nirgendwo in Sicht, nachdem sich herausgestellt hatte, daß das Altern ins menschliche Genom eingebaut war. Man konnte die Dinge nur bis zu einem bestimmten Punkt verbessern. »Aber ich, tja, ich hätte Angst, daß dieses andere Gefühl mich verfluchen würde.«

»Mag sein, daß Sie Ihre Ansichten später noch ändern, Süße. Diese Universum ist ungeheuer interessant. Außerdem –«

Ein Glockenton, eine Stimme: »Ihre Freunde sind hier, *señorita* Wickham.«

Kyra straffe sich. »Lassen Sie sie ein.«

Esther Blum und ein Mann traten durch die Tür. Er war in den Dreißigern, schätzte Kyra, von mittlerer Größe, schlank, aber breitschultrig, katzenhaft geschmeidig. Sein dunkles, klar geformtes Gesicht war nicht ausdruckslos, gab aber keinen wirklichen Hinweis auf das, was er gerade denken mochte. Trotz des lockeren Schnitts paßte sein Jackett zu der Eleganz von Bluse, Freizeithose und Schuhen, die, wie sie bemerkte, einen sicheren Stand gewährleisteten. Die Kleidungsstücke waren in konservativen Farbtönen gehalten. Allerdings hatte er sich ein Biojuwel in die Stirn einsetzen lassen. Im Augenblick strahlte es in einem kalten Grün.

Blums Blick traf Guthries Augenstiele. »So, da bist du also«, begrüßte sie ihn. »In einen prima Suppenkessel bist du da hineingeplumpst, du alter *schlemihl.* Ich sollte dich köcheln lassen, bis du eßbar bist, nur wäre das nicht fair gegenüber dieser armen kleinen *Schickse,* die du beschwatzt hast, dir die Hand zu halten, die du nicht besitzt.«

»Hah!« schnaubte Guthrie. »Sei du mir still von wegen ›Verführung der Jugend‹. Hütet euch vor dieser alten Hexe, ihr zwei. Sie ist böse und verdorben. Ich habe gesehen, wie sie Eiskrem in ihr Bier getan hat.«

Blum zwinkerte – glitzerten da Tränen? – und brachte ihr Lächeln wieder in Ordnung. »Besser, wir kommen zum Geschäftlichen«, sagte sie. »Anson Guthrie, der echte Anson Guthrie; Kyra Davis; Nero Valencia.«

Der Händedruck des Mannes war fest und rasch. *»Buenas tardes.* Die *señora* hat mir Ihre Situation in groben Zügen geschildert.« Sein Bariton ließ das flache mittelamerikanische Englisch zugleich anmutig und würdevoll klingen.

Die drei nahmen Platz. »Okay, Esther«, sagte Guthrie, »wie wäre es, wenn du erst mal erklärst?«

Blum holte ein Etui mit Cheroots aus der Tasche. »Eines

Tages wirst du vielleicht die Mühe zu würdigen wissen, die ich deinetwegen auf mich genommen habe«, antwortete sie. »Angesichts der Überwachung durch die Sipo – möge sie an einer Überdosis politischer Reden sterben – mußten meine Kontaktleute weitere Kontakte anknüpfen, und das alles seit gestern. Ich habe Nero erst vor zwei Stunden getroffen. Natürlich sind wir nicht zusammen hier hereingekommen. Schlimm genug, daß die Gendarme sich fragen, was ein nettes jüdisches Mädchen wie ich an einem Ort wie diesem tut.«

Die Spaßhaftigkeit schwand. »Es war das Beste, was ich einfädeln konnte, Anse«, sagte sie. »Ich werde nicht riskieren, meine Heimstätter zu kompromittieren, aber du bist so eine Art Hoffnung für uns alle, und – wir hatten eine schöne Zeit miteinander, wir beiden.«

»Eine Zeit, als du jung warst, in der die Betten gewackelt hätten, wenn ich nicht schon eingedöst gewesen wäre«, erwiderte Guthrie. »Danke für alles, Esther.«

»Genug des Liebesgeflüsters.« Blum zündete sich eine Cheroot an und zog heftig daran. Der Rauch war außergewöhnlich beißend. »Habt ihr euch schon einen Plan ausgedacht, eine Möglichkeit auszubrechen, die eurer Meinung nach funktionieren könnte?«

Kyras Nerven bebten. »Wir haben verschiedene durchgesprochen«, sagte sie. »Je nachdem, was wir an Hilfe bekommen können –«

»Sagen Sie es mir nicht. Ich sollte nicht mehr hören, als ich schon gehört habe. Aber ich dachte mir, ihr könntet einen Führer für Routen gebrauchen, die auf keiner Karte stehen, und wenn es sich dabei auch noch um einen Kämpfer handelt, um so besser. Ich habe diesen Gunjin* für euch engagiert.«

Valencia neigte einen Augenblick den Kopf. »Von der Sally-Severin-Bruderschaft, zu Ihren Diensten«, sagte er ruhig.

Guthrie hob die Augenstiele, die einzige körperliche Gebärde, die ihm zur Verfügung stand. Kyra nahm an, daß er den Namen erkannte. Sie nicht, aber der allgemeine Sinn war

* gun [engl.]: Pistole, Revolver; jin [japanisch]: Mann (A.d.Ü.)

ihr klar. Ein Söldner, ein moderner Condottiere. Seine Arbeit war nicht zwangsläufig kriminell. In den meisten Fällen beschützte er wahrscheinlich einfach eine Person oder einen Besitz. Da Gemeinden, Organisationen und reiche Einzelpersonen sich zunehmend von der Regierung entfremdeten, sahen sie sich gezwungen, ihren Schutz selber zu mieten, statt sich an die Polizei zu wenden. Aber sie hatte jede Menge Berichte – Fiktion oder angebliche Tatsache – gesehen, die von der Bereitschaft der meisten Gunjins handelten, illegale Jobs zu übernehmen, vom Schmuggel bis zu Revierkriegen zwischen Gangs.

Hatte dieser hier sich seinen Vornamen selbst zugelegt? Aber vielleicht war es einfach so, daß seine Eltern zu jenen Neo-Heiden gehört hatten, die dezidiert anti-christlich eingestellt waren.

Sie zwang sich, ihre Aufmerksamkeit wieder auf ihn zu richten. »Mein Kontrakt ist mit der *señora* geschlossen«, sagte er gerade, »aber sie hat mich damit beauftragt, Ihnen jede Unterstützung zu gewähren, die ich geben kann. Deshalb stehe ich in Ihren Diensten, *señor* Guthrie, bis sie das wiederruft oder der Kontrakt in zwei Wochen ausläuft. Zu diesem Zeitpunkt können wir, wenn Sie es wünschen und ich dazu gewillt bin, einen neuen abschließen. Bis dahin bin ich im Rahmen der Gesetze der Bruderschaft Ihr Mann. Im wesentlichen bedeutet das, daß ich mich nicht an Greueltaten und Perversionen beteiligen werde und ich, obwohl ich mein Leben für Sie riskieren werde, wenn es sich als nötig erweist, nicht dazu verpflichtet bin, Selbstmordaktionen zu unternehmen. Ich werde Ihnen eine Broschüre geben, die diese Konditionen klarmacht.« Er lächelte. Es war ein so charmantes Lächeln, wie Kyra nur je eines gesehen hatte. »Nicht, daß ich damit rechne, daß Sie mir Anlaß geben werden, einen Befehl abzulehnen. Ich habe Sie schon mein ganzes Leben lang bewundert, Sir.« Zu Kyra: »Und Sie, Mylady, sind eine reizende Überraschung.«

Er wurde wieder ernst. »Mein Gebiet ist die Westküste, mehr oder weniger von Vancouver bis hinunter zur Baja. Ich habe auch schon anderswo gearbeitet, aber mit diesen Gegenden bin ich nicht wirklich vertraut. Wenn Sie nach Osten wollen, kann es sein, daß wir einen ortsansässigen Mann engagieren müssen. Ich kann einen für Sie besorgen.«

»Ich bezweifle, daß wir das tun werden«, platzte Kyra heraus.

»Ich sagte Ihnen doch, Sie sollen mir nichts verraten!« rief Blum. Besorgt wandte sie sich an Guthrie. »Habe ich richtig gehandelt? Verbessert das deine Chancen irgendwie?«

»Hör zu, Mädchen«, grollte er, »wenn ich mich hier in dieses System einhaken könnte, würde ich dir so eine Party geben, daß auch deine fleischliche Hülle O-beinig gehen würde. Für deine Bewußtseinskopie könnte ich das tun. Komm, leb mit mir und sei mein Schatz!«

»Danke, lieber nicht. Schick mir eine Kiste Schnaps, wenn du zu Hause angekommen bist.« Die zarte Stimme brach. »Ach, Anse – !« Sie versteifte sich in ihrem Sessel. »Wäre dann damit alles geklärt? *Nu*, laß uns planen, wie wir diesen Schuppen verlassen.«

»Ich schlage vor, Sie gehen als erste, *señora«*, murmelte Valencia. »Falls draußen ein Kriminalbeamter Wache steht, sollten Sie ihn dadurch auf sich ziehen. *Señorita* Davis kann ein paar Minuten später abheben, und ich separat. Ich werde *señor* Guthries Tragebehälter mitnehmen, weil ich ihn vorher nicht gehabt habe und es wahrscheinlicher ist, daß ich meine Verfolger abschütteln kann, wenn irgend etwas *malo* läuft. Holen Sie Ihr Gepäck von dort ab, wo immer Sie es gelassen haben, *señorita*, und nehmen Sie sich ein Zimmer im Hotel Neptun. Ich bin in sieben-sieben-null.«

»Zuerst verpacken wir Anse neu, und danach verbringen wir ein oder zwei Stunden im Nimmerland«, sagte Blum. »Wir wollen schließlich nicht, daß sie sich fragen, warum wir es nicht getan haben. Ich bin nicht sicher, daß die *quivira*-Diskretion in Anbetracht der gegenwärtigen Hysterie so weit reichen würde. In der letzten Nachrichtensendung, die ich mitbekommen habe, versprach die Regierung dicke Belohnungen für Informationen, insbesondere über elektronisch-photonische Geräte, die aufgestellt werden könnten, um zentrale Kontrollsysteme zu stören.«

Weiter konnten sie sich der Wahrheit nicht nähern, ohne Fragen über Guthrie Zwei wachzurufen, dachte Kyra. Unbehagen kribbelte in ihr. Konnte ihre Gruppe es wagen, Guthrie in einem Behälter zurückzulassen, den jedermann öffnen konnte, während sie in einer anderen Welt herumschwebten? . . . Aber sie hatten keine Wahl. Blum hatte recht. Es war das kleinere Risiko. Das Päckchen nicht zur Aufbewahrung geben, es mit in den Vergnügungsraum nehmen, ganz beiläufig damit umgehen.

»Die *señora* ist weise.« Valencia zuckte die Achseln und grinste. »Wenn ich einen kostenlosen Trip spendiert kriege, was wird das sein?«

»Nichts . . . Intimes, *por favor*«, sagte Kyra. »Ich bin nicht gerade erpicht darauf.«

»Mein Laster ist das auch nicht«, gab Blum zu.

»Bist du jemals gegangen, Esther?« fragte Guthrie.

»Einmal, aus Neugier. Unsere schmuddelige Wirklichkeit ist viel überraschender und wunderbarer.«

»Eine *quivira* kann sie für dich wiederauferstehen lassen, wenn du das möchtest« sagte er sanft.

»Ich wiederhole, nein danke. Ich habe zwei Ehemänner, beides prächtige Kerle, und einen guten Sohn beerdigt. Laß die Erinnerungen in Frieden ruhen. Was mir noch an Zeit bleibt, widme ich meinen lebenden Kindern und meinen Enkeln.« Blum lächelte. »Plus dem süßesten kleinen Teufel von einem Urenkel.« Sie drückte ihre Cheroot aus und stand auf. »Nicht, daß ich hinsichtlich *quiviras* Abstinenzlerin wäre. Ich habe mir sogar einen Katalog mit fertigen Programmen auf den Bildschirm geholt und eines davon für euch ausgesucht. Es sollte Ihnen gefallen, Kyra, und ich bin sicher, Sie werden sich nicht langweilen, Nero. Gehen wir.«

»Was ist es?« erkundigte sich Kyra.

»Eine Abendgesellschaft in Philadelphia. Unser Gastgeber wird George Washington sein. Unsere Mitglieder sind Thomas Jefferson und Benjamin Franklin. Beteiligen Sie sich unbedingt an der Unterhaltung, aber achten Sie auf Ihre Manieren. Es sind nur Illusionen, ja, Teile eines Hypercomputer-Programms, aber zugleich sind es auch die sorgfältigsten Persönlichkeitsreplikate, die die Forschung möglich gemacht hat. Ich für meinen Teil würde lieber zuhören als selber reden.«

»Verdammt«, sagte Guthrie, »und ich kann nur dasitzen und euch beneiden!«

17

Einmal, vor vielen Jahren in Quito, hatte er erklärt: »Wir werden uns hier etwas Neues bauen. Die erste Maschine, die nicht irgendwo unterwegs beim Turing-Test durchfällt. Aber ich muß zugeben, das wird daran liegen, daß sie mogelt. Weißt du, ich werde nämlich in ihr drinsitzen.«

»Ich glaube, über kurz oder lang wird man ein System entwickeln, das wirklich ein eigenes Bewußtsein besitzt«, hatte Juan Santander Conde erwidert. Damals war er gerade in mittleren Jahren gewesen, obwohl er schon seit einer Ewigkeit mit Guthrie befreundet und als einer der obersten Direktoren Fireballs aktiv war.

»Ja, der Heilige Gral der Psychonetik. Und etwa genauso trügerisch, glaube *ich*.«

»Immerhin –«

»Sicher, sicher. Recht gute Simulationen. Eigentlich behaupte ich ja gar nicht, daß die erstklassigen Programme nicht über ein gewisses Maß an Bewußtsein verfügen, genauso, wie ich einer Eidechse ein kleines bißchen zugestehe, einem Hund eine ansehnliche Menge und einem Affen eine ganze Masse. Aber im Grunde sind sie doch *idiots savants*. Superbrillant auf ihren beschränkten Gebieten, aber ansonsten ist da nichts. Mir scheint, wenn irgendeine der Vorgehensweisen, sie dem Menschen mehr anzugleichen, richtig gewesen wäre, dann hätten wir das Ziel inzwischen längst erreicht ... Ich weiß, was du sagen willst. Bemüh dich nicht! Die Programme in diesen neuen Traumpalästen; Leute, die es ausprobiert haben, schwören, es sei genau wie die Interaktion mit einer echten, lebenden

Person. Aber es *ist* ein Traum. Der Input des Kunden ist ein Teil dessen, was da abläuft, und seine Intuition wirkt wie eine Rückkopplungsschleife. Wenn er mehr in die Interaktion einbringt – Wissen, Vorstellungsvermögen, was auch immer –, als das Programm von seiner Anlage her verkraften kann, dann hat er es bald nicht mehr mit der intendierten Pseudopersönlichkeit zu tun. Sie wird zu etwas anderem, das sich radikal von dem unterscheidet, was sie vorher war. Es kann sogar passieren, daß sie sich auflöst.«

»Ich weiß, und ich hatte gar nicht die Absicht, das zu erwähnen.«

»Entschuldige. Ich wollte dich nicht beleidigen, Juan. Ich neige dazu, zuviel zu reden. Manchmal wird es da, wo ich bin, ziemlich einsam. Schon gut! Was ich für Fireball entwickelt haben möchte, ist eine völlig andere Sache – jedenfalls, wenn ich darinstecke. Verstehst du, ich will, daß es in der Lage ist, mich in sein Arbeiten einzubeziehen.«

Während der Roboter die Anschlüsse für den neuen Guthrie einrichtete, setzte dieser an zu der Frage: »Sag, was ist mit –« und bremste sich dann.

»Haben Sie eine Frage?« schnurrte der Informationsschirm.

»Nein, nichts. Fahr fort.«

Als er vollständig angeschlossen und integriert war, richtete er seine Anfrage an das System. Es war vernünftig, mit ein paar einfachen, gradlinigen Datenabfragen zu beginnen. Der Direktzugriff auf das Ganze, die Verfügung über seine Fähigkeiten, konnte zuerst überwältigend sein. Soweit die menschliche Sprache ihn in die Lage versetzte zu beschreiben, was er nun tat, fühlte es sich so an, als rufe er irgendeine Tatsache aus seinem normalen Gedächtnis ab, ein Datum oder eine Adresse oder die Augenfarbe einer Frau.

Der Hypercomputer klassifizierte sein Begehr und leitete ihn durch die entsprechenden Bereiche. Wenn nötig, konnte die Datenbeschaffung Datenbanken auf dem ganzen Planeten absuchen. Die Untersuchung jeder logischen Folgerung konnte andere, ebenso weit verstreute Großrechner zuschalten. Wie auch immer, die abgefragte Information erreichte Guthrie schon nach wenigen Millisekunden.

Ja, in der Entwicklung künstlicher Intelligenz wurden Fortschritte gemacht, auch wenn in den Unterlagen, die er in Nordamerika erhielt, keine Informationen darüber enthalten waren. Er hatte zu viel anderes lernen müssen, Alltagsangelegenheiten und wie sie sich während der Jahre, in denen er ohne Bewußtsein gewesen war, verändert hatten.

Er stellte fest, daß die vorderste Linie des Fortschritts nicht mehr länger in den Fireball-Labors verlief. Seine Idee, sich selbst an die Computersysteme seiner Firma anzuschließen, wenn die Umstände das rechtfertigten, war so erfolgreich gewesen, daß er sehr nachdenklich geworden war. Auch wenn er weitere Forschungen in dieser Richtung nicht verboten hatte, so hatte er doch aufgehört, sie zu unterstützen, und sie waren erlahmt.

Anderswo jedoch waren Forscher seinem Beispiel gewissenhaft gefolgt, vor allem bei Technofutures in Europa und Hermes Communications in Astrebourg. Sie hatten beträchtliche Fortschritte erzielt. Es wären zweifellos noch mehr gewesen, wenn sie auch eine Bewußtseinskopie gehabt hätten, um damit zu arbeiten. Aber keine der beiden anderen, die noch existierten, war interessiert. Uwimana widmete sich vollständig seinen eigenen wissenschaftlichen Untersuchungen, er war der Kosmophysiker schlechthin geworden. Nguyen war ganz in den Mysterien aufgegangen, über die sie meditierte – was auch immer sie sein mochten.

Was die Herstellung einer neuen Bewußtseinskopie anging, so war kaum jemand bereit, als Ausgangsperson zu dienen. »Es würde mir nicht gefallen, eine Maschine zu sein. Und einer Kopie meines Geistes auch nicht.« Die wenigen Freiwilligen wurden für ungeeignet befunden, aus dem einen oder anderen Grund.

Dennoch, die Hardware, die eine Bewußtseinskopie aufnehmen konnte, ließ sich bauen, wie das, was bereits existierte, bezeugte. Konnte man mit seinem Computer ein Programm dafür schreiben, wie eine kopierte Persönlichkeit sich verhielte? Wenn ja, hätte man den Heiligen Gral gefunden: eine vollbewußte künstliche Intelligenz, die nur durch die Fähigkeiten der Systeme eingeschränkt wurde, an die sie gekoppelt war.

Algorithmus nach Algorithmus war aufgestellt, ausprobiert, für mangelhaft befunden, revidiert, erneut ausprobiert und endgültig verworfen worden. In letzter Zeit jedoch hatte eine andere Idee an Boden gewonnen. Der Verstand war zum Teil algorithmisch, gewiß, aber eben nicht völlig. Man mußte Quanteneffekte berücksichtigen – vor allem, so schien es, Bells Ungleichgewicht und die Energie des Vakuums. Nichts Übernatürliches, trotzdem waren der Beobachter und das Beobachtete eins, die Ursache hatte Wurzeln in der Wirkung, Ouroboros machte sich zu einem Ring, indem er sich in den Schwanz biß. Auf dieser Grundlage mochte es möglich sein, das, was die Natur über einen Entwicklungszeitraum von Jahrmillionen geschaffen hatte, auf eine künstliche Struktur zu übertragen.

War man erst einmal auf der richtigen Spur, sollte man angesichts der heute zur Verfügung stehenden Computerkapazitäten schon bald den Preis erringen. Und was dann?

Guthrie wandte sich von dieser Frage ab. Er hatte dringendere Beschäftigungen. Eine Weile übte er, um sich wieder die Fähigkeiten eines gottgleichen Intellekts anzueignen. Er stellte komplizierte Differentialgleichungen auf und löste sie. Er modellierte drei große organische Moleküle und ließ sie miteinander reagieren. Er erkundete fraktale Kosmen von so sinnverwirrender Schönheit, daß es schmerzte, sie wieder zu verlassen.

Aber er mußte. Nach etwa einer halben Stunde Realzeit, zwei Milliarden Mikrosekunden, machte er sich an seine eigentliche Aufgabe. Sie war unendlich viel schwieriger. Im Laufe einer Nacht schaffte er gerade einen Entwurf für die Fertigstellung.

Aber es sollte seinen Zweck erfüllen. Er hatte jeden Eintrag über jedes Ereignis durchsucht, das Auswirkungen auf Anson Guthrie gehabt hatte, dessen Anson Guthrie sich in den vergangenen dreiundzwanzig Jahren direkt oder indirekt bewußt gewesen sein mußte. Er hatte diese Ereignisse strukturiert, sie ausgewertet, unter ihnen ausgewählt. Einige hatte er in seinen persönlichen Dauerspeicher übertragen: jene, die sich auch auf natürlichem Wege dort eingeprägt hätten. Es waren verhältnismäßig wenige; sein neuronales Netzwerk besaß nicht viel mehr Speicherkapazität, als sein lebendes Gehirn sie gehabt hatte. Eine größere Anzahl hatte er abstrahiert und in allgemeine Hintergrundinformationen umgewandelt; zum Beispiel würde er sich daran erinnert haben, wer die herausragenden Persönlichkeiten in der Geschichte dieser Jahrzehnte waren, sowie einige der Dinge, die sie getan hatten, aber nicht viele Details. Die Mehrzahl schied er aus. Sie gehörten zu der Klasse von Ereignissen, die man bemerkte und rasch wieder vergaß und später aus einem Notizbuch oder einer Datenbank hervorholte, wenn man sie zufällig noch einmal benötigte.

Während dieser ganzen Arbeit drang nichts anderes in sein Bewußtsein vor. Er war transzendent; er war Prozeß, Verlauf. Als es schließlich vorüber war, mußte er gegen den Drang ankämpfen, anderswo weiterzusuchen, erneut in diese kalte Ekstase einzutauchen. Stück um Stück löste er sein steuerndes Bewußtsein aus dem Netz. Er befahl, losgekoppelt zu werden.

Wie jedesmal wich ein unmittelbares Gefühl unermeßlichen Verlustes einer dumpfen Trägheit. Sein nur menschenähnlicher Verstand mußte verarbeiten, was in ihn eingeströmt war. Er brauchte Ruhe, einen subaktiven Zustand, das Dösen und das Aufflackern von Träumen, das dem Schlaf entsprach, den sein lebender Körper so oft gern angenommen hatte. Aber besser, er sah erst nach, ob es irgend etwas Geschäftliches gab, um das er sich vorher kümmern mußte.

Er kehrte persönlich in sein Allerheiligstes zurück. Der Robotkörper, in den er transferiert worden war, schmerzte wenigstens nicht, war nicht müde. Er konnte das glatte Wogen der Schritte genießen, den leisen Tritt auf Teppichboden, das Säuseln und die Gerüche – im Augenblick nach Pinien –, die aus Lüftungsschächten wehten.

Sein Privatbüro hier im Hauptgebäude war groß, aber ansonsten schlicht. Objekte füllten einen Glasschrank: Souvenirs, Trophäen, Geschenke von jetzt toten Freunden, die Art

Gerümpel, die selbst ein Geist anhäufen kann. Er bemerkte ein paar, die nicht dort gewesen waren, als er von Alpha Centauri heimkehrte. Er wußte nichts über sie, darüber, wie sie auf sein anderes Selbst gekommen waren oder warum er sie für aufbewahrenswert hielt. Solche Kleinigkeiten fanden nicht ihren Weg in Firmenaufzeichnungen oder Berichte der Medien, und Tagebuch hatte er nie geführt. So etwas konnte ihn leicht zu Fall bringen, wenn jemand anderes darüber Bescheid wußte. Er mußte darauf achten, ihre Erwähnung zu vermeiden oder jeder Bemerkung auszuweichen, die er hörte.

Da der Roboter es nicht nötig hatte zu sitzen, nahm er Aufstellung hinter seinem Schreibtisch, der in sich selbst für Persönlichkeiten seines Schlages ein Anachronismus war, und berührte sein Videophon. Eine Nachricht von Dolores Almeida Candamo, bitte rufen Sie so bald wie möglich zurück, egal, wie spät es sein mag. »Verdammt«, murmelte er und leitete die Suche in die Wege.

Fireballs Generaldirektorin für die irdischen Unternehmungen war zu Hause und schon wach. Er erinnerte sich an sie als eine lebhafte junge Kommunikationsingenieurin. Sie und ihr Verlobter hatten ihren Hochzeitstermin vorverlegt, so daß er persönlich teilnehmen konnte, bevor er abflog; Fireball konnte nicht beide Guthries dafür erübrigen, aber ›Es ist der gleiche Geist‹ hatte sie gelacht. Seine Übersicht hatte ihn über ihre spätere Karriere informiert und ihn auf das graue Haar und das immer noch schöne Gesicht vorbereitet. Sie hatte ihm nicht verraten, wie sie normalerweise miteinander umgingen. In Kenntnis der Psychodynamik hatte er die üblichen Verhaltensweisen geschätzt; in diese Berechnung projizierte er seine Intuition.

»Guten Morgen!« rief sie auf Spanisch aus. »Willkommen daheim, Chef! Tut mir leid, daß ich Ihre Ankunft gestern verpaßt habe.«

»Viel haben Sie nicht verpaßt«, antwortete er auf Englisch, dann wechselte er in ihre Muttersprache über. »Werde ich dringend bei etwas gebraucht?«

»*Ay de mí*, wobei nicht? Sie hätten wirklich nicht nach Nordamerika gehen sollen. Wir hatten schreckliche Angst um Sie, und –«

»Und ihr habt überlebt. Fireball, meine ich. Wie viele Male haben Sie mich sagen hören, jede Organisation, die Mikromanagement von oben braucht, sollte auf der Stelle von ihrem Elend erlöst werden? Was ist denn los?«

Er sah, daß seine Schroffheit sie verletzte. Nun, ein freundlicheres Auftreten konnte er nicht riskieren, nicht, bis er sich eine Weile vorgetastet und einige der Feinheiten kennengelernt hatte. Sie klappte das Visier des Pragmatischen nach unten. »Zunächst einmal diese ganze Zusammenarbeit mit den Avantisten, nach allem, was sie uns angetan haben. In den letzten Tagen habe ich mich im Zentrum eines Aufruhrs befunden.«

»Damit hatte ich gerechnet. Sie fragen sich, ob ich sie verraten habe, und warum und wie wohl. Hören Sie mir bitte zu. Sie verstehen doch – oder nicht? –, daß ich bei einer öffentlichen Ankündigung nicht in die Einzelheiten gehen konnte. Das hätte eben jene Greuel ausgelöst, die ich verhindern wollte, oder den Feind wenigstens hinreichend gewarnt, daß er sich hätte verstecken können.

Wir werden in Kürze eine Direktorenkonferenz abhalten, und ich werde Ihnen die Fakten darlegen. Meine Kontakte mit den Chaoten haben mich zu der Entdeckung geführt, daß ein fanatischer Untergrund existiert, unabhängig von der anständigen Mehrheit und nicht nur in Nordamerika. Ich hielt mir, bildlich gesprochen, die Nase zu und nahm, zuerst indirekt, vorsichtig Fühlung mit der Sipo auf. Wissen Sie, ihre Mitglieder sind nicht alle Monster. Die meisten von ihnen sind sogar recht ehrenwerte Leute, die eine Arbeit tun, die sie für nötig halten. Sie hatten bereits eigene Hinweise. Alles deutete auf eine Unterwanderung Fireballs und anderer privater Firmen hin. Nicht in großem Rahmen; durch eine Hexenjagd würden wir uns nur selbst schaden; aber in Schlüsselpositionen – Bedenken Sie, welch eine Waffe schon ein einziges Raumschiff sein kann. Bedenken Sie die Konsequenzen für uns, wenn etwas passiert, vielleicht vom Ausmaß eines Völkermordes, das wir hätten verhindern können. Ich mache das Beste aus einem schlechten Geschäft.«

Almeida biß sich auf die Lippe. »Unsere Sprecher haben auf meine Anweisung hin so ziemlich das gleiche gesagt. Aber in Ermangelung von etwas Konkreterem nährt Furcht sich von sich selbst.«

»Ich weiß. Es werden bald konkrete Worte und Taten folgen, das verspreche ich. In der Zwischenzeit, was ist sonst noch wichtig?«

»Die Mahatmas und ihre Anhänger, die die Enklave in Hyderabad blockieren. Davon haben Sie ja gehört. Sie versuchen, uns dazu zu zwingen, ihren Kult finanziell zu unterstützen. Sub hat eine Idee, wie man sie überreden könnte, sich friedlich zu zerstreuen, aber er möchte sie zunächst mit Ihnen diskutieren.«

»Äh, Sub?«

Sie bedachte ihn mit einem seltsamen Blick, als suche sie einen Ausdruck auf seinem Türmchen. »Subrahmanyan.«

»Ach ja.« Subrahmanyan Rao, Leiter der südasiatischen Unternehmungen. Pause. Denk nach. Seufze. »Verzeihen Sie mir, Dolores, ich habe seit meiner Rückkehr keinen Augenblick Ruhe gehabt und davor auch herzlich wenig. Ich bin müde bis zur völligen Stumpfheit. Können Sie begreifen, daß eine Überbelastung jeden Geist erschöpft, selbst einen, der nur ein Programm ist? Geben Sie mir ein paar Stunden. Halten Sie die Festung noch solange für mich. Ich weiß, Sie können das.«

Ameidas Miene wurde sanfter. »Ja. Irgendwie schaffe ich es schon. Rufen Sie mich an, wenn Sie sich bereit fühlen. Ruhen sie gut, Chef.« Ihr Bild verschwand.

Einen Augenblick lang stand Guthrie allein da. Er brauchte nur zu befehlen ›Keine Unterbrechungen‹ und sich darauf zu programmieren, nach einer ausreichenden Spanne Zeit wieder zu erwachen. Nein. Noch nicht.

Das System übermittelte seinen Anruf über nicht anzapfbare Leitungen nach Norden, um die Krümmung des Planeten herum nach Futuro. In jener Hauptstadt war es genauso früh, aber Sayre befand sich in seinem Büro im nationalen Hauptquartier der Sicherheitspolizei. Es dauerte ein paar Minuten, bis er sich vergewissert hatte, daß die Verbindung abgeschirmt war. Daß es zu einem Gespräch zwischen Guthrie und Sayre kam, sollte eigentlich niemanden überraschen. Was der Geheimhaltung bedurfte, war der Inhalt.

»Fertig«, sagte Guthrie auf Englisch. »Was gibt es Neues?«

Das Durchschnittsgesicht schob sich auf dem Schirm nach vorn. »Wie läuft es bei Ihnen?«

»Es geht, mehr oder weniger. In Kürze werde ich meinen *consortes* einen vollständigen Bericht über die Verschwörung vorlegen müssen.«

»Der wird derzeit noch für Sie vorbereitet, einschließlich der Beweise. Keine Sorge, Sie werden ihn rechtzeitig haben.«

»Beweise ... Was sind die schon wert, in diesem elektronischen Nanotech-Zeitalter?«

Sayre lächelte. »Darum benötigen wir Sie ja an Ort und Stelle, Anson. Ihre Persönlichkeit, Ihre überzeugende Art.«

»Für Sie immer noch ›*señor* Guthrie‹, Sayre.« Der andere versteifte sich, schluckte und verzichtete auf eine Erwiderung. »Was ich wissen will, ist, wie die Dinge bei Ihnen stehen.«

»Wir sind angestrengt bei der Arbeit.« Mit jedem Wort löste die Erregung die Kälte immer mehr auf. »Soeben habe ich einen Bericht erhalten, den das Programm meiner persönlichen Aufmerksamkeit für wert befunden hat. Gestern abend verbrachte die Regentin der Heimstätter-Vereinigung drei Stunden in der *quivira* von Portland, an der Westküste. Sie ist nicht mehr in einer *quivira* gewesen, so weit wie ihr Dossier zurückreicht. Und sie ist eine enge Freundin ... Guthries. Hat das eine Bedeutung?«

»Hm, ich weiß nicht. Was planen Sie?«

»Sie festnehmen und einem Tiefenverhör unterziehen zu lassen, natürlich.«

Die Robotstimme wurde schleppend, mit einem Klirren darin wie von Eisen. »Sayre, hören Sie zu. Wenn Ihre Agenten auch nur eine dreckige Hand an diese Lady legen, dann sind Sie und ich geschiedene Leute.«

Das Gesicht gaffte. »Was? Augenblick mal –« Er gewann

seine Fassung wieder: »Okay, Sie ist eine Freundin von Ihnen, und Sie bewahren... primitive Loyalitäten. Aber –«

»Seien Sie still. Hören Sie mir zu. Ich bin davon überzeugt, daß Xuan im wesentlichen recht hatte. Ich weiß, wie das bewerkstelligt wurde, aber ich bin es nun einmal, und ich will Ihre Sache nicht scheitern sehen, weil alle Alternativen verflucht viel schlimmer sind. Darum mache ich mit bei diesem frommen Schwindel von der großen nihilistischen Verschwörung, damit wir mein anderes Ich festnageln können, bevor es Fireball, das so ungefähr die letzte Macht ist, die Sie noch retten kann, wieder an sich reißt. Ich muß schrittweise auf diese Rettung hinleiten, und dabei ist es nicht gerade hilfreich, wenn ich zugebe, daß ich die Gefahr vielleicht überschätzt habe, aber machen Sie sich deswegen jetzt keine Sorgen. Verstehen Sie jetzt meine Sicht der Dinge?

Okay. Aber dann merken Sie sich für Ihren Teil, daß mir die Situation nicht gefallen muß und es unter allen Umständen eine bestimmte Art von Scheiße gibt, die ich nicht fressen werde. Sie lassen die alte Esther Blum in Ruhe, haben Sie gehört? Wenn sie, seitdem ich sie das letztemal gesehen habe, nicht ihre geistigen Fähigkeiten verloren hat, dann hat sie sowieso dafür gesorgt, daß sie über keinerlei Wissen verfügt, das Ihnen weiterhilft. Aber ob das nun der Fall ist oder nicht: solche Leute wie Sie werden ihr nicht zu nahe treten. Wenn Sie das tun, sind Sie tot. Haben wir uns verstanden?«

Sayre zitterte. Seine Wangen waren von einem fleckigen Weiß. »Sie sind ganz schön arrogant, nicht wahr?«

»Ja. Das ist mein Stil. Und wenn Sie mich anders machen würden, dann wäre ich nicht mehr von großem Nutzen für Sie, oder? Haben Sie mir sonst noch etwas zu sagen? Nein? *Muy bien*, wir bleiben in Kontakt, wie vereinbart. Denken Sie stets daran, ich habe Möglichkeiten, zu erfahren, was meinen Freunden zustößt. *Bastante*.«

Guthrie unterbrach die Verbindung.

Eine Zeitlang blieb er noch ruhig stehen. Ein Sichtschirm bot einen Ausblick über Quito, durch klare Höhenluft auf Andengipfel, die sich aus der Dämmerung ins Sonnenlicht erhoben.

Die Stadt unterhalb dieses Turmes erwachte zu munterem Leben. In dieser Gegend war sie ganz und gar modern. Die prächtigen, uralten Bauten rings um die Plaza Independencia und die traditionellen Wohnviertel lagen in einiger Entfernung, Oasen. Trotzdem waren sie keine Museumsstücke, sondern Orte, an denen sich Menschen trafen, Geschäfte abschlossen, aßen, tranken, feierten, flirteten, faulenzten, gärtnerten, schliefen, Kinder zeugten, sie aufzogen und schließlich starben. So hatte Juliana das Wachstum gewollt, nachdem der Starhafen ein Wachstum unvermeidlich gemacht hatte. Und so hatte er dafür gesorgt, auch nach ihrem Tode. Das war ihr Recht. Schließlich war sie von Anfang an an allem beteiligt gewesen, oder?

18

Jerry Bowen und sein Traum bewohnten eine Zwei-Zimmer-Wohnung im Süden Chicagos. Er hielt sie peinlich sauber, aber nicht sehr aufgeräumt in Anbetracht der überall aufgestapelten Bücher, des Reißbretts, des unter vollgekritzelten Blättern begrabenen Schreibtischs und des sehr leistungsfähigen PCs, der noch aus besseren Zeiten stammte. Als die Guthries ihn besuchten, machte er Kaffee, eine Marke, die er sich, wie sie vermuteten, kaum leisten konnte, und die Unterhaltung streifte ein breites Spektrum an Themen. Ihre Absicht war, sich persönlich ein wenig näher kennenzulernen, nun, da sie eine gewisse Vertrautheit mit seinen Plänen und Spekulationen gewonnen hatten, auch wenn er für seinen Teil ein Visionär war, kein Monomane.

Trotzdem beherrschte zwangsläufig die Raumfahrt und ihre Geschichte die Unterhaltung. Er war dabei gewesen. Er erinnerte sich nicht nur an die ruhmreichen Jahre, die Mondlandungen und einiges mehr, er hatte auch viele ihrer Helden und Heldinnen kennengelernt, Astronauten, Kosmonauten, Techniker, Unternehmer, die es versucht hatten und gescheitert waren und es wieder versucht hatten. Während der nachfolgenden Phase des Niedergangs hatte er alle Arbeiten in der Industrie angenommen, die er finden konnte, nebenbei seine eigenen Raumfahrzeuge entworfen, die niemals gebaut wurden, und zusammen mit Leuten vom Schlage eines Clarke, Bussard, O'Neill, Forward, Matloff, Hunter, Woodcock, Friesen und der Hudsons weitergeträumt. Obwohl er hätte verbittert werden können, hatte er keineswegs verlernt, wie man lachte.

Die Guthries fühlten sich ein wenig unsicher, als sie ihn ein paar Tage später in ihre Hotelsuite einluden. »Ich glaube nicht daran, daß die Virilität eines Mannes etwas mit dem Umfang seines Bankkontos zu tun hat«, knurrte Anson, »aber weiß Jerry das? Er könnte denken, wir wollten ihn beeindrucken, und er ist ein stolzer alter Gockel.«

»Ich bezweifle, daß er sich auch nur einen Deut um die Umgebung schert«, entschied Juliana, und sie riefen ihn an.

Bowen erschien pünktlich. Draußen brauste der Wind und trieb Wolken vor sich her, deren Schatten wie Sicheln über Dächer und Straßen mähten. Von dem Zimmer aus war ein kleiner Park sichtbar. Herbstgelb schüttelten Bäume ihre Äste im Luftstrom. Tote Blätter huschten davon. Es war, als sei die ganze Natur im Aufbruch begriffen.

Als Bowen Hut und Mantel abgelegt hatte, sahen die Guthries, wie er zitterte. Seine Selbstbeherrschung bekam einen Riß. »Nun?« erkundigte er sich. »Was gibt es Neues?«

»So weit es uns betrifft«, erklärte Anson ihm, »haben Sie grünes Licht.«

Bowen schnappte nach Luft. Der zierliche Körper taumelte. Juliana nahm seinen Arm. »Ganz ruhig, großer Mann«, murmelte sie. »Setzen Sie sich.« Sie führte ihn zu einem Sessel.

Anson baute sich vor ihm auf. »Was trinken Sie?« fragte er herzlich.

Bowen schien es nicht zu hören. Er starrte vor sich und schüttelte den Kopf wie jemand, der völlig überwältigt war. »Wir sind unterwegs«, flüsterte er. »Wir sind unterwegs.«

Anson hob eine Handfläche. »Brr!« warnte er. »Immer langsam mit den jungen Pferden. Wir haben noch eine lange, steinige Straße vor uns, und ich verspreche nicht, daß wir den Kurs halten oder auch nur sehr weit kommen werden.«

Bowens Finger krallten sich in die Sesselpolsterung. Er hob die Augen. »Sie meinen, *Ihnen* gefällt der Entwurf –«

»Und den Computern auch.«

Bowen sank in sich zusammen. »Er hat schon vielen Leuten gefallen, Jahr um Jahr«, murmelte er. »*Aber*. Immer *aber*.«

»Tut mir leid. Ich hätte die Sache gemächlicher angehen sollen.«

»Anson ist ein Bulle im Porzellanladen«, sagte Juliana mit einem Lächeln, »und der Porzellanladen, das ist das Leben. Aber Jerry, hören Sie zu: wir sind wirklich optimistisch. Das ist der Grund für dieses Treffen.«

Bowen richtete sich auf. Sein Gesicht begann wieder zu leuchten.

»Wir haben die Kosten geprüft«, fuhr Juliana fort. »Sie wissen, wir waren in Australien recht erfolgreich. Nachdem wir von Ihnen gehört hatten – Tja, ich denke, wir verfügen über genügend Kapital, um das, was darüber hinaus noch gebraucht wird, lockermachen zu können. Für den Anfang wenigstens. Wenn sich das so gut anläßt, wie uns die Analysen es hoffen machen, werden die Investoren über ihre eigenen Schnürsenkel stolpern, nur um sich einzukaufen.«

Die von unzähligen Enttäuschungen und Abfuhren zurückgebliebene Vorsicht mußte irgendwie Ausdruck finden. »In der heutigen Zeit?«

»Kann sein, daß wir außer mir keine Amerikaner anziehen«, räumte Anson ein. »Na und? Australier, Japaner, Europäer und, ja, ich kenne auch ein paar Südamerikaner.«

»Darauf rechnen wir nämlich«, fügte Juliana hinzu.

»Im Alarmstart ab aus diesem armen, verdammten Land«, sagte Anson.

»Was?« fragte Bowen.

»Ist das nicht offensichtlich? Nun, da die Erneuerungsbewegung im Weißen Haus sitzt und eine Mehrheit im Kongreß hat, wird alles immer schneller abwärts trudeln, bis es in einem solchen Crash endet, daß jemand anderes vielleicht die Stücke einsammeln und sie zu einer halbwegs vernünftigen Form zusammensetzen kann. Es hilft auch nicht gerade, daß der Großteil des Islam anscheinend dabei ist, auf den Kriegspfad zu gehen.«

Juliana zuckte zusammen. »Was weitere Einschränkungen bedeuten wird, ganz gleich, was passiert«, sagte sie ungewohnt hart. »Dadurch wird die Macht der Regierung Stück für Stück größer. Randolph Bourne hat es vor langer Zeit gesagt: Der Krieg ist der Gesundbrunnen des Staates.«

Bowen runzelte die Stirn. Er hatte immer noch eine Menge Esprit in sich. »Ich meinte nicht diese stinkende Politik«, schnappte er. »Was ist mit Ihren Plänen?«

»Unseren Hoffnungen«, korrigierte Juliana sanft.

»Ich verstehe. Das hier sind alles nur Präliminarien.« Bowen grinste. »Ha, Präliminarien für die Präliminarien. Ich bin keine Jungfrau, was die Geschäftswelt betrifft.« Mit plötzlicher Heftigkeit fügte er hinzu: »Aber auf der allerallgemeinsten Ebene gesprochen, was haben Sie im Sinn?«

»Ecuador«, erwiderte Anson. »Perfekte Örtlichkeiten. Hohe Berge, dicht am Äquator oder direkt darauf, und . . . ich kenne Leute dort. Einige der richtigen Leute.«

»Was noch wichtiger ist«, warf Juliana ein, »sie sind klug und vorausschauend. Sie begreifen, was es für ihr Land bedeuten würde.«

»Für alle«, flüsterte Bowen.

»Ja«, pflichtete Anson in Ermangelung besserer Worte bei. »Natürlich erfordert es eine verdammt große Investition, angefangen mit ausreichenden Straßen, aber wenn wir Ihre Anlage erst einmal errichtet haben –«

Ein brauchbares Laserkatapult. Raketen sind zwangsläufig phantastisch verschwenderisch, wenn sie sich schwerfällig vom Boden erheben. Die ihnen gemäße Domäne ist das Weltall selbst, und selbst dort sollte die chemische Rakete außer für ganz spezielle Zwecke durch etwas Leistungsfähigeres ersetzt werden, einen Ionenantrieb oder einen Plasmaantrieb oder den Photonenantrieb selbst.

Ein brauchbares Laserkatapult. Der Energieaufwand zur

Überwindung der irdischen Gravitation, um in einen niedrigen Erdorbit zu gelangen, ist moderat, ein paar Kilowattstunden pro Kilogramm; und, wie Heinlein es formulierte, wenn man einmal in der Erdumlaufbahn ist, ist man schon halbwegs überall. Keine Konstruktion kann dieses Minimum erreichen, aber ein einfallsreich auf Effizienz und Kapazität entwickelter Laser, der Energie in Luftmoleküle pumpt, kann sich ihm annähern.

Hat man darüber hinaus freie Hand, seine eigene Organisation aufzubauen und zu leiten, muß man kein stehendes Heer von Bodenmannschaften und Bürokraten bezahlen. Man kann seine Weltraumlinie so wirtschaftlich wie eine Fluglinie oder eine Ozeanfrachterlinie betreiben. Eine Mission kostet dann, gemessen am weltweiten Bruttosozialprodukt, weniger als jede der Reisen des Kolumbus.

Natürlich benötigt man Kapital, außerdem Entschlossenheit, Mutterwitz und ein paar Freunde an der richtigen Stelle. Zuerst und vor allem aber benötigt man einen Traum.

Erregung klang aus Julianas Stimme: »Und die Ecuadorianer würden – werden – uns die Lizenz erteilen, auf Raumschiffen im All Nuklearantriebe zu verwenden. Wir sind uns sicher, daß sie sich überzeugen lassen und es bei den UN durchsetzen können.«

Anson hieb mit der Faust in die Handfläche. »Der Anfang, Jerry«, sagte er heiser. »Wir werden von Anfang an bei allem mit dabei sein. Kommerzielle Starts sind nur der erste Schritt. Elektrischer Strom. Die *wirkliche* Solarenergie. Vergessen Sie diesen erdgebundenen Schwindel und die aufwendigen, aber nutzlosen Energiesatelliten. Retten wir, was noch von unserem Nachthimmel auf der Erde übrig ist. Bauen wir Criswell-Kollektoren und -Sender auf dem Mond, mit lunaren Baustoffen. Und die Erzvorräte im Asteroidengürtel –«

Juliana lachte. »Liebster, ich glaube, du unterweist gerade deine Großmutter in der Kunst, Eier auszusaugen.«

»Na und?« brach es aus Bowen heraus. »Es würde eine dauernde menschliche Präsenz im Weltall sicherstellen. Es macht mir nichts aus, das wiederholt zu hören, so oft Sie möchten.«

»Okay!« röhrte Anson. »Wir werden unser Bestes versuchen, wir drei.«

Bowen starrte an ihnen vorbei. »Wenn Helen heute hier gewesen wäre –« Er schüttelte sich und sprang auf wie ein junger Mann. »Ich, ich – ich könnte jetzt wirklich einen Drink vertragen.«

19

Am frühen Nachmittag verschwand Valencia mit Guthrie. »Warten Sie hier«, befahl er Kyra. »Ich besorge einen Wagen und hole Sie ab.«

»Warum kann ich nicht mitkommen?« fragte sie.

»Sie brauchen nicht zu wissen, wo sich der örtliche Wagenpark der Bruderschaft befindet, Pilotin Davis«, sagte er höflich genug. Bei der Diskussion am Abend zuvor hatte er rasch herausgefunden, daß das die höfliche Anrede war, die sie bevorzugte.

Kyra entschied, daß es ihr nichts ausmachte, noch in dem Café zu bleiben. Über dem Gespräch war es sehr spät geworden. Sie und Guthrie hatten bereits eine Reihe unterschiedlicher Pläne ausgebrütet, aber sie benötigten Valencia, um ihnen dabei zu helfen, den besten davon auszuwählen und die Einzelheiten auszuarbeiten. Selbst so war der Plan immer noch mit Unwägbarkeiten gespickt.

Der Gunjin erschien früher wieder, als sie erwartet hatte und führte sie hinaus zu einem feuerroten Phoenix. »Ist der nicht ein bißchen zu auffällig?« wunderte sie sich.

Er zuckte die Achseln. »Teil der Tarnung, hoffe ich. Flüchtlinge fahren normalerweise nicht in Sportwagen durch die Gegend, oder?« Seine Finger tanzten über die Kontrollen, manövrierten ihn vorsichtig in den Verkehr.

»Wo ist der *jefe*?«

»Neben meinen Waffen, in einem gut abgeschirmten Abteil

mit jeder Menge Elektronik drumherum als zusätzlichem Schutz. Der Motor ist frisiert, auch wenn man das nicht sieht.«

Dieses Fahrzeug hatte schon früher heiße Ware transportiert, begriff Kyra. Ein fröhliches Lachen stieg in ihr auf. Sie konnte ihre Flucht ebensogut als Abenteuer betrachten.

Valencia nahm eine Auffahrt auf eine Hochstraße, schaltete die Steuerung auf Automatik und gab ihre Route ein. Der Phoenix beschleunigte gleichmäßig, bis die Ausblicke auf die Stadt verschwommen vorüberhuschten. Kyra hörte kaum, wie er die Luft zerteilte. Ja, dachte sie, die Chinesen bauten schon tolle Autos. Valencia kippte seinen Sitz ein paar Grad zurück und wartete, bis er sich seiner entspannten Körperhaltung angepaßt hatte. »Wenn alles gutgeht, sollten wir gegen 14 Uhr in Los Angeles sein«, sagte er. »Ich kenne einen guten Laden, wo man auch spät noch ein Mittagessen kriegt, wenn Sie nicht lieber zwischendurch anhalten und früher essen möchten.«

»Nein, das ist schon okay. Ich lasse mich überraschen.«

»Dann wollen wir jetzt mal gemeinsam Ihre Geschichte üben.«

»Ich erinnere mich noch ganz gut von gestern abend daran.«

»Bei allem Respekt, Pilotin Davis, das tun Sie nicht. Und es gibt unzählige Details, auf die wir noch gar nicht zu sprechen gekommen sind. Falls wir angehalten werden, muß jedes davon über Ihre Zunge kommen, ohne daß Sie nachdenken müssen. Zwei, drei Stunden Drill, schätze ich.«

Kyra schmollte. »Ach, pfui! Und ich hatte mich so auf diese Fahrt gefreut.«

Valencia grinste. Sein Biojuwel funkelte blau. »Ich kann mir auch angenehmere Möglichkeiten vorstellen, mir die Zeit zu vertreiben.« Übergangslos fügte er mit stählerner Nüchternheit hinzu: »Aber verhaftet, einem Tiefenverhör unterzogen und zur Umerziehung geschickt zu werden, gehört nicht dazu.«

»Natürlich, *señor* Valencia. Also los.«

Er machte sich konzentriert an die Arbeit. (Eine Weile, nachdem sie nach Québec geflohen war, hatte ein dortiger Fireball-Vertreter entschieden, in Anbetracht der überraschenden Erklärung Guthries solle sie sich am besten wieder in Hawaii melden. Packer am Kamehameha war unschlüssig, als sie ihn anriefen.) Wenn die Sipo versuchte, das zu überprüfen, würde sie nur Vakuum pumpen. Kein Fireball-*consorte* in irgendeinem anderen Land würde ihnen ohne präzise Anweisungen von oben auch nur die vierte Ziffer von Pi nennen. Wenn man ihn befragte, würde Packer wittern, daß etwas im Busch war, und sich nicht festlegen. (Da sie sich verständlicherweise unsicher fühlte, fuhr sie zuerst nach Portland und besprach sich mit Freunden, die sie dort hatte.) Ihre Wiedereinreise würde in der Datenbank einer Grenzstation registriert sein. So viel Zugriffsmöglichkeiten auf das offizielle Netz hatten die Sally Severins. Sie gewann den Eindruck, daß das über Chaoten-Maulwürfe lief, zu denen sie lose Verbindungen unterhielten. (Bill Mendoza erbot sich, sie nach San Francisco zu fahren und sie zu begleiten, wenn sie um die Erlaubnis ersuchte, ein Flugzeug zu den Inseln besteigen zu dürfen. Seine halblegalen Geschäfte führten ihn ohnehin in diese Gegend.) Valencia trug genügend Identitätsnachweise bei sich, und die Pseudopersönlichkeit stand schon lange in den behördlichen Registern, bezahlte pflichtgemäß ihre Steuern und hielt sich aus allem Ärger heraus.

Leicht zu meistern. Aber dann begann Valencia, diesen groben Umriß aufzufüllen, Tag für Tag, beinahe Stunde für Stunde.

Die Hochstraße kurvte abwärts und verschmolz mit der Transkontinentalautobahn. Die Stadt blieb hinter ihnen zurück. Der Wagen flog nach Süden über Ackerland, an einem Fluß entlang, der durch Stauteiche für Hydrokulturen strömte. Geordnetes, von Maschinen gepflegtes Grün erstreckte sich, weiter als das Auge reichte, über terrassierte Hügel bis hin zu halb von Wolken verborgenen Bergen. Eine langweilige Landschaft, dachte Kyra; aber wie schön mußte sie einstmals gewesen sein: Dörfer, Gehöfte, gesunde Kühe auf Wiesen und rotbackige Äpfel in Obstgärten, vielleicht ein blauer Flachs oder gelber Mais, vielleicht ein Junge zu Pferde in vollem Galopp, sicherlich große Waldflächen, schattig und harzsüß unter der Sonne.

»Und jetzt raus damit, schnell, was haben Sie am Donnerstag gemacht?«

»*Bueno*, äh –«

Auf dem Armaturenbrett blinkte rot ein Lämpchen. Kyra sah, wie der Verkehr sich zwei oder drei Kilometer voraus auf der Straße staute. Ihre Kehle wurde eng. »Oh-oh«, murmelte Valencia.

Er drückte den Empfangsknopf. Ein Wappen, das das Unendlichkeitssymbol trug, erschien auf dem Schirm. Eine geschlechtslose Stimme: »Achtung. Vor Ihnen befindet sich ein Sonderkontrollpunkt. Fahren Sie auf Automatik weiter. Verlassen Sie Ihr Fahrzeug nicht, es sei denn, Sie erhalten die Anweisung dazu. Die Verzögerung wird sich auf schätzungsweise eine halbe Stunde belaufen. Dies ist ein Notfall, und alle Personen werden aufgefordert, den Behörden in vollem Umfang behilflich zu sein. Lassen Sie Ihr Gerät eingeschaltet, und warten Sie auf weitere Durchsagen.«

Kyra fuhr die Blende zurück und spähte durch die Kabinenhaube nach oben. Zwei Flitzer kreuzten über ihnen hin und her. »Ist das unseretwegen?« flüsterte sie um den Kloß in ihrem Hals herum.

Valencias Gesichtszüge waren zu einer Bronzemaske erstarrt. »Darauf würde ich wetten«, erwiderte er tonlos.

»Aber wir könnten überall sein. Wie können sie das wissen?«

»Tun sie nicht, aber sie scheinen zu denken, daß sie eine Spur gefunden haben, die sich zu verfolgen lohnt. Ein Stopp in beide Richtungen, wie Sie bemerkt haben werden, und keine Abzweigung, bevor wir dort hinkommen. Ich wage zu behaupten, daß jede aus Portland hinausführende Straße gesperrt ist. Keine Ankündigung in den Nachrichten, die uns abschrecken könnte.«

»Warten Sie, Esther Blum sagte etwas davon, sie sei seit – Jahrzehnten nicht mehr in einer *quivira* gewesen –«

Valencia nickte. »Das ist wahrscheinlich ihr Hinweis. Ich hatte mir deswegen schon Sorgen gemacht, aber als *señor* Guthrie darauf beharrte, er könne keine Zeit damit verlieren zu warten, sah ich keinen Sinn darin, es zu erwähnen. Wir mußten es einfach riskieren.«

Kyra erschauerte. »Esther! Glauben Sie, man hat –«

»Zutrauen würde ich es ihnen ohne weiteres. Wenn sie sie einkassiert und inzwischen aus ihr herausgepreßt haben, daß Kyra Davis mit Anson Guthrie reist, sind wir erledigt. Aber bedenken Sie, daß das unwahrscheinlich ist.«

Die Pilotin nickte steif. Die bloße Tatsache, daß Blum etwas Außergewöhnliches getan hatte, sollte eigentlich für keinen Kriminalbeamten, der damit beauftragt war, sie zu verfolgen, ohne daß man ihm gesagt hätte, warum, ein Grund für eine Festnahme sein. Von der *quivira* war sie in ihr Hotel zurückgekehrt. Dort wartete ein weiterer Gunjin. Er sollte sie hinausschmuggeln, und seine Organisation würde sie für einige Tage verstecken. Wenn sie nach Baker zurückkam, würde sie den Leuten dort erzählen, sie habe sich in Portland herumgetrieben. Es war nicht ohne Sinn zu hoffen, daß die Sipo annehmen würde, daß das stimmte und ihr Mitarbeiter sie einfach durch seine eigene Ungeschicklichkeit verloren hatte.

Es war beinahe wie eine unnötige Vorsichtsmaßnahme erschienen, hatte sich aber jetzt als lebenswichtig erwiesen. Jemand weiter oben in der Hierarchie der Jäger hatte den Bericht über Blum in die Hand bekommen. In seiner Verzweiflung hatte er vielleicht befohlen, daß alles auch nur im geringsten Ungewöhnliche, das irgend jemanden betraf, der etwas mit Guthrie zu tun hatte, ihm vorgelegt wurde. Mit einem Suchprogramm ließ sich das leicht bewerkstelligen. Er hatte angenommen, daß eine winzige Chance bestand, daß es sich hier um eine Spur handelte, und hatte die örtlichen Einheiten mobilisiert, um in aller Eile Straßensperren zu errichten. Falls es Kyra gelang, daran vorbeizukommen, weil ihre Geschichte akzeptiert wurde, sollte die Sipo eigentlich bald denken, sie hätte sich getäuscht, und Blum müßte vor ihnen sicher sein, wenn sie nach Hause kam. Falls Kyra nicht durchkam – Sie weigerte sich, sich auszumalen, was daraus folgen würde.

Valencia beugte sich zu ihr hinüber. Unter dem schwarzen Pony war sein Juwel topasfarben geworden. »Hören Sie, Pilotin Davis«, sagte er. »Man wird Guthrie nicht aufspüren, es sei denn, sie nähmen diesen Wagen auseinander. Wir dürfen ihnen keinen Grund geben, das für eine gute Idee zu halten. Ich hatte darauf gerechnet, Sie präparieren zu können, bis Sie alle an Sie gerichteten Fragen flüssiger beantworten könnten, als wenn Sie die Wahrheit sagten. Dieses Glück hatten wir nicht. Aber wir können immer noch durchkommen, wenn Sie sich nicht anmerken lassen, daß Sie ängstlich sind. Genervt, neugierig, ja, aber sie haben nichts zu verbergen, nichts, vor dem Sie sich fürchten müßten. Kriegen Sie das hin?«

Sie fuhr sich mit der Zunge über die Lippe. »Ich ... werd's versuchen.«

Langsam erreichte ihr Wagen das Ende der Schlange und hielt an. Nach einer Minute rollten die Wagen voraus ein paar Meter vor, und ihrer folgte. Die Schlange hielt wieder an. Ein Truck erschien und füllte den Rückspiegel aus. Sie waren eingekeilt. Kyra roch den Schweiß unter ihren Achselhöhlen, ranzig, und spürte ihn, kalt.

Valencia musterte sie durch ein dumpfes Schweigen hindurch, bis er schließlich murmelte: »Es tut mir leid, Pilotin Davis, aber ich glaube nicht, daß Sie das durchstehen können.«

»Ich war nie eine sehr geschickte Lügnerin. Haben Sie irgendwelche Vorschläge?«

Seine Augen wurden schmal. Unpassenderweise bemerkte sie, daß sie lange Wimpern hatten und rostbraun waren. »Ja«, antwortete er langsam. »Aber es könnte Ihnen nicht gefallen.«

»Wir werden sehen.«

»*Por favor,* verstehen Sie, in meiner Bruderschaft ist es nicht üblich, mit Klientinnen anzubändeln. Wenn Sie diese verrückte Idee ablehnen, ist die Sache damit erledigt, und ich versuche, mir etwas anderes auszudenken.«

Blut pochte in ihren Schläfen. »Sie meinen – wir beide –«

Er nickte. »Wäre ganz natürlich, wenn ein sich nahestehendes Paar eine bessere Möglichkeit fände, sich beim Warten die Zeit zu vertreiben, als den Multi einzuschalten. Dann würde man damit rechnen, daß die Lady einigermaßen gerötet und außer Atem ist.«

Plötzlich mußte Kyra lachen. Mußte vor Lachen brüllen, bis der Wagen davon widerhallte. »Esther sagte ... jede gute

Sache ... juch! ... verlangt Opfer. Ich ... juch! ... habe schon schlimmere gebracht. Also kommen Sie, los!«

Es war eine durchgehende Sitzbank, wenn auch mit getrennten Rückenlehnen. Sein Juwel glühte scharlachrot. Er war sündhaft gutaussehend. Er glitt zu ihr hinüber. Sie legte die Arme um seinen Hals. Die seinen schlangen sich um ihre Taille. Als ihre Lippen sich berührten, begannen seine Hände, ihren Rücken zu liebkosen. Der Kuß entwickelte sich in seinem eigenen Tempo. Als er in vollem Schwange war, ließ er jeden anderen, an den sie sich im Moment erinnern konnte, abgesehen vielleicht von ihrem ungeschickten ersten, ärmlich erscheinen.

Er erkundete ohne Hast. Sie hatte eine Hand unter seinem Hemd, bevor seine unter ihrer Bluse war.

Einmal, als sie auftauchte, um Luft zu schnappen, sah sie flüchtig, wie ein Polizeiwagen vorüberfuhr. *Bueno*, um so besser. Leg eine überzeugende Show hin.

Sie lag noch nicht ganz auf dem Rücken, als sie den Kontrollpunkt erreichten, wußte aber, daß es dazu gekommen wäre, wenn das Warten noch viel länger gedauert hätte. Verdammt! Nein, es war besser so. Oder etwa nicht? Sie fuhr sich mit den Fingern durch das zerwühlte Haar und bedachte den Beamten am Fenster mit einem verschwommenen Lächeln.

Er grinste zurück. Es war ein Zivilbeamter, einer von mehreren unter dem Kommando eines einzelnen lohbraun gekleideten Sipo-Mannes. Dieser trat vor und stieß die Fragen hervor, die er schon hundertmal gestellt haben mußte. Er war hager, mit Tränensäcken unter den Augen, wahrscheinlich unter Aufputschmitteln, seine Kompetenz nicht verschlissen, aber sein Verstand vielleicht ein klitzekleines bißchen ablenkbar von einem erotischen Anblick. Kyras Identität als Fireball-Angehörige mobilisierte ihn so weit, daß er einige zusätzliche nicht routinemäßige Fragen stellte. Sie antwortete verträumt. Nero mischte sich ein, zeigte sich, dessen war sie sich sicher, weniger ruhig, als er es gekonnt hätte. Derweil öffneten die Polizisten die Motorhaube und den Kofferraum, überprüften ihre Besitztümer und scannten mit einem Instrument herum, bei dem es sich um einen Guthrie-Detektor handeln mußte. Natürlich wußten sie nicht, daß ...

»Passieren«, sagte der Sipo-Beamte knapp. Es brach aus ihm heraus: »In Zukunft könnten Sie sich etwas anständiger benehmen!«

Valencia gab ein halb entschuldigendes Lächeln zurück, übernahm die Steuerung und ließ den Wagen vorwärtsgleiten. Ein paar Sekunden später lief er wieder mit Reisegeschwindigkeit auf Automatik.

Kyra sank zurück. »Hui-ii«, hauchte sie. Jubel erwachte. »Wir haben's geschafft, Nero, wir haben's geschafft!«

»So weit.« Er blickte starr geradeaus.

»*Oye*, seien Sie nicht nervös. Sie waren, äh, Sie waren ultra. Ich hab' jedes Hertz auf diesem Wellenbad genossen.«

Er warf ihr einen raschen Blick zu. Das Juwel war zu einem fahlen Rosé verblaßt. Einen Augenblick lang blitzten Wärme und Zähne auf. »*Gracias*. Ich auch.« Das Lächeln erstarb. »Keine Sorge, Pilotin Davis. Ich werde nicht versuchen, es auszunutzen.«

Die metallische Härte kehrte in sein Gesicht und seine Worte zurück, ja in die Art, wie er getrennt von ihr saß. »Es könnte später noch weitere Straßensperren geben. Oder dieser Sipo-Mann mag sich das Ganze noch einmal überlegen. Zum Beispiel, warum Sie nicht direkt von Portland aus fliegen, wenn Sie nach Hawaii wollen. Ist der Grund dafür wirklich der, den Ihr Verhalten vermuten ließ, nämlich daß Sie einen kleinen Extraurlaub einlegen? Falls er deswegen die Zentrale anruft und sie die heute eingetroffenen Daten sichten, werden sie mit fast absoluter Sicherheit feststellen, daß Sie die einzige Fireball-Angestellte gewesen sind, die Portland auf dem Landweg verlassen hat. Das könnte sie ins Grübeln bringen. Sobald wir aus dem Horizont dieser Flitzer sind, biege ich bei der ersten sich bietenden Gelegenheit ab.«

Kyra haßte es, das Hochgefühl verfliegen zu spüren. »Wohin?«

»Ich kenne ein sicheres Haus. Dort werde ich die Möglichkeit prüfen, unsere Planungen zu ändern, so daß wir morgen nicht nach San Francisco weiterfahren müssen. Das bedeutet, daß noch zwei oder drei weitere Personen über einen Teil unserer Route informiert sein werden, aber sie sind ziemlich zuverlässig, und wenn die *enemigos* tatsächlich anfangen, sich für ein Paar zu interessieren, auf das unsere Beschreibung paßt, werden sie wahrscheinlich in Schwärmen über die gesamte Bay Area herfallen.«

»*Jesús María*«, sagte Kyra schwach, »was würden wir ohne Sie tun, Guthrie und ich?«

Sie hörte sein leises Lachen kaum. »Gefangen werden, nehme ich an. Für *paisanos* waren Sie anfangs gar nicht so schlecht, aber das hier ist mein Metier. Und jetzt lassen Sie uns noch ein bißchen üben, nur für den Fall daß.«

Die Nebenstraße, die sie nahmen, war gepflastert, hatte aber kein Führungskabel darunter. Er übernahm die manuelle Kontrolle mit einer Geschicklichkeit, die offenkundig wurde, als sie auf Straßen zweiter und dritter Ordnung kamen, die sich durch die Berge wanden. Auf einigen davon war die Oberfläche rissig und mit Schlaglöchern übersät; andere waren unbefestigt, zu kaum mehr als Trampelpfaden erodiert, auf denen der Wagen eine Staubfahne hinter sich herzog. Die Räder knurrten wütend und quietschten. In den Kurven wurde Kyra zur Seite geschleudert. Oft sah sie geradewegs in einen Abhang aus Büschen und Felsblöcken bis zum Grund eines Canyons hinunter. »Und ich dachte immer, ich sei eine heiße Pilotin«, mußte sie schließlich gestehen. Ein Stoß von unten ließ ihre Zähne aufeinanderschlagen. »Ist dieser Fahrstil hier gesetzlich vorgeschrieben?«

»Ich möchte uns so schnell wie möglich in Sicherheit bringen«, erklärte er kurzangebunden. »Auf der Hauptstraße war ein roter Phoenix so etwas wie eine Tarnung, aber für jedes Luftfahrzeug, das hier über uns hinwegfliegt, ist er wie eine Fackel im Zunder.«

Sie ließ sich im Rhythmus der Bewegung mitschwingen. Wenigstens drillte er sie angesichts seiner Konzentration nicht mehr. Außerdem war die Landschaft wunderschön. Unter einer leistungsfähigeren Regierung wäre sie heute vielleicht nur eine weitere Serie von Plantagen mit genetisch maßgeschneiderten

Pflanzen oder Nanotechnologieanlagen zur Mineralgewinnung gewesen. So waren ihre jähen Abhänge praktisch menschenleer. Koniferen zackten die Kämme, Gipfel erhoben sich majestätisch in den Wind. Gelegentlich erspähte sie die Ruinen eines Hauses oder erhaschte einen Blick auf das Meer.

Sie wußte nicht, wie genau er es berechnet hatte, aber als sie in eines der wenigen noch übriggebliebenen Dörfer einfuhren, war ihr Treibstoffvorrat nahezu erschöpft. Während der Servicemann an der Tankstelle ihren Buckyball gegen einen frischen, mit Wasserstoff gefüllten, auswechselte, besorgten sie sich in einem Laden auf der anderen Seite der einsamen Straße Sandwiches und alkoholfreie Getränke zum Mitnehmen. »Wir sehen hier nicht viele Touristen«, sagte die Frau hinter der Theke wehmütig. »Schlechte Zeiten.«

»Tut mir leid, wir müssen uns beeilen«, erwiderte Kyra. Was immer sie auch taten, hier würde man sich an sie erinnern. *Bueno*, es war unwahrscheinlich, daß die Bluthunde genau diesen Weg nahmen.

Während er kaute und trank, fuhr Valencia weniger mörderisch. Als der Hunger nachließ, spürte Kyra, wie sich ein gewisses Maß an Frieden in ihr ausbreitete. »Was sind das für Leute, zu denen wir fahren?« fragte sie.

»Sie heißen Farnum«, sagte er. »Jim und Anne Farnum. Er arbeitet hauptsächlich auf einer Fischfarm, sie kümmert sich um das Haus und baut ein paar Produkte für den Feinschmeckermarkt an.« Nichts Ungewöhnliches hier, dachte sie. Nicht Hochwelt, aber auch nicht gerade Niederwelt. »Keine Kinder, darum können sie auch noch das andere machen.«

»Sie – gehören also zu Ihrer Organisation?«

»Nein, auch nicht zu den Gentlemen-Abenteurern, deren Territorium so weit nach Norden reicht. Sie sind Krypto-Chaoten. Teil des organisierten Untergrundes. Nicht als Aktivisten, aber sie stellen eine Zwischenstation, eine Kommunikationsverbindung, ein Versteck für den Notfall bereit. Ich wäre nicht überrascht, wenn sie auch noch auf eine Hütte voller Waffen irgendwo in den Wäldern aufpaßten.«

Teufel, dachte Kyra, in was für ein Wespennest stachen sie

hier? »Woher wissen Sie von ihnen? Ihr, äh, Sally Severins seid doch keine Revolutionäre, oder?«

»Nein. Persönlich wären die meisten von uns nicht traurig darüber, die Regierung gestürzt zu sehen, vorausgesetzt, ihre Nachfolgerin nimmt uns nicht wirksamer an die Kandare, als die Avantisten es geschafft haben. Aber eine Bruderschaft *als* Bruderschaft muß apolitisch sein.«

Valencia schien eine Weile zu überlegen, bevor er fortfuhr: »Dann und wann hat die Polizei uns diskret für einen Job engagiert. Schließlich sind wir offiziell eine lizensierte Agentur für vertrauliche Dienstleistungen. Sogar die Sipo hat es ein- oder zweimal versucht, habe ich gehört, ist aber abgeblitzt, eben weil das Vorhaben etwas mit Politik zu tun hatte. Die Chaoten-*junta* weiß das und ist uns dankbar dafür. Folglich haben wir für sie gearbeitet – nicht spezifisch gegen die Regierung, sondern auf verschiedene Arten behilflich. Mehr darf ich Ihnen nicht verraten. Nur dieses, daß es zu einem gewissen Maß an Zusammenarbeit geführt hat. Manchmal ist es für beide Seiten vorteilhaft, wenn bestimmte Brüder über Leute wie die Farnums Bescheid wissen, und uns kann man diese Information genauso sicher anvertrauen wie jedem Untergrundler. Ich wette, sie bieten uns nicht nur einen Unterschlupf für heute nacht, sondern helfen uns auch so weiter . . . weil es sich diesmal bei unseren Gegnern um ihren Feind handelt.«

»Verstehe.« Kyra betrachtete sein Profil. Das von Westen her einfallende, dunstig goldene Licht ließ es deutlich vor dunklen Bäumen hervortreten. »Sie sprechen ganz anders, als ich es erwartet hatte«, sagte sie.

Er lächelte. »Wie sollte ich denn sprechen?«

»Sie sind gebildet, nicht wahr? Wie sind Sie an diese Art von . . . von Arbeit gekommen?«

»Wie kommen die meisten Leute an ihre?« Er zuckte die Achseln. »Man rutscht so rein.«

»Ich wußte immer, was ich mal werden wollte.«

»Und haben es auch geschafft. Glück gehabt. Aber Sie hatten Fireball, und Fireball hat Anson Guthrie.« Valencias Stimme senkte sich. »Ein Gunjin ist kein Lohnroboter. Er ist einigermaßen frei, und er findet einen Nutzen für alles, was in ihm steckt.« Scharf: »Ich fahre besser wieder schneller. *Por favor*«, Pilotin Davis, lenken Sie mich nicht ab.«

Kyra sank in den Kontursitz zurück. Guthrie – Wie wurde er damit fertig, in Schwärze und Stille eingeschlossen zu sein? *Bueno*, er hatte auch in der Vergangenheit schon eine Menge durchgestanden. Den Tod selbst, zum Beispiel.

Riesig und orangefarben stand die Sonne am Horizont; sie warf eine zerbrochene Brücke über ein silbernes Meer, als sie Noyo erreichten. Das Dorf erhob sich auf Klippen über einer engen Bucht, an deren Strand sich einige wenige Gebäude eingenistet hatten. Längs einer Anlegestelle waren Boote vertäut oder lagen draußen im Wasser vor Anker. Die wenigen, alten Häuser standen oberhalb; drei von ihnen verfielen unbewohnt. Valencia hielt vor einem an, das etwas abseits von den anderen stand, hinter knorrigen, silbriggrauen Zypressen verborgen. »Da wären wir«, sagte er.

Kyra stieg aus. Ihr Körper genoß es, sich zu recken. Eine Meeresbrise zerzauste ihr das Haar und strich sinnlich kühl über ihren Körper. Ein scharfer Geruch schwang darin mit, der so ganz anders war als die Düfte, die über hawaiianische Strände wehten. Ihr Flattern war praktisch das einzige Geräusch, das sie hörte, bis ihre Füße und die ihres Begleiters auf einem kiesbestreuten Weg knirschten.

Das Haus war groß. Seine altehrwürdige Balkenbauweise erinnerte an Baker, aber die Farbe war ausgebleicht. Valencia klopfte auf altmodische Weise mit den Knöcheln gegen die Tür. Ein Mann öffnete. Auch er war stabil gebaut und verwittert, sein rötlich brauner Bart angegraut, obwohl das Haar darüber verkündete, daß er höchstens mittleren Alters war. »*Saludos, amigo*«, grüßte Valencia. »Können Sie uns für heute einen Schlafplatz überlassen? Diese Lady ist auf der Flucht.«

Farnums Gesicht wurde ausdruckslos. »Kommen Sie herein«, polterte er.

»Ich sollte unseren Wagen sofort in die Garage fahren.«

»Etwas auffällig gefärbt«, stimmte Farnum zu. »Fahren Sie ihn ums Haus herum. Ich gehe aufmachen. Kommen Sie herein, *señorita*. Machen Sie sich keine Sorgen darüber, was die Nachbarn bemerkt haben könnten. Wir hier in dieser Gegend sind gut darin, uns nur um unseren eigenen Kram zu kümmern.«

Kyra trat ein. Eine rundliche Frau nahm sie in Empfang und sagte: »*Bienvenida*, Gast«, sachlich, aber so, als sei ihr ernst damit. Weder der Mann noch die Frau ähnelten heroischen Freiheitskämpfern. Auch das Zimmer mit seinen abgenutzten Möbeln und den ziemlich banalen Bildern an den Textiltapetenwänden wirkte nicht wie ein Unterschlupf für *desperados*. Natürlich sollte es genau so sein. Aus der Küche, in der Kyra eine Kochkonsole entdeckte, die fünfzig Jahre oder älter sein mußte, drangen appetitliche Gerüche herüber.

Bald saßen sie alle vier über den Getränken vor dem Essen. Farnum hatte ein großartiges selbstgebrautes Bier aufgetischt. Als Kyra ihm deswegen ein Kompliment machte, erwiderte er: »Wir versuchen hier, so viel von der wirklichen Welt zu bewahren, wie wir können.«

»Sie wollen noch viel mehr davon wieder einführen, für alle Menschen, nicht wahr?« fragte Kyra.

Farnum runzelte die Stirn. »Lassen Sie uns nicht von Politik reden«, sagte seine Frau freundlich. Ihr Blick war unverwandt auf Kyra gerichtet.

»Am besten gehen wir doch direkt zum Geschäftlichen über«, antwortete Valencia. »Vielleicht wissen Sie etwas Wichtiges oder haben irgendwelche Ideen, die wir zwei nicht haben.«

»Legen Sie los.« Ebensogut hätte Farnum zum nächsten Geben bei einer Pokerpartie aufgefordert haben können.

»Ich kann nicht viel sagen, aber Sie wissen wahrscheinlich, daß die Regierung eine großangelegte Suche nach etwas ausgelöst hat, das nicht besonders genau beschrieben wurde.«

Anne Farnum verzog das Gesicht. »Wie hätten wir nicht davon hören können? Diese Lügen über Fanatiker – Warum? Hinter was sind sie her?«

»Könnten die Geschichten nicht doch einen realen Hintergrund haben?« murmelte Valencia.

»Nein!« Farnums Faust krachte auf die Sessellehne.

Vielleicht, dachte Kyra, leugnete er, was er selbst nicht glauben wollte. Nicht, daß die *junta* oder jene, die sich in der Hoffnung, eines Tages auch wirklich zu kämpfen, heimlich ausbildeten – nicht daß sie Ungeheuer wären. Aber es erschien schon seltsam, wäre jeder einzelne von ihnen seelisch diszipliniert. Außerdem überlebten revolutionäre Bewegungen nicht jahrelang in Erwartung des rechten Augenblicks, wenn sie sich nicht einbildeten, eine vernünftige Aussicht auf Erfolg zu haben. Das bedeutete gewiß heimliche Unterstützung aus dem Ausland, Exil-Nordamerikaner, ausländische Regierungen, die ihre eigenen Motive hatten ...

»Entschuldigung«, sagte Valencia mit seinem besten, herzerwärmenden Lächeln. »Ich hatte das Gefühl, mich danach erkundigen zu müssen, war aber sicher, wie die Antwort lauten würde. Sie ihrerseits werden uns auch als im Grunde anständig akzeptieren, nicht wahr?

Muy bien, wir zwei transportieren, wie soll ich sagen, eines dieser Objekte, hinter denen die Sipo her ist. Wir müssen es so rasch wie möglich außer Reichweite bringen. Das beste, was ich so kurzfristig arrangieren konnte, war eine Mitfahrgelegenheit auf einer großen Yacht, einem Tragflügelboot, das den Gentlemen-Abenteurern gehört. Wechselseitige Hilfe zwischen Bruderschaften, wissen Sie; die Sally Severins haben ihnen in der Vergangenheit verschiedene Gefallen erwiesen, und meine Vorgesetzten haben entschieden, dieser Auftrag sei es wert, die Schuld einzufordern.«

Kyra nahm einen prickelnden Schluck aus ihrem Seidel. Sie bewunderte, wie elegant Valencia um alles bis auf das absolute Minimum an Tatsachen, auf die es ankam, herumgeredet hatte. Warum hatten die *comandantes* seiner Organisation eine solche Investition getätigt? Sie waren nicht gerade Idealisten. Offenbar wußten sie, daß sie, wenn sie Guthrie jetzt, da er es nötig hatte, halfen, irgendwann mit seiner vollen Dankbarkeit rechnen konnten – nicht nur in Geld, sondern in Form von Fireballs Wohlwollen ausgedrückt.

Aber dann wußten auch sie über die wirkliche Lage Bescheid. Entweder hatte Esther Blum sie ihnen geschildert –

gezwungenermaßen, weil ihr das Geld fehlte, um eine ernsthafte Rettungsaktion zu bezahlen – oder, nachdem sie es Valencia erzählt hatte, hatte dieser seine *comandantes* kontaktiert, die ihn zu dieser Anforderung ermächtigt hatten. Ja, letzte Nacht, ehe sie eintraf, hatte er in seinem Hotelzimmer Zeit genug dazu gehabt. Er hätte es tun können, bevor er Guthrie herausließ und dieser es belauschen konnte.

Wie auch immer: es waren zu verflixt viele über die Wahrheit im Bilde. Im Prinzip sollte sie ja verbreitet werden, aber in der Praxis stellte jeder, der Bescheid wußte, eine zusätzliche Gefahr dar. Valencia würde sie nicht verraten. Nein, er nicht! Und er mußte auch hoffen, daß es keiner seiner Logenmeister tun würde. Aber konnte er sich dessen sicher sein? Außerdem mußte die Sipo mehr über die Bruderschaften wissen, als sie zu erkennen gab. Wenn Hinweise in diese Richtung deuteten, mochten sie es sehr wohl für wert erachten, alle Fallen, die sie geduldig aufgestellt hatten, aufzugeben, um jeden, der ihnen weiterhelfen konnte, zu fangen und einem Tiefenverhör zu unterziehen.

Ja, es war wirklich nötig, rasch abzuheben.

Durch das in ihren Ohren hämmernde Blut hörte sie Valencia fortfahren: »Auf unserem Weg hierher gerieten wir heute in eine Straßensperre – wir kamen durch, aber ich denke, wir wären ganz schön lepton, wenn wir wie geplant nach San Francisco weiterführen. Könnten Sie für mich auf einer sicheren Leitung eine Verbindung zu den Gentlemen herstellen? Und glauben Sie, daß ihre Crew morgen in See stechen und uns in einem Boot von hier hinausbringen könnte, um uns einigermaßen sicher mit ihnen zu treffen?«

Die Farnums wechselten einen Blick. Sie dachten nach. Nach einer Weile sagte sie: »Wenn sie die Auslaufgenehmigung für heute erhalten haben, ja, dann sollte es auch morgen keine Probleme geben. Der Kapitän kann der Hafenpolizei gegenüber behaupten, er sei durch familiäre Probleme oder dergleichen aufgehalten worden. Und du, Jim, du kannst anrufen und der Firma sagen, daß du morgen nicht zur Arbeit kommst. Wir können uns einen netten Grund dafür einfallen lassen.«

Ihr Mann zupfte an seinem Bart. »Ich müßte mir einen Treffpunkt überlegen«, sagte er. »An dieser Küste gibt es nicht viele Patrouillen, aber angesichts dessen, was die Regierung schon alles in die Wege geleitet hat, wollen wir schließlich kein größeres Risiko eingehen als nötig, damit uns kein Küstenwachboot oder Amphiflitzer bemerkt und einfach so aus Neugier anhält. Ich werde mich erkundigen, welche Bewegungen ihrerseits in letzter Zeit beobachtet worden sind.«

Er, ein einfacher Fischcowboy? Der Untergrund – nichts Spektakuläres, einfache Menschen wie diese, weit verstreut, aber untereinander in Verbindung, von denen jeder seine oder ihre kleine Aufgabe erledigte, wenn er oder sie dazu aufgerufen wurde... Kyra dachte an eine zusammengerollte Schlange. Wenn ein Mann wußte, wo sie lag, konnte er ihr mit seinem Stiefelabsatz den Kopf zerquetschen; wußte er es aber nicht, wartete sie ihre Gelegenheit zum Zustoßen ab, und in der Zwischenzeit züngelte sie, um die Luft zu kosten, die er verpestete.

»*Bueno*, ist das jetzt entschieden?« rief Anne Farnum aus. »Dann laßt uns essen, bevor sich das Essen zu Tode kocht.«

Während der Mahlzeit sprachen sie über das Wetter, die Sportnachrichten, Lokalereignisse, alles mögliche Triviale. Man wollte nicht mehr erfahren, als man mußte, begriff Kyra. Nicht lange danach hatte sie die nötige Bettschwere für das Gästebett, das ihr die Frau zeigte. Valencia und die Farnums blieben noch auf. Als sie bei Sonnenaufgang erwachte, fragte sich Kyra, ob sie wohl überhaupt geschlafen hatten.

20

Wieder warf ein Sonnenuntergang Feuer über große Wasser und erlosch. Die darauf folgende Dämmerung war kurz. Als Kyra nach dem Abendessen die Beobachtungskabine betrat, war es über der pazifischen Seite des Planeten schon Nacht.

An Bord eines Schiffes, das seine Passagiere in etwas über

dreißig Stunden vom Festland nach Hawaii brachte, konnte man nicht draußen auf Deck stehen. Diese Kabine war fast ebensogut, versenkt eingelassen, aber mit dem Rand ihrer Überdachung auf Kopfhöhe. Nur sehr wenig Gischt hatte die Klarheit des Hyalons getrübt, so stromlinienförmig und windabgeschirmt war die *Caravel*, so glatt tanzte sie auf biegsamen Tragflügeln über die Wellen. Kyra bemerkte kaum ihre eigenen Reaktionen auf die Bewegung, außer als Gefühl von Einssein mit dem Fahrzeug und dem Meer.

Da sie die Kabine für sich allein hatte, verdunkelte sie sie und ließ ihre Pupillen sich erweitern, um die Szene in sich aufzunehmen. Die Ankerlichter befanden sich außerhalb ihres Blickfelds, und das Radar war unsichtbar. Sie sah nur die oberen Seitenteile des Schiffes, eine schwach und rhythmisch wogende Weiße. Dahinter erstreckte sich der Ozean. Er glänzte changierend wie tausend schwarze Leoparden bei der Jagd; ganz in der Nähe erspähte sie Wirbel spitzenartigen Schaumes. Die Maschine pulsierte. Die Wellen machten Sturzbachgeräusche, ein Unterton zum Wind. Das Streulicht über ihr war so schwach, wie es auf der Erde nur sein konnte. Vor dieser Schwärze konnte sie tausend Sterne und eine Andeutung der Milchstraße erkennen.

Ein großartiger Anblick mit dem Frieden der Stärke darin. Schade, daß der *jefe* sich nicht daran erfreuen konnte, dachte sie. Wieder lag er eingeschlossen in einem abgeschirmten Geheimfach. Sie wagte nicht, ihn herauszuholen, bevor sie unbedingt mußte. Die Gentlemen-Abenteurer erwiderten nur einen Gefallen; sie hatten keinen Kontrakt unterschrieben. Wenn die Besatzung der *Caravel* erfuhr, was sie da eigentlich schmuggelte, mochte die Versuchung – eine Riesenbelohnung, Straferlaß für frühere Verbrecher, eine einträgliche Pfründe der Regierung – sich als zu groß für einen von ihnen erweisen. Oder der Kapitän mochte denken, daß man ihn dazu verleitet hatte, ohne wirklichen Profit ein fürchterliches Risiko einzugehen, und sich dafür rächen.

Sie hatte es gerade eben geschafft, Guthrie beim Überwechseln vom Wagen in Farnums Boot ein paar Worte zuzuflüstern, die er vielleicht durch seine Umhüllungen gar nicht gehört hatte. Wie lange konnte er die fast völlige sensorische Deprivation ertragen, bevor sein Verstand auseinanderzudriften begann? Die Spanne, die sie hatte ertragen müssen, nachdem ein Küstenwachschiff in rasender Fahrt über dem Horizont aufgetaucht war und über Funk die Anweisung zum Halten erteilt hatte, war schlimm genug gewesen, und sie nahm an, daß das auch für Valencia galt. Es war gerade noch Zeit genug gewesen, sie in zwei verschließbaren Kästen für Schmuggelgut zu verstecken, aber in der völligen Dunkelheit zog die Zeit sich entsetzlich lang dahin, während das Tragflügelboot durchsucht wurde. Weniger als drei Stunden? War das möglich?

Bueno, das Martyrium lag hinter ihr, und eine erneute Durchsuchung war unwahrscheinlich. Kyra wandte ihre Seele wieder der See zu. Tief konnte sie sich aber nicht versenken. Wie angestrengt sie sie auch immer ignorieren mochte, die Angst zerrte an ihr.

Leise Schritte veranlaßten sie dazu, sich umzublicken. Ihr Pulsschlag machte einen Satz. Der Schatten, der neben ihr stehenblieb, war Valencia.

»*Buenas tardes*«, sagte er so leise, wie er gekommen war. »Störe ich Sie?«

»Nein«, antwortete sie. »Keineswegs. Eine wunderschöne Nacht.«

»Stimmt. Aber um die Sterne wirklich zu sehen, müssen wir ins Weltall fliegen.«

»Ach, ein Vivifer –«

»Sie wissen besser als ich, daß das nicht dasselbe ist.« Er hielt inne. »Oder? Wir Menschen nehmen unsere Segnungen zu schnell als selbstverständlich hin. Oft vergessen wir, daß es Segnungen sind.«

Sie hätte nicht gedacht, daß sie jemals Mitleid mit ihm empfinden könnte. »Sind Sie nie dort gewesen?«

»Ganz kurz auf dem Mond. Als gegängelter und auf bestimmte Bereiche beschränkter Tourist.«

»Sie wollten Raumfahrer werden«, begriff sie.

»Immer.«

Impulsiv schloß sie eine Augenblick lang die Finger um seine Hand. »Da sind Sie nicht allein. Selbst unter den *Fireball*-Kindern – die Stellen sind verdammt knapp, und es werden immer weniger.«

»Ja, ja, das verstehe ich schon«, beendete er das Thema. »Ich tue mir auch nicht leid.« Sein Tonfall nahm die übliche unpersönliche Höflichkeit an. »Entschuldigen Sie, Pilotin Davis, daß ich Sie hier gestört habe. Ich habe einige Neuigkeiten, aber wenn Sie lieber warten möchten, sie zu erörtern, wäre es am Morgen auch noch früh genug.«

Sie zwang sich zu einem Lächeln. »Lassen Sie mich nicht im Ungewissen.«

»*Muy bien*. Ich hatte soeben eine Unterredung mit dem Kapitän, und es ist mir nicht gelungen, ihn zu überzeugen. Er wird nicht warten, um uns oder sonst jemanden von Hawaii aus in Sicherheit zu bringen. Er will uns absetzen, wo wir wollen, und dann direkt Kurs auf die Heimat nehmen. Ich glaube, er ist unseretwegen nervös, und ich kann ihm daraus keinen Vorwurf machen. Er bot mir jedoch an, seinen *comandante* anzurufen, damit ich von diesem andere Befehle erbitten könnte, aber das wäre lächerlich riskant.«

»Natürlich.« Kyra erinnerte sich, daß sie auf ihre Ausdrucksweise achten mußten. Jede Stelle an Bord konnte verwanzt sein. »Wir sprachen das an jenem Abend in Portland an, aber nur beiläufig. Glauben Sie, daß Sie für jemanden in einer Notlage einen Unterschlupf finden könnten.«

»Ich sagte Ihnen doch, ich kenne mich auf Hawaii nicht aus. Noch eine Gegend, in der ich nur als einfacher Tourist gewesen bin. Meine Bruderschaft hat wenig mit den Königen von Honolulu zu tun, wenn überhaupt. Aber ... wenn Sie mich beraten –«

»Ich kenne keine Löcher, in denen man verschwinden könnte.«

»Wir können darüber sprechen, wo Sie gewesen sind, was Sie gesehen und gehört haben. Das sind Informationen. Jene anderen Leute dürften noch weitere haben. Wahrscheinlich kann ich uns dann eine Weile in Deckung halten, nicht an einem Ort, sondern durch ständigen Ortswechsel. Nicht für sehr lange, wenn wir von Profis gejagt werden, und Garantien kann ich auch nicht geben, aber ich werde mein Bestes versuchen.«

»Vielleicht werden wir nicht in der Lage sein, Ihren Kontrakt zu verlängern, wenn er ausläuft.«

Sein Lächeln glitzerte flüchtig in dem von der Nacht verschleierten Gesicht. In Augen und Juwel spiegelte sich Sternenlicht. »Ich vertraue darauf, daß Sie das hinterher rückwirkend machen.«

»*Mil gracias,* Nero.« Erneut faßte sie seine Hand, diesmal mit ihren beiden eigenen und ohne wieder loszulassen.

»*Loco,* dieser Plan«, knurrte er. Oder, nein, neckte er sie nur? »Die Sache mit dem Einstöpseln, vielleicht, so eben. Aber die Neosophen –« Er brach ab.

Sie registrierte, wie ihr Griff sich anklammerte und wie sanft er den Druck erwiderte. »Sehen Sie nicht, daß es unsere beste Chance ist, gerade *weil* es so verrückt ist?«

Auf jeden Fall fand Guthrie das. »Wir müssen nicht nur die Schnüffler reinlegen, sondern auch mein Alter ego«, hatte er gesagt. »Kamehameha wird streng gesichert sein, daß er weiß, daß ich am liebsten zurück ins Weltall möchte. Deshalb ist das klügste, was ich tun kann, zu versuchen, in ein freies Land auf der Erde zu entwischen. Also wird die Sipo sich darauf konzentrieren, mich innerhalb der Grenzen der Union zu halten, bis sie mich finden können. Nun, der Anti-Guthrie weiß, wie ich denke und fühle, aber er weiß nicht, wie ich gewarnt worden bin, wie meine Flucht bewerkstelligt wurde, wer meine Begleiter sind oder was sie vermögen. Dementsprechend, Kinder, wird der offensichtlichste Schritt, den wir unternehmen können, zu dem am wenigsten offensichtlichen und bietet uns unsere beste Chance. Nicht gerade die Wahrscheinlichkeit, von der man als Buchmacher leben könnte, aber wir müssen es trotzdem riskieren.«

»Und da es so verrückt ist, spricht es Sie an«, sagte Valencia zu Kyra. Um sie beide herum lachten die Wellen. »*Bueno,* ich gestehe, mir geht es ebenso.«

Sie entschied, daß es besser wäre, seine Hand loszulassen,

obwohl sie sich fragte, warum. »Wir werden es schaffen, Nero.« Die Worte zitterten.

»Würde es Ihnen etwas ausmachen, jetzt damit anzufangen, mir etwas über Ihren Hawaiiurlaub zu erzählen?« fragte er. Was war das, Vorsicht oder Sinn für das Praktische oder was?

»Das könnte ich wohl tun.«

»Keine Lagebesprechung oder Strategiesitzung. Wir wollen diese Nacht nicht verderben.« Und es mochte taktisch unklug oder gefährlich sein, falls sie Zuhörer hatten, dachte sie. Warum erschien dieser Gedanke ihr plötzlich unangenehm? »Schwelgen Sie einfach nur in Erinnerungen, wenn es Ihnen recht ist.«

Das Schuldgefühl verschwand. »O je, wo soll ich anfangen?« scherzte sie.

»Wo immer Sie möchten.« Er stützte die Ellbogen auf den Fensterrand und starrte nach draußen. Das Licht von Himmel und Meer malte sein Profil gegen die Dunkelheit. »Vielleicht bei einem Anblick wie diesem?«

»Hm, ich erinnere mich an eine Gelegenheit –« Sie imitierte seine Haltung. Ihre Ellbogen berührten sich, eine Verflechtung von Wärme in der meereskühlen Luft. »Ein Freund und ich, wir hatten uns zu einer Fahrt in einem Auslegerkanu verabredet –«

Er führte sie. Manchmal erzählte er Erlebnisse, die er selbst gehabt hatte; auch er konnte zartfühlend sein. Obwohl er sie nach nichts Intimem fragte, stiegen Erinnerungen auf, die sie beinahe mit ihm geteilt hätte. Sie lebte den Impuls aus, indem sie über Blüten, Regenwälder, Lustbarkeiten, Sand und Brandung und die munteren Kleinlebewesen rings um ein Korallenriff sprach. Schon bald sprach sie von den Keiki Moana. Warum auch nicht? Sie waren für Außenstehende tabu, aber jeder wußte von ihnen und hatte Dokumentationen gesehen oder Bücher gelesen. Ebensogut wußte jeder, daß Fireball es seinen Mitarbeitern gelegentlich gestattete, ihre Reservate aufzusuchen.

»– wir schwammen dicht beim Floß, als ein Paar Delphine – O-o-oh!«

Immer noch voll, stieg der Mond hinter dem Heck empor.

Plötzlich flog Silber über den Ozean und legte Heiligenscheine um ihre Köpfe. Kyra spürte, wie sie sich an Valencia lehnte und einen Arm um seine Taille schlang.

Er versteifte sich. »Ah, Pilotin Davis –«

»Unerhört schön«, sagte sie von tief in der Kehle.

»Ja. Hm, können Sie Alpha Centauri für mich finden?«

»Ich . . . ich glaube, wir sind noch zu weit nördlich. Warum?«

»Eine Assoziationskette.« Guthrie.

»Na und? Die Demeter, der einzige lebendige Planet, den wir erreicht haben, aber primitiv und zum Untergang verurteilt. Alles, was er bewirkt, ist, daß ich mich frage, was für einen Sinn alles hat, wenn das Leben ein so seltener Zufall ist.« Kyra holte Luft. Ihr Blut pochte. »Der Sinn besteht darin, daß es *ist*, richtig? Wir sind für eine kleine Weile hier, wir sind heute nacht hier, Sie und ich, und das kann genug sein. Wir haben es doch selbst in der Hand, oder?« Sie hob ihre Lippen den seinen entgegen.

Seine Reaktion war nicht ganz fest. »Pilotin Davis, ich habe Ihnen das über Beziehungen mit Klienten doch erklärt.«

Sie grinste. »Angenommen, der Klient fängt an?«

»Die Klugheit –«

Ihr Funke Frohsinn erlosch. »Nero, hören Sie, ich bin keine kühne Freibeuterin. Ich bin auch keine Närrin, aber tief in meinem Inneren fürchte ich mich und bin einsam und brauche Trost. Und zwar jetzt.«

Seine Augen trafen ihre. »Ich bin mir nicht sicher, ob ich das glaube«, sagte er. »Dazu halte ich zu viel von Ihnen, Kyra.«

Freude entfachte sich von neuem. Sie griff mit den Händen hinauf – sein Haar war elastisch zwischen ihren Fingern – und zog ihn nach unten. »Außerdem«, flüsterte sie nach einiger Zeit, »ist das Schwanken dieses Decks unter uns verdammt sexy.«

21

Der Mann vor dem Schreibtisch war grauhaarig, aber jungenhaft hübsch und hielt sich gerade wie eine Antriebswelle. Blasse Augen lagen tief in einem runzeligen und zerfurchten Gesicht. Die Rangabzeichen eines Obersten und Gefechtsbänder belebten die steife Uniform. »Vorbehaltlich der lebenswichtigen Interessen meines Landes stehe ich unter Ihrem Befehl, Sir«, bejahte er.

»In Anbetracht der Tatsache, daß Ihre Regierung Sie und Ihren Trupp mir zugeteilt hat, sollte uns das keine Probleme bereiten«, erwiderte der neue Guthrie. »Was jedoch die Männer betrifft. Ihren Ruf kenne ich.« Der alte Guthrie jedenfalls hätte ihn gekannt. Sayre hatte einen Bericht geliefert. »Man kann Ihnen vertrauen, daß Sie Ihre Aufgabe erfüllen, sie gut erfüllen, und hinterher den Mund halten. Aber gilt das auch für Ihre Männer, für jeden einzelnen davon?«

»Ich habe sie persönlich ausgewählt, Sir«, erklärte ihm Felix Holden.

»Okay, das reicht mir aus.« Notgedrungen. »Aber ich unterstreiche, Ihr Verein muß besonnen sein. Nicht nur verläßlich, sondern auch taktvoll. Wenigstens darf er niemanden verärgern. Wenn meine *consejeros* herausfinden, daß ich für den Weltraumeinsatz ausgebildete Mitglieder der nordamerikanischen Sicherheitspolizei für Sondereinsätze engagiert habe, dann ist die Kacke am Dampfen. Ich werde ihnen ausreden müssen zu meutern, und dann muß ich die gesträubten Federn von Fireball wieder glätten. Erschweren Sie mir das nicht mehr als unbedingt nötig.«

»Ich verstehe, Sir. Darf ich fragen, wie Sie unsere Mission zu erklären beabsichtigen?«

»Auf die einfachste Art. Mit der Wahrheit beginnen, daß unsere Mitarbeiter nicht für Polizeiarbeit ausgebildet sind, da sie nie mehr zu tun hatten, als gelegentliche Schlägereien zu unterbinden oder ganz selten mal Diebe, Schwindler et cetera zu schnappen. Sie werden mich fragen warum, wenn wir schon Polizeibeamte brauchen, um uns gegen Terroristen zu helfen, die uns unterwandert haben, wir sie uns dann nicht von irgendeinem anderen Land als der Union borgen – einem in den Augen der Weltraumfahrer freien Land? Ich werde es damit begründen, daß Ihr Korps dasjenige sei, welches die Lage am besten kenne, das sich schon länger damit befasse, und daß wir keine Zeit hätten, jemand anderen auszubilden. Ich werde sagen, daß die Idee mir selber nicht gefalle, ich aber angesichts dieses Notfalls keine andere Möglichkeit sähe.

Ich kann meine Leute überzeugen. Ich *bin* ihr *jefe*, der Gründer dieses ganzen Ladens, die Gestalt, zu der sie ihr ganzes Leben lang aufgeschaut haben, wie schon ihre Eltern und Großeltern und vielleicht Urgroßeltern vor ihnen. Ich wiederhole aber: Ihre Jungs können mir das unmöglich machen, und dann kann es sein, daß sie das, was darauf folgt, nicht überleben. Sie haben es hier nicht mit lammfrommen Steuerzahlern zu tun. Weltraumfahrer sind eine unabhängige, sture, heißblütige Bande.«

Holden lächelte. »Ich hatte erwartet, daß Sie mir das erzählen würden, Sir. Keine Sorge. Meine Männer sind nicht die selbstherrlichen Tyrannen der populären Geschichten. *Por favor,* trauen Sie uns mehr Kompetenz zu. Wir werden uns unauffällig im Hintergrund halten und unsere Macht nicht ausspielen, bis es absolut notwendig wird. Wenn es soweit ist, beschränken wir unser Eingreifen auf das Minimum dessen, was erforderlich ist.«

»Fein. Jetzt zu den Einzelheiten. Sie sind unsere Versicherung gegen die Möglichkeit, daß das von uns gesuchte Objekt ins All entkommt. Es ist unwahrscheinlich, aber ich möchte nichts ausschließen. Sollte das passieren, kann es, realistisch gesehen, kein anderes Ziel im Sinn haben als L-5 oder den Mond. Ich will eine Einheit von Ihnen bei jeder Anlage postiert haben, unter einem Offizier, dem man ein so explosives Geheimnis anvertrauen kann. Ich werde die Fireball-Leute anweisen, mit ihnen zusammenzuarbeiten. Wie rasch können Sie und ihre Abteilungen aufbrechen?«

»Innerhalb einer Stunde, vom Zeitpunkt meiner Rückkehr an gerechnet.«

»Hui, Sie verstehen Ihren Job ja wirklich! Ganz so schnell kann ich keine Transportmöglichkeit für sie bereitstellen. Der Raumhafen in Ecuador ist immer voll ausgelastet, das wissen Sie. Aber morgen sollten sie auf ihren Posten sein.

Sie bleiben in Quito, Oberst, mit ein paar Männern, den Besten der Besten. Sie werden für den allerschlimmsten Fall in Reserve stehen, den, der verzweifelte Maßnahmen erforderlich macht.«

Der Rest der Diskussion verlief schnell und präzise.

Holden stand auf, salutierte vor dem Roboterkörper und drehte sich um. Seine Absätze klackten auf dem Fußboden.

Als er gegangen war, rief Guthrie Sayre in Futuro an. »Ihr Collie und ich hatten gerade eine interessante Unterhaltung«, sagte er. »Ich glaube, hier auf meiner Seite können wir die Dinge unter Kontrolle halten. Wie steht es bei Ihnen?«

»Das Wild ist immer noch in Freiheit«, antwortete Sayre überflüssigerweise. Einen Augenblick danach: »Das Tiefenverhör eines Verdächtigen, der zu uns gebracht wurde, hat bestätigt, daß sein Versteck sich im Bereich Erie-Ontario befand. Die Erinnerung des Verdächtigen an die Ereignisse um die Zeit unserer Razzia herum wurden durch eine Droge irreversibel gelöscht. Ansonsten deuten die einzigen Hinweise, die wir haben, darauf hin, daß die Bewußtseinskopie nach Portland geschafft wurde, aber sie könnten auch Zufall oder zu dem Zweck eingefädelt worden sein, eine falsche Fährte auszulegen. Vermutlich wird er versuchen, nach Mexico hinüberzugelangen. Wir ziehen das Netz vor allem entlang dieser Grenze zusammen, aber trotzdem könnte er irgendwie daran vorbeikommen.«

»Oder er könnte kehrtmachen«, schlug Guthrie vor.

»Ja. Er ist innerhalb der Union nicht ohne Hilfsmittel. Er hätte uns nicht so lange entwischen können, wenn ihm nicht irgendwelche Leute geholfen hätten. Inzwischen vielleicht sogar eine Reihe von Leuten, denen man wahrscheinlich die Fakten über ihn mitgeteilt hat. Jeder von ihnen könnte jederzeit versuchen, die Sache öffentlich zu machen, und könnte es vielleicht sogar schaffen.«

»Ja. Von Ihrem Standpunkt aus der zweitschlimmste Alptraum. Was haben Sie geplant, um damit fertig zu werden?«

»Dementi, natürlich. Sie als Nihilisten verhaften und sie ohne Verbindung zur Außenwelt festhalten oder töten. Sie werden sich dem Dementi anschließen.«

»Üblicherweise sagt man: ›Würden Sie das tun, *por favor, señor* Guthrie?‹«

»Ich . . . entschuldige mich. Die Belastung, unter der ich stehe, ist . . . beträchtlich.«

»Vielleicht möchte ich ja mein frisch nach seiner Rückkehr von Alpha Centauri erwachtes Reserve-Ich als Beweis präsentieren. Ist die Kopie fertig?«

»Noch nicht ganz. Die Software natürlich. Aber die Hardware, das exakte Duplikat einer Maßanfertigung – Geben Sie uns noch zwei oder drei Tage Zeit. Dann haben wir ihn wieder im Nordwest-Gebäude von Fireball, wo er vorher untergebracht war.«

»Das müßte ausreichen. Ich für meinen Teil werde der Firma sagen: ›Wem wollt ihr glauben, mir oder ein paar mordlüsternen Fanatikern und ihren möglicherweise wohlmeinenden Marionetten?‹ Einige werden ihre Zweifel haben, aber ich bin mir ziemlich sicher, daß die große Mehrheit mitgeht.«

»Ja, ja. Das haben wir doch bereits ausführlich erörtert, nicht wahr?«

»Nun, wir haben uns noch nicht die Zeit genommen, den allerschlimmsten Fall bis ins Detail zu betrachten. Was ist, wenn nicht nur irgend jemand eine Geschichte ausposaunt, sondern mein Ausreißer-Ich selbst auftaucht, in Mexico oder wo auch immer? Können Ihre Schläger schnell genug ein Stoßtruppunternehmen in die Wege leiten, um ihn zu schnappen oder wegzupusten, bevor der Schaden sich nicht mehr reparieren läßt?«

»Schläger? Das Wort mißfällt mir.«

»Dann mißfällt es Ihnen eben. Können Sie's?«

»Vielleicht. Ich arbeite an dem Problem, ihre Identität zu verschleiern. Die juristischen Konsequenzen, die es hätte, wenn wir eine solche Operation in einem fremden Land ausführen, sind erschreckend.«

»Sie meinen, es wäre peinlich, wenn man Sie dabei erwischt. Aber Sie wissen verflixt gut, daß Ihre Regierung die Föderation hinhalten kann. Schlimmstenfalls müßte sie ein paar ›übereifrige Minister‹ feuern und versprechen, daß sie umerzogen werden. Aber wenn das auf freiem Fuß befindliche Ich nicht verdammt fix erledigt wird, dann sehe *ich* mich erschreckenden Konsequenzen gegenüber.«

»Dazu dürfte es nicht kommen. Lassen Sie es uns jedenfalls hoffen. Um unser aller willen.«

»Hören Sie, ich habe nicht vor, kampflos unterzugehen. Ich lasse gerade ein Fackelschiff vorbereiten, damit ich es als Pilot fliegen kann. Wenn mein Rivale tatsächlich ausbricht und Ihr Kommando es nicht schafft, ihn auszuschalten, dann werde ich mal sehen, was ich selber tun kann.«

22

Mauna Loa und Mauna Kea standen wie ein Traum über dem westlichen Rand der See, aber als die *Caravel* die Hauptinsel erreichte, waren sie hinter allem, was näher lag, verschwunden. Das Tragflügelboot ankerte vor dem Hafen von Hilo und rief ein Wassertaxi für seine Passagiere. Der Kapitän verabschiedete sich an der Gangway von ihnen. Kyra gefielen sein Grinsen und die Art nicht, wie er Valencia zuzwinkerte. Neros Gesicht wurde ausdruckslos. Er war ein Gentleman, dachte sie warm.

Ein Bodentaxi brachte ihn und sie mit ihren Waffen und Guthrie im Gepäck zu dem Hotel, das sie vorgeschlagen hatte. Es war groß und seelenlos, deshalb würde niemand ihnen besondere Beachtung schenken. Es war ziemlich neu – auf dem Gebiet der Union waren in den letzten zehn Jahren nur wenige kommerzielle Gebäude von Bedeutung errichtet worden – und noch nicht sehr heruntergekommen, weshalb man auch ein Zimmer mit einem leistungsfähigen Computerterminal bekommen konnte. Trotzdem fühlte Kyra sich eingeengt, als die Tür sich hinter ihnen schloß. Sie war aus einer sanften Brise gekommen, den raschelnden Palmbäumen und dem grenzenlosen Blau darüber. Ihr Blick richtete sich auf die Aussicht draußen. Kein Geräusch drang von dort zu ihr herein.

Das Gefühl verging. Es gab Arbeit zu erledigen. Valencia packte soeben Guthrie aus. Seine Bewegungen waren katzenhaft. Der Anblick ließ sie innerlich glühen.

Er stellte den Kasten auf die Frisierkommode. Augenstiele schoben sich heraus. »Tja, Sie sind beide noch gesund und frei«, grollte Guthrie. »Wie war die Reise?«

Kyra spürte die Hitze in ihrem Gesicht. Bemerkte er es? *»Estupendo«*, murmelte sie und konnte einen Seitenblick auf Valencia nicht verhindern. Der Mann blieb unbewegt.

»Was für ein Tag ist heute? Welche Uhrzeit? Gottverdammt, es kommt mir vor, als sei ich eine Woche aus sieben puritanischen Sonntagen in diesem Kasten eingesperrt gewesen.«

»Ich hatte mich schon gefragt, wie Sie das aushalten würden«, meinte Kyra.

»Ich habe gedöst. Ich habe nachgedacht. Ich habe Gedankenspiele gespielt. Ich bin Erinnerungen durchgegangen. Besonders die geilen. Jetzt informieren Sie mich über die aktuelle Lage.«

Valencia erledigte das in sparsamen Worten. »Und was sind die neuesten Nachrichten?« erkundigte sich Guthrie. Die beiden Menschen starrten sich an. Sie hatten vergessen, den Multiceiver einzuschalten.

Kyra rief am Terminal eine Zusammenfassung auf. Sie schmetterte ihnen entgegen. Es waren Beweise für terroristische Zellen auf L-5 und auf dem Mond gefunden worden. Auf Anson Guthries dringende Aufforderung hin waren Sipo-Einheiten in die Kolonie und nach Port Bowen entsandt worden. Er wies die gesamte Belegschaft Fireballs an, ihnen volle Unterstützung zukommen zu lassen.

»Grundgütiger Himmel«, flüsterte Kyra, denn kein Fluch und keine Obszönität hätten ausgereicht.

Valencia bewahrte seine kalte Ruhe. »Das wirft einen ganz schönen Kometen in unsere Pläne, nicht wahr?« sagte er. »Schwierig genug, Sie in ein Raumschiff und von hier wegzuschaffen. Jetzt werden Sie nicht einmal dort irgendeinen sicheren Hafen finden, oder? Und es wird verteufelt schwer sein, von diesen Inseln herunterzukommen. Es tut mir leid. Ich hätte darauf bestehen sollen, daß wir es nach Mexico oder Quebec versuchen, trotz der Wachen an den Grenzen.«

Kyra rief sich ihre Konferenz in jener Nacht in Portland ins Gedächtnis. Als Valencia die Möglichkeit ins Gespräch gebracht hatte, übers Meer aus San Francisco zu entkommen, hatte sie ausgerufen, daß sie dann nur irgendeinen Hafen wie Mazatlán ansteuern müßten. Er wies darauf hin, daß die Behörden unter den gegenwärtigen Bedingungen bestimmt kein Schiff, das den berüchtigten Gentlemen-Abenteurern gehörte, nach einem ausländischen Zielhafen auslaufen lassen würden. Eine Vergnügungstour nach Hawaii und zurück war das äußerste, was sie genehmigen würden. Die *Caravel* würde ständig Positionsangaben funken müssen, und bestimmt würden Leichter-als-Luft-Fahrzeuge der Verkehrsüberwachung von der Stratosphäre aus ein Auge auf sie haben. Wenn sie auffällig von ihrem genehmigten Kurs abwich, würden sofort Patrouillenfahrzeuge die Verfolgung aufnehmen. Tatsächlich war sie ja auch unterwegs angehalten und auf nicht registrierte Passagiere durchsucht worden, die sie an Bord genommen haben mochte.

Kyra erschauerte. Der Gedanke, daß eine Regierung, irgendeine Regierung, eine so gründliche Kontrolle ausüben konnte, war beängstigend.

»Nein, entschuldigen Sie sich nicht, mein Sohn«, sagte Guthrie. »Ich habe Sie überstimmt. Die Aussicht einer Fahrt hierher gefiel mir. Um die Wahrheit zu sagen, rechnete ich schon damit, daß mein Zwilling Vorkehrungen treffen würde, um mich abzufangen, falls ich ins All entkäme. Sicher, ich hoffte, er würde es nicht schaffen, bevor es zu spät wäre – ich wußte, er würde daran denken – aber wie sich nun herausstellt, hat er es geschafft. Trotzdem, ich schätze, unsere Chancen sind immer noch besser, als wenn wir eines der anderen Kunststücke probiert hätten, über die wir diskutiert haben.«

»Hm, ja.« Valencia nickte. »Mit dem Raumschiff starten und es in Ecuador oder Australien wieder landen.«

»Ein wunderschöner Gedanke. Unglücklicherweise muß er meinem Anti-Ich auch schon gekommen sein. Ob wir unseren Start nun als rechtmäßig ausgeben können oder nicht, man wird unseren Flug von Anfang an verfolgen. Bewaffnete Polizeiflieger sind die ganze Zeit über in großer Zahl in der Luft. Das müssen sie allein schon, um diese Bedrohung durch die Chaoten plausibel zu machen, aber sie werden bereit sein, ernst zu machen. Wenn wir irgend etwas tun, das nicht ganz koscher wirkt, wie etwa, zur Erde kehrtzumachen, rücken sie an und fangen uns ab. Sie sind schnell, während ein landendes Raumschiff zwangsläufig langsam ist. Sie sind ebenso mit leichten Raketen bestückt wie mit Geschützen, und ein Raumschiff ist einem einzelnen gutplazierten Schuß gegenüber völlig hilflos. Dabei ist es denen egal, ob der Abschuß über fremdem Gebiet erfolgt. Das Erdabkommen gibt der nationalen Polizei das Recht, Kriminelle auch über Staatsgrenzen hinweg zu verfolgen, wenn Gefahr im Verzug ist. Futuro kann behaupten, das Fahrzeug sei entführt worden – was in gewisser Weise ja auch stimmen würde.«

»Ich könnte es schaffen auszuweichen«, sagte Kyra langsam.

»Mit mehr Glück als Können«, gab Guthrie zurück, »und wir stimmen wohl alle darin überein, daß Sie Können in metrischen Tonnen haben. Nein, wenn es uns gelingt abzuheben, dann fliegen wir auch weiter ins All. Im Weltraum gibt es keine bewaffneten Schiffe. Was L-5 und Port Bowen angeht, da habe ich so einige Ideen.« Seine Augenstiele schwangen von der Frau zu dem Mann und wieder zurück. »Für jetzt genug geredet. Das ist Zeitverschwendung, bis wir weitere Informationen haben. Die hungrigen Schnecken überholen uns. Nehmen Sie Verbindung mit Wash Packer auf.«

Seine Zuversicht erfrischte Kyras Herz. Sie trat ans Videophon. Valencia packte ihr Handgelenk. Sein Griff war sanft und, das spürte sie, unzerbrechlich. »*Por favor,* nein, Pilotin

Davis«, warnte er. »Die Leitungen des Direktors werden mit Sicherheit überwacht.«

»Verdammt, ich vergaß. *Gracias*, Nero.« Sie schenkte ihm ihr sehnsüchtiges Lächeln. »Außerdem sollten wir uns lieber vorher überlegen, was wir ihm erzählen.«

Er ließ sie los. »Ich schlage vor, wir holen uns eine Karte des Gebiets und ein Branchenverzeichnis auf den Schirm.«

Die Mission zuerst, ja, ja. Aber mußte er unbedingt die Rolle eines bewaffneten Butlers aufrechterhalten? Guthrie würde es doch nichts ausmachen, oder? Kyra drängte ihre Wut zurück. Sie konnte das Nero später klarmachen. Vielleicht gleich dann, wenn sie wieder einmal ein paar Stunden Freizeit hatten.

Brems dich, Mädchen!

Die Datenrecherche erfolgte in erster Linie für ihn. Sie kannte diese Stadt ziemlich gut. Guthrie nahm nur wenig an ihrer Planung teil. »Sie sind ein Kojote, Valencia«, sagte er am Ende. »Verfluchtes Glück, daß Sie auf der Seite von Gott, Mutterschaft und Apfelkuchen stehen.« Die Bemerkung verwirrte Kyra – etwas aus der Frühzeit seines Lebens, nahm sie an. »An die Arbeit, Kinder.«

Sie ließen ihn am Multiceiver zurück, denn wenn irgend jemand hereinkam, um zu spionieren, würde er so oder so gefunden werden, und gingen ihre getrennten Wege. Kyra marschierte etwa einen Kilometer weit zu Fuß, bevor sie nach einer öffentlichen Fernsprechzelle Ausschau hielt. Es hatte keinen Sinn, einen Hinweis auf ihren Aufenthaltsort zu geben. Ansonsten sollte es eigentlich sicher sein. Valencia hatte eine zweite falsche Identicard benutzt, um sie als Mann und Frau anzumelden. (Leidenschaft stieg in ihr auf.) Falls die Sipo sie mit Hilfe ihres Computernetzes überprüfte, nachdem sie ihr Gespräch mit Packer mitgehört hatten, würde nichts auf jenen Bill Mendoza hindeuten, der sie von Portland nach Süden gefahren hatte. Sie bezweifelte allerdings, daß sie so mißtrauisch sein würden. Sie würde versuchen, ihnen keinen Grund dazu zu liefern. Aber Valencia traf jede nur erdenkliche Vorsichtsmaßnahme. Dieser *hombre* war wirklich ein Fachmann.

Als sie beim Kamehameha anrief, bewirkte ihr Name, daß

man sie sofort zum Boß durchstellte. Das war keine große Überraschung. Der Raumhafen war seit Tagen außer Betrieb. Das hagere Gesicht mit den weißen Haarstoppeln wurde starr, dann brach es in ein Lächeln aus, das vor der schokoladenfarbenen Haut doppelte Strahlkraft besaß. »Pilotin Davis! Wunderbar! Ich habe mir Sorgen um Sie gemacht, *chica*.«

»Wirklich?« Kyras Rücken zwischen den Schulterblättern schmerzte vor Anspannung. Das hier mußte überzeugend klingen, und sie war keine Schauspielerin. »Es tut mir leid. Ich hatte angenommen, der Anruf aus Quebec hätte die Situation erklärt.«

Packer blinzelte. »Was für ein Anruf?«

»Als ich mich entschieden hatte, mich wieder hier zum Dienst zu melden. Vor ein paar Tagen. Genaugenommen haben Sie mit Pierre Thibodeaux gesprochen, glaube ich. Erinnern Sie sich nicht? Vielleicht hatten Sie, äh, eine Menge Fireball-Geschäfte zu erledigen, die *dringender* waren als *dies*.«

»Ach, *der* Anruf. Für einen Augenblick war er mir ganz aus dem Gedächtnis entschwunden.« Packer zuckte die Achseln. »Um ehrlich zu sein, nach Lage der Dinge habe ich nicht viel zu tun. Genau das ist es, was mir langsam das Gehirn wegsprengt.«

Erleichterung durchflutete sie. Ihre Knie zitterten. Er war genauso fix im Denken, wie sie erwartet hatte.

»Kommen Sie trotzdem vorbei«, hörte sie durch das Pochen ihres Blutes. »Alle werden sich freuen, Sie zu sehen, besonders, solange wir in Wartestellung sind. Ich muß Ihnen einen Passierschein besorgen, also nehmen Sie auf jeden Fall das Haupttor.«

Sie dachte ein Mantra. Ein gewisses Maß an Kaltblütigkeit kehrte zurück. »Sir, ich kann nicht. Nicht sofort. Eine persönliche Angelegenheit. Sehen Sie, ich bin zuerst nach Portland gefahren, wo ein guter Freund von mir wohnt, und dann kam mir etwas hoch –«

Er spähte vom Schirm herunter. »Sie mußten sich übergeben?«

»Äh, nein. Nein. Ein Gedanke.« Rasch: »Ich brauche Ihren

Rat, Sir. Können wir uns irgendwo privat treffen? Ich meine, in diesen Tagen ist Ihr Büro, sogar Ihre Wohnung – Es ist eine persönliche Angelegenheit, wirklich sehr persönlich, und es wird berufliche Auswirkungen auf mich haben, und Sie sind so ein verständnisvoller Mann –«

Er lächelte. Sie glaubte, die Härte hinter diesem Zähnefletschen zu sehen. »Ich, eine Vaterfigur?«

»Sie haben zwei prächtige Töchter großgezogen, Sir.«

»Und habe noch einen Jungen zu Hause«, sagte er – vorsichtig?

»Sir, *por favor,* ich bin Fireball-*consorte,* und ... ich brauche unbedingt Hilfe.«

Sie erkannte, daß er verstanden hatte, was sie wirklich meinte. »Der Treueid«, sagte er, ebenso für die Lauscher wie für sie. »*Muy bien,* Pilotin Davis. Ich werde kommen. Wo und wann? Beim Mittagessen?«

»*Gracias,* aber bitte, nichts so Aufwendiges. Ich kenne ein kleines Café, wo der Kona-Kaffee ultra ist. Dort würde ich mich, äh, zu Hause fühlen.«

»Wie Sie wünschen.« Sie gab ihm die Adresse und setzte die Zeit auf in neunzig Minuten von jetzt an fest. Bevor sie das Gespräch beendeten, tauschten sie den *V*-Gruß.

Valencia war schon wieder zurück im Hotelzimmer. »Ich habe einen Wagen gemietet«, berichtete er ihr. Sie gab ihr Gespräch wieder, und er sagte: »Ich komme ein bißchen später, um sicherzugehen, daß er da ist und seine Rechnung bekommen hat. In der Zwischenzeit werde ich die Umgebung auskundschaften.« Er nickte und war fort, bevor sie noch etwas sagen konnte.

»Esther Blum hat einen cleveren Burschen für uns gefunden«, bemerkte Guthrie.

Kyra sank in einen Sessel. Sie konnte ebensogut versuchen, sich zu entspannen. »Stimmt«, sagte sie, vor allem zu sich selbst. Ihr Blick suchte den Himmel.

Die Linsen richteten sich auf sie. »Sie mögen ihn, ja?«

»M-m-m-hm.«

»Nicht Ihr Schlag, allerdings.«

»Das wohl nicht, nehme ich an, aber – Ach, ist doch egal!« eiferte Kyra.

Guthrie hatte den Anstand, das Thema zu wechseln. »Wenn Wash das Mittagessen erwähnte, dann hat er noch nicht gegessen, und ich bezweifle, daß er sich einen Hamburger kommen lassen wird, bevor er losfährt. Werfen Sie mal einen Blick auf die Speisekarte. Wenn er hier ankommt, rufen Sie den Zimmerservice an und verstecken Sie mich an einem vorbereiteten Ort. Ich glaube, Sie beide werden auch ganz schön Appetit haben.« Er lachte in sich hinein. »Ein gesundes junges Paar.«

Wenn er hierherkam. Falls er hierherkam. Kyra spielte die Szene zum – Dutzendsten? – Male in ihrem Kopf durch. Packer saß da und hielt sich an seiner Tasse fest. Valencia kam hereingeschlendert, identifizierte sich mit ein paar leisen Worten als ihr Gesandter, führte ihn aus der Hintertür, an der sie sich erinnerte, zu dem Wagen, den er in der Nähe geparkt hatte, und sie waren unterwegs, anonym im Verkehr. Ganz leicht, ganz einfach. Für einen Profi. Aber Packer war kein Gunjin. Er mochte sich sträuben, er mochte irgend etwas tun oder sagen, das sie verriet, er mochte auf der Straße von jemandem angesprochen werden, den er kannte, so daß es zu einer verhängnisvollen Verzögerung kam. Oder vielleicht war der Sipo-Mann, der ihn beschattete, gewissenhafter, als Valencia annahm. Vielleicht würde der Sipo-Mann nicht zurückhaltend von außerhalb des Cafés aus beobachten, sondern ebenfalls hineingehen. Vielleicht wußte der Sipo-Mann von der Hintertür und hatte einen weiteren Mann in der Gasse postiert. Vielleicht, vielleicht, vielleicht.

»Machen Sie sich keine Sorgen«, riet Guthrie. »Damit übersäuern Sie sich nur den Magen. Das hier ist wie eine gefährliche Situation im All, wo Sie alles getan haben, was in Ihrer Macht steht, und der Rest von den Vektoren und den Maschinen abhängt. Da haben Sie doch auch ruhig abgewartet, oder?«

»Aber das hier ist anders!« rief sie aus. »Es geht um mehr als um ein Raumschiff oder auch um mich selbst. Man muß für zu viel anderes fürchten. Die ganze Zukunft.«

»Na, na, wollen wir mal nicht apokalyptisch werden. Ich

habe alle möglichen Krisen kommen und vorübergehen sehen, von Kriegen über Wahlen bis hin zum Hundefänger, mit ihrer ganzen Erregung darüber, wie das Ergebnis entweder eine glorreiche neue Hoffnungsdämmerung für die ganze Welt bringen oder aber sie auf ewig in eine bodenlose Latrine stürzen würde. Dazu ist es nie gekommen, weder in der einen noch in der anderen Richtung. Die menschliche Rasse ist genauso weitergetrottelt wie immer.«

Sie starrte ihn an, als könne sie in seiner Gesichtslosigkeit lesen. »Aber wenn die Avantisten Fireball auf ihre Seite bringen, werden sie sich daran festschweißen«, protestierte sie. »In der Union wenigstens. In meinem Land, *jefe. Mir* macht das etwas aus.«

»Es würde eine Weile brauchen, um Fireball in eine solche Politik hineinzumanövrieren«, erwiderte er. »Sayre und seine Spießgesellen sind übermäßig optimistisch hinsichtlich der Zeitspanne. Es ist eine Sache von mehreren Generationen, würde ich schätzen. Grundlegende Einstellungen und Institutionen kann man nicht so schnell verändern, besonders nicht unter Individualisten. So lange wird der Avantistenstaat nicht zusammenhalten. Er ist schon todkrank, chronische Dogmatitis. Alles, was mein zurechtfrisiertes Ich an heimlicher Hilfe gewähren kann, ohne seine Karten aufzudecken, wird das Elend nur verlängern und es der Theorien-Theokratie ermöglichen, ihre Entwicklung zu einer offenen Diktatur zu vollenden. Was im Zeitalter der Raumschiffe, Hypercomputer, globalen Kommunikation mit Lichtgeschwindigkeit und molekularen Fabriken auch keine lebensfähige Regierungsform ist.«

Kyra biß sich auf die Lippen. »Wie viele Menschen würden in der Zwischenzeit sterben oder Schlimmeres?« forderte sie ihn heraus.

»Ja, das ist eine Überlegung. Ich gestehe Ihnen auch zu, daß es nett wäre, die Beratende Synode und ihre Speichellecker der Gerechtigkeit zuzuführen. Am liebsten einer strengen Gerechtigkeit.«

Kyra beugte sich vor. Ihre Finger krallten sich um die Sessellehnen. »Und Sie, was ist mit Ihnen?«

»Was sollte schon mit mir sein?« Sie konnte ihn beinahe sehen, als bildliche Projektion oder in Fleisch und Blut: ein Achselzucken, ein verächtliches Hochziehen der Mundwinkel. »Ich werde nicht kampflos aufgeben, aber für das Geld haben wir ihnen ein gutes Rennen geliefert, und eine alte Maschine ist nicht einmal ein einziges junges Leben wie Ihres wert.«

»Sie irren sich!« rief sie aus. »Sie sind Fireball!«

»Es wird mich überleben. Vielleicht ist es sogar besser dran, wenn neues Blut, richtiges Blut, die Geschäfte übernimmt.«

»Nein, das ist es nicht.« Sie sprang auf die Füße und baute sich über ihm auf, mit zornig funkelnden Augen, die Hände in die Hüften gestemmt. »Ihr anderes Ich wird der Meister sein. Er glaubt an den Avantismus, nicht wahr? Wenn er ihn so scheitern sieht, wie Sie es voraussagen, was wird er dann tun, auf was wird er hinarbeiten?«

»Das ist richtig«, gestand er langsam ein. »Ein pervertiertes Fireball könnte eine mörderische Kraft für ... nennen Sie es ›das Böse‹ ... sein. Oder es könnte einfach versäumen, etwas richtig zu machen, das nur in seiner Macht liegt und in sonst niemandes. Was durchaus noch schlimmer sein mag.«

Der Gedanke schmerzte sie. Nordamerika war ihr lieb und teuer, aber es war nur der Ort, wo sie ihre Kindheit verbracht hatte. Und, ja, auch der Ort, wo einstmals bestimmte Ideen zu Hause gewesen waren: Freiheit, grenzenlose Hoffnung, harte Arbeit und von Intelligenz geleiteter Wagemut, der kein Wort ungefragt hinnahm. Danach lebten sie in Fireball fort, weil Anson Guthrie ihre Saat mit ins All gebracht hatte. Fireball war ihre wahre Heimat, ihr Vaterland, ihr Mutterland, das Land, das sie unversehrt ihren Kindern hinterlassen wollte.

»Wir werden kämpfen!« sagte sie.

»Inzwischen haben wir keine große Wahl mehr, oder?« antwortete er prosaisch. »Nun entspannen Sie sich mal, Zuckerpüppchen. Ich bemerke da eine Minibar. Trinken Sie was, machen Sie es sich bequem, hören Sie ein bißchen Musik oder sehen Sie sich eine Sendung an oder lassen Sie sich von Ihrem alten Onkel eine Geschichte erzählen.«

Ein Teil von ihr registrierte, wie rasch ihr Schmerz verebbte.

Seine Stimme, das plötzliche rauhe Schnurren und das unterschwellige Lachen – Er wußte, wie man mit Menschen umging, dachte sie. Die Erfahrung. Aber sicherlich auch eine Begabung. Er mußte ziemlich beliebt bei den Frauen gewesen sein, damals, als er noch sterblich war: groß, stark, auf gutmütige Weise grob, verständnisvoll. Schade, daß sie damals noch nicht dagewesen war, um ihn ins Bett zu bekommen ... Ihr eigenes Lachen quoll hervor.

»So ist's richtig«, stimmte er zu. »Was für ein Zeitvertreib würde Ihnen gefallen?«

Wenn sie sich selbst komisch fand, konnte sie auch einen Scherz auf seine Kosten machen. »Eine Geschichte, Onkel.«

»Worüber?«

Sie kramte in ihrem Gedächtnis, riß die Augen auf und legte den Kopf schief. »Über Winston P. Sanders und die betrunkene Meerjungfrau.«

»*Ay de mí!* Nein, lieber erzähle ich Ihnen was über, äh, die Zeit, als ein unternehmungslustiger Bursche einen Vertrag mit uns machen wollte – wir waren noch ganz neu im Geschäft und geldhungrig – um einen Weltraumpuff zu bauen.«

Kyra streckte ihm ihre Unterlippe entgegen. »Sie haben's versprochen«, jammerte sie.

»Ich hatte nichts Spezielles –«

»Genau. Sie fragten mich ›Worüber?‹ Keine Einschränkungen. Ich dachte, Sie wären ein Mann, der zu seinem Wort steht, *señor* Guthrie.«

»Äh, tja –«

Als Valencia und Packer eintrafen, taten ihr die Rippen weh, obwohl sie auch ein bißchen entsetzt war.

Heiterkeit wich Freude, die aber angesichts der Starrheit auf Packers Gesicht sofort wieder verging. Auf dem Weg hierher mußte Valencia die Lage skizziert haben. Der Direktor trat an die Frisierkommode und blickte auf Guthrie hinunter. Seine Hände streckten sich vor, wie um den Kasten zu greifen, zitterten aber hoffnungslos. »*Jefe*«, krächzte er. »Ach, *jefe*.«

»Ich bin okay, Wash«, sagte Guthrie.

Packer holte stoßweise Atem. »Sicher. Aber dieser andere.

Das sind auch Sie, nicht wahr? Und sie haben ihm das angetan.«

»Was uns angeht«, sagte die Bewußtseinskopie ausdruckslos, »so müssen wir in höchstens zwei oder drei Stunden mehrere Quadratlichtjahre beackern und sollten deshalb lieber damit anfangen, den Dünger zu verteilen. Valencia, sehen Sie denn nicht, wenn ein Mann einen Drink braucht? Davis, Sie hatten eigentlich die Speisekarte studieren und Vorschläge zum Essen machen sollen.«

Wieder entfaltete seine Stimme ihre Wirkung. (Obwohl auch die Erinnerung an sein Bild und das Gewicht seiner Geschichte dazu beitragen mußten, dachte Kyra.) Und natürlich waren alle in diesem Zimmer Pragmatiker, die nicht zu selbstquälerischen Gedanken und Empfindlichkeiten neigten. (Man dachte nach, wog richtig und falsch Konsequenzen und Möglichkeiten ab, *bevor* man handelte. Womöglich war das sogar noch schmerzhafter, weil man wußte, daß es in dem mündete, was man tat oder was man unterließ, und daß man hinterher bis in alle Ewigkeit die Verantwortung tragen mußte.) Binnen Minuten war ihre Konferenz im Gange.

Der Raumhafen wurde aufmerksam von der Nationalmiliz und einem Sipo-Kader bewacht. Nur ein Schiff war dort, dasjenige, in dem Kyra gelandet war. Der Kamehameha war schließlich nur eine zweitrangige Einrichtung, denn die großen irdischen Anlagen befanden sich in Ecuador und Australien; und selbstverständlich würde Fireball keine weiteren Raumschiffe schicken, bis die Lage sich geklärt hatte.

»Verdammt!« sagte sie. »Ich hatte ein bißchen auf ein Fackelschiff gehofft. Jetzt muß ich hoffen, daß der Feind keines hinter mir herschicken kann, während ich im freien Fall bin.«

»Scht!« flüsterte ihr Valencia ins Ohr. »Das muß Packer nicht wissen.« Sie blickte ihn mißbilligend an. Wenn sie dem Direktor nicht vertrauen konnten, war ihre Sache verloren. Zugleich war sie sich der Nähe Valencias bewußt. Die schwache, warme Berührung seines Atems verweilte bei ihr.

Packer hatte keine Notiz von dem Wortwechsel genommen.

»Die Sipo wird wissen wollen, wie und warum ich ihnen entwischt bin«, warnte er.

»Halten Sie sie für eine kurze Weile hin«, antwortete Guthrie. »Berufen Sie sich auf Ihre Geheimhaltungspflicht. Dann werden sie sehen, daß Sie Anweisungen erhalten, die deutlich machen, daß es sich um einen Befehl von ganz oben gehandelt hat.«

»Wie das?«

»Sie glauben doch nicht etwa, meine Agenten hätten im Laufe der Jahre nicht ein paar Zugänge zum offiziellen Netz entwickelt und ein paar Maulwürfe und Computer-Störprogramme eingeschmuggelt? Oder daß ich nach Nordamerika gekommen wäre, ohne mich zuerst über den aktuellen Stand dieser Dinge zu informieren? Außerdem möchte ich darauf hinweisen, daß, genauso wie meine Kopie behaupten kann, ich zu sein, ich das auch kann.«

»Riskant.«

»Das ist es. Deswegen habe ich mich dieser Möglichkeiten ja bisher auch nicht bedient. Jetzt gehe ich davon aus, daß wir vor einer entscheidenden Kraftprobe stehen und wir diesen Chip in den Topf werfen müssen.«

Packer sah direkt in die Linsen. Er war ein loyaler Mann, aber . . . »Ich habe Familie«, sagte er.

»Das habe ich nicht vergessen. Wir werden Sie und Ihre Familie in Sicherheit bringen, nachdem wir unser Spiel gemacht haben. Wie genau, das ist einer der heutigen Tagesordnungspunkte.«

Die Diskussion ging weiter, im Schnellfeuertempo, nur unterbrochen, als sie Guthrie verstecken mußten, während der Zimmerservice das Essen hereinbrachte. Die Bewußtseinskopie legte ihre grundlegende Strategie dar. Sie stieß auf entsetzte Einwände. Er wischte sie beiseite. Er hatte sich das ausgedacht, während er allein in der Dunkelheit alle Möglichkeiten abwog, einschließlich jener, die dann Wirklichkeit geworden war. Der Plan war weder zuverlässig noch pannensicher, aber er hielt ihn für den besten, den man versuchen konnte. Er überzeugte die anderen, und gemeinsam machten sie sich daran, die Einzelheiten auszuarbeiten.

Packers Truppe würde mehr als ein paar Stunden brauchen, um das Raumschiff startklar zu machen. Er konnte es praktisch mit allem beladen lassen, wenn er die Beschwörungsformel ›Höchste Geheimhaltungsstufe‹ benutzte. Das schloß die kleine Frachtkapsel ein, von der der halbe Plan abhing. Mehrere davon lagerten genau wie andere häufig benötigte Dinge im Versorgungsdepot.

Angesichts der ständigen Überwachung, der alle auf der Basis unterlagen, war Kyra die einzige Wahl als Pilot. Die Befehle, die Packer erhalten würde, würden sie namentlich nennen. Das sollte die Sipo weniger darüber nachgrübeln lassen, warum sie ihn heute angerufen und ihn fortgelockt hatte.

»Aber Ihr Trick, um in die Basis zu gelangen, das ist *loco*«, protestierte Packer.

»Haben Sie einen besseren Vorschlag, Sir?« erwiderte Valencia. »*Señor* Guthrie kann nicht die Anweisung erteilen, daß die Sicherheitsvorkehrungen an den Toren verringert werden. Das würde sie sofort mit der Nase darauf stoßen, daß etwas nicht stimmt. Dann wird an jedem Eingang ein Guthrie-Detektor stehen, und man wird jede Tasche und jedes Paket öffnen, falls es abgeschirmt ist. Wohingegen, wenn wir einfach erscheinen und auf das Schiff zumarschieren, jeder, der uns sieht, es als selbstverständlich voraussetzen wird, daß wir auf dem üblichen Wege gekommen sind und die Überprüfung bestanden haben.«

Packer schüttelte den Kopf. »Aber reinzuschwimmen«, murrte er.

»Wie sonst?« verlangte Kyra zu wissen. »Ich kenne diesen kleinen Strand. Oh, ich kenne ihn sehr gut! Unser Lieblingsruheplatz, wenn wir mit den Keiki herumgetollt sind, richtig? Da gibt es nichts außer einem Maschendrahtzaun, hauptsächlich, damit gelegentliche Besucher wie ich sich nicht landeinwärts verirren und unter den Füßen der Raumhafenbesatzung herumlaufen. Die Sipo hat ihn doch nicht elektrifiziert oder so etwas, nicht wahr?«

»N-nein. Die hatten zu viel zu tun, schätze ich. Es ist erst kurze Zeit her, seit dieses Durcheinander ausgebrochen ist.« Packer seufzte tief. »Mir kommt es wie eine Ewigkeit vor.«

»Wir setzen darauf, daß die Sipo nicht dichter an einer Effizienz von hundert Prozent liegt als wir«, fuhr Valencia fort. »Wenn ich ihr *commandante* wäre, würde ich meine Streitmacht – die ja schließlich nicht unbegrenzt ist, oder? – dort konzentrieren, wo mit einer Aktion zu rechnen ist. Längs des Meeres ließe ich nur zwei oder drei Männer Patrouille gehen. Und nicht meine hochtrainierten Korpsleute. Milizsoldaten. Habe ich recht?«

»J-ja.«

»Eigentlich müßten wir es schaffen, an ihnen vorbeizuschlüpfen. Ich bin in diesem Metier. Bevor ich Sie heute traf, habe ich Werkzeug gekauft.« Valencia grinste. »Wie der *jefe* sagt, die Verrücktheit dieses Bravourstücks verbessert seine Chancen.«

»Ich weiß nicht, ich weiß nicht. Die Keiki –«

»Sie sind meine Freunde«, sagte Kyra. »Für sie wird das ein Spiel sein, noch eines dieser seltsamen Spiele, die Menschen spielen.«

»Mag sein.«

»Mir gefällt es, Wash«, sagte Guthrie.

Packer richtete sich in seinem Sessel auf. »Dann machen wir es, und ich sollte aufhören, unsere Zeit zu vergeuden«, antwortete er ruhig.

Das Gespräch lief weiter. Als Packer ging, geschah das nicht, weil das Thema erschöpft, sondern weil es unklug gewesen wäre, seine Abwesenheit unnötig zu verlängern.

An der Tür schüttelte er Valencia und Kyra die Hand, während sein Blick auf Guthrie gerichtet blieb. »Sie sind tapfere Menschen, Sie drei«, sagte er.

»Sie riskieren mehr als wir, Wash«, erwiderte Guthrie.

»In gewisser Weise. Hoffen wir, es ist die Sache wert. *Adiós.*« Packer verließ sie.

»Okay«, sagte Guthrie knapp, »gehen wir noch einmal im Lichte dessen, was er uns berichtet hat, unser Programm für den nächsten Schritt durch, und setzen wir es dann in Gang. Lange kann er die Sipo ohne Bestätigung von oben nicht hinhalten.«

Bald darauf fügte er hinzu: »Nero, ich höre, hacken gehört zu Ihren Begabungen. Übernehmen Sie das Terminal. Ich gebe Ihnen Anweisungen.«

Kyra blieb nichts zu tun, als sich zurückzulehnen und zu staunen. Obwohl sie notwendigerweise eine beträchtliche Menge über Computersysteme wußte, hatte es ihre Arbeit nie erfordert, sie zu unterlaufen. Im Gegenteil! Diese Art von Kapriolen konnte für ein Raumschiff oder für eine Zivilisation, die davon abhingen, das Verderben bedeuten. Sie erinnerte sich an einen Kurs an der Akademie über Sicherungen dagegen und wie diese sich im Laufe der Zeit entwickelt und verfeinert hatten. Mittlerweile konnte ein Außenstehender etwa so leicht und unauffällig in ein vernünftig gesichertes Programm eindringen wie in den Tresorraum einer Bank. Wenn allerdings ein Insider es richtig anfaßte, konnte er gewisse verwundbare Stellen installieren, die praktisch nicht zu bemerken waren. Wenn dann ein Außenstehender vielleicht Jahre oder Jahrzehnte später wußte, was programmiert worden war, würde er in der Lage sein, eigene Befehle über die Kommunikationskanäle in das System einzuschleusen, und dieses würde sie so befolgen, als ob sie das seien, was es eigentlich tun sollte.

Natürlich erforderte das Geschick und Kunstfertigkeit. Selbst eine so einfache Operation wie eine falsche Nachricht einzugeben und sie so erscheinen zu lassen, als sei sie von einem realen Ursprungsort gekommen, war ein Jongleurakt mit neun Bällen.

Wie geschickt Valencia über die Tasten strich! Sein Kopf hätte der eines jungen Hermes – nein, eines Pan oder eines Luzifer – sein können, der sich aufmerksam über ein Unheil beugte, aus dem Musik geboren werden würde.

Nicht, daß nicht auch Guthrie eindrucksvoll gewesen wäre. Als er, wie von Quito aus sprechend, seine persönliche Kurznachricht zu dem kodierten Befehl hinzufügte, war das ein Meisterstück. Das Raumschiff würde heute nacht starten. Bis dahin nicht die Spur einer Andeutung gegenüber irgendwem. Die Terroristen ahnten nicht, daß dieses unhandliche Gefährt eine wichtige Mission erfüllen würde. Falls sie es doch erführen, mochte ihre Reaktion im höchsten Maße gewalttätig ausfallen.

Trotzdem: Guthrie war nur ein Programm in einer Maschine. Nero war ein Mann.

»Ich vermute, der Sipo-*comandante* wird sich ganz schön darüber wundern«, sagte Guthrie. »Immerhin können wir annehmen, daß es ihn nicht veranlaßt, irgendwelche Maßnahmen zu ergreifen, die den Anweisungen zuwiderlaufen, bevor es zu spät ist. Die werden nicht gerade ihren klügsten Jungen an einen so unwahrscheinlichen Unruheherd wie den hier schicken.« Er schaute wieder zu Valencia. »Jetzt müssen wir Tamura auf L-5 und Rinndalir auf dem Mond alarmieren.«

Das geschah in Form zweier Routinenachrichten über Videophon – dank des Störprogramms nicht verfolgbar – zum entsprechenden Richtstrahlsender. Nichts als der Name des Absenders, ein langweiliges ›A. A. Craig‹, verriet, daß in jeder dieser Botschaften noch eine andere verschlüsselt enthalten war. Das Nachrichtenformat erlaubte nicht mehr als ein paar Worte. Guthrie vertraute seine Existenz Tamuras Intelligenz und Entschlossenheit an. Kyras vertraute er Rinndalirs Intelligenz und gutem Willen an. Letzteres war eine unbekannte Größe. Erneut meldete sich die Angst in ihr.

»Bastante«, sagte Guthrie. »Jetzt können wir uns ausruhen, bis es Zeit ist, die Triebwerke zu zünden.«

Valencia erhob sich aus seinem Sessel, wobei er sich reckte, um verkrampfte Muskeln zu lockern. Der Anblick erregte Kyra. Sie schob ihre Bedenken beiseite, stand gleichfalls auf und glitt auf ihn zu. Ihr Lächeln wurde breiter, während sie näherkam. Sie würden ganz einfach völlig unverfroren sein müssen. *»Jefe«*, sagte sie, »würde es Ihnen sehr viel ausmachen –«

»Wir sollten versuchen, ein Nickerchen zu halten, bevor wir noch einen Happen essen und aufbrechen«, unterbrach Valencia. »Wir haben eine ziemlich lange Fahrt und eine anstrengende Nacht vor uns.« Sein Blick traf den ihren. Er grinste trocken. »Ein Nickerchen«, wiederholte er.

»Er hat recht, wissen Sie«, sagte Guthrie.

Kyra machte halt. »Das glaube ich auch«, murmelte sie.

Vielleicht konnte sie es ja irgendwie einfädeln, während sie neben ihm auf dem Bett lag.

23

Die Straße war schmal, ein Schnitt durch die Wälder, und wand sich steil zum Ufer hinunter. Sie endete an einem kleinen Parkplatz. Valencia fuhr dorthin, wo der Schatten am tiefsten war, löschte die Scheinwerfer und schaltete den Motor aus. Dunkelheit und Stille brachen donnernd über Kyra herein. Sie stieg aus. Guthrie in ihren Händen fühlte sich sicher an. Valencia gesellte sich zu ihr. Einen Augenblick lang standen sie schweigend da.

Ihre Augen paßten sich an. Im Sternenlicht und dem Widerschein des Himmels erschien die Landschaft für sie. Längs der Pflasterung Ingwer, vermischt mit Hibiskus; die milde Luft war honigsüß von seinem Duft. Dahinter erkannte sie die pinselartigen Blüten einer Seideneiche, die ausladende Höhe eines Koa, dann wurden die Wälder zu einer einzigen schwarzen Masse, die bergwärts anstieg. Auf der anderen Seite sah sie durch das dichte Geflecht des Zaunes Gras, farblos über einem Abhang, der zum Meer hin abfiel. Die Brandung säumte den Wall der Uferlinie mit ruhelosem Weiß. Sie hörte ihr Geräusch als ein Brodeln unter einem tieferen, weicheren Pulsschlag, der von den dahinter schimmernden Wassern ausging.

»Sieht aus, als hätten wir den Platz für uns allein«, sagte Guthrie. »Ich war mir dessen nicht sicher. Die Besatzungsstreitmacht auf dem Raumhafen hält die Leute davon ab hierherzukommen, aber er ist ein ganzes Stück entfernt, und das hier ist ein beliebter Ort für Liebespärchen.«

Ohne nachzudenken, nickte Kyra und lächelte. Sie erinnerte sich.

»Das ist er schon lange, nehme ich an«, bemerkte Valencia.

Guthrie hatte ihm die Geschichte erzählt, als er sich danach erkundigte: »Nachdem die Erneuerungsbewegung gescheitert war, kamen wir zu dem Schluß, Fireball könne eine amerikanische Basis gebrauchen, und Hawaii erschien am geeignetsten.

Es wäre teurer gewesen, die alten, aufgegebenen Einrichtungen abzubrechen und neu aufzubauen, als bei Null anzufangen. Die Wirtschaft war in einem solch verzweifelten Zustand, und ›Umweltschutz‹ war nicht länger das Schlagwort, das es einmal gewesen war, so daß die neue Regierung froh war, uns ein kleines Stück des Volcanoes-Nationalparks zu verkaufen. Vor allem, da wir es übernahmen, den Park, überall, wo es erforderlich war, instand zu setzen und aufzuforsten. Der Tempel der Göttinnen hatte ihn vor die Hunde gehen lassen. Solche Dinge wie Schädlingsbefall und Tierpopulationen zu kontrollieren, war ein religiöses Tabu. Wir bauten zwar an der Küste, außerhalb der Reichweite der Lava, aber wir trugen auch auf einer dauerhaften Basis zur allgemeinen Erhaltung bei. Diese Übereinkunft funktionierte prima.

Dann, vor etwa dreißig Jahren, beendeten die Chinesen ihr genetisches Intelligenzprojekt. Sie sind sich heutzutage wahrscheinlich gar nicht bewußt, was für ein Irrweg das war. Sie hatten nichts über die Rolle der DNA bei Abläufen im Gehirn herausgefunden, was nicht längst schon auf einfacherem Wege herausgefunden worden war, ohne unglückliche Metamorphe zu erschaffen. Und nun hatte die Föderation per Gesetz dekretiert, daß Neosophen* dieselben Rechte wie Menschen hatten. Was sollte mit ihnen geschehen? Ich dachte, Fireball könne ihnen eine Heimstatt bieten. Neben anderen Vorteilen konnten wir die gaffenden Touristen, die jammernden Ideologen und Betrüger, die auf schnelles Geld aus waren, draußen halten. Es erforderte Propaganda, politischen Druck, Schacherei, Bestechung und ein bißchen Erpressung, aber ich bekam den Zuschlag. Sie haben ein abgetrenntes Stück Küste für sich allein. Ein Patrouillenboot hält unerwünschte Besucher von der Küste fern. Sie leben so, wie sie es für richtig halten, und entwickeln eine eigene Kultur. Niemand, mit dem ich gesprochen habe, behauptet von sich, sie wirklich zu verstehen.«

* neo [griech.]: neu; sophia [griech.]: Weisheit *(A.d.Ü.)*

»Bueno«, fuhr Valencia fort, »ich bin froh, daß wir uns nicht durch den Dschungel schleichen müssen, aber ich werde den Zaun nicht an einer Stelle durchtrennen, wo jeder, der vorüberkommt, es bemerken kann.« Er hob seine Werkzeugtasche auf und verschwand lautlos im Unterholz. Nach einer Minute drangen Lichtflecken aus seiner Taschenlampe und das Summen seiner elektrischen Schneidemaschine zwischen den Blättern zu Kyra.

Schauer durchliefen sie. Die Flucht war zu Ende, der Angriff hatte begonnen! Es war ein Gefühl, als sause man auf einem Surfbrett vorwärts, aber diese Welle brandete auf bis zu den Sternen. Ein Moskito in ihren Gedanken sirrte, daß ein Scheitern fürchterlich sein würde, höchstwahrscheinlich tödlich. Sie hörte nicht zu. Die Flut war zu stark.

Guthries Linsen glitzerten zu ihr hoch. »Ich glaube, Sie freuen sich auf die nächsten Stunden«, sagte er.

Kyra nickte. »Ich muß gestehen, das tue ich. Und Sie?«

»Auf meine Weise, die Sie ziemlich kalt und abstrakt finden würden, vielleicht etwa so, wie man ein interessantes mathematisches Problem angeht.«

Natürlich. Er war körperlos. Und doch schien er fähig, Teilnahme, Ärger, Fröhlichkeit, Bedauern, Zuneigung zu empfinden. War das alles nur vorgespielt? Oder konnten solche Gefühle dem Bewußtsein selbst innewohnen? Sie glaubte es. Wenn nicht, warum hatte Guthrie sich dann die Mühe gemacht zu überleben, vom Streben und Kämpfen ganz abgesehen? Kyra erinnerte sich an alte Ehepaare, die sie kannte. Sex war für sie zu einem letzten Funken oder zu Asche dahingeschwunden, so nahm sie an; trotzdem hatte sie die Gegenwart von Liebe gespürt.

»Ich beneide Sie«, sagte er leise.

Vor Erstaunen ließ sie ihn beinahe fallen. Valencia rettete sie durch seine Rückkehr vor einer weiteren Unterhaltung. »Kommen Sie«, sagte er. Kyra steckte Guthrie in den Rucksack, wuchtete ihn sich auf die Schultern und folgte ihm. Valencias Taschenlampe leuchtete ihnen den Weg durch das Gewirr, und sie bewegte sich mühelos, indem sie es vor sich teilte und es hinter sich glatt wieder zurückgleiten ließ. »Wie ich sehe, haben Sie das früher schon gemacht«, bemerkte er.

»Ja, ich liebe die Wildnis. Und Sie?«

»Desgleichen. Wenn man diese bearbeiteten Fitzelchen ›Wildnis‹ nennen kann. Da wären wir.«

Er hatte die Maschen durchtrennt und sie gerade weit genug zurückgebogen, daß eine Person sich daran vorbeiquetschen konnte. Das Gelände dahinter war, obwohl offen, kniffliges Terrain: unregelmäßig geneigt, mit Felsbrocken und Löchern übersät, die unter langem Gras verborgen waren. Spähend, schwitzend, fluchend ertastete Kyra sich den Weg zu dem Flußpfad, der von dem verschlossenen Tor wegführte. Valencia bewegte sich mit seiner üblichen panthergleichen Leichtigkeit. Sollte ihn doch der Teufel holen!

Sie erreichten das Meer und seine Kinder.

Fireball hatte eine kleine Bucht erweitert und das herausgesprengte Felsgestein benutzt, um an ihrem Eingang einen Wellenbrecher zu bauen. Senkrechte Klippen säumten einen Strand aus schwarzem Sand. Auf einem nahezu ebenen Stück darüber schätzte eine halbzylindrische Hütte die bescheidenen Besitztümer der Bewohner. Die Türen mit ihren magnetischen Schlössern öffneten sich auf einen Stoß hin; Kiefer, die sich um Knäufe schlossen, konnten sie zuziehen. Ein Motorfloß und ein Motorboot lagen zur menschlichen Benutzung an einem Pier bereit. Ansonsten waren keine von Menschenhand hergestellten Gegenstände zu sehen. Es war zu dunkel, um die Kunstwerke zu erkennen, die die Keiki Moana mit Farbe längs der unteren Klippenränder angebracht oder aus weichem Holz herausgeschält hatten.

Sie schliefen, auf dem Sand und der Grasnarbe ausgestreckt. Kyra sah vielleicht drei Dutzend von ihnen, lange, geschmeidige Erwachsene und kurze, dicke Junge. Das wenige Licht glänzte schwach auf dem Fell ihrer Rücken; ansonsten waren sie schwarze Kolosse. Die übrigen, so nahm sie an, hielten sich im Meer auf, jagten, erkundeten, taten, was immer sie tun mochten; vielleicht bellten auch einige von ihnen auf einem Riff dem Himmel ihre seltsamen Lieder entgegen. Als sie sich denen hier näherte, fing sie den Geruch nach Fisch und Seetang und Tiefe und, wie eine Erinnerung, nach Sonnenblinken auf Wellen auf, der sie umwehte.

Sie blieb stehen, Valencia neben ihr. *»Aloha, mokamaka«*, rief sie, nicht lauter als die Brandung am Wellenbrecher. *»Aloha ahiahi. 'O Kyra Davis ko'u inoa.«*

Sie regten sich. Köpfe hoben sich. Augen füllten sich mit Sternenlicht.

»Ich wußte nicht, daß Sie Hawaiianisch sprechen«, murmelte Valencia.

»Tue ich eigentlich auch nicht«, antwortete Kyra. »Sie auch nicht viel, glaube ich. Aber es ist . . . Brauch bei ihnen, in dieser Sprache zu beginnen und zu schließen. Ich weiß nicht, warum.« So vieles hatte sich eingeschliffen, zweifellos oft so unterschwellig, daß niemand mehr zu sagen vermochte, wie. Zwei Rassen, deren innerstes Wesen der jeweils anderen ein Rätsel war – und das, obwohl die Erde sie beide geboren hatte. Wie würde es dann wohl erst sein, wenn man versuchte, Wesen unter einer anderen Sonne zu verstehen?

Wenn welche existierten, irgendwo im Universum. Wenn Neosophen und Maschinen nicht die einzigen Gefährten waren, die die Menschheit jemals haben konnte. Plötzlich wirkten die Sterne kalt. Kyra hieß die Annäherung der Keiki willkommen.

Sie rückten bereitwilliger heran, als man es vielleicht erwartet hätte. Ein paar bellten ein- oder zweimal, ansonsten hörte sie nur das Klatschen von Flossen und das Gleiten von Bäuchen. Als der erste sie erreichte, hielten sie alle dort an, wo sie zufällig gerade waren, die Köpfe erhoben, während der stark riechende Atem in und aus Lungen rauschte.

Kyra erkannte Charlie. So nannten sie und ihre Freunde ihn, wieder aus keinem für sie erkennbaren Grund. Er war größer als der Durchschnitt. Wenn er sich aufrichtete, befand sich sein Gesicht auf gleicher Höhe mit ihren Brüsten, und der gebogene Rumpf darunter war wenigstens so massig wie der Valencias. Sie konnte die Narbe eines Unfalls sehen, eine Furche, die sich von der gewölbten Stirn hinunter über die Schnauze, mit der er das Wasser durchteilte, zog. Ein menschlicher Chirurg hatte die

Wunde genäht, aber eine anschließende kosmetische Histotropie war in seinem Fall wenig sinnvoll erschienen. Außerdem war Charlie nicht eitel. Oder?

Seine Stimme dröhnte und zischte auf sie ein. *»A'oha, Ky'a. Hiaow kong fsh-sh s's'hwi-oong?«*

Sie hatte gelesen, daß Mandarin den modifizierten Sprechorganen etwas leichter fiel. In Anbetracht der Tatsache, daß diese Geschöpfe das Resultat chinesischer Experimente waren, war das plausibel. Vielleicht wären sie auch mit Polynesisch nicht unbeholfener zurechtgekommen, aber selbst in diesem ihrem neuen Heim hatten sie wenig Gelegenheit, sich darin zu üben. Worauf es heute nacht ankam, war, daß die modifizierten Gehirne Englisch gut zu meistern vermochten. Kyras Beitrag war gewesen, ihre eigene Sprache so zu lernen, wie sie aus Kehlen wie seiner klangen.

»*Gracias,* Charlie und ihr alle«, sagte sie. »Ich möchte euch meinen *amigo* Nero Valencia vorstellen.« Sie wiederholte den Namen zweimal langsam. Der Gunjin verbeugte sich, wie sie es ihm aufgetragen hatte, indem er seinen Kopf zu dem Charlies hinunterneigte, bis die steifen Schnurrbarthaare seine Nase streiften. »Es tut uns leid, euren Schlaf zu stören.«

»[Diese Freude ist besser als Träume. Wollt ihr schwimmen? Der Mond wird bald aufgehen.]«

»Ja, wir sind hier, um zu schwimmen, aber jetzt gleich, bevor der Mond kommt. Vergebt uns, daß wir keine Musik und keine Nahrung mitbringen und daß wir nicht mit euch im Wasser tanzen werden. Später ja, aber heute nacht sind wir in großer Not und haben keine Zeit.«

»[Jagt ihr eine Beute?]«

»Einen Hai, den wir töten müssen, bevor er uns tötet.«

Es war das beste, was sie und Guthrie sich hatten ausdenken können. Sie konnte nur hoffen, daß es ein Gefühl schrecklicher Dringlichkeit vermittelte, und daß die Keiki ihr glauben und helfen würden. Die Fakten zu erklären, wäre eine Übung in gegenseitigem Nichtverstehen gewesen.

Es war nicht so, daß diese Geschöpfe von der Welt isoliert waren. In ihrer Hütte hatten sie Multiceiver und einen Roboter, der auf einfache Befehle reagierte. Sie führten ausgedehnte Gespräche mit den Wissenschaftlern, die mit Fireballs Erlaubnis hierherkamen. Mehrere von ihnen waren auf Reisen mitgenommen worden. Es war nur so, daß sie die Welt nicht so kannten, wie Menschen es taten, sondern – im tiefsten Innern, trotz allem, was man mit dem Keimplasma ihrer Vorfahren gemacht hatte – wie Seehunde es taten.

(»Vergessen Sie die Delphine. Es sind kluge Tiere, aber zu fremdartig. Die Hauptmasse dieser großen Vorderhirne dient nur dazu, Sinnesdaten zu verarbeiten, die über die enge Bandbreite des Schalls hereinkommen. Verwenden Sie statt dessen Affen, werden Sie feststellen, daß sie nicht fremdartig genug sind und Sie im Zuge der Erschaffung stark gehandikapter Hominiden nur sehr wenig herausgefunden haben. Eigentlich sollte es da weniger grausam und viel lehrreicher sein, mit Flossenfüßern zu experimentieren ... Und was haben Sie am Ende außer einem Tier mit einem Verstand, aber ohne Hände, einen Schwimmer, der weniger fähig als seine Vorfahren ist und dadurch zu einer ihm in seiner ganzen Evolution unbekannten Lebensweise gezwungen wird und der schlimmer im Zwist mit seinen angestammten Trieben liegt als Sie mit Ihren?)

Aus dem gleichen Grunde holte Kyra Guthrie nicht aus ihrem Rucksack. Sie kannten ihn, aber nur flüchtig und in einem Robotkörper.

»[Wohin wollt ihr? Was wollt ihr tun?]«

»Wir müssen im Boot ein ganzes Stück aufs Meer hinausfahren. Ein paar von euch kommen mit. Wenn wir gegenüber dem Raumhafen sind, verlassen wir das Boot und schwimmen zum Ufer. Ihr müßt uns helfen, und es muß leise geschehen, leise. Es ist ein schrecklicher Hai, den wir da jagen.« An Land, aber sie hatte kein besseres Wort dafür. Die Keiki wußten nichts von Giftschlangen oder Regierungen. »Das ist alles. Aber es muß rasch geschehen. Wir bitten euch dringend. *Por favor. 'Olu'olu.*«

Die Keiki tauschten Blicke. Einer nach dem anderen begannen sie zu bellen, bis es zwischen den Klippenwänden widerhallte. »[Ein neues Spiel!]« bellte Charlie. »[Kommt, kommt!]«

Er schwang herum und wackelte strandwärts. Die ganze Meute folgte ihm, ein drängelndes, schubsendes, jaulendes Chaos.

»Sie machen es?« fragte Valencia begierig. »Das ging ja schnell.«

»Ich hatte erwartet, daß sie zustimmen würden«, antwortete Kyra. »Sie sind immer glücklich, wenn es etwas Neues zu erleben gibt. Wie... Kinder.« Ihre Stimme senkte sich. »Oder wie wir, nehme ich an, wenn wir Pensionäre an einer einsamen Küste wären.«

Wie schon so viele Menschen. Wie Menschen allerorten, nachdem sie Pensionäre ihrer Maschinen geworden waren, dachte sie.

Es kostete einiges Gezänk an der Wasserkante, um zu entscheiden, wer das Vergnügen haben sollte mitzukommen. Kyra mußte wiederholt darauf bestehen, daß die Gruppe so klein wie möglich sein sollte. Charlie packte nacheinander zwei widerspenstige Individuen mit den Zähnen im Nacken und schüttelte sie, bis sie ihren Widerstand aufgaben. Er schien das Alphamännchen zu sein – nein, erinnerte sich Kyra, das war nicht richtig. Rangordnungs-, Paarungs- und Wanderverhalten, all das hatte sich ebensosehr verändert, wie sich das Leben ihrer eigenen Art seit dem Australopithecus verändert hatte. Oder noch mehr, da ihr Geschlecht sich während geologischer Zeiträume entwickelt hatte und nicht im Laufe von zwei oder drei Generationen mit Intelligenz geschlagen worden war. Was bildete sich heraus, um an die Stelle der uralten Verhaltensweisen der Seehunde zu treten?

Als sie endlich das Boot anlassen konnte, mußte sie den Motor gedrosselt lassen, um ihrer Eskorte nicht davonzufahren. Trotzdem waren sie schnell, silbrige Torpedos, vage zu erkennen durch Schaum und dahinschießendes Wasser, dann und wann ein frohlockender Sprung oder eine Rodelpartie eine Welle hinunter. Das Patrouillenfahrzeug erspähte ihres, kam näher, sah, daß sie aufs offene Meer hinaussteuerten, und drehte ab, da sein Robotpilot keinen Anlaß sah, einen Polizeiflitzer herbeizubeordern.

»Lassen Sie mich hier raus«, forderte Guthrie auf ihrem

Rücken. Sie übergab Valencia das Steuer und gehorchte, indem sie ihn auf dem Deck hinter dem Cockpit absetzte. Seine Augenstiele schweiften umher. Verschlang auch er den Anblick, weil er wußte, daß es sein letzter sein mochte?

Das Boot surrte ruhig über flache Dünung. Voraus wogte sie als glänzende Schwärze bis an den Rand des Himmels. Ein Schiff fuhr in der Ferne vorbei, hell erleuchtet, spielzeuggleich durch die Entfernung. Irgendwie verstärkte es Kyras Gefühl von Einsamkeit. Hinter dem Heck brütete das Land hoch aufragend vor sich hin. Kamehameha war ein Sternhaufen darauf, der die matten Punkte über ihren Köpfen überstrahlte. Wind und Meer beruhigten sich. Kyra verlor sich in der Nacht.

»Ich denke, wir sind weit genug draußen«, sagte Valencia. Er lenkte sie parallel zur Küste. Sein Haar verschwamm mit der gewaltigen Dunkelheit, sein Profil zeichnete sich herausgemeißelt davor ab. Kyra legte eine Hand auf seinen Oberschenkel.

Nicht, daß sie sich verliebt hätte oder dergleichen, nein, nein, aber sie wünschte sich sehnlich, daß sie heute nachmittag Zeit für sich allein gehabt hätten, und wenn sie nach dem Sieg zurückkam –

Sie keuchte auf. Der Horizont voraus erhellte sich. »Schon Mondaufgang?« rief sie aus. »Haben wir so lange gebraucht?«

Valencia warf einen raschen Blick auf seinen Infomaten. »Ja«, erwiderte er, als hätte sie ihn nach der Zeit oder nach der Quadratwurzel einer Zahl gefragt. »*Bueno*, wir können versuchen, anstelle einer zusätzlichen Gefahr einen Vorteil daraus zu machen. Wenn wir ankommen, halten Sie sich flach im Wasser, kriechen auf allen vieren auf den Strand, bleiben bewegungslos liegen, bis ich Ihnen ein Zeichen gebe.«

»Sie wollen alleine vorausgehen? Nein!«

»Er ist der Profi, Kyra«, erinnerte Guthrie sie. »Sie würden ihn auch nicht an die Steuerung eines Raumschiffs lassen, oder?«

»Richtig.« Valencia drehte den Kopf, um ihrem Blick zu begegnen. Sein Lächeln blitzte auf wie ein Wellenkamm. »Wir gehen gemeinsam vor, keine Angst.«

Sie spannte sich an. »Das tun wir.«

Kamehameha leuchtete voraus. Er schaltete den Motor aus. Das Boot kam mit einem Flüstern zum Stehen und schaukelte im Auf und Ab des Meeres. Kyra vergaß ihre Ängste. Und los geht's!

Im Cockpit legten Sie und Valencia die Kleider ab. Der Mond stieg in den Himmel. So niedrig warf er noch keine Schneise. Eine Million winziger Lichtsaiten zitterte auf dem Wasser. Die Keiki begannen zu leuchten. Einen Augenblick lang betrachteten der Mann und die Frau einander, fahl schimmernd inmitten von Schatten. Er hatte sein Biojuwel abgedeckt, aber sie erinnerte sich an das Rotgold der vergangenen Nacht. Sie sah die Erektion, grinste und fand ihre Stimme wieder. »Das beruht auf Gegenseitigkeit, *amigo*.« Schau bloß auf meine Brustwarzen. »Aber jetzt los.« Er grinste zurück, dann machten sich beide an die Arbeit.

Guthrie kam wieder in ihren Rucksack und dieser in einen der versiegelbaren Plastikbeutel, die Valencia zusammen mit seinen Einbruchswerkzeugen besorgt hatte. Schuhe, Kleidungsstücke, Handtücher, Werkzeuge wanderten in den zweiten. Er behielt die in einem Schulterhalfter steckende Pistole, die er unter seiner Jacke hervorgeholt hatte. Sie wußte nicht viel über Feuerwaffen, hatte nur gelegentlich auf Zielscheiben geschossen, aber offensichtlich machte es dieser Kanone nichts aus, naß zu werden. Mit den Bündeln in der Hand ließen sie sich über den Bootsrand hinab.

Das Meer war kalt, umarmend, eine Liebkosung überall an ihrem Körper. Sie schmeckte Salz auf ihren Lippen wie einen Kuß. Trotzdem wußte sie, daß sie binnen weniger Stunden an Unterkühlung sterben würde. Natürlich konnte sie vorher ans Ufer schwimmen, aber sie würde erschöpft sein, wenn sie ankam. Deshalb würden die Wachen ja auch nicht nach Eindringlingen aus dieser Richtung Ausschau halten.

Das halbe Dutzend Keiki drängte sich um sie. Sie gab ihren Beutel einem, damit er (sie?) ihn mit den Zähnen hielt. Charlie schob sich neben sie. Anscheinend wollte er ihr Reittier sein. Fein; auch das beruhte auf Gegenseitigkeit. Er tauchte unter, damit sie sich auf seinem Rücken ausstrecken und die Arme um seinen Hals legen konnte. Vorsichtig, damit ihr Kopf an der Luft blieb, begann er sich zu bewegen. Valencia erwies man den gleichen Dienst. Das verlassene Boot fiel zurück.

Muskeln spielten kraftvoll unter ihr. Wasser strömte, strich, wirbelte vorbei. Der Mond stieg höher, Bugwellen leuchteten weiß, Kielwasser strudelte glitzernd. Die Brandung, zuerst nur ein Flüstern, dröhnte immer lauter und tiefer. Sie hielt ihre Augen vom grellen Schein des Raumhafens fern und gab sich uneingeschränkt dem Ozean und dem Mondlicht hin, solange sie es noch konnte.

Der Strand krümmte sich in einem Bogen, abgeschirmt von einem weiteren Wellenbrecher, gegen den die See schmetterte und spritzte. Nachdem sie ihn umrundet hatten, wurden die Keiki langsamer. Sie wußten, wie man sich an eine Beute anschlich. Die Minuten dehnten sich, bis der Zauber zerriß.

Es war wie ein plötzliches Erwachen, als Charlie abrupt zum Stillstand kam. Kyra rutschte von ihm herunter und spürte Sand unter ihren Fußsohlen. Sie waren im Flachwasser.

Sie kauerte sich hin, den Kopf kaum über dem plätschernden Wasser. Ein letztes Mal umarmte sie Charlie, Wange an glattem Fell. »*Gracias, gracias*«, hauchte sie. »*Mahalo nui loa.* Nun geht. Sofort. *Hele aku.*« Verweilt nicht, laßt euch nicht töten.

Er gab ein leises Grunzen von sich, stupste sie mit der Schnauze in die Höhlung zwischen Hals und Schulter und glitt davon. Ein paar Sekunden lang erhaschte sie noch einen flüchtigen Blick auf die eiligen Gestalten. Sie verschwanden. Sie und Nero waren allein.

Und das war auch besser so.

Wie befohlen, kroch sie ans Ufer und streckte sich flach aus. Der Sand war schwarz und rauh. Kriechend entfernte er sich von ihr. Oberhalb des Strandes war ein Streifen Gras und Gebüsch, danach der Maschendrahtzaun und sein verschlossenes Tor, ein Umriß vor der Helligkeit der Lampen, die sie aus ihrer Position nicht sehen konnte. Valencia verschwand. Sie lag da, allein mit ihrem Herzschlag. Eine Brise strich über nasse Haut und in durchnäßtes Haar. Sie erschauerte.

Valencia kehrte geduckt zurück. »Alles okay, ich habe eine

Stelle gefunden«, sagte er in ihr Ohr. »Bleiben Sie dicht am Boden und seien Sie schnell.«

Ein mannsgroßer Hibiskusbusch dicht am Zaun, mehrere Meter vom Tor, bot Deckung. Seine Blüten hingen überraschend hell in den Fleck aus gesprenkelter Nacht, den er bildete. Das Paar konnte gut genug sehen, um sich mit den Handtüchern trockenzurubbeln und die Kleider wieder anzulegen. Kyra schlang sich den Rucksack über die Schultern. Guthrie fühlte sich gewichtslos an. Sie mußte auf Megavolt-Potential aufgeladen sein, auch wenn ihr Bewußtsein jetzt hyalon-klar war.

»Ihr Haar ist ganz durcheinander«, sagte Valencia leise. »Wir haben einen Kamm vergessen. Lassen Sie mich schauen, ob ich es ein bißchen entwirren kann.«

»Bei Ihnen auch.«

Zwei Affen, die mit den Fingern wechselseitige Körperpflege betrieben! Kyra unterdrückte Lachen und Lust.

Beides verflog, als Valencia von ihr zurücktrat, seine Ausrüstung vom Boden aufhob und sich auf den Zaun zubewegte. Sein Schneidegerät summte – lauter als die Niagarafälle? Nein, nein – und Maschen fielen auseinander, eine nach der anderen. Warum war er nur so hell erleuchtet, ein Fanal, wo er vor der Barriere stand. Nein, eigentlich war das Licht schwach und unzuverlässig. Ratsch, ratsch, ratsch. Mehrere Windungen klickten gegen ihre Nachbarn.

Er ließ das Werkzeug fallen, packte das Metall, zog. Es sackte um eine enge Lücke herum zusammen. Er gab ihr ein Zeichen und wand sich hindurch. Kyra folgte ihm. Eine rauhe Kante zerkratzte ihr die Hand.

»Sie da! Stehenbleiben!«

Valencia wirbelte herum. Die Bewegung ließ seinen rechten Arm verschwimmen. Die Pistole spuckte. Die Kugel zog einen winzigen Donnerschlag hinter sich her.

Valencia rannte bereits. Kyra war kaum losgelaufen, als er die Wache erreichte. Regte sich der gestürzte Mann? Valencia setzte ihm die Pistole an den Kopf. Gehirnmasse sprudelte wie ein Geysir.

Valencia trat von der sich ausbreitenden, schimmernden Pfütze zurück. »Gehen wir«, sagte er, während er seine Waffe wieder in das Halfter unter seiner Jacke schob.

Kyra blieb ruckartig stehen und starrte. Hinter einem schmalen Rasenstück ragte steil ein Lagerhaus auf, dessen Fenster sämtlich unbeleuchtet waren. Es versperrte ihnen die Sicht auf alles, was sich dahinter befinden mochte. Das mußte der Grund dafür sein, warum Valencia diese Stelle für ihr Eindringen ausgewählt hatte. Lampenlicht diffundierte darüber hinweg und darum herum, machte den Mondschein härter, trug aber nicht viel zur allgemeinen Helligkeit bei. Es genügte, ihr das Gesicht des Toten zu zeigen. Sein halbes Gesicht. Er war sehr jung gewesen.

Valencias Griff schloß sich schmerzhaft um Kyras Arm. »*Vamos!*« schnauzte er. »Ich weiß nicht, wann er sich mit dem nächsten Posten getroffen hätte, oder ob der kommen wird, um ihn zu suchen, oder ob er gleich Alarm schlägt. Wir können nur versuchen, uns vorher aus dem Staub zu machen.«

Sie konnte ihren Blick nicht von dem einen leeren Auge losreißen. »Sie haben ihn getötet«, hörte sie sich sagen. Die Worte fielen betäubt von einer trockenen Zunge. »Er war verletzt, und Sie haben ihn getötet.«

»Was sonst?« Sie spürte, wie er seine Ungeduld zügelte, um rasch, aber beruhigend zu sagen: »Kyra, es war notwendig. Diese Begegnung war Zufall, Pech für ihn und für uns. Wir sollten es nicht zu dem Fireballs werden lassen.«

Sie würgte an ihrer Magensäure. Nein, gottverdammt, sie würde *nicht* kotzen. Sie wandte sich ab und ging von der Leiche weg. Ihre Absätze trafen in perfektem Gleichschritt auf den Bürgersteig.

Valencia schloß sich ihr an. »Das ist schon besser«, sagte er. Sie vermutete, daß er lächelte, auch wenn sie es lieber nicht sehen wollte. »Sie sind eine tapfere *muchacha*, Kyra.«

Eigentlich hätte sie antworten sollen: »Ich bin Pilotin Davis«, aber sie tat es nicht.

»Sollten Sie den Rucksack nicht in der Hand tragen?« fragte

er. »So sieht es doch immer im Multi aus, wenn die Raumfahrer ihre persönliche Habe an Bord bringen.«

Er hatte recht. Er blieb gelassen und dachte an alles. Kommentarlos folgte sie dem Vorschlag. Worauf sie sich jetzt konzentrieren mußte, war Festigkeit.

Sie umrundeten mehrere Außengebäude, um in den allgemeiner zugänglichen Bereichen so zu erscheinen, als kämen sie vom Haupttor. Das nahm einige Zeit in Anspruch. Teilnahmslos fragte sie sich, ob die Anspannung in ihm mit jedem Schritt zunahm, während er auf die Sirene des Jüngsten Gerichts wartete. Egal. Wenn ja, dann würde er es gut verbergen. Er war Experte in solchen Dingen. Für sie mußte Gleichmut genügen. Der schien nicht schwer zu bewahren zu sein, nachdem die Übelkeit zu Betäubung geronnen war.

Sie traten ins Freie hinaus und schritten unter Laternenpfählen, zwischen noch mehr Gebäuden, Miniaturgärten, Bänken und Tischen, wo Angestellte gerne ihr Mittagessen einnahmen, dahin. In der Ferne sahen sie das Landefeld. Das Raumschiff stand unter Flutlicht da, ein gen Himmel gerichteter Speer vor der kahlen Anordnung der Laserkatapulte. *Maui Maru* war sein Name, erinnerte sich Kyra. Ein gewöhnlicher, nicht für den Tiefraum gedachter kleiner Frachter, der regelmäßig auf den Routen zwischen Erde, Mond und L-5 verkehrte. Nach der Beschleunigungsphase bewegte er sich im wesentlichen auf der einmal eingeschlagenen Flugbahn, bis er sein Ziel erreicht hatte. Kyras *Gerfalke* war an L-5 angedockt. Es würde heilsam sein, die geliebten Kontrollen wieder zu übernehmen, wieder auf einer Fackel hinaus zu den Gefilden der Kometen zu reiten.

Zwei uniformierte Sipo-Beamte traten ihnen entgegen. »Ihre ID, *por favor*«, sagte der größere.

»Pilotin Davis. Ich soll mich für die Mission heute nacht bei Direktor Packer melden.« Sie gab ihm ihre Karte zur Überprüfung.

»Mario Conroy, mit Informationen für Direktor Packer.« Valencias Tonfall war so freundlich wie sein Lächeln. Er zog seine ID nicht heraus, er ließ sie heraus*gleiten*.

Der Offizier sprach in ein Mikrophon. »Ah, ja«, sagte er. »In

Ordnung. Wenn Sie eine Minute warten, holt ein Fahrzeug Sie ab.«

»Warum war denn keines am Tor?« wunderte sich sein Partner.

Der erste Mann zuckte die Achseln. »Die Sache tauchte ohne Vorwarnung auf. Niemand ist sich sicher, worum es eigentlich geht. Niemand war darauf vorbereitet. Niemand hier weiß, was sein Schwanz und was sein Arsch ist.«

Außer den Fireball-Leuten, dachte Kyra. Natürlich waren auch sie verwirrt, aber sie würden sofort loslegen. Außerdem, trotz der seltsamen Umstände, war dieser Start für sich genommen der Tiefpunkt der Routinemäßigkeit.

Ein Elektromobil brachte sie und Valencia zur Zentrale. »Warten Sie, wenn Sie können«, befahl er dem Fahrer. »Vielleicht sind wir bald zurück.« Die Szene drinnen war erfreulich vertraut, bekannte Gesichter, bekannte Stimmen und Eigenheiten, die sie willkommen hießen – wenn sie die Milizionäre auf ihren Posten und die Zivilbeamten mit den wachsamen Augen übersah. Sie und Valencia wurden direkt in Packers Büro geführt.

Er stand hinter seinem Schreibtisch auf. *»Buenas tardes.«* Die Begrüßung klang rauh. Er konnte schlecht bleich werden, aber war da ein Grau unter dem Braun? »Nehmen Sie Platz. Möchten Sie irgendwelche Erfrischungen?«

»Ich fürchte, dafür haben wir keine Zeit«, erwiderte Valencia. »Es sind neue Befehle eingetroffen. Pilotin Davis muß sofort starten.«

Packer blinzelte, schluckte, erholte sich wieder. Sein Körper entspannte sich sogar. Jetzt grübelte er nicht mehr über die Stunden bis zu der auf 23 Uhr festgesetzten Startzeit nach, begriff Kyra. Statt dessen war er herausgefordert, für die hier installierten elektronischen Überwachungsgeräte eine Vorstellung zu geben. »Ach? Davon wurde mir nichts gesagt.«

»Das wird es auch nicht, Sir, bis wir Sie an einem sicheren Ort über den genauen Sachverhalt informieren können.« Das ›Wir‹ implizierte eine Organisation, die der Sipo vorgeordnet war: was unmittelbare Vertreter der Beratenden Synode bedeutete. In seinen Befehlen hatte Guthrie nichts Ausdrückliches über Mario Conroy gesagt, weil das bei solchen Personen nie geschah, aber er hatte die Implikation deutlich genug gemacht.

»Falls ich mit Ihnen fliegen muß, würde ich gerne noch zu Hause vorbeischauen und meine Familie davon in Kenntnis setzen«, sagte Packer.

»Gewiß«, erwiderte Valencia. »Ich werde mitfahren, wenn ich darf.« Unausgesprochen: Und wir laden sie in Ihren Wagen und verschwinden gemeinsam im ersten Schattenreich, das ich ausgewählt habe. Kyra dachte bei sich, wie gut es war, daß sie Packer nicht von dem Zwischenfall mit der Wache erzählen konnten. »Wie weit können Sie den Countdown vorverlegen?«

»Das hängt vom Flugziel des Schiffes ab, über das man mich ebenfalls noch nicht informiert hat«, sagte Packer.

Kyra regte sich. »Machen Sie sich keine Sorgen wegen eines Startfensters«, sagte sie. »Wenn die Tanks voll sind, habe ich reichlich Reaktionsmasse, die ich verschwenden kann, und es wird hinterher keine Aufforderung geben, das zu rechtfertigen.«

»Also geht es nur um eine neue Startfreigabe«, sagte Packer überflüssigerweise. »Ich werde Hauptmann Ueland anrufen« – offensichtlich der Chef der Besatzungsstreitmacht, dessen Genehmigung er auf jeden Fall einholen mußte – »und ihn bitten, darum zu ersuchen, daß diese Sache absoluten Vorrang erhält.« Normalerweise bewilligte die Astrokontrolle der Föderation solche Anfragen, die nicht häufig waren, wenn sie von einem Regierungsbeamten kamen. »Ich würde schätzen, wir können Sie in einer halben Stunde hochschicken, Pilotin Davis.«

Wieviel Zeit war seit dem Mord – der Liquidierung – der bedauerlichen Notwendigkeit – vergangen? Wie lange würde es noch dauern, bis er entdeckt wurde? »Dann begebe ich mich besser sofort an Bord«, sagte Kyra.

»Buen viaje.« Packer hielt den Abschiedsgruß konventionell, emotionslos. Sie hörte das leichte Zittern darin, das sagte: Eine gute Reise Ihnen, eine gute Reise unseren Hoffnungen, die Sie mit sich tragen!

Guthrie war wieder so schwer geworden, als zerre die Erde an ihnen beiden. Sie salutierte und schickte sich an hinauszugehen. In einer fließenden Bewegung schob sich Valencia vor sie. *»Buena suerte, amiga, y hasta la vista«*, sagte er leise. Seine Hand legte sich schwungvoll um ihre Taille. Er küßte sie. Es war ein sanfter und kurzer Kuß, nichts, was irgendwen auf irgendwelche Gedanken bringen konnte, nur das, was zwei Leute, die sich miteinander angefreundet hatten, austauschen mochten; aber sie fühlte, daß seine Lippen bebten.

Sie mußte sich alle Mühe geben, nicht zu schaudern. *»Adiós«*, sagte sie und ging durch die Tür hinaus.

24

»Null.«

Das Schiff hob ab. Die Beschleunigung preßte Kyra tief in ihre Liege. Sie widmete sich ganz der Aufgabe zu atmen. Vor ihren Augen blinkten Lämpchen, drehten sich Nadeln über Skalen, wechselten die Hieroglyphen auf den Anzeigeschirmen von Form zu Form. Das Pulsieren des Antriebs dröhnte in ihren Ohren und Knochen, es beherrschte sie, sie wurde eins mit ihm.

Aufwärts und nach Osten stieg das Schiff, bis die Laser es nicht länger erreichen konnten. In dieser Höhe blieb ihnen nur noch wenig Luft, um durch die Laserenergie Schub zu erzeugen. Für kurze Zeit bewegte es sich durch seine eigene Trägheit weiter, und Kyra schwebte frei, nur von ihrem Sicherheitsnetz gehalten, in einer gewaltigen Stille.

Als das Schiff ein genügend starkes Vakuum erreichte, schaltete sich der Antrieb ein. Die Beschleunigung war geringer als vorher, und die einzigen Geräusche, die Kyra hörte, waren die Luft in den Ventilatoren und in ihren Nasenflügeln, das Blut in ihren Adern.

»Umlaufbahn erreicht«, verkündeten eine synthetische Stimme und diverse Instrumente. Wieder war sie gewichtslos. Ihr

Körper genoß seine Freiheit in vollen Zügen. Die Schwerelosigkeit hatte auch ihre Unannehmlichkeiten, und über eine wirklich lange Zeitspanne hinweg war sie sogar schlecht für sie, sie würde jeden Tag Stunden mit Gymnastikübungen und in der Zentrifuge verbringen müssen, um dem entgegenzuwirken, aber diese ersten Augenblicke waren immer das reine Vergnügen.

Oder waren es jedenfalls gewesen. Sie und Guthrie waren oben, sie waren lebendig entkommen, trotzdem empfanden nur die Muskeln allein Freude. Innerlich fühlte sie sich wie erstarrt.

Sie löste ihre Gurte, trieb von der Liege weg, schaute aus der Sichtluke. Ein Segment der gewaltigen Erdkrümmung füllte sie zur Hälfte aus, die Wolken weiße Strudel, die Städte Konstellationen in der Nacht darunter. Sie war über Mexiko, nahm sie an – ja, das Gerät zur Positionsbestimmung zeigte das Symbol der *Maui* dort auf seiner Karte. Der Rest der Szenerie bestand aus Sternen. Vor dem Start hatte sie die Kabine abgedunkelt, wie es ihre Gewohnheit war, so daß sie jetzt dicht gedrängt das Blickfeld erfüllten, eine eisige Pracht.

Sie stieß sich mit einem Fuß ab, flog zu dem Gepäcknetz hinter der Liege, griff nach einer Schlaufe, um sich abzubremsen – ein Manöver, daß so erfreulich elegant war wie eine Bewegungsfolge bei einem Wassertanz der Keiki – und hing neben Guthrie. »Wie geht's Ihnen?« fragte sie.

»Prima«, erwiderte er aus dem Netz. Seine Augenstiele reckten sich ihrem Gesicht entgegen. »Dasselbe kann ich aber nicht von Ihnen sagen, oder?«

Kyra sah rasch weg. »Ich bin schon okay«, murmelte sie.

»Den Teufel sind Sie. Es ist Valencias wegen, nicht wahr?«

Sie biß die Zähne zusammen. »Ja. Wegen dem, was er getan hat. Wissen Sie Bescheid?« Sie hatte nicht so recht gewagt, mit ihm zu sprechen, nachdem sie an Bord gegangen waren. Schließlich hätte es irgendeine Abhöreinrichtung geben können. Außerdem war sie damit beschäftigt gewesen, Sachen zu verstauen, sich bereitzumachen, einen Flugplan für den Mond anzufordern und ihn zu studieren.

»Ich habe so einigermaßen eine Vorstellung davon, nach

dem, was ich in Ihrem Rucksack gehört habe. Sie wurden von einem Wachtposten überrascht. Valencia war schneller als er und tötete ihn.«

Kyras Knöchel über der Schlaufe wurden heiß. »Nicht bloß das«, preßte sie heraus. »Ich weiß nicht, ob der Mann sofort gestorben ist. Es macht ... keinen Unterschied ... Valencia schoß noch einmal auf ihn, aus kürzester Entfernung, in den Kopf.«

»Ja, den Eindruck hatte ich.«

Sie starrte in seine Ausdruckslosigkeit. »Und es macht Ihnen gar nichts aus?« flüsterte sie.

»Ach, das ist schon schlimm, sicher, aber – Nein, ich halte nichts davon, hilflose Menschen abzuschlachten. Wenn ich wieder das Kommando über Fireball habe, werde ich herausfinden, wer dieser Mann war, ob er eine Familie hinterlassen hat und was sich tun läßt, um ihnen zu helfen. Aber es *war* ein Notfall, Kyra. Entweder, Valencia schoß zuerst, oder wir hätten alles verloren. Wash Packer ebenfalls; man hätte ihn mit Sicherheit verhaftet und einem Tiefenverhör unterzogen. Diese zweite Kugel mag nötig gewesen sein oder auch nicht. Ich hoffe, ich selbst hätte mich nicht dazu hinreißen lassen. Aber Nero ist ein Gunjin. Er wird sich dafür nie vor Gericht verantworten müssen, das wissen Sie. Dafür wird seine Bruderschaft schon auf die eine oder andere Weise sorgen, indem sie ihm mit einer völlig neuen Identität, oder was immer notwendig ist, ausstattet. Und ich werde mich nicht einmischen. Weil er uns gerettet hat. Und nach seinen Maßstäben tat er nur das, was richtig und notwendig war.«

Kyras Augen verschwammen und brannten. »Genau das sage ich mir auch die ganze Zeit. Wie lange dauert es wohl, bis ich es glauben kann?«

»Ja, ein furchtbarer Schock für Sie. Und ein gräßlicher Anblick, das weiß ich nur zu gut. Mädchen, ich wünschte, ich könnte Sie in den Arm nehmen. Sogar Roboterarme wären besser als dieser verdammte Kasten.«

Das bewirkte ein Maß an Wärme, den Anfang eines Auftauens. Kyra schluckte, begegnete dem Linsenblick, stellte fest, daß sie ein bißchen lächeln konnte. »*G-gracia, jefe. Muchas gracias.*«

»Ich fand sowieso, daß er nicht der Richtige für Sie ist.«

Die Wärme wurde absurd heiß. »Es ist nichts Ernstes vorgefallen!«

»Gut. Sie werden Zeit haben, sich mit dem abzufinden, was passiert ist. Es war traurig und gräßlich, aber es ist vorbei, und es hat Sie nicht auf eine tiefgreifende Weise verletzt, so wie das etwa eine Vergewaltigung getan hätte. Diese Haltung ist nicht egoistisch, sondern pragmatisch. Sie sind zu gesund, als daß sich ein bloßer Alptraum auf Dauer in Ihrem Kopf einnisten könnte. Seien Sie *zen*. Legen Sie eine Musik auf, die Sie mögen. Erinnern Sie sich an angenehme Dinge. Sie werden darüber hinwegkommen.«

Nach ein paar Sekunden fügte Guthrie langsam hinzu: »Sie werden das für sich selbst entscheiden müssen, aber ich hoffe, Sie können auch darüber hinwegkommen, Nero Valencia zu hassen. Ich nehme nicht an, daß Sie je wieder ausgesprochen herzliche Gefühle für ihn hegen werden, aber – nun ja, in verschiedener Hinsicht tut er mir irgendwie leid.«

»Ich werd's versuchen.«

Stille wisperte. Der Ozean glänzte auf der Erdscheibe.

»Sollten wir uns nicht bereitmachen, mich loszuschicken?« sagte Guthrie. Es war eher eine Feststellung als eine Frage.

Kyra schreckte hoch. »Teufel, ja. Verzeihen Sie mir. Ich war ein, ein selbstmitleidiger Nullkopf. Jetzt aber *prontito*.«

Sie kehrte an die Konsole zurück, hakte sich an den Zehenhalterungen fest und übergab das Problem an das Navigationsprogramm.

Die Flugbahn der *Maui* war schon festgelegt. Das Schiff befand sich in einem niedrigen Orbit, der sich aber immer mehr erweiterte. Wenn es die Erde zu drei Vierteln umrundet hatte, würde sein Antrieb erneut zünden und es auf Mondkurs bringen. Für ein Schiff wie die *Maui* würde es eine schnelle Flugbahn sein, die zwar Reaktionsmasse verschwendete, es aber immerhin in wenigen Tagen dorthin brachte. In Anbetracht der Ausgangsbedingungen war das die beste Möglichkeit; das hier war kein Fackelschiff, das lang anhaltender Schubphasen fähig war.

Die neue Frage lautete: Wann und wie genau sollte die Frachtkapsel abgeschlossen werden, um Guthrie an L-5 vorbeizutragen? Da die Kolonie dem Mond um sechzig Grad versetzt im selben Orbit folgte, lag der Zeitpunkt nicht mehr allzu weit in der Zukunft. Eine zusätzliche Bedingung war, daß der Rumpf der *Maui* die Frachtkapsel vom Erdradar abschirmen mußte, während sie beschleunigte und noch möglichst lange danach. Wenn die Unionspolizei dieses Schiff jetzt noch nicht im Visier hatte, dann bald. Wenn sie irgend etwas bemerkten, das sich von ihm entfernte, würde das dem Spiel ein rasches Ende bereiten.

Sicher, sie waren auf Radaranlagen innerhalb ihrer Landesgrenzen beschränkt. Die Astrokontrolle der Föderation würden sie nicht um Hilfe bitten; das hätte Erklärungen erforderlich gemacht. Aber in dem Moment, wo sie den ermordeten Wächter und den zerschnittenen Zaun fanden, würden sie wissen, daß sie ausgetrickst worden waren, und schon sehr bald würde der falsche Guthrie alarmiert werden. Er wiederum verfügte über alle Hilfsmittel Fireballs. Von jenem Augenblick an würde die *Maui* beobachtet werden, bis sie den Mond erreichte.

»Ich rechne damit, daß er uns auseinanderpusten lassen und eine Geschichte erfinden würde, um es zu rechtfertigen, wenn im All irgendwelche Waffen außer Handfeuerwaffen erlaubt wären«, hatte Guthrie während ihrer Lagebesprechung in Hilo gesagt – wie viele Jahrtausende lag das zurück? »Ich rechne aber nicht damit, daß er eine Fackel zu einem Rendezvous mit uns abkommandiert und ihrer Mannschaft befiehlt, uns zu entern, mal angenommen, er könnte rechtzeitig eine kriegen. Ein schwieriges, gefährliches, zeitaufwendiges und vor allem verdächtiges Manöver. Die Welt würde aufmerksam werden und nach dem Warum fragen. Er wird sehen, daß Sie Kurs auf den Mond halten, wissen, daß Sie mit Ihrem Schiffstyp keine andere Wahl haben, als in Port Bowen zu landen, und dann die

Sipo in Bereitschaft versetzen, um Sie bei Ihrer Ankunft zu schnappen.«

»Warum können Sie die Wahrheit nicht über Funk bekanntgeben, während Sie im Weltraum sind?« erkundigte sich Valencia. »Was kann er dann tun, außer Ihnen öffentlich zu widersprechen? Und bei jedem ernsthaften Test wird er versagen.«

»Unglücklicherweise«, erläuterte Guthrie, »gehört Fireball fast jedes Schiff und jede Einrichtung auf der Erde, dem Mond und L-5, plus der meisten anderen.«

»Nein, die Satelliten –«

»Ach, die kommerziellen, die Wetter-, die Friedensrat- und der Rest dieser Satelliten, die zählen nicht. Ich meine Schiffe, Raumhäfen, interplanetare Kommunikationssysteme, den ganzen Krempel. Selbst Föderationsbedienstete fliegen mit uns und mieten von uns, wenn sie Büros und Unterkünfte außerhalb der Erde brauchen – es sei denn, sie schließen Verträge mit uns, ihre Arbeiten für sie zu machen, was in den meisten Fällen passiert. Darum gibt es ja auch keine Regierungsbullen, an die Kyra sich in Port Bowen wenden könnte. Die winzige Polizeitruppe wird von Fireball gestellt und hat garantiert die Anweisung, allem tatenlos zuzusehen, was das Sipo-Kommando tut.

Was Rufe von Raumfahrzeugen nach irgendwohin angeht, zum Beispiel zur Erde, die erfolgen nicht direkt. Der schiere Umfang des Funkverkehrs plus die Störanfälligkeit diverser kritischer Systeme hat uns schon vor einer ganzen Weile dazu bewogen, direkte Übertragungen aufzugeben. Was wir benutzen, ist sicherer, effizienter und zuverlässiger. Jedes Signal aus dem All oder ins All läuft über Fireballs Relaissatelliten oder -stationen, die einzigen mit der nötigen Ausrüstung, es zu verstärken und zu dechiffrieren. Sie schicken es durch das allgemeine Kommunikationsnetz oder durch Fireballs eigene Systeme, je nachdem, wie der Fall liegt. Das alles ist Sache der Computer, wie Sie wissen, und bei der ersten Gelegenheit, die mein Zwilling erhielt, hat er einen geheimen Befehl eingebaut, Ausschau nach verdächtigen Mitteilungen zu halten und sie zwecks Überprüfung durch ihn oder Sayre zurückzuhalten. *Ich* hätte es jedenfalls so gemacht.«

Valencia pfiff. »Ich wußte, daß Sie ein großes Imperium haben, Sir. Mir war nicht bewußt, wie groß.«

»Es arbeitet so reibungslos, daß die Leute nicht viel davon merken«, sagte Packer. »Wir wollen keine Macht über sie, wir wollen einfach nur das tun, was uns interessiert und damit einen ehrlichen Gewinn machen.«

Guthrie hatte Fireball getreu dieser Grundsätze geführt, dachte Kyra. Ohne ihn hätte es sich zweifellos zu einer Quasi-Regierung oder einer Räuberbaronie entwickelt.

»Das Monopol war nicht geplant, es wuchs einfach«, sagte Guthrie. »Da wir zu der Zeit, als wir anfingen, die einzigen echten Pioniere im All waren, konnten wir mit Ecuador eine Konzession aushandeln, die die schmierigen Finger von Politikern und Bürokraten von uns fernhielt. Später, als da und dort der Ärger losging, machten wir uns vorsichtshalber stärker. Aber heute habe ich keine Zeit für eine Geschichtsstunde.«

»Natürlich können Raumfahrzeuge direkt miteinander sprechen«, warf Kyra ein. »Aber es wäre ein phantastischer Glückszufall, wenn irgendein bemanntes Fahrzeug – bemannt mit *unseren* Leuten – zufällig lokalisierbar und in Funkreichweite für uns wäre. Besonders, da der falsche Guthrie die Flugpläne abändern wird, um diese Möglichkeit auszuschließen.«

»In dem Moment, da ihm der Verdacht kommt, daß ich Kurs dorthin genommen habe, wird er L-5 fest in den Griff nehmen«, sagte der *jefe*. »Indes sollte seine Hauptaufmerksamkeit auf die *Maui Maru* gerichtet sein, die Luna ansteuert. Unsere beste Chance ist, daß die Lunarier Kyra nach ihrer Landung vor Sayres Schlägern schützen und sie die Wahrheit im Sonnensystem verbreiten kann.

Teils, um dieses Ergebnis wahrscheinlicher zu machen, teils als Reserve, falls es schiefgeht, ist mein Ziel L-5. Wenn alles glattläuft, wird Tamura mich einsammeln. Nachdem ich die Fakten in der Kolonie bekanntgemacht habe, wird die Sipo dort von Glück sagen können, wenn man sie nicht lyncht. Wenn Tamura es aus irgendeinem Grund nicht kann, nun, dann bin ich auf einer Kyra bekannten Umlaufbahn, und sie kann dafür sorgen, daß ich zu einem günstigeren Zeitpunkt abgeholt werde.«

Valencia richtete seine Augen auf die Frau. »Aber Sie«, sagte er. Der Unterton von Besorgnis zerrte an ihr. »Sie werden dem Feind auf dem Mond geradewegs in die Hände laufen.«

»Deswegen alarmieren wir Lord Rinndalir, bevor wir aufbrechen«, erklärte Guthrie ihm. »Die wahre Geschichte kann ich in keiner Nachricht übermitteln, die an der Überwachung vorbeikäme. Aber ich kann ein paar Worte verschlüsseln, die ihn, hm, neugierig machen sollten. Wir haben schon früher miteinander zu tun gehabt, er und ich.«

Valencia runzelte die Stirn. »Angenommen, er kann oder will nichts unternehmen.«

Kyra schenkte ihm ein Lächeln. Im Augenblick fühlte sie sich aufgeregt, begeistert, beflügelt. »Nach allem, was ich über ihn weiß«, sagte sie, »wäre es seltsam, wenn er keine Schritte unternähme.«

Wie diese Schritte aussehen mochten, so gestand sie sich selbst ein, darüber konnten sie nur Vermutungen anstellen.

Abrupt richteten sich ihre Gedanken wieder auf die unmittelbaren Gegebenheiten. Der Computer lieferte die Zahlen, die sie brauchte.

Für einen kurzen Augenblick deprimierte sie das. Was war sie anderes als ein Parasit der Maschine? Sie beförderte sie, hielt sie am Leben, informierte sie innerhalb der Grenzen ihres Fassungsvermögens – und was hatte das für einen Sinn? Diese Operation hätte auch vollständig robotisch sein können. Beinahe war sie es auch. Sie hatte dem Schiff mitgeteilt, daß sie zum Mond wollte, schnell, Abflug zu dem-und-dem Zeitpunkt. Alles andere erledigte das Schiff: Berechnungen, Schub, Steuerung, Wartung . . . Sollten sie auf einen Brocken Weltraummüll stoßen oder in irgendwelche Schwierigkeiten geraten, würde das Schiff sich darum kümmern. Kyra hatte Guthrie an Bord gebracht, und sie würde ihn in die Frachtkapsel packen, aber der einfachste Roboter hätte beide Aufgaben erledigen können.

Das Schiff würde mit den Computern der Bodenkontrolle in Port Bowen kommunizieren, nach ihren Anweisungen hereinkommen und selbsttätig landen. Kyras Rolle würde darin bestehen, einen Knopf zu drücken, der der Schleuse befahl, sich zu öffnen und sie hinauszulassen.

»Teufel!« murmelte sie. »Hör schon auf damit, ja?« Es war nicht das erstemal, daß sie diese Depression von sich wegboxen mußte. Piloten *hatten* noch wirkliche Aufgaben, genau wie Techniker, Prospektoren, Wissenschaftler, Künstler, Unternehmer. Sie trafen die grundsätzlichen Entscheidungen. Ihre Hände und Stimmen gaben die Kommandos, auf die es ankam. Wenn das Universum ihnen plötzlich etwas aus seinem grenzenlosen Reservoir an Unbekanntem entgegenwarf, war es ihre Phantasie oder Intuition oder Vorahnung, die Leben und, ja, auch Maschinen retten mochte. War ihr Körper nicht ebenso automatisch, ebenso selbststeuernd, wie ein Schiff oder ein Roboter? Und dennoch war er der Diener ihres Geistes.

Aber wenn die Maschinen erst einmal ein volles eigenes Bewußtsein hatten – und es sah ganz danach aus, als würde das in Kürze der Fall sein – Nein, darüber würde sie jetzt nicht nachdenken. Sie hatte zu arbeiten.

Sie kehrte zu Guthrie zurück. »Die Startzeit ist früher, als ich erwartete, *jefe*«, sagte sie. »Wir sollten es Ihnen jetzt gemütlich machen.«

»Okay.« Was für Gefühle lagen hinter diesem nüchternen Wort? Überhaupt welche? Ja, beharrte sie, ja.

Sie brachte ihn nach hinten. Die Frachtkapsel war nicht mehr als eine Feststoffrakete mit einem einfachen Autopiloten und einem Abteil für kleine Frachtstücke. Er würde drei Tage brauchen, um in die Nähe von L-5 zu kommen. Ihre Haupthoffnung war, daß Kyra in der Zwischenzeit die Menschheit informiert hatte, so daß der wahre Guthrie nicht als Flüchtling, sondern als Eroberer ankommen würde.

Sie verband den Computer der Frachtkapsel mit dem des Schiffes. Während die berechneten Parameter überspielt wurden, legte sie Guthrie hinein und sicherte ihn. Um alles andere würden sich die Maschinen kümmern.

»Sie können jetzt ebensogut in Ihre Kabine gehen und sich entspannen«, schlug er vor. »Warum die nächsten zehn Minuten hier herumhängen und grübeln, was Sie sagen könnten? ›Ich wünsche Ihnen gute Reise.‹ ›Danke, auch Ihnen eine angenehme Zeit.‹ ›Grüßen Sie alle schön von mir.‹ ›Klar, das mache ich.‹« Er formte ein Lachen. »So hat meine Frau das immer zitiert, mit dem schlimmsten Nasenpolypenakzent, den sie hinkriegen konnte. Wenn einer von uns allein irgendwo hinflog, tauschten wir am Terminal immer einen skandalös dicken Kuß, und derjenige, der zu Hause blieb, ging.«

Er verstand es. Kyra rang sich ein Lachen für ihn ab. »*Muy bien, jefe. Hasta la vista.* Und –« Halb über ihm schwebend, umfaßte sie sein Gehäuse, zog sich zu ihm hinunter und küßte die kalte Härte zwischen den Augenstielen. »*Buen viaje.* Für uns beide.«

Als sie hinausging, hörte sie, wie die Abdeckung des Frachtabteils sich schloß.

ZWEITER TEIL

EIKO

25

Kirschblüten weiß –
Sonnenuntergang farblos, atemschnell –
Sterne hastig, kalt.

Eiko Tamura schüttelte den Kopf, seufzte und legte das Blatt hin. Das Haiku war immer noch nicht richtig. Es waren bloß Worte, mit einem nur dürftigen Gefühl von dem, was sie heraufzubeschwören gehofft hatte: den Tag und die Nacht eines kreiselnden Wirbels, der die Vergänglichkeit des Lebens bezeugte, ein künstlicher Frühling als Symbol dafür, wie klein und zerbrechlich das große Ragaranji-Go in Wirklichkeit war. Vielleicht würde es nie seine wahre Stimme finden und im Recycler enden. Die meisten ihrer Gedichte taten das.

Das hier jedoch wühlte sie stärker auf. Es war aus einem tieferen Bedürfnis heraus entstanden. Die Nachrichten der letzten Tage, und dann das plötzliche Entsetzen ihres Vaters, das er hinter der Maske seines Gesichts vor ihr verschloß, ließen sie wieder einmal nach dem Ewigen greifen. Ruhe und Trost lagen in der Erkenntnis, daß die Menschheit nur die allerleichteste Kräuselung darauf ist; und aus ihnen wiederum konnte die Stärke erwachsen, sich mit menschlichen Kümmernissen zu beschäftigen; aber sie erneuerte diese Erkenntnis, indem sie ihr Ausdruck verlieh. Im Augenblick schien sie unfähig dazu. So sehr nagte die Angst an ihr.

Sie hob den Kopf, um einen Blick auf die Schriftrolle darüber zu werfen. In dieser Tuschezeichnung einer Gebirgslandschaft und ihrer Kalligraphie, bestimmte Zeilen von Tu Fu, fand sie öfter innere Gelassenheit als in irgendeiner auf dem Multiceiver ablaufenden Szene oder irgendeiner mit einem Vivifer erlebten virtuellen Realität. Heute waren auch das nur Zeichen auf Papier. Ihr Blick glitt durch den Raum, als suche er eine Fluchtmöglichkeit.

Nachdem das letzte ihrer Geschwister fortgegangen war, hatte sie hier mehr Platz als in der Kolonie üblich, aber in der Hauptsache war es ein leerer Raum, der von wenig mehr als diesem Tisch, an dem sie schrieb, einer Anrichte, einer Vitrine und dem Futon, auf dem sie schlief, ausgefüllt wurde. Auf einem Regal standen ein paar Objekte: eine Muschel von der Erde, ein glitzerndes Stück Kometengestein, das Kyra Davis ihr geschenkt hatte, alte Bücher, ihre Bambusflöte. Für ihre umfassende Lektüre und zum Musikhören standen ihr die Datenbanken der ganzen Welt zur Verfügung, und für ihre Erinnerungen hatte sie ihr Gedächtnis.

Durch die dünnen Wände hörte sie, wie eine Tür sich öffnete und wieder schloß. Füße schritten langsam. Das mußte ihr Vater sein, der spät nach Hause kam. Sie stand auf und eilte über die Tatami hinaus in den Gemeinschaftsraum, um ihn zu begrüßen.

Noburo Tamura stand in seiner dunklen Kleidung da wie ein Tintenklecks. Normalerweise sah man, abgesehen von der kleinen Gestalt, dem kahlen Kopf und dem zerfurchten Gesicht den Leiter der Weltraumoperationen auf L-5, den Freund Anson Guthries. Heute waren seine Schultern gebeugt, und seine Hände zitterten leicht. Nicht zum ersten Mal seit dem Tode ihrer Mutter brachen Mitleid und Sorge über Eiko herein. Sie verneigte sich vor ihm – in einer übervölkerten Raumstation, wo das Überleben eine universelle Selbstdisziplin erforderte, war Höflichkeit weniger eine Reihe von Ritualen als vielmehr eine Notwendigkeit – aber sofort darauf ging sie zu ihm, nahm seine beiden Hände in ihre und fragte leise: »Was ist geschehen? Ich wünschte, Ihr würdet es mir sagen, Herr Vater.«

»Ich wünschte, das würde ich wagen«, antwortete er.

Sie ließ ihn los. »Warum nicht? Bisher habt Ihr mich immer mit Eurem Vertrauen geehrt.«

Er wandte sich ab. »Dieses Wissen ist gefährlich, und du könntest keinen Gebrauch davon machen.«

»Bitte setzt Euch hin und ruht Euch aus«, drängte sie. »Laßt mich Euch etwas zur Erfrischung bringen.«

Er nickte und sank auf ein Polster. Obwohl sie Stühle für Besucher hatten, zogen sie beide traditionelle – nein, archaische – Sitten vor, wann immer das möglich war. Viele in der Kolonie taten das. Im Innersten, mutmaßte Eiko, war das eine Art von Trotz. Seht, ihr Sterne; wir bleiben die Kinder Gäas, und das gilt auch für diese winzige Welt, die wir erschaffen haben.

In der Küche Tee zuzubereiten, brachte einen ähnlichen Trost. Sie hatte sich nie gestattet, ihr Zuhause als leer zu empfinden. Statt dessen beschwor ihr Geist Erinnerungen an das Schwatzen und Lachen herauf, das es erfüllt hatte, bevor die Kinder erwachsen wurden und fortgingen; oder vielleicht war es auch die sanfte Stimme ihrer Mutter oder Kioshi, der ihr während eines verstohlenen Augenblicks etwas ins Ohr flüsterte – Nicht das. Am Ende hatte Kioshi Matsumoto ein anderes Mädchen geheiratet, und möge es ihnen gut ergehen. Eiko hatte ihren Vater, um den sie sich kümmern mußte.

Sie ordnete Kanne, Tassen und Kuchen hübsch auf dem Tablett an, trug es hinein und ließ sich ihm gegenüber nieder. Ein Lächeln zerknitterte seine Erschöpfung. »Du bist eine gute Tochter«, sagte er. »Preis sei Amida Buddha.« Eine Weile schwiegen sie sinnend. Obwohl es keine richtige Teezeremonie war, erneuerte es den Geist ebenso wie den Körper.

»Ich bin die ganze Tagwache allein gewesen und habe nichts eingegeben«, meinte sie schließlich. Das stimmte. Sie hatte sich von ihrem Programmierjob freigenommen, weil sie spürte, wie die Belastung durch die Unsicherheit, was als nächstes zwischen der Firma und der Unionsregierung geschehen würde, sie zusammen mit den allgemeinen Auflösungserscheinungen in der Belegschaft daran hinderte, dort ehrliche, kreative Arbeit zu leisten. »Ist etwas geschehen, wovon ich wissen sollte?«

Er zeigte Überraschung. »Du hast es noch nicht gehört?« Ein Achselzucken, ein Verziehen des Gesichts. »Typisch meine Eiko.« Seine Miene wurde ausdruckslos. »Ein Kommando der nordamerikanischen Sicherheitspolizei ist mit einem Fackelschiff angekommen. Wir stehen unter Kriegsrecht.«

Die Worte trafen sie wie ein Messer. Sie ließ ihre Tasse fallen und konnte sie kaum rechtzeitig auffangen. Die Coriolis-Kraft spritzte mehrere Tropfen auf ihren Kimono. »Was? Aber ... aber Herr Vater, wir gehören nicht zu ihrem Land. Wir befinden uns im Weltraum. Wir gehören zu *Fireball*.«

»Es geschieht nach Absprache mit unserem Direktorium.«

»Mit Guthrie-*san*?«

»Ja. Er setzte uns gestern persönlich davon in Kenntnis. Wir sollten es geheimhalten, bis es vollendete Tatsache war, aus Angst vor öffentlichen Unruhen.«

Eine durchaus berechtigte Angst, dachte Eiko, in Anbetracht der Meinung, die die meisten Menschen hier vom Avantismus hatten. »Ist es das, was Euch keine Ruhe gelassen hat?« fragte sie.

»Das war es«, erwiderte er vorsichtig. »Wenn die Lage wirklich so verzweifelt war – Du weißt, wie verwundbar wir sind.«

›Das war es‹, hatte er gesagt. Eiko fragte sich, ob sie das als Aufforderung hören sollte. Eine Last, die man allein trägt, ist doppelt so schwer. Trotzdem sollte sie ihn nicht erschrecken, indem sie zu schnell vorpreschte. Sie nahm ein Schlückchen Tee. Die Wärme und der metallisch grüne Geschmack machten ihr Mut. »Was werden sie tun, diese Polizisten?«

»Was immer sie tun müssen, so erklärt man uns. Wir haben den Befehl, mit ihnen zusammenzuarbeiten. Ihr Hauptmann versprach, man werde versuchen, keine unserer Tätigkeiten zu stören. Ich habe sie in den Räumlichkeiten zurückgelassen, die wir bereitgestellt haben.«

»Aber in Wirklichkeit ist es nicht so einfach, nicht wahr?« soufflierte Eiko ihm.

»Nein«, gestand er ein. »Es ist schon seltsam genug, daß Guthrie-*san* ... in Panik geraten sein sollte. Haben wir nicht reichlich loyale, fähige Leute unter uns, die wir mobilisieren könnten, um auf Saboteure zu achten? Hat die Firma uns je zuvor im unklaren gelassen? Nun, vielleicht ist dieser Notfall ja einzigartig.«

»Ihr vermögt das nicht recht zu glauben, nicht wahr?« setzte sie nach.

Er kapitulierte vollständig. »Inzwischen nicht mehr. Ich sollte es geheimhalten, selbst dir gegenüber – besonders dir gegenüber, meine Liebe – aber –« Er richtete sich auf. Seine Stimme wurde fest. «Ebenfalls gestern, einige Stunden, nachdem man uns mitgeteilt hatte, daß wir die Polizei erwarten sollten, erhielt ich ein Lasergramm, das an mich persönlich in meinem Büro adressiert war. Zunächst wirkte es wie eine Routinenachricht, aber die Absenderangabe zeigte mir, daß die wirkliche Nachricht verschlüsselt darin enthalten war und daß sie von Guthrie-*san* oder einem seiner getreuesten Agenten kam. Du weißt, er trifft immer Vorkehrungen für den ›Fall der Fälle‹, wie er es nennt, wie zum Beispiel, diese heimlichen Wege der Nachrichtenübermittlung vorzubereiten. Während der letzten Nachtwache habe ich nicht viel geschlafen.«

Ihr Puls machte einen Satz. »Wie lautete die Nachricht?«

»Sie konnte nicht mehr als ein paar Worte lang sein, oder ein Überwachungsgerät hätte womöglich etwas unter der Oberfläche vermutet.« So, wie er sie rezitierte, mußten die Worte inzwischen in ihm festverdrahtet sein: »Geheime Frachtkapsel im Anflug dreiundzwanzig.«

»Was kann das bedeuten?«

Er lächelte, eine Grimasse. »Ich habe sorgfältig darüber nachgedacht. ›Geheim.‹ Das muß vor allem eine Geheimhaltung gegenüber der Besatzungsstreitmacht einschließen. ›Frachtkapsel im Anflug.‹ Ein Raumschiff könnte sich uns natürlich niemals unbemerkt nähern, aber wenn man nicht gerade speziell darauf achtet, würde man eine Frachtrakete im freien Fall außer durch einen unwahrscheinlichen Zufall nicht bemerken, bis sie sich auf weniger als etwa tausend Kilometer genähert hätte.«

Wenigstens, wenn sie sich nicht auf Kollisionskurs befand, begriff Eiko. Ein Brocken Gestein oder Weltraummüll, der harmlos vorbeiflöge, würde zwar bereits in erheblicher Entfernung registriert werden, aber keine Aufmerksamkeit auf sich ziehen, keine Neugier wecken; derartige Objekte waren einfach zu zahlreich. ›Im Anflug.‹ Die Frachtkapsel würde antriebslos fliegen, auf einer Bahn, über die sich nur Vermutungen anstellen ließen. Allerdings konnte man ja scharfsinnig vermuten ...

»Bei der Zahl dreiundzwanzig muß es sich um ein Datum handeln, und zwar in diesem Monat«, fuhr Tamura fort. »Das heißt: die Tagwache nach morgen. Angenommen, weder die Frachtkapsel noch ihr Mutterschiff haben besondere Eigenschaften, so bedeutet das – ich habe eine Computerberechnung angestellt – daß sie das Schiff in Erdnähe verlassen hat und daß das Schiff wahrscheinlich Luna als Ziel hatte.«

»Was ... befördert ... sie?«

»Ich weiß es nicht. Aber das paßt nicht gut zu der Geschichte und den Befehlen, die wir aus Quito bekommen haben, nicht wahr?«

Eiko betrachtete aufmerksam das Gesicht ihres Vaters. Es war zu einer Samurai-Maske geworden. Sie mußte sich anstrengen, um zu sprechen: »Beabsichtigt Ihr, sie abfangen und ihren Inhalt hierherbringen zu lassen?«

»Was sonst? Ich denke darüber nach, wie sich das am unauffälligsten bewerkstelligen ließe. Du bist sehr gut über unsere Operationen informiert und besser mit einigen unserer Leute bekannt als ich. Ich nehme gerne jede Idee an, die dir in den Sinn kommt.« Warnend fuhr er fort: »Aber das hier darfst du niemandem weitererzählen, und du wirst auch nichts unternehmen, außer mir bei der Planung zu helfen. Ist das klar?«

»Ich kann mehr tun«, protestierte sie. »Im All selbst. Vielleicht besser als andere. Euch wird man sicherlich überwachen, aber wer würde schon auf mich achten?«

Ja, wer schon? dachte sie. Eine kleine, dürre alte Jungfer mit reizlosem Gesicht, ruhigen Umgangsformen und weißen Strähnen im Haar, die von ihren zweiundvierzig Jahren zeugten ... Ragaranji-Go war zu groß, um restlos überwacht werden zu können. Es gab immer Arbeiter, die hinein- oder hinausgingen, Inspektionen, Wartungsarbeiten, kurze Flüge zu unbemannten

Raumfahrzeugen, die Fracht zu entladen hatten, aber dafür nicht andockten. Die – Sipo, so nannten die Nordamerikaner sie doch? – würde natürlich versuchen, alle Aktivitäten zu kontrollieren, sich zu vergewissern, daß jedes Verlassen und Betreten der Raumstation eine klar umrissene, gewöhnliche Mission war. Trotzdem mochte jemand, mit dem man nicht rechnete und der sich hier auskannte, durchaus imstande sein, unbeobachtet an ihnen vorbeizuschlüpfen. Schwieriger würde es sein, ebenso unauffällig zurückzukehren. Dennoch, mit gewissen Vorbereitungen –

»Nein!« rief Tamura aus. »Es ist nicht deine Sache, dieses Risiko einzugehen. Ich habe den Treueid abgelegt, aber du nicht. Deine Verpflichtungen gelten deinem Zuhause.«

Schmerz wand sich in Eiko. Er hatte niemals offen heraus gesagt, warum er sie von der Zeremonie abgehalten hatte, aber sie wußte es. Sein ältester Sohn hatte sie mitgemacht, und Fireballs Management hatte zweifellos jede Anstrengung unternommen, um eine befriedigende, sinnvolle Arbeit für Jutaro zu finden. Aber es gab nichts mehr, was seine besonderen Talente erforderte und nicht schon längst von einer Maschine erledigt wurde. Inzwischen wohnte Jutaro auf der Erde, lebte vom Bürgerkredit und erledigte Gelegenheitsjobs – manche kleinkriminell, so vermutete sie – um sich das Eintrittsgeld für regelmäßige Besuche in einer *quivira* zu verdienen.

Noboru Tamura würde den Treueid halten, den er abgelegt hatte.

Er wollte aber nicht, daß noch mehr seiner Kinder auf diese Weise an eine Lebensweise gebunden waren, die er für zum Untergang verurteilt hielt. Eiko wollte nicht, daß ihm noch mehr Leid zugefügt wurde.

Er brachte ein Lächeln mit ein bißchen Wärme darin zustande. »Schließlich«, sagte er, »habe ich immer noch die Hoffnung, daß auch du mir schließlich einen Enkel schenkst.«

Dafür war immer noch Zeit, sie hielt sich peinlich genau an ihr biomedizinisches Programm, aber die Zeit schwand rapide dahin – immer schneller, so schien es.

Es klingelte. Ein Nachbar, ein Freund? Eiko erhob sich. Sie wäre froh über einen Besucher gewesen, irgend jemanden, der die Spannung zwischen ihr und ihrem Vater mildern mochte. Vielleicht fühlte er ebenso, denn er eilte ihr voraus und ließ die Neuankömmlinge ein.

Es waren drei ihr unbekannte Männer in lohbraunen Uniformen, mit Schockpistolen an der Hüfte. Ihre Armbänder zeigten das Unendlichkeitssymbol. Sie gingen direkt durch. Der letzte schloß die Tür.

Eikos Herzschlag maß die Zeit, in der Tamura reglos dastand, bevor er überaus sanft auf englisch sagte: »Gute Abendwache, Hauptmann Pedraza, meine Herren. Welchem Anlaß verdanken wir Ihren Besuch?«

Der Anführer salutierte. »Guten Abend, *señor* Tamura, *señorita.*« Unter der Höflichkeit hörte Eiko stählerne Härte. »Bitte entschuldigen Sie diese Störung. Wir haben neue Anweisungen erhalten. Weitere Informationen über Aktivitäten der Terroristen lassen befürchten, daß Ihr Leben in Gefahr sein könnte, Sir. Wir sollen Sie und verschiedene andere Personen beschützen, bis die Gefahr vorüber ist.«

»Tatsächlich?« murmelte Tamura. »Was ist, wenn ich Ihr freundliches Angebot ablehne?«

Eiko kannte die Antwort im voraus: »Ich fürchte, wir müssen darauf bestehen, Sir. Gewiß können Sie sich vorstellen, wie ein Attentat auf Sie in dieser Umgebung zu einem schrecklichen Verlust an Leben unter unschuldigen Zuschauern führen könnte. *Por favor,* packen Sie ein, was Sie für die nächsten Tage benötigen, und kommen Sie mit. Ihnen werden eine sichere, komfortable Unterkunft und freie Leitungen zur Verfügung stehen, über die Sie kommunizieren können, mit wem Sie möchten.«

Während die Sipo zuhörte.

»Ich verstehe.« Tamura sprach tonlos und stand so ausdruckslos da wie eine Statue. Aber er war besiegt, das wußte Eiko. Und sie, sie durfte ihn nicht umarmen, durfte nicht losweinen vor diesen feindlichen Fremden.

»Ich nehme an, Sie haben noch nicht zu Abend gegessen«,

sagte Pedraza. »Wir haben eine schöne Mahlzeit für Sie vorbereitet. Und nun, *por favor,* holen Sie Ihre Sachen, dann gehen wir.«

Tamura nickte. Ein Posten folgte ihm hinaus.

Pedraza sagte zu Eiko: »Ich verspreche Ihnen, *señorita,* dem *señor* wird kein Unheil geschehen, wenn wir es eben verhindern können.«

Eine Bitterkeit, die sie schmecken konnte, brach aus ihr heraus. »Ja, Geiseln nützen lebend mehr als tot.«

»Ich weiß, daß Sie unglücklich sind.« Mit gekünsteltem Nachdruck: »Die Lage ist kritisch. Aus diesem Grunde handeln wir. Meine Vorgesetzten wollen den Unmut und die Aufregung nicht, die das hier auslösen kann. Schutzhaft ist trotzdem immer noch Haft. Aber sie dient zum *Schutz. Por favor,* verstehen Sie – sagen Sie es Ihren Freunden – wenn irgend etwas Unvorhergesehenes geschieht, dann könnte es sein, daß wir vielleicht nicht mehr in der Lage sind, die Sicherheit der unter unserer Obhut stehenden Personen zu gewährleisten.«

Geiseln, in der Tat. Es war wohl besser, sie sagte das nicht noch einmal. »Ich verstehe.«

Sie warteten stumm. Tamura kam bald zurück, eine Tasche in der Hand. »*Sayonara,* Eiko«, wisperte er. Auf englisch, damit die Sipo nicht glaubten, sie zwei würden konspirieren: »Denk an das, was ich dir gesagt habe. Warte in Ruhe ab, bis das hier vorbei ist.«

»Das ist kein *adiós*«, sagte Pedraza. »Nur für ein paar Tage, dessen bin ich mir sicher, und Sie können miteinander videophonieren, wann immer Sie wollen. Ich werde versuchen, eine Genehmigung für persönliche Besuche zu erwirken.«

»Danke«, sagte Eiko automatisch. Es ärgerte sie, bis sie der Gedanke durchfuhr, daß dieser Offizier es höchstwahrscheinlich ehrlich meinte: ein im Grunde anständiger Mann, der Befehlen gehorchte, weil er dazu verpflichtet war und weil er seinen Vorgesetzten vertraute, der aber ebenso verwirrt und besorgt sein mochte wie sie.

Oder noch mehr. Plötzlich kehrte ihre Entschlossenheit zurück.

Sie verneigte sich vor ihrem Vater. Er erwiderte die Geste. Vor den Augen dieser Männer würden sie nicht mehr zu erkennen geben. Er folgte ihnen hinaus.

26

Der Mond, das liebe alte Narbengesicht, kam näher und schwoll an, bis er nicht länger voraus, sondern unter ihnen lag, kein Himmelskörper mehr, sondern eine Wüstenei aus Gebirgen und Maria, Kratern und Felsbrocken, in Schatten gemalt von einem frühen Nachmittag. Als sie ihre Optiken benutzte, um das grelle Leuchten auszufiltern und das Bild zu vergrößern, erblickte Kyra einen Teil des Schmuckwerks, das ihre Rasse darübergelegt hatte: silberne Fäden, bei denen es sich um Einschienenbahnen handelte, Tychopolis, das im Süden schimmerte, und kleinere Gemeinden an anderen Stellen, verstreute Sternenpunkte überall auf dem schon in der Nacht versunkenen Land, die andere menschliche Siedlungen bezeichneten. Dann schwang die *Maui Maru* herum und zündete ihre Triebwerke, senkte sich mit dem Heck voraus auf ihr Ziel hinab. In ihre Liege gedrückt, schaute Kyra zu einer sich langsam füllenden Erdsichel auf. Ihre eigene Nacht verdeckte einen Teil des Himmels. Dort sah sie ein paar Schimmer, Megalopolen. Ihr blauweißer Tag ließ für das bloße Auge kein Zeichen und keine Spur der Menschheit erkennen.

Stille brach über sie herein. Nach einem letzten Zittern des Rumpfes wog sie kaum mehr als zehn Kilo. Sie schien nicht wie ehedem aus ihren Sicherheitsgurten und zur Mannschaftsschleuse hinunter zu treiben. Statt dessen bewegte sie sich schwer, mit trägem Herzen, auf das zu, was immer dahinter wartete.

Sie hatte keine Angst vor dem Tod, sagte sie sich. Der

Gedanke, ein im allgemeinen wunderbares Universum zu verlassen, gefiel ihr ganz und gar nicht, aber sie hatte sich schon seit langem mit dieser Möglichkeit abgefunden. Ihre Zuversicht war nur Tünche. In ihren Achselhöhlen sammelte sich säuerlicher Schweiß. Es gab andere Dinge, vor denen sie sich fürchtete.

Trotzdem, als sie den Ausgangsschalter betätigte, war das wie eine Proklamation. Guthrie würde sie nicht auf eine hoffnungslose Mission ausschicken. Ihre Furcht löste sich in Bewegung auf. Die Schleusentore schwangen beiseite. Sie passierte sie, hinein in die Gangröhre, die sich zum Herstellen der Verbindung hinausgeschoben hatte, und die Leiter darin hinunter, ein paar Sprünge bis zum unter der Mondoberfläche gelegenen Empfangsraum für diesen Landeplatz.

Die Konsole, die normalerweise ihren Bericht entgegengenommen und sie nach Port Bowen eingelassen hätte, stand stumm da. Sechs Männer drängten sich in der Kammer: uniformierte Sipo-Beamte.

Sie hatte sie mehr als nur halb erwartet. »Was in MacCannons Namen soll das?« donnerte sie.

»Ich glaube, das wissen Sie«, erwiderte der Anführer. Er war ein großer Mann, ein Schwarzer, dessen Namensplakette ›Trask‹ lautete. Trotz der Disziplin schwang Anspannung in seiner Stimme mit. »Pilotin Davis, Sie stehen unter Arrest. Die Anklage lautet auf Gefährdung der öffentlichen Sicherheit, Entführung eines Raumfahrzeugs und Verschwörung – unter anderem. Kommen Sie mit.«

»Sie können mich nicht verhaften. Sie befinden sich dreißig Erddurchmesser außerhalb Ihres Zuständigkeitsbereichs.«

»Wir sind auf Bitte ihrer Arbeitgeber hier, und die haben die Polizeigewalt in dieser Enklave. Kommen Sie. Reilly, zu mir. Die übrigen sichern das Schiff und beginnen mit der Durchsuchung.« Kyra erspähte ein Gerät zwischen ihnen, ja, ein Schaltungsresonator, ein Guthrie-Detektor.

Trask gestikulierte abgehackt. »Zwingen Sie uns nicht, Gewalt anzuwenden«, sagte er. Sie hatten es eilig, wußte sie: nur halb über ihre Aufgabe informiert, die Nerven angesichts dieser fremdartigen Umgebung zum Zerreißen gespannt. Was sie unter diesen Umständen mit ihr machen würden, wenn sie erst einmal die Räumlichkeiten erreicht hatten, in denen sie stationiert waren, war kein angenehmer Gedanke.

Sie waren athletisch und wachsam, aber Erdlinge. Vielleicht fand sie ja eine Möglichkeit auszureißen, zu entkommen, flink dank langer Gewöhnung an die niedrige Schwerkraft. Man würde sie durch Nebengänge abführen, bei denen man sich vergewissert hatte, daß sie frei von Fireball-Mitarbeitern waren. Dennoch konnte sie irgendwo entlang des Weges laut die Wahrheit hinausschreien, dort, wo irgend jemand sie hörte ... Ihre *consortes* würden schon nicht zulassen, daß Fremde eine der ihren mit Schockschüssen mundtot machten ... Kyra ging zwischen den beiden hinaus.

Jenseits der Sicherheitsschleuse betraten sie einen Korridor, in dem eigentlich geschäftiges Treiben hätte herrschen müssen. Er war beinahe leer. Ein Paar wartete. Trask blieb abrupt stehen. Kyra hörte ihn unterdrückt fluchen. Mit jäh aufsteigender Freude begriff sie, daß die Lunarier vorher nicht dagewesen waren.

Sie waren beide männlich, von turmgroßer Schlankheit, aber breit in den Schultern. Die Gesichtszüge des einen erinnerten in ihrer Gleichmäßigkeit und Weiße unter einem Rahmen aus silbernen Locken an eine griechische Statue. Er trug einen unpassend alltäglichen Unisuit. Der andere hatte eine Falkennase und bernsteinfarbene Haut; sein Haar war blauschwarz, obwohl bei ihm die großen, schrägstehenden Augen ebenfalls grau waren. Seine Kleidung war ethnischer, wenn das irgend etwas bedeutete, ein Wams über einem weitärmeligen Hemd, eine enganliegende Strumpfhose unter einer gepluderten und geschlitzten kurzen Hose, Schuhe mit aufgerollten Spitzen, alles in Dunkelgrün und Gold. Auf der Brust eines jeden hing ein Medaillon, ein von unregelmäßigem Perlmutt umgebener schwarzer Kreis: die Eklipse der Macht.

»Zum Gruß«, sagte der erste. Sein Englisch floß mit dem singenden lunarischen Akzent dahin. »Wenn es Euch recht ist, übernehmen nun wir die Verantwortung.«

Trask klatschte mit der Hand auf die Waffe in seinem Halfter. »Wie meinen Sie das?« schnarrte er. »Wer sind Sie?« Sein Begleiter umfaßte schmerzhaft hart Kyras Arm.

»Ihr könnt mich mit Arren ansprechen und meinen Gefährten mit Isabu.« Die Antwort war leidenschaftslos. »Wir sind Bedienstete Lord Rinndalirs, der uns befohlen hat, dieser Dame unser Geleit anzubieten.«

»Nein! Dies ist – ist Fireball-Gebiet, und wir haben den Auftrag --«

Arren hob eine Hand. Trask verstummte stotternd. »Der Vertrag überträgt zwar die Amtsgewalt in Port Bowen an Fireball Enterprises, beeinflußt gleichwohl aber nicht die Souveränität der Selenarchie, die Lord Rinndalir hiermit ausübt.«

»Ich habe meine Befehle.« Trask lupfte die Pistole ein paar Zentimeter in ihrem Futteral. »Mischen Sie sich nicht ein. Gehen Sie aus dem Weg.«

Isabu lächelte. »Ich rate Euch, die nicht zu ziehen«, sagte er gleichmütig.

Die Lunarier schienen unbewaffnet zu sein, aber Trask ließ den Kolben los und gab seinen Kollegen ein Zeichen, sich nicht zu rühren. Er atmete schwer. »Wir werden herausfinden, wer welche Rechte hat.«

»Ja, fein«, spottete Kyra. »Lassen Sie uns direkt zum Büro des Direktors gehen, uns ins Netz einklinken und mit so vielen Leuten wie möglich sprechen.«

»Das wäre nicht in Eurem Interesse, oder?« forderte Arren Trask heraus – und wie sanft!

Der Sipo-Mann schaute nach rechts und links, als bete er darum, daß aus den Wänden Hilfe kommen möge. Ihm war äußerste Geheimhaltung befohlen worden, wie Kyra wußte. Man hatte ihn angewiesen, Ärger zu vermeiden, Szenen, alles, was Publicity mit sich bringen mochte. Außerdem war er zweifellos mit einer Diät von irdischen Mythen über Lunarier, ihre Schläue und Grausamkeit und ihre mysteriösen Hilfsmitel großgezogen worden. Sie mußte bewundern, wie er all seine Willenskraft zusammennahm und forderte: »Zeigen Sie mir Ihre Vollmacht.«

»Die Boten eines Selenarchen bedürfen dessen nicht«, erklärte Isabu ihm.

»Ihr habt uns lange genug aufgehalten«, fügte Arren hinzu. Er berührte einen Infomaten an seinem Handgelenk. »Soll ich Hilfe herbeirufen? Wenn ja, so wird Euch und die Euren die verdiente Strafe ereilen.«

Vielleicht war es ein Bluff, vielleicht keiner. Auf längere Sicht war es das ganz gewiß nicht. »Sie erheben keinen Anspruch auf das Schiff, in dem sie gekommen ist, ja?« zeterte Trask. »*Bueno*, gehen Sie, dann gehen Sie schon!«

Arren winkte Kyra heran, drehte sich um und entfernte sich mit dem hüpfenden Gang seiner Rasse. Sie folgte innerlich jubilierend, Isabu an ihrer Seite. Ach, sie waren beide phantastisch gutaussehend! Impulsiv warf sie einen Blick über die Schulter zurück. Trask stand da und starrte hinter ihr her. Während sie noch hinsah, wirbelte er auf dem Absatz herum und eilte auf den Eingang zu. Ein pflichtbewußter Hund; er würde die *Maui* durchstöbern, solange er das noch konnte, was auch immer das der Sache, von der er selbst nichts wußte, Gutes bringen würde. Sein Gehilfe trottete wie benommen hinter ihm drein.

»Mil gracias, señores«, sang Kyra fröhlich. »Sie haben mehr getan, als mich nur vor einem schlimmen Geschick zu bewahren, wissen Sie das? Hören Sie, folgendes ist passiert –«

Isabus Handfläche hackte vor ihrem Mund durch die Luft. »Bitte, sprecht nicht vor uns davon«, sagte er. »Wir werden Euch zu Lord Rinndalir bringen.«

Die Ekstase kühlte sich ein winziges bißchen ab. Sie erinnerte sich daran, wie Guthrie zugegeben hatte, er wisse nicht, was die Lunarier tun würden.

Immerhin war sie nicht mehr in der Gewalt der Avantisten. Es stand ihr frei, die Worte hinauszuschreien, die ihr ganzes verdammtes Kartenhaus um sie herum zum Einsturz bringen würden. Sie konnte warten, bis sie zu Rinndalir kam, wenn er es denn so wünschte, und das sollte ein mächtig interessanter Besuch werden.

»Was immer Sie wünschen«, sagte sie. »Aber wir können uns doch unterhalten, oder nicht?«

Arren schenkte ihr einen Blick und ein Lächeln. Sie vermochte nicht zu sagen, ob es freundlich war oder wölfisch oder was sonst. »Wir können es später mit Small talk versuchen, wenn Ihr möchtet«, sagte er. »Zuerst aber müssen wir unser Gefährt erreichen. Bitte, sprecht mit niemandem, den wir unterwegs treffen.«

Sie begriff, daß es sich dabei nicht um eine Bitte handelte. Sie konnten durchaus über Mittel verfügen, um sie zum Schweigen zu bringen. *Bueno,* trotzdem waren sie immer noch ihre Retter, und es mochte ausgezeichnete Gründe dafür geben, ihre Geschichte nicht sofort hinauszuposaunen. »Falls jemand, den ich kenne, mich anspricht, würde es seltsam erscheinen, wenn ich nicht antworte«, zeigte sie auf.

Isabu dachte darüber nach. War ihm ein solches Verhalten fremd? »Korrekt«, pflichtete er bei. »Ihr habt einen fähigen Verstand, Mylady.«

Der Korridor öffnete sich auf einen Zentralplatz mit Bildschirmen, Schalttafeln, Gepäckwagen, Sitzbänken, Läden. Er war weniger belebt, als er es eigentlich hätte sein müssen. Die Lunarier trieben Kyra weiter. Blicke folgten ihnen.

»Hallo, Davis! Wann bist du denn angekommen?« Die Frau, die näherkam, war eine alte Bekannte.

»*Buenos días,* Navarro. Tut mir leid, ich muß schnell machen, bin schrecklich in Eile, sehe dich später –« und wieder trennten sie anonyme Gesichter. Kyra war froh, keine weiteren Begrüßungen zu hören. Diese eine Begegnung gab ihr das eisige Gefühl, allein zu sein.

Ein Fahrweg brachte ihr Trio zum Bodentransportterminal. Arren ging als erster hindurch. »Wollen wir denn nicht einen Zug nach Tychopolis nehmen?« fragte Kyra. »Oder, äh, Lunograd oder Diana oder –« was immer die Selenarchen als Hauptstadt benutzten. Offiziell hatten sie keine. Sie entsandten und empfingen keine Diplomaten; *Ad-hoc*-Bevollmächtigte von der Erde begaben sich an jene Orte, die sie bezeichneten, und sprachen mit denjenigen von ihnen, die zuzuhören beliebten.

»Nein«, erwiderte Isabu. »Heute fahren wir mit dem Wagen.«

Erregung vertrieb den Großteil der düsteren Vorahnungen aus ihr. Bisher war sie nur auf den wenigen Touristenstraßen gewesen.

Der Wagen hatte Busgröße. Von den Fenstern abgesehen umschloß eine Außenschale aus Hyalon seinen Metallrumpf. Die Flüssigkeit dazwischen veränderte chamäleongleich ihre Muster aus hell und dunkel, um bei der Temperaturregulierung zu helfen. Ein Strahlungsschild auf Streben über dem Dach diente zugleich auch als Solarenergiekollektor zur Unterstützung der Treibstoffzellen im Inneren. Ein prächtiges Stück Technik. Dann durchschritt Kyra die Luftschleuse und fand sich in einer anderen Welt wieder. Die Teppiche, üppig rot und schwarz, erinnerten an das Fell eines lebenden Tieres; sie wogten kaum merklich, so, als atme etwas. Die Verkleidung darüber glänzte, von verwobenen Mustern aus Glasur und Einlegearbeiten unterbrochen. Wo Schatten von draußen Dunkelheit erzeugten, sah sie, daß die Behänge und Polsterungen phosphoreszierend leuchteten. Die Sitze und der Tisch waren für langgliedrige Menschen ausgelegt, die es nicht nötig hatten, sich an Rückenlehnen abzustützen. Eine Querwand teilte die rückwärtige Hälfte ab, die Schlafquartiere, Tanks, Werkzeuge und alles, was man sonst noch benötigte, enthalten mußte. Abstrakte Kunst spielte, Feuer, Rauch und Wolken ähnlich, über sie hinweg. Die zirkulierende Luft trug changierende Gerüche mit sich: süß, scharf, gewürzt, sonnig, eisig. Sie konnte kaum die Hintergrundmusik hören und verstand sie überhaupt nicht. Wenn Kometen singen könnten –

Arren übernahm die Kontrollen, sprach mit dem Fahrdienstleiter und lenkte den Wagen vorsichtig über den Boden der Garage. Durch eine Schleuse gelangte er in die luftlose Leere und fuhr eine Rampe zur Oberfläche hinaus. Alsbald verließ er die Pflasterung und rollte über unbearbeitetes Regolit, wobei er mühelos die Unregelmäßigkeiten ausglich. Staub wirbelte von den Rädern auf und setzte sich so rasch wieder ab, wie das nur im Vakuum möglich war.

»Wohin fahren wir?« fragte Kyra.

»Jetzt können wir es Euch verraten«, sagte Isabu. »Zamok

Vysoki.« Angesichts ihres verständnislosen Blicks: »Das ist Lord Rinndalirs private Feste in den Kordilleren.«

»Was?« rief sie aus. »Aber das – das muß zwei- oder dreitausend Kilometer von hier entfernt sein!«

»Eher drei als zwei. Wollt Ihr Euch nicht setzen? Möchtet Ihr irgendwelche Erfrischungen? Wir haben ein reiches Spektrum zur Auswahl.«

»Aber wie lange werden wir bis dorthin brauchen?« rief sie bestürzt.

»Etwa zwölf Stunden. Bitte, habt Geduld, Mylady. Alles ist im richtigen Orbit.«

Es durchwirbelte sie: Rinndalir hatte Guthries Botschaft vor etwas über vierzig Stunden erhalten, minus das, was immer es an Zeit gedauert hatte, sie von der Empfangsstelle aus an ihn weiterzuleiten. Der verschlüsselte Teil war minimal gewesen: »Außerplanmäßigen Flug Bowen zweiundzwanzig retten.« Er würde Gelegenheit gehabt haben, darüber nachzudenken und mit anderen zu konferieren. Mit wie vielen? Seine Gattung zeigte dem Universum draußen im allgemeinen eine einzige Maske, aber jeder, der sie studiert und beobachtet hatte, wußte, daß sie eine Regierung aus lauter Männern hatten. Seine Techniker konnten ihn darüber informiert haben, daß eine Radarsuche im Gange war, und die *Maui* selbst ausgemacht haben. Wahrscheinlich hatte er seine Beobachter, Geheimagenten und Computerstörprogramme ebenso an Stellen auf der Erde wie hier bei Fireball. Die Ankunft der Sipo würde ihm viel verraten und noch mehr angedeutet haben. Ein Raketenflieger war verdächtig. War das der Grund, warum er seine Männer in einem bodengebundenen Fahrzeug losgeschickt hatte, um sie abzuholen? Wie viele Männer? Nur diese beiden? Wie hatte er sich mit seinen Kollegen koordiniert? Hatte er es überhaupt getan? Eine einseitige Aktion erschien unsinnig kühn. Und doch –

Arren betrachtete seine Instrumententafel, gab einen Befehl ein und gesellte sich zu den anderen. Der Wagen rollte weiter, im Selbstbetrieb, sich geschickt um die Hindernisse windend, die die Natur über die Äonen hin verstreut hatte. Kyra fragte sich, ob er Navigationssignalen von einem Satelliten folgte oder eine topographische Karte in seinem Programm hatte und über ein Trägheitsleitsystem verfügte. Vielleicht beides. Sie fragte sich, wie intelligent die am höchsten entwickelten Roboter Lunas waren. Vielleicht intelligenter als andere. Wenn man mit Leuten anfing, die sowohl auf ihre Intelligenz als auch auf ihre körperliche Tauglichkeit hin ausgewählt waren, und sie mit den ausgereiftesten technischen Geräten ihrer Ära ausrüstete, mochte die technische Entwicklung später in einer steilen Kurve aufwärts verlaufen, selbst wenn die Bevölkerung klein und in Clans aufgeteilt war.

Sie sank in einen Sitz. Arren nahm auf einem anderen ihr gegenüber Platz. Er saß aufrecht da, reglos und doch irgendwie entspannt. Isabu verzog sich geräuschlos nach hinten. »Wenn Ihr möchtet, könnt Ihr Eure Identität preisgeben«, sagte Arren.

»Ich bin Kyra Davis, Raumpilotin bei Fireball«, platzte sie heraus, »und ich –«

»Nein, keine weiteren Angaben zu Eurer Mission«, unterbrach er sie. Der Tonfall war sanft, aber bestimmt. »Das ist nur für Lord Rinndalirs Ohren bestimmt.«

Sie nahm ihren Verstand zusammen, musterte ihn einen Augenblick lang und murmelte: »Stehen Sie so streng unter seinem Befehl? Ich dachte immer, die Lunarier seien ein freies und ungebundenes Volk.«

Seine Antwort war frei von Unmut, beinahe philosophisch: »In mancherlei Hinsicht trifft das auch zu, obgleich man unzählige individuelle Variationen und Vielschichtigkeiten in Rechnung stellen muß. Aber wir können uns keine Anarchie leisten. Als Raumfahrerin wißt Ihr, wie sehr das Überleben von Disziplin, der Wartung und dem Schutz von Lebenshaltungssystemen sowie der unverzüglichen Kooperation in Notfällen abhängt.«

»O ja, offensichtlich. Aber innerhalb dieser Parameter – Bei Fireball haben wir im allgemeinen unsere Jobs zu erledigen.« Kyra hielt inne. Sie hatte noch nie zuvor in genau diesen Begriffen gedacht. Hatte die Verfolgungsjagd Dinge in ihrem Gehirn losgerüttelt, die sie immer für selbstverständlich gehalten hatte?

»Ich nehme an, in gewissem Maße könnte man sagen, wir *sind* unsere Laufbahn. Es steht uns frei, Jobs, Teams, was auch immer, zu wechseln, jederzeit, wenn anderswo eine Nachfrage nach unseren Diensten besteht und wir gehen möchten. Aber wir arbeiten selten ganz für uns allein. Es liegt in der Natur der Dinge, daß wir das nicht können. Piloten wie ich gehören zu den wenigen Ausnahmen. Bei Ihnen ist das anders. Ist es, abgesehen von Ihren Überlebensverpflichtungen, nicht das lunarische Ideal, alles selbst zu tun und ... und alles für sich selbst zu sein?«

Und daher die Unabhängigkeitserklärung vor einem halben Jahrhundert. Der Auslöser war viel mehr gewesen als nur eine Steuerrevolte. Hier war eine Zivilisation erwachsen geworden – verwirrend schnell, da ihre Evolution nicht nur von nichtirdischen Bedingungen, sondern auch von nichtirdischen Genen angetrieben wurde – die inkompatibel mit allen auf der Mutterwelt war.

»Diese Haltung reicht für viel Kreatives und für viele kleinere Unternehmungen aus«, erwiderte Arren. »Für alles Ambitioniertere hingegen ist Organisation erforderlich. Außerdem: Fragen der persönlichen Sicherheit, der Schlichtung von Interessenkonflikten, der Gerechtigkeit, der Rechte der Gemeinschaft sind universell. Lassen Sie mich die These aufstellen, daß unterschiedliche Kulturen unterschiedliche Instrumente entwickeln, um damit fertig zu werden, und daß diese nur so lange lebensfähig sind, wie sie die Unterstützung der Bevölkerung haben. Der typische Erdbewohner gibt seine der Regierung; die Weltföderation leitet ihre Legitimation indirekt ab. Ihr gebt Eure Fireball Enterprises. Ich gebe meine Lord Rinndalir. Sollte er sterben, würde ich darüber nachdenken, wer sonst von seinem Rang mir am besten zusagt und mich annehmen würde.«

Plötzlich mußte Kyra laut lachen. Arren musterte sie. »Verzeihung«, keuchte sie. »Mir ist gerade klargeworden, was für eine seltsame Unterhaltung das hier ist.«

Aus ihrer Gefangenschaft befreit, über den Mond dahinrollend, saß sie hier und sprach über Soziologie! Das Ganze war ihr nicht einmal neu. Sie hatte genügend Geschichten, Kommentare, Analysen, Reisebeschreibungen, was auch immer, gelesen, gesehen, gehört. Vielleicht hatte er ihr eine etwas andere Sicht der Dinge dargelegt, sie würde darüber nachdenken müssen, aber sie hatte sich wirklich selbst überrumpelt.

Für ihn mochte der Gedankenaustausch völlig natürlich sein.

Diese Ahnung von Fremdheit ernüchterte sie schlagartig. Sie sah, wie er lächelte, und hörte ihn sagen: »Ja, sicherlich wärt Ihr lieber konkreter. Fragt, was Ihr möchtet, Pilotin Davis. Isabu und ich werden innerhalb der Grenzen unserer Schweigepflicht antworten.«

Sie sammelte ihre Gedanken. »Sie waren ziemlich dreist, als Sie mich retteten. Hatten Sie wirklich Verstärkung?«

»In dem Augenblick nicht.« Seine Offenheit machte sie ebenso sprachlos. »Es wäre schwierig gewesen, in so kurzer Zeit welche zusammenzurufen.« Warum? Weil diese Maßnahme andere Selenarchen auf die Tatsache aufmerksam gemacht hätte, daß etwas im Gange war? »Lord Rinndalir dachte, die Drohung würde genügen. Hätte sie das nicht getan, hätte er Strafmaßnahmen in Gang gesetzt.« Um seine Autorität zu bekräftigen, und zum Teufel mit Anson Guthries Hilfeersuchen? Oder war es nur so, daß er sein Urteil für verläßlich hielt? Es hatte sich tatsächlich ausgezahlt.

Warum nicht selber auch dreist sein? »*Bueno*, Sie wollen nicht hören, was mich zum Mond geführt hat. Aber Sie müssen zwangsläufig mitbekommen haben, daß es etwas mit der gegenwärtigen Verbrüderung zwischen Fireball und der Nordamerikanischen Union zu tun hat. Zu meiner Information, würden Sie mir sagen, was Sie darüber wissen?«

Dazu war er bereit. Manchmal wich er einem Punkt aus, aber im allgemeinen konnte sie ihn weiterdirigieren. Seinerseits war er an allen Beobachtungen interessiert, die sie gemacht hatte, vorausgesetzt, daß sie nicht zu eng mit ihrer Mission zusammenhingen. Sie stellte fest, daß er die Situation gut erfaßte, die Avantisten verachtete und wie die meisten Lunarier – das sagte er jedenfalls, und sie glaubte es ihm – eher skeptisch hinsichtlich des angeblichen Terroristenrings war. Wie nun die Wahrheit aussehen mochte, darüber bildete er sich vorläufig noch keine Meinung, bis er über weitere Daten verfügte. Bei einem Abstand von mehr als einer Drittel Million Kilometern, dachte Kyra, war es einfach, gelassen zu bleiben. Natürlich war Fireball betroffen, und Luna hing noch stärker von Fireball ab als die Erde; aber es gab auch die kulturelle Kluft, den Abgrund zwischen den Seelen. Er hatte es selbst gesagt: seine Loyalität galt dem Feudalherrn in den Bergen – und danach vielleicht seiner eigenen, nicht ganz menschlichen Rasse.

Inzwischen brachte Isabu Kaffee, einen scharfen Brandy und Kuchen von interessantem Essigaroma. Später bereitete er ein Abendessen zu. Es war ein unter ständigem Rühren gebratenes Gemenge aus Fisch, Gemüsen und Früchten, dazu knuspriges, mit Kräutern gewürztes Brot und ein raffiniert süß-saurer Weißwein. Kyra genoß das Essen, obwohl sie wenig davon erkannte, wenngleich sie ihren Anteil an lunarischen Restaurants erkundet hatte. Wieviel reservierten die Gebieter für sich selbst?

Der Wagen gelangte auf eine Straße und legte Geschwindigkeit zu. Zum größten Teil war die Straße einfach eingeebnetes Regolit. Hier und da war ein Weg aus dem Hochland herausgesprengt worden, übersprang ein Viadukt einen Spalt oder einen Krater. Wo das einzige Wetter flammender Tag war, bitterkalte Nacht, Einfall von Staub und Steinen über Jahrtausende hinweg, wurde nichts Besseres gebraucht. Mondlandschaft flog vorbei, Ascheebenen und von der Zeit abgeschliffene Höhen, mit komplizierten Mustern aus Pockennarben übersät, dann und wann eine Radarkuppel oder ein Abstrahlmast oder die oberen Bauten einer unter dem Mondboden begrabenen Wohnanlage. Schließlich fielen Kyra die Augenlider zu. Isabu zeigte ihr eine Naßzelle mit einer Recyclingdusche und eine daran angrenzende, mit einem Vorhang abgeschlossene Koje, in der sie ihre Kleider ablegen konnte. Sie schlief besser als erwartet, aber unruhig, weil sie sich in Träumen herumwälzte.

Vorübergehend lautergestellte Musik weckte sie auf. Von außerhalb der Vorhänge sagte Isabu: »Wir nähern uns Zamok Vysoki, Mylady.« Sie schlängelte sich in ihre Kleider, benutzte hastig das Bad und gesellte sich zu den Männern im Bug. Erregung pulsierte in ihr. Sie wußte von keinem Außenstehenden, der je den Palast eines Selenarchen betreten hatte. Wenn das jemals geschehen war, dann war es ein Geheimnis. Die irdischen Journalisten waren darüber chronisch empört.

Wie er so vor ihr aufragte, wirkte der Bau mehr wie eine Burg als wie ein Herrensitz. Die gestuften Wände waren wie Horstbildungen des Berges, auf dessen Gipfel sie sich befanden, die steilen Dächer seine Hänge, die schlanken Türme Felsspitzen. Während sie sich über den westlichen Horizont nach Norden bewegte, setzte die Sonne Fenster und Metallkuppeln vor einem schwarzen Himmel in Flammen. Ihre Helligkeit überstrahlte die meisten Sterne. Vom östlichen Horizont her warf die dicke Erdsichel einen schwachen Schein über nach Süden blickendes Mauerwerk, die umgebenden Gipfel und die höhergelegenen Felshaufen des Tales, aus dem Straße und Wagen emporkletterten.

Signale ertönten aus Lautsprechern. Kyra dachte an Hörner, die von Wächtern auf den Festungswällen geblasen wurden. Banner hätten über ihnen flattern sollen. Aber hier ging nie ein Wind, abgesehen von den dünnen Lüftchen von Sonne und Kosmos. Arren sprach. Er erhielt eine Bestätigung. Als er näher heranfuhr, öffnete sich eine Schleuse in der Wand voraus. Es war eine maschinell hergestellte Legierung, sah Kyra. Das Mauerwerk bestand aus dunklem einheimischen Gestein. Sie wußte nicht, welche Sorte, erinnerte sich aber an Berichte über Roboter, die in den Tiefen des Mondes Bergbau betrieben.

Luft zischte in die Schleusenkammer dahinter, und der Wagen fuhr weiter eine Rampe hinunter in eine Garage. Die aus dem Fels herausgehauenen Säulen und Gewölbe, die ihre Dächer stützten, waren von einer Fremdheit, die so emporstrebte, als ob – dachte sie, obwohl sie wußte, daß es lächerlich war – Shwe Dagon sich mit Chartres gekreuzt hätte. Der Wagen hielt an, seine eigenen Schleusen drehten sich, die Reisenden stiegen aus. Sie atmete einen Wohlgeruch wie Rosen ein, und das war vielleicht das Seltsamste von allem.

Ein Diener verneigte sich. Er war in etwa so gekleidet wie

Isabu, in dem auf Understatement bedachten prächtigen Stil lunarischer Förmlichkeit. Später würde sie erfahren, daß dies, obwohl es keine vorgeschriebene Livree gab, für die Dienerschaft üblich war, es sei denn, irgendeine besondere Aufgabe machte es unpraktisch. Sie wurden nicht durch spezielle Insignien ausgewiesen. Sie wußten, zu wem sie gehörten, und das taten auch ihre Wahlgefährten.

Arren bot ihr seinen Arm. Sie erinnerte sich daran, was schicklich war, und hielt ihren Arm knapp darüber, so daß die Fingerspitzen seine Hand berührten. Diese Haltung ließ sich bei der herrschenden Schwerkraft leicht über längere Zeit beibehalten. Es wäre dasselbe gewesen, wenn ihre Geschlechterrolle umgekehrt gewesen wäre, eine anmutige Art und Weise anzuzeigen, daß sie in sozialer Hinsicht über ihm stand. Isabu folgte hinter ihnen. Sie schritten durch den Vorraum, stiegen eine geschwungene Treppe hinauf und gingen einen Korridor entlang. Er wurde von hydroponischen Tanks gesäumt, in denen die Farbschattierungen von Blumen mit merkwürdigen Blütenblättern tobten.

Er führte zu einem riesigen Raum. Die Möblierung war spärlich, mit spindeldünnen Rahmen, die so geformt waren, daß sie an Ranken und Schlangen erinnerten. Kyra bemerkte es kaum, weil Boden, Wände und Decke ein einziges abstraktes Mosaik waren. Die sanft vielfarbigen Muster verführten ihren Blick; sie hätte sich leicht darin verlieren können Ein Bildfenster, sein Ausblick auf die Schlucht darunter und die Gipfel dahinter unter Sternen, störte nicht; es bildete einen krönenden Abschluß.

Zwei Personen warteten. Sie standen, was Lunarier öfter taten, als zu sitzen – groß, schlank, in ornamentalen, irsisierenden Umhängen von spinnenseidener Dünne, die von ihren Schultern fielen. Kyra erkannte Rinndalir, den sie zuletzt auf dem Multi in der STARTRAMPE gesehen hatte ... vor hundert Jahren? Seine Tunika und seine Strumpfhose waren schwarz mit silbernen Säumen. Sie erinnerte sich auch an das friesenartige, goldene Stirnband vor dem silbernen Haar. Die Frau an seiner Seite trug ein langes, aquamarinfarbenes Gewand, über das Diodenlichter spielten. Den Gesichtszügen nach hätte sie seine Zwillingsschwester sein können, aber die großen, schrägstehenden Augen und die hüftlange Mähne leuchteten blauschwarz.

Arren und Isabu machten einen Kniefall. Unsicher salutierte Kyra nach Fireball-Art.

Rinndalir lächelte. Für diesen Augenblick begann sein Antlitz zu leuchten, und Kyras Herz geriet ins Stolpern. »Dies also ist Pilotin Davis aus dem umstrittenen Schiff.« Sein Englisch schnurrte. Ganz offensichtlich hatten die Männer während ihrer Fahrt mit ihm in Verbindung gestanden. »Seid willkommen, Mylady. Gibt es irgend etwas, womit wir Euch im Augenblick dienen können?«

»Nein. Nichts, *gracias*«, stammelte sie und fühlte sich wie eine täppische Närrin.

Rinndalir machte die allerwinzigste Geste in Richtung der anderen Frau. »Mylady Niolente«, sagte er. Sie neigte ihren Kopf ebenso leicht – höflich, herablassend oder wie?

»Ich, ich freue mich, Sie... Euch kennenzulernen«, sagte Kyra. Halb zornig: Warum ließ sie sich von ihnen einschüchtern? Sie gehörte zu Fireball. Wenn sie jemals im Streit miteinander liegen sollten, konnte Fireball diese beiden und alles ihrige zerschmettern. Jetzt im Augenblick benötigte es ihre Hilfe. Aber das würde auch zu ihrem eigenen Vorteil sein. Sie gewann die Beherrschung über ihre Stimme zurück. »Ich habe wichtige Nachrichten für Euch.«

»Offensichtlich«, sagte Niolente. Sie war ein Mezzosopran. Sie warf Arren und Isabu einen raschen Blick zu. »Haltet Euch für mögliche Fragen in Bereitschaft.« Zweifellos sagte sie es aus Höflichkeit Kyra gegenüber auf englisch. Sie beugten wieder das Knie und gingen hinaus.

»Macht es Euch bequem, Pilotin Davis«, lud Rinndalir sie ein. »Seid Ihr sicher, daß Ihr nichts zu essen oder zu trinken möchtet, bevor wir uns unterhalten?«

»Nein – nein –« Die Geschichte brach aus ihr heraus. Die Lunarier halfen mit Fragen, die das Wesentliche trafen, wie sanft sie auch immer gestellt wurden. Sie vermochte nicht zu sagen, wie viel gespannte Aufmerksamkeit darunter lag.

Schließlich schritt Rinndalir zum Fenster. Ein paar Sekunden lang stand er da und schaute hinaus auf die Galaxis, bevor er antwortet: »Was wollt Ihr, das wir tun, Pilotin Davis?«

Sie erschauerte, ärgerte sich irrational über Niolentes Gelassenheit und rief: »Sagt es dem Sonnensystem! Rettet Guthrie! Sorgt dafür, daß diese auf dem Misthaufen gezeugten Ideos aus dem Weltraum hinausgeworfen werden!«

»Ganz so einfach ist es nicht«, murmelte Niolente. »Dies ist ein chaotisches Universum. Die Auswirkungen von Handlungen sind selten vorhersehbar.«

Rinndalir wandte sich um. Sein Blick richtete sich auf Kyra. »Ja«, sagte er ebenso ruhig, »wir sollten am besten abwarten, bis wir mehr wissen und mehr nachgedacht haben.«

Die Erkenntnis durchbohrte sie: Sie würden sie hier warten lassen.

27

Wang Zu war ein bescheidener Mann, aber nibelungentreu gegenüber Fireball. Als Flugdienstleiter hatte er Zugang zu dem Computernetzwerk, das die Weltraumoperationen im L-5-nahen Raum lenkte und verfolgte; und er war normalerweise allein, wenn er Dienst tat. Als guter Freund hörte er sich die Bitte von Noboru Tamuras Tochter an, drängte sie nicht, die Absicht dahinter zu erklären, die sie nicht zu enthüllen wagte, und erklärte sich bereit, ihren Wünschen zu entsprechen. Alle Vermutungen, die er eventuell hatte, behielt er für sich.

»Ich werde die Mechanikerin Lucia Visconti mit auf den Dienstplan setzen«, sagte er. »Du kennst sie flüchtig, glaube ich. Sie ist vertrauenswürdig. Trotzdem, alles, was man ihr sagen wird, ist, den Aufruf zur Arbeit, den sie morgen erhält, zu ignorieren und für die nächsten – zehn Stunden, läßt das genug Spielraum? – zu Hause zu bleiben. Was einer nicht weiß, kann er auch nicht verraten.«

Falls er festgenommen und verhört wurde. Eine häßliche Erregung durchfuhr Eiko. Nicht einmal sie selbst wußte, was sie dort eigentlich suchte. Tollkühnheit war etwas für Leute wie Kyra Davis, nicht für sie . . . Kyra war zu einem reinen Routineflug zur Erde aufgebrochen und seither verschwunden. Fireball hatte über Nacht eine Allianz mit seinen jahrzehntelangen Feinden geschlossen und sie zu den Toren hereingelassen. Sie hatten Eikos Vater und alle anderen, die Anson Guthrie nahestanden, eingesperrt, anscheinend mit Guthries Zustimmung, vielleicht auf seinen Befehl hin. Nichts ergab einen Sinn. Jemand mußte einen Anfang machen, den Alptraum zu entwirren.

Ihre Vorbereitungen, wie unauffällig sie sie auch immer durchführte, hielten sie zu beschäftigt, um sich viel zu fürchten. Und dann war die Stunde des Handelns für sie gekommen.

Als sie sich auf der entsprechenden Station meldete, registrierte sie sich als Visconti, dazu abkommandiert, ein unbedeutendes Problem beim Entladen der *Pallas* aus der Welt zu schaffen. Kein menschliches Wesen sah sie. Die Sipo hatte nicht genügend Männer, um an jedem Portal Wachen aufzustellen. Außerdem wären Beobachter schlimmer als nur nutzlos gewesen, da sie keine Ahnung von den anstehenden Angaben hatten und deshalb störend oder vielleicht sogar mit verheerenden Folgen im Weg gestanden hätten. Statt dessen veranlaßten sie das Netzwerk, alle Aktivitäten für sie zu überwachen und sie zu alarmieren, wenn sich irgend etwas Ungewöhnliches ereignete. Wang hatte einfach nur eine Kurznotiz zu diesem Job eingegeben. An Bord des Sonnenwindjammers befand sich keine Menschenseele, die ihn der Lüge hätte überführen können.

Es erforderte Zeit und war schwierig für Eiko, den Raketenanzug richtig anzulegen und die zahlreichen Systeme zu überprüfen. Wie alle Kolonisten hatte sie eine gewisse Ausbildung für EVAs und frischte sie regelmäßig an einem Vivifer auf. Wie die meisten ging sie von Zeit zu Zeit einfach zum Vergnügen nach draußen. Das jedoch machte sie in ihrem eigenen Raumanzug, der nur über eine leistungsschwache, einfache Antriebseinheit verfügte, am Ende der Sicherheitsleine des Ausflugsbootes. Der Raketenanzug bot Platz für einen großgewachsenen

Mann; sie mußte die Innenarmaturen durch geeignete Bewegungen ihres beengten Körpers so einstellen, bis sie richtig saßen. Die vier Arme und ihre Hände waren Waldos, die sie nur selten benutzt hatte, und wenn, dann nie für ernsthafte Arbeit. Ein Großteil des Ausblicks durch die Hyalon-Kanzel bestand aus einem Instrumentenbord, das sich vor ihrer Brust hochwölbte. Andere Informationen wurden durch Summtöne, Blinklichter oder ein Kribbeln in den Fingerspitzen übermittelt. Ihr Antrieb war ein schubstarker Ionenmotor und eine Anordnung von fein abstimmbaren Steuerdüsen. Das Lebenserhaltungssystem reichte nicht nur für wenige Stunden, sondern im Ernstfall für mehrere Tage; es war komplex und ... *invasiv.* Um den Panzer herum waren eine Vielzahl von Werkzeugen und anderen Gegenständen angeordnet, von denen sie viele nicht bedienen konnte. Bei manchen wußte sie nicht einmal den Namen.

Als sie zuerst die Möglichkeit erwogen hatte, das hier zu tun, hatte sie sich total entmutigt gefühlt. Am besten, sie holte sich jemand anders, jemand mit Erfahrung. Nein. Schließlich hatte sie noch weniger Ahnung davon, wie man eine Verschwörung organisierte, und ihr blieb keine Zeit, es zu lernen. Wo es auf bloße Fakten ankam, lernte sie leicht. Sie überspielte Instruktionen aus der öffentlichen Datenbank in ihren Vivifer daheim und übte. Sicher stufte die Sipo sie nicht als überwachenswert ein. Sie lernte, daß die Ausrüstung weitgehend automatisiert war, über ein vielseitiges Programm verfügte und Fehler verzieh.

– Ihr Mund war trocken, ihre Zunge wie Holz. Sie schloß die Lippen um den Sauger, spülte sich mit dem Wasser den Mund aus, schluckte es hinunter und konnte sprechen. »Startbereit.«

»Beginne Countdown«, sagte die Robotstimme in ihrem Ohr. Sie wurde auf Schienen vorwärts in die Startschleuse befördert. Eine Schleusentür schloß sich hinter ihr. Die stählerne Öde der Kammer verdunkelte sich, als die Luft hinausgepumpt wurde. Die zweite Schleusentür öffnete sich vor vorüberziehenden Sternen. »Zehn«, war zu hören. »Neun. Acht ... Null.«

Das Katapult versetzte ihr einen härteren Stoß, als sie erwartet hatte. Die Nacht verschluckte sie. Einen Augenblick lang dröhnte ein Grummeln und Pulsieren, als die Seitendüsen die Restrotation ausglichen. Ihr Antrieb richtete sie aus und zündete, um seine Komponente der Geschwindigkeit hinzuzufügen, die sie aus dem großen Impulsreservoir, das L-5 war, mitgebracht hatte. Er verstummte wieder. Sie war auf der Flugbahn, im freien Fall.

Eingeschlossen, konnte sie die Gewichtslosigkeit, die ihr nie Übelkeit bereitet hatte, nicht in vollen Zügen genießen, aber sie konnte sich umschauen. Weltraumwärts wimmelten Sterne in der Schwärze, und die Milchstraße zerteilte sie mit Eis. Zur einen Seite hin zeigte sich klein ein auf beiden Seiten konvexer Mond, ein verloren dahinwandernder Waise. In Erdrichtung dunkelte sich ihre Kanzel ab, damit die Sonne sie nicht blendete. Nun, an diesem Punkt der Umlaufbahn hätte sie sowieso nur eine dünne Planetensichel gesehen.

Sechzig Grad hinter dem Mond herhängend, wurde Raganji-Go immer majestätischer, als sie sich von ihm entfernte und es in seiner Gesamtheit sah: den gewaltigen Zylinder mit den konischen Enden, der stetig rotierte und dabei prächtig glänzte, die Schattenspiele auf Schleusen, Masten, Kuppeln, Türmen, Schüsseln, auf tausenderlei Strukturen und Hilfsmitteln, darum herum die Glühwürmchen, bei denen es sich um Boote, Arbeiter und Maschinen handelte – Alltag, der am Himmel triumphierte. An einer anderen Stelle schimmerte eine wirbelnde Scheibe, auf diese Entfernung winzig, obwohl sie immer mehr anschwoll: das Sonnensegel der *Pallas*, die gestoppt hatte, während Roboter Gase, Mineralien und andere, aus dem Reich des Jupiter mitgebrachte Schätze ausluden.

Das war Eikos nominelles Ziel. Nun, wo sie einmal unterwegs war, war es am besten, wenn sie ihre Richtungsvektoren so früh wie möglich änderte.

Sie hatte nicht gewagt, irgend etwas Schriftliches oder anders Aufgezeichnetes mitzunehmen. Wie hätte sie es erklären können, wenn sie zufällig angehalten und durchsucht worden wäre? Die Zahlen waren in ihrem Kopf. Sie war gut darin, sich Dinge zu merken – Sprachen, Geschichten, Gedichte, bis hin zu Listen, was sie kaufen könnte, das ihren Verwandten und deren Kindern gefallen mochte. Die Position eines Objekts zu einem gegebenen Zeitpunkt und seine Bahnelemente waren kein Problem.

Sie zu bekommen, war etwas anderes gewesen. Ihr Vater hätte sie durch seine Schlußfolgerungen leiten können, wenn er die Möglichkeit dazu gehabt hätte. Nach Lage der Dinge mußte sie sie rekonstruieren. Die Botschaft: Eine Frachtkapsel, die nahe genug vorbeiflog, um sich anmessen zu lassen, aber weiter als tausend Kilometer entfernt, am dreiundzwanzigsten dieses Monats. Er hatte gesagt, das deute darauf hin, daß sie nahe der Erde gestartet worden sei, von einem Schiff mit Zielort Luna, vor drei Tagen. Dies war nur eine Möglichkeit, aber die naheliegendste, und wenn man sich auf ein paar wenige Worte beschränken mußte, wurde man nicht esoterisch.

Die Grenzbedingungen legten ein Bündel fest, das unhandlich groß war. Trotzdem, entschied Eiko, wer immer die Frachtkapsel auf ihren Kurs gebracht hatte, hatte keine Möglichkeit zu wissen, ob man sie beim ersten Vorbeiflug einholen würde. Der Inhalt mußte kostbar sein. Deshalb würde der- oder diejenige sie nicht auf eine Umlaufbahn bringen, die sie in den Tiefraum führte, so daß sie aufgrund von Störungen und anderen Einflüssen, die chaotisch auf sie einwirkten, bald nicht mehr zu bergen war. Er/Sie würde ihr eine exzentrische Bahn um die Erde herum geben, die nicht weit über L-5 hinausschwang, bevor sie wieder zurückkehrte. Diese Bahn mußte angemessen stabil und wenigstens für mehrere Vorbeiflüge gut sein, bevor sich stärkere Abweichungen und Störungen bemerkbar machten. Vom Stabilitätsgesichtspunkt aus war es außerdem am besten, daß sie Wechselwirkungen mit L-5 hatte und mehrfach in die Nähe der Kolonie führte. Diese Einschränkungen verringerten das Bündel um einen gewaltigen Faktor. Darüber hinaus gaben sie einen Hinweis darauf, wo und wann das Schiff die Erde verlassen hatte.

Eiko führte Berechnungen durch. Sie gab die Ergebnisse an Wang weiter. Er griff auf Daten zurück, die von Automaten zur Meteoritenbeobachtung gesammelt worden waren. Ihre Radargeräte hatten ein halbes Dutzend Objekte registriert, die dazu paßten. Sie verriet ihm nicht mehr, sondern nahm die Daten mit nach Hause und ließ sie noch einmal durchlaufen, wobei sie zusätzlich ihre Gedanken hinsichtlich des Schiffes eingab. Ein einziger Körper kam in Frage – ein Signal, registriert, für einige Stunden immer wieder mit Unterbrechungen verfolgt, als ungefährlich eingestuft, in die Datenbank eingetragen, aber ansonsten nicht weiter untersucht oder der menschlichen Aufmerksamkeit überantwortet. Ein Felsbrocken, ein Stück Weltraummüll ... oder eine antriebslos fliegende Frachtkapsel. Sie erarbeitete eine optimale Schätzung seines Orbits und prägte sich die Werte ein.

Hatte Wang zurückgerechnet und erraten, woran sie dachte? Sie fragte nicht danach, und er sagte es ihr nicht.

Langsam und ungeschickt gab sie jetzt per Tastatur einen Befehl an den Raketenanzug ein. *Flugplan abbrechen. Neue Anweisungen folgen.* Sie hätte es auch aussprechen können, aber es bestand immer noch eine Funkverbindung zum Koordinator an der Station, von der sie gestartet war, und sie wollte nicht, daß diese Maschine ihre Worte an den Flugdienstleiter weitergab. Die Parameter hatten nicht zugelassen, daß Wang zu dieser Zeit Dienst tat. Sie wurde jedoch nicht überwacht; jede EVA zu verfolgen, war so gut wie unmöglich. Wenn sie stumm blieb, konnte sie den Kurs unbemerkt ändern. So groß war der Weltraum.

Beim Eingeben der neuen Werte machte sie wiederholt Fehler, seufzte, ging zurück und versuchte es noch einmal. Kyra, dachte sie, hätte einige farbige, wenngleich unausgesprochene Flüche gewußt. Aber Kyra hätte diese Aufgabe auch nicht schwierig gefunden. Eiko versuchte sich der Tatsache gewärtig zu bleiben, daß auch dies bloß Augenblicke der Ewigkeit waren.

Sie endeten. Sie aktivierte das Programm. Der Raketenanzug drehte sich und zündete seinen Antriebsmotor. Die Beschleunigung preßte Eiko in die Polsterung. Nach einer Weile hörte sie auf und flog wieder gewichtslos auf den Rendezvouspunkt zu. Zuerst geriet ihr Puls in Unordnung, und ihr Atem rauschte laut in einer unendlichen Stille. Dann vergaß sie sie allmählich, wußte nur noch um die Sterne, schickte ihren Geist immer weiter zwischen sie hinaus.

Ein Summton holte sie in die Wirklichkeit zurück. Überrascht las sie ab, wieviel Zeit vergangen war. Die Frachtkapsel schimmerte bleistiftklein voraus. Sie wurde größer. Sie befahl dem Raketenanzug, längsseits zu gehen. Energie flüsterte, Geschwindigkeitsänderungen zerrten sanft. Sie erspähte Schweißnähte und durch ihre scharfen Schatten herausgehobene Nietenköpfe; dieser Planetoid hatte keine Landschaft, die das Sonnenlicht gestreut hätte. Sie spürte und hörte einen leichten Aufprall. Sie war angekommen.

Die Sterne hatten ihr ihre Ängste genommen. So erwies es sich als überraschend einfach, die Ausrüstung zu bedienen. Nicht, daß sie irgend etwas Schwieriges hätte machen müssen. Sie löste die Klammern der Lukenabdeckung, schwang sie zurück und zog sich vorwärts, bis sie in das Frachtabteil hineinschauen konnte. Dunkelheit. Sie schaltete einen Scheinwerfer ein.

Zwillingsreflektionen glitzerten zurück. Das Kästchen im Innern hatte seine Augenstiele ausgefahren, um sie anzusehen.

Sie erstickte einen Aufschrei. »*Guthrie-san* –« Vorsicht, das Funkgerät! Nein, diese Verbindung wurde ab einem gewissen Abstand routinemäßig unterbrochen. Ragaranji-Go war eine Spindel nahe der Milchstraße, nicht länger als ein Monddurchmesser.

Verfügte dieser mit nichts verbundene Hirnkasten über eigenen Funk? Sie versuchte, mit ihm zu sprechen. Schweigen verhöhnte sie. Vielleicht war sie nur auf der falschen Frequenz. Da sie sich mit jeder Sekunde weiter von L-5 entfernte, durfte sie nicht herumtrödeln. Und um zu vermeiden, Aufmerksamkeit zu erregen, sollte sie einen Kurs wählen, der sie auf einem Umweg nach Hause brächte und seinen Ausgangspunkt bei dem Sonnenwindjammer zu haben schien; das kostete ebenfalls Zeit. Sie aktivierte das zweite Händepaar, löste die Halterungen, mit denen das Kästchen gesichert war, nahm es heraus und verstaute es in einem vorne an ihrem Panzer angebrachten Kasten.

Verrückterweise kicherte sie. War das vielleicht eine Art, Guthrie-*san* zu behandeln, den obersten Herrn von Fireball? Ihn mitzubringen wie einen eingesammelten Gesteinsbrocken oder – oder als sei sie schwanger mit ihm?

Ihr Verstand erwachte wieder. Sie instruierte den Raketenanzug methodisch, beinahe geschickt. Er setzte sich in Bewegung. Die Frachtkapsel schrumpfte hinter ihr zusammen, bis sie nicht mehr zu sehen war.

Auf diesem Flug hatte sie reichlich Gelegenheit zum Nachdenken, aber weniges, worüber sie noch hätte nachdenken können. Sie hatte zu Hause ihre Vorkehrungen getroffen, zu verbergen, was immer sie mit zurückbrachte, wenn es sich denn verbergen ließ und die Notwendigkeit dazu bestand. Und die bestand ganz eindeutig. Die Sipo rechnete wohl kaum mit einem solchen Ereignis, aber sie waren auf Schwierigkeiten eingestellt und eingerichtet, sie verfügten über sämtliche tödlichen Waffen der Kolonie, wenn nötig, würden sie ihre Verbindung zur Außenwelt unterbrechen, während sie ihre Herren zu Hilfe riefen. Eiko konnte sich nur zu leicht ausmalen, was folgen würde.

Oder? *War* es Guthrie, den sie da bei sich trug? Er hatte von Quito aus gesprochen, oder etwa nicht? Und als er das getan hatte, war die Frachtkapsel bereits unterwegs gewesen. Um ihres Vaters willen, um ihrer aller willen mußte sie dieses Ding verstecken, bis sie mehr wußte. Das mochte der allerschlechteste Schachzug sein, den sie machen konnte. Ihr erschien es jedoch als der beste. Sie trug die Verantwortung für alles, was daraus folgen mochte. Sie hatte gehandelt, sie hatte den Stein in den Teich geworfen, und jetzt trugen sie die Wellen, die sich unentrinnbar nach außen ausbreiteten, mit sich.

Wieder suchte sie Frieden in der Galaxis. Er entzog sich ihr. Zuletzt zwang sie ihren Verstand dazu zu dichten. Das war eine Art von Arbeit, etwas, in dem man Angst, Zweifel, Trauer verlieren konnte. Natürlich war es mechanisch, bar jeder wirklichen Inspiration, aber es hielt sie beschäftigt, bis Ragaranji-Go senkrecht vor ihr aufragte.

Im Schneefall der Sterne
Sind die, die wir als rot sehen, nicht alt –
Ein früher Winter.

Sie verwarf es geringschätzig, aber nicht ohne Dankbarkeit. »Visconti wieder eingetroffen«, sagte sie. »Erbitte Einschleusung.« Der Koordinator bestätigte und übernahm die Steuerung. Sie hätte froh sein sollen, Amateurin, die sie war, aber nach ihren Stunden heimlichen Flugs fühlte sie sich plötzlich unangenehm hilflos.

Allein unter Maschinen, befreite sie sich mühsam aus ihrem Anzug und öffnete den Kasten. Sich darüberbeugend, flüsterte sie: »Kein Wort, kein Geräusch, bevor ich Ihnen sage, daß wir in Sicherheit sind.« Sie biß die Zähne zusammen und hob ihn heraus. Wer mochte über die audiovisuelle Aufnahme- und Übertragungsanlage zuschauen? Wenigstens bedeutete der Anblick den Robotern nichts. Trotzdem begab sie sich mit einem so beiläufigen Schlendern in die Ankleidezelle, wie sie es nur eben zuwege bringen konnte. Dort angekommen, schob sie ihn in den Rucksack, den sie mitgebracht hatte, wie Leute es oft für Dinge taten, die sie draußen vielleicht brauchten, und wechselte den Trikotanzug gegen ihren gedämpften Kimono.

Das Glück war ihr wohlgesonnen. Im Korridor, der wegführte, traf sie niemanden, der sich fragen würde, was sie hier machte. An der ersten Aufwärtsrampe verließ sie ihn und mischte sich alsbald unter die Menge längs der Onizuka-Passage.

Dem Bezirk mangelte es an seiner gewohnten Geschäftigkeit und Fröhlichkeit, er blieb aber emsig genug, da er eher ein Geschäfts- als ein Wohnbezirk war. L-5 war mehr als nur eine Stadt, ein Sammelpunkt, ein Lagerplatz, ein Standort für spezialisierte Industrien und eine Touristenattraktion. Seine zehn Millionen Bewohner bildeten eine ausgeprägte, in sich vollständige Gesellschaft, vielrassig, aber einheitlich, mit ihren eigenen Gesetzen, Sitten, Künsten, Moden, Traditionen und Ausrichtungen – kosmopolitisch, doch ebenso dem Weltraum wie der Erde zugewandt, pragmatisch und fleißig, doch respektvoll

Kultur gegenüber und bildungsbesessen, in Freiheit gegründet, doch eisern hinsichtlich der Regeln für das allgemeine Überleben, voller Unternehmungsgeist, doch zufrieden damit, von einem Direktorat regiert zu werden, das Fireball verantwortlich war. Die Bewohner gingen flott, sprachen schnell, Schritte und Stimmen eine Brandung rings um sie. Kleider neigten zu grellen Farbtönen. Manche, wie die Eikos, orientierten sich an der Vergangenheit: ein Sikh in seinem Turban, ein Malaie in seinem Sarong, eine Kirgisin in ihrer bestickten Jacke, andere, die sie nicht so leicht zuordnen konnte. Eine Reihe waren offensichtlich Besucher von der Erde. Diese wirkten am ängstlichsten. Und waren die am wenigsten bedrohten, dachte sie.

Ladenfronten glitzerten und lockten. Animationen warben vor Theatern, Restaurants, Vergnügungsarkaden. Musik erklang in flotten Rhythmen. Aus irgendeinem Grund verglich sie das alles in seiner Gesamtheit kurz mit Tychopolis. Das hier war nichts Exotisches. Das hier war eine wohlhabende, moderne irdische Gemeinde, die man verpflanzt, stromlinienförmig gemacht, poliert und hier und da mit geschwungenen Gesimsen, vergoldeten Drachen und kalligraphischen Fahnen dekoriert hatte. Das hier waren ganz gewöhnliche Leute, völlig menschlich. Ihre Decke simulierte blauen Himmel und von der Sonne angestrahlte Wolken. Sobald die Nachtwache kam, würde er besternt sein, bei besonderen Feierlichkeiten zeigte er Feuerwerk.

Der Korridor mündete auf den Yukawa-Platz. Wände erhoben sich dreißig Meter hoch, um Platz für Bäume in einem Park zu schaffen. Die Blätter von Birken tanzten in einem Luftzug aus unsichtbaren Ventilatoren. Kriechwacholder säumte die Kieswege, die zwischen ein paar sorgfältig plazierten Meteoriten über das Gras verliefen. Blumen umgaben einen Buddha. Etliche Kinder tollten umher, ihr Lachen hoch und reizend. Auf der anderen Seite des Gehweges sah Eiko eine verzierte Fassade, die Chinesische Oper.

Es schien grotesk, daß sie in Gefahr war, während sie durch diese geliebte Vertrautheit spazierte. Sie beschleunigte ihren Schritt.

Der Fahrweg, den sie nehmen mußte, hatte eine Tür auf halbem Weg längs der Moreno-Passage. Zehn Personen warteten. »Tamura!« rief Chatichai Suwanprasit aus. »Wo waren Sie nur? Ich habe immer wieder versucht, Sie anzurufen.«

Eiko kämpfte die Angst nieder. Sie hatte nicht realistischerweise hoffen können, niemandem zu begegnen, den sie kannte. »Ich war beschäftigt«, murmelte sie.

Die Tür öffnete sich. Passagiere stiegen aus. Leute, die nach oben wollten, traten ein. Die Tür schloß sich. Die Radialplattform drückte gegen die Fußsohlen.

»Es ist schrecklich, was sie gemacht haben«, sagte Suwanprasit soeben wütend. »Kann ich irgend etwas für Sie tun?«

»Danke, aber ich glaube, es ist besser, wir warten ab«, erwiderte Eiko. »Die ... Inhaftierten ... werden nicht mißhandelt.«

»Aber das – unsere eigene Firma –« Verzweiflung verzerrte das runde Gesicht.

»Wir werden sehen.«

»Wohin sind Sie unterwegs, wenn ich fragen darf? Wenn Sie mit jemandem sprechen wollen, meine Frau und ich –«

»Danke. Später vielleicht.« Eiko rief sich die Geschichte ins Gedächtnis, die sie sich zurechtgelegt hatte. »Ich brauche etwas Ruhe und möchte allein sein. Verstehen Sie das?«

Der Bioniker nickte. Einen Augenblick lang nahm er ihre Hand, bevor er abstieg.

Das war auf der Ebene, auf der er arbeitete. Der Fahrweg hatte bereits zwei Haltestellen in Wohnsektoren passiert. Jetzt durchquerte er anderes Territorium. Er verlangsamte, damit den Körpern die Anpassung an die Verringerung des Gewichts erleichtert wurde. Obwohl der Luftdruck sich nicht viel veränderte, spürte Eiko Druck auf den Trommelfellen. Sie empfand das geringe Gewicht deutlicher als je zuvor; aber andererseits waren ihre Sinne auch in hohem Maße angespannt. An den nächsten Haltestellen öffneten sich die Türen auf höhlenartige Weiten, Maschinen, Nanotanks, einmal aus Ackerland und eine Obstplantage. L-5 produzierte Güter für den Export, speziell solche, die zu ihrer Herstellung keine oder nur geringe

Schwerkraft benötigten, aber es erzeugte auch seine Nahrung und seine Kleidung selbst. Wurde es vom Erdhandel abgeschnitten, konnte es binnen kurzer Zeit alles erzeugen, was es benötigte, indem es Riesen-Solarspiegel zur Energiegewinnung entfaltete und sich mit Rohstoffen aus dem All versorgte.

Diese Tatsache machte ihr Mut, so irrelevant sie in der gegenwärtigen Situation auch sein mochte. Sie gestattete sich nicht, darüber nachzudenken, wie verletzlich die Kolonie einem Angriff gegenüber war.

Sie verließ den Fahrweg als letzte, auf halbem Weg zum Mittelpunkt. Seit der Invasion hatten nur wenige Menschen Interesse daran gehabt, den Park aufzusuchen, der einen Großteil dieses Decks einnahm. Man blieb lieber in der Nähe seines Zuhauses, falls die Ereignisse sich überstürzten. Sie hatte es bemerkt und es zu einem Teil ihres Plans gemacht.

Die Wand im Rücken, ging sie einen Weg entlang. Bei halber Erdschwere bewegte sie sich so leicht wie ein Schmetterling. Die Luft war dünn, und sie war mild und feucht, voller lebendiger Gerüche. Bougainvilleen und Weihnachtssterne leuchteten phantastisch groß. Ein Bambushain knarrte in der künstlichen Brise. Vögel trällerten in einem Pflaumenwäldchen. Sie überquerte eine Brücke, hoch gewölbt über einen Bach, der von einem Hügel herunterplätscherte – gepumpt, künstlich, aber sauber und voller Gesang. Das Terrain war überwiegend mit Gras und Wildblumen bestanden. Es stieg vor ihr an, um sich mit der Illusion des Himmels zu vereinigen.

Vor ihr sah sie eine weitere Wand aufragen. Ihre Wandmalereien zeigten eine klassische Landschaft: kegelförmige Berge oberhalb eines Flusses und eines Dorfes. Ein Torii-Bogen zierte das Tor, das hindurchführte.

Auf der anderen Seite kam Eiko zum Baum.

Dem Baum. Kein Lüftchen regte sich hier. Licht fiel in Strahlen oder wie ein Nebel in Schatten hinunter, sprenkelte einen Boden aus nachgiebigen Moospolstern, Farnbüscheln, Baumstämmen, die umgefallen waren und deren Astwerk mit Moos und Pilzen überwachsen war. Ihr Blick entdeckte keinen Himmel mehr. Dieser Raum war bis fast zur Rotationsachse ohne

Decks, ein Schacht, der einen halben Kilometer durchmaß und fast ebenso tief war. In ihm regierte der Baum.

Sequoia, biologisches Experiment, raffiniert mutierte Gene, beschleunigtes Wachstum, das durch Chemikalien und durch die Schwere ermöglicht wurde, die mit dem Ansteigen der Krone abnahm – alles nur Worte. Es war, als bezeichne man Bachs Johannespassion als eine Abfolge von Noten, die um einen Mythos herumgekritzelt waren. Sie betrat ein Heiligtum.

Oft war sie als Suchende hierhergekommen, war hinaufgestiegen, hatte in den Höhen geruht, hatte meditiert oder Tagträumen nachgehangen oder einfach nur existiert. War man erst einmal über die unteren Zweige hinaus, traf man kaum noch einen anderen Menschen. Noch höher zu klettern, war einigermaßen sicher, wenn man vorsichtig war, aber den meisten, die den Versuch unternommen hatten, genügte ein einziges Mal. Zerstreuungen andernorts – Fliegen mit Flügeln, ein kugelförmiger Swimmingpool in der Achse, Sportarten und Tanzen bei wechselnder Schwerkraft, Ausflüge nach draußen und vieles mehr – waren abwechslungsreicher. Hier gab es nur endlose, geheimnisvolle Maßwerke aus Borke, Zweigen, Nadeln, Wind und Wolke. Manchmal huschte ein Vogel oder ein flinkes Eichhörnchen vorüber.

Sie trat näher. Der Stamm war eine Wand, ein Turm, eine Festung, rotbraun und rauh für den Blick, warm und weich für die Berührung. Sie umrundete seine gewaltige Größe und fand die Leiter. Diejenigen, die das Metall befestigt hatten, hatten voller Ehrerbietung gearbeitet. Es war von der gleichen Farbe wie die Borke; Sprossen und Holme und Ruheplattformen schienen genausosehr dazuzugehören wie die kleineren Pflanzen im Zwielicht darunter. Eiko legte Hand an.

Einen Augenblick lang zögerte sie. Sie stand allein in der atmenden Stille. Wie ging es dem Gehirn zwischen ihren Schultern? Sie konnte ein oder zwei Worte zu ihm sagen, etwas Beruhigendes, etwas Freundliches.

Nein. Noch nicht. Sie begann den Aufstieg.

28

Der Bildschirm zeigte den neuen Guthrie in einem neuen Körper. In einem anderen auf jeden Fall. Er verlieh ihm zweifellos weniger als die Hälfte der Fähigkeiten, die er hätte haben können, so humanoid, wie er war. Fast hätte er ein mittelalterlicher Ritter sein können, ausgerüstet für ein Turnier. Es fehlte nicht viel dazu außer einem Federbusch auf dem Helm und einem mit einem Löwen geschmückten Umhang. Sayre fragte sich, ob er ihn wohl angelegt hatte, damit er seinen Angestellten und Mitarbeitern näher erschien und sie in dieser unsicheren und sorgenvollen Zeit größeres Zutrauen in seine Führerschaft faßten. Die Symbolik mochte tatsächlich sehr wohl in diese Richtung funktionieren, vielleicht nicht im Bewußtsein, aber tief drunten bei den Emotionen, Archetypen, dem Infantilen und Animalischen.

Trotzdem war die Stimme, die aus jenem hellen Visier erklang, abschreckend sachlich. »Bisher noch keine neuen Informationen. Rinndalirs Agenten sind mit Davis verschwunden. Das ist alles.«

Sayre zwang sich, auf gleiche Weise zu antworten. »Können Sie vermuten, wohin?«

»Vielleicht. Bedenken Sie, ich habe nicht wie mein anderes Ich mehrfach persönlich mit ihm zu tun gehabt. Ich kann nur von aktualisierten Unterlagen ausgehen. Aber die verraten mir, was für ein gewiefter Hundesohn er ist. Seinen – oder Davis' – Aufenthaltsort zu kennen, würde uns nicht viel nützen. Was zählt, ist das, war er mit ihr anfängt.«

»Zwei Tage – bestimmt hat sie es ihm schon mitgeteilt. Warum ist er damit noch nicht an die Öffentlichkeit gegangen?«

»Ich rechne damit, daß er erst so weit wie möglich den Wahrheitsgehalt überprüfen will. Und sich höchstwahrscheinlich eine Weile zurücklehnen, sammeln, was er noch an Informationen erhalten kann, sehen, was sich entwickelt und wie er es zu seinem Vorteil nutzen kann. Hören Sie, ich habe Fühler in seine

Richtung ausgestreckt. Er wird wissen, daß ich geheimen Kontakt mit ihm aufnehmen möchte. Ich wäre überrascht, wenn er sich nicht darauf einließe. Aber wann, das vermag ich nicht zu sagen, ebensowenig, was er will. Vielleicht nur über uns lachen.«

Sayre umklammerte die Schreibtischkante. »Was ... glauben Sie ... können Sie ihm anbieten?«

Ein Zucken der Roboterschultern. Der Tonkanal übermittelte das damit verbundene, leise metallische Schaben. »Ich muß ausspielen, was immer ich an Karten auf die Hand bekomme. Bestechungsgelder, natürlich. Quid pro quo.«

»Drohungen? Nur angedeutet, natürlich. Es wäre nicht unmöglich, einen größeren Unfall zu arrangieren.«

»So etwas wie ein unbemanntes Raumfahrzeug, das dort abstürzt, wo es weh täte? Nicht ganz einfach. Und auch kein Gedanke, der mir gefällt. Wirtschaftliche Repressalien – ebenso. Der Mond ist von Fireball abhängig, aber das beruht auf Gegenseitigkeit. Muß ich Sie außerdem wieder daran erinnern? Meine *consortes* sind nicht Ihre dressierten Hunde von Staatsbeamten oder Ihre Kastraten von Steuerzahlern. Sie denken selbst. Ich kann ihnen keine Aktionen befehlen, über die sie sich wundern, ich muß sie vorsichtig darauf hinlenken, und das kostet Zeit.«

Überhebliches Schwein. Sayre versagte sich ein Gefühl des Ärgers. Es war nicht rational. »*Bueno*«, erwiderte er barsch, »was haben Ihre Leute durch das Raumschiff erfahren, das Davis gestohlen hat?« Seine Männer hatten nur berichtet, daß sie an Bord nichts Außergewöhnliches entdeckt hätten. Dann hatte Guthrie einen persönlichen Anruf getätigt und es zurückgefordert, und die Lunarier hatten eingewilligt.

»Sehr interessant.« Die künstlich erzeugte Stimme wurde vollkommen menschlich; Sayre konnte den Sarkasmus heraushören. »Ihre Leute haben recht gut gearbeitet. Oh, zwar mußte erst ich kommen, um herauszufinden, daß Wash Packer befohlen hatte, eine Frachtkapsel einzuladen, aber Ihre Experten haben die Angelegenheit in Port Bowen um nicht mehr als vierzig Stunden aufgehalten. Meine Jungs haben nicht viel zuwege gebracht, außer zu beobachten, was der Hund bei Nacht gemacht hat.«

»Was?«

»Nichts hat der Hund bei Nacht gemacht. Vergessen Sie's. Im Schiff war keine Frachtkapsel. Sie haben einige Tests vorgenommen und festgestellt, daß in den letzten Tagen eine abgeschossen wurde.«

Ein Frösteln lief Sayres Rückgrat hinauf. »Das bedeutet –«

»Ja. Was wir schon vermutet haben, das er versuchen könnte. Wenn ich nicht so gottverdammt beschäftigt damit gewesen wäre, Leute zu beschwatzen und meinen Arsch hier in Quito aus dem Schußfeld zu halten, hätte ich in dieser Sache früher gehandelt. Jetzt müssen wir es beide tun. Davis hat mein anderes Ich ins All hinausgeschickt. Der Bestimmungsort kann wohl nur L-5 gewesen sein. Inzwischen wird er die Strecke zurückgelegt haben.«

Sayre schluckte. »Darüber liegen mir keinerlei Informationen vor. Sie wissen, ich habe potentielle Verschwörer in der Kolonie inhaftieren und alle weltraumbezogenen Aktivitäten überwachen lassen.«

»Mh-hm. Vielleicht ist er noch im Orbit. Ich werde nachschauen gehen. Persönlich, in meiner Fackel, sobald ich einen glaubhaften Grund dafür habe, von hier zu verschwinden. In der Zwischenzeit sollten Sie aber besser Verstärkung nach L-5 schicken und eine Durchsuchung in die Wege leiten. *Pronto*. Jemand könnte ihn versteckt halten, um eine Gelegenheit abzuwarten, ihn der Öffentlichkeit vorzuführen.«

Die Hoffnung machte Sayre ganz benommen. »Wenn wir ihn unauffällig erwischen können –«

Der Baß klang trocken. »Das wäre nett. Trotzdem wären wir damit immer noch nicht aus dem Schneider. Packer und seine Familie sind auf freiem Fuß. Sie wissen Bescheid. Wie viele noch? Wir werden uns auf das Szenario für den schlimmsten Fall vorbereiten: daß der Alternativ-Guthrie aus seinem Schrank springt, bevor wir ihn fassen können; aber unser Plan muß Vorkehrungen gegen alles beinhalten, was passieren mag, ob er es nun tut oder nicht.«

Sayre nickte. »Die Synode ist umfassend informiert und bereit zu handeln. Wir können jederzeit einen nationalen Ausnahmezustand ausrufen, wenn uns das nötig erscheint, und innerhalb von vierundzwanzig Stunden die Milizreserven mobilisieren. Die Vollversammlung der Föderation wird aufschreien, aber unsere Delegation kann sie mehrere Tage lang ganz konfus machen. Danach werden wir sehen, was sich zur Schadensbegrenzung unternehmen läßt.« Er holte Luft. »Fireball wird eine ungeheure Hilfe sein, sowohl während der Krise als auch danach.«

»Innerhalb gewisser Grenzen, wie ich Ihnen immer wieder zu erklären versucht habe. Herr im Himmel, wie ineffizient Menschen sind! Ich frage mich manchmal, ob ich wirklich wieder einer sein möchte.«

Verblüfft platzte Sayre heraus: »Möchten Sie denn?«

Ein Flüstern: »Ja und abermals ja, immer –« Sofort darauf, schroff: »Also, erheben Sie sich von Ihrem Hinterteil und treffen Sie die besagten Vorkehrungen. Dann können Sie statt aus dem Mund an *dem* Ende furzen. Ich habe meine eigene Arbeit zu erledigen. Falls ich Sie nicht vorher anrufe, dann melden Sie sich morgen um diese Zeit wieder bei mir, aber belästigen Sie mich ansonsten mit nichts, was nicht mindestens so wichtig ist wie Fenris, der seine Ketten zerbricht. Kapiert? Auf Wiedersehen.« Der Bildschirm erlosch.

Eine Weile starrte Sayre weiter darauf. Zorn stieg beißend in seiner Kehle auf. Er hätte, solange er noch dazu in der Lage war, diesen *malvado* in eine *quivira*-Hölle stecken und ihn von seinen Technikern gefügiger machen lassen sollen!

Er gewann wieder Oberhand über seine Gefühle. Wunschdenken. Der Affe in ihm, der dummes Zeug schnatterte. Geschehen war geschehen, und man mußte die Konsequenzen nicht beklagen, sondern sie rational nutzen. Er hatte keine Möglichkeit gehabt vorauszusehen, daß sich dieser Guthrie als so bösartig erweisen würde. Auch hatte keine Zeit für weitere Versuche zur Verfügung gestanden. Außerdem mußte die Grundpersönlichkeit erhalten bleiben, oder Fireball hätte sie niemals als echt akzeptiert; ebensowenig wäre sie wahrscheinlich imstande gewesen, Fireball zu lenken. Und sie tat ja tatsächlich das, worauf sie programmiert war, so gut, wie es sich erwarten ließ. Was schmerzte, gestand Sayre sich ein, war, daß er gedacht hatte, sie würde sein Freund sein.

Er seufzte, erhob sich, trat an den Sichtschirm und blickte auf die Szenerie draußen. Regen ging grau auf Futuro nieder. Die Gebäude wirkten farblos, geduckt,wie im Zerfall begriffen. Viele waren das auch, das wußte er, nur zwei Jahrzehnte, nachdem seine Regierung stolz diese neue Hauptstadt als Symbol für die Union errichtet hatte. Leider waren die Bauwerke trotz aller computergenerierten architektonischen Variationen im wesentlichen alle gleich. Es war kein Stil, der eine Schule begründet hätte; niemand sonst baute so. Ottawa oder das arme, ruinierte Washington hatten mehr Charakter, mehr Bedeutung.

Nein. Sayre richtete sich auf. Der Avantismus machte seine Fehler, aber er würde fortbestehen. Am Ende, vielleicht nach einer Zäsur, vielleicht unter einem anderen Namen und in anderen Händen, würde er überdauern: denn das entsprach der Natur des Universums.

Eine Zeile ging ihm durch den Kopf. *O schmölze doch dies allzu festgefügte Fleisch* – Was war das, wo und wann hatte er es gehört? . . . Ja. Shakespeare. Vera liebte Shakespeare, zitierte ihn andauernd, und tatsächlich hatte er eine majestätische Begabung mit Worten gehabt, so trivial der Inhalt auch war. Aber nicht an Vera denken. Nicht alte Schmerzen neu erwachen lassen. Die Scheidung lag – neun Jahre? – in der Vergangenheit. Manchmal träumte er von ihr, aber das war der Primitive in ihm. Er hatte seine Befriedigungen, seine hygienischen Einrichtungen für die körperlichen Bedürfnisse. Außerdem hatte er seine Arbeit, seine Pflicht, seine Vision.

Das Dahinschmelzen des Fleisches. Befreiung, Transzendenz, Transfiguration. In Millionen oder Milliarden von Jahren dann das kosmische Einssein. Wie konnte Guthrie bloß bedauern, das zu sein, was er war?

Sayre lächelte, erkannte seine Bosheit und genoß sie ein paar Sekunden lang. Guthrie hatte keine Wahl, außer dem Vergessen.

Eine Phantasie: Erinnerungen einem biologischen Körper aufprägen, ob er nun geklont oder nach einem eigenständigen neuen, rationalen Entwurf gezüchtet war. Dann den abgetragenen ausrangieren, neues Leben für altes. Er hatte sich zusammengereimt, daß das zu den Träumen jener Menschen gehörte, die sich damals, vor ein paar Jahrhunderten, nach dem klinischen Tod hatten einfrieren lassen. Natürlich hatte es nicht funktioniert; es ignorierte die Tatsache, daß jeder Zelltyp ein spezielles Einfrier- und Auftauprofil erfordert.

Heutzutage konnte man sich in Stasis versetzen lassen, wenn man sich dem Ende seiner Lebensspanne näherte, und darauf warten, daß die Wissenschaft die Hilfsmittel für eine glorreiche Techno-Wiederauferstehung entwickelte. Oder? Sicher, ein Stasisschläfer überlebte nicht mehr als ein paar Jahrzehnte. Danach wurde der angesammelte und nicht korrigierte Schaden von solchen Faktoren wie der Hintergrundstrahlung zu groß. Aber man konnte damit rechnen, daß die Biotechnologie exponentielle Fortschritte machte, während man wartete.

Vergiß es. Niemand würde je etwas Altersloses erschaffen, das noch erkennbar menschlich war; dem widersprach das Genom. Die Evolution hatte Eltern selektiert, die ihren erwachsenen Kindern nicht im Wege waren. Was immer man sonst synthetisch erzeugen mochte, es würde zu fremdartig sein, um den menschlichen Geist aufzunehmen.

Warum sich dann nicht selber klonen, in einer Abfolge von Kopien, Lebensspanne um Lebensspanne? Wieso, das hatte man doch schon gemacht. Dazu war nicht einmal eine Ausgangszelle nötig. Die individuelle Genomkarte war Teil jeder modernen medizinischen Datenbank. Das war schon Standardpraxis geworden, als Guthrie noch lebte.

Aber das befreite einen nicht von der Kohlenstoffchemie und der Quantenmechanik. Ein organisches Gehirn *konnte* eine Bewußtseinskopie nicht so aufnehmen wie eine Netzwerk-Software. Der Vorgang dauerte zu lange. Die Gehirntätigkeit war zu unbeständig. Es war außerstande, die langsam eindringenden separaten Bytes zu erfassen; es wies sie zurück oder verdrehte sie oder wurde unter dieser Marter unrettbar verrückt.

Wenn Guthrie wieder zu Fleisch werden wollte, dann saß er in der Falle.

Aber warum dachte er so darüber? Warum strebte er nicht vorwärts, hin zur Perfektionierung seiner robotischen Existenz, über alles hinaus, was organischen Molekülen möglich war? Er konnte ein Forschungsprogramm finanzieren, das die Psychonetik in wenigen Jahren um Größenordnungen voranbringen würde. Er tat es nicht, und er wollte es nicht tun. Statt dessen sperrte er sich, übersah geflissentlich, ging Kompromisse ein, kämpfte Hinhaltegefechte, damit so viele seiner Arbeitskräfte wie möglich so lange wie möglich Menschen waren.

Der alte Guthrie jedenfalls. Dem neuen Guthrie hatte man die Wahrheit gezeigt. Jetzt mußte man ihm Zeit lassen, sie anzunehmen.

Er hatte Zeit. Der Bastard. Wie angenehm wäre es, ihn zu überleben oder wenigstens selbst so viele Jahrhunderte zu überleben oder wenigstens selbst so viele Jahrhunderte zu schaffen wie die, die vor ihm lagen.

Völlig unmöglich war es nicht. Bei einem Sieg der Avantisten würde Enrique Sayre bestimmt eine wohlverdiente Belohnung für sich beanspruchen dürfen: die Anfertigung einer eigenen Bewußtseinskopie.

Aber das würde einen anderen Sayre erschaffen, einen Maschinen-Sayre. *Dieses* Fleisch mußte trotzdem sterben und würde niemals wissen, was danach kam.

Es sei denn, das Ultimate erschaffte es als Zeile innerhalb eines Programms wieder, das man ›das Paradies‹ nennen mochte . . .

Sayre versteifte seinen Rücken, drehte sich auf dem Absatz um und machte sich an die Arbeit.

29

Die Erde nahm zu, während die Sonne langsam nach Westen wanderte. Kyra erspähte sie direkt über dem nordöstlichen Horizont, nachdem sie den Berg hinuntergeklettert war, den sie vorher erstiegen hatte. Nicht ganz zwei Drittel voll, hing sie blau-weiß marmoriert da, ein Cabochon-Edelstein auf der Brust eines Raben, das Siegel der Ruhe. Aber – Ungeduld flackerte auf – das war sie nicht wirklich, sie war eine Uhr, sie hatte bereits vier ihrer Tage und Nächte überstrichen, während sie sich in Gefangenschaft befand. Gott, wie viele noch?

Und doch, was für Wunder ihr hier zuteil wurden!

Der Gedanke ließ sie sich erwartungsvoll umdrehen. Als die Helmscheibe sich zum Schutz vor dem grellen Leuchten in dieser Richtung verdunkelte, sah sie die Höhen nun als ein Gewirr aus zerbrochenem Fels, narbigen Aschehängen und Schatten. Luftlos, war es für sie dennoch nicht still; sie atmete, ihr Herz schlug, und das gleiche galt für ihren Raumanzug, der belüftend, thermostatisch regulierend, reinigend, absorbierend und recyclend beinahe ein weiterer Organismus war. Öde, war es für sie dennoch nicht leblos; Rinndalir kam in langen Sätzen von unten herangesprungen, hinauf in ihr Gesichtsfeld.

Die Bewegung ließ seinen Umhang wirbeln, ein graues Kräuseln und Glänzen. Er entfaltete die Membranen, die sich darin befanden, und von seinen Schultern ging zitternd ein Irisieren aus, zwei schlanke Bahnen, die seiner Größe entsprachen. Libellenflügel. Aber es war eine eher katzenhafte Geschmeidigkeit, mit der er sich auf sie zubewegte, lapislazulifarben bis auf das Gesicht, das innerhalb der Kapuze lachte. Ein Stern funkelte an der Spitze des Stabes, den er trug.

»Ihr seid wie eine Spinne geklettert, Mylady«, sang seine Funkstimme. Sie schluckte. Da sie die Spinnen gesehen hatte, die er sich – mutiert, gezüchtet und unter Drogen – im Schloß hielt, damit sie zu seinem Vergnügen prachtvolle Netze spannen, von denen keine zwei gleich waren, begriff sie, daß er ihr ein Kompliment gemacht hatte. Wenige Auszeichnungen hätten mehr bedeuten können. »Ich wußte nicht, daß Ihr Euch als so fähig erweisen würdet.«

»*G-gracias*«, stammelte sie. »Ich habe das schon ein bißchen auf der Erde gemacht.«

Wütend sagte sie sich, daß es keine Entschuldigung dafür gab, sich in diesem Maße seinem Urteil zu unterwerfen. Er war kein Zauberer oder Elf oder vogelfreier Gott, der auf magische Weise frei war von den Schwächen der Sterblichen. Sein Anzug paßte ihm wie das Trikot eines Kraftmenschen, weil er dem heutigen Stand der Wissenschaft entsprach. Er war für ihn persönlich und ausschließlich für die Mondoberfläche geschaffen, der überwiegende Teil seiner Struktur bionisch; ebenso der beinahe unsichtbare Helm. Der Umhang war Isolierung und Strahlenschutz zugleich; er verdeckte kleine prosaische Ausrüstungsgegenstände auf seinem Rücken. Die Flügel waren teilweise Sonnenenergiekollektoren, teilweise Kühlflächen. Der Stab war eine Kommunikationsantenne und, so vermutete sie, ein Infomat. Das war alles.

Ja, daneben wirkte das einstellbare Standardmodell, das man ihr geliehen hatte, häßlich und unbeholfen. Sogar ihre eigene Ausrüstung an Bord ihres Fackelschiffes hätte so gewirkt. Aber sie war vielseitiger und weitaus robuster, davon fühlte sie sich überzeugt. Rinndalir war *loco*, in diesem dünnen Ding herumzutollen.

Auch wenn der Gedanke nichts von dem Zauber wegnahm, beruhigend war er doch. »Und Ihr habt reichlich Erfahrung mit Niedrigschwerkraftumgebungen«, hörte sie ihn anmerken. »Ich verstehe. Wenn Ihr Euch genugend ausgeruht habt, sollten wir uns heimbegeben.«

»Ich war nicht müde«, sagte sie. »Ich wartete darauf, daß Ihr mich einholt.«

Er lächelte und wedelte mit einem Arm, die Finger gespreizt. Die Muskeläquivalente in Ärmel und Handschuh machten die Geste praktisch ebenso graziös wie in seiner Feste. »Da ich glaubte, Ihr würdet auf dem Gipfel eine Rast benötigen, ergötzte ich mich ein wenig beim Klippenspringen.«

In der Düsterkeit der Schlucht unter ihnen? Der Gedanke

durchzuckte sie, daß, wenn ihm etwas zugestoßen wäre, sie allein, ohne Karte, unkundig der Landmarken, schlecht dafür ausgerüstet, einen Fernruf abzusenden, in ernstlichen Schwierigkeiten gewesen wäre. Hätte ihm das etwas ausgemacht? Sie stellte fest, daß sie ihm deswegen nicht böse sein könnte. Das war nun einmal seine Natur – nahm sie an.

»Ich hoffe, Euer Ausflug hat Euch Spaß gemacht«, fuhr er fort.

Was immer sie an Groll gehegt haben mochte, verflüchtigte sich beim Gedanken an die geschaute Pracht. »O ja! *Mil gracias!* Ihr wart hyperfreundlich.«

Diese Stunden zu Fuß waren ein Wunder gewesen. Oft hatte sie ihre Sorgen fast völlig vergessen. Frühere Besichtigungstouren hatten sie zu Dingen geführt, die superb waren inmitten ausgedehnter Flächen von Langeweile, aber nichts davon ließ sich mit dem vergleichen, was er ihr gezeigt hatte. Verrückte, schaurig schöne Landschaftsformationen; mineralische Farben, zart oder überraschend; phantastische Panoramen; die Überreste eines alten Forschungscamps; rätselhafte Steine, die von außerhalb des Sonnensystems gekommen sein mußten; die Basreliefs, die einen steilen Felsabhang schmückten; schließlich der Abstieg in diese Schlucht und die Höhle in Bodennähe, wo Handscheinwerfer einen Aladin-Hort aus Kristallen zum Leben erweckten... Einiges davon war auf frühen Photographien festgehalten, aber das meiste hatten die Lunarier entdeckt oder selber gemacht und das Wissen darüber für sich behalten. Warum hatte Rinndalir es ihr, die sicherlich anderen davon erzählen würde, gezeigt? *Bueno,* dies war seine Domäne, er konnte den Zutritt verwehren und über Empörung lächeln.

»Wo Ihr doch so beschäftigt seid«, sagte Kyra.

Eine Vorahnung regte sich. Ja, warum hatte er sich die Zeit genommen? Warum beschäftigte er sich nicht damit, Guthries Rettung zu organisieren? Er war in der Burg häufig aus ihrer Sichtweite gewesen, hatte Gespräche über seine abgeschirmten Kommunikationskanäle geführt oder war vielleicht mehr als einmal anderswo hingeflogen, um persönlich zu konspirieren. Er wich ihren Fragen mit einer Ausflucht oder einem Scherz aus, versicherte ihr, daß bisher nichts Schlimmes geschehen sei und daß sie es sich gemütlich machen solle, sich entspannen, sich erholen. Kein Multi, der ihr zugänglich war, zeigte Nachrichtensendungen; er sagte, er erspare sich und seinen Mitarbeitern diese Dummheiten, und sie entschied sich dagegen, die Sache weiter zu verfolgen.

Hm, seine Lady Niolente war ebenso beschäftigt gewesen und hatte erst kürzlich in ihrer distanzierten Art bemerkt, daß sie eine Reise unternehmen müsse. Vielleicht kümmerte sie sich um alles, worum man sich im Augenblick kümmern konnte. Aber das Gefühl von Gefangenschaft wäre unerträglich für Kyra geworden, wenn ... wenn sie gestattet hätten, daß es in ihr zunahm.

»Am besten stelle ich die Verbindung wieder her«, sagte Rinndalir leichthin. »Wir werden auf dem kürzesten Wege zurückkehren, so rasch, wie Ihr dazu in der Lage seid.«

Trotz aller Wunder war das eine Erleichterung. Kein normaler Raumfahrer wäre ohne ein Fahrzeug so lange draußen geblieben oder so weit hinausgegangen. Sicher, die Gefahr war nicht groß, die Sonne war gerade nicht in einer aktiven Phase, aber als sie beide einen Talboden überquert hatten, war drei Meter links von ihnen Staub hochgespritzt und hatte sich über einer neuen Pockennarbe wieder gesenkt. Der pistolenkugelgroße Meteorit hätte sie beide getötet. Rinndalir hatte nur schallend gelacht. Bis ihre Nerven sich wieder beruhigt hatten, war es zu spät gewesen, ihn zu fragen, ob er entzückt gewesen war.

Er übernahm die Führung und segelte den Berghang hinunter. Bei jedem Schritt stieg in kleinen Wölkchen Staub auf. Er prallte von den präparierten Oberflächen seiner Kleidung ab, genau wie von ihrer, und verlieh ihm einen dunklen Glanz. Von Zeit zu Zeit mußte er ihretwegen warten. Das lag nicht an der unterschiedlichen Körperkraft. In dieser Hinsicht waren sie einander wahrscheinlich ebenbürtig. Die Modifikationen, die es seinem Volk ermöglichten, bei einem Sechstel der irdischen Schwerkraft gesund zu bleiben und Kinder auszutragen, betrafen mehr das Herz- und Gefäßsystem und die Zellchemie als

Knochen oder Muskeln. Sein Raumanzug war es, der ihm seinen Vorteil verschaffte. Ihrer war nur eine Reaktionsmaschine, seiner ein Kleidungsstück. Während sie sich keuchend und schwitzend ihren Weg von Felsen zu Felsen suchte, fragte Kyra sich, ob sie sich nicht auch für einen solchen Anzug entschieden hätte, und zum Teufel mit den Risiken, wäre sie eine Lunarierin gewesen.

Aber das konnte sie niemals sein.

Auf ebenerem Grund hielt sie mit ihm Schritt und fiel in den gleichen langen, schwingenden Rhythmus. Keiner von ihnen sprach; der Atem wurde für die Kilometer benötigt. Allein mit sich selbst, dachte Kyra über Guthrie nach. Verdammt, beinahe fünf Tagzyklen waren vergangen, seit sie auf dem Mond gelandet war; vier, seit diese feudalherrschaftliche Domäne sie aufgenommen und er sich L-5 angenähert hatte. Wenn er es getan hatte. Wie ging es ihm jetzt? Und Bob Lee, den Packers, Esther Blum, ja, Nero Valencia, all den übrigen? Sie konnten gefangen, ermordet worden sein, alles mögliche. Die Avantisten würden es nicht öffentlich bekanntgeben. War es das, was der Mangel an Nachrichten bedeutete, von dem Rinndalir sprach, wenn Rinndalir überhaupt die Wahrheit sagte?

Was war Wahrheit, dort drüben in seinen Mauern? Wieviel von dem, an das sie sich erinnerte, war natürlich, wieviel künstlich, wieviel Illusion? Als sie zurückdachte, begriff sie, wie wenig Sicherheit ihr von dem Augenblick an, da sie das Portal passierte, vergönnt gewesen war. Schläfrigkeit und Traum –

Nein, sei fair. Diese ersten zwanzig und ein paar Stunden hatte sie schlafend oder kaum halbwach verbracht, ruhiggestellt, und das war Niolentes Vorschlag gewesen, aber ihre eigene Entscheidung. Der Streß hatte sie mehr mitgenommen, als sie bemerkt hatte, bis er plötzlich aufhörte. (Sarkastisch: Dies war auch ihre Chance gewesen, eine Pille aus ihrem Überlebensköfferchen zu nehmen, die den Hemmstoff unwirksam machte und ihre schon längst überfällige Menstruation in Gang brachte. Die Blutung hatte während der letzten Nachtwache aufgehört. Sie mußte daran denken, sie wieder neu zu hemmen.

Ihre Tage bereiteten ihr keine größeren Unannehmlichkeiten, aber sollte sie wieder in einen Einsatz gehen müssen, wollte sie sich lieber nicht darum kümmern müssen.) Die Nahrung, die man ihr brachte, war köstlich, und wenn ihr Bewußtsein nicht auf der Hut war, glaubte sie sogar, daß sie anfing, an der Musik Gefallen zu finden, die sie hörte.

Hinterher allerdings... Ja, grenzenlose Gastfreundschaft und Güte. Niolentes Liebenswürdigkeit ihrem Gast gegenüber war distanziert. Kyra vermutete Feuer unter diesem Eis, bekam es aber nie zu spüren. Rinndalir bezauberte oder faszinierte ganz nach Belieben. Seine Gesprächsthemen umfaßten die Gesamtheit von Bildung und Kultur, durch Augen gesehen, die nicht ganz menschlich waren. (»Der Verstand täuscht sich weniger oft, als daß er sich Streiche spielt... ›Alles Böse entsteht daraus, daß man nicht der rechten Vernunft und dem Naturgesetz folgt‹, sagte Uriel Acosta, ein portugiesisch-holländischer Jude im siebzehnten Jahrhundert. Für Wesen, die sich einbilden zu denken, ist das eine recht brauchbare Definition des Bösen... Das Schrecklichste, was ein Verstand sich ausdenken kann, ist, daß er alles Wichtige über die Realität weiß...«) Wenn er nicht greifbar war, gab es keinen Mangel an gutaussehenden männlichen und schönen weiblichen Bediensteten, die sie herumführten, ihre Fragen beantworteten, ihre Wünsche erfüllten und sich ihr trotzdem nicht aufdrängten.

Das Gewächshaus und die metamorphischen Haustiere machten den stolzesten Errungenschaften von Tychopolis Konkurrenz. Sie schwamm in einem großen Becken inmitten von Fischen, die man auf der Erde nie sah, schnallte sich dann Schwingen an die Arme und flog davon über die Gärten und Glasskulpturen einer Höhle, die so geräumig war wie die größte Flugkammer auf L-5. Sie lernte, wie man zwischen den Rängen eines nachgebildeten Mayahofes Mayaball spielte, aber das Original konnte unmöglich so wild gewesen sein. Sie erlernte komplizierte Niedrigschwerkrafttänze, Rinndalirs Arm um ihre Taille, er die Geschmeidigkeit selbst. Sie mühte sich ab, Bücher und aufgezeichnete Sendungen zu verstehen; die Anstrengung wurde reich belohnt, auch wenn sie erkannte, wie oberflächlich ihr Verständnis blieb. Etwas Wein oder eine milde psychedelische Droge halfen. Niemand bot ihr eine *quivira*-Sitzung an, und sie hätte auch abgelehnt, aber die Virtualitäten in einem Vivifer wurden merkwürdiger als jeder Traum. Sie wirbelte durch eine endlose fraktale Kurve, ritt eine Woge auf einem Meer aus rotem Rauch, verwandelte sich in eine Harfensaite, die vom Sonnenwind angeschlagen wurde . . .

Oh, die Lunarier wußten genau, wie man sie beschäftigt halten und von ihren eigentlichen Anliegen ablenken konnte. Die Türme von Zamok Vysoki blitzten am Horizont. Es durchzuckte sie, daß sie, während sie sich mit großen Sprüngen vorwärtsbewegte, völlig in ihre Erinnerungen an dieses Phantasieleben zurückgeglitten war.

Warum hatte man es ihr überhaupt ermöglicht? Rinndalir hätte sie auch einfach von der Außenwelt isoliert festhalten können. Aber sie war seine Verbündete. Oder etwa nicht?

Angesichts ihrer Schnelligkeit ragten die Wälle schon bald hoch vor ihnen auf. Ein verschlungener Fries umrahmte das Tor der Eingangsschleuse, vor dem sie schweratmend anhielten. »Willkommen zu Hause, Mylady«, sagte er.

Sie zwang sich zu antworten: »Es ist nicht mein Zuhause. Wann werdet Ihr mich gehen lassen?«

Er sah sie an. Das unanständig schöne Gesicht nahm fließend einen ernsten Ausdruck an. »Ich hoffe bald«, sagte er. Verblüfft blieb ihr nichts anderes übrig, als ihm in die Luftschleuse und von dort aus in die Burg zu folgen.

Als sie ihre Anzüge ablegten, meinte er zu ihr: »Vor der Abendwache werdet Ihr Euch frisch machen und ausruhen wollen. Aber seid bitte auf einen Anruf gefaßt.« Seine Unterkleidung schmiegte sich seidig an, die zweite Haut eines Panthers.

Kyra ging weiter in ihr Zimmer. Vor Aufregung zitternd bemerkte sie kaum die Porträts, Landschaften und abstrakten Gemälde, die in dem ersten Korridor hingen, den sie nahm. Dann, über einem Treppenaufgang mit Schlangengeländer, war ein weiterer Flur mit Holoschirmen verkleidet. Die Szenen wechselten alle paar Stunden. Man hatte ihr erzählt, daß ein Hypercomputer Aufnahmen kreativ abwandelte, wenn er keine neuen erzeugte, so daß die Bewohner nie wußten, was sie erwartete. Heute ging sie wie auf einer Brücke über einen unermeßlich tiefen Abgrund. Weit voraus brannten Feuer, rot und gelb und grün; weit hinter ihr stieg ein geheimnisvoller blauer Schimmer von Eisklippen auf. Sie spürte Suggestionen von Hitze und Kälte, hörte flüsterndes Tosen und Heulen. Dazwischen waren Nebel und Rauch, von Wind zerrissen, aber dicht wallend. Links und rechts schienen sie zu festen, grotesken Formen zu erstarren: eine vielleicht Mensch, eine vielleicht Tier.

Ihr geräumiges Zimmer war ein sicherer Zufluchtsort in Gold und Perlmutt mit Möbeln, an deren Stil und Proportionen sie sich inzwischen gewöhnt hatte. Gegenüber einer Tür, die in ein privates Bad führte, befand sich ein großer Sichtschirm, der momentan so eingestellt war, daß er die oberen Himmelsregionen zeigte: Sterne, gegenüber der Innenbeleuchtung zu eisiger Sichtbarkeit verstärkt. Das war rücksichtsvoll; der Anblick der Erde hätte sie an zu vieles erinnert.

Auf einem Nachttisch stand eine selbstkühlende Karaffe mit Mangowein, von dem sie erwähnt hatte, daß sie ihn gerne mochte, ein Teller mit kleinen Kuchen, die köstlich mit Marihuana gewürzt waren, und eine wie eine blaue Wasserfontäne geformte, mit purpurnen Rosen gefüllte Vase. Ihr Duft und eine seltsam federnde Musik verliehen der Luft ihr besonderes Aroma. Sie streifte ihr hautenges Trikot ab, warf es in den Reinigungsschacht und überquerte einen silbern auf blau mit Sternbildern gemusterten Teppich, der schwache elektrische Schläge an ihre bloßen Füße austeilte. Nachdem sie mit großem Vergnügen geduscht hatte, trat sie heraus, um nachzusehen, was in ihrem Schrank zu finden war. Schon frühzeitig hatte eine Schneidermaschine ihre Maße aufgenommen, und bis zur nächsten Tagwache war sie verschwenderisch ausgestattet gewesen.

Das Videophon läutete oder rief nicht, es flötete. Hastig warf sie sich einen Bademantel über und ging hinüber, um das Gespräch entgegenzunehmen. Rinndalirs Gesicht blickte sie an. Hinter ihm sah Kyra Niolente. Ihr Gesicht war gelassen, aber auf seinem las Kyra ein wildes Frohlocken ... oder bildete es sich wenigstens ein.

»Ich versprach Euch einen Umlaufbahnwechsel, Mylady«, sagte er. »Hier beginnt Ihr damit. Wir müssen neue Daten koordinieren und Pläne machen.«

In Kyra flammte es auf. »*Por favor*, sagt es mir«, keuchte sie.

»Radaraufzeichnungen, Ionenspuren und Auswertungen – aber Ihr kennt die Verfahren. Drei weitere Fackelschiffe sind bei Lagrange-Fünf eingetroffen. Unsere Information lautet, daß dies alle sind, über die die nordamerikanische Regierung verfügt. Wahrscheinlich sind sie mit Beamten der Sicherheitspolizei vollgepackt. Eine weitere Fackel kreuzte dergestalt in der Region, daß sie auf der Suche nach Eurer Frachtkapsel gewesen sein muß, aber sie ist zur Erde zurückgekehrt. Wir glauben, sie hat die Rakete gefunden und festgestellt, daß sie leer war. Also ist Lord Guthrie höchstwahrscheinlich in die Kolonie gebracht worden und die Sicherheitspolizei dort verzweifelt auf der Suche nach ihm.«

»Heiliger Judas!« schrie Kyra. »Haltet sie auf, bevor sie ihn finden!« Ein Teil von ihr registrierte, daß sie einen alten Fluch des *jefe* benutzt hatte.

Er hatte gehofft, daß Tamura ihn bergen und der Öffentlichkeit zeigen könnte, wenn sie es nicht schaffte, Unterstützung zu bekommen. Es hatte nicht funktioniert. Sein anderes Selbst mußte zu schnell geschaltet haben. Jetzt war sie die einzige Hoffnungsträgerin. Angenommen, die Lunarier stellten fest, daß ihr Vorteil darin lag, neutral zu bleiben oder einen Handel mit dem Gegen-Guthrie abzuschließen – Nein, daran wollte sie nicht denken, noch nicht.

Und Rinndalir errettete sie davor: »Habt nur noch ein Weilchen länger Geduld, ein ganz, ganz kleines Weilchen.« Sein Lächeln breitete sich aus und nahm sie gefangen. »Wir wissen, daß die Zeit knapp ist. Wir rüsten uns zum Handeln. Aber Ihr, Pilotin Davis, müßt verstehen, daß die Lady Niolente und ich nicht alleine erfolgreich sein können. In den vergangenen Tagzyklen haben wir daran gearbeitet, unsere Mit-Selenarchen zu überzeugen. Es war nicht einfach. Bald bricht sie wieder auf, um sich um die letzten Vorbereitungen zu kümmern. Harrt aus.«

»Warum teilt Ihr dem Sonnensystem nicht einfach die Wahrheit mit?« Sofort erkannte Kyra ihre Dummheit. Rinndalir hätte das zu dem Zeitpunkt tun können, da sie hier ankam, hätte er es für angebracht gehalten.

Seine Antwort ähnelte sehr der, die er ihr schon früher gegeben hatte. »Es wäre unverantwortlich und aller Wahrscheinlichkeit nach sinnlos. Die Lage ist explosiv. Eure Feinde haben ihre Vorkehrungen getroffen. Wo ist unser Beweis? Besser den greifbaren Lord Guthrie in der Hand als die bloße Behauptung, daß er existiert, nicht wahr?« Aber diesmal setzte er hinzu, wieder lächelnd – warm, glaubte sie in ihrer Verwirrung, warm –: »Bitte vergebt uns, wenn wir nicht immer mitteilsam waren. Die Unbekannten, die Komplexitäten, waren zu zahlreich. Wir hätten Euch nichts Bedeutungsvolles sagen können. Wir tappen immer noch halb im dunkeln. Aber ich sage, wir stehen im Begriff zu handeln. Wenn Ihr mich diese Abendwache mit Eurer Anwesenheit zum Dinner beglücken würdet, Mylady, werde ich versuchen, es Euch zu erklären.«

»O ja«, hauchte sie. Ihre Knie zitterten unter ihr.

»Um 19 Uhr 30 dann? Gut.« Der Schirm erlosch.

Eine Weile stand sie da und fragte sich verwirrt, warum sie nicht einen Freudenschrei ausstieß und einen Kriegstanz im Zimmer aufführte. Sicher, noch hatten sie nicht gewonnen, sie konnten immer noch verlieren, aber – In ihrem Kopf wirbelte alles durcheinander. Ein Treffen unter vier Augen mit Rinndalir? Sie nahm an, es würde unter vier Augen sein, wenn Niolente wieder abreiste. Warum in MacCannons Namen hatte er eine solche Wirkung auf sie? Verführerisch anzuschauen, faszinierend in der Unterhaltung, sicher, aber an einem Mann sollte eigentlich mehr sein als nur das. Streng genommen war er nicht einmal ein Mann. Männlichen Geschlechts, ja, aber er konnte kein Kind mit ihr zeugen, selbst wenn sie beide es versuchten. Sie spürte das Erröten als eine Welle von Hitze, schaute rasch an sich herab und sah, daß es bis zu ihren Brüsten reichte.

Das entlockte ihr ein Lachen. Immer langsam, Mädchen! Das

Exotische war stets anziehend, und zweifellos befand sie sich immer noch in der Nach-Valencia-Krise. Eigentlich sollte sie sich diese Lektion hinter die Ohren schreiben. Zugegeben, Rinndalir besaß unter der glitzernden Oberfläche Tiefen. Aber wie genau sahen sie aus? Bleib wachsam, sprungbereit.

Und bleib nicht passiv. Wende seine eigenen Waffen gegen ihn an. Zunächst einmal, was sollte sie anziehen?

Sie verwendete beträchtliche Zeit darauf. Zu der Garderobe, die man ihr zur Verfügung gestellt hatte, gehörten Sachen, die sie bisher noch nicht getragen hatte. Sie wählte das aufreizendste überhaupt, ein knöchellanges Tigryl-Kleid mit tiefem Ausschnitt, dessen Rock an der rechten Seite hoch geschlitzt war. Silberne Slipper. Kein Schmuck bis auf ihren Akademiering, den sie aus ihrem Überlebensköfferchen genommen hatte. Für eine Frau waren ihre Hände groß, was zu dem schweren Goldreif mit dem eingelegten Stern paßte. Kosmetika befanden sich im Badezimmer. Bisher hatte sie sie noch nicht benutzt, aber jetzt trug sie ein paar sorgfältige Striche auf, dazu einen Spritzer des richtigen Parfüms.

Dann hieß es warten und warten. Sie holte sich die Aufzeichnung einer irdischen Inszenierung des *Sturms* auf den Bildschirm, die ihr gefiel, stellte aber fest, daß es nicht auf sie wirkte. Vielleicht *Ein Mittsommernachtstraum?* Nein, das wäre ein zu gewagter Scherz gewesen.

Endlich erschien ein Diener, um sie gemäß dem Zeremoniell zu eskortieren. Unter Verbeugungen geleitete er sie durch eine Tür der Pagode und schloß sie hinter ihr.

Strahlender Glanz explodierte in einer Million Farben. Dieses ins All vorspringende Türmchen war ein einziger synthetischer, innen und außen facettierter Diamant. Dort, wo die Sonne hindurchschien, konnte sie die lodernde Flamme nicht ansehen, aber überall sonst war ein Blitzen und Funkeln, das sich bei jeder noch so geringen Bewegung veränderte, die sie machte. Rinndalir, in enganliegendem Schwarz, näherte sich über den spiegelglatt polierten Boden. Regenbögen spielten über das Weiß seines Gesichts und seiner Hände, glänzten auf dem fahlen Haar, tanzten um seine Füße.

»Aufs neue: Willkommen«, murmelte er. Ohne nachzudenken, bot sie ihm ihren Arm. Er hielt den seinen darüber. Seine Fingerspitzen berührten kaum ihre Hand. Sie spürte jede einzelne davon. Sie hatte ihm den überlegenen Status zugestanden. Und wenn schon? Er lächelte und führte sie zu einem Tisch. Wein und Hors d'œuvres standen darauf. Licht erfüllte die Kristallgläser. Er schenkte ein. »Euer irdischer Brauch«, sagte er, während er ihr den Pokal reichte. »Würdet Ihr gern einen Trinkspruch ausbringen?«

Eine plötzliche Eingebung: »Auf unsere Partnerschaft!« Kelchränder sangen, als sie sich trafen. Es war ein edler Wein, nein, ein königlicher, ein kaiserlicher.

Nach Art der Lunarier blieben sie stehen, während sie tranken und sich unterhielten. »Dies macht mich glücklich«, gestand er ihr. »Zuvor stand es uns nicht frei, so mit Euch zu verkehren, wie wir es uns wünschten, Niolente und ich. Von nun an, so hoffe ich, werdet Ihr wahrhaftig eine Partnerin sein. Darf ich sagen: eine Freundin?«

»Ja, *por favor,* unbedingt.« Sie durfte sich nicht von ihm überwältigen lassen. Mußte fest bleiben. Kein Blatt vor den Mund nehmen. »Aber wenn, wenn ich das in Zukunft – Ich muß mehr wissen.«

Er nickte. »Unbestreitbar. Ihr konntet es nicht eher, weil wir selbst nicht mehr wußten. Vergebt meine Offenheit. Anfangs mußten wir alles sammeln, was wir an Beweisen, die Eure Geschichte bestätigen oder widerlegen würden, eben zusammentragen konnten. Sie schien glaubhaft, hätte aber auch ein Teil einer Intrige sein können. Solange sie nicht anfing, wahrscheinlichere Formen anzunehmen, wollten wir Euch nicht den Schrecken und der Entwürdigung eines Tiefenverhörs unterziehen.«

Was sie ungestraft hätten tun können. Wie hätte sie sich rächen sollen oder hinterher eine Wiedergutmachung erhalten können, es sei denn, sie gewährten sie aus einer Laune heraus? »N-nett von Euch.«

Er grinste. »Eine reine Vorsichtsmaßnahme. Warum unnötig Feindschaft heraufbeschwören?«

Kühner geworden, erwiderte sie: »Typisch lunarisches Denken ist das. Schlau natürlich. Aber was die Idee angeht, diese Sache könne ein raffinierter Schwindel sein – *bueno*, ich nehme an, auch das war lunarisches Denken.«

»Wir stehen im Ruf, Intriganten zu sein«, räumte er unverfroren ein. Bedenkt, Niolente und ich mußten nicht nur uns selbst von Eurer Aufrichtigkeit überzeugen, sondern auch eine hinreichende Anzahl von Selenarchen, und die würden Mutmaßungen über *uns* anstellen. Dann mußten wir verhandeln, während wir weitere Informationen über Eure Feinde sammelten. Ihr hättet unsere Vorgehensweisen nicht verstanden. Dies ist nicht Eure Zivilisation. Hätten wir Euch gestattet, uns zu begleiten, hätte schon das bloße Erklären der jeweiligen Ereignisse in ihrer Entwicklung einen erheblichen Zeit- und Energieaufwand – und wahrscheinlich eine unmögliche Aufgabe – dargestellt.«

Kyra versteifte sich ein wenig. »Ich wäre Euch schon nicht hysterisch geworden.«

»Nein«, antwortete er sanft. »Jetzt bin ich mir dessen sicher. Aber bedenkt, Ihr kamt als Fremde zu uns. Wie konnten wir es wissen? Ihr seid für uns genauso fremdartig wie wir für Euch.«

»Das frage ich mich.« Sie nahm einen tieferen Zug, als bei einem Getränk wie diesem richtig war. Es weihte ihren Gaumen und schickte Regenbögen in ihren Blutstrom, ähnlich denen, die Rinndalir verklärt hatten. War vielleicht etwas eingemischt, eine Droge, an die er gewöhnt oder der gegenüber er immun war? Egal. Sie würde Berauschtheit erkennen, sobald sie einsetzte, und sich mäßigen. »Was habt Ihr an Maßnahmen in die Wege geleitet? Egal was, es muß bald geschehen. Ihr wißt, wir können nicht trödeln.«

Er seufzte. »Ein Jammer, diesen Augenblick mit geschäftlichen Dingen zu verderben.«

War auch das ein lunarischer Gedanke? »Bringt es hinter Euch, dann können wir uns entspannen und uns dem Vergnügen widmen.«

»Ungewißheit gibt Würze. Da Ihr indes anders empfindet, hier der Plan, knapp skizziert. Morgen wird die Selenarchie sämtliche Besitztümer Fireballs auf dem Mond für konfisziert erklären – vorbehaltlich einer Untersuchung dieser angeblichen Terroristenkrise, die wir inzwischen für vorgetäuscht halten. Eure Vertreter in Port Bowen werden protestieren, aber keinen Widerstand leisten; wir haben diejenigen in Schlüsselpositionen ausgehorcht.«

»Warum ihnen nicht einfach die Wahrheit sagen?«

»Würden sie Verschwiegenheit wahren? Einige würden uns nicht glauben, andere wären unsicher. Das Natürlichste für sie wäre, eine Anfrage an Quito zu richten. Ihr habt auf schnelles, entschiedenes Handeln gedrängt. Das erfordert Überraschung.«

»Ich glaube, Ihr unterschätzt unsere Leute. Aber es sind nicht Eure, nicht wahr? Was werdet Ihr als nächstes tun?«

»Wir, Pilotin Davis. Ihr seid überaus wichtig für uns. Die Beschlagnahme hält uns den Rücken frei und gibt uns die Befugnis, Raumschiffe zu requirieren. Ihr werdet eine Einsatztruppe von uns nach Lagrange-Fünf bringen. Dort werdet Ihr unsere Verbindungsperson sein.«

»Wow-w-w!« schrie sie unzulänglich. Er lachte in ihre Freude hinein. Beinahe hätte sie ihn umarmt und geküßt.

Gerade noch rechtzeitig bremste sie ihren Überschwang. Diese Anstrengung half ihr, ihre Gefühle unter Kontrolle zu bringen. Sie pochten zwar unvermindert weiter, schrieen aber wenigstens nicht das Denken nieder. »Was für ein Schiffstyp? Eine Fackel hieße, zu viel vom Glück zu erwarten. Es würde sowieso keinen großen Unterschied machen. Eure Männer könnten für die, hm, etwa dreieinhalb Stunden, die wir brauchen würden, keinen Schub von einem G aushalten. Wenigstens nicht, wenn sie in einem Zustand ankommen wollen, in dem sie noch etwas Sinnvolles tun können.«

»Wir werden eine ausgesuchte Truppe sein. Für die sechs Stunden, die nötig sind, können wir die zweifache Mondschwerkraft aushalten.«

Erregung: »Ihr kommt persönlich mit? Ja, das sieht Euch ähnlich . . . Was für Schiffstypen sind verfügbar? Wie viele werdet Ihr sein?«

»Ihr seht, Ihr seid bei diesem Unternehmen eine vollwertige Gefährtin«, schnurrte er. »Zehn, dazu Ihr selbst, müßten ausreichen. Im Hafen liegen mehrere Schiffe, aber nur eines davon, ein Narwal, hat genug Andruckliegen plus ausreichende Beschleunigung. Könnt Ihr ein solches Fahrzeug führen?«

Kyra schüttelte den Kopf. »Ich kann, aber es hat keinen Sinn. Sicher, es ist ein Personentransporter zur Erde und in den erdnahen Raum, aber sein Antrieb ist nicht für eine so lange Schubphase ausgelegt. Wir müßten entweder Zeit, die wir nicht gut erübrigen können, auf einer antriebslosen Flugbahn verbringen oder ein Ausbrennen riskieren und im günstigsten Fall garantiert bei der anderen Seite Mißtrauen erwecken. Außerdem hätten wir herzlich wenig Reaktionsmasse, falls uns jemand in einer Fackel verfolgt.« Ihre Gedanken rasten, eine Erregung wie beim Surfen auf einer riesengroßen Welle. »Natürlich steht dort auch ein Delphin, den gibt es immer, als Rettungsschiff. Vier Liegen, aber ich brauche keine. Ihr werdet mit einem Team dieser Größe auskommen müssen.«

»Ja«, sagte er augenblicklich. »Ich hatte eher an eine größere Gruppe gedacht, weil sie sich schwerer überwältigen ließe, sollte die Sache für uns schiefgehen. Nun müssen wir eben zusehen, daß das nicht passiert.«

»Wir können nicht einfach an Bord hüpfen und starten, wißt Ihr«, warnte Kyra. »In Anbetracht seines Hauptverwendungszwecks wird er wohl weitgehend startbereit sein, aber ein paar Vorbereitungen sind immer erforderlich, und außerdem, wie wollt Ihr erklären, wofür Ihr ihn braucht, wenn kein Notfall vorliegt?«

»Um das alles wird man sich vorab kümmern.«

»Und wie?«

»Ich habe Agenten in der Fireball-Organisation.«

Ich, hatte er gesagt. Die Implikationen waren beunruhigend.

Vielleicht las er es in ihrem Gesicht. Er sprach rasch. »Die Hafentechniker erhalten in Kürze Anweisungen, scheinbar aus Quito. Das steht schon im Netz auf Abruf bereit; ich muß nur noch die genauen Details eingeben. Diese Änderung des Plans, auf die Ihr drängt – laßt mich nachdenken ... Ah, ja. Wir Lunarier möchten Kontrolleure zu einem Relaissatelliten hinaufschicken, dessen Austausch wir erwägen, stellen aber plötzlich fest, daß wir Probleme mit unserem eigenen Raumschiff haben, das für diese Aufgabe geeignet wäre. Freundlicherweise übernimmt Fireball ihre Beförderung. Da es vier, nicht zehn, sind und ein Delphin wendiger ist als ein Narwal, und eine Analyse der Flugbewegungen derzeit keine signifikante Wahrscheinlichkeit für Unfälle in dieser Region zeigt, ist das das Schiff, das sich anbietet.«

Kyra runzelte die Stirn. »Ich weiß, wer sich darüber heftig wundern wird.«

»Meine Agenten sorgen dafür, daß diese Botschaft und die anschließenden Vorbereitungen solchen Personen nicht zur Kenntnis gelangen.«

Tricks, Ablenkungsmanöver, Täuschungen – »Ihr könnt diesen Start nicht unsichtbar machen, und ebensowenig die Tatsache, daß er nicht wirklich einen Mondsatelliten anfliegt.«

»Bis dahin ist die Beschlagnahme erfolgt, einschließlich der Nachrichtenanlagen. Die Bodenmannschaften werden noch nichts davon wissen. Alle Amtsträger stehen unter höflicher Aufsicht. Sobald das Schiff einmal oben ist, kann das gesamte Personal davon erfahren, aber für die nächsten – sollen wir sagen, fünfzehn Stunden? – verläßt keine Nachricht Port Bowen, die nicht von unseren Agenten überprüft oder selbst verfaßt worden ist. Ich wiederhole, bei Lagrange-Fünf brauchen wir den Überraschungseffekt.«

Kyra pfiff. »Das ist ein mächtig großer Happen, den Ihr da abbeißt. Was ist, wenn wir scheitern?«

Rinndalir lachte leise. »In diplomatischer Hinsicht dürften die Konsequenzen interessant sein. Aber wir, die Selenarchen der souveränen Luna, müssen eine tatsächliche Bestrafung nicht mehr fürchten als die avantistischen Herren Nordamerikas.«

»Trotzdem . . . Ich verstehe, warum Ihr so heimlich vorgehen mußtet, so lange brauchtet. Die Vorbereitungen für etwas derartig Großes zu treffen –« Übergangslos schenkte ihr der Wein nur noch wenig Erquickung. »Warum machen Eure *consortes* dabei mit? Was springt für sie dabei heraus? Und was für *Euch*, Sir?«

Er wurde ernst. »Das ist eine ziemlich philosophische Frage, Pilotin Davis. Wir können versuchen, sie später zu diskutieren, wenn Ihr das wünscht. Laßt mich fürs erste einfach sagen, daß unsere Beziehung zu Anson Guthries Fireball im allgemeinen zufriedenstellend war. Wer weiß, was der Pseudo-Guthrie heraufbeschwören mag?«

Das beruhigte sie wenigstens so weit, daß sie lächeln und erwidern konnte: »Genau das habe ich Euch immer zu erklären versucht!«

»In der Tat.« Seine Stimme wurde wieder lebhafter. »Sollen wir das Praktische abschließen? Unsere Einsatztruppe wird über eine scheinbar vom hiesigen Fireball-Direktor ausgestellte Genehmigung verfügen. Sie aufzusetzen und zu kodieren, hat unsere Experten ebenfalls einige Zeit gekostet. Kurz bevor wir andocken, wird sie an die Kolonie abgestrahlt. Sie besagt, daß wir eine Gesandtschaft sind, die ausgeschickt wurde, um die Möglichkeiten zur Errichtung eines lunarischen Produktionsbetriebs auf der dortigen Einsechstel-G-Ebene zu prüfen.«

Kyra runzelte die Stirn. »Das ergibt nicht viel Sinn.«

»Nein«, gestand Rinndalir mit einem Grinsen, »aber das dürfte die Sicherheitspolizei eigentlich nicht wissen, und die reguläre Belegschaft sollte keinen Grund sehen, uns nicht zu empfangen. Lunarier sind für ihre Unberechenbarkeit bekannt, aber nicht dafür, einen Lebensraum im All zu gefährden.« Sein Blick durchbohrte sie, seine Stimme wurde langsamer und tiefer. »Sobald wir einmal drin sind, hängt das, was geschieht, weitgehend von Euch ab, Pilotin Davis. Ich nehme an, Ihr wißt, wer uns zu Guthrie führen kann, und könnt diese Person dazu überreden, es zu tun.«

»Ich ... denke, das kann ich –« Es brach aus ihr heraus: »Und dann bricht die ganze niederträchtige Verschwörung in sich zusammen!«

Er hob eine von einem diamantenen Nimbus umgebene Hand. »Nicht ganz so dramatisch, fürchte ich. Am besten sollten wir ihn nicht im Triumphzug durch die Kolonie tragen, sondern ihn hinausschmuggeln. Andernfalls könnte die Sicherheitspolizei Mittel und Wege finden, uns aufzuhalten und alle

Nachrichten zu unterdrücken. Oder stellt Euch vor, was ein einzelner Fanatiker anrichten könnte. Jeder Anschlag – Waffen, die abgefeuert werden – muß ich noch mehr sagen? Und danach ... müssen wir überlegen, was am klügsten ist, in Beratung mit Guthrie selbst. Seine Feinde sind verzweifelt und nicht dumm. Nordamerika schwankt am Rande eines Bürgerkrieges. Millionen von Leben könnten auf dem Spiel stehen.«

Flüchtig fragte sie sich, ob ihm das etwas ausmachte. Aber nein. Ein unwürdiger Gedanke. Er war mehr Faust als Mephistopheles, daran mußte sie glauben. Und er hatte das große Abenteuer eingefädelt, das die Befreiung bringen sollte.

Sie wechselte ihren Pokal in die linke Hand und streckte die rechte aus. »*Muy bien*« rief sie.

Sein Griff war warm, und er lächelte ihr in die Augen. Sie waren groß, schrägstehend, vom Grau eines Nordmeeres oder feinen Stahls. »So sei es«, sagte er. »Leert Eurer Glas, und ich fülle beide nach, und wir trinken auf das Chaos.«

Sie gehorchte. Während er einschenkte, fragte sie: »Das Chaos?«

»Im wissenschaftlichen Sinn«, antwortete er. »Eine Anordnung von unendlich schöner, unvorhersehbarer Vielfalt.« Nach einem Augenblick: »Aber auch im älteren Sinne. Ich glaube nicht, daß wir in unser vertrautes Universum zurückkehren können, wenn das hier erst einmal vorüber ist. Schiwa ist der Zerstörer. Aber er ist ebenso der Neuschöpfer.«

Sie tranken, knabberten die Häppchen, bewunderten das Lichterspiel und sprachen von vielem. Erst später begriff sie, daß er eigentlich nichts davon offenbart hatte, was seine Motive und die seiner Mitstreiter waren. Vielleicht war die Tatsache, daß ihr das in dem Augenblick gar nicht aufgefallen war, auf das zunehmende Glücksgefühl zurückzuführen, vielleicht aber auch auf seine Geschicklichkeit. Er gewährte ihr nämlich zum Beispiel etwas, das ihr wie ein kurzer Einblick in sein Herz erschien.

»Ja, hier auf Luna haben wir Großes zu unternehmen, um diese Welt so umzugestalten, daß wir uns an ihr erfreuen können, und ansonsten jede Illusion, die wir uns nur wünschen. Wenn unser Erfindungsreichtum versiegt, wird der der Maschinen grenzenlos sein. Doch zu welchem Zweck? Die Zukunft gehört ihnen. Sofern wir nicht – Es wäre nicht die erste Rebellion, die Hoffnung aus Hoffnungslosigkeit erstehen ließe, durch Chaos.« Er wich vom Thema ab und machte einen munteren Scherz.

Unter der Verzauberung hörte sie sich selbst überlegen, ob er wirklich Faust war. Wenn nicht, was dann? Ein Trickster-Gott, Rabe, Kojote? Oder Loki?

Der Großteil der Unterhaltung fand an der Festtafel statt, zu der er sie bald führte. Sie befand sich in einem Raum blauen Zwielichts. Düfte trieben in der Luft und Musik. Wie hatte er herausgefunden, daß sie die *Air auf einer G-Saite* liebte? Das Mahl war vorzüglich, eine Abfolge von kleinen Gängen, jeder ein Meisterwerk. Tatsachen flochten sich in die Unterhaltung, Details, Ideen, von denen er viele aus ihr herauslockte. Sie gaben dem Gespräch Richtung und Bedeutung, das Gefühl eines gemeinsamen Ziels; aber stets kam das Vergnügen zurück, der Humor, Gedichtzeilen, Erinnerungen. Sie verfiel darauf, ihm von ihrer Vergangenheit zu erzählen, von der Toronto-Enklave und Rußland bis zu den Kometen und Planeten. Seine Fragen und Kommentare waren auf Grund seiner Fremdartigkeit oft erstaunlich erhellend. So hatte sie früher nie über Dinge gedacht. Erst hinterher rechnete sie auf, wie wenig er dagegen ihr erzählt hatte.

Die Kellner hatten ihnen Kaffee und die Liköre gebracht und waren verschwunden. Sie waren allein miteinander. »Ihr seid ein recht bemerkenswertes Geschöpf, Pilotin Davis«, sagte er.

Nicht Mensch, Geschöpf. Die Konnotationen, in einem lunarischen Verstand – »*por favor*, Lord Rinndalir, ich heiße Kyra.«

Sein Lächeln überflutete sie. »Nun, dann trage auch ich in dieser Nachtwache keinen Titel. Sollen wir einfach wir selbst sein?«

Wenn Sie unbedingt einen Vergleich aus der Mythologie wünschen: wie wäre es mit Krischna?

30

Eine Brise blies kühl. Ein paar der Blätter, die an einer Birke raschelten, waren gelb geworden, und das Grün der übrigen hatte zu verblassen begonnen. Wie im Trotz reckten Sonnenblumen nahebei goldene Blüten hoch über wild wachsendes Schwingelgras. Das Jahr Ragaranji-Gos bewegte sich auf den Herbst zu. Jenseits davon wartete der milde Winter.

Eiko fragte sich, wie es sein mochte, in einer Welt zu leben, wo Jahreszeiten und Wetter nicht gezähmt waren, nicht einmal in dem Maße wie auf der Erde. Es mußten furchterregende Mächte gewesen sein, denn eine Erinnerung an sie schwang noch bis zum heutigen Tag in den künstlichen Zyklen und den sorgfältig abgegrenzten Zufallsvariationen der Orbitalkolonie nach. Soviel Leben benötigte sie für ihr Wohlbefinden. Galt das womöglich auch für den menschlichen Geist?

Sie passierte das Torii-Tor und kam in die Nähe des Baumes. Drei Personen waren bereits dort, stumm, wie Menschen es für gewöhnlich waren, wenn sie erstmals in seinen Schatten traten. Sie kannte sie nicht. Für sich genommen bedeutete das nichts; aber konnten es Sipo-Leute sein, außerhalb ihres Dienstes als Zivilisten gekleidet, die hier waren, um das Wunder zu betrachten? Vielleicht konnte sie sie eine Weile beobachten und sehen, wie sie in der halben Schwerkraft zurechtkamen. Nein, das mochte ihrerseits ihre Aufmerksamkeit auf sie lenken. Am besten war sie einfach nur eine Frau, die vorüberspazierte. Eigentlich sollte es einfacher sein, ihre Ängste vor ihnen zu verbergen als vor jemandem, der sie erkannte. Natürlich waren ihre Freunde sich der Tatsache bewußt, daß sie diesen Ort seit ihrer Kindheit aufsuchte. Trotzdem – Sie umrundete den mächtigen Baumstamm und erkletterte die Leiter, in der Absicht, außer Sicht zu sein, bevor die Besucher darunterschlenderten.

Auf der dritten Ruheplattform wagte sie anzuhalten und nach Luft zu schnappen. Ihr Atem keuchte laut. Ihr Mund und ihre Kehle waren trocken, ihr Körper zitterte ein wenig, Mahnungen daran, daß sie nicht mehr ganz jung war. Sie trank aus der Feldflasche an ihrem Gürtel, stützte die Hände auf das Geländer der Plattform und öffnete sich der Stille.

In dieser Höhe befanden sich die untersten, noch spärlichen Äste. Drei Meter unter ihr hielten sie das erste von mehreren Sicherheitsnetzen. Mehr zum Schutz gegen herabfallende Zapfen und Zweige als um Kletterer aufzufangen, die den Halt verloren – trainierten Raumleuten würde das kaum je passieren – war sein Gewebe spinnennetzähnlich, kräftig genug, um einen Aufprall auszuhalten, aber dünn; sie konnte hindurchsehen, hinunter ins Dämmerlicht. Über ihr erhoben sich vielfältige Gewölbe, frisch, grün, schattig, leuchtend, weiter hinauf, als man sehen konnte. Wärme hielt sich in der Borke, Duft und dichter werdender Dunst in der Luft. Ein Falke glitt vorüber. Ein Roboter kroch den Stamm entlang, auf der Suche nach Erkrankungen, Beschädigungen, jedem Problem, das nichts mit Menschen zu tun hatte. Er sah aus wie ein Käfer von Hundegröße mit zusätzlichen Beinen und Fühlern. Auch er gehörte dazu.

Als sie wieder bei Kräften war, setzte Eiko ihren Weg fort. Der Aufstieg, den sie unternahm, war für die meisten Menschen zuviel. Ihr machte es nichts. Was für Schmerzen körperliche Anstrengung auch immer mit sich brachte, sie waren Segnungen, ein Ausruhen von der Krankheit, die die äußeren Ebenen ihrer kleinen Welt befallen hatte. Die nur von den Plattformen und dreimal von Rettungsstationen mit Notruftelefonen unterbrochene Gleichheit der Sprossen ermöglichte es ihr, sich in einer unendlichen Vielfalt von Ast und Zweig, Nadeln und Zapfen, Stille und Windesrauschen, Leben und Licht zu verlieren.

Am obersten Netz mündete die Leiter auf einer letzten Plattform und endete. Über ihrem Kopf befanden sich noch weitere Verzweigungen großer, eng beieinander wachsender Äste. Einer, der ein paar Meter unter ihr entsproß, verlief schräg zu ihnen hinauf. Eiko ruhte sich aus, bis sie sich bereit fühlte, dann sprang sie auf ihn hinunter. Sie fiel so sanft durch die dünne Luft wie ein Blatt im Herbst. Den Sprung abzuschätzen, war nicht schwierig für jemanden, der mit der Corioliskraft aufgewachsen war. Rauhe Borke und gelegentliche Seitenzweige boten reichlich Haltepunkte für einen Körper, der ein paar Kilo wog, um an der Plattform vorbei aufwärts und nahe an einen höhergelegenen Ast heran zu hüpfen. Zu diesem sprang sie hinüber, packte einen schlanken Seitentrieb und kroch hinauf. Von dort aus war das Weiterklettern leicht. Als sie den Ast erreichte, zu dem sie wollte, bewegte sie sich vorsichtiger und balancierte gegen einen Wirbel unruhiger kleiner Winde über seinen mächtigen Durchmesser hinaus zu einer dreifachen Gabelung.

Sie war keineswegs der einzige Kolonist, der Expeditionen dieser illegalen Art unternahm, aber diejenigen, die es taten, waren rar, und es wurde selten von ihnen gesprochen. Seit Jahren war sie nicht in dem Versteck gestört worden, das sie entdeckt hatte. Im Gegensatz zu ihr kamen andere um des Abenteuers und nicht um des Friedens willen so weit nach oben.

Die Gabelung und Ihre Nebenarme bildeten einen dichtverwobenen Raum mit ausladenden Astgabeln, auf denen man ausruhen konnte, mit Wänden und einem Dach aus Grün, offen auf der gegenüberliegenden Seite. Weniger dick hier als an seinem Fuß, schwankte der Hauptstamm leicht in den Winden, ein Zittern durchlief ihn, nadelreiche Zweige verschoben sich und raschelten, Ausblicke auf leere Luft tanzten zwischen ihnen. Voraus trieben Dünste vor blassem Blau, von einer Sonne beleuchtet, die keine Scheibe, sondern ein Ring um die Mündung dieses Schachtes war. Der Boden lag schwindelerregend tief unter ihr, aber der Wald, der der Baum war, versperrte die Sicht darauf.

Eiko griff an drei Zapfen vorbei, zog Guthrie aus seinem Versteck und stellte ihn sicher ab. Sie verneigte sich, bevor sie sich hinkniete: Beine zusammen, Hände auf dem Schoß, das Gesicht ihm zugewandt. In Trainingsanzug und Sportschuhen war das eine unpassende Pose, aber sie vertraute darauf, daß er wußte, was sie meinte.

Die unstete Beleuchtung ließ seine Linsen auf unheimliche Weise lebendig erscheinen. »Hallo«, sagte er. »Sie sind lange weggewesen. Ärger?«

»Nicht für mich, Sir«, erwiderte sie im gleichen Englisch. (Nein, nicht im gleichen; seines ging Generationen zurück.) »Ich denke einfach nur, daß es zu gefährlich wäre, wenn ich oft käme. Aber ich muß Sie heute darüber informieren, daß neue Kontingente der Sicherheitspolizei eingetroffen sind. Sie durchsuchen die Kolonie von einem Ende zum anderen. Von vagen Andeutungen über mögliche Sabotagevorrichtungen abgesehen, hat man uns nicht gesagt, wonach sie suchen, aber mir ist es klar. Ich wage nichts zu unternehmen, was sie bemerken könnten.«

»Verstärkungen?« knurrte er. »Von einem Ende zum anderen? Ja, mein anderes Ich hat sein Okay gegeben. Es hat einen ziemlich sicheren Verdacht, daß ich irgendwo auf L-5 bin – daß ich mir einen Bau gegraben habe, sozusagen.«

»Tut mir leid, daß ich Sie so lange alleingelassen habe, Sir«, meinte sie. »Wie war das für Sie?«

»Langweilig.«

»Tut mir leid«, wiederholte sie, während sie zugleich dachte, daß sie sich nicht gelangweilt hätte. Ohne Hunger oder Durst oder irgendeine Notwendigkeit der Bewegung inmitten von Himmel und Baum zu ruhen!

»Außerdem bin ich mürrisch«, sagte er. »Warum sind Sie so passiv? Sie waren ganz schön kühn, als Sie mich im All aufgelesen haben. Und jetzt wollen Sie sagen, Sie hätten keine weiteren Anstrengungen unternommen, hätten nicht einmal unter vier Augen mit ein paar zuverlässigen Leuten gesprochen?«

Sie schüttelte den Kopf. Eine dritte Entschuldigung wäre zu unterwürfig gewesen, aber sie hielt ihre Antwort sanft. »Ich sagte Ihnen doch, mein Vater ist eine Geisel. In gewissem Sinne, in einem sehr realen Sinn, ist diese ganze Nation das. Bei einem Kampf könnte das Vakuum eindringen.«

»Das würde ich nicht wollen. Gott, nein! Ich dachte mehr daran – vielleicht einfach bloß jemanden zum Mond zu schicken, um herauszufinden, was dort schiefgelaufen ist, und die Information weiterzugeben.« Guthries Stimme wurde leiser. »Und ich mache mir Sorgen um Sie, Mädchen. Wenn wir abwarten, müssen sie mich irgendwann finden, und sie werden nicht viel Grips brauchen, um sich auszurechnen, daß Sie daran beteiligt waren. Wie steht es damit?«

»Das macht nichts«, sagte Eiko, Ruhe im Herzen. »Vielleicht ist Ihr anderes Selbst ähnlich wie Sie, so daß es versteht und befiehlt, mir zu vergeben. Auf jeden Fall werden sie keinen Grund haben, meinen Vater und meine Freunde zu bestrafen, oder? Tatsächlich könnte das die Wahrheit an den Tag bringen, und davor fürchten sie sich.«

Er machte ein schroffes Geräusch und fragte: »Wie lange kann es dauern, bis die Sipo hier heraufkommt?«

»Noch einige Tagzyklen, glaube ich. Die Kolonie ist so groß, so komplex, ein Labyrinth. Ich habe versucht, mir auszudenken, wie ich Sie an einen Ort bringen kann, den sie bereits durchsucht haben.«

»Gutes Mädchen. Trotzdem können wir nicht auf ewig Verstecken spielen.«

»Nein. Aber solange Sie in Freiheit bleiben, haben wir Hoffnung auf eine Gelegenheit, eine Änderung der Umstände.« Sie verlor ihre Ruhe. »Lassen Sie uns diese Hoffnung, Guthrie *san!* rief sie. »Wenn man Sie umbringt –«

Er klang ungerührt. »Meinetwegen habe ich keine Angst. Allerdings wäre es für Menschen wie Sie sehr schlimm.«

Einsicht stellte sich ein, nicht als plötzliche Offenbarung, sondern als logische Folge von vielen Stunden des Nachdenkens. »Fireball«, hauchte Eiko, »jene, die davon leben und Ihnen vertrauen, ist es das, wofür Sie existieren?«

Er bemühte sich um einen nüchternen Tonfall, wie um seine Aussage zu relativieren. »Was sonst gäbe es? Oh, dies ist ein interessantes Universum, und ich habe meinen Spaß, aber ich bin nur noch so gerade am Leben. Ohne Fireball hätte es verdammt wenig Sinn weiterzumachen.«

Was für eine ultimative Einsamkeit, dachte Eiko. Wie konnte sie ihn erreichen? Es war ein dürftiges Werk, das sie heute vielleicht würde vollbringen können. Sie verstummte, suchte nach etwas, das sie sagen konnte. Der Wind säuselte, der Baum murmelte. »Warum bedeutet es Ihnen soviel?« fragte sie schließlich.

Er forderte sie nicht auf, sich um ihren eigenen Kram zu scheren. War er froh, antworten zu können? »Nun ja, Juliana – meine Frau – und ich, wir haben es begründet und ans Wachsen gebracht. Unser Baby.«

»Sie hatten auch richtige Kinder, nicht wahr?«

»O ja. Aber sie wurden erwachsen und begannen, ihr eigenes Leben zu führen. Wir kamen prima mit ihnen aus, freuten uns über die Enkel, aber Fireball war das, was wir für uns selbst behielten.«

Zweifellos verspürte er ihr gegenüber Dankbarkeit, trotz seiner Klagen, gewährte ihr ein Maß an Respekt und befand sie daher für würdig, so mit ihr zu sprechen. Trotzdem war Eiko überrascht, als er hinzufügte: »Dann starb Juliana. Ich machte weiter.«

»Allein«, sagte sie. Tränen brannten.

»Bemitleiden Sie mich nicht!« wies er sie zurecht. »Ich tue es auch nicht, habe es nie getan. Fireball zu leiten machte Spaß, es an die Grenzen des Sonnensystems zu führen und nachzusehen, wie viel weiter wir noch gehen könnten.«

»Ich verstehe. Das wollten Sie nicht verlieren.«

»Als ich meine eigene Zeit herannahen sah?« Sie stellte sich das Zucken von Phantomschultern vor. »Nun, irgendwann mußte ich es doch. Das hier ist nicht der Original-Anson-Guthrie, wie Sie wissen. Es ist ein Programm in einem Kasten.«

»Ich wollte sagen«, tastete sie sich vor, »der Weltraum . . . lag Ihnen . . . sehr am Herzen.« Und die Menschheit, die auf ewig weiter hinausstrebte, entdeckte, triumphierte, die Sonne und die Galaxien überdauerte und auf diesem ihrem Weg zur Erleuchtung gelangte.

Seine Antwort kam barsch. »Nicht genau. Ich war nie ein Heiliger, der sich für irgendein grandioses Ziel aufopfert. Ich war auch nie so ein Egomane anzunehmen, daß Fireball augenblicklich auf den Klippen zerschellen würde, sobald meine Hand nicht mehr das Ruder führte.«

Eine Weile lag er stumm da. Sanft wiegte ihn der Baum.

»Aber wir stecken in einer Krise«, sagte er. »Mehreren Krisen, manche technisch, manche politisch. Zum Beispiel: sollte Fireball die Forschung und Entwicklung für interstellare Flüge fortsetzen? War das das große, leuchtende Ziel, oder schütteten wir unsere Reserven in ein schwarzes Loch, auch wenn sie sich auf etwas Reales verwenden ließen? Mehrere Regierungen versuchten ernsthaft, den Weltraum zu erobern, ihre eigenen Fluglinien und Unternehmungen aufzubauen. Sollten wir dem Kamel zuvorkommen, das seine Nase in das Zelt steckte? Wenn ja, wie? Und wie sollten wir verhindern, daß Fireball selbst zu einer Regierung degenerierte?«

Während er fortfuhr, wurde seine Stimme leiser und ruhiger. »Ich war ein alter Furz, meine Ausdauer war erschöpft, und mein Verstand wurde langsam träge. Das Beste für Fireball – dieses Gebilde, das Juliana zusammen mit mir aufgebaut hatte – das Beste würde sein, wenn ich abtrat. Es sei denn, ich konnte einen Helfer finden, der wie ich dachte, den Traum ebenfalls am Leben erhalten wollte. Die Technologie zum Anfertigen von Bewußtseinskopien stand inzwischen zur Verfügung. Eine ganze Reihe von Freunden, einschließlich einiger Abkömmlinge von uns, drängten mich dazu, sie zu benutzen. Sie behaupteten, sie brauchten das hier. Vielleicht hatten sie recht. Jedenfalls ließ ich mich von ihnen überreden. Und von ihrem Standpunkt aus gesehen keinen Augenblick zu früh, denn wie es sich ergab, starb ich kurz nach der Überspielung.«

31
Datenbank

Das Haus stand nahe dem Westrand des Naturparks auf Vancouver Island. Hinter ihm und zu beiden Seiten des Rasens erhoben sich uralte Tannen. Vor ihm zog sich ein Weg zu einer Anlegestelle in einer kleinen Bucht hinunter. An diesem späten Sommernachmittag standen Wolken hoch im Osten, ihre Schwaden waren voller Licht und blauer Schatten. Im übrigen war der Himmel klar. Ein schwacher Wind trug Kühle von der See zum Land; Möwen schwebten krächzend unglaublich weiß dahin. Die Wellen außerhalb der Bucht wogten grau und grün, außer dort, wo sie vor Sonne brannten oder schäumten und gischteten. Auf diese Entfernung kam ihr Geräusch als ein wildes Wiegenlied an, *pst-pst-pst*. In der Ferne flog ein Segelboot auf ihnen dahin.

Hier lebte noch ein Stück der Alten Erde fort. Es war teuer im Unterhalt.

Der Roboter ließ seinen Flieger auf dem Landefeld stehen und schritt zum Haus. Er war menschenähnlich und erinnerte an einen Ritter in voller Rüstung – batteriebetrieben, nicht sehr effizient, aber für diesen Anlaß besser geeignet als ein Gebilde auf Rädern oder Raupenketten oder Düsen. Die Veranda dröhnte unter seinem Gewicht. Sheila Quentin hörte es und öffnete die Tür. Er trat in einen mit Walnußholz getäfelten Vorraum. Obwohl die Fenster abgedunkelt waren, stand eine Buntglasscheibe in voller Glut. Sie zeigte Dädalus und Ikarus, die aus ihrem Gefängnis aufflogen.

»Willkommen«, sagte Sheila Quentin. Ihre Stimme klang bemüht. »Aber mußten Sie persönlich kommen?«

»Er hat darum gebeten, oder?« erwiderte der Roboter. Seine eigene Stimme war ein kräftiger Baß, aber ziemlich ausdruckslos im Tonfall. Er hatte noch nicht genug Übung damit.

»Ja, aber –« Sie schaute weg. »Ich würde denken, er – na ja, es ist etwas anderes bei ... Blutsverwandten. Sie – entschuldigen Sie, aber warum konnten Sie sich nicht mit einer Videophonverbindung zufriedengeben?« Sie schaute wieder hin, einen traurigen Trotz aufbietend. »Das wäre weniger belastend für ihn.«

Der Roboter musterte sie. Sie war eine hübsche Frau gewesen. Die Jahre hatten das nicht ganz aus ihr herauslaugen können. »Er möchte es so«, sagte der Roboter. »Verstehen Sie das nicht?«

Sie seufzte. »Ich weiß. In vieler Hinsicht ist er eine primitive Seele. Ich hätte es verhindern sollen.«

»Hätten Sie das gekonnt?«

»Ich habe es versucht. Er beharrte darauf. Aber er ist so schwach –« Ihre Finger verdrehten sich ineinander. »Er, der so stark war. Ich hätte mich weigern können, seine Nachricht an Sie weiterzuleiten oder ihn anrufen zu lassen. Aber –«

»Er hätte Sie dafür verflucht. Ich weiß.«

»Natürlich wissen Sie es.« Sie hob die Augen, um seinen Linsen zu begegnen. »Ich gab nach. Verachten Sie mich jetzt?«

Der Roboter schüttelte den Kopf. »Nein. Ganz im Gegenteil. Es war nicht einfach für Sie. Danke.«

Ihr Blick wanderte zur Treppe hinüber. »Besser, Sie gehen gleich hinauf. Er hat seine Medizin gehabt, aber es läßt sich inzwischen unmöglich sagen, wie lange eine Dosis vorhält, und der Preis, den er dafür bezahlen muß, wird jedesmal höher.«

»Hinterher –«

»Wenn es ein Hinterher gibt, ja, dann komme ich, um auch auf Wiedersehen zu sagen.« Sie schluckte. »Aber jetzt will er allein sein.«

»In gewisser Weise ist er es auch«, stimmte der Roboter zu.

»Wenn er mich seine Hand halten lassen würde, während Sie – Nein!« schrie sie beinahe. »Gehen Sie schon rauf!«

Der Roboter stieg die Stufen hinauf und ging durch einen Korridor zu einem nach Westen liegenden Schlafzimmer. Es war sparsam eingerichtet, mit nur wenigen Bildern an den Wänden, aber viel heller als unten. Fenster ließen den Himmel und die Seebrise ein. Vorhänge flatterten hauchdünn. In einer Ecke stand eine Großvateruhr, ein restauriertes Museumsstück. Ihr Ticken marschierte leise unter dem Wind.

Der Roboter näherte sich dem Bett und beugte sich darüber. Anson Guthrie erwiderte seinen Blick. Augen blinzelten. Sie waren getrübt hinter dem Bollwerk seiner Nase, die wie eine Felsklippe vorsprang, seit ein Großteil des Fleisches verschrumpelt war. Lippen bewegten sich. Der Roboter verstärkte den Ton, bis er dieses Flüstern verstehen konnte. »Hallo.« Das brachte auch das Seufzen in den Tannen und das Anbranden der Wellen herein, während sie über den halben Planeten uferwärts rollten.

Der Roboter hatte sich für die beste Art entschieden, sein anderes Selbst zu begrüßen. »*Vaya con Díos*«, sagte er.

Guthrie grinste ein bißchen. »Vielleicht«. Nach einem

Moment: »Ich wollte ... mich noch einmal ... mit dir treffen.« Er murmelte Wort um Wort, mit Pausen zum Luftholen dazwischen. Der Atem rasselte in seiner Lunge.

»Sheila glaubt nicht, daß das einen Sinn hat«, sagte der Roboter. Er richtete sich auf. »Ich frage mich, ob sie recht hat.«

»Ich auch, aber ... egal ... Ich hoffe, du hast ... freundlich mit ihr ... gesprochen.«

»Ich habe es versucht. Ich bin mir nicht sicher, ob ich erfolgreich war.« Ungeschickt menschenähnlich rieb sich der Roboter den Hinterkopf, als wüchse Haar darauf. »Das alles ist neu für mich.« Sein Ton wurde schärfer. Angriff ist die beste Verteidigung. »Wie gut bist *du* zu ihr gewesen?«

Guthries Schädel drehte sich auf dem Kissen, von ihm weg. »Weniger gut, als ich es hätte sein sollen, zweifellos. Aber –«

Abgesehen von seinem Atem, der gegen Wind und See und Uhr anarbeitete, verstummte er. Schließlich: »*Vaya con Díos*«, hast du gesagt.« Wieder grinste er. »Ob Juliana mir wohl die Hölle heißmachen wird? ... Sheila und die Frauen vor ihr –«

»Sie, Juliana, sie wird es verstehen«, sagte der Roboter heftig.

»Da bin ich mir nicht so sicher ... Dir fehlen gewisse Gefühle, denke ich ... Hast das nicht ... was man braucht ... um sie zu haben.«

Der Roboter blieb eine Weile stumm. »Das tat weh«, sagte er endlich.

»Entschuldige.« Guthries starrer Blick kämpfte sich zurück zu der blankpolierten Gestalt. »Yeah, entschuldige. Ich vergesse andauernd ... daß du nicht wirklich ich bist ... Ich war immer ... ziemlich grob ... mir selbst gegenüber, weißt du.« Er rang nach Atem.

Der Roboter nickte. »Ich rechne damit, daß ich ebenso sein werde. Ich bin immer noch dabei zu lernen, das zu sein – was ich bin.«

Guthrie versuchte, die Stirn zu runzeln. »Laß uns aufhören ... unsere Zeit die Toilette runterzupinkeln. Ist verdammt wenig ... davon übrig ... Ich gehe jetzt dorthin, wo Juliana ist, ja, aber ... das ist das Nichts ... Muß vorher noch etwas ... Geschäftliches regeln.«

»Deine Asche wird garantiert zu ihrer kommen«, versprach der Roboter: über dem Leibnizgebirge auf dem Mond verstreut, den Bergen des ewigen Lichts.«

»Bagatellen. *Uns* macht das nichts mehr aus . . . wir werden's nicht mal wissen. Mein Grabspruch – Erinnerst du dich?«

»Oh, sicher.«

Eine warme Nacht, ein zerwühltes Bett, das Zirpen von Grillen draußen, der Geruch nach Liebe. Sie schmiegte sich an ihn. Ihre Locken fielen über den Arm, den er um ihre Schultern gelegt hatte. »Ich habe daran gedacht, was ich gerne auf meinem Grabstein stehen haben möchte«, lachte er.

Jeder Mann stirbt
Und endet seinen Weg.
Hier liegt der flach,
Der gerne flachgelegt.

»Den kriege ich jetzt doch nicht«, sagte Guthrie.

»Aber ich werde mich daran erinnern«, sagte der Roboter.

»Richtig. Das ist genug. Hör zu«, zischte Guthrie. »Ich möchte . . . dir Anweisungen bezüglich . . . Fireball geben . . . Du wirst . . . ein höllisches Tohuwabohu erleben . . . und du . . . tastest dich immer noch . . . ins Leben hinein –« Eine Zeitlang atmete er nur. Selbst verstärkt war seine Frage kaum zu hören. »Ich möchte zu gerne wissen . . . wie man sich dabei *fühlt?*«

»Merkwürdig«, gestand der Roboter. »Eine Art – Leichtigkeit? Ich bin eine Abstraktion, denke ich.« Er suchte nach Worten. »Aber da ist immer noch ein, ein Antrieb, und ich mag meine alten Freunde, meine alten Erinnerungen, deine. Nicht auf genau die gleiche Weise wie vorher – wie du gewesen bist – aber – Nein, du warst heute nicht sehr nett zu Sheila.«

»Kümmere dich . . . um sie. Sie hat es verdient.«

»Das werde ich. Das hat sie.« Auch das teilte der Roboter mit ihm. »Okay, was willst du mir über Fireball erzählen?«

Guthrie sammelte Kraft.

»Sie schwärmen schon um dich herum, nicht wahr?« begann er. »Ratschläge, Anfragen, Forderungen ... Und du weißt ... was ich weiß ... über sie, aber ... hast du auch die – Intuition – das Gefühl für sie?« Er kämpfte sichtlich. »Hör zu. Größtenteils meinen sie es gut ... Paß auf auf ... Delancey ... Er ist auf Macht aus. Ein zu guter ... Verwaltungsbeamter, um ihn ... über Bord zu werfen, und ... wir dürfen unser Versprechen nicht brechen, niemals ... aber halte ihn immer an der Kandare.« Er kämpfte. »Und Tanya ... Tanya Eagle Tree. Ein gutes Mädchen, ganz abgesehen davon, daß ... Sie meine Enkelin ist ... aber sie sollte bei der ... Technik bleiben. Bring sie davon ab ... Menschen führen zu wollen. Und –«

Der Anfall verrenkte ihn.

Der Roboter kniete sich hin und hielt ihn fest, Mumie gegen Metall, während er seinen Verlauf nahm. »Soll ich um Hilfe klingeln?« fragte der Roboter. Jeder andere hätte es auf der Stelle getan.

Das erwartete ›Nein‹ hauchte ihm entgegen. Seine Vibrosensoren spürten den rasenden Herzschlag, seine Chemosensoren saugten den Geruch von muschelkaltem Schweiß ein. »Zur Hölle damit. Kümmere dich nicht darum.«

Der Krampf endete. Der Roboter ließ den Mann auf das Kissen hinunter. Guthries rechte Hand zitterte ihm entgegen. »Die Sterne«, bat Guthrie flehend. »Sorge dafür, daß ... die Sterne unser Ziel bleiben ... egal, was deine Leute ... sagen.«

»Jene Nacht an dem See ist auch in mir«, versicherte ihm der Roboter.

Die Luft war absolut unbewegt und unglaublich klar, besonders in Anbetracht der geringen Höhe. Über den Wäldern leuchteten Sterne ohne Zahl. Ihre Spiegelbilder schimmerten überall auf dem See. Anson und Juliana hatten den Lagerplatz für sich allein; in jenen Tagen mußte man mit dem Rucksack hierher wandern. Sie zogen sich aus und gingen schwimmen. Das Wasser liebkoste sie, beinahe warm. Bei jedem Armzug lief es mit einem hellen Klingen wie Gelächter in sich selbst zurück. Sie schwammen inmitten von Sternen. »Eines Tages machen wir das wirklich«, sagte Juliana. »Versprochen?«

»Gut«, flüsterte Guthrie. »Großartig. Das ist es, was zählt.« Er ruhte sich aus, bis er ein wenig lauter sprechen konnte. »Darauf werde ich trinken. Der Scotch . . . steht da drüben.«

»Besser nicht«, riet der Roboter.

»Noch habe ich das Kommando.«

Der Roboter gab nach. »Das hast du.« Er durchquerte das Zimmer, holte die Flasche aus einer Schublade, wie es ihm befohlen worden war, kam zurück und goß einen eigentlich für Wasser gedachten Becher voll. Dann kniete er wieder nieder, hob den knorrigen Kopf und führte den Rand an die Lippen.

»Die Sterne«, murmelte Guthrie.

Vorhänge kräuselten sich abendleicht in der stärker werdenden Brise. Die Großvateruhr erreichte eine weitere volle Stunde und dröhnte über sie hinweg.

32

Auf einen entsprechenden Befehl hin überließ sich die *Inia* der Fernsteuerung durch die Flugkontrolle und glitt in das Dock auf L-5. Kyra mußte sich nur zurücklehnen und zuschauen. Die Kolonie ragte wie eine rotierende Klippe vor ihr auf, der Eingang eine klaffende Höhle in ihrer Mitte. Ihr Fahrzeug flog in einen überall beleuchteten Tunnel ein, gab Seitenschub, erreichte den zugewiesenen Ankerplatz. Der Kontakt und die elektromagnetische Verankerung ließen den Rumpf erzittern. Eine Welle von Schwindelgefühlen lief durch die Köpfe, als das Gewicht zurückkehrte. So nahe bei der Rotationsachse war es gering, aber jetzt sah Kyra zu einem gegenüber festgemachten Tender *hinauf*, nicht mehr zu ihm *hinüber*. Gut, dachte sie, daß sie ein Veto gegen Rinndalirs Idee eingelegt hatte, in einem Narwal zu kommen. Das Schiff hätte im Orbit bleiben müssen, während das Shuttle dort drüben oder ein ähnliches seine Gruppe hierher und wieder zurück beförderte. Ein Delphin war klein genug, um ihn direkt herzubringen, und außerdem eine Möglichkeit zu schnellerer Flucht, sollte sich das als nötig erweisen. Andererseits mochte eine verringerte Streitmacht natürlich dazu führen, daß diese Notwendigkeit wahrscheinlicher wurde.

Sie spannte sich. So, wie ihr Plan sich entwickelt hatte, hing es weitgehend von ihr ab.

Sie löste ihre Gurte und bewegte sich leicht wie eine Feder zum Heck. Die Lunarier machten sich von ihren Beschleunigungsliegen los. Nach Stunden unter dem Doppelten ihrer normalen Schwerkraft wirkten Arren, Isabu und Cua abgespannt. Trotzdem würden sie keine Faulpelze sein. Medikamente hielten sie bei voller Kraft und Wachheit; sie hatten während der Reise an der Besprechung teilgenommen; was immer der physiologische Preis war, sie würden ihn nach ihrer Heimkehr bezahlen. Rinndalir ließ kein Anzeichen des Martyriums erkennen. Im Gegensatz zu seinen Gefolgsleuten, die einfache Overalls trugen, war er in Schwarz und Silber gekleidet. Bezaubernder, als irgend jemand es von Rechts wegen sein durfte, zum Teufel mit ihm.

»Ist alles in Ordnung?« fragte er mit leiser Stimme. »Sind die Einzelheiten allen klar im Bewußtsein?« Er lächelte. »Soweit wir sie festlegen konnten.« Das Lächeln fand Kyra. »Euch, ja, ganz zweifellos. Das weiß ich sehr wohl.« Sie spürte die Hitze in ihrem Gesicht und verfluchte sich innerlich selbst. Und doch, wie er Herz und Hoffnung aufrichtete!

Arren und Isabu holten ihre großen, mit Instrumenten und Ausrüstungsgegenständen gefüllten Koffer. Die Griffe umfassend, sprangen sie mit langen Sätzen hinter ihrem Chef zur Backbord-Besatzungsschleuse. Cua folgte ihnen in einigen Metern Abstand. Sie war die Ersatzpilotin und gehörte zu den wenigen Lunariern mit Tiefraumausbildung, kein *consorte* Fireballs, sondern eine Vasallin Rinndalirs.

Kyra hielt sich abseits. Als die Schleusentore sich öffneten, konnte sie zwar hören, was sich abspielte, nachdem die Männer das Fahrzeug verlassen hatten, aber nicht sehen und auch nicht gesehen werden. Cua, die an Bord, aber in Sicht blieb, flüsterte ihr zu: »Sechs Beamte der Sicherheitspolizei – ein ganzes Kommando, glaube ich – dazu die üblichen Techniker. Sie sind uns gegenüber tatsächlich argwöhnisch.«

Worte drangen an ihr Ohr: »– Befehle, Sir. Keine Unhöflichkeit oder dergleichen. Das übliche Verfahren. Solange die Gefahr anhält, müssen alle neuen Besucher jederzeit begleitet und, äh, nachgehalten werden. Es ist zu Ihrem eigenen Schutz.«

Rinndalir sagte sardonisch: »Sind wir so kostbar, daß wir von einem zahlenmäßig doppelt so starken Kommando bewacht werden müssen? Ich fühle mich geehrt.«

»*Bueno*, Sir, Sie sind aber auch wirklich unerwartet gekommen, in einer Mission, von der die Gouverneure von L-5 vorher nicht das geringste gehört hatten.«

»Es wird mir eine Freude sein, die Gründe dafür zu erklären, wenn Ihr mir eine Videophonverbindung zur Verfügung stellt oder Ihre Vertreter sich die Mühe machen, uns bei Niedrigschwerkraft zu treffen. Im wesentlichen handelt es sich hier um eine erste und vorläufige Sichtung. Falls wir keine offensichtlichen Mängel an der Örtlichkeit feststellen, an die wir denken, wird die Selenarchie ein formelles Angebot machen, und die Möglichkeit kann in allen Einzelheiten geprüft werden. Warum begleitet Ihr uns nicht einfach direkt dorthin?« Gelächter. »Um so schneller seid Ihr uns wieder los.«

»Ah, die Nachricht besagte, daß es sich bei Ihnen um fünf –«

»Unsere Pilotin hat keine Ursache, uns zu begleiten. Sie ist nur eine Fireball-Angestellte. Angesichts der gegenwärtigen Notlage, Hauptmann Pedraza, werdet Ihr verstehen, warum wir es für klug erachten, einen von unseren eigenen Leuten bei ihr zu lassen, um unser Schiff bewachen zu helfen.«

Der Sipo-Offizier erhob verwirrte Proteste. Rinndalir überwand sie oder schwemmte sie besser gesagt auf einer glatten Flut von Worten davon. Verband wohl sonst jemand in der Galaxis Arroganz und Schmeichelei so wie er? Schließlich entfernten sich die Schritte.

Cua und Kyra wechselten einen Blick. »Ich werde mich umsehen«, sagte die Lunarierin leise. »Lauscht aufmerksam.« Sie trat durch die Schleuse. In der niedrigen Schwerkraft schien sie sich sogar in ihrer sackartigen Kleidung weniger mit langen Schritten zu bewegen als vielmehr zu fließen. MacCannon, war sie schön! Natürlich waren Lunarierinnen das immer. Solange man Chromosomen manipulieren konnte – Was zog Rinndalir eigentlich an Kyra an? Nicht, daß er vorgab, sie zu lieben (was ihre Intelligenz beleidigt hätte), aber seine Komplimente waren wie Verse, und was den aktiven Teil jener Nachtwache anging, dagegen war Nero Valencia verblaßt. Nein, nein, nein, Kyra hatte ihre Gefühle unter Kontrolle, sie würde sich nicht ständig von ein paar Stunden im Elfenhügel verfolgen lassen, aber sie kam nicht umhin, sich zu fragen –

Lausche, Idiotin, lausche!

Erneut Stimmen inmitten von Hintergrundgeräuschen. Verdammt. Und doch hatte Kyra nicht wirklich damit gerechnet, daß Cua keinen Wächter melden würde. Entweder hatte Pedraza eine Wache gerufen, bevor er Rinndalirs Gruppe davonbegleitete, oder er hatte einen Mann aus seinem Kommando abgestellt.

Der nächste Zug kam von Cua: »Zum Gruß. Darf ich mich ein wenig umsehen? Ich war noch nie vorher hier«, was eine geschnurrte Lüge war.

Die männliche Antwort war fast unvermeidlich. »Ach, sicher, wenn Sie ganz in der Nähe bleiben. Aufregender Ort, was?«

»Ihr habt ihn in Eurer Freizeit erkundet? Sagt mir, ich bitte Euch, was machen die Männer dort drüben?«

»Ich weiß nicht. Ich bin kein Raumfahrer. Tut mir leid.«

»Es sieht interessant aus . . .«

Der Sipo-Beamte war wahrscheinlich kein Narr. Er würde nicht mit dem Neuankömmling davonschlendern oder so etwas. Trotzdem, sie stellte keine Bedrohung dar, gab durch nichts zu erkennen, daß sie vielleicht vorhatte, wegzurennen oder auf andere Weise Schwierigkeiten zu machen. Seine Gruppe mußte die Anweisung erhalten haben, behutsam mit den Lunariern umzugehen. Seine Pflicht war es, ein Auge auf ihr Schiff und auf diese bezaubernde Frau zu haben. (Im Wortsinne bezaubernd. Ihre Rasse hatte diesen Ruf. Der Volksmund auf der Erde sprach von Pheromonen. Anthropologen machten sich darüber lustig, aber –)

Kyra schlüpfte in die Schleusenkammer und riskierte einen Blick nach unten, um das äußere Schleusentor herum. Der junge Uniformierte hatte seine Aufmerksamkeit ganz auf Cua konzentriert. Zwei Techniker in der Nähe waren sich ihrer ebenfalls sehr deutlich bewußt. An anderen Stellen arbeiteten Menschen und Maschinen einzeln oder in kleinen Gruppen auf dem riesigen Bogen und in den höhlenartigen Tiefen des Hafens. Cua nahm den Arm des Mannes, leicht, so leicht, und zeigte in die Ferne. Er gehorchte dem ihm gegebenen Impuls. Ein oder zwei Minuten lang würde der Ausstieg der *Inia* außerhalb seines Gesichtsfeldes liegen.

Kyra sprang, nicht auf die Rampe, sondern direkt, indem sie sich mit der vollen Kraft ihrer Beine abstieß. Im Fallen drehte sie sich, landete auf den Füßen und hüpfte mit einem Zehn-Meter-Satz davon. Sie sah einen Techniker, dessen Blick ihr folgte, und legte einen Finger an die Lippen. Rinndalir hatte eine Fireball-Pilotenuniform für sie besorgt. Dieser *hombre* gehörte ebenfalls zu Fireball. Er nickte und war plötzlich sehr beschäftigt. Sie setzte ihren Weg in einem gemächlichen Mini-G-Tempo von etwa fünfzehn Stundenkilometern fort.

Hatten andere etwas bemerkt? Ob vielleicht jemand Alarm geben würde? Wenn der Sipo-Beamte sich wieder umdrehte, würde er sich dann als aufmerksamer als die meisten Leute erweisen? Die Anspannung schmerzte Kyra zwischen den Schulterblättern. Wenn ihr gewagtes Unternehmen mißlang ... Die Ausweichpläne erforderten offenes Handeln, aber über dessen Natur hatte Rinndalir sich nur vage geäußert. Würde er improvisieren? Oder wollte er nicht, daß sie Bescheid wußte, weil sie Einwände erheben würde?

Sie schob die Fragen beiseite. Die Chancen standen nicht schlecht. Sie umrundete einen Verladeroboter. Sein mächtiger Rumpf versperrte die Sicht auf sie, wenn sie ihren Kurs den

Tunnel entlang richtig plante. Der Schmerz begann nachzulassen. Sie wischte sich mit einer Hand übers Gesicht. Besser, man sah sie nicht schwitzen. Besser, sie war nur ein weiterer *consorte*, der in irgendeinem unwichtigen Auftrag unterwegs war. Mit den Massen von L-5 verschmelzen, wie kein Lunarier es konnte! Der Sipo-*comandante* mochte durchaus über die Gesamtlage informiert sein, einschließlich ihrer Rolle dabei, aber er würde ihr Bild nicht zusammen mit einem ›Gesucht‹-Vermerk über die Schirme ausgestrahlt haben.

Beim nächsten Fahrweg begann sie ihre lange Reise zu den äußeren Ebenen. Sie unterbrach sie bei einer kleineren Industriesektion, die ihr bekannt war, suchte ein öffentliches Videophon auf und rief Tamuras Büro an.

Die menschliche Videophonistin, die antwortete, war eine Überraschung und ihrerseits ob Kyras Anfrage überrascht. »Bedaure, Mister Tamura ist nicht da«, sagte sie unsicher in akzentuiertem Englisch. »Er ist . . . in Schutzhaft. Ich dachte, davon hätte jeder gehört.«

Eine Faust krallte sich um Kyra zusammen. Irgendwie antwortete sie: »Nein, ich nicht. Ich war zu einer langen Misson draußen.« Rasch, bevor die Telefonistin Zeit hatte, darüber nachzudenken, ob es in letzter Zeit eine solche Mission gegeben hatte: »Könnte ich mir der *señorita* sprechen, seiner Tochter?«

Die Augen der Videophonistin musterten sie forschend vom Bildschirm herab. Kyra veränderte ihre Haltung ein wenig, um sicherzugehen, daß die Aufnahmekamera ihre Rangabzeichen erfaßte. Die Videophonistin saß ein paar endlose Sekunden lang reglos da. Wog sie ihren Treueid gegen ihr Mißtrauen und ihre Furcht ab? Dann: »Miss Tamura hat sich freigenommen. Sie könnte zu Hause sein.«

»*Gracias*«. Kyra schaltete ab und verbrachte eine Minute damit, ihre Gedanken zu sammeln. Sie beschloß, selbst zur Wohnung zu gehen. Ihre Kommunikationseinrichtungen wurden bestimmt überwacht. (Ebenso die des Büros, aber bei Hunderten von Anrufen, die täglich ein- und ausgingen, zuzüglich der Computerverbindungen, bestand eine ziemlich große Wahrscheinlichkeit, daß ihrer nicht markiert worden war oder wenigstens noch für Stunden nicht die Aufmerksamkeit eines menschlichen Kontrolleurs erregte.) Wahrscheinlich wurde der Ort aber nicht von lebenden Menschen überwacht. Die Sipo verfügte in einer riesigen, vielgestaltigen, unterschwellig feindseligen Gemeinschaft nur über eine begrenzte Anzahl von Leuten. Sie würden sich auf potentielle Unruhestifter konzentrieren. Eiko Tamura war ungefähr so scheu und harmlos, wie man es nur sein konnte.

Es sei denn, man lernte sie besser kennen. Kyra setzte ihren Weg abwärts durch Ebenen verschiedener Schwerkraft und verschiedenen Drucks fort, entlang vielfältiger Korridore, blindlings durch Parks und Gärten und über die anmutige Belt River Bridge. In der Menge mußten sich zwangsläufig auch verschiedene liebe Freunde von ihr befinden. Sie hoffte verzweifelt, daß sie keinem davon begegnen würde.

Wie viele der Türen war die der Tamuras nicht nur mit einer Zahl, sondern auch mit einem Emblem gekennzeichnet. Eiko hatte es gemalt. Kyra blieb einen Augenblick vor der vertrauten Lilie stehen, während Erinnerungen sie überfielen. Was, wenn drinnen niemand war? Wie lange konnte sie halbwegs sicher hier herumlungern und warten? Sie berührte das Feld und stellte sich dem Scanner.

Die Tür öffnete sich. Sie stolperte hindurch. Eiko war da, winzig in Kimono und Obi. Sie umarmten sich. »Pst«, flüsterte Kyra in das Ohr unter ihr, »sag jetzt kein Wort. Ich bin heimlich hier.« Da sie sonst niemanden registrierte, schloß die Tür sich.

Schwach duftendes, locker zusammengerafftes Haar streifte Kyras Lippen, als Eiko nickte. Sie lösten sich voneinander. Eikos Gesicht war abgespannt. Tränen zitterten an ihren Augenwimpern. Sie nahm Kyra bei der Hand und führte sie in eines der Zimmer hinten, an das sie sich noch gut erinnerte.

Mit Skizzen oder hingekritzelten Worten übersätes Papier lag auf einem Schreibtisch, auf dem neben dem Computer Chujo schlief. Der Kater, der sonst meistens draußen war, um durch die Seitenstraßen zu streunen, wachte auf, erhob sich und blickte erstaunt. Kyra kraulte ihm den Nacken, was ihrerseits hauptsächlich ein Reflex war, bis er den Kopf gegen ihre Handfläche rieb und ihr einen Anflug von Behaglichkeit schenkte. Eiko setzte sich an den Computer. Er hatte keinen Anschluß nach draußen; manches von dem, was sie eingab, sollte kein anderer wissen. *Willkommen, willkommen,* tippte sie auf den Schirm. *Ich hatte solche Angst um dich.*

Sie stand auf. Kyra löste sie im Sessel ab und dachte dabei, wie lächerlich es wäre, wenn sie wie ein Paar Pingpongbälle vor und zurückhüpften. *Keine Zeit,* tippte sie. *Die Sipo könnte dir eine akustische Wanze untergeschoben haben, aber ich würde vermuten, das ist alles. Ich höre, man hat deinen Vater eingesperrt. Geht es ihm sonst gut?* Sie warf einen raschen Blick zu Eiko hinüber, die nickte, und lächelte, um »Gut« zu sagen, während sie fortfuhr: *Ich bin mit einer Gruppe von Lunariern hier, um Guthrie zu holen. Hast du ihn?* Heftiges Nicken. *Wunderbar! Wir müssen ihn hinausschmuggeln. Geht das?*

Eiko bedeutete ihr, den Sessel freizugeben, übernahm ihn und schrieb: *Vielleicht. Folge mir.*

Kyra schubste sie beiseite. *Nimm etwas mit, um ihn darin zu transportieren.* Sie hatte nichts dabei, denn wenn sie beim Schiff angehalten worden wäre, hätte ein leerer Beutel auf zu vieles schließen lassen. Außerdem hatte ihre Gruppe keine Ahnung von den Umständen. Besser, an Ort und Stelle zu handeln.

Runzelte Eiko fast unmerklich die Stirn? *Das ist schon im Versteck.*

O verdammt, das tut mir leid, hätte Kyra am liebsten gesagt. Idiotisch von mir, nicht zu wissen, daß du vorausdenken würdest.

Eiko bedeutete ihr mit einem Zeichen zu warten und ging hinaus. Kyra spielte mit Chujo. Ihn zu streicheln, seine sinnliche Reaktion, weckte andere Erinnerungen. Sicher, sie hatte ihre Lektion gelernt, sie war nicht dabei, sich ihre Urteilskraft von einer flüchtigen Affäre durcheinanderbringen zu lassen. Aber Lüsternheit bot Schutz vor Zweifeln und Ängsten. Nicht, daß Rinndalir ein eiskalter Mörder wie Valencia war...

Eiko kehrte zurück, in Overall und Stiefeln. Kyra verabschiedete sich von Chujo, und die Frauen brachen auf.

Bald fühlte Kyra sich verwirrt. Wohin waren sie unterwegs? Eiko nahm den nächsten Fahrweg nach innen, so weit er führte, also bis Marginal Village – günstige Mieten für alle, die eine so niedrige Schwerkraft gut vertragen konnten oder die bereit waren, die Konsequenzen zu tragen, und die keine heranwachsenden Kinder hatten und auch keine zu bekommen beabsichtigten. Ein dicker Mann grüßte sie im Korridor. Kyra erinnerte sich an das Monster auf dem Novarummel und biß die Zähne zusammen. Aber das hier war bloß ein Freund. Eiko gab ihm eine undeutliche Antwort und hastete weiter. Der nächste Fahrweg führte sie zur Längsseite einer Gruppe von Nanotanks, wo sie auf einen Speichenweg umsteigen, der bei einer Aerodynamik-Testkammer endete, die jetzt, da die meisten Aktivitäten ausgesetzt waren, verlassen dalag.

Natürlich, schlußfolgerte Kyra. Eiko nahm die am wenigsten bevölkerte Route nach dort, wo sie hinwollte, wie zickzackartig sie auch verlaufen mochte. Auf diese Weise vermieden sie mehr Begegnungen.

Sie verließen das System an einem Halt im Trevorrow-Reservat auf der Halb-G-Ebene und spazierten einen Pfad entlang, der sich zwischen Graswiesen und kleinen Hügeln aufwärtsschlängelte, bis er sich mit einem Himmel vereinigte, der aus blauer Fluoreszenz und der Illusion von Wolken bestand. Hier und da raschelte eine einzelne Fichte, ein Ahorn, eine Ulme in einer Brise, die irdische Gerüche mit sich trug. Die Erde... Erinnerungen, Bedürfnisse, eine Milliarde Jahre alt?... Das Areal lag verlassen da. »Jetzt können wir reden«, sagte Eiko. »Jetzt kann ich dich wirklich willkommen heißen, Kyra.«

Sie hielten an, um die Hände ineinander zu verschränken und mit etwas verschleiertem Blick zu lächeln. Aber die Schere der Zeit schloß sich hinter ihnen. Kyra ließ los und schritt weiter. »Du hast ihn tatsächlich geborgen«, sagte sie. Ihr Puls raste. »Wie? Was ist passiert?«

Als der knappe Bericht beendet war: »Oh, prächtig, superb, *querida*. Welcher Nullkopf hat eigentlich behauptet, daß Dichter für nichts anderes gut seien als für Poesie? Äschylus war Soldat, Omar Wissenschaftler, Jeffers Steinmetz –«

»Du bist Pilotin«, sagte Eiko.

Kyra lachte. »Ja, und eine fähige Köchin, eine tolle Pokerspielerin und eine ganz gute Nummer im Bett. Aber eine Dichterin? Nein. Knittelverse.« Sie wurde wieder sachlich. Ihre Fröhlichkeit war halb hysterisch gewesen, erkannte sie. »*Bueno*, was meine Seite der Geschichte angeht –« Sie umriß sie in wenigen Worten, wobei sie die persönlichen Details ausließ. »Sobald ich Guthrie habe, könnte ich direkt zum Schiff zurückgehen, aber das erscheint mir *mucho* riskant.«

»Das wäre es«, pflichtete Eiko auf ihre zurückhaltende Art bei. »Ich habe dir erzählt, wie sie sich auf der Suche nach ihm durch die *kuni* – die Kolonie – hindurcharbeiten. Der Wachtposten mag dich nicht daran hindern, an Bord zu gehen, aber er würde seine Vorgesetzten benachrichtigen, und sie würden verbieten, daß ihr auslauft, bis sie alles überprüft hätten.«

Kyra nickte. »Richtig. Statt dessen werde ich Guthrie an die Lunarier weitergeben und zurückbleiben, wenn sie abfliegen.«

»Und dann?«

Kyra zuckte die Achseln. »Dann programmiert Rinndalir das weitere Vorgehen.«

Trompetenschall: Das kann er, das kann er!

Unterton: Was, wenn er es nicht könnte? Kein großer Verlust für ihn. Die Nordamerikaner würden kaum mehr tun, als ihn und seine Gefolgschaft zu deportieren; wenn er darauf bestand, konnte ihn Kyra bestimmt begleiten. Aber Guthrie – Die Selenarchen würden es als ein interessantes Spiel ansehen, mit einem Anti-Guthrie zu sparren, der glaubte, er hätte seine Macht fest etabliert.

Höre auf die Trompeten. Was sonst verkündete noch Hoffnung?

Eiko ging schweigend ein Stück weit, bevor sie sagte: »Wenn Guthrie-*san* einverstanden ist, dann soll es so geschehen.«

Kyra hörte die Sorge. »Dir gefällt der Gedanke nicht?«

Eiko schüttelte den Kopf. »Ich fühle mich zu unsicher hinsichtlich dessen, was daraus entstehen wird. Wenn wir ihn nur auf anderem Wege befreien könnten!« Sie seufzte. »Aber wir haben keine Wahl, nicht wahr?«

Kyra schluckte eine scharfe Erwiderung herunter. Warum sollten die Lunarier diese Mühe auf sich nehmen, wenn sie Guthrie nicht wieder am Ruder von Fireball sehen wollten? Zugegeben, sie sahen das als das beste für sich an; aber es war ein aufgeklärter Eigennutz.

Warum fühlte Kyra sich der lieben Eiko gegenüber dann gereizt? Weil ihre eigenen Zweifel geschürt worden waren? Es schmerzte, daß ihr keine Erwiderung einfallen wollte.

In völligem Schweigen erreichten sie den Baum. »Ich werde ihn holen«, sagte Eiko in seiner Dämmerung. »Du hältst auf der untersten Ruheplattform Wache.«

Kyra hatte sich auf den Aufstieg gefreut, um ihre Anspannung abzuarbeiten, einen Augenblick lang den Frieden wiederzufinden, der in den gewaltigen, raunenden Höhen wohnte. Aber Eiko hatte recht. »*Muy bien.*«

Während sie allein auf der Plattform stand, nachdem ihre Begleiterin nach oben verschwunden war, in grünem Licht und Schatten, in der Wärme und den lieblichen Düften, die die gesunde Rauheit ausdünstete, versetzte Kyra ihre Gedanken in freien Fall. Warum existierte dieser Koloß? Wissenschaftliche Forschung und Entwicklung, ja. Einfach schon die biologischen Mechanismen des Flüssigkeitstransports über ein solches Gefälle waren ein besonderes Studiengebiet. Aber sicher hätte man die gleichen Dinge auf einfachere Weise herausfinden können, ohne so viel Masse hierher zu transportieren, daß L-5 Modifikationen benötigte, um ihre dynamische Stabilität zu bewahren. (Mondstaub, Kometeneis, können diese Gebeine leben?) Parks und Gärten und das große Reservat hatten ihre praktischen Gründe: den Umweltnutzen, den Erholungswert, die Ästhetik; Zyklen von Licht und Dunkelheit, Wärme und Kälte, Sommer und Winter hielten die Rhythmen des Lebens stabil; geometrische Täuschungen, Elektronik, Randomisierung boten Reichtum, Überraschung, ein Gefühl, daß diese Welt mehr war als bloße Wände; ja, ja. Aber worin lag die Notwendigkeit für ein unmenschlich großes Lebewesen, das stark genug war, um unmenschlich lange Bestand zu haben?

Sie dachte an Steine zurück, die eisig zwischen den Sternen

wirbelten, von keines Menschen Fuß betreten, bis sie sie entdeckte; an den Sonnenaufgang, der Zinnen aus den Schatten einer horizontlangen Schlucht auf dem Mars erweckte; an Stürme auf dem Jupiter, von einem Bunker auf einem Eismond aus gesehen, um den herum die Strahlung brodelte, wunderschöne Wirbelmuster, die die ganze Erde verschlucken konnten; an die Juwelenarbeit des Saturn; an gotische Felsnadeln, die in einen ockerfarbenen Titanhimmel ragten – Wieviel von dem Abenteuer und der Majestät dort draußen hatte sie wirklich für sich gewonnen? Immer waren es die Maschinen, Anzug oder Schiff oder Außenpostenfort, Sensor und Computer und Effektor, die sie umsorgten und die Möglichkeit dazu boten. Wieviel Maschine war sie geworden, sie, die sie noch nie sich bewegendes Leben unter ihrem Herzen gespürt hatte und es noch nicht einmal wollte?

Immer war das, was sie gefunden hatte, steril. Undeutliche Fossilien in marsianischem Felsgestein. Geschichten, die über Lichtjahre hinweg von Robotsonden erzählt wurden, und Geschichten, die die Bewußtseinskopie Guthries mit nach Hause gebracht hatte – nein, Anti-Guthries; nein, dieser Unterschied war bedeutungslos – Geschichten von einer einzigen anderen lebenden Welt, ozeanischem Leben, das sich noch kaum an die Gestade anklammerte, während der Jüngste Tag schon herannahte. Zwei weitere Welten, die sich nach Millionen von Jahren weiterentwickeln mochten oder auch nicht. Überall sonst, so weit die Suche gereicht hatte, unbelebte Materie; und jenseits davon Schweigen, wenn man vom Wispern der Sterne absah.

Hatte der Baum seine Wurzeln in Verzweiflung?

Eine Bewegung im Grün riß Kyra aus ihren Gedanken. Eiko war zurückgekehrt.

Sie trat auf die Plattform hinaus und nickte mit einem angedeuteten Lächeln zu dem Rucksack, den sie jetzt trug. Kyras Hand zitterte, als sie die Klappe losmachte. Augenstiele glitten hoch. »Hallo«, schnarrte der Baß. »Großartige Nummer, Mädel.«

»*Jefe*, ach, *jefe*«, schluchzte sie.

Seine barsche Art vertrieb den Aufruhr aus ihr. Zusammen damit verschwand auch der Trübsinn – irrational, belanglos. »Eiko hat mir schon ein bißchen erzählt. Sie sind mit Rinndalir und seinen lustigen Spießgesellen hier. Was kommt als nächstes?«

»Ich, ich übergebe Sie ihnen und ... sie nehmen Sie mit zum Mond.«

»Wie wollen Sie das bewerkstelligen? Ich kann mir nicht vorstellen, daß die Sipo ihn davonfliegen läßt, wenn er mich in seinem heißen kleinen Säckchen hat. Sie wissen vielleicht nicht genau, wonach ihr Schleppnetz eigentlich fischt, aber sie werden ihn hinhalten, während sie Rücksprache mit ihrem Boß nehmen, und der wird in Quito anrufen, und – alle diplomatischen Verwicklungen legt mein Alter ego dann später bei. Ich jedenfalls würde das so machen.«

»Natürlich.« Kyra erklärte ihre Absicht. »Ich hoffe, wir schaffen es.«

»Wenn nicht, tja, Pech gehabt.« Die Stimme wurde besorgt. »Aber es scheint, als würde man Sie zurücklassen.«

»Ich wüßte nicht, wie ich mich unbemerkt an Bord zurückschleichen könnte, und wenn sie herausfinden, daß ich draußen unterwegs war, oder wenn sie glauben, daß ich ein Passagier bin, den die Lunarier mitnehmen wollen –«

»Dann werden sie weitere Informationen haben wollen. Ja. Wie werden Sie zurechtkommen?«

»Ich kenne mich in dieser Station aus.«

»Ich kann helfen«, sagte Eiko ruhig. »Es wäre am besten, wenn sie nicht über längere Zeit bei mir zu Hause bliebe, aber mehrere unauffällige Familien würden ihr Unterschlupf bieten und nichts darüber verlauten lassen.«

»Gottverflucht, daß ich euch nicht beide umarmen kann«, grollte Guthrie. »Wenn dieses Durcheinander erst einmal entwirrt ist, gehört alles, was Fireball gehört, auch euch.«

»Nicht nötig, Sir«, antwortete Eiko. »Der Treueid.«

Den sie nie abgelegt hatte, erinnerte Kyra sich. Aber ihr Vater.

»Wir brechen besser auf«, sagte die Pilotin.

Eiko nickte, ließ den Rucksack vom Rücken gleiten, blickte in die Linsen und murmelte: »*Un yoi.* Viel Glück.« Ein versonnenes Lächeln. »Wenn die Wirklichkeit ihr Recht verlangt, können Dichter auch nicht mehr als alle anderen die richtigen Worte finden.« Sie schloß den Rucksack und gab ihn Kyra, die ihn schulterte. Sie stiegen hinab.

»Ich werde gehen und eine Zuflucht für dich vorbereiten«, sagte Eiko. »Komm zu mir nach Hause, um – 17 Uhr? Bis dahin bin ich zurück oder auch früher. Schaffst du es, in der Zwischenzeit frei zu bleiben?«

Kyra grinste. »Ich bin im Herumschleichen versiert.« Genaugenommen würde sie herum*schlendern,* als sei sie in ganz normalen Geschäften unterwegs, durch Sektoren, wo peinliche Begegnungen unwahrscheinlich waren. Erregung hämmerte in ihr, beinahe freudig. »*Hasta la vista*«. Sie trat durch das Torii-Tor hinaus in Richtung der Wiesen und einer Simulation des Himmels.

Sie hatte Rinndalir das Areal, zu dem die Lunarier gebracht zu werden verlangten, selbst vorgeschlagen und beschrieben. Es befand sich ungefähr auf der Einsechstel-G-Ebene, Agrarland, vorwiegend für riesige Mais- und Sojabohnenpflanzen. Zwar wurde es von Maschinen bewirtschaftet, aber Besucher und Passanten waren nicht so selten, daß sie besondere Aufmerksamkeit erregen würde. Rinndalir sollte erklären, daß er eine noch unausgereifte Idee habe, eine Firma, die ihm gehöre, hier eine Partnerschaft eingehen zu lassen, um kürzlich entwickelte pharmazeutische Pflanzen anzubauen. Das mochte dem Anlegen neuer Felder auf dem Mond vorzuziehen sein. Bevor er den Plan jedoch den Direktoren von L-5 vorlege, wolle er das Gelände besichtigen, testen, ob die Grundbedingungen günstig seien, und einschätzen, ob lunarisches Personal sich wohl bereitfände, in einer solchen Umgebung zu leben. Der abrupte Beginn paßte zu dem auf der Erde allgemein verbreiteten Image seiner Rasse. Er hatte ihr versichert, daß er die Sache gut durchstehen würde.

Als sie aus einem Korridor auf das offene Deck hinaustrat, sah sie ihn, seine Männer, ihre Eskorte und darüber hinaus ein halbes Dutzend neugieriger Zuschauer, verteilt über zehn Meter Duramoos. Die Stengel dahinter waren wie eine leuchtend grüne und unglaublich hohe Palisadenmauer, die alles Menschliche verdüsterte und zwergenhaft erscheinen ließ. Aber dies war kein Heiligtum des Baumes. Die Luft lastete tropisch schwer, scharf von Düngemittelgerüchen. Der Himmel war eine mit Wachstumslampen bestückte Decke. Unter ihrem trüben Schimmer tuckerte ein Kultivator über den Rasen, von einem Aufseher, der einem menschengroßen Insekt ähnelte, zu irgendeiner Arbeit herbeigerufen.

Geh. Kyra setzte ihr Pokergesicht auf und marschierte los. Rinndalir erblickte sie als erster. Er ragte hoch über Arren und Isabu auf, die über den Instrumenten kauerten, die sie ihren Koffern entnommen hatten. Seine eigenen Gesichtszüge blieben ausdruckslos, aber platinblondes Haar streifte kurz über marmorne Wangen, als er unmerklich nickte. Ein Sipo-Beamter bemerkte sie, berührte gedankenlos den Griff seiner Betäubungspistole, wischte sich die feuchte Stirn und warf dem Selenarchen heimlich einen finsteren Blick zu. Was wie eine schwierige, vielleicht gefährliche Aufgabe erschienen war, hatte sich in etwas unangenehm Langweiliges verwandelt.

Kyra gesellte sich zu den Gaffern. Waren sie zufällig einzeln vorbeigekommen, oder waren sie hinter dieser seltsamen Gesellschaft hergelatscht? Egal, solange keiner von ihnen sie kannte. Arren sah auf. Ein Meßgerät schwankte leicht in seinem Griff. Er machte sich wieder an die Arbeit. Isabu blieb unbewegt.

Nach einigen weiteren Minuten sprach Rinndalir mit ihnen, dann mit dem Leiter der Abteilung. Kyra konnte nicht hören, was er sagte, wußte es aber: Worte des Inhalts wie ›Ich denke, wir haben getan, was wir konnten. Wir sollten jetzt heimkehren . . . Ja, ruft Euren Chef an, wenn Ihr wollt, aber ich werde jede Einladung ablehnen.‹

Kyra produzierte ein Gähnen und schlenderte den Weg zurück, den sie gekommen war. Sollte es ganz offensichtlich sein, daß sie sich entschieden hatte, keine Zeit auf sie zu verschwenden. Bei einem Sechstel G wog Guthrie wenig, aber wie sehr sie seine Masse spürte!

Der Korridor war kahl, trist angestrichen. Maschinen war das egal. Weiter hinten befand sich die Tür eines Waschraumes. Kyra ging hinein. Wie üblich auf L-5 war er für beide Geschlechter gedacht. Und er war leer. Sie wählte eine Toilettenkabine und wartete. Ein Ventilator surrte unnötig laut.

Ein Klopfen ertönte. Ihr Blut schrie eine Antwort. Sie öffnete. Arren kam herein. Einen Augenblick lang war ihr einziges Gefühl Enttäuschung. Wenn nur Rinndalir – Aber natürlich nicht. Derjenige, der sich auf dem Weg zum Schiff entschuldigte, mußte einen Instrumentenkoffer bei sich tragen. Offensichtlich begleitete ihn kein Sipo-Beamter. Wäre das passiert, wäre Arren einfach länger geblieben als der Mann; man konnte auf Rinndalir bauen, wenn es darum ging, deutlich zu machen, daß er die Beleidigung unverhohlenen Spionierens nicht hinnehmen würde. Wie die Dinge lagen, war der Lunarier direkt zu der Kabine gegangen, an der es ›Besetzt‹ hieß.

Seine Augen glänzten. »Habt Ihr ihn?« flüsterte er.

Kyra nickte. Der Rucksack lag bereits auf einem Bord. Rasch vollzogen sie den Austausch, Arrens Instrumente und Werkzeuge hier hinein, Guthrie in den Koffer. Er war leidlich gut gegen elektronische Sensoren abgeschirmt – würde zwar keiner genauen Überprüfung standhalten, aber in dem Fall war das Spiel sowieso vorbei. Die meisten der Sipo-Beamten suchten ihr Wild in deprimierend zahlreichen Kammern und Korridoren. Sie konnten nicht an alles denken. Rinndalirs Zunge sollte diese paar und den Offizier, dem sie unterstanden, davon abhalten, an das hier zu denken.

Unmittelbar bevor der Deckel sich über ihm schloß, winkte Guthrie ihr mit einem Augenstiel zu. Sie erriet seine Gedanken. »Ja, ich habe meine Freiheit auf einem Klo gewonnen. Das paßt.« Sie begann zu lachen. Arren warf ihr einen fragenden Blick zu, verweilte aber nicht länger. Kyra mußte noch einige Minuten bleiben, bis die anderen weit genug weg waren. Sie stand allein da und lachte immer weiter.

33

Die *Inia* beschleunigte mit einem Sechstel G von L-5. Katzenhaft entspannt, nahm Rinndalir Guthrie aus dem Koffer und stellte ihn auf eine Beschleunigungsliege. Seine Linsen suchten umher, hinauf zur Silhouette der Pilotin vor einem Abbild von Sternen auf ihrem Platz an den Kontrollen, die Leiter und den Aufzug zu dieser Passagiersektion hinunter und um die drei Männer herum, die auf dem Deck stehend über ihm aufragten. Der starre Blick blieb auf Rinndalir hängen. »Guten Tag, Mylord«, grüßte er langsam. »Ich schulde Ihnen großen Dank.«

Der andere neigte den Kopf, mit einem Lächeln, bei dem die Lippen geschlossen blieben, bis er erwiderte: »Ihr seid überaus willkommen, Mylord. Es ist eine Ehre, in Euren Diensten zu sein.« Seine Gefolgsleute hielten sich passiv zurück. Die Pilotin drehte sich um und schaute nach unten. Sie hatte praktisch nichts zu tun gehabt, als dem Schiff Anweisungen hinsichtlich des Zielorts und der Vektoren zu geben.

Vielleicht hätte auch Guthrie gelächelt, wäre er dazu fähig gewesen. »Sie meinen ›zu‹ meinen Diensten, nicht wahr? Ich habe noch nie gehört, daß Sie ›in‹ irgend jemandes Diensten gestanden hätten, außer in Ihren eigenen.«

»Mein Fehler«, sagte Rinndalir. »Eure Sprache ist nicht die unsere.« Unausgesprochen: Und Eure Denkweise auch nicht.

Luft wehte sanft aus den Recyclern und wieder zurück. Das Gewicht und ein fast unmerkliches Pulsieren waren die einzigen Anzeichen für die zunehmende Geschwindigkeit.

»Fliegen Sie nicht ein bißchen langsam?« fragte Guthrie nach einem Augenblick. »Das ist angenehm für Sie, sicher, aber Sie könnten durchaus eine stärkere Beschleunigung ertragen.«

Rinndalir zuckte die Achseln. »Wozu die Eile, nun, da wir frei sind?«

Wünschte sich Guthrie eine Faust, um damit auf den Rahmen der Liege zu schlagen? »Verdammt, Sie sind doch ein schlauer Knabe. Also begreifen Sie, daß der Feind nicht schwachsinnig ist. Sein Ober-*honcho* auf L-5 wird Bericht über Ihren Besuch erstatten, wenn er es nicht schon getan hat, und es kann gut sein, daß mein anderes Ich errät, was dahintergesteckt hat.«

Rinndalir nickte. »Dieses Risiko haben wir einkalkuliert, meine Leute und ich. Wir halten es nicht für übermäßig groß. Während unserer Planung erinnerte Kyra Davis mich daran, daß der Anti-Guthrie nicht über Eure langen Jahre der unmittelbaren Erfahrung im Umgang mit meinem Volk verfügt. Was er an Wissen darüber besitzt, wie unsere Gesellschaft sich während seiner Abwesenheit und der Zeit seines Vergessens entwickelt hat, wurde ihm zusammen mit einer gewaltigen Menge an anderen Informationen überspielt. Für ihn muß es eine Abstraktion sein, nichts authentisch Gefühltes und Erlebtes. Nehmen wir einmal an (was aber keineswegs sicher ist), daß der Chef der Sicherheitspolizei sofort bei unserer Ankunft auf L-5 seine Vorgesetzten auf der Erde benachrichtigt und um Anweisungen gebeten hat. Was hätten sie bis zu einer Konsultation mit dem Anti-Guthrie anderes tun können, als ihm zu befehlen, den Kurs zu verfolgen, den er dann tatsächlich verfolgt hat? Sie müssen nicht unbedingt in der Lage gewesen sein, ihn kurzfristig zu erreichen, und er muß nicht unbedingt alarmiert sein.«

»Trotzdem sind Sie ein zu großes Risiko eingegangen.«

Rinndalirs Geduld klang erzwungen, so, wie sie zweifellos auch klingen sollte. »Hättet Ihr gewollt, daß wir nichts unternehmen? Dann hätte man Euch schließlich gefunden, und inzwischen wärt Ihr längst gelöscht und sie frei, ihre Position zu stärken. Wäre unser Unternehmen fehlgeschlagen, gäbe es immer noch die Möglichkeit, es mit anderen Mitteln zu versuchen; aber dies war das schnellste und vielversprechendste.«

»Ja, es war ein hübscher Trick, reime ich mir zusammen«, räumte Guthrie ein. »Ich möchte alles darüber hören. Später.« Seine Stimme wurde fester. »Im Augenblick sind wir noch nicht über den Berg. Je eher wir den Mond und die Sicherheit erreichen, desto mehr Biere werde ich Ihnen in der guten alten STARTRAMPE ausgeben.«

Rinndalir hob die Brauen. »Was für eine Bedrohung bestünde denn noch?«

»Ein Fackelschiff kann uns von der Erde aus in weniger als vier Stunden erreichen. Selbst beim Doppelten der gegenwärtigen Beschleunigung kommen Sie so schnell nicht nach Hause.«

Rinndalirs Tonfall war nicht offen sarkastisch. »Ich habe nichts davon gehört, daß irgendwelche Raumschiffe bewaffnet sind. Eine solche Umrüstung wäre ein beträchtliches technisches Vorhaben und unannehmbar für den Friedensrat.«

»Ja-a. Ließe sich schlecht im Geheimen machen, besonders in der kurzen Zeit, die ihnen zur Verfügung stand.« Guthrie machte seine Stimme härter. »Aber hören Sie zu. Wenn es sein muß, spiele ich auch mit schmutzigen Tricks. Meine Kopie tut das gleiche, dafür garantiere ich. Sobald er hört, daß Sie auf L-5 vorbeigeschaut haben, wird er das vielleicht nicht so leichtfertig ignorieren, wie Sie denken. Enrique Sayre erst recht nicht – ich weiß eine ganze Menge über diesen Kotzbrocken – und er könnte mein Anti-Ich überzeugen. Gerade jetzt in diesem Augenblick könnten sie dabei sein, einen Gegenschlag zu organisieren. Vielleicht haben sie es sogar schon getan.«

»Um so besser, wenn sie sich übernehmen, nicht? Wir wollen doch, daß sie vernichtet werden.«

Guthrie musterte Rinndalir einige Sekunden lang, bevor er antwortete: »Wollen *wir* das? Ich wäre mit einer Version des Status quo ante zufrieden. Warum sollten Sie mehr wollen?«

Rinndalir hielt dem Blick stand, lächelte, wie er es schon zuvor getan hatte, und fragte: »Warum Ihr nicht? Eine interessante philosophische Frage.«

»Zum Teufel damit.« Guthrie brütete noch eine Weile länger. »Okay, wie Sie möchten. Im Grunde bleibt mir keine große Wahl, oder? Aber lassen Sie uns die Wahrheit *jetzt* bekanntgeben. Stellen Sie eine Verbindung zum Mond her, zeichnen Sie bei ihnen eine Erklärung auf und weisen Sie sie an, sie an die Nachrichtenmedien der Welt weiterzuleiten. Wenn überhaupt etwas, dann wird *das* dem Feind die Fangzähne ziehen.«

Rinndalir schüttelte den Kopf. Licht spielte in Wellen über das silberne Haar. »Ich bin anderer Ansicht«, sagte er ruhig.

Guthrie krümmte seine Augenstiele. »Was? Publicity –

Sicher, sie werden alles abstreiten, aber nur, um Zeit zu gewinnen, damit sie in Deckung gehen können. Es wird keinen Sinn mehr haben, uns im Weltraum anzugreifen, angenommen, sie hatten das vor. Tatsächlich werden sie wissen, daß das den letzten Nagel in ihren Sarg treiben würde.«

»Ich fürchte, ganz so einfach ist die Sache nicht«, erwiderte Rinndalir. »Während Ihr Euch in der Kolonie versteckt hieltet, habe ich Informationen gesammelt. Wir müssen die Bekanntgabe außerordentlich sorgfältig vorbereiten und sie in einem psychodynamisch genau kalkulierten Augenblick erfolgen lassen. Andernfalls könnte sie durchaus das Chaos heraufbeschwören, das zu meistern und zu seinem Vorteil zu nutzen der Feind sich seit langem vorbereitet hat. Zumindest würden viele Menschen ihr Leben verlieren.«

Die Bewußtseinskopie blieb eine Zeitlang stumm. Das Schiff summte weiter. Endlich sagte Guthrie: »Ich hatte nie den Eindruck, daß unschuldige Zuschauer Ihnen viel bedeutet hätten, *señor.*« Noch etwas später: »Ich denke, Sie haben das im voraus entschieden.«

»Sei das, wie es wolle, es ist meine Entscheidung.«

»Geben Sie mir eine Chance, sie Ihnen auszureden.«

Rinndalir lachte tief in der Kehle. »Ihr könnt es gerne versuchen. Wir haben noch Stunden Zeit. Allerdings kann ich mir amüsantere und lehrreichere Gesprächsthemen vorstellen, um sie zu vertreiben.«

»Was für ein Spiel spielen Sie eigentlich?«

»Die Selenarchie wird Euch nicht festhalten und Lösegeld für Euch verlangen, wenn Ihr das befürchtet.«

»Hm. Könnte sein, daß ich die Zahlung von ein paar Millionen UCUs dem vorziehe, was Sie im Sinn haben mögen.«

Rinndalir nahm eine charakteristische Lunarier-Pose ein, irgendwie so, als lümmele er sich im Stehen bequem zurück. »Es ist offensichtlich, daß wir einen Einfluß auf den Verlauf der Ereignisse der nächsten Zukunft wünschen und das Gefühl haben, wir hätten ihn uns verdient. Ist das unbillig? Ihr habt mich eben für etwas gescholten, was Ihr für Achtlosigkeit hieltet, obwohl es erfolgreich war. Nun wollt Ihr, daß ich ungeachtet aller Konsequenzen sofort an die Öffentlichkeit gehe. Ich bitte Euch in aller Freundlichkeit, seid logischer.«

Guthrie erzeugte ein Seufzen. »Wir können ebensogut amüsant und lehrreich sein, schätze ich. Erzählen Sie mir von dieser Aktion, die Sie durchgeführt haben. Tamura und Davis hatten nur Zeit für ein paar rasche Worte.«

»Mit Freude. Werdet Ihr Eurerseits berichten, wie es Euch seit Eurer Trennung von Pilotin Davis ergangen ist? Es erscheint mir wie der Stoff, aus dem Heldengedichte sind.«

»Zu dem Zeitpunkt kam es mir nicht so vor, aber – Okay, Sie Bastard, fangen Sie an. Ich schätze, es hat Ihnen keine Schwierigkeiten bereitet, meine Nachricht zu entziffern, aber was dachten Sie, was sie bedeutete? Was für Hinweise hatten Sie bereits?«

Rinndalirs Team ließ sich mit der stoischen Zielstrebigkeit, die die Kehrseite ihrer Launenhaftigkeit war, nieder, um zuzuhören. Rinndalir selbst ging in die Hocke, um seine Augen auf gleiche Höhe mit Guthries Linsen zu bringen, eine Höflichkeit, die ihn nur geringe Anstrengung kostete, und begann: »Ihr wißt, daß meine Rasse das Gefühl hat, weit mehr im Geiste als durch die räumliche Distanz von der Erde entfernt zu sein. Trotzdem bleiben unsere Interessen weiterhin mit ihr verflochten, und naturgemäß versuchen wir, mit ihren Angelegenheiten Schritt zu halten, so gut es über diese Kluft hinweg möglich ist.«

Nachdem er eine Zeitlang gesprochen hatte, sagte Guthrie mit einem Grinsen in der Stimme, das sich nicht auf einem Gesicht zeigen konnte: »Meine Glückwünsche zu der rhetorischen Meisterleistung, mir zu erzählen, was ich seit Jahrzehnten weiß, und ansonsten rein gar nichts zu sagen.«

»Es ging mir nur darum, den Hintergrund zu skizzieren«, erklärte Rinndalir, ohne beleidigt zu sein. »Wenn Ihr es vorzieht, fahre ich sogleich mit dem Empfang Eurer Nachricht fort.«

Er sagte wenig über Kyras Aufenthalt bei ihm, nur, daß sie viel zur Planung des Feldzugs beigetragen hatte. Am Ende schlug er eine Teepause vor. »Ich wünschte, wir könnten Euch irgendeine Erfrischung anbieten, *señor* Guthrie. Vielleicht etwas Musik? Ich habe gehört, Ihr mögt die als Jazz bezeichnete Gattung aus dem frühen zwanzigsten Jahrhundert, und ich habe antike Schallaufnahmen ausfindig gemacht . . . Nein? . . . Dann laßt uns Alternativen erwägen. Habt Ihr zufällig vor kurzem *Les Sylphides* vom Tychopolis-Ballett gesehen? Eine sehr charakteristische Interpretation, obwohl –« Seine Crew tischte Leckerbissen auf. Zu gegebener Zeit erkundigte er sich nach Guthries Geschichte.

»Ich bin nicht so gut darin wie Sie, Geräusche zu erzeugen, die so klingen, als sollten sie etwas bedeuten«, grollte die Bewußtseinskopie.

»Vielleicht auch nicht so taktvoll«, deutete Rinndalir scherzhaft an.

»Yeah. Juliana behauptete immer, ›Takt‹ sei für mich ein unanständiges Wort. Tja, ich habe weniger zu berichten. Eiko Tamura las mich im Weltraum auf – ein tolles Mädchen übrigens – und hielt mich in dieser Riesensequoia, die sie dort haben, versteckt –«

Das Gespräch schwenkte hierhin und dorthin, wie ein Segelboot, das gegen launische Winde ankreuzt. Immer wieder schleuderte Rinndalir Guthrie Fragen und Kommentare entgegen. Er tastete sich in der Zeit zurück: die Ursprünge von Fireballs Konflikt mit den Avantisten, warum Fireballs *cacique* sich persönlich nach Nordamerika eingeschlichen hatte (ein sehr lunarischer Trick, lachte er), was dort passiert war und was es bedeutete . . . Er tastete sich vorwärts, zu diesen Tagzyklen im Versteck und den wirklichen Gründen, warum Eiko Tamura ihr Engagement beschränkt hatte. »Ein Loyalitätskonflikt, nicht wahr? Nach digitaler Analyse war ihre Strategie suboptimal. Man könnte sie auch als erbärmlich bezeichnen. Und doch liegt ihre Intelligenz eindeutig über dem Mittelwert. Berücksichtigt man alle Faktoren, einschließlich des grundlegend chaotischen Charakters des organisierten Lebens, mag es scheinen, als sei ihre Intuition zuverlässig gewesen.«

»Sie versuchen, menschliche Wesen von außen her zu verstehen«, bemerkte Guthrie.

»Richtig, in gewissem Maße. Trotzdem, mag es nicht sein, daß ich ein bißchen mehr Gefühl für das Irrationale im Kern der Dinge habe als Ihr und Eure ganze umsichtige Zivilisation?«

Cua mahnte alle, sich anzuschnallen.

Das Schiff wendete und begann mit dem Abbremsen, das Heck dem Mond zugewandt. Auf dem Sichtschirm stand er mit zerklüfteten Rändern, bekleckst mit den graublauen Maria der erdzugewandten Seite. Die Erde war eine zweite, größere und hellere Halbscheibe ihm gegenüber, wunderbar weiß und azurblau. Wenn man nicht wußte, wo man suchen mußte, schien L-5 zwischen den Sternen verschwunden.

Rinndalir strich sich übers Kinn. »Eines Tages muß ich diesen Baum einmal selbst erkunden«, sann er. »Ich habe es per Vivifer getan, aber das genügt nicht. Habt Ihr sein Geheimnis gefühlt, während Ihr in seinen windigen Ästen schaukeltet?«

»Nein, aber ich habe mir auch noch nie etwas aus Mystik gemacht. Und bei mir ist nicht mehr viel übrig, um damit zu fühlen, wissen Sie.«

Rinndalir bedachte Guthrie mit einem unverwandten Blick. So sanft hatte er bisher noch nicht gesprochen. »Und doch seid Ihr nicht ganz zu einer Maschine geworden, oder?«

Wieder unterbrach Cua von oben. Sie sprach Lunarisch, aber das Englisch brauchte sie auch nicht. Ein Glockensignal und ein Blinklicht verrieten, daß soeben ein Anruf einging. »– Raumschiff *Inia*, DR327, antworten Sie.«

Der Atem zischte zwischen Arrens Zähnen. Isabus Finger krümmten sich wie Krallen. Beide starrten Guthrie an. Das war seine Stimme!

»Die Schule ist aus«, sagte er. »Ich hab's Ihnen immer wieder gesagt.«

»Was immer wir auch unternommen hätten, wir hätten den Hafen nicht erreichen können, bevor wir abgefangen wurden«, antwortete Rinndalir kühl. »Ich gestehe, daß mich die Identität unseres Verfolgers überrascht.«

»Mich nicht, wenn ich es recht bedenke.«

»Entgegennehmen, Pilotin.« Rinndalir setzte sich auf eine Liege, zog dort die Nachrichtenkonsole herunter und aktivierte sie: »Hier spricht die *Inia*«, sagte er. »Identifiziert Euch.«

»Raumschiff *Muramasa,* TK96«, drang aus dem Lautsprecher.

»Katana-Klasse«, murmelte Guthrie. »Eine Fackel.«

»Sie befinden sich unerlaubterweise und rechtswidrig im Besitz eines Fahrzeugs, das Fireball Enterprises gehört«, sagte seine Stimme. »Kehren Sie sofort um nach L-5.«

»Ich fürchte, Ihr täuscht Euch«, antwortete Rinndalir. »Die *Inia* wurde von der Souveränen Regierung des Mondes beschlagnahmt. Wenn Ihr eine andere Meinung vertretet, ist dafür ein Admiralitätsgericht der Weltföderation zuständig.«

»Ich habe ihn auf dem Radar«, verkündete Cua. Sie legte die Computeranzeige in die Passagiersektion. Rinndalir rückte Guthrie an eine Stelle, von wo aus er ebenfalls sehen konnte.

»Abstand etwa zwanzigtausend Kilometer, bremst mit einem G, Rendezvous mit angeglichenen Geschwindigkeiten in etwa einer halben Stunde«, las Guthrie für die Männer ab. Cua konnte die Anzeige selber deuten. »Wahrscheinlich beschleunigte es von der Erde aus mit dieser Rate. Das Radar dort könnte uns schon erfaßt haben, obwohl auch die Daten von L-5 es ihm ermöglicht hätten, seinen Kurs ziemlich genau festzulegen.«

Gleichzeitig sagte eine andere Stimme: »Hören Sie, Pilot der *Inia*. Hier spricht Anson Guthrie persönlich. Ihr *jefe*. Ich befehle Ihnen bei Ihrem Treueid, dieses Schiff nach L-5 zurückzusteuern. Andernfalls hat Fireball endlose Scherereien.«

Ja, die Sipo-Beamten in der Kolonie hatten ihren Herren berichtet, was man ihnen erzählt hatte. Rinndalir grinste. »Das wird nicht geschehen, Mylord«, sagte er.

»Das sollte es aber besser«, erwiderte die Stimme.

»Wenn nicht, was habt Ihr dann vor, frage ich Euch?«

»Sie sind uns hilflos ausgeliefert.«

»Gewalt? Dafür gibt es keinen Präzedenzfall. Weder die Föderation noch Fireball würden sie als gerechtfertigt betrachten, von Luna ganz zu schweigen.«

»Für die Entführung eines Raumschiffes gibt es auch keinen Präzedenzfall.«

»Ich wiederhole, daß dies nicht der Fall ist.«

»Um etwaige Konsequenzen kümmere ich mich später.« Die Stimme legte eine Pause ein, bevor sie weniger drohend fortfuhr: »Wir wollen Ihnen nichts tun. Seien Sie uns behilflich, lassen Sie uns an Bord gehen, und Sie und Ihre Crew bekommen eine freie Heimreise von L-5. Wir sind hinter nichts anderem als gestohlenem Besitz her, von dem wir Grund haben zu glauben, daß Sie ihn befördern. Vielleicht geschieht das ohne Ihr Wissen, *señor.* Falls sich herausstellt, daß ich mich irre, werde ich Sie nicht nur freilassen, sondern Ihnen auch eine formelle Entschuldigung zukommen lassen und mich bereitfinden, über eine Entschädigung zu verhandeln.«

»Lassen Sie sich nicht von ihm hinhalten, während er sich heranarbeitet«, rief Guthrie von der Liege her.

»Was höre ich da?« donnerte seine Stimme.

»Vielleicht, was Ihr hören wollt«, antwortete Rinndalir. »Nicht notwendigerweise das, was ist.«

»Hören Sie zu«, sagte die Stimme rasch. »Sie hatten Ihre Gründe dafür, das zu tun, was Sie getan haben. Wenn es nicht zu Ihrem eigenen Nutzen wäre, die Aktion geheimzuhalten, hätten Sie die Neuigkeit bereits im gesamten Sonnensystem verbreitet. Nun, ich kann Ihnen selbst ein Angebot machen. Können Sie mir folgen? Ich bin nicht wütend auf Sie. Zusammen können wir Großes erreichen. Denken Sie darüber nach.«

»Das werde ich«, sagte Rinndalir. »Wir können weiter darüber diskutieren, wenn Ihr nahe seid. Bis dahin einen guten Flug.«

Er gab Cua ein Zeichen abzuschalten. Das Glockensignal ertönte, und die Lampe blinkte. Sie dimmte sie herab.

»Damit ist alles entschieden«, sagte Guthrie. »Rufen Sie Luna an, übermitteln Sie die Geschichte und mein Bild, sorgen Sie dafür, daß er davon erfährt. Dann wird er abdrehen.«

»Die Sicherheitspolizei ist immer noch in Port Bowen«, wandte Rinndalir ein.

»Das sind Ihre Polizisten jetzt auch. Deshalb muß zwangsläufig auch noch jemand anders als nur die Sipo die Botschaft empfangen. Und sie wird die Sipo selbst ganz schön ins Grübeln bringen. Oder, wenn Sie darauf beharren, speisen Sie sie in das unabhängige lunare Kommunikationsnetz ein. Das hätten Kyra und ich auch getan, sobald die *Maui Maru* im Orbit war, nur daß wir natürlich nicht Ihre geheimen Zugriffskodes und Verschlüsselungen kannten. Sie haben sie in einer Datenbank an Bord dieses Raumschiffs, oder in Ihrem Kopf. Verschwenden Sie nicht Ihre Luft damit, es abzustreiten. Stellen Sie die Verbindung her.«

Rinndalir erhob sich, schwarz und silbern über dem körperlosen Gehäuse. »Ist das Eure einzige Alternative zur Kapitulation?« fragte er zögernd.

»Yeah. Es sei denn, Sie wollen sein Angebot annehmen.«

»Nein, das nicht, denke ich. Nun gut –«

»Die *Muramasa* hat die Richtung gewechselt«, rief Cua. »Was für ein Antrieb – *ai-ya!*«

Guthries Augenstiele reckten sich dem Schirm vor ihm entgegen. Er stieß eine lange Obszönität aus.

Cua sah sich um. Ihre Nasenflügel flatterten; das bleiche Haar bildete eine Aureole um ihren Kopf. Ihr Tonfall hätte jede beliebige Beobachtung mitteilen können. »Er hat die Richtung geändert und beschleunigt mit hohem Schub. Wir werden in fünf Minuten zusammentreffen.«

»Er hat vorausgesehen, daß er das vielleicht tun muß!« rief Arren aus. »Er hat einen Kurs von der Erde und einen Rendezvouszeitpunkt festgelegt, der das ermöglicht.«

Rinndalir nickte Guthrie zu. »Mein Kompliment für die Verschlagenheit Eures Stellvertreters«, sagte er. »Jetzt haben wir kaum noch Zeit, Luna anzufunken und alles zu erklären, oder? Nur, uns zu ergeben. Habt Ihr eine andere Idee?«

»Yeah. Unser Leben zu riskieren«, erwiderte die Bewußtseinskopie. »Was ich leicht sagen kann.«

»Was, vermutet Ihr, hat er vor?«

»Wenn wir nicht nachgeben – nein, rammen wird er uns nicht. Das würde ihn ebenfalls vernichten. Er hat Männer mitgenommen, um uns oder das, was von uns übrig ist, zu entern. Sie haben bemerkt, daß er von ›wir‹ sprach, und das wird der Grund sein, weshalb er sich bisher mit einem G begnügt hat. Denn er ist sein eigener Pilot, dessen bin ich mir sicher. Er ist sein eigenes Schiff, fest mit ihm verbunden, zusammengeschaltet mit seinen Computern – Gottverdammt, wenn ich das nur auch sein könnte! Er kann dicht an uns vorüberfliegen, und zwar so, daß wir direkt in seine Antriebsstrahlen hineinfliegen. Sie werden diesen Rumpf aufreißen. Raumanzüge werden Sie nicht retten, nicht vor der Strahlung.«

»Haben wir noch irgendeine Möglichkeit?«

Das Licht blitzte, die Glocke läutete: *Ergebt euch.*

»Vielleicht können Sie ausweichen«, sagte Guthrie mit eiserner Ruhe. »Sie haben nur einen Bruchteil seines Schubs oder seiner Beschleunigung. Aber er wird verdammt schnell sein. Sie können Seitenschub geben und ausweichen. Er wird Zeit brauchen, abzubremsen und uns zu folgen. Wieviel Zeit, das hängt davon ab, was die Männer, die ihn begleiten, aushalten können oder wollen. Wir könnten genug Zeit herausschinden, um unsere Botschaft auszustrahlen. Oder auch nicht.«

»Schafft Ihr das, Cua?« fragte Rinndalir.

Die Pilotin runzelte die Stirn. »Vielleicht. Ich bin nicht direkt mit diesem Schiff verbunden. Ich kann den Gegner nicht länger als ein oder zwei Vorbeiflüge beschäftigen, wenn überhaupt.«

Metall klirrte in Rinndalirs Worten: »Wenn es Euch gelingt, ist Euch die Ladyschaft des Mare Muscoviensis sicher.«

»*Hai,* und der Ruhm!« schrie sie. Ihre Hände flogen über die Konsole. Es war, als überzöge das Sternenlicht ihr Haar mit Rauhreif.

Guthries Linsen schwenkten von einem plötzlich wieder frohlockenden Arren zu einem lächelnden Isabu, und weiter zu ihrem Oberherrn. »Sie wollen das wirklich versuchen, Sie alle, wenn Sie statt dessen einen Handel abschließen könnten?« staunte er. »Sie sind noch verrückter als ich dachte.«

Rinndalir lachte lauthals. »Nein, Ihr und Euer Feind seid es, die übermäßig logisch sind. Kommt!« Er hob Guthrie hoch und stieg in den Aufzug. Seine Männer schnallten sich auf Liegen fest.

Die Katanga tauchte plötzlich auf dem Bildschirm auf, schwoll an, bis sie die Sicht auf den Mond versperrte, stromlinienförmig wie ein Hai. Cua berührte eine Taste. Die Beschleunigung schleuderte Rinndalir brutal gegen ein Geländer. Irgendwie blieb er auf den Füßen. Die Abgase der Fackel leuchteten auf einem Falschfarbenbildschirm. Sie war fort. Die Erde schimmerte friedlich. Die *Inia* setzte unverdrossen ihren Weg fort, das Heck dem Mond zugewandt.

Rinndalir erreichte den Sitz neben Cua, ließ sich darin nieder, schnallte sich an und bettete Guthrie auf seinen Schoß. Er gab der Pilotin eine Anweisung, sie bestätigte und sang. »Was war das?« erkundigte sich Guthrie.

»Der Befehl, mich zum Mond durchzustellen«, sagte Rinndalir nachsichtig. »Was sonst?«

»Wohin, und zu wem?«

»Verschwendet keine Zeit«, sagte Cua knapp. »Ich habe die Verbindung.«

»Ich hätte Ihre verdammte Sprache lernen sollen, als sie erfunden wurde«, grollte Guthrie.

Auf dem Kommunikationsbildschirm erschien der Kopf eines weiteren Lunariers. Er vollführte eine respektvolle Geste. Rinndalir sprach kurz mit ihm, und erklärte dann: »Sagt, was Ihr möchtet, *señor* Guthrie. Ihr seid im Bereich des Aufnahmemikrophons.«

Die Bewußtseinskopie begann zu sprechen, kurze, bellende Sätze. Der Lunarier am anderen Ende zeigte einen Augenblick lang Überraschung, dann hörte er aufmerksam zu. Von Zeit zu Zeit ergänzte Rinndalir die Geschichte auf Englisch. Cua studierte ihre Anzeigen.

»Er kommt zurück«, sagte sie. Nicht ein Schweißtropfen glitzerte auf ihrer Stirn.

»Er wird versuchen, Sie zu täuschen«, prophezeite Guthrie. »Versuchen Sie dieses Ausweichmanöver nicht noch einmal. Ich glaube, die höchste maximale Vorwärtsbeschleunigung, die Sie aufbringen können, wird ihn überraschen.« Er fuhr in seinem Bericht fort.

Eine unsichtbare Last drückte Körper nach hinten, nach unten. Blut spritzte aus Rinndalirs und Cuas Nasenflügeln, doppelt scharlachrot vor dieser marmorweißen Haut. Achtern stöhnte ein Mann. Aber die Fackel flammte auf dem Bildschirm, nur auf dem Bildschirm. Und dann war die *Muramasa* vorbeigeschossen. Guthrie sprach weiter. Das Gewicht sank auf Mondniveau.

Augenstiele krümmten sich aufwärts und herum zu Rinndalirs blutigem Gesicht. »Geschafft«, krächzte Guthrie. »Funken Sie das Schiff da drüben an.« Cua tat es, mit zitternden Händen.

»*Inia* an *Muramasa*«, psalmodierte Guthrie. »Antworten Sie.«

Der Schirm blieb leer, aber seine Stimme schnarrte: »*Muramasa* an *Inia*. Du hast es geschafft, ja?«

»Ja. Sie haben die Geschichte auf Luna, komplett mit einem Video von mir und diesen netten Leuten hier. Du kannst uns immer noch auslöschen, wenn dir danach ist, aber die Radaranlagen auf dem Mond haben uns bereits im Visier, die Optiken werden uns ebenfalls bald erfaßt haben, und alles in allem würde es dir vor den Leuten nicht so gut zu Gesicht stehen.«

Ein Lachen rasselte. »Nein, vermutlich nicht. Natürlich werden wir alles abstreiten.«

»Nur zu, wenn es euch Spaß macht.«

»Das tut es nicht. Es hilft nur ein bißchen. Wir haben nicht vor, die Hände in den Schoß zu legen, weißt du.«

»Ihr könntet es.«

»Wir könnten es nicht. Ich könnte es nicht. Zum Teufel mit der Amnestie.«

»Sie haben dich wirklich gepackt, nicht wahr? Möchtest du nicht reprogrammiert werden? Wieder dein eigener Mann sein?«

»Mann? Ha!«

Abgesehen vom Gemurmel der Schiffe und dem rauhen Atmen geschundener Körper breitete sich Stille aus.

»Na gut«, sagte Guthrie an Bord der *Inia,* »bestimmt können wir irgendeine Art von Frieden mit dir und deinen Freunden aushandeln.«

»Wenn *deine* Freunde das zulassen«, sagte Guthrie an Bord der *Muramasa.* »In Anbetracht dessen, was ich über sie gehört habe, solltest du lieber aufpassen.«

»*Hasta la vista.*«

»*Toujours gai.*« So hatte sich Juliana oft von ihm verabschiedet. Die Übertragungslampe erlosch.

Guthrie sah Rinndalir an. »Sind Sie okay?« fragte er.

»Ich werde es überleben«, antwortete der Selenarch trocken, aber mit nicht ganz fester Stimme. »Gut, daß ich so vorausschauend war, guten Wein mitzunehmen.«

»Sicher, nur zu, betrinken Sie sich und nehmen Sie einen auf mein Wohl.« Guthries Scherzen war mechanisch, seine Gedanken woanders. »Wir werden mitten in einem allgemeinen *luau* landen, was?«

Rinndalir richtete sich im Sitz auf. Hinter roten Schleiern hervor blickte er forschend in die Linsen. »Noch ist es nicht soweit«, sagte er.

Guthrie ging in die Luft. »Wie bitte? Sie meinen, Ihre Leute geben die Geschichte nicht weiter?«

Rinndalir hob eine Hand. »Habt keine Angst. Ich könnte sie selbst dann nicht unterdrücken, wenn ich wollte. Die Chancen stehen fünfzig zu fünfzig oder besser, daß die Botschaft von mehr als einer Station aufgefangen wurde. Auf jeden Fall werden sich die darauf folgenden Aktivitäten auf unserer Seite und auf seiten des Feindes nur schwerlich verbergen lassen. Gerüchte werden sich verbreiten und frei umherschwirren.

Nein, ich habe schlicht vor, so weiterzumachen, wie ich es Euch gesagt habe: vorsichtig. Bevor dieses Fahrzeug nach Port Bowen zurückkehrt, wird es auf einem lunaren Raumhafen landen. Von dort aus wird man Euch an einen sicheren Platz bringen. Dort werden wir unser Manifest an das Sonnensystem aufsetzen und bekanntgeben.«

34

Nachdem ihre brutalen Beschleunigungsphasen vorüber waren, startete die *Muramasa* mit einem halben G nach L-5. Felix Holden machte sich von seiner Liege los, richtete sich mühsam auf und humpelte umher, um sich um das Wohlergehen seiner fünf Männer zu kümmern. Da sie raumerfahren und in körperlicher Topform waren, hatten sie keine größeren Schäden davongetragen. Diejenigen, die das Bewußtsein verloren hatten, wachten wieder auf, suchten nach Verletzungen und murmelten: »Ja, ich bin fit, Sir.« Sie waren noch einigermaßen benommen, ebensosehr von dem, was – zu ihrer Verblüffung – geschehen war wie von dem, was sie mitgemacht hatten.

Holden verschmähte es, den Aufzug hinauf zum Pilotenpult zu nehmen, wenn er nur vierzig Kilo wog. Beim Erklimmen der Leiter hielt er manchmal den Atem an und biß sich auf die Lippen. Vorsichtig ließ er sich in den Kontrollsessel sinken. Ein halbrunder Sichtschirm zeigte ihm die hervorgehobenen Sterne, die strahlende Erde und die harten Konturen des Mondes vor der Dunkelheit.

Den Piloten sah er nicht. Der neue Guthrie verbarg sich unter diesen Schaltern und Meßinstrumenten, die er nutzlos machte, da er direkt mit Sensoren, Effektoren und Computern verbunden war, Herz und Vorderhirn des Systems. Mit seinen Instrumenten sah er auch nach innen, spürte die Kräfte, schmeckte die chemische Zusammensetzung der Luft, erschnüffelte den schwachen Blitzgeruch von Ionen. »Sind Sie okay?« fragte seine Stimme.

Holden nickte steif. »Wir haben es heil überstanden, Sir«, meldete er.

»Tut mir leid, daß ich Ihnen diese Tortur zumuten mußte. Ich habe die Beschleunigungswerte so berechnet, daß sie Ihnen keinen bleibenden Schaden zufügen würden, aber – noch mehr tut mir leid, daß das alles umsonst war.«

»Sie lassen Sie wirklich entkommen?«

»Mir bleibt kaum eine andere Wahl. Sie haben die Geschichte

weitergegeben. Ich habe genug von ihrer Sendung aufgefangen.«

Holden seufzte. »Und wenn Sie sie töten, macht das natürlich alles noch schlimmer für uns.«

»Dessen bin ich mir nicht so sicher«, knurrte Guthrie. »Weiß der Teufel, was Rinndalir aus der Situation machen wird. Ich wünschte, ich hätte ihn im Laufe der Jahre persönlich kennengelernt. Vielleicht verstünde ich ihn dann ein bißchen besser.« Ein krächzendes Lachen. »Ich habe den Verdacht, daß mein anderes Ich, das unmittelbare Erfahrung mit ihm hat, auch nicht restlos glücklich ist. Auf jeden Fall kann ich nicht etwas veranstalten, das alle als brutales Massaker betrachten würden.«

»Was haben Sie vor, Sir?«

»Nach Gehör spielen, mit den Schlägen mitgehen, meinen Einsatz gemäß dem machen, was ich an Karten auf die Hand bekomme. Juliana beklagte sich immer über meine verworrenen Metaphern.« Der Humor erstarb. »Sind Sie mit von der Partie, Oberst?«

Holden hob den Kopf. »Ich bin bereit, meine Pflicht zu tun, Sir. Ebenso meine Männer.«

»Aber was Sie als Ihre Pflicht ansehen, hängt davon ab, was sich entwickelt, oder?«

Das Schiff konnte die Menschen ganz einfach umbringen, indem es die Luftschleusen öffnete. »Ja, Sir. Ich hoffe, Sie sehen das genauso.«

»Hm, mein Verhältnis zu Ihrer Regierung ist ein bißchen anders. Trotzdem – Hören Sie zu. Was ich beabsichtige, ist, auf L-5 aufzutanken und ins All zurückzukehren, um auf unvorhergesehene Entwicklungen zu achten. Dazu benötige ich Ihre Hilfe. Und im Anschluß daran, denke ich – ich habe Sie ja inzwischen ein bißchen kennengelernt – denke ich, sind Sie der geeignete Mann für die Leitung der dortigen Sipo-Garnison.«

Erstaunt fragte Holden: »Was können wir anderes tun, als sie zu räumen?«

»Einen solchen Trumpf im Austausch gegen eine Lusche wegwerfen? Sie machen wohl Witze.«

Holden schaute auf die Erde. Er hatte Familie. Guthrie wartete.

»Mein Kommando und ich werden tun, was unsere Vorgesetzten anordnen, Sir«, sagte Holden.

»Das genügt. Ich werde sie anrufen. Legen Sie die Hände in den Schoß und erholen Sie sich. Sie haben es sich verdient, Sie alle.«

»Sir«, sagte Holden leise angesichts der Güte, die er gerade gehört hatte, »ich verstehe, warum Ihre Leute Ihnen immer gefolgt sind.«

»*Mir* gefolgt? . . . Okay, keine Bange, lassen Sie mich nur machen.«

Ein unsichtbarer Strahl blitzte auf. Ein winziger Satellit, einer von Dutzenden, die die Erde umkreisten, erfaßte ihn und schickte ein Identifikationssignal zurück. Der Strahl verengte sich, um dieses eine Relais zu verfolgen, bis es Zeit für das nächste wurde zu übernehmen. Sein kodierter Inhalt ging weiter an eine Bodenstation und von dort aus nach Futuro. Nacht lag über der nordamerikanischen Hauptstadt, aber Enrique Sayre wachte in seinem Büro.

Für Holden erschienen sein Bild und seine Worte nicht. Guthrie empfing sie als Eingabe, die er als Gesicht und Sprache interpretierte. Es wäre falsch zu sagen, daß ein Computer das für ihn vorbereitet hätte. Bestimmte Zentren im lebenden Gehirn verarbeiten Daten, die Nerven von Auge und Ohr heranführen; aber es ist das menschliche Wesen als Ganzes, das die umgebende Welt wahrnimmt. Dort, wo er angeschlossen war, erfaßte Guthrie das elektromagnetische Spektrum, wie er als Mensch früher Licht wahrgenommen hatte. Er fühlte sich durch Gravitationsfelder hindurchbewegt, so wie er sich früher durch Wind und Wellen bewegt hatte. Er wußte, wie er sich auf ein bewegtes Ziel ausrichten mußte, so wie er früher gewußt hatte, wie man einen Ball wirft oder ein Gewehr abschießt. Sinnesempfindungen und Wissen waren reichlicher vorhanden als zu seinen Lebzeiten – so reichlich, daß sie ihn überwältigt hätten, wären sie nicht so klar wie Eiskristalle gewesen. Physik ist berechenbar, wo die Biologie es nicht ist. Aber sie ist auch unbegreiflich, wo die Biologie es nicht ist.

»*Bueno?*« rief Sayre aus. »Wie ist es ausgegangen?« Seine Augen starrten aus dunklen, mit Blässe gefleckten Rändern hervor. Er wirkte ausgehöhlt.

»Sie waren es tatsächlich«, berichtete Guthrie ihm. »Sie haben die Meldung an Luna weitergegeben, bevor ich sie aufhalten konnte. In Kürze werden sie persönlich eintreffen.«

Stille zitterte, während Photonen hin- und herschossen.

Sayre sackte in seinem Sessel zusammen. »Dann ist das Spiel aus?« Er versteifte sich. »Nein. Wir machen weiter. Kommen Sie zurück. Nicht nach Quito, ich nehme an, das ist jetzt unmöglich für Sie, aber zu uns. Wir gewähren Ihnen Asyl.«

»Nein danke«, erwiderte Guthrie. »Auf ewig nutzlos herumsitzen? Hören Sie. Wir könnten immer noch mehr tun, als nur bloße Schadensbegrenzung zu betreiben. Sie erinnern sich an meine Spekulationen über die Lunarier, als wir erstmals erfuhren, daß sie auf L-5 auftauchen würden? Es ist offensichtlich, daß ihre Absicht darin bestand, meinen Zwilling dort herauszuholen, und das ist ihnen ja auch gelungen. *Aber* sie haben nicht sofort bekanntgegeben, was sie getan haben und warum. Im Grunde haben Sie den Mund gehalten, bis ich sie zum Handeln zwang. Deutet das nicht darauf hin, daß sie ihre eigenen Absichten verfolgen? Worin die bestehen mögen, weiß ich nicht. Sie könnten viel gefährlicher für Sie sein als alles, was mein Zwilling will. Andererseits erinnere ich mich an ein altes Sprichwort vom Fischen im Trüben. Genau das habe ich vor zu versuchen.«

Übertragung.

Der Mensch schaute, als sähe er auf dem Schirm vor sich ein Gesicht. Vielleicht wünschte er sich, daß er es täte. »Was haben Sie im Sinn?«

»Fürs erste, nach L-5 zu fliegen, Reaktionsmasse und Antimaterie aufzunehmen und im All zu patrouillieren. Ich werde meine Mannschaft dort zurücklassen, und ich möchte, daß Sie – Ihre Synode – Felix Holden zum Befehlshaber Ihrer dortigen Streitkräfte ernennen. Auf diese Weise kann er dafür sorgen, daß man sich sofort um meine Anforderungen kümmert, und er wird ein zäher, gewitzter, verläßlicher Mann vor Ort sein.«

Übertragung.

»Ich weiß nicht recht«, murmelte Sayre . »Einige der Scheitelpunkte in seinem Psychoprofil – Oh, loyal ist er.«

»Männer wie er dürften Mangelware sein, wenn sich die Neuigkeit erst einmal verbreitet«, warnte Guthrie. »Lassen Sie mich im All tun, was ich für angebracht halte. Sie werden zu Hause alle Hände voll zu tun haben, und mehr als das. Gemeinsam können wir immer noch die Oberhand behalten. Vielleicht können wir sogar den Sieg davontragen.«

Seine voraustastenden elektronischen Sinne fanden den großen Zylinder, der sich vor den Sternen drehte.

35

Das Zimmer, in das man den alten Guthrie nach seiner Ansprache brachte, war nicht groß; aber Licht und Schatten, die verschwommen in Decke, Wänden und Boden wechselten, erzeugten ein Gefühl von Grenzenlosigkeit, so unbeständig wie ein Traum. Dort ließ man ihn unter vielen Höflichkeitsbezeugungen auf einem Tisch zurück: er würde sicher verstehen, wie sehr die Zeit drängte; er würde nicht länger allein sein, als die ihnen auferlegten Zwänge es unbedingt erforderlich machten; wenn er in der Zwischenzeit Zerstreuung wünsche, müsse er nur dem Multiceiver einen entsprechenden Befehl erteilen.

Dieser eröffnete ihm jedoch keine Verbindung zur Außenwelt. Er ließ ihn ausgeschaltet und wartete in seinem Gehäuse, allein mit seinen Gedanken.

Endlich kam die Lady Niolente zu ihm. Ihre Robe schimmerte silbern durch die vielfarbige Dämmerung, mit der ihr Haar verschmolz. Ihr Rock raschelte bei jedem ihrer Schritte, die die Stille ansonsten nicht störten. Sie trat an den Tisch und blickte in die Linsen, die er ihr entgegenhob. »Heil, Mylord«, grüßte sie. »Womit kann ich Euch dienen?«

»Das wissen Sie verdammt gut«, sagte er. »Wo ist Rinndalir?«

Sie spreizte ihre Finger zu einem Fächer; ein Erdling hätte vielleicht mit den Achseln gezuckt. »Vieles ist im Gange. Zur Stunde obliegt es ihm, sich um Führungsaufgaben zu kümmern. So habe ich, die ich für kurze Zeit ohne Verpflichtungen bin, Euch aufgesucht.«

»Yeah, sicher, wir müssen jetzt obenauf bleiben. Warum zum Teufel sperren Sie mich dann hier ein? Ich weiß nicht einmal, wo auf dem gottverdammten Mond Sie mich hingebracht haben!«

»Rinndalir versprach, Euch zu gegebener Zeit zu berichten. Aus diesem Grund bin ich gekommen.«

Guthrie murmelte etwas kunstvoll Blasphemisches, bevor er sagte: »Sie machen wohl alles gemeinsam, Sie und er, wie? Okay, sagen Sie mir, was Sie von mir wollen, anschließend feilschen wir, und dann lassen Sie mich um Himmels willen gehen. Ich muß mich um Fireball kümmern. Geht das nicht in Ihre Irrenschädel? Inzwischen muß es ein Schlangennest sein.«

»Nein, Mylord«, erklärte sie ihm ruhig. »Bis jetzt besteht noch eine brüchige Ordnung fort.«

»Nun ja, natürlich verfügen die *consortes* über gesunden Menschenverstand, und sie sind daran gewöhnt, selbständig zu denken, aber trotzdem, diese Neuigkeit –«

»Es haben sich nur Gerüchte verbreitet, Nebenwirkungen jenes Rufs an Luna, den Ihr vom All aus gezwungen wart zu tätigen.«

»Sie meinen, den Rinndalir gezwungen war zu gestatten. Ich wollte – He, warten Sie mal 'nen Moment!« donnerte Guthrie. »Sie meinen, ihr Clowns habt die Nachricht so gut wie möglich unterdrückt und meine Erklärung, die ich von hier aus abgegeben habe, nicht ausgestrahlt?«

»Das wäre zu jenem Zeitpunkt politisch unklug gewesen, wie Mylord vielleicht bei einigem Nachdenken erkennen könnten.« Niolente lächelte. »Die Aufzeichnung davon ist jetzt hinausgegangen. Erlaubt mir, Euch zu zeigen, wie.«

Guthries Augenstiele legten sich an wie die Ohren einer Katze oder wie Lippen, die sich vor Zähnen fletschen. »Ja. Tun Sie das.«

Sie sang einen Befehl. Der Multiceiver auf dem Boden wurde hell. Eine Automatenstimme verkündete vor einem Hintergrund aus EMERGENCY-Symbolen, daß die vor einigen Stunden angekündigte wichtige Sendung nun ausgestrahlt werde und sich dadurch alle regulären Sendungen vom und zum Mond verschöben. Rinndalirs Bild folgte. Er stellte sich vor und erklärte, daß die Selenarchie das nun Folgende mit größtem Ernst betrachte. Er sagte das nicht in der bedeutungsschweren Art eines irdischen Politikers, sondern in einem fast beiläufigen Tonfall und mit der Andeutung eines Lächelns. Das war lunarischer Stil.

»So weit, so gut, na und?« schnappte Guthrie.

Sein eigenes Bild sprang ihm entgegen, das elektronisch erzeugte Abbild eines stämmigen Mannes in der Lebensmitte: die Kleidung zwanglos und irgendwie zerknittert, die Augen blaßblau und direkt auf das Publikum gerichtet, die Stimme tief und ein bißchen heiser »An Fireball Enterprises und alle anderen: Hier spricht Anson Guthrie.«

»Ja, ja«, sagte das Programm in dem Gehäuse. »Und was gibt es sonst noch Neues?« Niolente wartete in lockerer Haltung, eine Statue, die atmete.

Der Guthrie in dem Zylinder erklärte knapp, was dem Guthrie in dem Kästchen widerfahren war. Er ging nicht in die Einzelheiten und nannte außer Rinndalir auch keinen seiner Verbündeten, da, so erklärte er, die übrigen noch in Gefahr seien. Was das Zusammentreffen im Weltraum mit seinem zweiten Ich betraf, so sagte er nur, daß ein Schiff die *Inia* abgefangen habe –

»He, Moment mal!« brüllte es vom Tisch her. Niolente legte eine Hand auf das Gehäuse. Guthrie fühlte die Geste nicht, so eingeschränkt, wie er in nicht angeschlossenem Zustand war, sah sie aber und erstickte seine Flüche.

– glücklicherweise hatte ein Ausweichmanöver den Angriff zunichte gemacht. In Anbetracht dieser Ungeheuerlichkeit, der letzten von unzähligen, die die Avantisten im Laufe der Jahre gegen Fireball, die Freiheit und den allgemeinen Anstand begangen hatten –

»*Consejeros* und *consortes*, haben wir uns nicht genug bieten lassen? Hier geht es nicht um Rache oder auch nur um einfache Gerechtigkeit gegenüber den Personen, die diese Taten in Auftrag gegeben und ausgeführt haben. Wir können vor der Weltföderation Klage erheben und vielleicht ein Urteil erreichen, das der Friedensrat dann durchsetzt, aber was nützt das? Die avantistische Regierung der Nordamerikanischen Union wird weiterbestehen. Sie wird weitere Personen hervorbringen, die ihre Maschinerie dazu benutzen, noch mehr solcher Mätzchen auszuführen, während sie das nordamerikanische Volk und seine Freiheitsrechte unterdrückt. *Sie* ist die Bedrohung für den Weltfrieden, für das Überleben der Welt, vom gleichen Schlage wie jene, die ihr vorausgingen: Heilige Liga, Erneuerungsbewegung, Kommunismus, Faschismus, Nationalismus, jede Art von Absolutismus, so weit die Geschichte zurückreicht. Hierin liegt unsere Veranlassung, den Avantismus ein für allemal zu beseitigen.«

Das Gesicht formte ein düsteres Lächeln. »Da ich kein Politiker bin, kann ich nicht zu einem großen Kreuzzug aufrufen, in dessen Verlauf Tausende von Menschen getötet werden, während ich sicher zu Hause sitze und meine persönlichen Vorrechte genieße. Während meiner Mißgeschicke auf der Erde habe ich jedoch mehr, als ich zuvor wußte, über eine Widerstandsbewegung in Nordamerika erfahren. Die Avantisten nennen diese Leute Chaoten, aber das ist ein Schimpfwort, Propaganda. In Wirklichkeit sind es nichts anderes als Männer und Frauen, die wieder frei sein wollen. Sie sind gut organisiert und verantwortungsbewußt. Der Avantismus ist verrottet und im Zerfall begriffen. Die Revolutionäre wollen ihn schnell und sauber wegräumen, ehe er noch mehr Schaden anrichten kann.

Ich kann ihnen nicht sagen, wie sie dabei vorgehen sollen. Aber wenn sie sich entscheiden, gegen die Avantisten aufzustehen, jetzt, da Fireballs Groll noch frisch ist – werde ich Fireball aufrufen, ihnen jede Unterstützung zu gewähren, die in seiner Macht steht. Ich wiederhole, es geht hier nicht darum abzurechnen. Aber ich habe die Freiheit immer geliebt, und das gleiche gilt für unser Fireball.«

Als der Zylinder kurz darauf (sehr kurz darauf, weil er nie jemand gewesen war, der große Reden hielt) erlosch, blieb Guthrie eine halbe Minute lang stumm, bevor er sagte: »Das war geschickt gemacht. Wieviel hatten Sie schon vorher vorbereitet?«

»Kaum etwas, denn wir konnten nicht vorhersehen, ob wir jemals Gelegenheit dazu haben würden, beziehungsweise was für eine Form diese Gelegenheit vielleicht annehmen würde«, gestand Niolente.

»Vom Computer geschnitten und redigiert, unter Berücksichtigung aller Aufzeichnungen von allen Ansprachen, die ich je gehalten habe, sowie meiner Biographie und dem daraus abgeleiteten Psychoprofil – Eine ganz schön raffinierte Arbeit. Die Maschinen sind bald besser darin, wir zu sein, als wir selbst, nicht wahr?«

Sie veränderte ihre Position so, daß sie vor ihm stand. »Die Änderungen sind minimal«, sagte sie mit einem Anflug von Belustigung in der Stimme.

»Ja, winzig, so, als ob man ›Helfer‹ in ›Henker‹ verwandelt.«

»In Wahrheit würdet Ihr die Avantisten doch wirklich gerne stürzen.«

Er besaß keinen Kopf, den er hätte schütteln können, aber seine Stimme machte die Geste klar genug. »Nein. Jedenfalls nicht auf diesem Wege. Eine Rebellion anzuzetteln – Haben Sie mal einen Augenblick lang daran gedacht, was für Risiken das in sich birgt? Sie hoffen, etwas zu entfachen, das unkontrollierbar sein wird und dessen Konsequenzen unvorhersehbar sind. *Warum?*«

»Exakt aus diesem Grunde.«

»Ein Trümmerhaufen um seiner selbst willen? So einen Quantensprung können Sie doch nicht in der Schüssel haben. Oder?«

»In gewissen Sinne durchaus, ja. Ein Quantensprung aus einem Schwarzen Loch heraus.«

»Ach, zum Teufel mit den phantasievollen Entschuldigungen. Was haben Sie als nächstes vor?«

»Abwarten und beobachten, was geschieht.«

»Was zumindest interessant sein dürfte. Sie haben mit einem Stock im Ameisenhaufen herumgestochert ... Aber ohne mich an der Spitze wird Fireball bald in seinen Anstrengungen nachlassen. Man wird anfangen sich zu fragen, warum ich nicht persönlich auftrete. Sie können Ihren Schwindel nicht endlos weiterführen. Wenn Sie versuchen, so zu tun, als ob ich von hier aus Befehle erteile, würde das bald grotesk werden.«

»Zugegeben.« Niolente lächelte. »Fürchtet nichts, Mylord. Wir werden Euch bald freilassen – mit gebührenden Vorsichtsmaßnahmen. Der rechte Augenblick dafür hängt vom Verlauf der Ereignisse und unserer Beurteilung derselben ab; aber er liegt in der nahen Zukunft.«

»Nachdem alle Höllenhunde von der Leine gelassen sind. Hören Sie – darüber kam nichts in Ihrer frisierten Sendung – meine Leute wissen nicht, daß mein anderes Ich in einem Fackelschiff auf freiem Fuß ist. Begreifen Sie, was für eine Gefahr das ist? Ich schon.«

»Deshalb«, sagte sie unbekümmert, »habt Ihr vielleicht keine andere Wahl, als Fireball in diesen Krieg zu führen, wenn Ihr die Freiheit wiedererlangt.«

»Und danach?«

»Danach, ja, könntet Ihr Euch gegen uns wenden, aber wir glauben, daß Ihr das nicht für klug erachten werdet.«

Eine Zeitlang lag Guthrie still da. Die verschwommenen Farben und ungewissen Dunkelheiten flackerten träge um ihn herum. Niolente stand zwischen ihnen wie eine noch nicht angezündete Kerze.

»Ich habe das scheußliche Gefühl, daß Sie recht haben«, sagte er. »Aber das setzt voraus, daß es überhaupt noch ein ›Morgen‹ für uns gibt. Wissen Sie, wir könnten auch verlieren. Oder alle könnten verlieren, alles könnte in Splittern zusammenbrechen.«

»Wäre das schlimmer als das, was uns jetzt bindet?« antwortete sie.

36

Die Sipo auf L-5 konnte zwar Sendungen kontrollieren, die nach draußen gingen, aber schwerlich das, was hereinkam. Das wäre zumindest als unnötige Provokation aufgefaßt worden. Kyra Davis hörte Guthries Sendung von Luna gemeinsam mit der Familie, die ihr eine Zuflucht bot.

»Dann kämpfen wir eben!« rief sie da, wo sie beim Zuhören aufgesprungen war, mit emporgereckter Faust. Wütend: »Und ich – muß ich mich hier verstecken und warten?«

Wang Zu runzelte die Stirn. »Das ist merkwürdig«, sagte er mit schwerer Stimme. »Ich hätte niemals damit gerechnet, daß der *jefe* zum Krieg aufruft. Mehr als einmal habe ich ihn erklären hören, er habe genug Gewalt gesehen, daß es ihm reiche, bis der letzte Stern verglüht.«

»Er hat nicht wirklich dazu aufgerufen, oder?« meinte seine Frau. »Er hat nur Hilfe versprochen, falls tatsächlich eine Revolution ausbricht.«

Wang schüttelte den Kopf. »Warum sollte er das tun, außer, es ist das, worauf er hofft? Was er sogar vorhat auszulösen.«

Kyra funkelte sie an. »Wollt ihr diese *matones* denn *nicht* los sein?« Sie schluckte. »Tut mir leid. *Por favor,* entschuldigen Sie bitte. Nach all Ihrer Freundlichkeit –«

Lin Mei-ling tätschelte ihre Hand. »Wir verstehen schon. Das hier ist sehr schwierig für Sie«, sagte sie mit einem Lächeln. »Vielleicht sind wir zu zaghaft. Aber es wäre nur so wenig nötig, um diese Nation zu vernichten.«

Kyra beugte sich vor, um sie zu umarmen. »Und S-sie haben Kinder«, stotterte sie.

»Lassen Sie uns daran glauben, daß der *jefe* weiß, wovon er spricht«, sagte Wang. Zweifel schwangen in seiner Stimme mit. »Diese Selenarchen haben ihm vielleicht etwas mitgeteilt oder versprochen. Im Moment kann niemand von uns etwas anderes tun als abwarten.«

»Und mit unserer Arbeit weiterzumachen«, sagte seine Frau.

Ja, dachte Kyra, sie hatten ihre Arbeit. Sie hatte Übung

darin, geduldig abzuwarten, während die Ereignisse sich von selbst entwickelten, ihre Entspannungstechniken, ihre Mantras und Erinnerungen. In diesem bescheiden eingerichteten Heim würde es schwieriger sein, Gebrauch von ihnen zu machen, als das im All je gewesen war.

Die meiste Zeit allein zu sein, machte es einfacher. Der Wang-Junge und das Wang-Mädchen waren für eine Woche im Astro-Camp, wo sie Fähigkeiten trainierten, die in Notsituationen und im alltäglichen Leben gebraucht wurden. Das war ein Grund dafür, warum Eiko Kyra gerade hier untergebracht hatte.

Dreißig Stunden verstrichen.

Die Nachrichten von der Erde überschlugen sich: Sipo-Hauptquartier im San Francisco Bay-Integrat von einer Explosion zerstört. Das Bild zeigte einen noch rauchenden Trümmerhaufen, während Rettungsfahrzeuge und -maschinen wie Ameisen hin- und herhuschten und im Vordergrund ein Sprecher grimmig erklärte, daß es zahlreiche Tote und Verletzte gegeben habe und daß er sicher sei, daß die Mörder Terroristen gewesen seien. Hatte die nordamerikanische Regierung nicht gewarnt, sich nicht bemüht, nicht inständig um Zusammenarbeit gebeten? Was diese phantastischen Anschuldigungen vom Mond betraf, die Feinde der Zivilisation konnten genauso mühelos einen Schwindel inszenieren wie die Avantisten, die dessen bezichtigt wurden, und es war viel plausibler, daß sie es tun würden.

Drei Stunden später: Die gleiche Greueltat in Denver. Mittlerweile hatte die Polizei herausgefunden, daß das Werkzeug bei der ersten ein kleiner, von allem überflüssigem Ballast befreiter Sportflieger auf Autopilot gewesen war, beladen mit Gigantit, der sich im Sturzflug aus der oberen Stratosphäre herabstürzte. Wahrscheinlich hatte man sich beim zweiten Schlag der gleichen Technik bedient. Einen dritten würde es nicht geben. Die nationalen Streitkräfte waren in höchstem Alarmzustand, und der Präsident stand im Begriff, das Kriegsrecht auszurufen.

»Was für einen Unterschied macht das schon?« spottete Kyra.

»*Eilmeldung!* Das Pariser Büro von Global News Associates hat soeben eine Mitteilung von Personen erhalten, die von sich behaupten, die Anführer einer revolutionären Untergrundbewegung in Nordamerika zu sein. Unter der Bedingung, daß ihre Herkunft nicht zurückverfolgt wird, übermittelte man Global die folgende Erklärung –«

Ein hagerer Mann in einer einfachen grauen Jacke, die auf der Brust einen stilisierten Kometen zeigte, sprach mit sanfterer Stimme, als man erwartet hätte: »– Jack Bannon im Auftrag der Befreiungsarmee. Man nennt uns Chaoten, und wir räumen mit Bedauern ein, daß einige Verrückte und Kriminelle diese Gelegenheit benutzen könnten, um Amok zu laufen, aber sie gehören nicht zu uns. Wir sind der organisierte Kern des Widerstandes gegen die avantistische Tyrannei. Unser einziges Ziel ist es, sie zu stürzen und in unserem Land wieder eine verfassungsmäßige Regierung einzusetzen und Freiheit unter einem humanen Gesetz wiederherzustellen. Wir haben im geheimen abgewartet, weniger, weil es uns an Stärke mangelte als vielmehr, weil ein bewaffneter Kampf zu leicht außer Kontrolle geraten könnte. Die Waffen, die beiden Seiten zur Verfügung stehen – Explosivstoffe, Ätzmittel, Toxine, radioaktive Substanzen, biologische Stoffe, die elektronische und Computer-Sabotage lebenswichtiger Dienstleistungen – diese Waffen können das Leben vieler Unschuldiger fordern.«

Ganz stimmte das nicht, dachte Kyra. Wenn Bannons Organisation so schlagkräftig war, wie er behauptete, und ihre eigenen Erlebnisse legten nahe, daß dem so sein mochte, dann mußten sie sie so straff führen, wie Psychodynamik und strengste Disziplin es eben möglich machten. Andernfalls wäre sie längst unterwandert und, wenn schon nicht völlig unterdrückt, dann wenigstens auf ein paar verstreute, gejagte Einzelne reduziert worden. (Zweifellos hatte eine Reihe von Sipo-Agenten beim Versuch, sich in sie einzuschleichen, ein anonymes Grab gefunden. Ihre Vorgesetzten würden die Verluste nicht unbedingt publik machen.) Um so gut geführt zu sein, mußte sie notwendigerweise klein sein. Deshalb konnte sie nicht allein gegen ihre Feinde zu Felde ziehen.

Die Idee war, teilweise finanziert durch heimliche Überweisungen aus dem Ausland und wahrscheinlich mit ein paar geheimen Einrichtungen auf fremdem Boden, abzuwarten, sich vorzubereiten und die Öffentlichkeit so gut es ging durch Propaganda zu beeinflussen, bis die Umstände die Regierung aus dem Gleichgewicht brachten. Dann würde die Befreiungsarmee zuschlagen, mehrere strategische Schläge führen und darauf vertrauen, daß das einen allgemeinen Aufstand auslöste – dessen Kontrolle die *junta*, wenn er auf seine formlose Weise erst einmal richtig begonnen hatte, an sich reißen konnte. So verliefen Revolutionen in der Geschichte meistens. Oft war es die Aussicht auf mächtige Hilfe von außerhalb, die solche Rebellen bewog, ihren Rubikon zu überschreiten. Guthries Ansprache –

Oh, Bannon wußte das. »Wir haben das mächtige Fireball Enterprises zum Verbündeten, wenn wir uns dessen als würdig erweisen«, sagte er gerade. »Sicherlich werden auch die freien Nationen der Welt im Geiste bei uns sein und uns zu Hilfe kommen, wenn unsere Sache Fortschritte macht.«

Nein, das würden sie nicht, höchstens so spät im Spiel, daß es keinen Unterschied mehr machte, dachte Kyra. Überhaupt nicht, wenn die Avantisten die Erhebung rasch genug niederschlugen, so daß es nicht wirkte, als würde der Konflikt andere in Gefahr bringen. Oder wenn – ein Frösteln durchlief sie – die Föderation entschied, daß Fireballs Intervention ein Präzedenzfall war, gegen den die Friedensbehörde mit Waffengewalt einschreiten mußte.

»Bürger Nordamerikas, seien Sie nicht leichtsinnig. Gehen Sie vor allem Ihrer täglichen Arbeit nach, solange Sie das noch können. Verzichten Sie auf Gewalt. Verweigern Sie den avantistischen Behörden einfach friedlich die Unterstützung. Hören Sie, was Ihre Anführer zu sagen haben, die Spitzen Ihrer Gemeinschaften, Logen, Kirchen, der Organisationen, denen Ihre Loyalität gehört. Tun Sie, was diese gebieten. Doch wenn die Stunde kommt, dann versammeln Sie sich gemeinsam mit ihnen, um den Kampf um die Freiheit zu führen!«

»Er ruft die Subkulturen auf«, flüsterte Wang. »Sie beginnen mit zivilem Ungehorsam. Aber das geht rasch in Streiks, Sabotage, Aufstände und Morden über.«

»Sie wissen es«, antwortete Kyra. »Und das Morden wird größtenteils die Miliz und die Polizei erledigen, es sei denn, Fireball kann es aufhalten, bevor es so weit kommt. O Gott, und ich sitze hier fest!«

Bannon fuhr fort: »– Was für eine bessere Botschaft kann ich Ihnen zum Schluß mit auf den Weg geben als die, die vor langer Zeit auf diesem Kontinent verfaßt wurde, als seine Menschen zuerst ihre Freiheit einforderten?« Und die edlen Worte: »Wir halten diese Wahrheiten für in sich einleuchtend: daß alle Menschen gleich geschaffen sind –«

Sein Abbild verschwand. Der Ansager plapperte auf französisch. Kyra hörte der englischen Übersetzung des Multis nur mit halbem Ohr zu. Die zu erwartenden aufgeregten Kommentare, dann: »In Hiroshima hat Weltföderationspräsidentin Mukerji angekündigt, daß die Sondervollversammlung des Hohen Rates und der Ständigen Vollversammlung, die sie einberufen hat, noch heute eröffnet wird. Viele Delegierte sind persönlich angereist, die übrigen über das Netz zugeschaltet. Inzwischen hat Präsidentin Mukerji verlangt, daß Anson Guthrie die ihm zugeschriebene Erklärung zurücknehmen soll, und zugleich Hilfe bei einer rein politischen Auseinandersetzung versprochen. Wenn diese Rücknahme nicht unverzüglich erfolge, so erklärte sie, werde sie eine Resolution verlangen, die Sanktionen gegen Fireball Enterprises ausspricht.«

Wang erhob sich von seinem Stuhl. »Ich gehe ins Büro«, sagte er.

»Aber es ist fast Mitt-Nachtwache«, protestierte seine Frau.

»Dort erfahre ich vielleicht, was unsere Schiffe und unsere Leute im Augenblick machen«, erklärte er ihnen und ging hinaus.

Die Frauen starrten einander an. »Zu hat recht«, flüsterte Mei-ling. »Je mehr ich darüber nachdenke, desto weniger kann ich glauben, daß das tatsächlich geschieht.«

»Warum?« fragte Kyra und kämpfte gegen das Eingeständnis an, daß sie die Antwort wahrscheinlich im voraus wußte.

»Daß Mr. Guthrie eine solche Zusage abgeben würde.« Meiling sah hinunter in ihren Schoß, wo ihre Hände sich ineinander verschränkten. »Er hat Grund, wütend zu sein, ja. Aber er könnte Genugtuung vor dem Föderationsgerichtshof suchen, oder er könnte unseren Handel mit der Union einstellen, bis sie ihm gibt, was er will. Er hatte sie praktisch bereits auf die Knie gezwungen, das wissen Sie. Hier sind wir, dort unten sind Hunderte von unseren *consortes*, Geiseln der Avantisten oder durch die Kämpfe gefährdet. Warum sollte er das provozieren? Entspricht das dem Treueid?«

Kyra biß sich auf die Lippen. »Er *ist* bei den Lunariern, oder war es noch vor kurzem. Er ... hat ihnen nie besonders vertraut. Ich bemühte mich um ihre Unterstützung als, als Sicherheit für den Fall, daß Tamura versagte, und –« In ihrer Erinnerung lächelte Rinndalir wunderschön. Er streckte eine Hand aus, die so wissend gewesen war. »Und sie waren mir gegenüber alles andere als offen«, schleuderte sie heraus. »Aber wir können noch kein abschließendes Urteil fällen! Uns fehlen die Informationen!« Ihre Kehle schnürte sich zusammen. »Alles, was wir tun können, ist abwarten.«

Manchmal unterhielten sie sich ein bißchen. Manchmal dösten sie ein bißchen. Manchmal schalteten sie die Nachrichten ein, in denen die gleichen Bilder gezeigt, die gleichen Dinge gesagt wurden, geistlos rund um den Globus. Gegen Morgenwache hörten sie von Menschenmassen, die sich in verschiedenen Megalopolregionen zusammenrotteten. Milizionäre in Panzern rollten vor, und bewaffnete Flieger summten am Himmel darüber, aber bisher hatte es noch keinen Versuch gegeben, die Versammlungen aufzulösen. Zweimal wurden die Nachrichtensendungen kurz durch eine Aufzeichnung von Felix Holden, dem neuen Garnisonschef von L-5, unterbrochen. In merkwürdig ruhiger Art forderte er wie Jack Bannon die Bevölkerung auf, Ordnung zu bewahren, und gab bekannt, daß seine Patrouillen Verstärkung von Freiwilligen, Polizeikonstablern der Kolonie, erhalten hatten, da ein Aufruhr sie alle umbringen konnte.

Wang kehrte zurück, abgespannt und heiser. »Ein einziges

Drunter und Drüber im All«, sagte er. »Die Sipo behindert uns nicht, aber wir empfangen nur wenige Funksprüche und fangen dazu noch ein paar ab. Und was sollen wir antworten? Angesichts dessen, was ich zusammengetragen habe, denke ich, daß sie sich gegenseitig durchs All zurufen, Schiffe und Stationen, und erschrocken fragen, was das bedeutet und was sie tun sollen.«

»Ich nehme an, ich würde ebenso handeln«, gestand Kyra.

Was konnten sie denn anderes tun? Unbemannte Sonnensegler, die sich seit Monaten oder Jahren auf einer Reise befanden. Maschinen, die forschten, schürften, gruben, raffinierten, be- und entluden, Wartungsarbeiten durchführten, und die weit verstreuten Männer und Frauen, die ihre Arbeit beaufsichtigten. Shuttles, die für spezielle Welten und ihre unmittelbare Umgebung ausgelegt waren, nicht aber dafür, darüber hinauszufliegen. Ein paar Kolonien, Blasen mit einer künstlichen Umwelt, ihre Bewohner und Industrien. Die Linienschiffe, die sie anliefen, groß, komfortabel, aber nur innerhalb enger Belastungsgrenzen sicher. Fackelschiffe wie ihres, fähig, die Weiten des Sonnensystems binnen weniger Tage zu durchqueren; aber dann, wenn sie nicht irgendwo nachtanken konnten, würde ihre Beschleunigung aussetzen, und sie trieben hilflos im All. Welche von den wenigen, die es gab, waren in diesem Augenblick nahe genug, um rechtzeitig einzutreffen und in den Kampf eingreifen zu können?

Was für einen Kampf? Raumschiffe waren unbewaffnet.

Darüber hatte sie so ihre eigenen Gedanken. Wohlweislich verzichtete sie darauf, sie laut auszusprechen.

»Ich hege den Verdacht – ich bin mir keineswegs sicher, aber ich hege den Verdacht«, seufzte Wang, »daß, es sei denn, der *jefe* erscheint materiell, in Person, unter seinen *consejeros* und legt ihnen einen definitiven Plan vor – Fireball am Ende wenig oder nichts unternehmen wird.«

Weil seine Kapitäne und Mannschaften die Verantwortung immer selbst getragen hatten, dachte Kyra. Das hier war eine zu radikale Maßnahme, zu schlecht begründet. Sie würden abwarten, bis sie mehr erfuhren.

Und inzwischen würden die Kaos sich voller Hoffnung erheben und ohne Hilfe einem Massaker zum Opfer fallen.

Wenn die Avantisten schlau waren, würden sie ihr bestes tun, um das Fireball-Personal in der Union und auf L-5 zu schützen. Natürlich konnte es sein, daß sie sich in der Hitze des Gefechts nicht sehr schlau verhielten, oder sie mochten es versuchen und scheitern. Das ließ sich nicht mehr vorhersagen, wenn das Chaos erst einmal ungehindert seinen Lauf nahm.

»Vielleicht taucht er ja jeden Augenblick aus der Versenkung auf«, meinte Kyra.

»Ich weiß es nicht.« Wang stolperte davon, ins Bett. Seine Frau schloß sich ihm an. Nach einer Weile begab Kyra sich in das Zimmer, das man ihr zur Verfügung gestellt hatte, zog sich aus und legte sich hin. Der Schlaf kam erstaunlich schnell.

Sie war hoch im Baum, dem Baum, der alles hervorbrachte, sie *war* der Baum, mit einer Wurzel im Tod und einer Wurzel in der Öde und einer Wurzel in den Welten des Lebens, ihr Stamm hielt die Schöpfung aufrecht, und ihre Äste trugen Grün, das rauschte und bebte, während der Wind sie umwehte, der laute und bittere Wind, der zum Sturm anschwoll, erwache, erwache, das Grün wird losgerissen, Zweige ächzen, der Stamm zittert, erwache, erwache!

Sie öffnete die Augen und sah in die Eikos.

»Was zum Teufel!« Sie richtete sich schlagartig auf.

Eiko ließ die Schulter los, an der sie gerüttelt hatte. »Tut mir leid.« Ihr Mund zitterte, und ihre Stimme war eine fast bis zum Zerreißen gespannte Harfensaite. »Du mußt mir zuhören. Ich habe nicht gewagt anzurufen, aber ich glaube nicht, daß mir irgend jemand gefolgt ist. Wir brauchen dich. Es sei denn, du sagst, du bist so machtlos wie wir.«

Mühsam rappelte Kyra sich auf. Die Luft fühlte sich kalt an. Sie griff nach den Kleidern, die sie achtlos hingeworfen hatte, zog die Hand aber zurück. Nach diesen Stunden vor dem Multi stanken sie. Sie auch. »Sprich weiter.«

»Eine Bekanntmachung – Oberst Holden – Zwei Fireball-Schiffe haben den Mond mit Kurs auf uns verlassen. Sie haben über Funk angekündigt, daß sie Männer mitbringen und die Absicht haben anzudocken. Sie verlangen, daß die Sipo-Beamten hier ihre Waffen niederlegen und sich damit einverstanden erklären, interniert zu werden, bis sich ein Abtransport zur Erde arrangieren läßt.«

Kyras Herz hätte vor Freude hüpfen sollen. Statt dessen schlug es schwerfällig, denn sie sah Eikos Gesicht und hörte die Fortsetzung des hastigen Berichts: »Dann eine weitere Botschaft von Guthrie – von einem, der behauptet, der echte Guthrie zu sein. Er hat diesen Schiffen befohlen umzukehren. Er hat ein Fackelschiff ganz in unserer Nähe. Wenn sie weiterfliegen, will er sie angreifen. Er warnte uns davor, in welche Gefahr uns ein solches Gefecht bringen würde, Antriebsstrahlen, Trümmer, treibende Wracks. Das Fackelschiff wird die Blockade gegen uns so lange wie möglich aufrechterhalten, sagte er. Die Schiffe von Luna drehen nicht um, sondern sind in einiger Entfernung in eine Umlaufbahn eingeschwenkt.«

»Holden ... gab das bekannt?« murmelte Kyra.

»Er hätte es lieber eine Weile geheimgehalten, aber sie haben in der Flugkontrolle den Funkverkehr mitgehört und ihre Familien und Freunde angerufen, bevor seine Männer dort sein konnten, um sie daran zu hindern. Dann rief er mich an, persönlich, um zu fragen, ob ich helfen könne, eine Panik zu verhindern. Ich erklärte ihm, am besten könne das mein Vater, und er solle ihn freilassen. Holden wollte, daß ich ihn zur Zusammenarbeit überrede. Ich sagte, das würde ich nicht müssen. Danach unterbrach ich die Verbindung und eilte zu dir, bevor Holden daran denken konnte, mich festnehmen zu lassen.«

»Das da draußen muß der falsche Guthrie sein. Wahrscheinlich irgendwo ganz in der Nähe. Vielleicht sogar in der Fackel.« Kyra sprach automatisch. Der größte Teil von ihr suchte nach einer Lösung – was tun, was tun? »Es sei denn, dies ist eine weitere Täuschung, die Sayres Bande eingefädelt hat.«

»Nein, es ist echt. In seiner Bekanntmachung an uns zeigte Holden die optischen Bilder und die Radaranzeigen. Warum sollte er sie fälschen? Seine Herrschaft über uns war schon unsicher genug.«

Kyras Ton wurde schärfer. »Warum bist du zu mir gekommen? Ich hätte sowieso früh genug davon gehört.«

»Und was dann? Ich dachte –« Eiko schlang die Arme um sich. Auch sie mußte frieren. »Du hast dein eigenes Fackelschiff hier. Dies könnte eine Chance für dich sein zu entkommen. Sicherlich die letzte verzweifelte Chance. Flieh zum Mond oder zur Erde – Quito, Hiroshima. Bezeuge das, was du gesehen hast. Erkläre dich, wenn es sein muß, mit einem Tiefenverhör einverstanden, um zu zeigen, daß du die Wahrheit sprichst. Die Avantisten werden mit dem falschen Guthrie nichts mehr zu tun haben wollen. Der Friedensrat wird mit Fireball zusammenarbeiten müssen, um uns vor dieser Fackel zu retten. Sprich für uns, bitte für uns.«

Kyra runzelte die Stirn. »Flucht? Ich habe darüber ausgiebig nachgedacht. Aber Eiko, du weißt, ich kann mich nicht einfach zum Dock schleichen, an Bord gehen und starten. Nur die Flugkontrolle kann mich auf den Weg bringen. Die Sipo hat nicht daran gedacht, ihre Kommunikation zu überwachen, aber ihre Operationen sind ausgesetzt, es sei denn, ihr Oberst erteilt einen anderslautenden Befehl, und wie stellst du es dir vor, die Belegschaft ohne sein Wissen wieder dort hineinzulassen? Und was das Ansuchen um seine Genehmigung angeht, *por favor*, bring mich nicht vor dem Frühstück zum Lachen. Im Augenblick dürfte ich der einzige zum Führen einer Fackel qualifizierte Pilot auf L-5 sein, und ich bin die berüchtigte, vielgesuchte Entführerin Kyra Davis.«

»Ja, das weiß ich doch.« Die braunen Augen suchten die haselnußbraunen und blinzelten unter Tränen. »Aber ich habe mir einen, einen möglichen Weg ausgedacht. Es mag schiefgehen und dazu führen, daß du verhaftet wirst, oder schlimmeres. Bestenfalls ist es ein fürchterliches Risiko für dich. Ich verlange nicht von dir, es einzugehen. Das kann ich nicht, nicht einmal um ganz Ragaranji-Gos willen. Aber wenn du mir . . . deine Meinung dazu kundtun würdest –«

Eine Flamme brannte das Frösteln fort. Kyra packte Eiko an den Oberarmen, so fest, daß die kleine Frau vor Schmerz aufkeuchte, und schrie: »Sag's mir!«

Nachdem sie zugehört hatte, stand sie mit gerunzelter Stirn da, äußerlich ruhig, innerlich mit den Fingern trommelnd, bevor sie mit gedämpfter Stimme fragte: »Glaubst du wirklich, das könnte funktionieren? Die Sipo hat die Waffen.«

»Und wir werden die Überzahl haben«, antwortete Eiko, nun ebenfalls ruhig. »Oberst Holden würde wahrscheinlich keine tödliche Gewalt anwenden.«

»Hm, *wahrscheinlich*. Außerdem, Schockpistolen, Gas – Mag sein, daß sie nicht ausreichen, wenn die Menge wirklich aufgelöst werden soll, und tödliche Waffen könnten in der ganzen Kolonie eine Reaktion hervorrufen, die verhängnisvoll für seine Herrschaft wäre. Aber vielleicht denkt er nicht so wie wir.«

»Kurz nach seiner Ankunft unterhielten wir uns miteinander, er und ich, als ich ihn bat, die Inhaftierten freizulassen. Er weigerte sich, aber er ist kein böser Mann. Im Grunde, denke ich, ist er nicht einmal ein Avantist, abgesehen von einem Mindestmaß an Lippenbekenntnissen. Er ist ein nordamerikanischer Patriot, der seine Pflicht so tut, wie er sie sieht.«

»Es wird eine Menge davon abhängen, wie er sie sieht.« Kyra dachte noch einmal eine halbe Minute nach. So viel schuldete sie der Vernunft. Ungeduld überwältigte sie. Sie warf den Kopf zurück und lachte laut. »Du hast gewonnen! Wir machen es!«

»Ach – ach, meine Liebe – *tomodachi* –« Eiko kämpfte darum, nicht zu weinen.

Kyra packte sie wieder, diesmal sanft, schüttelte sie ein bißchen und erklärte ihr: »Spar dir die Gefühle für später und präsentiere sie mir über einer Flasche mit edlem Scotch. Du brauchst wenigstens ein paar Stunden, nicht wahr? *Bueno*, fang an. Und ich . . . was ich jetzt brauche, ist eine Dusche und saubere Kleidung und etwas zu essen und Tee, und wenn das erledigt ist, treffe ich dich auf dem Yukawa-Platz!«

Eiko nickte, richtete sich auf und verließ das Zimmer. Kyra hörte, wie sie den Wangs ein kurzes, förmliches Lebewohl entbot. Danach ging alles im Raketentempo.

Die letzte Nachricht besagte, daß die Schiffe von Luna sich in einem gemeinsamen Orbit aufhielten, in einer Entfernung von etwa einer Viertelmillion Kilometern. Offenbar warteten sie auf neue Befehle, und wer immer sich in der Fackel befand, hielt es nicht der Mühe wert, sie unter diesen Bedingungen anzugreifen. Kyra beneidete die Männer an Bord nicht.

Die Nachrichten aus Nordamerika handelten von Demonstrationen, Tumulten, der Meuterei eines Milizregiments, der wachsenden Verbreitung offener Kämpfe wie ein Fieber-Hautausschlag überall im Land. Es gab keine Möglichkeit festzustellen, was wirklich vorging, was es bedeutete und wo es hinführte. Regierungsbulletins erklärten knapp, Gesetzlosigkeit werde unterdrückt, wo immer sie auftrete. Ausländische Journalisten vor Ort waren ebenso verwirrt wie die Zuschauer, die nur kurze Blicke und Sätze erhaschten, während Schüsse krachten und Gebäude brannten. Trotzdem schienen die meisten Aufstände spontan und örtlich begrenzt zu sein, wobei Gunjins Führer und Waffen stellten – abgesehen von dem, was aus den Depots kam, die Leute wie die Farnums schon vor langer Zeit angelegt hatten. Manche der Profis waren sicherlich wegen der Bezahlung und der Aussicht auf Beute mit von der Partie, und vielleicht auch wegen der Macht, wenn die Revolution gelang; manche mochten Idealisten der einen oder anderen Art sein; wie viele aber welcher Sorte angehörten, ließ sich unmöglich sagen. Im Augenblick tobten schwere Kämpfe in den Bergen der Insel Hawaii. Kyra fragte sich, was mit Nero Valencia sein mochte. Und den Packers und ... mit allen, mit allem.

Die Heimstätter hatten sich für neutral erklärt und wurden als Hilfseinheiten aufgestellt, um ihre Territorien gegen Invasoren gleich welcher Fraktion zu verteidigen. Drei islamische Mullahs hatten Dschihads zum Sturz des gottlosen Avantismus ausgerufen und allen Männern, die für die Sache starben, das Paradies versprochen; zwei prominente Scheichs hatten sich von ihnen distanziert. Tahir wurde nicht erwähnt. War er womöglich in den Untergrund gegangen? Diejenigen anderen Gemeinschaften, die Proklamationen herausgegeben hatten, rangierten zwischen diesen Extremen. Keine verurteilte die Befreiungsarmee offen.

Bilder zeigten gepanzerte Fahrzeuge auf den Straßen, Flieger, die Betäubungsbomben auf den Mob abwarfen, Sprengköpfe, die auf Befestigungen der Rebellen abgefeuert wurden, die um sich schlagenden, schreienden Verwundeten und die verdrehten, leer starrenden Toten, auf aufgerissenem Boden oder inmitten zerbombter Mauern, während Staub und Qualm vorübertrieben. Die Revolution würde nicht lange weitergehen, wenn sie keine Hilfe erhielt, dachte Kyra. Nach ihrer Zerschlagung mochte die Regierung durchaus stärker dastehen als zuvor. Die Avantisten würden sicherlich keinen weiteren Dissens mehr zulassen und wahrscheinlich mit neuer Energie versuchen, jeden Lebensbereich zu kontrollieren.

Bericht aus Hiroshima: Die nordamerikanische Delegation bestritt jegliche Notwendigkeit einer Unterstützung durch die Friedensbehörde bei den inneren Problemen ihres Landes. Sie verlangten Schutz gegenüber einer ungerechtfertigten und unverantwortlichen Einmischung durch ausländische Interessen. Das massive Auftreten Fireballs war nichts weiter als ein Akt der Piraterie; er mußte beendet und bestraft werden. Die jüngste Nachricht, der wahre Guthrie habe sich erklärt und mit dem einzigen ihm zur Verfügung stehenden Raumfahrzeug eine offensichtlich von Lunariern getragene Aggression gegen L-5 zurückgeschlagen – diese Nachricht, falls wahr, wurde sehr begrüßt. Es war bedauerlich, daß die Bewohner der Kolonie dadurch gefährdet worden waren, aber die Nordamerikanische Union erkannte die Notwendigkeit und unterstützte die Maßnahme. Sollte Fireball sich daran erinnern, wie viele Leute und wieviel Eigentum es in Nordamerika hatte!

Der Sprecher Sibiriens erwiderte, daß seine Regierung Drohungen gegen unschuldige Personen, die bloß zufällig mit Fireball verbunden waren, nicht hinnehmen werde. Nichtsdestotrotz könne es keiner privaten Organisation gestattet werden, Krieg zu führen oder sich in anderer Weise wie eine Regierung zu verhalten; deshalb fordere Sibirien die Vollversammlung auf, Sanktionen zu verhängen.

Die Sprecherin Australiens fragte an, ob die Lunarier schon eine Erklärung für ihre Rolle in dieser Angelegenheit vorgebracht hätten. Präsidentin Mukerji antwortete, daß trotz wiederholter Versuche ihres Büros, eine Kommunikationsverbindung herzustellen, die Selenarchen nicht reagiert hätten. Ein Beauftragter des Afrikanischen Protektorats drängte darauf, daß Luna mit allen gebotenen Mitteln veranlaßt werden solle, in die Föderation einzutreten, sobald die gegenwärtige Krise beigelegt sei.

Die Teetasse ruckte in Kyras Hand. Eine Eilmeldung trat an die Stelle der bisherigen Sendung.

Noboru Tamura erschien in dem Zylinder. Er schien körperlich unversehrt, wie Eiko ja bestätigt hatte, aber abgespannt und erschöpft. Kyra bewunderte die Festigkeit, mit der der kleine, kahlköpfige Mann sprach:

»Bürger von Ragaranji-Go, bitte, um Ihrer selbst willen, hören Sie mir zu.« Er nannte seinen Namen, obwohl er hier wohl so bekannt war wie nur irgendwer, und sagte ein paar Worte über seine Festnahme. »Die Sicherheitspolizei behauptete, es handele sich um eine Schutzmaßnahme. Ich verfüge nicht über genügend Daten, um das zu beurteilen. Es macht auch keinen großen Unterschied. In der gegenwärtigen Krise hat Oberst Holden meine Freilassung angeordnet und mich um Hilfe gebeten ... Wir müssen in der Tat ruhig und friedlich bleiben ... Ja, das ist schwer, wenn wir praktisch nichts wissen, außer, daß wir und diejenigen, die wir am meisten lieben, jeden Augenblick in tödliche Gefahr geraten könnten ... Solidarität, Kraft geben wir einander ... (Ein rasches Lächeln) Wir haben dieselben Gene wie unsere Vorfahren in der Altsteinzeit. Wir haben dasselbe Verlangen, in der Stunde der Gefahr zusammenzusein, uns zu berühren, uns um das Lagerfeuer herum zu versammeln, den Schamanen sagen zu hören, daß die Geister über uns wachen ... Eine Versammlung auf dem Yukawa-Platz ... Oberst Holden ist einverstanden ... Das ist etwas kurzfristig, aber wenn Sie kommen können, dann tun Sie es bitte ... Spenden Sie Ihren Verwandten und Freunden Trost ...« Es war keine lange oder blumige Ansprache. Raumleute machten sich aus so etwas nichts.

Die Nachrichten wurden wieder eingeblendet, wieder aus Nordamerika. Die Miliz stand Wache vor der Toronto-Enklave.

Ein Bus schob sich ins Bild, und noch einer. Der Journalist erinnerte seine Zuschauer an Präsident Escobedos neue Direktive, daß Fireball-Mitarbeiter jetzt in Untersuchungshaft genommen und in Internierungszentren gebracht wurden.

Mann und Frau tauschten einen raschen Blick. »Sollen wir zu der Versammlung gehen?« fragte Zu.

»Ja, natürlich«, erwiderte Mei-ling. »Beten Sie für uns, Kyra, für uns alle.«

Die Pilotin wandte den Kopf ab, wie um Tränen zu verbergen. Was sie in Wirklichkeit zu unterdrücken versuchte, war ein Lächeln. Ihr Herz flog hoch auf. Aber sie würde dieses Paar keiner zusätzlichen Gefahr aussetzen, indem sie ihnen von dem Plan erzählte.

Nachdem sie gegangen waren, wartete sie noch fünf Minuten, bevor sie auf den Korridor hinaustrat. Drei Dutzend Menschen oder mehr waren offensichtlich in dieselbe Richtung unterwegs. Sie gingen schnell, zielstrebig, beinahe wortlos. Sie mischte sich mühelos und praktisch unbeachtet unter sie. Die Gedanken dieser Menschen waren anderswo, und sie, Kyra, war nur eine Frau in einem blauen Overall und weichen Stiefeln.

Ein Kopftuch sollte verhindern, daß sie erkannt wurde. Falls ein Freund es dennoch tat, würde sie versuchen, ihn rechtzeitig zum Schweigen zu bringen. Falls ein Feind es tat, war das Spiel mit Sicherheit aus. Er würde den letzten Chip kassieren, den sie noch einsetzen konnte. Andererseits war der Pott inzwischen verflixt groß geworden.

Größer, als Eiko zusammengezählt hatte.

Die Menge wurde dichter, während sie zusammenströmte. Worte mochten nur vereinzelt fallen, aber ihre Gesamtheit schwoll zu einem Summen mit einem Atem wie Donner darunter an, wie von einem Hornissennest, während Füße schlurften, rutschten, ratterten, dröhnten. Die Luft wurde warm und schal. Kyra drängte sich vorwärts. Sie zog einige wütende Blicke und gelegentlich einen Fluch auf sich, obwohl sie meistens geschmeidig genug war, um vorbeizuschlüpfen, ohne jemanden anzurempeln. Es erhöhte ihr Risiko, sie wollte sich keineswegs verdächtig machen, aber sie mußte dort sein, wo die Tamuras sie sehen konnten.

Sipo-Beamte waren in regelmäßigen Abständen rings um den Platz postiert, die Schocker schußbereit. Der eine, an dem sie verbeikam, war sehr jung und versuchte angestrengt, nicht zu zeigen, wieviel Angst er hatte. Firmenpolizisten waren ebenfalls zu sehen, unbewaffnet bis auf ihre muskulösen Körper. Auch sie hatten großes Interesse daran, das hier im Zaum zu halten. Nicht, daß Holden Anstiftung zum Aufruhr erwartete – der angekündigte Zweck war das genaue Gegenteil – aber man konnte ja schließlich nie wissen.

Nein, das konnte man nicht.

Mehrere stämmige Fireball-Männer bildeten einen Kordon vor dem Treppenpodest im Mittelpunkt des Parks. Überall sonst ragten nur Bäume und die größten Meteoriten über die Menge auf. Zu schade um Gras, Büsche, Blumen, liebevoll geharkten Kies! Eiko und ihr Vater standen auf der zweitobersten Stufe. Über ihnen lächelte der Buddha sein Bronzelächeln und bezeigte seinen Segen. Kyra arbeitete sich bis zu einer Stelle direkt vor ihnen vor, drei Köpfe hinter der vordersten Reihe der Versammlung. Da sie größer war als die meisten, identifizierte sie unter den Wachen am Fuße des Podests zwei Männer, die sie als Techniker in der Flugkontrolle kannte. Im Notfall konnten sie ein Raumschiff auf den Weg bringen, und da Eiko sie zusammengetrommelt hatte, standen die Chancen gut, daß sich noch andere in der Nähe aufhielten. Gutes Mädchen!

Der Mann und die Frau dort oben schauten umher, wie um die Entwicklung der Zusammenkunft abzuschätzen. In der Hauptsache, wußte Kyra, suchten sie nach ihr. Sie hob einen Arm und winkte. »Hurra, hurra!« schrie sie. Es erregte doch keinen Verdacht, wenn jemand jubelte, oder? Eikos Blick fiel auf sie. Sie flüsterte ihrem Vater etwas zu. Jetzt jubelten auch andere Leute, und immer mehr.

Tamura hob Schweigen gebietend seine Arme. Nach und nach senkte sich zögernd Stille herab, eine Ebbe, die wieder zur Flut ansteigen wollte. Das Atemgeräusch indes blieb.

Tamura senkte die Arme. »*Consortes* von Fireball, und jede

andere Seele in unserer Mitte, danke«, begann er. Ein Verstärker auf seiner Brust brüllte die sanfte Stimme hinaus. »Danke, daß Sie Ihre Arbeit und Ihre Sorgen beiseitegelegt haben, um sich uns anzuschließen. Danke für diese Ihre Reaktion. Danke auch den Direktoren und Oberst Holden von der Sicherheitspolizei, die so klug waren, damit übereinzustimmen, daß eine Versammlung, die den Zweck verfolgt, uns dichter zusammenzubringen, ein Schritt zu unserem gemeinsamen Überleben ist. Lassen Sie mich schließlich meiner Tochter hier an meiner Seite danken, Eiko Tamura, die zwischen den Amtsträgern vermittelt und diese Zusammenkunft dadurch erst ermöglicht hat.«

Vermittelt hat, verdammt, dachte Kyra. Holden glaubte, das hier sei seine Idee, aber sie stammte von Eiko, und sie hatte ihr Gestalt gegeben, sie den Schlüsselpersönlichkeiten erläutert, diese überzeugt und dafür gesorgt, daß die Vorbereitungen innerhalb von nur wenigen Stunden abgeschlossen wurden. *Bueno*, es war nicht ratsam, das offen heraus zu sagen. Das würde den Geschichtsbüchern überlassen bleiben.

»Ihre Reaktion könnte den Gedanken nahelegen, daß wir, so unerschrocken wie Sie sind, dieser Versammlung nicht bedürfen«, sagte Tamura. »Nun, die Eroberer des Weltraums konnten sich nie Angst erlauben, nicht wahr? Und wir als Angehörige späterer Generationen sind immer noch Fireball. Dennoch ist eine Tapferkeit, die der Bedrohung Verachtung entgegenschleudert, nicht genug. Wir müssen die Art von Mut aufbieten, die eine Situation realistisch einschätzt, tut, was sie kann, und abwartet, um zu erfahren, ob sie überleben wird.«

Er war kein Politiker oder öffentlicher Redner; sein Vortrag war ruhig, obwohl ihn vielleicht gerade das bei den Hörern um so wirkungsvoller machte. Die Worte, die folgten, waren das, was zählte. Sparsam und kraftvoll, erinnerten sie an alles, wofür Fireball stand. Sie entsprachen im übrigen auch nicht seinem Stil. Kyra nahm an, daß Eiko die Ansprache im Kopf entworfen hatte und sie ein- oder zweimal mit ihm durchgegangen war.

Sie traf auf den Punkt und war eingängig. »— handeln. Es ist nicht Anson Guthrie, der uns und diejenigen, die uns befreien wollen, bedroht. Es ist ein Hochstapler, eine Täuschung. Wir haben ein Fackelschiff in unserem eigenen Hafen. Wir haben einen Piloten, der mit der Wahrheit und dem Beweis dafür in diesem Schiff zur Erde fliegen kann, um die Hilfe der ganzen Welt für uns einzufordern. Ich habe jetzt nicht die Zeit, in die Einzelheiten zu gehen. Ich bitte Sie um Ihr Vertrauen. Ich bitte Sie, sich mir anzuschließen, wenn wir unser Leben, unsere Geschicke und unsere heilige Ehre aufs Spiel setzen. Werdet ihr, jetzt in diesem Augenblick, marschieren?«

Sie tobten.

»– besetzt das Dock – haltet es, während das Schiff, das unsere Rettung ist, davonfliegt –« Während Tamura noch sprach, begann es schon zu geschehen. Die Menge wogte nach innen, dann nach außen. Kyra sah, wie ein Sipo-Mann umgestoßen wurde. Ein anderer baute sich über ihm auf und hielt die Schockwaffe fest umklammert, machte aber keine Anstalten, sie abzufeuern, denn er hätte nicht mehr als zwei oder drei kampfunfähig machen können, bevor der Rest ihn überrannte. Sein Mund arbeitete, er schrie in sein Kehlkopfmikrophon, Zentrale, Hilfe, sagt mir, was ich tun soll, eine Stimme, die im Tosen und den Brechern der heranrollenden Flut unterging.

»Ordnung, Ordnung!« bellte Tamuras verstärkte Stimme. »Wir gehen friedlich!«

Er stieg hinab. Ein paar seiner Wächter hoben ihn auf ihre Schultern und trugen ihn. Kyra behauptete ihren Platz, ein Kampf in den Turbulenzen, bis Eiko und die Männer, die sie eskortierten, dort angekommen waren. Danach bewegten sie sich gemeinsam weiter, noch vor den meisten, aber ein gutes Stück hinter der vordersten Front. Die Körper rings um sie herum waren ihr Schild.

Das Schreien und das Geschiebe ließen nach. Der Zug richtete sich aus. Einen Erdling hätte das vielleicht überrascht, nicht aber Kyra oder die Tamuras. Sie kannten ihre Leute. Nach Erbanlagen und Beruf auf Intelligenz und emotionale Stabilität hin ausgewählt, an Disziplin ebenso gewöhnt wie an eigenständiges Denken, würden sie niemals Amok laufen. Kein einziges glitzerndes Ladenfenster ging zu Bruch, als sie in Massen die

Korridore entlangströmten. Tausendfache Schritte – nicht im Gleichschritt, denn das hier war kein Militär, es waren gewöhnliche Leute, die gingen, um ihrer Heimat zu helfen – erzeugten das Geräusch eines Flusses, der dem Meer zuströmt. Tamuras winzige Gestalt ritt an ihrer Spitze wie ein Legionsadler.

Sipo-Beamte stürzten aus einem Quergang zwanzig Meter voraus. Sie nahmen Aufstellung, um den Weg zu versperren, eine dünne, lohbraune Linie, die Gesichter unter den Helmen angespannt, Schock- und Kugelgewehre im Anschlag.

»Geht langsam«, rief Tamura nach hinten. »Ich werde mit ihnen verhandeln. Geht langsam. Aber geht, bleibt nicht stehen, geht.«

Das Paar, das ihn trug, trabte vorwärts. Die Menge dahinter wurde unruhig, während das Kommando weitergegeben wurde, fiel dann aber in einen Trauermarschschritt. Über Köpfe hinwegspähend, krächzte Kyra aus trocken gewordener Kehle: »Ich glaube, Holden selbst hat das Kommando.« Sein Bild war gestern in einer örtlichen Nachrichtensendung zu sehen gewesen.

Zu klein, um aus der Mitte heraus etwas zu erkennen, antwortete Eiko: »Dessen bin ich mir sicher. So etwas würde er nicht delegieren.«

Hoch oben thronend, sprach Tamura nach unten zum Oberst. Er hatte seinen Verstärker abgeschaltet, und seine Anhänger konnten nicht hören, was die beiden sagten. Immer noch rückte ihr Marsch voran, Schritt, Schritt, Schritt. Jemand begann zu singen. Andere fielen ein, dann noch andere. Das Lied war beinahe zufällig gewählt, Tradition bei Fireball, etwas, auf das Anson Guthrie in den frühen Tagen des Weltraumflugs gestoßen war, das ihm gefallen, und das er unmelodisch gemeinsam mit Freunden gesungen hatte; jeder der Anwesenden war damit aufgewachsen. Kyra wartete auf den letzten Refrain, wenn ihre heiser gewordenen Töne in dem Anschwellen untergehen würden.

Sing ein Lied von Weltraumleuten, die Tasche voller Sterne.
Trompeten- und Gitarrenschall trägt es in weite Ferne.

Als der Himmel offen war, begann der Mensch zu singen:
›Jetzt ist die Zeit, das Nest zu flieh'n,
die Zeit, sich aufzuschwingen!‹

Sie näherten sich der Sperre.

Holden bellte einen Befehl. Ein Offizier protestierte verblüfft. Holdens Arm hackte nach unten, eine Axtbewegung – *gehorchen Sie!* Die Reihe spaltete sich. Rechts und links zogen sich die Sipo-Beamten in den Quergang zurück. Die Marschierer passierten sie. Ihr Schrittempo wurde wieder zu einem raschen Ausschreiten.

Jubel brandete auf, wildes Gelächter, überschäumende Dankeskundgebungen und triumphierende Lästerungen. Männer schlugen ihren Gefährten auf die Schultern, Frauen umarmten sich, Hand schüttelte Hand, Mund suchte Mund. Der Strom strudelte und wogte. »In Bewegung bleiben!« rief Tamuras Verstärker. »Wir sind noch nicht am Ziel! Bleibt in Bewegung!« Stück für Stück verebbte die Erregung, und die Flut floß weiter.

»Ja, sie könnten uns immer noch aus dem Hinterhalt überfallen«, sagte Kyra. »Wir dürfen nicht trödeln.«

»Davor habe ich nicht mehr soviel Angst«, erwiderte Eiko. Ihre Finger flatterten über das Handgelenk der anderen Frau. »Du bist die einzige, die sich in Gefahr begibt.«

»Nein, ich sause einfach vorbei.« Der *Gerfalke* war eine Fackel der Falken-Klasse, größer als die Katana dort draußen, mit einer niedrigeren Beschleunigungsrate, aber einer höheren Endbeschleunigung. Eigentlich sollte sie in einer solchen Entfernung herauskommen, daß, wenn der Feind sie verfolgte, er sie nicht überholen konnte, bevor sie die Erde erreichte; und so tief in einer Gravitationssenke war sie im Vorteil.

Das heißt, wenn sie vor ihm flüchtete.

Die Marschierer waren immer noch überschwenglich. Ein weiteres Lied breitete sich unter ihnen aus, bis es von den nachgemachten Himmeln widerhallte.

»*MacCannon war ein Fireball-Mann* –«

Das Benutzen der Fahrwege hätte die Menge auseinandergerissen, und Einheit war ihre Stärke. Tamura führte sie über die Spiralrampen der Tunnels für Maschinen und Notfälle. Das Gewicht ließ nach, und Echos hallten hohl von nacktem Metall zurück. Man brauchte etwas Lebhaftes als Begleitung zum Marschieren, Minute um Minute, eine Stunde lang oder im schlimmsten Fall noch länger.

Falls Holdens Männer eine Abkürzung genommen und die Flugkontrolle besetzt hatten – nun, dann konnte man immer noch zu verzweifelten Mitteln greifen. Fieberhaft dachte Kyra über Möglichkeiten nach, Werkzeuge in Waffen zu verwandeln.

Aber das Hafendeck lag fast verlassen da, die Betriebseinrichtungen wie Grabmale auf einem Friedhof, der sich riesengroß um die Rotationsachse herumwölbte und parallel zu ihr in Weiten verschwand, in denen die Beleuchtung zu einem vagen Dunst wurde. »Wir haben gewonnen«, sagte Eiko schwach. Sie begann zu zittern. »Oh, ein winziger Sieg, aber unserer.«

»Deiner«, erklärte Kyra ihr.

»Nein, dein zukünftiger.«

Tamura führte sie zur Flugkontrolle. Dort gingen die Angehörigen des Bedienungspersonals hinein, während er darum bat, daß ungefähr die Hälfte der Menge bleiben möge, um Wache zu halten, bis der Start erfolgt sei. Sie waren Menschen; volle zwei Drittel von ihnen zogen mit zum Liegeplatz des Schiffes. Kyra und Eiko schoben sich durch die sich auflockernde Schar vor, um sich Tamura anzuschließen. Er war von den Schultern heruntergesprungen und jetzt wieder ein kleiner, sehr müder Mann, dessen Gangart bei Niedrigschwerkraft es schaffte, den Eindruck von mühsamem Dahinstapfen zu erwecken.

»*Por Díos,* Sir, Sie waren großartig!« platzte Kyra heraus. »Wie haben Sie das geschafft? Wie haben Sie ihn überredet? Und innerhalb von nur wenigen Minuten!«

Tamura lächelte schief, als fehle ihm die Energie, beide Mundwinkel zu heben. »Ich hatte kaum Zweifel am Ergebnis, nachdem Eiko mir einmal versichert hatte, daß Holden weder ein Fanatiker noch ein Narr sei«, sagte er. »Er drohte damit, das Feuer zu eröffnen, aber die ganze Zeit über zeigte unsere Schar ihre Entschlossenheit. Es war offensichtlich, daß, wenn seine

Männer tatsächlich geschossen hätten, sie uns hätten auseinandertreiben können, aber danach hätten sie mit unserer mörderischen Rachsucht leben müssen, die die letzten von ihnen aufgerieben hätte. Ich wies darauf hin, daß wir nichts weiter wollen als einen Emissär entsenden, der die Welt in diesem Durcheinander zur Wahrheit führen und sie dazu bringen kann, unsere Notlage zu beenden. Es sei auch die Notlage seiner Männer, sagte ich; und sei nicht alles, was seinem armen, zerrissenen Land Frieden bringen könne, einen Versuch wert? Der Vormarsch hatte uns fast erreicht. Die Polizisten mußten kämpfen oder nachgeben. Oberst Holden gab zu, daß er kein Massaker wolle, und befahl den Rückzug.«

Das gehörte zu den zahllosen Dingen, die am Krieg falsch waren, dachte Kyra. Ein Großteil der Gegner waren anständige Menschen, und manche der eigenen Verbündeten Schweine. Angeblich hatte die Föderation damit aufgeräumnt, aber –

Sie erreichten das Dock, und da, über ihr, war die Mannschaftsschleuse ihres geliebten *Gerfalken*, eng an die Längsseite des Tunnels geschmiegt und mit einer Manschette abgedichtet. Die Wartungsarbeiten waren schon seit mehreren Tagzyklen beendet – sie kamen ihr wie Monate, wie Jahre vor – und er wartete wie sein Namensgeber darauf, sich wieder in den Himmel aufzuschwingen.

Tamura und seine Tochter verneigten sich tief. Mehrere Personen vorne in der Menge taten es ihnen gleich. »Möge das Glück mit Ihnen fliegen, tapfere Frau«, sagte Tamura, »so, wie unser Segen und unsere Gebete es tun.«

Wie konnte Kyra anders darauf antworten, als die Verneigung zu erwidern und zu sagen: »*Mil gracias, señor* und *señorita*«, obwohl sie sich eigentlich danach sehnte, Eiko zum vielleicht letzten Mal zu umarmen?

Oder? Die Frage huschte ihr durch den Hinterkopf. Sie war im Begriff, diese beiden zu verraten. »*Adíos*«, würgte sie heraus und sprang mit langen Sätzen die Rampe zur Schleuse hinauf. Sie gab ihr den Befehl, sich zu öffnen, das äußere Schleusentor drehte sich, sie trat hindurch, das Schleusentor schloß sich vor ihren Gesichtern.

Nachdem sie die Schleuse sicher verschlossen hatte, glitt sie zum Pilotenabteil. Seine Vertrautheit hüllte sie ein, die beiseite geräumten Beschleunigungsliegen, die Tür zu der winzigen Hygienezelle, ein Lukendeckel über dem Zugang zum vorderen Laderaum, die jetzt nicht ausgefaltete Kücheneinheit, ein Spind für persönliche Gegenstände, ein Familienfoto, das an einem perlgrauen Schott klebte, ein Multi mit Vivifer, eine Hobbyausrüstung: eine Umgebung, in der sie zwischen Welten und Monden und Kometen gereist war, hinaus bis dorthin, wo die Sonne nicht mehr war als der hellste Stern – ihr Schiff, ihr *Gerfalke*, ihr zweites Selbst.

Eifer flammte das Bedauern aus ihr heraus. Trieb sie wirklich falsches Spiel mit jenen auf L-5? Sie hatte Eiko einfach nur nicht gesagt, daß ihr ein besserer Plan eingefallen war, weil Eiko sich dann vielleicht geweigert hätte, weiter mitzumachen, in der Meinung, daß das Risiko für Kyras Leben zu groß sei. Sie hätte vielleicht nicht begriffen, wie unwichtig das gegenüber dem war, was Kyra sich erhoffte.

Eine Änderung der Taktik, sonst nichts. Was sollte es denn im Grunde nützen, wenn sie auf der Erde landete und ihre Geschichte erzählte? Man hatte bereits Guthries Bericht. Sie konnte bloß bezeugen, daß er der Wahrheit entsprach. (Und wieviel davon *tat* es das eigentlich, angesichts von Rinndalirs Machenschaften, wie immer sie aussehen mochten?) Es würden Tage vergehen, während man sich in der Vollversammlung in den Haaren lag und sie vielleicht wirklich ein Tiefenverhör durchlitt. In der Zwischenzeit würde der Feind nicht untätig sein, und das Fackelschiff würde Guthries Streitmacht (wenn es denn seine war) in Schach und L-5 als Geisel halten.

Wahrscheinlich wußte Eiko das. Hatte sie die ganze Sache mit dem Gedanken in Bewegung gesetzt, daß es nicht mehr viel zu verlieren gab?

Oder – Kyra blieb abrupt stehen – hatte sie vorausgesehen, wofür ihre Freundin sich entscheiden mochte, sobald sie erst einmal in Freiheit war, und ihr keine Verpflichtung auferlegen wollen, ihr aber die Gelegenheit geboten, sie freiwillig auf sich zu nehmen?

Kyra lachte bellend. »Durchaus möglich!« rief sie. »Du bist raffinierter, als du zu erkennen gibst, Eiko, *querida.*«

Wie dem auch sein mochte: dem Falken war die Haube abgenommen worden, und die Lederfesseln am Geschüh standen im Begriff, gelöst zu werden. Sie sprang in den Kommandositz, schnallte sich an und ließ ihre Finger über die Konsole spielen. Lichter leuchteten auf, Meßinstrumente zitterten, Displays bauten sich auf, Systeme erwachten summend zum Leben. Innerhalb von fünf Minuten sah sie die Ablesungen und spürte das schwache Beben, die bedeuteten, daß die Verankerungen sie freigegeben hatten.

Einen Augenblick lang trieb sie gewichtslos dahin. Es war, als fiele man durch den leuchtenden Schacht voraus auf ein Loch aus Nacht am Boden zu. Der Antrieb zündete; ein federleichter Druck stupste sie zurück in die Polster; sie war unterwegs. Richtung und Stärke des Andrucks wechselten, nicht viel, aber immer wieder. Ferngesteuert, vorsichtig, ganz vorsichtig, verließ das Schiff den Hafen.

Sternenschwärme funkelten. Die Milchstraße ergoß eine Flut von Rauhreif über kristallene Schwärze. In einer Ecke des Sichtfeldes vor ihr sah Kyra die Magellanschen Wolken. »L-5 Flugkontrolle an *Gerfalke,* TF33«, hörte sie. »Sie sind jetzt freigegeben und dürfen auf vollen Schub gehen.«

»*Gracias,* und *hasta la vista*«, antwortete sie, obwohl die Stimme einem Roboter gehört hatte. Sie hatte keine Angst, dazu war sie verdammt zu beschäftigt, aber es war ein gutes Gefühl, ein paar Worte zu wechseln, bevor man in die Schlacht zog.

Hundert Sekunden Schub mit einem G brachten sie ungefähr fünfzig Kilometer weit. Sie schaltete ihn ab, um keine unnötige Geschwindigkeit aufzubauen, und schaute sich in den Himmeln um. Die Kolonie schrumpfte mit einem Kilometer pro Sekunde vor ihren Augen zusammen. Die Erde hatte weiter zugenommen, seit sie sie zum letzten Mal gesehen hatte; Luna hatte abgenommen.

»Irgendwo hier in der Gegend hält sich noch eine andere Fackel auf«, teilte sie dem Schiff mit. »Finde sie.«

Der Radarstrahl zog seine Kreise. Optische und Infrarotsensoren scannten. Kyra suchte zwischen den Sternen, als ob menschliche Augen die gleichen Fähigkeiten besäßen. Wo der Neutrinoindikator des Schiffes das Rauschen eines fast masselosen Stromes hörte und auf in der Nähe befindliche Strudel hin untersuchte, vernahmen ihre Ohren nichts als das Säuseln von Ventilatoren und das Pochen des Blutes in ihr.

»Ja, dort drüben«, sagte der *Gerfalke*. Computerberechnet erschien das schlanke Abbild auf einem Schirm. »Nördlich von L-5, in einer Umlaufbahn mit ähnlichen Dimensionen, aber um zehn Bogensekunden geneigt.« Ein Holokubus zeigte ein Diagramm.

»Das würde ihm ermöglichen, alles zu verfolgen, was rein- und rausgeht, wenn er die Rotation berücksichtigt«, murmelte Kyra, hauptsächlich zu sich selbst. »Ich nehme an, er paßt sie von Zeit zu Zeit an.« Sie bediente die Kontrollen des Holokubus. Das Diagramm veränderte sich, um vergrößert den Ausschnitt zu zeigen, der sie interessierte, mit einer Skala, auf der sie einen Abstand von ungefähr tausend Kilometern ablas. Acht Minuten bei einem G – sie rundete die Zahlen ab, die sie aufrief – und sie würde eine relative Geschwindigkeit von vier Komma sieben km/s erreichen . . . Natürlich würde der *bandido* nicht stillhalten. »Er muß uns erspäht haben. Sag mir Bescheid, sobald er Schub gibt. Irgendwelche weiteren Daten?«

»Sein Radar hat uns erfaßt«, erwiderte der *Gerfalke*.

Die Stimme war Kyras eigene. Die meisten Piloten bevorzugten eine ausgeprägte Kunststimme, oft eine, die so klang wie eine Person des anderen Geschlechts, aber sie hatte festgestellt, daß sie das auf unklare Weise als störend empfand. Nach vielem Nachdenken hatte sie herausgefunden warum. Es suggerierte, nicht auf rationale Weise, sondern dem Primitiven tief in ihr, daß hier ein Verstand wie ihrer war, eine Person, eine Seele.

Und tatsächlich tat die Maschine mehr, als das Schiff, von dem sie ein Teil war, zu führen und zu ›bemannen‹, mit Fähigkeiten, die um Größenordnungen über denen Kyras lagen. Sie beobachtete und dachte logisch. Sie warnte, beriet, schlug vor, lernte, paßte sich an. Beispielsweise hatte sie gerade eben registriert, daß Kyra von dem anderen als ›er‹ sprach, daraus geschlossen, daß sie denjenigen meinte, der sich an Bord befand, und war auf das gleiche Pronomen übergewechselt. Wenn Kyra Zerstreuung wünschte, lieferte sie Musik oder Schauspiele oder Text oder Vivifererlebnisse, sie erzeugte eigenständige audiovisuelle Abstraktionen, und sie war ein recht gewandter Gesprächspartner, wenn Kyra nicht gerade verlangte, irgendwann einmal überrascht zu werden. Man konnte sie mit einiger Berechtigung das Gehirn des *Gerfalke* nennen.

Und Kyra liebte den *Gerfalken*, das ganze Schiff, so wie man vielleicht ein Haus oder ein Segelboot oder ein Kunstwerk liebt. Dieses Kunstgeschöpf, mit dem sie einen so großen Teil ihres Lebens zubrachte, war einzigartig, stark, vielschichtig, eine Persönlichkeit. Aber eine Person war es nicht. Guthries Programm war das, da es sich dabei um eine Kopie eines lebenden Geistes handelte. Bei dem des *Gerfalken* nicht. Es war die Umsetzung eines komplizierten Algorithmus. Kein Bewußtsein reagierte auf ihres. Sie hatte keine Lust, etwas anderes vorzutäuschen, nicht einmal dadurch, daß sie eine individuelle Stimme hörte. Es wurde sowieso schon einsam genug, dort draußen, wo die Kometen umherstreiften.

Blinklicht, Glockenton: ein einlaufender Funkspruch. Kyra schloß diesen Schaltkreis.

Der Baß traf sie wie eine Faust. » – L-5 verlassen. Melden Sie sich, *pronto*.«

Ihre Vermutung war richtig gewesen. Trotzdem würgte es sie: »M-mein Gott, sind Sie das, *jefe?*«

»Anson Guthrie, ja. Identifizieren Sie sich und erklären Sie, was zum Teufel Sie da machen. Wissen Sie nicht, daß dieser Sektor gesperrt ist?«

»Durch Sie.«

»Richtig. Jemand oder etwas gibt vor, ich zu sein, angeblich auf dem Mond. Ich muß das entschärfen, bevor es eine Million Menschen und vielleicht auch Fireball in die Luft jagt. Okay, rechtfertigen Sie sich.«

Kyra umklammerte die Lehnen ihres Sessels. »Sie sind tatsächlich zum Mond geflogen«, sagte sie. »Ich half Ihnen aus L-5 heraus.«

Das Schweigen wurde dreimal so tief.

»Sie persönlich?« fragte Guthries Stimme. »Übermitteln Sie mir ein Bild.«

Bevor sie den unwiderruflichen Schritt unternahm, wollte Kyra eine endgültige Bestätigung. »Eigentlich sollten Sie keines von mir benötigen. Aber ich tue es, wenn Sie mir sagen, wer mit uns vom Festland nach Hawaii gereist ist. Seinen richtigen Namen.«

»Gottverdammt, das reicht!« donnerte die Stimme. »Gehorchen Sie, oder Sie sind tot!«

»O nein«, sagte Kyra überaus sanft. »Genau anders herum.« Ihre Haut prickelte. »Sie verschwinden aus dieser Gegend, oder *Sie* sind tot.«

»Sind Sie *loco* geworden? Wer *sind* Sie?«

»Das ist jetzt egal. Wir haben die Frage geklärt, wer *Sie* sind. *Was* Sie sind.« Kyra unterbrach die Verbindung. Licht und Glockenton tobten sie an.

»Hör zu, *Gerfalke*«, sagte sie schnell. »Unser Ziel ist es, dieses Objekt zu vertreiben. Wir werden die Umgebung zu unangenehm für ihn machen. Es sei denn, er erwischt uns in seinem Antriebsstrahl, was er vermutlich versuchen wird. Ich befehle die Manöver, du führst sie aus. Übernimm du, wenn deine Berechnungen ergeben, daß ich ein zu großes Wagnis anordne, aber denk daran, daß wir etwas riskieren müssen.«

»Verstanden«, erwiderte ihr Schiff. »So wie damals, als wir durch den Tauridenstrom geflogen sind.«

»Gefährlicher, aber – *Ay!* Alarmstart!«

Das Abbild der Katana spie Feuer. Der rote Punkt auf dem Orbitaldiagramm machte einen Satz nach vorn.

Die Beschleunigung drückte Kyra tief in ihren Sitz. Ihre Sicht verschwamm und rötete sich. Ihr Schädel hämmerte.

Sie ließ nach. Kyra trieb schwerelos, und ihr Blick sah, daß die Katana nicht viele Kilometer entfernt vorbeijagte, eine Nadel, die die Sterne zusammenheftete. »Gut gemacht, *Gerfalke*«, murmelte sie zittrig. »Wie stark hat er beschleunigt?«

»Mit zehn G, um unsere wahrscheinliche Bahn kurz vor uns zu kreuzen«, teilte ihr das Schiff mit. »Ich habe uns einen entsprechenden Schub gegeben, aber tangential.«

»Und er hat uns verfehlt.« Wenn nicht – kein Zusammenstoß, der beide Fahrzeuge zerschmettert hätte. Statt dessen wäre Kyra in das noch nicht zerstreute Plasma seiner Abgase hineingeflogen. Diese Ladungsdichte, die turbulenten Magnetfelder und die harte Strahlung hätten ihre Strahldüsen beschädigt, wenn sie zu diesem Zeitpunkt in Tätigkeit gewesen wären. Dann hätte der Anti-Guthrie zurückkehren und den *Gerfalken* ganz nach Belieben mit seinem Antriebsstrahl durchschneiden können.

Kyra runzelte die Stirn. Er mußte gewußt haben, daß die Wahrscheinlichkeit gegen einen Erfolg sprach. Ihr Schiff hatte ein paar Minuten Zeit gehabt, um zur Seite auszuweichen. Das hier war kein Luftkampf. Keiner von ihnen konnte elegant in einem weiten Bogen herumschwenken, um den Feind auszumanövrieren.

Eine Warnung? Er hatte diesen ganzen Vorstoß bei zehn G gemacht. Irgendwelche Menschen an Bord wären jetzt in kläglicher Verfassung, nicht für viel zu gebrauchen, bis sie Zeit gehabt hatten, sich zu erholen ... Warum sollte er sie an Bord haben? Was nützte ihm das? Er, angeschlossen wie er war, war höchstwahrscheinlich seine eigene Crew; und Belastungen, die sie das Bewußtsein verlieren lassen würden, machten ihm nicht das Geringste aus.

Die Katana schrumpfte so weit zusammen, daß sie mit bloßem Auge nicht mehr zu sehen war. Sie vergrößerte und verstärkte, um direkt auf dem Sichtschirm zu verfolgen, wie sie wendete und neuen Schub gab. Er kam zurück.

Er zog keinen Flammenschweif hinter sich her. Das war eine vom Computer gelieferte Falschfarbendarstellung gewesen. Aus der Nähe hätte ein menschlicher Betrachter einen schwachen blauen Schimmer gesehen, der sich rasch im Sternenfeld verlor. Ein moderner Antrieb verschwendete nicht mehr Energie, als die Gesetze der Thermodynamik unbedingt vorschreiben; und es war nicht die Thermodynamik der Wärmekraftmaschinen, sondern die der Quarks, Leptonen und Photonen.

Offensichtlich setzte er zu einem klassischen Frontalangriff an, es sei denn, sie floh. Der *Gerfalke* allein konnte nicht über einen längeren Zeitraum mit ihm fertig werden. Das Schiff errechnete Flugbahnen in Mikrosekunden und setzte sie in Millisekunden um, aber ihm fehlte die Kreativität – die Phantasie – die Cleverness – die Verschlagenheit – die Skrupellosigkeit eines Verstandes mit vollem Eigenbewußtsein. Das mußte Kyra beisteuern. Und sie war nicht so wie er direkt mit ihrem Schiff gekoppelt, mit Sensoren und Computern und Effektoren. Sie mußte durch ein Paar Gallertkügelchen blicken, Signale ausschicken, die mit Molekülgeschwindigkeit von Synapse zu Synapse schlichen, sie gegen die Trägheit eines organischen Resonanzkastens und von zehn Stäbchen mit Gelenken bekanntmachen.

Und doch hatten sie und der *Gerfalke* den Tauridenstrom durchflogen.

Ihre Hände bewegten sich. Sie gaben die grundlegenden Befehle, wie sie es auch an einem Steuerrad oder an einem Ruder getan hätten. Worte ergänzten: »Wir geben Schub, wie um einen Zusammenstoß herbeizuführen, wenn er mit seiner jetzigen Rate weiterbeschleunigt. Er wird es sehen und verlangsamen. Dann erhöhen wir den Schub. Arbeiten uns an ihn heran, was immer er auch versucht. Im letzten Augenblick geben wir natürlich Seitenschub, so daß er nicht verhindern kann, in unseren Antriebsstrahl hineinzurasen.« Eine angenehme Schwere von einem G umfing sie.

»Wird er nicht das gleiche versuchen?« Soviel Fähigkeit zu eigenständigem Denken besaß das Schiff.

»Sicher. Wann immer er seine Richtung ändert, tun wir das auch, immer möglichst dicht dran statt weitab, wenn wir die Wahl haben. Wir zwingen ihn, Masse zu verbrauchen. Zermürben ihn.«

Schub, freier Fall, Wende, Schub. Die Katana wurde rasch größer. Sonnenlicht funkelte auf einer ihrer Flanken. Kyra atmete regelmäßig. Ein Grinsen zog ihren Mund breiter. Ihre Instrumente und ihre Instinkte sagten ihr, daß der Anti-Guthrie eine bessere Chance hatte, sie abzufackeln als sie ihn. Ihre

Hände teilten mit: »Mit zwei G ausscheren.« Der *Gerfalke* setzte das Kommando in präzise Werte um, schwang sich herum und gab Schub. Der Feind schoß vorbei, weniger als einen Kilometer entfernt. L-5 schob sich in Kyras Sichtbereich, merklich kleiner geworden. Diese Manöver hatten sie und den Anti-Guthrie ein ganzes Stück weit fortgetragen. Hervorragend.

Abbremsen. Die Gegenspieler mußten ihre Geschwindigkeit aufheben, bevor sie mit dem nächsten Durchgang beginnen konnten. Das würde ein Weilchen dauern. Kyra veranstaltete einen AV-Rundruf auf dem allgemeinen Kanal. »Hallo, L-5 und ihr beiden Schiffe im Orbit«, rief sie. »Empfangt ihr mich? Kyra Davis, Pilotin für Fireball, an Bord des Fackelschiffes *Gerfalke*. Ich greife das Schiff an, das L-5 illegal blockiert und gefährdet hat, um es zur Aufgabe und zum Rückzug zu zwingen, aber ich könnte ein bißchen Hilfe gebrauchen. Kommen, *por favor!*« Sie stellte die Sendung auf automatische Wiederholung.

Die Konsole informierte sie, daß der Anti-Guthrie wieder auf der vorherigen Frequenz mit ihr sprechen wollte. Kyra berührte *Empfang* und nahm seinen Ruf entgegen. »Haben Sie gehört?« fragte sie. »Werden Sie verschwinden und aufhören, uns zu belästigen?«

»Nein, *Sie* verschwinden«, antwortete er. Die bloße Andeutung eines Lachens: »Mir gefällt Ihr Mut, Mädchen, wirklich. Möchte wetten, Sie sind eine höllisch scharfe Nummer im Bett. Es würde mir leid tun, Sie zu töten. Bitte, machen Sie sich davon. Ich werde Sie nicht verfolgen.«

So spräche der *jefe*. Ihr Herz zog sich vor Schmerz zusammen. Der Zorn siegte. »Hören Sie zu, Sie«, sagte sie durch zusammengepreßte Zähne. »Ziehen Sie sich zurück, oder Sie sind tot. Wenn ›tot‹ das richtige Wort ist. Es würde mir Spaß machen, Sie abzuschalten.«

»Seien Sie vernünftig«, drängte er. »Ich habe mehr Schub als Sie. Mehr als nur das, was in meinem Antrieb steckt. Ich kann alle Beschleunigungen überstehen, die dieses Boot hergibt, und zwar so lange, *wie* es sie hergibt. Sie nicht.«

»Ich weiß. Weil ich weiß, wer Sie sind!« fauchte sie. Gelassener fuhr sie fort: »Und wenn schon? Ich kann Sie beschäftigen, kann Sie zum Ausweichen zwingen, bis Ihre Tanks leer sind und Sie auf Nimmerwiedersehen im All verschwinden. Denken Sie daran, was für Fackelmodelle wir fliegen. Denken Sie daran, daß Sie seit vielen Stunden im Weltraum herumgehüpft sind, während mein Schiff frisch aus dem Wartungsdock kommt. Ich habe mehr Reserven als Sie, *señor,* und ich gedenke sie zu benutzen.«

»Raumschiff *Bruin,* B56«, ertönte es aus einem anderen Lautsprecher. »Kapitän Helledahl. Bei uns ist die *Jakobit* unter Kapitän Stuart. Wir sind die beiden, die gekommen sind, um L-5 zu entsetzen –«

»Bleiben Sie dran«, sagte Kyra. Sie betätigte Schalter. »*Bueno,* jetzt sprechen wir alle miteinander. *Bruin, Jakobit,* hier ist die Unterhaltung, die ich gerade hatte.« Komprimiert ließ sie sich in einer Millisekunde übermitteln. »Ich nehme an, Sie wollen auf Luna rückfragen, aber ich persönlich sehe keinen Grund, warum Sie nicht weiter nach L-5 vorrücken sollten.«

»Ich bin der Grund«, kam es rein sachlich.

Kyra schüttelte den Kopf. »Fürchte nein, Un-Guthrie. Wenn Sie versuchen, das Schiff einer dritten Partei anzugreifen, mache ich Sie fertig. Ich sagte Ihnen doch, verschwinden Sie.«

»Sie werden müde werden. Sie müssen essen, zum Klo gehen, schlafen. Reserven oder nicht, ich habe mehr wache Stunden vor mir als Sie.«

»Und inzwischen«, sagte eine Stimme, die Stuart gehören mußte, »sollte die Hilfe eintreffen, um die Sie gebeten haben.«

»Sie wird zu spät kommen, und ich werde Sie kleinhacken«, sagte der Anti-Guthrie. »Mädchen, es tut mir leid, aber jetzt jage ich Sie ernsthaft.«

Auf den Bildschirmen leuchtete sein Schiff auf.

»Abfangen«, befahlen Kyras Kehle und ihre Hände wieder. Sterne drehten sich in ihrem Blickfeld, als der *Gerfalke* rotierte. Dort war Orion, dort waren seine Jagdhunde. Schub drückte sie nach hinten. Er war sanft. Ebenso der der Katana, las sie ab. Wenn man wirklich ernst machen wollte, flog man so langsam wie nur eben möglich.

»Wenn wir sicher sein wollen, daß er uns nicht bestreicht, sollten wir bei ungefähr fünfhundert Kilometern ausweichen«, teilte ihr der *Gerfalke* mit. »Wenn wir näher dran sind, könnte er mit höchster Beschleunigung einen Kurs setzen, auf den ich nicht schnell genug reagieren kann.«

»Aber wahrscheinlich könntest du es, nicht wahr?«

»Ja, wahrscheinlich.«

»*Bueno*, er hat recht damit, daß die Belastbarkeit von Fleisch und Blut geringer ist als seine. Das beste, was wir tun können, ist, ihn dazu zu bringen, Masse zu verbrauchen, viel Masse, und zwar schnell. Behalte den Vektor bei.«

»Pilotin Davis«, begann Helledahl.

»Stören Sie mich jetzt nicht«, unterbrach ihn Kyra. »Setzen Sie sich mit Luna in Verbindung.«

Die Flugrichtung war nicht konstant wie bei einem Kollisionskurs auf hoher See oder in der Luft. Beide Schiffe flogen unter Schub. Aber die Sterne funkelten unveränderlich vor ihr – sie zielte auf Andromeda, die Schwestergalaxis, ein Strudel an Steuerbord voraus – und das Diagramm extrapolierte zwei Leuchtpunkte, die auf einen gemeinsamen Punkt zustrebten.

Auf dem Sichtschirm wurde die Katana zu einem Funken, der über die Sternbilder huschte. »Zwei Minuten«, warnte der *Gerfalke*.

»So konstant wie möglich«, befahl Kyra.

Der eine oder der andere oder beide mußten ausweichen, Beschleunigung wegnehmen, abdrehen, sich in einem solchen Winkel und mit einer solchen Schubkraft zur Seite bewegen, daß er nicht in das Energieschwert des Gegners hineinflog. Keiner konnte wissen, was der andere tun würde, und wann.

Es durchzuckte Kyra: Der Anti-Guthrie beabsichtigte keine wechselseitige Vernichtung. Das würde ihr den Sieg bringen. Nicht, daß sie sterben wollte. Nein, sie hoffte zu töten. Er würde das wissen. Er würde damit rechnen, daß sie auswich, und zwar so, daß ihre Abgase ihn erwischten. Deshalb würde er das gleiche machen. Der erste, der zur Seite auswich, war im Nachteil, weil eine Drehung vor erneutem Schubgeben Zeit kostete. Aber wenn sie ihren Kurs gleich mehrere Sekunden länger hielt, als er vermuten würde, daß ein lebender Mensch es wagte –

Er rückte drohend näher.

Antrieb aus. Rotationsdüsen an, aber nur ein paar Grad. Zünden, während die Drehung noch andauerte. Unkontrolliert wegrotieren.

– Das Wissen, daß sie noch lebte, drang zu Kyra durch. »Gib mir ein Bild«, flüsterte sie in die Stille. »Gib mir Daten.«

Die Katana verschwand, eine Klinge, eine Nadel, ein Stern, nichts. Die Anzeichen verkündeten, daß sie frei fiel und auf den Gezeiten von Sonne, Erde, Mond und Universum dahintrieb. Das erzeugte Bild zeigte einen nicht durchlöcherten Rumpf, aber in seiner Antriebskonstruktion gab es nur Schlaglichter und Schatten. »Bring uns näher heran, damit wir das besser sehen können«, sagte Kyra.

»Pilotin Davis, Pilotin Davis«, ratterte es von Helledahl her in ihren Ohren, »ich glaube, Sie haben –«

»*Callate la boca.*« Sie kam wieder zu Sinnen. »Entschuldigung. Das sollte keine Beleidigung sein. Aber lassen Sie mich eine Weile in Ruhe.«

Die Beschleunigung nahm zu. Der *Gerfalke* überholte das gegnerische Schiff und paßte in ein paar hundert Metern Abstand seine Geschwindigkeit an. Auf diese Entfernung war der Schaden für Augen ebenso deutlich sichtbar wie für Instrumente. Eine Flamme, heißer als eine Sonneneruption, hatte das Heck versengt. Metall kräuselte sich längs der Ränder einer nachtschwarzen Wunde. Weggeschleuderte Stücke davon kreisten immer noch in der Nähe, so ruhelos wie Staubflöckchen. Sicher waren die Düsen innendrin eine Ruine.

»*Hola, hola*«, rief Kyra. »Sind Sie noch da?« Schweigen summte. Sie blickte von der Konsole auf, wie in ein Gesicht. Nichts als die Sterne begegneten ihrem Blick. »Vielleicht haben wir auch seinen Funk lahmgelegt«, sagte sie tonlos. »Oder er stellt sich tot.«

»Möglicherweise ist er, der Pilot, gestorben«, sagte der *Gerfalke*.

»Möglicherweise. Aber das hätte durch die Strahlung passieren müssen, und ein Einschub ist gut abgeschirmt, das weißt du. *Hola, hola,* Guthrie Zwei?«

Nach einer Weile gab Kyra auf. Sie verspürte keinen Triumph, noch nicht, sie fühlte sich wie ausgewrungen, und... und wie behaglich wunderbar es war, am Leben zu sein.

Aber wie war es dazu gekommen? Sie hatte doch bloß gewollt, daß er zurückschreckte? Sie hatte nicht wirklich damit gerechnet, ihn aufzuschlitzen. Es reichte aus, wenn er mehr Masse verbrauchte als sie. Irgendwie hatte er falsch geschätzt, und sie hatte ihn erwischt. Seltsam.

Oh, diese Nicht-Inkarnation Anson Guthries war kein Gott. Er hatte einige Fähigkeiten dazugewonnen, dafür hatte er andere verloren. War er blinder Wut oder verzweifelter Verwegenheit unterworfen? Sie wußte es nicht. Aber sicherlich war er fehlbar. Das wußte sie, und nur zu gut.

Sie rüttelte sich auf. »Wir machen uns wohl besser wieder an die Arbeit«, sagte sie laut, als ob der *Gerfalke* ihre plötzliche Erschöpfung teilte. Mit tauben Händen und kribbelnden Lippen machte sie sich daran, Verbindung mit Fireball auf Luna aufzunehmen.

37

Die Sipo-Streitmacht in Port Bowen war nur klein. Guthries Befehl, daß sie die Waffen niederlegen, sich in ihre Unterkünfte zurückziehen und auf den Heimtransport warten sollten, war nicht aus seiner Ansprache hinausredigiert worden. Verwirrt und demoralisiert gehorchten sie. Die Firmenpolizei behielt sie im Auge.

Isabu brachte Guthrie in die dortige Fireball-Zentrale. »Ihr würdet Niolente oder mich sicher gerne einladen dazubleiben«, hatte Rinndalir gelacht. »So entzückend der Gedanke auch wäre, ich denke, wir verschieben es. Dort, wo wir sind, können wir besser Hilfe leisten.«

»Hilfe vor allem für Sie selbst«, bemerkte Guthrie scharf.

»Ich denke, daß Ihr mit etwas Nachdenken Feindschaft uns gegenüber unzweckmäßig finden werdet.«

»Als praktische Politik zweifellos. Aber gestatten Sie mir meinen privaten Spaß. Und jetzt lassen Sie uns um Himmels willen endlich aufbrechen!«

Isabu transportierte Guthrie in einem silbernen, juwelenbesetzten Kästchen. Er übergab das Kästchen den Wachtposten am Fireball-Eingang und schlenderte davon, um sein Fahrzeug wieder abzuholen. Nach einer nervösen Diskussion riefen die Wachtposten einen Sicherheitsbeamten, der das Kästchen in einen Raum mit verstärkten Wänden brachte und mehrere Minuten darauf verwandte herauszufinden, wie es sich öffnen ließ.

Eine halbe Stunde danach hatte Guthrie wieder einen Körper. Er vergeudete wenig Zeit damit, sich über Gliedmaßen und eine vollständige Sinnesausrüstung zu freuen. Es gab Arbeit.

Er brauchte nicht lange, um seine Identität unzweifelhaft zu beweisen. Dazu mußte er bloß diverse Mitbeteiligte an halb vergessene Ereignisse erinnern, von denen seine Kopie unmöglich wissen konnte. Sie brachten ihn hinsichtlich der sensationellen Ereignisse der jüngsten Zeit auf den neuesten Stand. Als er hörte, daß Kyra Davis immer noch neben ihrer Prise Wache hielt, dauerte die Standpauke amtlich gemessene drei Minuten und achtundvierzig Sekunden, ohne eine einzige Wiederholung. »Schicken Sie einen Schlepper los«, schloß er knapp. »Ich will sie beide auf der Stelle hier haben.«

Ansonsten benötigte er nur wenig Informationen. In Rinndalirs Obhut war er besser auf dem laufenden geblieben, als wenn er nur die Nachrichten verfolgt hätte. Die Selenarchen besaßen ihre eigenen Informationsquellen. Seinem Stab erklärte er, wie seine Sendung frisiert worden war, ging jedoch nicht in die Details. »Später, wenn wir Zeit dazu haben. Jetzt müssen wir erst einmal den Einsatz abdecken, der gesetzt wurde, als man die Würfel für uns warf. Als nächstes müssen wir unseren eigenen Wurf machen.«

Schließlich stand er in dem Büro, das während seiner Besuche hier für ihn reserviert war. Es war eine große Kammer mit Steinboden, nur spärlich möbliert, aber durchweg modern. Über niedrigen Wänden zeigte eine Sichtkuppel die Szenerie draußen: Sterne und die Milchstraße, die über der Einöde leuchtete, eine fast volle Erde, die allein in Azur und Silber regierte. Sein Robotkörper türmte sich über Jacobus Botha auf, der wie festgeschnallt in seinem Sessel saß. Der Hafendirektor war ein starker Mann, aber heute wurden alle dominiert.

»Holden ergibt sich noch nicht, was?« knurrte Guthrie. Vor einer Stunde war eine erneute Aufforderung übermittelt worden.

»N-nein, Sir. Er beharrt auf Anweisungen von seiner Regierung. Helledahl und Stuart denken, sie können sich gewaltsam Zugang verschaffen, raten aber davon ab.«

»Natürlich. Eine Menge Leichen in einer Ruine befreien? Nein, wir lassen einfach ihre Schiffe nicht starten, um ihm jeden Gedanken an einen Ausfall – nicht, daß Holden einen fertigbringen könnte, aber wir sollten ihn daran hindern, den L-5ern damit noch länger auf die Nerven zu fallen – oder die Hoffnung auf Entsatz von der Erde auszutreiben.«

»Das sind keine Fackelschiffe, und sie sind voller Männer.«

»Ich weiß. Aber sie können die Anflüge unterbinden, und die Männer können es schon ertragen, eine Weile im freien Fall aufeinanderzuhocken. Sie sehen, ich habe Hoffnung, daß diese Sipo-Leute bald aufgeben werden, Anweisungen oder nicht. Ich vermute, daß ihre Moral ihnen schon um die Stiefel schlottert, und wir werden sie mit Nachrichten und Propaganda füttern, damit sie noch weiter sinkt. Wenn das klappt, wollen wir doch unsere Besatzungsstreitmacht zur Hand haben, um den Laden zu übernehmen. Wenn nicht, dann sollten wir ein paar Fackeln dort haben, um die *Bruin* und die *Jakobit* in ein oder zwei Tagzyklen abzulösen.«

Botha zwang sich, in die Linsen in dem Türmchen zu schauen. »Haben Sie wirklich vor, unsere Schiffe herbeizurufen und Nordamerika anzugreifen?« fragte er rauh. »Das bedeutet – das bedeutet Krieg.«

»Nein, ich habe nicht vor anzugreifen«, erwiderte Guthrie

unnachgiebig. »Ich habe vor, eine glaubwürdige Bedrohung vorzuführen. Dafür benötigen wir Macht, wirklich vorhanden und am rechten Platz.«

»Aber das Erdabkommen – die Föderation – Sie würden uns damit zu Outlaws machen.«

Guthries Ton wurde sanfter. »Mir gefällt die Situation auch nicht besser als Ihnen, Jake. Man hat uns übers Ohr gehauen, und alles, was wir tun können, ist, uns irgendwie durchzuboxen.« Scharf: »Keine Diskusion. Wir haben eine Organisationsaufgabe vor uns, die eines Paul Bunyan würdig wäre. Also kommen Sie in die Gänge.«

Botha nahm all seinen Mut zusammen. »Guten Gewissens, Sir, kann ich dabei nicht mitmachen.«

»Okay«, sagte Guthrie ohne Zorn. »Sie sind gefeuert.«

»Sir?«

»Sie sind hiermit bei Fireball entlassen. Ihre Fähigkeiten und Ihre Erfahrung werden mir fehlen, aber ich habe keine Zeit, mich herumzustreiten, und Barbara Zaragoza dürfte einspringen können.«

Botha erhob sich halb, fiel wieder zurück und rief: »Bei *Fireball* entlassen? Nein, Sir, nein, ich habe den Treueid abgelegt, Sie haben uns immer gesagt, wir seien freie Männer, lassen Sie mich von mir aus Latrinen putzen, aber – nein, stoßen Sie mich nicht aus Fireball aus!«

Einen Augenblick lang stand Guthrie reglos da, bevor er leise antwortete: »›Right or wrong, my country‹, ja? Okay. Ich war zu voreilig. Hatte noch nie mit so einem solchen Rattennest wie dem hier zu tun. Betrachten Sie sich als beurlaubt. Vermerken Sie Ihre Mißbilligung meiner Politik im Computer. Und dann bleiben Sie mir unter den Füßen weg. Das wäre eine aufrichtige Umsetzung des Treueids.«

Botha schluckte. »Vielleicht kann ich – schließlich –«

»Nein. Ich will keine Fanatiker, aber ich kann auch keine Leute gebrauchen, die mit ihrem Über-Ich ringen. Bedenken Sie, was Unentschlossenheit und Fehlkalkulationen kosten würden. Über Moral und Ethik und Ihren Status und alles andere diskutieren wir, wenn das hier vorbei ist. Und jetzt gehen Sie.«

Botha gehorchte steif. Nachdem er sich abgewandt hatte, rieb er sich die Augen.

Die Stunden verstrichen. Guthrie trieb seinen Stab beinahe so unbarmherzig an wie sich selbst. Wenn er sich direkt an den Haupt-Hypercomputer angeschlossen hätte, wäre er leistungsfähiger gewesen, hätten ihm alle aufgezeichneten Fakten sofort zur Verfügung gestanden, wäre jede Berechnung genau so durchgeführt worden, wie er es sich vorstellte. Aber er hatte es nicht mit Abstraktionen, sondern mit menschlichen Individuen zu tun. Da war es am besten, wenn er selbst unverkennbar ein Individuum war, indem er eine äußere Gestalt trug, die einem Ritter in voller Rüstung ähnelte. Wenn er auf Sendung ging, war es dieses Bild, das er ausstrahlte, nicht die Erscheinung des Mannes, der früher einmal existiert hatte. Er wollte ein Symbol, das unterstrich, daß es in dieser Sache keinen Kompromiß gab oder auch nur geben *sollte*.

Er sammelte Informationen, konferierte mit Personen, die er für intelligent hielt, sprach mit seinen Direktoren rings um den Globus, sandte Funksprüche ins ganze Sonnensystem aus, von der Antimateriefabrik auf dem Merkur bis zur alleräußersten Kometenstation jenseits des Pluto, rief seine Schiffe und Kapitäne, seine Männer und Frauen, um ihnen zu befehlen, standfest zu bleiben oder um die, die nahe waren, zu sich zurückzurufen.

Als Kyra Davis eintraf, wurde sie entsprechend den Anweisungen, die er hinterlassen hatte, trotzdem sofort hineingeführt. Als sie eintrat, war er zufällig gerade nicht mitten in einem Gespräch. Auf dem Schirm vor ihm wurde ein elektronisches Rechenblatt angezeigt, die neueste strategische Analyse der Gruppe, die er mit dieser Aufgabe betraut hatte. Er wandte sich davon ab und kam quer durch den Raum zu ihr herüber, um ihr die Hand zu schütteln. Sie lag in seiner wie ein Vogel, der müde in sein Nest zurückkehrt.

»Gott, ist das großartig, Sie sicher wiederzusehen«, grollte er. »So verausgabt wie der Sold eines Matrosen, was? Kein Wunder nach dem, was Sie durchgemacht haben. Nun, wir haben eine Suite im Armstrong in Tychopolis für Sie reserviert. Schlafen Sie, bis Sie von selbst aufwachen, bestellen Sie, was immer Ihnen in den Sinn kommt, und schlafen Sie dann noch eine Runde. Ich wollte bloß ›Willkommen daheim‹ sagen.«

Sie hob den Kopf und lächelte. »Das wäre nicht nötig gewesen«, antwortete sie rauh und gedämpft. »Aber *gracias, jefe*.« Sie seufzte. »Daheim. Ja.«

»Wenn Sie bereit sind, aber nicht vorher, dann möchte ich Ihren Input über L-5. Vielleicht zeigt uns das, wie wir es zurückerobern können, wenn Holden stur bleibt –« Das Videophon läutete. »Verdammt noch mal! Ihr habe das Ding so eingestellt, daß es nur die wirklich dringenden Anrufe durchläßt. Entschuldigen Sie mich.« Er ging zurück, um zu antworten. Kyra sank in einen Sessel.

»*Señor*, ein persönlicher Anruf von der Präsidentin der Weltföderation für Sie«, meldete das Gerät.

»Hm? Na ja, das ist keine Überraschung.« Guthrie warf Kyra einen flüchtigen Blick zu. »Bleiben Sie ruhig hier, Süße. Das dürfte Sie interessieren ... Okay, stell sie durch.«

Ein hübsches, dunkles Gesicht erschien auf dem Schirm. »Habe ich die Ehre, mit Mr. Anson Guthrie von Fireball Enterprises zu sprechen?« fragte Sitabhai Lal Mukerji förmlich in asiatischem Englisch.

»Ja, *señora* – äh, Frau Präsidentin«, erwiderte er. »Diesmal mit dem echten und ohne vorherige Präparierung.«

Die Sendeverzögerung verstrich, für Kyra etwa vier Herzschläge.

»Es hat viele Täuschungen und widersprüchliche Darstellungen gegeben.« Mukerjis Tunfall war kalt. »Man kann nicht sicher sein, was man glauben soll.«

»Ich bin überzeugt, Sie haben das Kommuniqué studiert, das ich herausgegeben habe, als ich hierher zurückkam.«

Verzögerungszeit.

»Ja. Sehr informativ ist es nicht.«

»Ich habe versucht, der gesamten menschlichen Rasse die wesentlichen Tatsachen mitzuteilen, Frau Präsidentin. Die Einzelheiten können warten. Sie *müssen* warten. Sie sind nicht nur ein absolutes Chaos, sondern ich gestehe auch ein, daß ich vieles noch nicht weiß und nicht mit Erklärungen um mich werfen möchte, die vielleicht unbegründet sind. Die grundlegende Wahrheit aber ist offensichtlich. Beauftragte der nordamerikanischen Regierung haben mein Duplikat gestohlen, es mit Verletzung der im Erdabkommen schriftlich fixierten Menschenrechte umprogammiert und es in einem Versuch, eine internationale Organisation freier Männer und Frauen zu übernehmen, für mich ausgegeben.«

– Mukerji runzelte die Stirn. »Das ist eine schwerwiegende Anschuldigung gegenüber einer Regierung.«

Guthrie lachte. »Ma'am, keine Anklage war jemals zu schwerwiegend, um sie gegen eine Regierung vorzubringen. Irgendeine Regierung. Das ist die Natur der Bestie.«

– »Sie haben ein Recht auf Ihre Meinung. Sie haben ein Recht darauf, Anschuldigungen zu erheben und Beweise vorzulegen. Sie haben kein Recht darauf, das Gesetz zu brechen.«

»Was habe ich denn getan, außer ihren Versuchen zu entkommen, mich zu ermorden? Mein Kommuniqué hat erklärt, wie dieser Ruf zu den Waffen von den Lunariern fingiert wurde. Beschweren Sie sich bitte bei denen, nicht bei mir.«

– »Das werden wir, Sir, das werden wir.« Mukerjis Bild beugte sich vor. Ihr Zeigefinger stach wie eine Lanze. »Aber Sie haben sich nicht von dieser kriminellen Aufwiegelung distanziert. Im Gegenteil, in Ihren Erklärungen erheben Sie Forderungen gegenüber Nordamerika, die keine Regierung von seiten einer privaten Interessengruppe hinnehmen könnte. Ihre Schiffe blockieren die nordamerikanischen Truppen auf L-5. Die Überwachungs- und Nachrichtendiensteinheiten der Friedensbehörde berichten, es deute alles darauf hin, daß Sie Ihre Firma für Gewaltakte mobilisieren.«

»Ma'am«, sagte Guthrie, »Sie sind eine intelligente und vernünftige Frau. Müssen wir hier unter uns Reizworte benutzen? Fireball hat keinerlei Ultimatum gestellt. Wir haben die Avantistenregierung gewarnt, daß wir nicht untätig zusehen können – wir *können* es nicht, Ma'am – während sie willkürlich Leute von uns einsperrt und sie in Anbetracht dessen, was dort vorgeht, unnötig gefährdet. Die Beschlagnahme unseres Besitzes ohne ordentlichen Prozeß ist ebenfalls eine Ungeheuerlichkeit, aber im Vergleich dazu unbedeutend. Ebenso ist die Besetzung von L-5 illegal, da sie unter Vorspiegelung falscher Tatsachen erfolgte, und die Bedrohung, die sie darstellt, ist unerträglich.

Wir bitten die in Futuro, diese Dinge zu bereinigen. Wir wissen, daß das nicht auf einen Schlag geschehen kann, und wir bieten an, zu verhandeln und bei jedem Schritt zu kooperieren. Wenn sie beispielsweise L-5 räumen, werden wir einen Fährdienst zur Erde bereitstellen. Was die Mobilisierung angeht – Ma'am, die Politiker erinnern mich andauernd daran, daß Fireball keine Nation und sein Direktorium keine Regierung ist. Wie könnten wir da mobilisieren? Ich habe unsere *consortes* aufgefordert, sich auf Handlungen vorzubereiten, die sich angesichts des gegenwärtigen Notfalls als erforderlich erweisen könnten. Damit beginnen wir jetzt. Das ist alles.«

– Glänzende Augen wurden schmal. »An was für Handlungen denken Sie dabei?«

Robotschultern zuckten. »Was immer sich als erforderlich erweist, sagte ich. Liegt das nicht weitgehend an Futuro?« Gewichtig: »Wenn sie mich nicht angerufen hätten, hätte ich mich noch vor dem Ende dieser Tagwache an Sie gewendet. Nutzen Sie Ihren Einfluß, Frau Präsidentin. Bringen Sie die Avantisten zu Verstand.«

– Mukerji lächelte kalt. »Sie haben eine clevere Art, mit Worten zu bluffen, Mr. Guthrie. Aber lassen Sie uns keine Spielchen spielen. Ihr Kommuniqué sagte nichts über den Aufruf zur Rebellion und das Hilfsversprechen, die in der früheren Sendung enthalten waren, die Sie als gefälscht bezeichnen.«

»Was erwarten Sie denn, Ma'am? Ich sähe es gerne, wenn die Avantistenregierung abgelöst würde. Ob das nun geschieht oder nicht, es würde mir mißfallen, dabei zuzuschauen, wie eine Menge Leute, die sich die Freiheit wünschen, abgeschlachtet, eingesperrt oder einer Gehirnwäsche unterzogen werden, weil sie auf ein im Namen Fireballs gegebenes Versprechen vertrauen. Deshalb, ja, habe ich in der Tat« – Er und Kyra sahen, wie sie bei dem vorhergehenden Satz zusammenzuckte und sich dann rasch wieder pflichtbewußt zusammenriß. –»eine Waffenruhe vorgeschlagen, eine Generalamnestie und zu gegebener Zeit eine Zusammenkunft aller Parteien, um neue Vereinbarungen auszuhandeln. Ich habe *unseren* Einfluß zu diesem Ziel angeboten. In der Zwischenzeit aber geht der Aufstand immer noch weiter. Leben und Sachwerte werden vergeudet. Wenn Ihre Friedensbehörde in einer rein internen Angelegenheit nicht intervernieren darf, wie sollte es dann das arme, private Fireball? Das eine Recht, das wir in Anspruch nehmen, wenn weder die nordamerikanische Regierung noch die Behörde es tun, ist, die Sicherheit und das Wohlergehen unserer *consortes* zu gewährleisten und in zweiter Linie unser Eigentum zu schützen.«

– »Das ist ein beträchtlicher Anspruch.«

»Gewiß. Wir werden den Verlauf der Ereignisse beeinflussen. Wie könnten wir das verhindern, selbst wenn wir nichts unternähmen? Wir werden unseren Verpflichtungen, so wie wir sie sehen, nachkommen, so gut wir es vermögen.«

Diese Pause war länger, als die Lichtgeschwindigkeit nötig machte.

»Ihre Sorge um Ihr Personal in Nordamerika ist für sich genommen löblich«, sagte Mukerji so ernst und feierlich, als spräche sie bei einer Beerdigung. »Vielleicht hat sie Sie veranlaßt zu vergessen, daß es anderswo auf der Erde noch viele mehr davon gibt und jeder ein Bürger irgendeines Landes ist, das der Föderation angehört.«

»Und sie zu Geiseln oder Ziel von Repressalien werden könnten? Ma'am, ich kann nicht glauben, daß Sie von so etwas auch nur träumen. Sie sind vollkommen unschuldig.«

– Mukerjis Stimme wurde nüchtern. »Ist das der Grund dafür, warum Generaldirektor Almeida alle Fireball-Raumschiffe in einen Orbit um die Erde befohlen hat und alle Regionalchefs zugestimmt haben?«

»Dieser Befehl kam von mir. Sie haben ihn nur ausgeführt. Ich will Ihre Intelligenz nicht beleidigen. Es ist offensichtlich, wo ihre Sympathien liegen. Aber sie und der Rest unserer Leute auf der Erde haben nichts Ungesetzliches getan, nichts, was ihre Regierungen oder Ihr Büro verboten hatten, und von nun an werden sie, was immer auch geschieht, kaum in der Lage sein, Ihre Gesetze zu mißachten.«

– »Ihre Sympathien, sagen Sie. Ihre Loyalitäten? . . . Nun, ein umfassender Konflikt würde sie auf jeden Fall in Gefahr bringen.«

Guthrie hob die Hände. »Ma'am, bitte! Wer hat ein Wort davon gesagt? Sicherlich kann es nicht das sein, was Sie beabsichtigen. Und wir im Weltraum sind auf einen Konflikt genauso erpicht wie auf ein Loch in unserem Helm. Ich bin erstaunt, daß der Rat und die Behörde nicht daran arbeiten, unsere Leute in Nordamerika zu befreien und zu schützen. In dem Augenblick, da das geschieht, läßt sich über alles andere verhandeln.«

– Mukerjis Lippen preßten sich zusammen. »Dieser Versuch wird unternommen, das versichere ich Ihnen. Er kann aber nicht im Scheinwerferlicht der Öffentlichkeit erfolgen.«

»Ich verstehe, und danke Ihnen, und wünschte, ich wäre religiös, so daß ich für Sie beten könnte. Ich hoffe, Sie verstehen, daß Fireball diejenigen, die ihm gegenüber ihren Treueid abgelegt haben, nicht ihrem Schicksal überlassen kann und sich deshalb darauf vorbereiten muß, ihnen zu helfen, wenn andere Bemühungen scheitern. Vielleicht wird diese Tatsache ein nützliches Verhandlungsinstrument für Sie sein. In der Zwischenzeit werden wir nichts unternehmen, was Ihnen hinderlich sein könnte, und alles tun, worum Sie uns bitten, was Ihnen helfen könnte.«

– »Sehr gut, Sir. Machen Sie diese Mobilisierung rückgängig.«

»Frau Präsidentin, ich wiederhole, es ist keine Mobilisierung, und, bei allem Respekt, ich bin nicht der Auffassung, daß es irgendeinem guten Zweck dienen würde, wenn wir von unserer Seite aus unvorbereitet wären.«

– Mukerji seufzte. »Dieses Gespräch ist genauso verlaufen, wie ich befürchtete. Aber ich war verpflichtet, es zu versuchen.«

»Ich hoffte, Sie würden einsehen, daß wir hier vernünftige Menschen sind. Das sollte ein bißchen Wert für Sie haben.«

– Mukerji lächelte traurig. »Auch vernünftige Menschen können im Streit miteinander liegen. Ich verlasse mich darauf, daß Sie zukünftige Anrufe von mir oder meinem Büro unverzüglich entgegennehmen, bei Tag oder Nacht, so wie ich Ihre?«

»Natürlich. *Vaya con Díos.*«

– »Leben Sie wohl.« Der Schirm erlosch. Guthrie starrte einen Moment lang darauf, bevor er sich wieder Kyra zuwandte.

»Dann ... dann bedeutet das also Krieg?« stotterte sie.

»Ich hoffe um Christi Willen nicht«, seufzte er. »In ein paar weiteren Tagzyklen werden wir es wissen.«

»Ich würde meinen ... Mukerji wird länger brauchen ... um die Avantisten zu überzeugen.«

»Ich befürchte es. Sie ist fähig und wohlmeinend. Aber wenn ich dieses Regime wäre, würde ich sie hinhalten, bis die Kaos ausradiert sind, während ich geschickt laviere, um die Friedensbehörde aktiv auf meine Seite gegen das widerspenstige Fireball zu ziehen, das mir so viel Kummer bereitet hat.«

Kyra legte einen Finger an den Mund. »Sie meinen – Ihre Aktion *hilft* ihnen?« »Nun ja, sie können wenigstens an den Herdeninstinkt ihrer Mitregierungen appellieren. Falls Sie uns so weit provozieren können, die Rolle der Schurken zu übernehmen, lassen sich Ihre Mätzchen uns gegenüber unter den Teppich kehren, und verschiedene wichtige Persönlichkeiten unter ihnen werden nicht vor einen internationalen Gerichtshof gezerrt. Falls sie es so hindrehen können, daß die Föderation uns zu Verbrechern erklärt, können sie alles konfiszieren, was uns innerhalb der Union gehört. Das wäre eine ziemliche Spritze für ihre marode Wirtschaft.

Aber ich sehe nicht, wie wir passiv bleiben können. Auch können wir nicht lange warten. Angenommen, diese ›Umsiedlungszentren‹ befinden sich in der Nähe von Milizstützpunkten, politischen Zentralen oder wo es sonst noch weh täte getroffen zu werden, sei es nun durch die Kaos oder durch uns? Wie immer sich das herausstellt, Sie wissen, daß *consortes* von uns in die Befragungslabors wandern werden.«

Guthrie hieb auf den Tisch neben sich. »Nein, Kyra, wir werden unseren Treueid respektieren. Anschließend nehme ich die Verantwortung und die Konsequenzen auf mich.«

Sie erhob sich, ging zu ihm hinüber und faßte seine beiden kalten, schweren Hände. »Von wegen«, sagte sie. »*Wir* werden das.«

Über und hinter seinem Türmchen schimmerte das Band der Milchstraße. Sie erinnerte sich, einmal gehört zu haben, daß sie auf Schwedisch ›die Winterstraße‹ hieß.

38

Sekundenlang konnte Kyra nur große Augen machen. Ihr Kopf fühlte sich an, als sei sie plötzlich in den freien Fall übergegangen. »Ist das real?« flüsterte sie endlich.

»›Was ist Realität?‹ sagte Pilatus im Scherz«, antwortete Rinndalir. »Die Einladung ist völlig ehrlich gemeint, keine List und auch keine Falle. Was könnte meine Nation dadurch gewinnen? Fireball grollt uns schon genug. Ihr könnt zurückkehren, wann immer Ihr wollt, mit unangetasteter Würde. Der Besuch mag bewirken, daß Ihr uns weniger unvorteilhaft beurteilt. Da Ihr offenbar Lord Guthrie mittlerweile sehr nahesteht, wäre das günstig für uns – und, da werdet Ihr vielleicht zustimmen, auch für ihn. Wie immer dies auch ausgeht, ich kann Euch eine einzigartige Kurzweil versprechen.« Der Teufel sollte ihn holen, diese Stimme und dieses Lächeln reichten aus, einem die Backenzähne schmelzen zu lassen. »Und natürlich werde ich Eure Gegenwart genießen.« Das wunderschöne Gesicht wurde ernst. »Aber wenn Ihr kommen wollt, müßt Ihr es sofort tun. Die Ereignisse nähern sich ihrem Perihel. Sie werden es bald und schnell durchlaufen.«

Mühsam nahm sie ihren Verstand zusammen. Sie wußte nicht, was sie sonst noch hätte für Fireball tun können. Guthrie hatte ihr Angebot abgelehnt, den *Gerfalken* in seinen Diensten zu fliegen. »Wir haben im Augenblick reichlich Schiffe, und nach dem, was Sie durchgemacht haben, brauchen Sie eine längere Ruhepause, als die Zeit es eigentlich zuläßt, bevor Sie wieder fit sind.« Nicht unbedingt widerwillig hatte sie nachgegeben.

Auch konnte sie ihn nicht anrufen und seinen Rat einholen. So beschäftigt wie er war, würde es wahrscheinlich Stunden dauern, zu ihm durchzukommen. Hier bot sich eine Gelegenheit, vielleicht – nur vielleicht – etwas Nützlicheres über die Lunarier zu erfahren. Ja, dies mochte sich als ein neuer Verrat von ihrer Seite erweisen, aber sie konnte sich nicht vorstellen, wie sie so wichtig sein konnte.

Und – zurück zu Rinndalir, diesem herzlosen, verräterischen, wunderbaren Sohn einer Katze.

»*Muy bien*«, schleuderte sie ihm entgegen. »Angesichts dessen, wie Ihr mich hereingelegt habt, sollte ich es nicht tun, aber okay.«

Sein Lächeln blitzte auf. »Großartig. Im Kosmodrom, Dock dreiundzwanzig, wartet ein Fahrzeug auf Euch.« War es zufällig dort, oder hatte er es in der Gewißheit losgeschickt, daß sie annehmen würde? »Haltet Euch nicht auf mit Packen. Euer Zimmer in Zamok Vysoki erinnert sich noch an Euch.«

Blut toste in Kyras Ohren. Sie schickte eine Nachricht an Guthrie, die man an ihn weiterleiten würde, sobald er Zeit dafür hatte, zog ihre Stiefel an und verließ die Suite im Mondlaufschritt.

Vor dem Hotel mußte sie zwangsläufig langsamer werden. Auf dem Ziolkowski-Prospekt drängten sich die Menschen. Lunarier waren keine in Sicht. Diejenigen, die Tychopolis nicht verlassen hatten, blieben in ihrem Wohnviertel. In dieser Stadt waren Fremde ihnen gegenüber in der Überzahl, und die Emotionen gingen hoch. Nur wenige dieser Ortsansässigen und Durchreisenden widmeten sich nun, da die Krise sich ihrem Höhepunkt näherte, noch ihren Geschäften. Sie wanderten umher, saßen in den Cafés und unterhielten sich zu fröhlich oder zu leise und angespannt, befingerten Waren in den Läden, drängten sich um jeden Multi, in dem sich die Nachrichten ständig wiederholten, wenn auch mit jeweils anderen Sprechern und anderen Szenen. Wo jemand Englisch, Spanisch oder Russisch sprach, fing Kyra einzelne Gesprächsfetzen auf.

»– werden nicht angreifen«, sagte ein untersetzter Mann, unverwechselbar ein Nordamerikaner. »Würden es nicht wagen. Die Regierungen der Erde würden alles beschlagnahmen, was sie auf dem Planeten besitzen.« Kyra roch seinen Schweiß. Er war nicht so zuversichtlich, wie er vorgab. Die irdischen Industrien waren vom Weltraum abhängig; seine Ressourcen waren es, die die Biosphäre bewahrten, und die überwältigende Mehrheit der Weltraumfirmen gehörten zu Fireball.

»– Allianz mit den Selenarchen?« wütete ein Latino. »Diesen betrügerischen Bastarden?« Er trug ein Firmenabzeichen.

»Vielleicht haben wir ja keine Wahl«, erwiderte die Frau bei ihm.

»– Gottes Urteil«, sagte ein graubärtiger orthodoxer Priester. »Seine Strafen für unsere Sünden und unsere Torheit werden geringer sein als der Schaden, den sie uns zufügen können.« Vielleicht hatte er recht, dachte Kyra.

Und doch, was konnte Fireball tun, nachdem Unionspräsident Escobedo an die Welt appelliert hatte? »– kein Kompromiß mit dem Verbrechen. Von Anfang hat Fireball unserer Regierung feindselig gegenübergestanden, hat eine Obstruktionspolitik betrieben, intrigiert und Abtrünnige ermuntert.« Wohl wahr, aber eindeutig nur im Rahmen dessen, was Nordamerika früher und ein paar Länder heute als Redefreiheit und das Recht ansahen, seine eigenen Angelegenheiten so zu betreiben, wie man es für richtig hielt. »Eine Erklärung Fireballs hat in unserem Land einen Bürgerkrieg ausgelöst. *Señor* Guthrie behauptet, sie sei falsch, aber er hat die Chaoten nicht aufgerufen, ihre Rebellion zu beenden«, und sich abführen zu lassen, damit die Sipo und die Umerziehungs-Psychotechniker sich über sie hermachen konnten, »und auch nicht gegen die Selenarchen zurückgeschlagen, die, wie er vorgibt, die Schuldigen waren.« Was sollte er denn tun, ihnen den Krieg erklären? »Ich mache ihm diesen Vorschlag. Möge Fireball Wiedergutmachung leisten, indem es uns hilft. Zum Beispiel verfügt es über mehr Möglichkeiten zur Weltraumüberwachung als die

Friedensbehörde, wenn es beschließt, die entsprechenden Schiffe dafür einzusetzen, und ist nicht so wie die Friedensbehörde durch ein Mandat eingeschränkt. Möge Fireball uns Informationen über Einheiten der Chaoten liefern, ihre Standorte und Aktivitäten. Oder möge uns Fireball Suborbital-Transporter, an denen es uns jämmerlich mangelt, für Miliz und Sicherheitspolizei zur Verfügung stellen, wo immer sie das in die Lage versetzt, einen wirkungsvollen Schlag zu führen. Es gibt viele Möglichkeiten. Wir können uns darauf einigen, welche, wenn Fireball sich zunächst einverstanden erklärt, die Gesetze dieses Landes zu achten.

Dann, sobald die gegenwärtige Gefahr vorüber ist, werden wir für unseren Teil alle Fireball-Mitarbeiter freilassen«, zur Deportation? »die keiner kriminellen Vergehen angeklagt sind«, welche, wessen angeklagt? »und in Verhandlungen über andere anstehende Fragen eintreten« wie etwa die Übergabe von Eigentum im Werte von vielen Milliarden UCUs, von denen weitaus mehr den Familien von *consortes* als der Firma selbst gehörte. »Inzwischen müssen wir diese Personen in unserer Obhut behalten« als Gefangene, Geiseln, »und appellieren an den Hohen Rat und die Vollversammlung der Weltföderation, daß sie der Friedensbehörde die Anweisung erteilen, Anarchie und Piratentum zu unterdrücken.« Leichter gesagt als getan, wenn die militärische Macht für Weltraumoperationen fehlte. Von Handfeuerwaffen in befugten Händen abgesehen, existierte jenseits der geostationären Umlaufbahn legal nichts, weswegen Luna je imstande gewesen war, ihre Unabhängigkeit nach ein paar kleineren Zusammenstößen auch durchzusetzen. »Aber ich hoffe und bete, daß ein solches Handeln sich nicht als nötig erweisen wird, daß Fireball sich freiwillig besinnt. Möge es so kommen! Dann wird Fireball sich eine Stimme in der historischen Konferenz verdient haben, die diesen Unruhen folgen muß, um dem Gesetz im gesamten Sonnensystem Gültigkeit zu verschaffen und die Aktivitäten im Weltraum angemessen zu regeln« und so die Autonomie frei zusammenarbeitender Menschen zu beenden. Die Regierung Nordamerikas war nicht die einzige, die sich das schon lange gewünscht hatte.

Ja, die Avantisten spielten ihre Karten ganz schön raffiniert aus, dachte Kyra. Sie mochten die kommende Kraftprobe trotz allem heil überstehen. Aber ob sie es nun taten oder nicht, dies war nicht die letzte Runde. Es stand viel mehr auf dem Spiel. In der Menge vor ihr bot sich eine Lücke. Sie beschleunigte ihren Schritt.

Am Ley-Platz nahm sie einen Fahrweg hinaus zum Kosmodrom. Sie hatte ihn beinahe für sich allein. Als sie ihn verließ, trat sie in eine geflieste Kaverne, in der die Geräusche unnatürlich laut hallten. Alle Aktivität war beinahe zum Stillstand gekommen. Nur gelegentlich bedachte sie ein menschlicher Arbeiter mit einem angstvollen Blick. Die Maschinen gingen unbeeindruckt ihren Aufgaben nach.

Das Tor zu Dock dreiundzwanzig überprüfte sie und ließ sie passieren. Aufgrund der Zahl hatte sie bereits im voraus gewußt, daß das, was sie erwartete, ein Suborbiter war. Auch er war vollautomatisch. Sie bestieg ihn und machte es sich gemütlich. Das Gefährt rollte auf Schienen durch die Luftschleuse zu seinem Startplatz, erhielt die Freigabe vom Computer der Verkehrskontrolle und hob ab. Die Beschleunigung, die Kyra nach unten drückte, war gering, zweifache Mondschwerkraft. Bald hing sie schwerelos in ihren Gurten, während sie sich zwischen die Sterne hinaufschwang. Vom nördlichen Horizont her warf die Erde ein betörendes Blau über Maria und Krater. Schatten vermischten sich mannigfach. Eigentlich war dies eine sanfte Landschaft, öde, aber sanft; Meteoriteneinschlag und zerbröckelnde Strahlung hatten sie abgeschliffen, ihre Kanten verwischt, ohne die irdische Tektonik, die immer neue Berge hervormahlte.

Der Planet fiel zurück, sank tiefer, bis er kaum noch über der Mondlandschaft hing und die dunklen Schatten, die er hervorrief, sich sehr lang über ebenen Grund erstreckten. Größtenteils verloren sie sich zwischen den Klippen und Felsspitzen der Höhen, auf die das Boot zustrebte. Es ging auf einem kleinen Landefeld mit einem einzelnen Betriebsgebäude nieder. Ein Wagen rollte auf es zu. »Bitte, steigt aus«, sagte eine musikalische, synthetische Stimme.

Kyra gehorchte. Aus der Luftschleuse kletterte sie durch eine ausgefahrene Gangröhre ins Innere des Bodenfahrzeugs. Es löste sich und rollte auf einer Straße davon, die zwar rudimentär, aber für eine Welt ohne Wetter ausreichend war. Vor ihr kamen über einem Grat plötzlich die Burgtürme in Sicht, dann die äußeren Wälle, und sie wurde eingelassen.

Ein lebender Diener machte einen Kniefall vor ihr und geleitete sie über eine Rampe hinauf in einen hohen, opaleszierenden Saal. Rinndalir wartete in Purpur und Gold. Mit einer wellenartigen Bewegung bewegte er sich vorwärts und ergriff ihre Hände. Seine waren nicht aus Metall und Plastik, sondern lebendiges Fleisch und zierliche Knochen, warm unter der Berührung. Seine großen grauen Augen leuchteten hinunter in ihre. »So seid Ihr also doch gekommen«, sagte er. »Als tapfer habt Ihr Euch erwiesen, und welch einen Preis Ihr errungen habt!«

Woher wußte er davon? Diese Geschichte hatte man noch nicht an die Öffentlichkeit gegeben. Agenten innerhalb Fireballs – Es schien keine Rolle zu spielen, wenn sie ihm ›*Gracias*‹ sagen und den Stolz darin mitschwingen hören konnte. Sie war nicht länger seine Gefangene oder seine Marionette; sie begegneten sich in gegenseitiger Hochachtung. »Wo ist die Lady Niolente?« fragte sie.

Seine Antwort prickelte in ihr: »An einem anderen Ort, wo sie uns bei unseren Kollegen vertritt.« Er hob unmerklich die Braue, schelmisch.

Sie zwang sich, die Hände zurückzuziehen, und sagte: »Ja, natürlich müßt ihr Selenarchen so wachsam und handlungsbereit sein wie wir. Warum dann habt Ihr mich hierher eingeladen?« Sie fühlte sich außerstande hinzuzufügen, daß es wohl kaum zu Spaß und Spiel sein konnte, wenigstens nicht ausschließlich.

»Ich sagte es Euch, *amiga*. Fireball ist verständlicherweise zornig auf uns, obwohl wir einander in den bevorstehenden schwierigen Zeiten als Verbündete brauchen. Meine Hoffnung ist, daß Ihr uns gegenüber freundlicher gesonnen zurückkehren und Lord Guthrie in dieser Richtung beeinflussen werdet. Ich stehe auf Abruf bereit, aber im Augenblick werde ich nicht tatsächlich gebraucht, und dies ist ein Dienst, den ich meiner Rasse erweisen kann.« Der Tonfall wurde ernsthaft. »Und mir desgleichen. Ich würde gerne Euer Wohlwollen zurückgewinnen.«

»Ich werde . . . zuhören.«

»Und zusehen. Kommt, ich bitte Euch.« Er bot ihr seinen Arm. Ihrer schob sich beinahe unwillkürlich darunter. Seine Fingerspitzen berührten ihre Hand. Es war lächerlich, was für eine Lust die sanfte Berührung in ihr aufsteigen ließ. »Ich wünschte, Ihr wärt früher angekommen, auf daß wir Muße für Plaudereien und Freundlichkeit gehabt hätten, bevor das geschieht, was geschehen muß, aber um der Wahrheit die Ehre zu geben, ich war bis zu dieser Stunde zu sehr beschäftigt.«

Sie schritten zwischen gläsernen Säulen auf einen Torbogen zu, der in einen Korridor führte. *Bevor das geschieht, was geschehen muß.* Das Frösteln schlug Kyra auf die Lenden. »Was meint Ihr damit?« rief sie aus. »Krieg?«

Er nickte. Die bleichen Locken streiften an seinen Wangenknochen vorbei. »Die Avantistische Synode hat eine chiffrierte Botschaft nach Port Bowen abgestrahlt. Wenn Fireball sich nicht binnen vierundzwanzig Stunden einverstanden erklärt, der Regierung Hilfe zu leisten, werden seine Leute in Nordamerika zu kriminellen Verschwörern erklärt, die dem Kriegsrecht und einem Schnellgerichtsverfahren unterliegen. Man wird mit den ersten Verhandlungen beginnen, sobald das Ultimatum ausläuft.«

»Nein, das ist *loco*! Es muß ein Bluff sein!«

»Ihr könnt doch nicht glauben, daß Lord Guthrie das Risiko eingeht, daß es keiner ist. Mich deucht, die Synode erwartet, daß er entweder nachgibt und damit den Prozeß der vollständigen Kapitulation Fireballs einleitet oder aber etwas Übereiltes tut, das globale Sanktionen gegen die Firma auslöst. Sie haben ihn und seine Fähigkeiten sehr falsch eingeschätzt. Da sie so sind, wie sie sind, war das wahrscheinlich. Seine Macht ist versammelt. Er wird zuschlagen, sobald alle Daten vorliegen.«

Dies war ein weiterer Illusionskorridor. Der Boden war wie

ein dahinströmender Fluß, die Wände voller hoch auflodernder Flammen, die Decke wie ein Nachthimmel, in dem Sterne herabfielen und wie Meteore in völliger Stille ausbrannten. »Ihr verfügt über eine Menge vertraulicher Informationen«, sagte Kyra verzweifelt. »Habt Ihr seinen persönlichen Stab unterwandert?«

Rinndalir lächelte durch das Licht, das über sein Gesicht zuckte. »Das könnte schwierig sein. Aber wir haben unsere Überwachungsgeräte an vielen günstigen Stellen plaziert, wie Ihr noch entdecken werdet, und aus dem, was sie uns berichten, ziehen wir unsere Schlüsse. Seid nicht erschrocken. Freut Euch. Euer Gemeinwesen eilt seinen Kindern zu Hilfe.«

Der Tonfall war sanft, aber es war ein Hornsignal darin. Kyra spürte, wir ihre Haarwurzeln sich aufstellten. Warum bloß diese Zweifel und Ängste? Ihre Seite hatte alles getan, was menschenmöglich war, ohne den Treueid zu brechen, um einen Frieden zu erreichen. Der Gegner hatte sich anders entschieden. Jetzt blieb ihr nur noch, Fireball anzufeuern und dann zu helfen, die Luken gegen den Sturm dichtzumachen, der folgen würde.

Gewiß, dieser Mann an ihrer Seite hatte viel dazu beigetragen, die Schlacht herbeizuführen. Hätte er nicht Guthries erste Mitteilung manipuliert, würden die Chaoten wahrscheinlich immer noch stillhalten. Wenn sie nicht mit dem Rücken zur Wand gestanden hätten, wären die Avantisten wahrscheinlich zu dem Schluß gekommen, daß es am besten sei, eine akzeptable Vereinbarung zu treffen und sogar in gewissem Maße Wiedergutmachung für ihre Missetaten zu leisten.

Wirklich?

Als hätten seine Faunohren ihre Gedanken gehört, sagte Rinndalir: »Ja, wir von Luna haben das Schicksal ein wenig beschleunigt. War das nicht recht? Euer Feind benötigt mehr als eine Züchtigung. Er muß vernichtet werden, genau wie eine Zelle, die entartet ist, bevor sie ihre Metastasen ausstreut. Am heutigen Tag beweist die Freiheit, daß sie nicht nur einfach süß, sondern auch mächtig ist. Die Schläge, die sie austeilt, werden allen Menschen überall jetzt und in aller Zukunft zugute kommen.«

Ihre Gedanken machten wilde Sprünge. Vielleicht hatte er recht! Auch sie hatte die Zukunft als erstickend empfunden. Zweifellos würde der Avantismus verrotten, wenn man ihn in Ruhe ließe. Wie lange aber würde das dauern, und in was für einem Zustand würde er ihr armes Land zurücklassen? Und die anderen Länder, die unfrei waren? Konnten Leben, die im Namen der Ordnung oder der sozialen Gerechtigkeit, oder wie immer man das nannte, computerisiert worden waren, mit plötzlicher Frische aufblicken? Konnte sich eine Idee mit dem Wind verbreiten, die Idee, daß Regierungen und Maschinen von Menschen benutzte Werkzeuge sein sollten, nicht Selbstzweck?

Hoch alle Lunatiker!

Der Weg führte in die Pagode. Um Mitternacht leuchtete sie dank der niedrig im Nordosten stehenden Erde von innen heraus, ein gestaltloses Blau, das durch den Diamanten diffundierte und wie Sterne an den Facetten glänzte, die sich veränderten, wenn man sich bewegte, bis es allmählich in das Weltraumdunkel auf der anderen Seite überging. Händels Wassermusik drang klar und kühl durch die Luft, die wie Rosen nach einem Regen duftete. Diese plötzliche heitere Ruhe war so überraschend wie ein unerwarteter Kuß.

Eine Couch war an den Tisch gerückt worden, auf dem Wein, Kelche und ein kleiner Imbiß standen. Dahinter befand sich ein riesiger Multi. Rinndalir führte sie zu der Sitzgelegenheit und ließ sich neben ihr nieder. »Erinnerungen«, flüsterte er.

Nein, verdammt, sie durfte nicht zulassen, daß er sie verführte, jedenfalls noch nicht. »Ihr erwähntet, daß Ihr eine große Zahl von Überwachungsgeräten draußen habt«, sagte sie. Ihre Sachlichkeit war eine Beleidigung für diese Umgebung, auch wenn er keinen Anstoß daran zu nehmen schien. »Ich vermute, Ihr habt vor, Daten von ihnen zu empfangen?«

»Sehr richtig. Wir Lunarier verfügen über keine sehr leistungsfähigen eigenen Raumfahrzeuge und unterhalten auch keine Robotflotte, nur ein paar Schiffe für Spezialzwecke. Ansonsten verlassen wir uns auf Fireball.« Vielleicht rezitierte er dieses Allgemeinwissen, weil er das Gefühl hatte, sie könnte ein beruhigendes Geräusch gebrauchen. »Indes haben wir weit mehr Miniatursonden mit Fähigkeiten zur Beobachtung hergestellt, als wir bisher zugegeben haben, und wir haben sie neu gestartet und sie darauf programmiert, alles zu verfolgen, was an den ihnen zugewiesenen Beobachtungsstandorten vor sich geht.« Er nahm eine Fernbedienung vom Tisch und knipste sie an. Ein Bild, zweifellos aus einer Datenbank abgerufen, erwachte in dem Zylinder, eine dünne metallene Form mit einem Instrumentenausleger am Bug und einem Linearbeschleunigungsantrieb am Heck. Sie erkannte den generellen Typ, wenn auch nicht dieses spezielle Modell, und schätzte, daß es etwa drei Meter lang war, plus dem Massenbeschleuniger. Höchstwahrscheinlich wurde es nicht mit einer ersten Stufe gestartet, sondern mit einem Katapult, was auf Luna leicht zu bewerkstelligen war, und von durch die Sonne wiederaufladbaren Molekular-Akkumulatoren angetrieben – hoher spezifischer Impuls, deshalb geringes Massenverhältnis. Keine großartige Beschleunigung zwischen den Wiederaufladungen, aber flink und wendig. Einfach in den Grundzügen, in Mengen herstellbar von einer vollautomatischen Fabrik, die sich irgendwo im Bauch des Mondes befand.

»Ich glaube wohl, daß Fireball einiges davon bemerkt hat; die meisten jedoch nicht, denke ich«, fuhr Rinndalir fort. »Wir haben keine Proteste erhalten. Für uns ist es ein natürlicher Akt und für sie keine Bedrohung. Wir haben auch Miniaturflieger mit eigenen Observatorien in die Nähe interessanter Örtlichkeiten auf der Erde entsandt. Sie senden mit sehr geringer, für die große Schüssel im Kopernikus jedoch ausreichender Energie und mit adäquater Bandbreite. Sie befinden sich jetzt in der Luft. Mag sein, daß die Avantisten ein paar davon abschießen, aber ich nehme an, die Mehrzahl wird uns etwas zeigen.«

Er goß die Kelche voll, ein Gurgeln, das zu der Musik paßte. »Möchtet Ihr noch einmal einen Trinkspruch ausbringen?« fragte er.

Erinnerungen, o Gott, ja. »Auf den Sieg, einen sauberen Sieg«, sagte Kyra. Der Wein salbte ihre Zunge und vibrierte in ihrem Blutkreislauf.

Er nippte, hob sein Glas erneut und sagte seinerseits: »Auf das Chaos.«

»Was? Meint Ihr diesmal die Kaos, die Chaoten? *Bueno*, ja, alles Gute für sie.« Sie stieß mit ihm an.

»Nein, ich meine das Chaos«, erklärte er ihr, »den Befreier, der das Alte auslöscht und das Neue hervorbringt.«

Sie hielt mit dem Kelch vor ihren Lippen inne. »Chaos im wissenschaftlichen Sinne?« fragte sie unbehaglich: das ewig Unvorhersehbare.

»Wenn Ihr so wollt, obwohl ich dann meinen bildlichen Ausdruck weniger von der Mathematik und der Mechanik als vielmehr vom Quantenherz der Dinge ableiten würde. Kommt, wollt Ihr darauf nicht mir mir trinken?«

Kyra fragte sich, warum sie zurückgeschreckt war. Er ehrte schließlich nichts Böses, oder? Eine von seinen Schrullen. Sie nahm einen tieferen Schluck, als sie vorgehabt hatte. »Laßt uns sehen, was geschieht«, sagte Rinndalir. Das Glas in der rechten Hand, bediente er die Fernsteuerung mit der linken. Das Bild in dem Zylinder flackerte und verschwand. Dafür erschien der Bogen der Erdkrümmung, von der vielfältigen Schichtung der Luft gemalt, jede Wolke eine Volute der Keuschheit über dem Türkis, eine Schönheit, die Kyra so tief durchbohrte wie damals, als sie sie zum erstenmal erblickt hatte. Quer über die Dunkelheit ringsum glitt Sonnenlicht über die Flanken zweier Raumschiffe: ein dickbäuchiger Frachter der Argosy-Klasse, der die Falken-Fackel, die mit ihm Schritt hielt, winzig klein erscheinen ließ. Aus der Ferne durch die Optiken einer lunarischen Beobachtungssonde gesehen, zeigten sie nur durch die Schimmer der Elmsfeuer am Heck, daß sie unter Antrieb dahinrasten.

»A-a-arr-rr-rr«, machte Rinndalir tief in der Kehle. »Der erste Angriff. Wir kommen gerade noch rechtzeitig.« Erschauernd beugte er sich vor.

Guthries Stimme ertönte in Kyras Kopf. »Das Weltall gehört uns«, hatte er sie erinnert. »Wir könnten ein paar große Felsbrocken in einen Kollisionsorbit lenken oder sie vom Mond aus abschießen. Die Drohung der Lunarier, das zu tun, war ein wichtiger Faktor bei der Erringung ihrer Unabhängigkeit, wie Sie sich vielleicht erinnern werden. Aber wenn die Geschosse nicht aerodynamisch geformt und außerdem präzise gezielt sind, haben wir keine anständige Kontrolle darüber. Wir würden öfter ein Loch auf freiem Feld oder in einer Stadt voller unschuldiger Menschen graben als an unserem Ziel. Ich nehme an, wir werden nicht genug Zeit für die notwendige Arbeit haben. Wenn wir kämpfen müssen, werden wir statt dessen ein oder zwei Schiffe opfern, die mit Felsbrocken vollgestopft sind und selbstgesteuert im Sturzflug runtergehen.«

Es hatte sie geschaudert. Zuerst mußte diese Automatik auf Selbstmord umprogrammiert werden.

Aber es war nicht so wie das Umprogrammieren eines gefangenen Guthrie. Oder? Maschinen hatten nicht wirklich ein Bewußtsein oder einen freien Willen oder den Wunsch zu leben. Oder etwa doch?

In diesem Moment – *Los, nichts wie drauf!*

Der Frachter und die Fackel wichen voneinander zurück, erd- und raumwärts. Rinndalir fingerte an seiner Fernsteuerung herum. Irgendwo stellte ein Computer seine Berechnungen an und übertrug die Ergebnisse in den Zylinder des Multi. Für Kyra war es ein elegantes Alphabet, das sie nicht lesen konnte. Das Orchester hatte mit der Feuerwerksmusik begonnen.

»Ziel Kennedy-Basis«, jubelte Rinndalir. »Das hatte ich erwartet. Wir haben mehr als eine Beobachtungssonde in dieser Gegend. Wenn noch welche davon funktionstüchtig sind –«

Eine Gebirgslandschaft stand vor ihnen, graublaue, schneegesprenkelte Gipfel vor einem sonnenbeschienenen tiefen Himmel, im Vordergrund Kiefernwald, als vorüberjagende Baumwipfel gesehen, in der Mitte ein Landefeld, eine Radarkuppel, ein Funkturm, eine Gebäudegruppe, Fahrzeuge, die hin- und hereilten. Unter der Erde, so wußte Kyra, lag gepanzert und durch Strebepfeiler gestützt die Kommandozentrale der nationalen Miliz.

Sie sahen nicht, wie das Schiff auftraf. Es kam zu schnell. Entgegen der Erdumlaufbahn, von der Schwerkraft der Erde eingeholt wie an einer Angelschnur, entwickelte es eine Sprengkraft, die ungefähr zweihundert Kilotonnen entsprach. Obwohl er für die Übertragung abgedämpft wurde, blendete der Lichtblitz Kyra trotzdem wie ein ungeschützter Blick direkt in die Sonne. Er zerriß vor ihren Augen in Fetzen, und sie erspähte flüchtig eine Szenerie, die schwankte und wirbelte, als gewaltige Winde den Flieger herumwarfen. Eine Kugel aus Glut kochte darüber, breitete sich aus, verschwand in der Pilzwolke aus Rauch und Staub, die hinter ihr herstieg, um den Himmel zu schänden. Als ihre Sicht wieder klar wurde, machte sie einen weiten Krater mit niedrigen Wällen aus, in dessen Zentrum ein offener Mund gähnte, wo die von Menschen geschaffenen Höhlen gespalten lagen.

Die Musik war ausgelassen und übermütig.

»Ja-a-ah«, flüsterte Rinndalir. Ein Mensch in dieser Stimmung hätte es geschrien. »Schönheit, Schönheit.«

Die Freude wich von ihr, dorthin, wo auch die Leben dort drüben hingeschleudert worden waren. »Nein, *por favor,* nein«, flehte sie. »Ich habe Missionen geflogen, damit so etwas aufhört.«

Die Nüchternheit kam augenblicklich. Er stellte sein Glas ab und legte eine Hand über ihre. »Ich bitte um Vergebung. Das Schauspiel war erhaben, aber, gewiß, der Verlust an Menschenleben ist beklagenswert. Vergeßt jedoch nicht, vergeßt nicht, meine Liebe, daß auch dies unabwendbar war.«

»Mußten wir – mußte Guthrie – das tun? Ich meine, eine Demonstration in einem Gebiet, wo niemand –«

»Ich fürchte nein. Was demonstriert werden muß, ist nicht allein die Macht, sondern auch der Wille, sie zu benutzen. Der Schock des Tatsächlichen zerschmettert den Geist und bringt den Widerstand zu einem raschen Ende. Andernfalls mag der Konflikt Tage oder Wochen weiterschwelen und es zu keiner endgültigen Entscheidung kommen. Was würde in der Zwischenzeit aus Euren *consortes* hier werden? Und die Rebellen, die Euch vertrauen, auch sie würden nicht überleben. Erinnert Ihr Euch, wie der Zweite Weltkrieg beendet wurde?«

»Was?«

»Japan war belagert. Dennoch war es nicht bereit, war nicht

imstande, nachzugeben. Blockade und Hungersnot hätten es innerhalb von ein paar Jahren in die Knie zwingen können, eine Invasion in vielleicht nur einem, aber die Zahl der Toten wäre in die Millionen gegangen und das Land verwüstet gewesen, sein Erbe so vergessen wie Kreta und Babylon und Mohenjo-Daro. Mehr noch, das Sowjetreich wäre einer der Mitbesetzer gewesen. Wenn Ihr von Korea und Vietnam wißt, mögt Ihr darüber nachdenken, was das bedeutet hätte. Zwei Atombomben beugten all dem vor.«

Trost strömte durch den leichten Druck seines Griffs in sie ein, bis er ihn ihr wieder entzog, indem er nachdenklich sagte: »Ich erwarte euren zweiten Schlag in Kürze«, während er begann, die Sendungen von der Erde zu durchforsten.

Sie riß sich von ihm los. »Nein! Nicht nach dem, was geschehen ist!«

Er sah sie an. »Ja, wenn Guthrie der Realist ist, der er zu sein behauptet. Er muß sein Arsenal kundtun – ganz besonders gegenüber der Weltföderation und ihren bewaffneten Vollstreckern. Am heutigen Tag beginnen viele Dinge unterzugehen. Niemand vermag im voraus zu wissen, welche es sein werden, oder wo er in den Trümmern stehen wird, aber seid sicher, Kyra Davis, daß niemand standhalten kann, es sei denn durch seine eigene Stärke.« Sie starrte sein maskenhaftes Gesicht an, das langsam zu lächeln begann. »Das könnt Ihr nicht so meinen«, flüsterte sie. »Das dürft Ihr nicht. Dieser – Sieg? – wird es nicht wert sein. Nichts könnte das wert sein.«

»Oh, aber es ist selbst der Endzweck, zu dem der Sieg nur ein Mittel und von geringer Bedeutung ist«, frohlockte er. »Was immer geschieht, die Ordnung der Dinge, die vorgeherrscht hat, ist zerbrochen. Grämt Euch nicht. Für unsere Art – Eure, meine, alle, die nun dazu befreit sind, geboren zu werden – hielt sie nichts außer einem schimpflichen Geschick bereit. Wieder ist das Chaos losgelassen und das Morgen freigesetzt.«

»Ihr . . . Ihr wolltet einen Krieg?«

»Sagt lieber, daß das das Werkzeug war, das sich gerade anbot.«

»Ihr habt ihn eingefädelt. Guthries Sendung. Und ... das Ultimatum der Avantisten, war das auch Euer Werk?«

Er lachte. »Liebste, Ihr schmeichelt unserer Klugheit und unseren Fähigkeiten ungemein. Danke.« Seine Aufmerksamkeit richtete sich auf den Multi. »*Hai*, aber hier ist die Hoffnung.«

Szenen waren vorübergeflackert: das Nordwestliche Integrat, das sich um seine Gewässer herum ausbreitete, ein Lastwagenkonvoi auf einer Prärieautobahn, ein Fliegergeschwader, Tausende von schreienden Menschen dicht an dicht gedrängt auf der Exploration Plaza, ein Feuer, das auf dem Novarummel wütete ... Rinndalir schaltete zurück auf das vorletzte Bild und ließ es stehen.

Für einen Augenblick sah Kyra nur völliges Durcheinander, einen aufgescheuchten Ameisenhügel, der brannte. Dann errangen ihre Pilotenfähigkeiten die Oberhand, und das Muster trat für sie hervor, einen irrsinnigen Sinn ergebend. Die Beobachtungssonde schwebte hoch droben und schaute hinab auf eine weite Fläche aus gelbbraunen Hügeln, wo immergrüne Eichen und Eukalyptus in verstreuten Gehölzen standen. In der Ferne schimmerte Wasser, und dahinter erhoben sich sägezahnartig Gebäude. Sie erkannte die Haupt-Biooase im San-Franzisco-Bay-Integrat.

Explosionen hatten die Hänge zernarbt. Parkwartungsroboter huschten lächerlich umher, um aufflackernde Brände im trockenen Gras zu löschen, während Panzerwagen vorrückten, behelmte Männer geduckt im Zickzack vorgingen, Flieger darüber hinwegsummten und Geschütze spuckten. Die Männer kämpften sich zu einem baumbestandenen Kamm hinauf. Rinndalir vergrößerte das Bild, und Kyra erkannte hastig gegrabene Feldschanzen, Schutzlöcher, Schnellfeuerposten. Dort kümmerten sich andere Männer um einen Tieflader, auf dem ein Generator und etwas, das sie für ein Lasergeschütz hielt, standen: unzureichende Verteidigung gegen Angriffe von oben.

»Die Überreste einer umfangreichen Streitmacht der Chaoten«, folgerte Rinndalir. »Die Miliz hat sie in der Falle, aber sie halten noch eine Weile aus, vielleicht in der Hoffnung, daß Entsatz auf dem Luftweg erfolgt.« Er wedelte mit dem Finger. »Vor einigen Tagzyklen wäre das vielleicht noch eine Möglichkeit gewesen, denn die Chaoten hatten ein paar Luftlandeeinheiten, aber sie wurden inzwischen abgeschossen.«

Für Kyra war es ein Alptraum, eine Vergangenheit, die sie aus Büchern und Dramen kannte und die sie für ein für allemal tot gehalten hatte. Leichen und Verwundete, obszön unter der Sonne – Mit dem entsprechenden, von Profis bedienten militärischen Gerät konnte die Friedensbehörde es in weniger als einer Stunde beenden. Statt dessen rackerten und starben diese armen, schlecht ausgerüsteten, schlecht ausgebildeten Milizeinheiten – Hilfstruppen der zivilen und der politischen Polizei – in einem Kampf mit ihren Mitbürgern, die sogar noch weniger aufzubieten hatten. Aber die Avantisten wollten keine internationale Intervention. Sie hätte unangenehm viel ans Licht gebracht.

Rinndalir strich sich übers Kinn. »Das wäre eine angemessen spektakuläre Rettungsaktion«, sagte er. »Es wird nicht unbedingt hier passieren. Vielleicht werden wir uns eine Aufzeichnung von anderswo ansehen müssen – *Hai-ah!*«

Das Fackelschiff senkte sich herab. Innerhalb der Atmosphäre war sein Antriebsstrahl eine mit blau gesäumte Flammenzunge, rot, wo sie über die Erde leckte. Kyra kannte sein Röhren, die Hitze, die von ihm ausging, und den Blitzgeruch von Luft, durch die sich tödliche Strahlung bohrte. Metall schmolz, Fleisch explodierte als Ruß von kalzinierten Skeletten, der Boden bebte und schwärzte sich, Flammen sprangen in einem Ring auf, der sich immer mehr erweiterte.

Seitendüsen zündeten. Das Fackelschiff neigte sich, richtete sich wieder auf, sprang von Punkt zu Punkt, während es Sensenschwünge über die Männer der Union beschrieb.

Rinndalir sang in seiner eigenen Sprache. Ekstase hatte ihn überkommen. Die Miliz brach auseinander, lief, stolperte, fiel, schrie Bitten um Gnade, die Kyra nicht hören konnte. Die Musik spielte weiter.

Das Fackelschiff stieg wieder auf. Nichts als Verheerung blieb zurück, und Rebellen auf dem Kamm, die einer nach dem anderen hervorgekrochen kamen – betäubt, entsetzt von ihrer Rettung? In einer Weile würden sie jubeln. Vielleicht.

Kyra nahm an, daß das Raumschiff eigentlich nicht viele ihrer Feinde getötet hatte. Dazu bestand keine Veranlassung. Eine Demonstration von Macht und der Entschlossenheit, sie zu benutzen, das genügte. Ja. Sie fragte sich, wer der Pilot sein mochte. Namen, Gesichter wirbelten ihr durch den Kopf. Wollte sie es wirklich wissen? Vielleicht blieb es besser ein Geheimnis. Aber dann würde sie es sich bei jedem einzelnen fragen müssen.

Rinndalir wandte sich ihr zu. »*Consummatum est.*« Seine Stimme bebte. »Danach kommt sicher nichts mehr. Wer würde noch wagen weiterzukämpfen? Ihr habt auf einen sauberen Sieg getrunken, Kyra. Ihr habt ihn, so sauber wie nur je einer in der Geschichte. Wohlan, trinkt erneut!«

Sie saß unbeweglich da. Auf dem Multi brannte die Hügelflanke.

Er ließ das Glas, das er gehoben hatte, wieder sinken. »Gewiß«, sagte er ruhig, »daß Ihr Zeuge wart, hat auch seine beunruhigenden Seiten. Glaubt bitte nicht, daß mir der Anblick von Tod und Leid Vergnügen bereitet hat. Und doch sind sie Teile des Lebens, Kyra. Hier haben sie einem würdigen Zweck gedient.« Sein Tonfall wurde lebhafter. »Und es *war* ein prächtiges Schauspiel.«

»Ja, Euch würde es wohl gefallen«, erwiderte sie.

Er versteifte sich ein wenig. »Trauert Ihr? Empfindet Ihr Schuld, daß Ihr daran teilhattet? Werdet Ihr Fireball deswegen verurteilen und Eure Loyalität aufkündigen?«

»Nein. O nein.« Ihre Worte mischten sich stumpf in die Musik. »Ich muß ... nur erst damit fertig werden. Und mit mir selbst.«

»Ich verstehe.« Er lächelte. »Oder vielleicht auch nicht. Wir sind von unterschiedlicher Natur, Ihr und ich. Nun, ich bat Euch hierher in der Hoffnung, wir könnten vielleicht etwas mehr darüber in Erfahrung bringen« – er legte einen Arm auf die Rückenlehne der Couch – »und gemeinsam feiern.«

Seine Haut gab einen seltsamen Duft ab, nicht ganz

moschusartig. Wärme erblühte in ihr. Sie verebbte wieder. Kyra stand auf. »Nein«, sagte sie, »*gracias*, aber ich möchte nach Hause. Sofort.« Zuerst nach Tychopolis, das war unvermeidlich als Zwischenstation auf dem Weg zu dem Haus am Ilmensee. Oder zur Toronto-Enklave? Dort mochte sie am ehesten herausfinden, was aus Bob Lee geworden war, und ihm, wenn er noch lebte, zur Freiheit verhelfen.

39

Wartungstechniker koppelten das Gehäuse von den elektronischen und photonischen Geräten ab, die sein Programm kontrolliert hatten, und trugen es hinüber in Guthries Privatbüro. Sie stellten es auf den Schreibtisch und gingen hinaus. Eine Weile stand es allein da. Augenstiele schwangen umher; ihr Blick wanderte über den Steinboden, die lautlos arbeitenden Geräte, die Sichtkuppel voller Mondlandschaft und Sterne und der abnehmenden Erde. Das hier hatte man erst gebaut, nachdem Guthrie von Alpha Centauri heimgekehrt war. Die Linsen verharrten auf einem Bild, einer alten Photographie, die wieder und wieder kopiert worden war, als die Jahrzehnte sie verblassen ließen: Juliana und ihre Kinder, als sie jung waren.

Die Tür glitt beiseite, um eine Gestalt einzulassen, die einem Ritter in einer Rüstung nicht unähnlich war. Sie schritt zum Schreibtisch und baute sich davor auf. Bis die Tür sich schloß, war der einzige Laut das Rauschen der Lüftung, die keiner der beiden hier brauchte. »*Saludos*«, grollte der Guthrie in dem Roboter.

»Meinst du das wirklich ernst?« spottete der Guthrie in dem Kästchen.

»Wahrscheinlich nicht.« Der Roboter zögerte, bevor er fortfuhr, während die Boshaftigkeit schwand: »Oder – ich weiß es nicht. Du hast eine Menge Leid verursacht, aber in gewisser Weise bist du ich.«

Die andere Stimme blieb spöttisch. »Tja, ich wünsche dir Glück. Warum auch nicht, in Anbetracht dessen, wer du bist? Im Augenblick kannst du alles Glück der Welt gebrauchen.«

Der Roboter legte eine Hand über den unteren Teil des Türmchens, wie ein Mann, der sein Kinn in die hohle Hand schmiegt, während er nachdenkt. »Wie hast du dich gefühlt?« fragte er.

»Blöde Frage. Genauso, wie du dich gefühlt hättest. Halb froh, halb bedauernd, daß ein Gespenst nicht vor hilfloser Wut kochen kann. Es hat mir immerhin einen Teil der Zeit vertrieben, mir neue Fluchworte für die Situation auszudenken.«

»Hat es dir nicht geholfen, daß du angeschlossen warst?« Zwar war keine *quivira*-Apparatur verfügbar gewesen, aber der gefangene Guthrie hatte vollständigen Multiceiver- und Datenbankzugang gehabt, einschließlich der Möglichkeit, sich pulsen zu lassen, wenn er sich betrunken fühlen wollte.

Seine Stimme wurde heiterer. »Einige Programme, ja. Vor allem Klassiker. Wann hast du dir zuletzt die *Faust*-Oper aus Helsinki angesehen und in deiner Vorstellung nach Olga Wald gelechzt? Inzwischen muß sie schon ziemlich alt sein, wenn sie überhaupt noch lebt. Ein paar neuere Sachen waren auch gut, Sachen, die komponiert worden sind, nachdem du mich abgeschaltet und versteckt hattest.«

»Ich glaube, ich weiß, welche du meinst. Und dann die Nachrichtensendungen.«

»Damit habe ich mich während der letzten drei oder vier Tagzyklen nicht mehr abgegeben.«

»Was?« Die Linsen des Roboters starrten in die des Kästchens, als versuchten sie, etwas hinter ihrem Glitzern zu entdecken. »*Ich* hätte das bestimmt getan.«

»Nein, hättest du nicht. Nicht, wenn es nichts mehr mit dem zu tun hätte, was *du* jemals tun würdest. Du würdest dich für Sachen entscheiden, die dir die Chance gäben, wenigstens für kurze Zeit dir selbst zu entkommen. Denk darüber nach.«

Der Roboter richtete sich auf, starrte hinaus auf die Sterne und sagte bald darauf: »Wahrscheinlich.«

»Ach, ich bin schon irgendwie neugierig«, gab das Kästchen

zu. »Nicht genug, um Einzelheiten wissen zu wollen. Aber so ganz allgemein, was ist passiert?«

Der Roboter faltete die Hände hinter dem Rücken und begann auf und ab zu schreiten. »Die Avantisten sind draußen«, berichtete er. »Buchstäblich draußen. Als ihre Miliz und die meisten Sipo-Einheiten sich weigerten weiterzukämpfen, sind praktisch alle hochrangigen politisch-bürokratisch-doktrinären Bosse zusammen mit einer ganzen Reihe ihrer Handlanger verduftet. Einige halten sich in Hiroshima auf und bezeichnen sich als Nordamerikanische Exilregierung; außerdem ersuchen sie um Asyl. Derweil sitzt die Befreiungs*junta* in Futuro und bezeichnet sich als Übergangsregierung. Die Vollversammlung der Föderation streitet sich noch darum, ob sie sie anerkennen soll. Immerhin hat der Rat ihre Einladung an die Friedensbehörde angenommen, die Ordnung wiederherzustellen und in Mitleidenschaft gezogenen Gebieten Hilfe zu bringen. Alles in allem funktioniert das Land wieder.«

»Du rechnest mit der Anerkennung durch die Föderation?«

»Letztendlich. Auf jeden Fall nach einer Wahl. Die öffentliche Meinung überall auf der Welt scheint dafür zu sein.«

Die Stimme wurde angespannter. »Weißt du zufällig, was aus Enrique Sayre geworden ist?«

»Dem Sipo-Chef? Ja. Tot. Nach allem, was ich habe herausfinden können, ist er nicht entkommen, weil er Zeit mit dem Versuch verlor, sich mit einer weiteren Kopie von mir, die er versteckt gehalten hatte, aus dem Staube zu machen. Er muß irgendwelche wilden Vorstellungen über mögliche Vorteile gehabt haben, die sie ihm bringen könnte. Die Verfolger bekamen Wind davon und trieben ihn in die Enge. Am nächsten Tag dann ein Standgericht – oder, wenn du das vorziehst, ein Femegericht – und ein Erschießungskommando.«

Augenstiele hoben sich, legten sich an, hoben sich erneut. »Gut«, murmelte der Guthrie im Kästchen.

Der Roboter unterbrach sein Hinundherlaufen und blickte erstaunt. »Das sagst *du*?«

»Sicher«, knurrte seine Stimme. »Nach allem, was dieser Widerling mir angetan hat.«

»Aber du bist darauf programmiert –«

»An Xuans Offenbarung und die kommende Techno-Erlösung zu glauben.« Der Spott erstarb. Ruhig: »Ja. Das tue ich auch. Aber zugleich – Kaum hörbar: »Kannst nicht einmal du, der du ich bist, das verstehen?«

Der Roboter hob eine Hand, die nicht völlig ruhig war, ließ sie wieder sinken und stotterte: »Du, du wußtest, du wußtest es die ganze Zeit über, du wußtest, da es dir aufgezwungen war. In dich hineinprogrammiert.«

»Ja.« Die Antwort war wie Metall. »Und ich mußte für die Sache arbeiten. Ich *mußte* es. Würde es immer noch tun, wenn ich mehr als ein Ding in einem Kasten wäre. Ich würde dich vernichten.« Das Metall zersprang. »Ein Alptraum.«

Der Roboter schaute auf seine Hände hinunter. »Ich kann mir einen Alptraum vorstellen, in dem ich Juliana erwürge. Nicht mit diesen hier. Mit denen, die mir früher einmal gehört haben.«

»Du weißt es. Du kannst es aussprechen.«

»Nur vor dir. Vor mir. Hier, allein.«

Für Minuten, die keiner von ihnen zählte, verharrten sie reglos.

Der Guthrie in dem Kästchen brach schroff das Schweigen. »Was weißt du über die Lunarier?«

Der Roboter schreckte auf. »Was? . . . Warum?«

»Während ich auf dieses Treffen wartete, habe ich vielleicht mehr Zeit zum Nachdenken gehabt als du. Dieses Ultimatum der Avantisten an dich war so unglaublich dämlich. Nicht, daß Regierungen und Firmen nicht schon schlimmere Fehler gemacht hätten. Trotzdem –«

»Du meinst, die Lunarier hätten es gefälscht?« Der Roboter gewann seine Selbstbeherrschung zurück. »Natürlich ist mir der Gedanke auch gekommen. Als die Botschaft eintraf, habe ich sofort in Nordamerika rückgefragt, ob sie es ernst meinten. Sie antworteten mit ›Ja‹, und unsere Techniker vergewisserten sich, daß das aus ihrem Hauptquartier kam. Wir wußten damals und wissen heute keinen Weg, auf dem eine außenstehende Partei mit den Übertragungen herumgepfuscht haben könnte. Aber jetzt . . . streiten verschiedene Mitglieder der früheren Synode und mehrere andere große Tiere ab, irgend etwas davon gewußt zu haben.«

»Sie könnten sehr wohl lügen. Oder ich schätze, in einigen Fällen haben Ihre Kollegen sie nicht informiert, da sie wußten, sie würden versuchen, die Drohung zu verhindern oder zurückzuziehen. Du weißt mehr über die Lunarier als ich. Könnten sie es irgendwie ausgelöst haben?«

»Sie könnten insgeheim ihren Einfluß spielen gelassen haben«, sagte der Roboter. »Zwei oder drei Avantisten in Schlüsselpositionen – wahrscheinlich nicht in der Synode selbst, aber enge und vertraute Berater – könnten Maulwürfe im Sold der Selenarchen gewesen sein. Daneben, oder alternativ dazu, könnten einfachere Agenten an der Arbeit gewesen sein, Agenten in einer Position, um falsche Daten und Computerstörprogramme in die soziodynamischen Programme einzuschmuggeln, in die die Avantisten so großes Vertrauen setzten. Das könnte die Analyse, wie Fireball reagieren würde, zu einem falschen Ergebnis geführt haben. Mag sein. Kyra Davis hat mir Grund geliefert zu glauben, daß die lunarischen Lords dieses Ergebnis angestrebt haben, egal, ob sie nun faktisch etwas damit zu tun hatten, es tatsächlich auszulösen. Aber uns fehlen gesicherte Beweise, und ich hege den Verdacht, daß wir die auch nie haben werden.«

Das Kästchen erzeugte ein Seufzen. »Es spielt kaum noch eine Rolle. In jedem Fall brauchst du ihre Unterstützung. Fireball steckt tief im Dreck.«

»Fürchte ich auch. Gesetzesverletzungen globalen Ausmaßes. Wir konnten den Treueid nicht brechen –«

»Ich mußte es!« kreischte das Kästchen.

Der Roboter legte eine Hand darauf, beinahe zärtlich. »Ich weiß.« So stand er da, bis die Augenstiele aufhörten zu zittern. Dann trat er zurück und sagte: »Nichts wird je wieder so sein wie zuvor, das ist sicher. Und Rinndalir, der Lunarier, mit dem ich am meisten zu tun hatte, macht keinen Hehl daraus, daß er froh darüber ist. Ich glaube, er hofft, daß das gesamte System sich selbst in Stücke reißt.«

Der körperlose Guthrie hatte sich wieder beruhigt. »Von seinem Standpunkt aus gesehen, wenn ich seine Kultur nicht falsch einschätze, hat er recht, weißt du. Ebenso, darauf würde ich einen niedrigen Einsatz wetten, von deinem aus.«

»Was?«

»Hör zu. Es ist nicht nur der Glaube, den man mir aufgepfropft hat, der da spricht. Wenigstens nicht nur. Der Avantismus ist zerfallen, kein Zweifel, aber die Logik der Ereignisse ist so gültig wie immer. Die von Xuan vorhergesehene Transformation wird trotzdem eintreten – vielleicht jetzt sogar ein bißchen schneller – es sei denn, etwas absolut Radikales, eine Katastrophe, stößt das ganze Schachbrett um.«

»Das ist nicht ganz diese Art von Umwälzung«, argumentierte der Roboter. »Eigentlich erwarte ich – hoffe ich – daß alle während der nächsten paar Jahre leisetreten. Was geschehen ist, hat sie erschüttert. Mich auch.«

»Ob du es schaffen kannst leisezutreten, ist eine andere Frage. Wie lange beispielsweise kann Fireball halbwegs menschlich bleiben? Das wird fortwährend schwieriger und macht wirtschaftlich immer weniger Sinn, nicht wahr? Und bald, so habe ich gehört, wirst du es mit einer vollbewußten künstlichen Intelligenz zu tun haben.«

Der Roboter machte eine hackende Geste. »Damit beschäftige ich mich, wenn es soweit ist«, sagte er brüsk. Sanfter: »Ich kam heute hierher, in der ersten Wache, in der ich ein paar Stunden frei hatte, um dich – mich selbst – zu fragen, was wir mit dir machen sollen.«

Die Antwort erfolgte augenblicklich. »Mich terminieren.«

Der Roboter hob die Hände. »Nein, warte. Du bist zu gefährlich, um dich so zu erhalten, wie du bist, gewiß. Aber eine Reprogrammierung –«

»Beleidige unsere Intelligenz nicht«, gab der andere zurück. »Um herauszufinden, wie man mich reprogrammieren könnte, müßtest du eine Kopie nach der anderen von mir anfertigen und sie in der Hölle auseinanderbasteln, um damit herumzuexperimentieren. Aber wie dem auch sei, ich will es nicht. Selbst wenn es möglich wäre, mich zu ändern, würde ich es nicht wollen.«

»Warum?«

»Zu viel Blut.«

»Das klebt auch an meinen Händen«, flüsterte der Roboter. »Die genauen Zahlen sind noch nicht bekannt, aber Fireball hat mehrere hundert Menschen getötet und viele mehr verletzt.«

»Du mußt mit deinen leben«, sagte das Kästchen. Es bellte ein Lachen. »Leben!« In schnellen, tonlosen Worten: »Du hast deine Pflicht, gegenüber den Piloten, die das getan haben, und gegenüber allen anderen. Ich werde nicht gebraucht, unterliege keiner Verpflichtung. Und mein Handeln hat es verursacht.«

»Nicht dein Fehler.«

»Laß mich gehen!« brüllte Guthrie. »In Julianas Namen, laß mich gehen!«

Der Roboter brauchte kaum eine Minute für seine Entscheidung. Schließlich war das da er selbst. »Okay«, sagte er leise. »In ihrem Namen. Wann?«

»So bald wie möglich.«

»Möchtest du vorher noch irgend etwas?«

Plötzliche Weichheit antwortete. »Ja. Einen Gefallen. Einen Blick auf das letzte, was wir wirklich gemeinsam hatten, wir beide.«

Mehr mußte das Kästchen nicht sagen. Der Roboter hob es auf und trug es hinüber zu einer Stelle, von wo aus es, in seinen Händen gewiegt, zwischen den Sternen Alpha Centauri sah.

DRITTER TEIL

DEMETER

40

»Komm«, sagte Eiko, als Kyra dem Kummer Ausdruck zu verleihen begann, der sie erfüllte, »bevor wir darüber sprechen, laß uns an einen Ort gehen, wo Frieden ist.«

Hand in Hand verließen sie die Wohnung und wanderten die Korridore entlang. Menschen, die eine von ihnen oder beide erkannten, riefen Grußworte, die herzlich, aber nicht überschwenglich waren, und schienen es als selbstverständlich anzusehen, daß sie nicht stehenblieben, um zu plaudern. Andere gingen ihren Geschäften oder ihrem Vergnügen ebenfalls stiller nach als früher. Sie hatten auch nicht gejubelt, als Kyra und ihre Mitpiloten Holdens Männer zur Rückverschiffung nach Nordamerika geleitet hatten. Alle waren froh, sie abfliegen zu sehen, sie selbst eingeschlossen, aber auf eine nüchterne Weise. Und als sie allein nach L-5 zurückkehrte, stellte sie fest, daß das Schweigen sich vertieft hatte.

Und als er das siebte Siegel öffnete, trat eine Stille im Himmel ein, wohl eine halbe Stunde lang.

Der Fahrweg brachte das Paar zum Trevorrow-Reservat. Immer noch schweigend wanderten sie über die Wiesen. Eine Anzahl von Leuten hatten sich hier eingefunden, Paare und kleine Gruppen, aber niemand allein. Aus dem gleichen Grund, dachte Kyra. Himmel und Sonne, Wolken und Winde waren künstlich, die Weite einer Illusion, aber sie waren das einzige, was es gab, und die Blätter, die Blüten, die geflügelten Geschöpfe lebten wirklich.

Doch außer ihnen war niemand beim Baum. Vielleicht erweckte seine Größe Gefühle, die zu stark waren, um tröstlich zu sein. Kyra und Eiko kletterten zur dritten Plattform hinauf. Von dort aus führte ein Steg einen fast waagerechten Ast entlang. An seinem Ende befand sich eine weitere Plattform mit Sitzbänken unter zweien von den Geländern. Äste, die von den Seiten abzweigten, von unten heraufwuchsen oder von oben herabhingen, bildeten Vorhänge aus tiefgrünen Nadeln. Sie bewegten sich und raschelten im Wind. Flüchtige Augenblicke auf Masse und Höhe, Wachstum und strahlenden Glanz blitzten durch sie hindurch. Wärme buk einen harzigen Duft aus der Borke, die sich unter der Berührung so merkwürdig weich anfühlte. Eine Drossel flog vorbei.

Sie setzten sich einander gegenüber. Eikos Atem, den der Aufstieg hatte schneller gehen lassen, wurde wieder leicht. Sie begegnete Kyras Blick und lächelte wie eine Mutter, die ein Kind anlächelt, das sich weh getan hat. »Jetzt können wir reden«, sagte sie.

Kyra sah von ihr weg, in die Ferne. »*Gracias, querida*«, erwiderte sie tonlos. »Ich weiß aber nicht – ich habe es mich mehr und mehr gefragt, während wir kamen – was es nützen sollte, das Offensichtliche noch einmal durchzusprechen.«

»Auch das ist nicht umsonst. Wir sollten nicht nur wissen, was in unseren Herzen ist, wir sollten es mit anderen teilen. Und vielleicht, nur vielleicht, erwächst daraus eine Vision. Siehst du, ich habe auch nachgedacht. Es geht um Fireball und die Zukunft, richtig?«

»Natürlich. Du hast recht, ich muß es bei jemandem loswerden, und du –« Kyra sah wieder zu ihr hin und sprach schnell. »Was da zuletzt passiert ist, das war nicht die wirkliche Krise. Die baut sich auf wie eine Welle, und wenn sie über uns hereinbricht, dann weiß ich nicht, ob wir, ob Fireball, es überleben werden. Dein Vater versteht mehr von Politik als die meisten. Was erwartet er?«

»Er sagt, die Gegenbewegung gegen Fireball wird nach dem, was es getan hat, weiter an Macht gewinnen«, antwortete Eiko ruhig. »Guthrie-*san* hat gezeigt, was für eine Macht er ausüben kann, und sie ist entsetzlich. Furcht erzeugt Haß. Gefühle nähren sich aus sich selbst.«

»Aber wir mußten handeln!« rief Kyra. »Wir mußten! Oder etwa nicht?«

»Ihr seid euch selbst treu geblieben –«

»*Gracias*«, murmelte Kyra. »Das wollte ich hören.«

»– wie die Taira«, schloß Eiko.

Kyra blinzelte. »Hm?«

»Oder die Sioux oder die Konföderierten in der Vergangenheit eures Landes. Sie haben ihre Siege errungen. Aber am Ende wurden sie von ihren Feinden zerbrochen.« Eiko seufzte. »Und doch ist nichts unvergänglich. Wo sind die Minamoto jetzt?«

»Wir könnten kämpfen. Wir könnten uns die ganze Erde unterwerfen.« Kyras Stimme senkte sich. »Wir werden es nicht tun, das ist offensichtlich. Verdammt, *ich* würde es nicht tun. Ich könnte nicht so töten, nicht um des Teueids willen oder aus welchem Grund auch immer. So wie Guthrie es ausdrückt: ›Wir würden selbst eine gottverdammte Regierung werden müssen. Was hätte das für einen Sinn?‹«

»Er wird nicht zögern, seine wirtschaftliche Macht einzusetzen, stelle ich mir vor. Er kann verhandeln. Kompromisse schließen. Zeit gewinnen.«

Kyra nickte, sackte dann in sich zusammen, die Ellbogen auf den Knien, den Blick starr auf das Deck gerichtet. »O ja. Aber auf lange Sicht, wofür?«

»Ich verstehe.« Eiko saß eine Weile still im murmelnden Wind.

Dann beugte sie sich hinüber, klopfte ihrer Freundin auf die Schulter und sagte ruhig: »Mir sind einige Gedanken dazu durch den Kopf gegangen. Zweifellos sind sie nicht praktikabel, aber vielleicht möchtest du sie ja gerne hören.«

Kyra hob den Kopf. »Sprich weiter.«

»Die Föderation wird versuchen, Fireball und Luna unter ihre Kontrolle zu zwingen. Sie werden sich widersetzen. Wer die Oberhand behält, wagt mein Vater nicht vorauszusagen, aber er denkt, alles spricht dafür, daß es die Föderation ist, wenigstens in hohem Maße. Denn er glaubt – er hofft, so wie ich, und wie du es für uns zu bestätigen scheinst, daß Fireball sich jeder weiteren Gewaltanwendung, dieses letzten Mittels, enthalten wird.« Eiko hielt inne. »Aber selbst wenn es trotzdem frei bleibt und der Mond seine Souveränität behält – schließlich wollen sie beide vor allem die gewesene Ordnung der Dinge bewahren – ist diese Ordnung zum Untergang verurteilt. Schon jetzt hat Fireball durch das, was es getan hat, alles unwiderruflich verändert, einschließlich seiner selbst. Und die Zeit eilt weiter.«

Kyra nickte erneut. »Soziale Evolution. Die Evolution der Maschinen. Das ganze Universum mutiert unter uns weg.«

»Wir haben andere Universen.«

Kyras Augen weiteten sich. »Wie bitte?«

Eiko lachte ein bißchen. »Nicht buchstäblich, nehme ich an. Ich meine andere Welten.«

»Du meinst, wir sollten auswandern? Eiko, das müßtest du doch eigentlich besser wissen.«

»Ich habe die technischen Debatten so gut verfolgt, wie ich es vermochte. Es ist wahr, nicht viele könnten gehen. Aber es wären jene, die es wirklich wollen.«

»Gehen? Wohin denn, um MacCannons willen? Wo gibt es ein Land, von dem wir Besitz ergreifen könnten?«

Kahle Felsen, dachte Kyra, unfruchtbare Einöden, Krematoriumshitze, Grabeskälte, tödliche Strahlung, nicht atembare oder gar keine Luft – die Schönheit und Majestät Gottes, eine Fülle von Ressourcen, die die Erde davor bewahrt hatten, ausgeräubert und vergiftet zu werden, bis kein Leben mehr auf ihr möglich war, aber nirgends ein Ort für den Menschensohn, um sein Haupt niederzulegen oder die Menschentöchter ihres. Oh, man konnte noch eine Kolonie mehr auf dem Mars oder auf dem Mond oder Asteroiden errichten, man konnte noch ein weiteres O'Neill bauen, aber was sollte das fruchten? Man wäre nicht freier als zuvor. Man konnte zur Oortschen Wolke ziehen, ins Reich der äußersten Kometen, wo die Sonne bloß der hellste Stern ist, und es wäre doch nicht weit genug.

»Alpha Centauri. Der Planet, der Demeter genannt wird.«

Kyra war in erster Linie deswegen überrascht, weil Eiko so etwas sagte. »Haben die Menschen denn nicht endlich genug darüber phantasiert?« höhnte sie bitter. »Hoffnungslos!

Bewohnbar, ja, irgendwie, aber das Leben hat kaum damit begonnen, aus dem Meer hervorzukriechen, und mit unserer Art von Leben ist es sowieso nicht kompatibel. Was das Land betrifft, die steinigste Wüste auf der Erde ist im Vergleich dazu ein Paradiesgarten.«

»Deshalb könnten Pioniere guten Gewissens daraus machen, was sie möchten.«

»Die Reise – Du weißt, wie die technischen Probleme aussähen, die Kosten. Du bist schließlich nicht ungebildet. Oder hast du es vergessen? Eine Handvoll Siedler hinzuschicken, würde sogar Fireball bankrott machen.«

»Deshalb könnte die Gesellschaft, der sie entflohen sind, dieses Brennende Haus, sie nicht verfolgen.«

»Und wozu? In tausend Jahren, wumm! Das Ende.«

Vor Kyra wirbelten die Bilder, die sie auf Computerbildschirmen dargestellt gesehen hatte. Zwei Sonnen in einer Umlaufbahn umeinander – nein, es war noch komplizierter. Weit draußen kreiste Proxima, die Glutasche eines roten Zwergs, oft aufflackernd, aber schwach, ein eingefangener Wanderer, zu dunkel und weit entfernt, um eine Rolle zu spielen. Der Hauptstern war A, der ähnlich wie Sol, aber fast noch einmal halb so hell leuchtete. B verfügte über ungefähr ein Drittel dieser Leuchtkraft und einen einzelnen Planeten, der ihm geblieben war, nachdem sein Begleiter ihm Phaethon entrissen hatte. A hatte drei eigene, von denen die Demeter der äußerste war. Und die Demeter trug Leben.

Wie schrecklich rar die Welten waren, die das taten, selbst auf einer so primitiven Stufe wie auf der Demeter! Beim Mars war es für kurze Zeit einmal der Fall gewesen, bevor Kälte und Trockenheit eine Mumie aus ihm machten. Der centaurische Planet tat es später, als A in seinem Alterungsprozeß heißer wurde und Gletscher schmolzen, um Ozeane zu bilden. Aber wie kurz war auch dort die Spanne, bis der Tod seine Herrschaft zurückeroberte!

Bis zu einer Entfernung vom vielleicht Zweieinhalbfachen des Abstands der Erde von Sol konnte A Planeten sicher festhalten. Der Einflußbereich von B war kleiner. Anderswo zwischen den Sonnen befand sich die verbotene Zone, wo sie durch ihre Störungen jede Umlaufbahn chaotisch werden ließen und außer Asteroiden auf ziellosen und sich ständig ändernden Bahnen nichts existierte. In diese Region hatte Phaethon sich hineingeschoben – vor einer Milliarde Jahren? Danach ließ jeder Durchgang seine Bahn immer instabiler werden, bis er schließlich den Punkt erreichte, an dem A ihn von B fortriß und er den größeren Stern rückläufig in kometenartigen Ellipsen, die sich ständig veränderten, umlief. Diese schnitten die Bahn der Demeter an ebenso unbeständigen Knotenpunkten, was auch der Grund dafür war, warum die Menschen diesem Himmelskörper den gleichen Namen gegeben hatten, den auch ein Asteroid trug, der die Erdbahn kreuzte. Bei Alpha Centauri hatte der Name eine erheblich tiefere Bedeutung erlangt.

Es war unmöglich, die Position des Irrläufers auf mehr als fünf- oder zehntausend Jahre im voraus zu berechnen, aber das war auch unwichtig. In wenig mehr als einem Jahrtausend würde Phaethon mit der Demeter zusammenstoßen.

»Und die anderen Systeme mit Planeten mit Sauerstoffatmosphäre, von denen wir wissen, sind zu weit weg«, fuhr Kyra fort. »Stasisschläfer wären unwiderruflich tot, bevor irgendein Schiff, das wir bauen könnten, um sie zu transportieren, dort ankäme. Nicht, daß Alpha Centauri realistischerweise für irgend etwas anderes zu erreichen wäre als Roboter und Bewußtseinskopien. Aber angenommen, wir würden es irgendwie schaffen, was wäre dadurch gewonnen? Nein, wir sitzen da fest, wo wir sind.«

Sie hatte geglaubt, sie hätte sich mit dem Bild einer Wirklichkeit abgefunden, in dem das Leben zerbrechlich war, verschwindend selten, ein Zufall. Nun stellte sie fest, daß das keineswegs der Fall war.

Eiko zerschmetterte es für sie: »Tausend Jahre sind eine Menge Zeit zum Leben. Sie gehen weit über jede Frist hinaus, während der die Werte, die ihr hochhaltet, hier wahrscheinlich noch existieren werden. Unterdessen kann viel geschehen.«

»Sicher. Man kann alle Arten von Unsinn plappern.«

In Eikos Gesicht sah Kyra nicht Gekränktheit, sondern Mitgefühl. Sie bezähmte sich und sagte mit schwankender Stimme: »Es tut mir leid. Das war unnötig. Meine Bitterkeit hat aus mir gesprochen. Du ... du meinst es ernst, nicht wahr?«

Eiko lächelte erneut. »Teilweise. Jetzt, da niemand sonst zuhört, können wir frei mit Ideen spielen.«

»Hm – *bueno*, es war immer ein grandioser Tagtraum. In tausend Jahren könnte eine Kolonie sich etwas einfallen lassen. Aber Eiko, es ist eine so hoffnungslos riskante Angelegenheit.«

»Muß es deshalb lächerlich sein?« erwiderte die andere. Ihr Blick wanderte in das schwankende, wispernde, hell-ruhelose Grün. »Mir kamen einige Tagträume, als ich sehr oft hoch im Baum saß. Phantasien über die Evolution. Sie hat kein Ziel, sagen uns die Biologen, kein unvermeidliches Ende; sie passiert einfach, so blindlings und so wundervoll wie ein Regenbogen. Dennoch werden aus dem Schaum eines Urmeeres Kirschblüten, Tiger, Kinder, die den Regenbogen sehen und ihn bestaunen.«

Und es werden Morde, Krebs und Regierungen daraus, dachte Kyra. Aber zum Teufel damit. Laut: »Natürlich habe ich allerlei Schwärmereien über den Aufbruch der Menschheit zu den Sternen gehört. Wer hat das nicht? Jede davon scheitert an den praktischen Problemen.«

»Der Fisch, der sich zuerst an Land wagte, hatte beträchtliche praktische Probleme. Bitte, meine Liebe, laß mich fortfahren.«

»Sicher. Tut mir leid.«

»Ich habe mich gefragt –« Eiko streckte die Hand aus, um einen Zweig festzuhalten, der in ihrer Nähe flatterte. Sie preßte seine Nadeln gegen ihre Wange und ließ ihn wieder los. »Warum ist dies, der Baum, hier?« fragte sie. »Leben, Evolution – das Keimplasma, mit dem die Evolution arbeitet, strebt nicht aus eigenem Begehren dorthin, wo die Selektion es aussieben kann – das Leben hat nicht nur Menschen, sondern auch Gras und Bäume und Vögel ins Weltall geführt. Warum? Wie geschieht das? Liegt es nicht daran, daß wir Bedürfnisse in uns tragen, die wir erfüllen müssen und die so alt wie unsere Ahnenreihe sind? Ich denke, in ihrem innersten Wesen ist die Lebenskraft nicht progressiv. Sie ist überaus konservativ. Sie tut, was sie tun muß, um zu erhalten, was ist.«

Wider allen gesunden Menschenverstand marschierten plötzlich Geister durch Kyras Knochen und auswärts zu ihren Nervenenden. »In Wirklichkeit sind wir ins All geflogen, um das Leben auf der Erde zu retten«, flüsterte sie. »Und die Maßnahmen unten auf der Erde – die Erneuerungsbewegung war eine Verirrung, die Aufgabe wurde trotz der Fanatiker erfüllt . . . Die Pilgerväter wanderten nach Amerika aus, damit sie bleiben konnten, was sie waren. ›Unsere Rechte als Engländer.‹«

»Menschen sind primitive, unspezialisierte Tiere«, sagte Eiko. »Wir bewahren vieles, was andere verloren haben.«

»Aber das liegt doch daran, weil wir spezielle Eigenschaften entwickelt haben«, argumentiert Kyra. »Das aufrechte Gehen auf den Hinterbeinen, den kräftigen Greifdaumen, das große Gehirn.«

»Bei unseren Gesellschaften ist es ebenso«, entgegnete Eiko. »Um zu bewahren, was ist, paßt sich das Leben notgedrungen an und entwickelt sich weiter; und so verändert es das, was es ist. Aber der Verlauf jener Evolution wurde durch den Wunsch zu überdauern bestimmt.«

»Du denkst, daß auf Alpha Centauri –« Kyras Worte verloren sich.

Eiko spreizte die Hände. »Nur so ein Gedanke. Ich stimme dir zu, zweifellos ein verrückter.«

»Wenn du das wirklich glaubtest, *amiga*, hättest du ihn niemals ausgesprochen«, erklärte Kyra ihr.

Die Geister riefen in einer Sprache, die sie nicht kannte. Ihr Kopf war völlig leer. »Ich habe im Augenblick jederzeit Zugang zu Guthrie. Ich könnte ihm einen Floh ins Ohr setzen. Was schadet es? Und wer weiß, wer weiß?« fragte die Weltraumpilotin den Wind.

41

Die Erde war eine Sichel, fahl anzuschauen vor einem Sonnenlicht, das die meisten Sterne überstrahlte und die Ödlandschaft des Mondes durch seine Hitze versengte. Schatten lagen dunkel um Felsen und Pockennarben herum. Die Sichtkuppel über dem Büro dämpfte das alles zu einem Zwielicht herab, das so vage war wie die Erinnerung an einen Traum. Drei Gestalten standen darunter, ein Mensch, ein humanoider Roboter und eine rein funktionale Maschine.

Der letzte dieser drei enthielt den Guthrie, der hier regierte. Seine Optik ruhte auf dem Menschen. »Können wir das, Pierre?« grollte er. »Ich meine, wenn wir dabei den Bankrott riskieren?«

Aulard zog die Brauen hoch. Die Falten auf seiner Stirn wurden zu tiefen Furchen. »Ich soll Ihnen das sagen gleich?« erwiderte er.

»Nein, nein, natürlich können Sie das nicht ohne Ihre Zahlen und Computermodelle und Tests und maßstäblichen Vergrößerungen und noch mehr Tests und den dicken fetten Pfannekuchen, der kantapper, kantapper davongelaufen ist. Aber eine grundsätzliche Antwort, einfach so aus diesem sehr klugen Kopf heraus, den Sie immer noch in solchen Sachen haben – grundsätzlich also: ist die Idee eine Überprüfung wert?«

»Man 'at es oft genug wissenschaftlich untersucht.«

»Yeah, und für unmöglich teuer gefunden und deswegen nie weiterverfolgt. Und vergessen Sie heute mal die wirtschaftliche Seite. Können wir's, wenn wir einen Blankoscheck auf Fireballs Ressourcen ausstellen, wenn wir darauf beharren, es zu tun, können wir's?«

Aulard zuckte die Achseln. »Nicht ich bin es, der *loco* geworden ist in die Gefangenschaft, scheint mir.« Sein weißes Haupt wandte sich dem Humanoiden zu. »Vielleicht können Sie es ihm verständlich machen. Er 'at wohl zuviel mitgemacht. Sie erinnern sich bestimmt deutlicher. Erklären Sie ihm, wie sinnlos es ist.«

Die metallene Gestalt schwieg eine halbe Minute lang. Sie beherbergte die vor kurzem aus dem Tresorraum zum Mond gebrachte Reservekopie von Guthrie, die Sayre anzufertigen befohlen und gelagert hatte. Bisher hatte der ältere Guthrie sich noch nicht in den neueren überspielt. Abgesehen von dem, was er beobachtet, gelesen und selbst aus Datenbanken abgerufen hatte, war letzterer praktisch gerade von Alpha Centauri nach Hause gekommen.

»Die Demeter?« sagte er endlich. »Ich weiß nicht. Ich würde gern wieder zurückfliegen, wenn – wenn das der richtige Weg wäre. Ich bin mir nicht sicher, ob es das ist, aber – Ja, sagen Sie es uns, Piere.«

Aulards Blick kehrte zu dem ersten zurück. »Nein, *Sie* sagen es *mir*«, schnappte er. »Eine Kolonie zu errichten, eine Kolonie mit lebenden Menschen, auf eine Planet, die zu nichts zu gebrauchen ist und *condamnée* noch dazu ... 'aben Sie mich persönlich 'ier'er ge'olt, um eine schlechte Scherz zu machen?«

»Schauen Sie«, sagte jener Guthrie, »ich habe euch beiden doch gesagt, das ist nur eine Idee, der ich nachgehe. Sie kann durchaus völlig lepton sein. Oder vielleicht sollte man es selbst dann nicht machen, wenn es ginge. Ich habe euch hergeholt, statt euch anzurufen, gerade weil das so eine Frage des ... Instinkts ist.« Seine Art; er hatte immer beharrt, daß Bildern, egal wie wirklichkeitstreu sie sein mochten, das Blut fehlte und daß er, egal, an wie viel Computerkapazität er sich anschließen konnte, ein besserer Manager gewesen war, als er noch lebte. »Seht mal, wir müssen jede Möglichkeit abklopfen, und die hier ist, wenn schon nichts anderes, immerhin die verschrobenste.«

»'aben wir denn eine Krise?«

»Das wissen Sie verdammt gut. Mit der Föderation. Fireball und Luna gegen die Erde.« Guthrie hielt inne. »Aber ich nehme an, Sie verstehen nicht, wie tiefgreifend sie ist. Sie sind gerade erst aus der Sipo-Haft heraus, gefolgt von einem wohlverdienten Urlaub mit Ihrer Familie weitab von allem Trubel.« Ein Tentakel deutete auf den Humanoiden. »Und du, Junior, für dich muß die Situation noch abstrakt sein. Vielleicht werdet ihr beide ein Gefühl für die Dringlichkeit bekommen, wenn ich euch einen Ausschnitt aus meiner letzten vertraulichen Unterhaltung mit Sitabhai Mukerji zeige. Wir haben uns darauf geeinigt, sie zur privaten Verwendung aufzuzeichnen, einschließlich in solchen Diskussionen wie dieser. Das war kurz nachdem die Kyra Davis, die ich erwähnte, mir den Vorschlag gemacht hatte, zu dem ich euch befrage. Ich hatte wie verrückt nachgedacht.«

Er schloß sich an den Multi an, holte die Aufzeichnung in sein Hilfsprogramm zur Bildverarbeitung, ging sie dort im Schnelldurchlauf durch und aktivierte den Abschnitt, den er mit Echtzeitgeschwindigkeit zeigen wollte, wobei allerdings die Übertragungsverzögerung Erde-Mond herausgeschnitten war. Der Zylinder füllte sich mit den getrennten Bildern einer zierlichen, dunkelhäutigen Frau und eines kräftigen Mannes. »Yeah, ich bin dazu übergegangen, ein Gesicht für sie zu generieren«, erläuterte er. »Eine Art freundliche Geste, um mich, wie ich hoffe, ein bißchen menschlicher zu machen. Nicht, daß sie das auf irgend etwas hereinfallen lassen würde; sie ist eine scharfsichtige Realistin und kommt ihrer Pflicht nach, aber –«

Die Sprachwiedergabe lief an. »– die Polizei konnte gerade eben noch verhindern, daß die Demonstration sich zu einer Straßenschlacht ausweitete«, sagte Mukerji. »Reicht Ihnen das als Anschauungsbeispiel? Es gibt noch genügend andere.«

Der Mund des Geister-Guthrie wurde verkniffen. »Sind wir im Himalaya wirklich auch so unbeliebt?« antwortete er leise. »Ich dachte, diese Menschen verabscheuten die Avantisten ganz besonders.«

»Nur aus religiösen Gründen. Die Unionsregierung hat sie nie bedroht. Aber Sie – Fireball – Sie haben den *Krieg* wiedeauferstehen lassen.« Mukerji atmete tief ein. »Sie und Ihre Lunarier-Komplizen. Diese Allianz ist jetzt so deutlich sichtbar wie der Mond selbst. Der schöne und heilige Mond, der zu einer Bedrohung geworden ist, die über unseren Köpfen schwebt.«

Guthrie erzeugte ein Seufzen. »Nun ja, Massengefühle haben eine positive Rückkoppelung, und so werden Kreuzzüge ausgelöst. Wenn ich Sie nicht von meinen friedlichen Absichten überzeugen kann, Frau Präsidentin, hat es erst recht keinen Sinn, mit der breiten Öffentlichkeit zu diskutieren.«

Mukerjis Tonfall wurde eigentümlich sanft. »Ach, wissen Sie, ich erkenne Ihre Ehrlichkeit an, wenn auch nicht die der Selenarchen – Ihre Ehrlichkeit entsprechend Ihrer Sicht der Dinge. Eigentlich tun sehr viele Erdbewohner das. Aber es zählt nicht. Selbst Ihr Status als Kriminelle zählt nicht. Die grundlegende Tatsache ist, daß Ihre Sicht der Dinge, Ihre Maßstäbe, Ihre *raison dêtre* in der Zivilisation, so wie sie sich entwickelt hat, nicht länger akzeptabel sind. Eine derartige Machtkonzentration in so wenigen Händen, bar jeder sozialen Kontrolle, ist nicht tolerierbarer als ein Krankheitserreger im Blutkreislauf. Ihr Tun hat den seit langem schwelenden Konflikt endlich unzweifelhaft und unausweichlich zum Ausbruch gebracht. Vielleicht sollten wir Ihnen dafür danken.«

Guthries Abbild runzelte die Stirn. »Ma'am, lassen Sie uns keine Zeit auf einen Themenbereich verschwenden, den wir schon hundertmal durchgekaut haben. Ich bat um diese Unterredung, weil ich soeben vielleicht einen Ausweg gefunden habe. Aber er ist zumindest radikal, so er sich denn überhaupt bewerkstelligen läßt. Bevor ich ihn beschreibe, darf ich fragen, wie die neuesten Vorstellungen aussehen, uns zu behandeln? Bemühen Sie sich nicht, das Offensichtliche zu wiederholen. Ich versuche, aus meiner Distanz zu Ihnen und in meinem Zustand herauszufinden, wie die gegenwärtigen Rahmenbedingungen aussehen, innerhalb derer wir arbeiten müssen.«

»Sie müssen die Debatten der Vollversammlung verfolgt haben, wenn schon nicht Reden und Kommentare und *pronunciamentos* überall sonst.«

»So halbwegs. Ein allgemein verbreiteter Gedanke ist, uns von der Erde runterzuschmeißen und die Beziehungen zu uns abzubrechen, uns verhungern zu lassen, nicht wahr?«

»Gyrosephal, zugegeben. Aber es zeigt, wie erregt die Gefühle inzwischen sind. Genau wie die Vorschläge, eine Weltraumarmee aufzustellen und Fireball und Luna mit Waffengewalt zur Unterwerfung zu zwingen und Sie vor Gericht zu stellen.«

»Uns zu übernehmen, das bedeutet es. Ma'am«, sagte Guthrie ohne jede Schärfe, »das werden wir nicht zulassen. Versuchen Sie es, und wir boykottieren Sie unsererseits und sehen zu, wie lange Sie durchhalten können. Bitte, erklären Sie ihnen das.«

»Ich tue es ja, wieder und wieder. Nein, dazu wird es nicht kommen. Der Handel mit Ihnen wird weitergehen, unter zunehmenden Spannungen, weil er das muß.« Mukerji veränderte ihre Position im Sessel, bis sie saß und sprach, als befände sie sich in Gegenwart eines lebenden Menschen, dem sie in die Augen schaute. »Aber wenn inzwischen eine vereinte Erde – in der Praxis ein Konsortium unter Federführung der Föderation – wenn wir alle Ressourcen aufbieten, die wir erübrigen können, und unsere eigene Weltraumflotte ins Leben rufen, dann dorthin hinausfliegen, wo Sie sind, und unsere eigenen Basen, unsere eigenen Industrien errichten ... das wird ernsthaft erwogen.«

Guthries Abbild nickte. »Ich verstehe. Keine große Überraschung. Und wir könnten es nicht verhindern, weder durch ein Embargo, noch durch einen Angriff. Das würde ich auch nicht zulassen. Es würde allem widersprechen, was meine Juliana in uns und unseren Zielen gesehen hat.« Er erzeugte ein Geräusch des Sich-Räusperns. »Aber habt ihr Herrschaften mal darüber nachgedacht, was euch das kosten würde?«

»Viel zu viel«, gestand Mukerji mit schwerer Stimme. »Dennoch wird am Ende die Zerstörung Fireballs und die Unterwerfung der Selenarchen stehen. Denn wie können Sie gegen die organisierte Anstrengung des gesamten Mutterplaneten antreten?« Sie hob eine Handfläche. »Halten Sie mir keine Predigt über die Ineffizienz von Regierungen. Stellen Sie sich vor, Ihre Märkte würden Ihnen Stück für Stück dichtgemacht. Bedenken Sie ebenfalls, daß wir uns nicht mit einer überholten Reihe von Arbeitsplätzen für Menschen belasten würden, die Roboter besser ausfüllen können.«

»Yeah. Und die voll bewußte künstliche Intelligenz steht schon vor der Tür.«

»Das sagen mir die Psychonetiker auch.« Mukerkj lächelte, wenn auch nicht hämisch. Traurig vielleicht? »In keinem Falle können Sie noch lange so weitermachen wie bisher, Mr. Guthrie. Was immer wir auf der Erde tun oder nicht tun, die Zeit sitzt Ihnen im Nacken. Fireballs Tage sind gezählt. Es waren glorreiche Tage. Es täte mir leid, sie in Schimpf und Schande enden zu sehen.«

»Und mir«, sagte er, »täte es leid, sie überhaupt enden zu sehen. Nicht die Firma. Die Idee.«

»Uneingeschränkte Freiheit? Noch ein großartiges Fossil, fürchte ich.«

»Mag sein. Ich bin noch nicht vollständig davon überzeugt.« Guthries Abbild schob seine massigen Schultern nach vorn. »Nein, ich habe nie geglaubt, daß irgend etwas ewig währt. Aber es kann sich verändern, es kann sich weiterentwickeln. Wir könnten Sie zwingen, uns durch diese kriminell unwirtschaftliche Verdoppelung dessen, was wir schon haben, zu vernichten. Oder wir könnten Ihnen still und leise den Weg freimachen – aber zu unseren Bedingungen.«

Mukerji versteifte sich. »Wie meinen Sie das, Sir?«

»Ein paar sehr, sehr vorläufige Gedanken, auf die ich gerne Ihre Reaktion sehen würde. Keine Versprechungen auf beiden Seiten. Vielleicht würgen Sie die Idee gleich hier und jetzt ab. Aber nur um der Diskussion willen, hören Sie es sich bitte zuerst an. Wenn Fireball sich nach und nach auflöst und dabei die meisten seiner Aktiva an die Erde abtritt – an welche Organisation auch immer, die Sie zu diesem Zweck gründen – würden Sie uns dann im Gegenzug helfen, unser Ziel zu erreichen? Es ist keines, das Ihnen jemals auf irgendeine Weise schaden könnte. Ließe sich ein solcher Handel arrangieren?«

»Fahren Sie fort«, flüsterte Mukerji.

Guthrie in der Maschine schaltete die Wiedergabe aus.

»Sie wird das für sich behalten, bis wir einen konkreten Vorschlag machen«, sagte er. »Das ist es, was ich von Ihnen will, Pierre, eine Meinung, ob es den gewaltigen Forschungsaufwand wert ist, um herauszufinden, ob eine Entwicklungsarbeit Erfolg haben würde. Wenn Sie grob schätzen, daß dem so ist, informiere ich die Dame, und sie hält die anderen so lange für uns hin, wie sie kann, während wir unsere Untersuchungen durchführen.«

»Auswanderung zur Demeter«, spottete der Ingenieur. »Absurd. Die Größenordnung! Sie könnten genausogut vorschlagen, die Atlantische Ozean 'inauf auf die Mond zu verschiffen, um Wasser zu 'aben, das nicht kommt von die Kometen.«

»Warten Sie, ich meinte nicht unseren ganzen Verein«, erklärte Guthrie ihm. »Nicht einmal einen großen Teil. Ein paar Hundert vielleicht. Diejenigen, die wirklich gehen wollen, die bereit sind, alles zurückzulassen, was sie hatten, und alles zu riskieren, was sie haben, weil sie die rationale neue Ordnung hassen, die jetzt das Sonnensystem übernimmt.«

»Sie hassen die Tatsache, daß Xuan auf lange Sicht recht behalten hat«, murmelte sein anderes Selbst.

»Das weiß ich nicht«, sagte er. »Vielleicht gehört den Maschinen die Zukunft, vielleicht auch nicht. Es behagt mir nur nicht, sie ihnen kostenlos zu überlassen. Was unsere *consortes* angeht, die zurückbleiben, Pierre, denen wird nichts geschehen. Die Veränderung kann nicht über Nacht erfolgen. Man wird sie brauchen, bis sie so weit sind, sich mit hübschen Pensionen zur Ruhe zu setzen. Der natürliche Verschleiß wird die menschliche Präsenz im Weltall rasch genug verringern, um alle auf der Erde zufriedenzustellen, möchte ich meinen. Abgesehen von jenen, die sich dafür entschieden haben, loszuziehen und auf Alpha Centauri wieder ganz von vorne anzufangen.«

»Was immer sie dort aufbauen«, prophezeite sein anderes Selbst, »es wird keinerlei Ähnlichkeit mit irgend etwas haben, was es vorher gab. Das kann es gar nicht.«

»Ganz bestimmt nicht. Es mag durchaus auf der ganzen Linie scheitern. Vielleicht sterben alle so jämmerlich weg wie die Norweger auf Grönland, lange bevor Phaethon der Zukunft der Demeter ein Ende macht. Wir können es nur versuchen. Oder nicht, Pierre? Denken Sie darüber nach, als sei es nur ein technisches Problem, nichts anderes.«

Wenn der Mann auch noch nicht in Flammen stand, er hatte jedenfalls begonnen zu glimmen, während er zuhörte. »*Bien*, sagen wir tausend Personen plus Vorräte und Ausrüstung.« Er sprach bedächtig, fast im Flüsterton. »Sie können nicht länger als, äh, vierzig oder fünfzig Jahre in die Stasis bleiben. Danach, zuviel irreversible Schäden durch Hintergrundstrahlung und Quantenchemie. Deshalb etwas eine Zehntel c Durchschnittsgeschwindigkeit.« Sein Blick wanderte hinaus zwischen die unsichtbaren Sterne. »Es läßt sich machen, *oui*, aber vielleicht eher mit zwei oder drei Schiff' als mit eine große –« Er schüttelte den Kopf. »*Mais non*. Bedenken Sie, beim Abbremsen quadriert sich die Massenverhältnis. Ich bezweifle, daß wir über'aupt so viel Antimaterie 'aben, um genug Energie dafür zu erzeugen. Wir würden vielleicht zehn oder zwanzig Jahre brauchen, um genug 'erzustellen, nachdem wir zusätzliche Fertigungsanlagen gebaut 'ätten. Inzwischen verändert sich die ganze sozio-politische Gleichung.«

»Müssen wir am Ziel unbedingt mit Reaktionsmasse bremsen?« fragte der Guthrie in dem Humanoiden.

Aulard blickte ihn an. »Wieso, nein. Nicht, wenn – Ja, ich erinnere mich an Diskussionen, die ich vor langer, langer Zeit geführt 'abe –« Er zupfte an seinem Kinn. »Hm, wir schicken voraus sehr bald die kleinen von Neumann-Maschinen, um sich selbst zu reproduzieren und eine Industrieanlage zu bauen, die eine sonnengetriebene Laser 'erstellen kann, der leistungsfähig genug ist, um abzubremsen die Schiff', wenn sie ankommen . . .«

»Das läßt sich schon eher hören!« rief der ältere Guthrie aus. »Alles, was wir tun müssen, ist, unsere Arche oder unsere Archen auf ungefähr ein Zehntel der Lichtgeschwindigkeit zu beschleunigen und sie auf Kurs zu bringen. Ist das machbar?«

»Ich muß *naturellement* erst Berechnungen anstellen, bevor ich sicher sein kann«, erwiderte Aulard, »aber ich 'abe den Verdacht, es wird trotzdem immer noch fast unsere Energievorräte aufbrauchen.«

»Eine schwierige Materie.«

»Nein«, sagte der Guthrie in dem Humanoiden, »eine schwierige Antimaterie.«

Das kindische Wortspiel rief unmäßiges Gelächter hervor, gefolgt von einem plötzlichen, erregten Ernst.

42

Ein Trupp Soldaten der Friedensbehörde war zu Fuß vorbeigekommen, als Kyra sich dem Blauen Theta näherte. Ihr wurde klar, daß dieser Anblick in den nordamerikanischen Megalopolen nicht ungewöhnlich war, und Erie-Ontario erschien friedlich genug. Trotzdem stieß es ihr unangenehm auf. Sie machte Robert Lee gegenüber eine entsprechende Bemerkung.

»Was hattest du erwartet?« erwiderte er. Seine Stimme war tonlos. Als sie ihn zur Begrüßung umarmt hatte, war seine Reaktion nur kurz gewesen, und sie hatte gespürt, wie er zitterte. Er saß zusammengesunken in dem Ruhesessel gegenüber ihrem Stuhl. »Die Befreiungsarmee ist organisiert und an Disziplin gewöhnt, aber winzig. Die Chaoten waren nur in ihrem Haß auf die Avantisten geeint. Jetzt zerfallen sie wieder in ihre verschiedenen Fraktionen und begleichen alte Rechnungen miteinander. Außerdem, das weißt du, hat eine ganze Reihe normaler Bürger von der alten Ordnung profitiert und ist jetzt unglücklich und rachsüchtig – die Wirtschaft ist ein Scherbenhaufen –« Er zuckte die Achseln.

Kyra blickte auf den Sichtschirm. Der Himmel spannte sich kristallblau über den Türmen, außer dort, wo Wolken ebenso strahlend weiß dahineilten, während sie ihre Schatten hinter sich über Straßen und Gebäude zogen. Der Wind blies so scharf, daß man schon den herannahenden Herbst spüren konnte. Übergangslos sehnte sie sich danach, draußen zu sein. Trotz seines dicken Hemdes hatte Lee die Wohnung überheizt. Diese Luft lag schwer und tot auf ihr. »Was wird sich aus all dem entwickeln?« überlegte sie.

»Meine Vermutung ist, daß die gegenwärtigen Arrangements zwischen der provisorischen Regierung und dem Förderationsrat sich als beständig erweisen werden. Oder, genauer gesagt, sie werden sich ausweiten. Ich wäre nicht überrascht, wenn wir hier den Keim einer wahrhaft rationalistischen Gesellschaft haben, wie die, von der die Avantisten nur geträumt haben. Plausibel, weil sie nicht durch eine Ideologie aufgezwungen ist, sondern sich aus einem Bedürfnis heraus entwickelt. In diesem Fall wird sie sich nach und nach über die Grenzen hinaus ausbreiten.« Die vorübergehende intellektuelle Begeisterung erlosch. »Aber das ist natürlich nur meine Vermutung.«

Sie drehte sich wieder zu ihm um. »Nur deine Vermutung?«

»Ich mache noch keine intuitiven Analysen. Bin noch nicht wieder soweit.«

Sie musterte eingehend das hager gewordene jungenhafte Gesicht, die dunklen Ringe unter den Augen und das Dunkel dahinter. Ihr Mitgefühl für ihn verstärkte sich. »Du siehst wirklich . . . leer aus«, sagte sie leise.

Er verzog das Gesicht. »So fühle ich mich auch immer noch.«

»Nach dem, was sie mit dir gemacht haben.« Mit deiner Körperchemie, deinem Gehirn, deinem Geist. Körperliche Folter hätte weniger tiefgreifende Folgen gehabt.

»Laß uns nicht darüber sprechen«, schnappte er. »Ich erhole mich schon wieder.« Sein Tonfall wurde sanfter. »In der Zwischenzeit kümmert sich Fireball sehr anständig um mich. Vor allem sorgt es dafür, daß ich Ruhe habe, die beste Medizin überhaupt.«

Kyra nickte. »Ja. Guthrie ist so, und er hat die Macht, die Nachrichtenmedien von dir fernzuhalten.« Die Kunde weitergeben, eine Andeutung hier, eine Bestechung dort, vielleicht die eine oder andere versteckte Drohung. Wieviel länger konnte er noch so wohltätig wirken?

»Du bist ihnen nicht entkommen«, sagte Lee mitfühlend.

»Nein, meine Rolle war verdammt zu sensationell. Aber es hat mir nicht sonderlich viel ausgemacht, und inzwischen schwinde ich schon wieder aus dem öffentlichen Bewußtsein, Gott sei Dank.«

»Zurück zur Pilotenkarriere, he?«

»Ich weiß es nicht.« Kyra versuchte, ihre Stimme ruhig zu halten. »Niemand weiß, was geschehen wird. Zweifellos wird man Techniker wie mich auch in Zukunft noch auf Jahre hinaus benötigen, aber – « Sie schreckte vor dem Thema zurück. »Was ist mit dir, Bob? Wie sehen deine Pläne aus?«

Er starrte auf die in seinem Schoß gefalteten Hände. »Ich weiß es auch nicht. Es ist nicht mehr ... angenehm, auf der Erde Fireball-*consorte* zu sein.«

»Ich würde denken, die Leute hier in dieser Gegend müßten uns richtig einschätzen.«

»Manche schon. Andere sind, *bueno,* häßlich. Die meisten haben sich noch nicht entschieden, wo sie stehen. Das führt zu schwierigen Beziehungen.«

»Würdest du dich anderswo wohler fühlen? Vielleicht auf L-5? Ich bin sicher, das ließe sich für dich arrangieren.«

»Vielleicht. Oder vielleicht scheide ich auch aus.« Er sah, wie schockiert sie war. »Es wäre keine Desertation. Fireball – Fireball *fühlt* sich einfach nicht mehr so an wie früher. Kannst du das verstehen?« Er lächelte beinahe. »Wenn du es kannst, dann erkläre es mir jetzt, *por favor,* denn ich kann es nicht. Alles ist so durcheinander und –« ein Flüstern – »und irgendwie leer.«

Als sie ihn so sprechen hörte, ihn so sah, was konnte sie da anders tun als aufzustehen, hinüberzugehen und sich über den gebeugten Kopf zu neigen, die Arme um ihn zu legen und ihn dicht an sich zu ziehen?

»*Gracias*«, murmelte er nach ein oder zwei Minuten. »Das ist lieb von dir.« Sie ließ ihn los und trat zurück. Sein Blick folgte ihr. »Du bist ein guter Mensch, Kyra. Einfach schon, daß du gekommen bist, um mich zu besuchen, bedeutet mir mehr, als ich sagen kann.«

Auf ihrer Stirn und ihren Wangen und ihren Brüsten breitete sich Wärme aus. »Ich würde einen *amigo* niemals ohne ein Wort verlassen.«

»Ich hoffe ... wir können wieder zusammenkommen.«

»Ich auch. Sicher. Das läßt sich bestimmt irgendwie bewerkstelligen.«

Eine Weile schwiegen sie.

»Schau mal«, sagte Kyra entschieden, »was du jetzt brauchst, ist, hier mal rauszukommen. Draußen ist es absolut herrlich. Laß uns zum Niagara-Park hinüberfliegen und ein paar Stunden herumlaufen, wenn wir nicht gerade in den Gärten sitzen, und dann in irgendeinem netten kleinen Restaurant etwas essen, zum Beispiel bei deinen arabischen Freunden, und dann bringe ich dich früh zu Bett.«

Zum erstenmal zeigte Lee so etwas wie Lebendigkeit. »Das klingt wunderbar, aber ich weiß etwas Besseres«, sagte er. »Neuerdings bin ich ziemlich viel in der *quivira*. Warum gehen wir nicht dorthin, bevor wir uns ums Abendessen kümmern?«

Sie runzelte die Stirn.

»Keine Angst«, drängte er. »Es ist nichts Perverses, nichts Phantastisches. Das Programm, das ich wähle, ist Natur pur. Hügel, Wälder, Küste, wildlebende Tiere und keine Menschenseele sonst. Freiheit umherzustreifen, Raum, allein zu sein, Zeit nachzudenken. So etwas kannst du in einem Park oder in einem Reservat oder irgend sonst in der armseligen, überbevölkerten Wirklichkeit nicht finden. Es heilt mich, Kyra.« Er zögerte. »Ich würde dich gerne daran teilhaben lassen.«

»Das beste, was du hast«, murmelte sie bewegt.

»Ich fürchte ja«, erwiderte er.

43

»Sollen wir unser Gespräch draußen führen?« hatte Rinndalir vorgeschlagen.

»Warum denn das, zum Teufel?« rief Guthrie aus.

Die Gebärde des Lunariers wallte durch das blaue Dämmern des Raumes und die wechselnde, treibende Helligkeit über seinem Kuppeldach. Weder er noch die Rittergestalt, die sein Besucher trug, wirkten inmitten der Wohlgerüche und der kühlen Flötenmusik in Moll deplaziert. Trotzdem sagte er ruhig: »Hier sind wir eingesperrt.«

Darum traten sie aus der Burg hinaus und schritten den Berg hinunter. Die Stunde ging auf Mitternacht, und die Erde stand beinahe voll knapp über dem Horizont. Felsen und Krater im Tal unter ihnen warfen kilometerlange Schatten unter ihren Strahlen. Das Licht glänzte auf Guthries Metall, schlug kleine Wellen in Rinndalirs Umhang, färbte seine Flügel opalblau. Der Funke an der Spitze seines Stabes wiegte sich im Rhythmus seines Schritts, als sei einer der Sterne, die sich über ihren Köpfen drängten, heruntergestiegen, um zu tanzen.

Guthrie zwang sich, seine Funkstimme nüchtern klingen zu lassen. »Wollen Sie das hier wirklich verlassen, und für immer?«

»Nein, nicht meine ganze Rasse hegt diesen Wunsch«, antwortete Rinndalir. »Nur ich und gewisse andere.«

»Um den Konsequenzen Ihres Anteils an den unerfreulichen Ereignissen der letzten Zeit zu entrinnen?«

Schnurrendes Lachen. »Wohl kaum. Haben wir nicht alle Forderungen der Föderation nach unserer Auslieferung und Aburteilung abgewehrt? Es wäre amüsant, dieses Spiel fortzusetzen.«

»Statt dessen geben Sie Ihre Macht und Ihren Luxus auf, um einen Neuanfang bei etwas zu versuchen, das bestenfalls ein wildes Hasardspiel ist? Ich erinnere mich nicht, daß Aristokraten sich jemals für das Pionierdasein begeistert hätten. Das haben sie den Tagedieben, Versagern und Desperados überlassen.«

Rinndalirs Stimme wurde kühl. »Der Schritt wird für den Mondstaat politisch günstig sein. Wenn eine Handvoll von uns die Mittäterschaft mit Euch zugibt, wer sollte das Gegenteil beweisen? Dann schickt die Selenarchie uns für unser Verbrechen in das gleiche Exil, das Ihr derzeit für Euch selbst aushandelt. Warum protestiert Ihr, Mylord? Die Ressourcen, die Luna beisteuern kann, werden Eure Reise um Jahre beschleunigen und Euer Überleben weniger ungewiß machen.«

»Ha, Sie wollen, daß ich glaube, Sie würden aus Patriotismus auf dieses verzweifelte Unternehmen setzen? Ich nehme an, als nächstes versuchen Sie noch, mir die Eintrittskartenkonzession für Armstrongs Fußspuren zu verkaufen.«

»Für Eure menschliche Gruppe mag es vielleicht verzweifelt sein«, sagte Rinndalair unerschüttert, »aber wohl kaum für uns. Ich muß Euch nicht daran erinnern, daß das Alpha-Centauri-System Asteroiden im Überfluß enthält. Ihr habt die Aufgabe, den Traum, eine Welt von der Größe der Erde zum Leben zu erwecken, bis die Vernichtung über sie hereinbricht. Meine Rasse hingegen wird im Weltraum bald heimisch sein.«

»Das können Sie auch im Raum um Sol herum haben.«

Wellen durchliefen die silbernen Locken unter der Kapuze, als Rinndalir den Kopf schüttelte. »Nein. Die Zivilisation – die logische, organisierte, maschinelle Zukunft – würde uns finden, ganz gleich, wie weit wir uns zurückzögen. Ich wage darauf zu vertrauen, daß ein anderer Stern weit genug entfernt ist.«

»Damit Sie neuen Ärger aushecken können«, schnarrte Guthrie.

Rinndalir lächelte. »Fürchtet uns nicht. Genau wie Euer Kontingent werden wir viel zu sehr damit beschäftigt sein, unsere neuen Habitate zu errichten.«

Guthries Linsen starrten ihn unverwandt an. Das Schweigen zwischen ihnen zischte vor kosmischen Hintergrundgeräuschen. Staub stieg in kleinen Wölkchen vor ihren Füßen auf, fing das Erd- und Sternenlicht ein und sank im Bogen wieder herab.

»Haben Sie das die ganze Zeit über geplant?« fragte Guthrie schließlich.

»Nicht ganz genau so«, gestand Rinndalir. »Wir sind keine Götter, die die Geschichte lenken können – wenn die Götter selbst überhaupt eine Voraussicht über das Chaos haben. Aber . . . ja, wir haben alle Gelegenheiten ergriffen, die sich uns boten, um die Kruste der Dinge aufzubrechen und die Zerstörung voranzutreiben, aus der Wiedergeburt entsteht.«

»Ihr Bastarde«, sagte Guthrie dumpf.

»Es ist unsere Natur.« Der leichte Tonfall wurde ernst.

»Schiebt Euren Groll beiseite. Ich sage, Ihr braucht uns. Und bedauert Ihr allen Ernstes die Notwendigkeit, der Ihr nun unterworfen seid? Es ist nicht einmal das. Ihr wißt sehr wohl, daß Ihr Kompromisse schließen, Zeit zu gewinnen suchen, Euer merkantiles Abenteuer für ein oder zwei weitere Lebensspannen beinahe so wie zuvor fortsetzen könntet. Statt dessen wählt Ihr selbst den Weg in die Freiheit.«

»Aber Sie –«

»Auch wir, wir von Luna, sehen das Ende des Lebens vor uns, das unseres war, eine Mauer, auf die wir hilflos zurasen. Nicht, daß es noch länger ein so wunderbares Leben gewesen wäre, Mylord. Vergnügungen, Illusionen, Intrigen, Spiele –« Bei ihm war die plötzliche Wildheit verblüffend: »Wie müde ich es bin, Spiele zu spielen!« Seine Stimme wurde ruhiger, auch wenn immer noch ein Pulsschlag in ihr hämmerte. »Laßt uns, Eure Rasse und meine, in die Wirklichkeit entfliehen.«

44

Elektronen, Photonen, Felder interagierten. Ihr Zusammenspiel war schneller und ihr Betätigungsfeld um Größenordnungen weiter, als sie das bei einem lebenden Gehirn je hätten sein können. Für die Hypercomputer waren tausend Jahre wie ein Tag und ein Tag wie tausend Jahre – hinsichtlich der Arbeit, nicht des Bewußtseins. Sie verfügten weder über eine eigene Wahrnehmung noch über einen eigenen Willen, sie waren Werkzeuge für Gehirne, die das taten. Eines nicht allzufernen Tages würde sich das ändern. Inzwischen inszenierten sie mit Hilfe der Mathematik gehorsam eine Million verschiedener Geschicke von Materie und Energie. Innerhalb weniger Echtzeitmomente entstanden in ihrem Inneren wieder und wieder komplett neue Reiche aus Maschinen und Chemie, Missionen und Unternehmungen, die in Gang gebracht, in die Vernichtung geführt, neu entworfen, erneut getestet wurden. Im Gegensatz dazu, so schien es, würde die Wirklichkeit eine Antiklimax sein.

Guthrie gehörte nicht zu den Männern und Frauen, die die Computer programmierten, welche die abschließenden Programme schrieben. Er gehörte auch nicht zu denen, die die Ergebnisse studierten und durch Instinkt oder Intuition – Erfahrung, Kreativität, Wunschvorstellungen – spürten, wann der Verlauf der Pseudo-Ereignisse fehlging, und verfügten: »Versuche etwas anderes.« Seine Fähigkeiten lagen anderswo: im Befehlen, gutzureden, Komplotteschmieden, Konspirieren – als Kapitän und Pilot Fireballs auf dessen letzter Reise.

Stück um Stück sprengte er Teile davon ab oder verbrannte sie als Treibstoff oder verhökerte sie, um sich von seinen Feinden Zeit zu erkaufen. Einer nach dem anderen schwanden seine Mitarbeiter dahin, gingen in den Tod oder in die Rente oder in Projekte, die ihnen erfolgversprechender erschienen. Das hatte er vorausgesehen. Aber vielleicht hätte er den Hafen trotzdem nicht erreicht, wenn nicht sein Zwilling, der jetzt seine vollständigen Erinnerungen mit ihm teilte, dagewesen wäre, um seine Tage zu verdoppeln. Mit allen Hilfsmitteln, die ihnen in die Hände fielen, überstanden sie gemeinsam alle kritischen Situationen und blieben auf Kurs.

Egal, wie beschäftigt er war, nahm er – es machte kaum einen Unterschied, welcher von beiden – doch jede Gelegenheit wahr, die sich ihm bot, den Fortgang seines Unternehmens zu verfolgen. Mit dem Netz vereint, sah er direkt dessen Visionen und brachte es in gewisser Weise dazu, seinen Traum zu träumen. Wie ein Schamane in alter Zeit ruhte er in Trance, während sein Geist in die Ferne schweifte.

In einer Umlaufbahn um den Merkur spürte er, wie Sonnenlicht gegen seine Spiegel flutete, die ihr Wüten auf die Einöde unter ihnen fokussiert hatten. Dort wandelten raffinierte und leistungsfähige Anlagen diesen Energieschwall in negative Kerne und deren positronische Satelliten um, hüllten sie in die Kraftfelder von Tieftemperaturspiralen und verschifften sie hinaus in alle Regionen, in die auch menschliches Fleisch sich wagte. Ihre gegenseitige Annihilation mit normaler Materie beförderte Raumschiffe von einem Ende der Sphären Sols zum anderen.

Für sein gegenwärtiges Unternehmen reichte es kaum aus. Obwohl er seine Ausweitung der Antimaterie-Produktion anordnete, mußte er doch immer noch das meiste horten und die Flotten Fireballs darben lassen. Der wichtigste Handel lief weiter. Sonnensegler transportierten ihre Frachten an Mineralien, ohne dabei auf den Zeitfaktor zu achten. Raketenbetriebene Raumschiffe beschleunigten so lange, bis sie ihre Flugbahnen erreichten, und absolvierten ihre Flüge dann treibstoffsparend. Aber was immer weniger wurde, das waren die Fackelschiffe, die binnen Tagen von Welt zu Welt reisten. Zuletzt flogen sie nur noch in Notfällen oder für die Superreichen. Die Weltraumforschung wurde wieder zu dem, was sie anfangs einmal gewesen war: die Aufgabe von Robotern in langsamen Fahrzeugen mit speziellen Reisezielen.

Nur wenigen Menschen auf der Erde machte das etwas aus. Die Planeten, Monde, Asteroiden und Kometen waren erforscht; bis auf Details blieb nichts mehr zu entdecken. Was hatten menschliche Weltraumreisende jemals wirklich geleistet, außer Fireball noch reicher zu machen? Sich amüsiert?

Der Geist Guthries folgte einem Antimaterie-Container zu einem Depot auf der gegenüberliegenden Seite der Erdbahn, in sicherer Entfernung vom Mutterplaneten, falls er Schiffbruch erleiden und sein Inhalt ausströmen sollte. Ganz in der Nähe wuchs rasch das neu konstruierte Schiff, das er versorgen sollte. Bauarbeiter schwärmten ameisengleich um es herum. Das unverkleidete Skelett wirkte riesenhaft, denn dies war das Schiff, das eine Nutzlast mit fast halber Lichtgeschwindigkeit nach Alpha Centauri schleudern und sie dort wieder auf Null abbremsen würde – eine Nutzlast mit einer Masse von nur ein paar Dutzend Kilogramm.

Guthrie bewegte sich in der Zeit voran, auf jenen noch nicht begonnenen Flug. Ein Exemplar von ihm würde zusammen mit anderen Bewußtseinskopien an Bord sein, inaktiv während der neun Jahre, die die Reise dauerte. Mit ihnen würde ein Vorrat an Programmen und gewissen winzigen Maschinen von zumeist molekularen Dimensionen reisen. Der magnetisch-hydrodynamische Schutzschild, der sie vor der Strahlung schützte, die durch ihre Schnelligkeit hervorgerufen wurde, hätte nichts wirklich Lebendes geschützt; aber sie waren die Vorboten des Lebens.

Einmal angekommen, erwachten sie und gingen an die Arbeit. Die Bewußtseinskopien übernahmen die Beaufsichtigung der Roboter, die auf der Demeter geduldig die wissenschaftliche Forschung und die Übermittlung der gewonnenen Erkenntnisse fortgeführt hatten. Sie lenkten die Arbeit auf praktische Ziele um: schürfen, raffinieren, Fundamente legen, Wände errichten, Ausrüstungsgegenstände herstellen. Inzwischen schweiften die im Schiff mitgeführten Mikroroboter frei auf dem Planeten herum. Seltsame Spermien und Ova, paarten sie sich, um größere, komplexere Einheiten zu bilden, die sich von Metallen und Chemikalien ernährten, wuchsen, reiften, neue Programme in sich aufnahmen und sich an verschiedene Spezialaufgaben machten.

Sie bauten Roboter, die noch mehr Roboter bauten, eine geometrische Progression, die überall auf der Demeter und den Centauri-Asteroiden explodierte. Solarakkumulatoren schwangen sich in den Himmel und strahlten Energie hinunter zu Stationen, von denen aus Elektrizität und aus Wasser erzeugter Wasserstoff der Verbrennung zuflossen: der Herzschlag des Wachstums. Eine Industrieanlage entwickelte sich, breitete sich aus, wuchs um neue Produktionsbereiche, arbeitete unermüdlich. Binnen weniger Jahre war sie groß genug, um den Plan auszuführen, für den sie gemacht war.

Roboter flogen ins All. Über Millionen von Kilometer spannten sie ihr Netz: Kollektoren, Umwandler, Übertrager, durch Kommunikationsstrahlen verbunden. Das Lasersystem, das sie woben, würde Energie von Demeters Sonne benutzen, um die großen Schiffe abzubremsen, wenn diese eintrafen.

»Sie brauchen nicht tonnenweise Antimaterie darauf zu verwenden, sie zu beschleunigen«, hatte Mukerji gesagt. »Bauen

Sie auch auf dieser Seite einen Laserbeschleuniger. Lassen Sie uns die Antimaterie und verdienen Sie sich dadurch ein bißchen guten Willen.«

»Den Teufel werde ich tun, Ma'am«, erwiderte Guthrie. »Er müßte wenigstens während der halben Flugzeit arbeiten. Über eine so lange Zeit vertraue ich keiner Regierung.«

Die drei Transporter wären dann schon abgeflogen und würden bis zum Erreichen von mehr als einem Zehntel der Lichtgeschwindigkeit auf ihren Flammen reiten, bevor ihr Antrieb sich ausschaltete und sie in den trägheitslosen Flug übergingen. Im Vergleich mit ihrem Wegbereiter waren sie groß, eigentlich aber winzig. Ihre Nutzlasten waren Guthrie Zwei, etwa neunhundert Menschen im Kälteschlaf, alles, was benötigt wurde, um diese Fracht unversehrt zu halten und sie am Ende der Reise wiederzubeleben, und das wenige, was sich sonst noch hineinstopfen ließ. Ihre Reise würde vier Jahrzehnte dauern.

Bis dahin würde die Demeter ein bißchen weniger unwirtlich sein. Maschinen, große, kleine und molekulare, zerkleinerten Gestein zu Mutterboden und säten ihn mit Leben ein, das andere Maschinen aus Genomkarten erzeugt hatten. Mikroben, Pflanzen, einfache Tiere breiteten sich über das Land aus; eine Ökologie wuchs zusammen. Sie machte weitaus langsamere Fortschritte als die Produktionsanlagen. Schwach und gefährdet, benötigte sie ständige Überwachung und häufige Eingriffe, um nicht auf dieser Welt, mit der sie nicht über Milliarden von Jahren hinweg zusammen hatte wachsen können, unterzugehen. Falls sie überlebte, gab es keinen Computer, der voraussagen konnte, wie sie sich entwickeln würde.

In Wahrheit gab es überhaupt keine Gewißheiten, nicht einmal Prophezeiungen. Es fehlte an Wissen. Selbst dann, wenn die Informationen allumfassend und die Computer imstande gewesen wären, derartige Mengen zu verarbeiten, wären Überraschungen trotzdem unvermeidlich gewesen. Das Universum ist chaotisch, und das heißt: Herrscher seiner selbst.

Deshalb mußten von Anbeginn an Gehirne, Bewußtsein, auf

der Demeter anwesend sein, um dem Unerwarteten, wenn es denn eintraf, zu begegnen, um zu improvisieren, zu imaginieren und vorwärtszustreben. Guthrie, der Seele und autokratischer Herrscher Fireballs gewesen war, glaubte nicht daran, daß er allein die Weisheit oder die Kraft dazu besaß. Er mußte andere rekrutieren, die bereit waren, Bewußtseinskopien von sich anfertigen zu lassen und seine Partner zu sein, er, der immer gesagt hatte, es sei besser, ein Sterblicher zu sein als ein Geist.

Der Gedanke holte ihn aus einer Zukunft zurück, die sehr wohl niemals eintreten mochte. »Jetzt habe ich aber die Nase voll von diesen ganzen Simulationen«, knurrte er, als sein Assistent ihn abgekoppelt hatte. »Herrgott noch mal, endlich wieder mit meinem Händen zu arbeiten!«

45

Die Tür mit der Lilie darauf öffnete sich, und Nero Valencia blickte auf Eiko Tamura hinunter. »Willkommen«, sagte sie leise. Dies war ihre erste Begegnung, aber sie hatten sich gestern schon ein paar Minuten lang über Videophon unterhalten, bevor er die Fähre nach L-5 nahm.

»Sie sind sehr freundlich, mich zu empfangen, *señorita*«, sagte er ungewohnt linkisch. Das Juwel auf seiner Stirn, das auf dem Bildschirm scharlachrot erschienen war, flackerte durch blasse Blauschattierungen.

»Mein Interesse ist ganz natürlich, Sir. Kyra Davis ist meine Freundin.«

»Gerade deshalb war ich mir nicht sicher, daß Sie es tun würden.«

»Kommen Sie doch herein.« Als die Tür sich vor dem Korridor mit seinem geschäftigen Treiben geschlossen hatte, fügte sie hinzu: »Die Situation ist auch für sie schwierig.« Eine Verbeugung und eine Geste luden ihn ein, näherzutreten. Er erinnerte sich daran, in dem kleinen Eingangsbereich die Schuhe auszuziehen. »Darf ich Ihnen eine Erfrischung anbieten?«

»*Gracias.*« Er nahm im Zimmer dahinter auf einem Stuhl Platz. Mit seinem Gegenstück und einem hochbeinigen Tisch wirkte dieses Möbel hier fremd; Valencia hegte den Verdacht, daß sie extra aus diesem Anlaß hervorgeholt worden waren. Tatami-Matten und Polster wirkten von ihnen wie bedrängt. Die Wände waren pastellfarben, kahl bis auf eine Schriftrolle mit einer alten Landschaft darauf. Darunter stand auf einem niedrigen Tischchen eine Schale mit Wasser und einem Strauß Veilchen in einem durchlöcherten Stein. Ihr Duft süßte kaum merklich die Luft. »Äh, Ihr Vater –«

»Er ist zur Arbeit«, erklärte Eiko. »Es ist so viel zu tun in diesen Zeiten der Verwirrung.« Sie zögerte. »Eigentlich sollte auch ich meinen eigenen Pflichten nachgehen. Aber Sie erweckten bei mir den Eindruck großer Not.«

Valencia zwang sich, ihren prüfenden Blick zu erwidern. »Sie sehen viele Dinge, nicht wahr, *señorita*? Damit hatte ich schon gerechnet. Pilotin Davis hat mir ein bißchen über Sie erzählt, als wir zusammen waren, und seither habe ich noch mehr gehört.«

»Entschuldigen Sie mich einen Augenblick«, sagte sie. »Machen Sie es sich bequem.« Wenn Sie können, blieb ungesagt. Dann verschwand sie in der Küche.

Sie kehrte mit einem Teeservice zurück, deckte den Tisch und nahm ihm gegenüber Platz. »Lassen Sie mich eine kleine Zeremonie daraus machen«, schlug sie mit einem Lächeln vor. »Fühlen Sie sich aber bitte nicht verpflichtet, mich zu imitieren. Schauen Sie einfach nur zu, entspannen Sie sich, genießen Sie es.«

Er räusperte sich. »Weswegen ich gekommen bin –«

Sie hob eine Hand. »Nein, ich bitte Sie, keine Hast. Wir haben genug Zeit. Das hier wird für mich sprechen.« Sie berührte ein Steuerarmband an ihrem Handgelenk. Aufgezeichnete Streicher begannen zu singen. Bevor sie eingoß, betrachtete sie nachdenklich ihr Teeschälchen, die Reinheit seiner geschwungenen Formen und einen auf das Porzellan hingetuschten Bambusstengel; dann beobachtete sie die einzelnen Blätter, die in dem Grün wirbelten. Wohl oder übel tat er es ihr gleich. Die Musik bewegte sich Satz um Satz von Träumerei zu Freude.

Schließlich endete sie. Er blieb noch ein Weilchen länger stumm, richtete seinen Blick wieder auf Eiko und murmelte: »Das war wunderschön. Alt?«

Sie nickte. »Mendelssohns Violinenkonzert in e-Moll. Ich dachte, es würde uns helfen. Nun erzählen Sie mir, wenn Sie möchten, wie es Ihnen in letzter Zeit ergangen ist.«

»Unterschiedlich. Oh, an Aufträgen hat es mir nicht gemangelt. Habe auch einige angenommen, solche, bei denen es unwahrscheinlich war, daß sie zu Gewalt führen würden. Die Erde beruhigt sich allmählich.«

»Fürchten Sie, daß Ihre Zukunft überflüssig werden könnte?«

Er grinste. »Nicht so bald. Es gibt immer noch genug Unruhe.« Sein Juwel verdunkelte sich. Die Hand, die neben dem Schälchen lag, ballte sich zur Faust. Er sah von ihr weg. »Aber in mir ist sie überflüssig.«

»Und das können Sie Kyra nicht begreiflich machen«, sagte Eiko leise.

»Sie hat Ihnen erzählt, was ich getan habe, nehme ich an.«

»Ja.«

Sein Ton wurde rauher. »Ich werde nicht so tun, als sei ich von Reue überwältigt. Sie würden wissen, daß das Heuchelei wäre. Aber ich wünschte, sie könnte mir glauben, daß ich so nicht weitermachen möchte.«

»Sie sollten sich darüber klar sein, daß ich in dieser Sache nur eine Außenstehende bin. Seit dem ... dem Kampf hat sie Sie mir gegenüber fast nicht erwähnt. Nur, daß Sie unter nicht geringer Gefahr für Ihre eigene Person die Familie Packer in Sicherheit gebracht haben.«

»Mein Job«. Er erwiderte ihren Blick. »Als ich wieder mit ihr Kontakt aufnahm ... dankte sie mir.«

»Und das war alles.«

»Sie muß nicht offen heraus sagen, daß sie nichts mehr mit mir zu tun haben will. Sie wußte, daß ich das weiß.«

»Sie möchten, daß ich mich bei ihr für Sie verwende?«

Valencia lächelte kläglich. »Nicht ganz. Immerhin ist das alles schon zwei Jahre her.«

»Um was bitten Sie mich dann? Warum sind Sie hierhergekommen?«

Er seufzte. »Eigentlich weiß ich es nicht genau.« Nach mehreren Sekunden brach es aus ihm heraus: »Aber als ich hörte, daß sie – sie –« Seine Stimme versagte.

Eiko beendete den Satz für ihn. »Sie hat sich einverstanden erklärt, eine Bewußtseinskopie von sich zusammen mit einem der *señores* Guthrie auf dem Vorausschiff nach Alpha Centauri zu schicken.«

»Ich kann es mir einfach nicht vorstellen!« rief er aus. »Sie ist so lebendig. Selbst eine Kopie von ihr, in einem schrecklichen Kasten – Was könnte sie dazu bewogen haben?«

»Die Nachricht war ein Schock für Sie«, sagte Eiko mitfühlend.

Er nickte, sein Nacken steif wie der einer Puppe.

»Also machen Sie sich etwas aus ihr«, fuhr sie fort. »Sie machen sich sogar sehr viel aus ihr.«

»Ich habe – jeden Tag an sie gedacht –« Er schluckte. »Verstehen Sie mich nicht falsch. Ich nahm an, daß sie durchaus glücklich ist. Jedenfalls im Augenblick. Sie schien sich sogar mit einem Mann häuslich niedergelassen zu haben. Einem guten Mann, nach allem, was ich in Erfahrung bringen konnte. Aber wenn die Menschen zur Demeter fliegen – Aber das ist noch nicht jetzt und hat keine Ähnlichkeit mit dem, was sie zuerst vorhat ... Ihr anderes Selbst. Wie kann sie eine andere Kyra in die Hölle schicken? Was stimmt da nicht?«

»Sie übertreiben«, tadelte Eiko. »Der Zustand ist nichtmenschlich, aber nicht unmenschlich.«

Weißes Licht aus seinem Juwel glänzte auf einem Schweißfilm. »Ich hatte gehofft, Sie könnten mich das glauben machen. Versöhnen Sie mich damit. Ich nehme an, sie hat Ihnen ihre Gründe gesagt. Wenn sie kein Geheimnis sind –«

Eiko schüttelte den Kopf. »Nein, sie hat mich nicht darauf eingeschworen zu schweigen. Sie wußte, ich würde nicht tratschen.« Sie betrachtete ihn aufmerksam. »Ich denke, es wird nicht falsch sein, einen Teil davon weiterzugeben und auf Ihre Diskretion zu vertrauen.«

Valencias Juwel verblaßte. »Sie sind sehr großzügig, Mylady«, sagte er demütig.

Eiko holte Luft. »Sie kam zu mir. Wir waren mehrere Tagzyklen beisammen, hier, im Trevorrow-Reservat, hoch im Baum, draußen im L-4-nahen Weltraum zwischen den Sternen. Sie wollte meinen – nicht meinen bescheidenen Rat, sondern meine Gesellschaft, während wir uns an das herantasteten, was die richtige Entscheidung für sie war. Es war eine schwierige Pilgerreise, die wir machten. Ich werde nicht versuchen, Ihnen davon zu erzählen. Aber Sie haben die öffentliche Ankündigung gesehen.«

»Ja«, sagte er mürrisch. »Guthrie muß jemanden wie sie dabeihaben, oder das ganze Unternehmen wird scheitern. Kyra – Pilotin Davis hat sich der Handvoll Personen angeschlossen, die bereit sind, das Opfer auf sich zu nehmen. Ich weiß um den Fireball-Treueid, *señorita* Tamura. Aber das geht zu verdammt weit über ihn hinaus. Zu gottverdammt weit.«

»Sie hat ihr persönliches Motiv, vergessen Sie das nicht. Sie plant, in ihrem lebenden Körper hinzufliegen, wenn die zweite Abreise erfolgt.«

»Warum, warum? Fühlt sie sich daheim wirklich so nutzlos?«

»Sie hat das Gefühl, daß die Dinge um sie herum immer enger zusammenrücken. Und dann die große Frage, die Menschheit, das Leben selbst –« Eiko hielt inne. »Aber sie war nie jemand, der in hochtrabenden Begriffen spricht, und ich werde es auch nicht tun.«

Sie griff über den Tisch hinweg und legte die Finger leicht über die Knöchel seiner Faust. »Sein Bewußtsein kopieren zu lassen, ist eigentlich kein so schreckliches Schicksal«, sagte sie. »Darüber hinaus hält die Terminierung nach erledigter Aufgabe für einen solchen Geist keine Schrecken bereit. Das geliebte Fleisch, das sich an die Existenz klammert, ist nicht mehr da.«

Bitterkeit sprach aus ihm, als er antwortete. »Natürlich nicht. Es gibt nichts zu verlieren.«

»Sie täuschen sich. Hätte Guthrie-*san* Jahrzehnt um Jahrzehnt weitergemacht, wenn die Zeit völlig uninteressant gewesen wäre? Ich, die ich auf meine beschränkte und halbherzige Art nach der Erleuchtung, dem *satori*, suche, ich vermag mir vage vorzustellen, was Kyras körperloses Ich haben wird. Eine völlig neue Wahrnehmung dieses unendlich wunderbaren Universums. Neue Fähigkeiten, manche davon übermenschlich, Fähigkeiten des Denkens und Handelns, des Begreifens und Tuns. Herausforderung. Dienen. Taten, die jahrhundertelang oder auf ewig nachwirken werden. Und danach, wenn sie sich dazu entschließt, das Vergessen, das Frieden bedeutet.«

Er saß stumm da, mit gesenktem Kopf, bis er wieder aufschaute und murmelte: »So empfindet sie es? Sie tut das nicht, weil sie unglücklich ist, und sie erwartet nicht, daß es für die andere schlimm sein wird?«

»Es war keine leichte Entscheidung«, gestand Eiko, »aber es ist die, zu der sie gekommen ist, und sie ist – zufriedener damit, als sie es mit allem Geringeren sein könnte.«

»Ich verstehe.« Valencia straffte sich. »*Gracias, mil gracias.* Sie haben einem Fremden eine große Gnade erwiesen.«

»Sie verdienen es, denke ich.«

»Auch angesichts dessen, was Sie über mich wissen?«

»Ja. Nicht, daß ich wage, über Sie oder irgend jemanden sonst zu urteilen. Aber Liebe kann man erkennen.«

Valencias Juwel wurde ebenholzschwarz. »Das ist ein zu großes Wort«, knurrte er. »Ich bewundere sie, ja, und –« Er zögerte. »*Señorita* Tamura, ich –« Er schlang seine Hände ineinander.

Eiko lächelte. »Sie möchten mich um noch etwas bitten.«

»Sie haben schon so viel getan.«

»In diesen wenigen Minuten?«

»Ja. Wenn, wenn Sie nein sagen, ist die Sache damit erledigt. Ich werde nach Hause fliegen und Ihnen auf ewig dankbar sein.«

»Sie wollen, daß ich bei Kyra ein gutes Wort für Sie einlege.«

»Ja.« Hastig: »Nicht, daß ich vorhätte, ihr lästig zu fallen. Ich würde mich nur freuen, wenn sie besser von mir dächte.

Und ... ein Wort zu *señor* Guthrie, *por favor.* Er wird Sie anhören.«

Sie musterte ihn genauer als zuvor. »Sie sind zu dem Entschluß gekommen, daß Sie gerne mit der menschlichen Ladung nach Alpha Centauri fliegen würden. Mit ihr.«

Er rang sich ein Lächeln ab. »Nicht gerade in diesem Augenblick, aus einem Impuls heraus. Ich habe es abgewogen. Aber, ja, entschieden habe ich mich heute.«

»Warum? Es wird nichts Romantisches sein, das wissen Sie. Was Sie dort erwartet, ist eine harte und grausame Umwelt, Plackerei, Gefahren, Entbehrungen und die hohe Wahrscheinlichkeit eines vorzeitigen Todes.«

»Genau.« Er lachte, als sei eine Sorge von ihm abgefallen. »Nein, ich bin kein Masochist. Aber ich würde mithelfen, etwas aufzubauen.«

»Was aufzubauen, glauben Sie?«

Er schüttelte den Kopf und schnalzte mit der Zunge. »Sie steuern immer gleich auf den Kern der Dinge los, nicht wahr?«

»Meine Vermutung ist«, erklärte sie, »daß Sie zu intelligent sind, um sich bei einem bloßen Arbeitsbeschaffungsprojekt für durch Maschinen arbeitslos gewordene Menschen zu engagieren, wie groß und riskant es auch sein mag. Sie sind sich ganz genau bewußt, daß die Demeter in tausend Jahren untergehen wird. Was für einen Nutzen sehen Sie in diesem Unternehmen? Was für einen Zweck?«

»Das kann ich nicht beantworten«, erwiderte er. »Kann irgend jemand das? Es wird davon gesprochen, eine freie und menschliche Zivilisation aufzubauen, plus etwas, das die Möglichkeit eröffnet weiterzumachen, nachdem die Planeten zusammengestoßen sind. Was bedeutet das wirklich? Können Sie es mir sagen?«

»Nicht in Worten«, gab sie zu. »Vielleicht könnte ich die richtige Musik finden, um es Ihnen vorzuspielen.«

»Ganz recht! Über das Bedürfnis hinaus, das Guthrie und ein paar Lunarier haben, das Solsystem zu verlassen, ist alles Musik und Gefühl, keine Logik.«

»Aus diesem Grund gibt es, wie Sie sich erinnern werden, nur wenige Freiwillige für die Kolonie. Und bisher mußten die meisten davon abgewiesen werden, weil sie unfähig oder Spinner waren.«

»Ich kann eine ganze Reihe Arbeiten ausführen und noch weitere erlernen.«

Eiko dachte nur einen Augenblick lang nach. »Ja. Meine Empfehlung haben Sie.«

»Noch einmal *mil gracias.*«

»Ihr Motiv ist, daß Sie einen Lebenssinn für sich suchen, habe ich recht?«

Valencia zuckte die Achseln. »Ich nehme es an.« Seine Stimme wurde lebhafter. »Aber Sie, *señorita,* haben einen Lebenssinn, Sie haben ihn immer gehabt, nicht wahr?«

Verblüfft entgegnete sie: »Was wollen Sie damit sagen, Sir?«

»Darf ich fragen, warum *Sie* gehen?«

»Was läßt Sie denken, daß ich es tue?«

Valencia lächelte. »Ich habe Sie nicht unvorbereitet angerufen, *señorita.* Zuerst habe ich alles über Sie in Erfahrung gebracht, was ich konnte. Und nun, da wir uns persönlich kennengelernt haben, erscheint es mir als eine vernünftige Annahme. Verzeihen Sie mir, wenn ich mich täusche.«

»In Ihnen steckt mehr, als ich erwartet habe, Mr. Valencia«, sagte sie langsam.

»Sie ehren mich.« Das Juwel schimmerte bernsteinfarben.

»Es ist wahr, ich denke ernsthaft darüber nach mitzufliegen«, gestand sie. »Was das ›Warum‹ betrifft, so würde es lange dauern, es zu erklären, wenn ich es überhaupt vermag.«

»Ich würde so lange zuhören, wie Sie reden möchten.«

»Genaugenommen gibt es keinen einzelnen einfachen Grund. Aber auf jeden Fall scheint mir – wenn ich damit nicht zu anmaßend bin – daß das, was sie vorhaben, diese Rebellion gegen das Schicksal, seine Dichter brauchen wird.«

»Ein heroisches Zeitalter liegt vor uns«, sagte er nachdenklich. »Die Art von Zeitalter, wo an den vier Enden des Lebens vier Gestalten stehen: der Arbeiter, der Krieger, der Priester und der Poet.«

Eikos Blick ruhte lange auf ihm. »Sie stecken voller Überraschungen, Sir. Ganz offensichtlich haben Sie Bücher gelesen.«

»Weniger, als ich einmal vorhatte. Es paßte nicht zu dem, was ich wurde. Vielleicht werden meine Enkel auf der Demeter es tun.«

»Können Sie eine Weile auf Ragaranji-Go bleiben?«

»Gewiß.«

»Ich würde Sie gerne besser kennenlernen«, sagte sie halb schüchtern, halb selbstbewußt. »Suchen Sie sich eine Unterkunft und kommen Sie morgen um die Abendwache zum Essen, wenn mein Vater zu Hause ist. Morgen – morgen lassen Sie uns zum Baum gehen. Vielleicht werden Sie dort im Wind hören, was wir beide unfähig sind auszusprechen, und in dem Licht, das durch die Zweige fällt, werden wir in unser Innerstes schauen.«

46

In den Optiken, die sie verfolgen würden, bis sie ihren Sichtbereich verließen, war die *Juliana Guthrie II* wie ein Turm, der gebaut worden war, um den Himmel zu erstürmen. Stufe um Stufe um Stufe schimmerte in Spiralen und Netzen kryogenischer Schaltungen, Wände, die nach oben hin enger zusammenliefen, bis die letzte Abbremseinheit eine Kuppel bildete, auf der sich der winzige, trotzige Wetterhahn erhob, der das Nutzlastmodul war. Wo sie abhob, überfrosteten Sterne die Nacht; ihre Höhe spaltete die Milchstraße.

Aber dann machten die Schlepper an ihr fest und zogen sie – langsam, langsam angesichts ihrer gewaltigen Masse – auf einer Spiralbahn nach außen. Als sie sie nahe Jupiter freigaben, war sie ein bloßer Splitter vor den Gürteln und Zonen und Monsterhurrikanen des Königsplaneten. Seine Schwerkraft drehte sie aus der Ebene der Ekliptik heraus und richtete sie auf den Rendezvouspunkt aus. Ihre unterste Stufe erwachte, Materie und Antimaterie flammten auf zu Energie, Plasma strömte wie ein Sturzbach durch Kraftfeldschluchten hinab. Dieser Strom floß beinahe kalt und fast unsichtbar Hunderte von Kilometern weit dahin, bevor er seinen Zusammenhalt verlor und harte Strahlung wie ein Geysir aus einem fahlen, sich auflösenden Feuerball sprudelte.

Zuerst konnte selbst dieses mächtigste aller Fackelschiffe, die je gestartet worden waren, seine Geschwindigkeit nur unmerklich erhöhen. Sekunde um Sekunde aber, Stunde um Stunde, Tag um Tag nahm die Masse ab und die Beschleunigung zu. Wenn es seine Flugbahn erreichte und in den freien Fall überging, würde es mit halber Lichtgeschwindigkeit fliegen; seine Instrumente würden Himmel, die eigenartig geworden waren, zusammengeschrumpften Raum und schneller ablaufende Zeit registrieren. Nahe dem Ende der Reise würde es ein paar Wochen lang mit dem Heck voran auf sein Ziel zufliegen. Die Bewußtseinsinhalte an Bord würden von diesen Jahren wenig merken. Damit sie sich nicht in der Leere verlören, würden sie in sicherer Bewußtlosigkeit verweilen.

Nichtexistent, sagte ein Gedanke in ihnen.

Nein, es wird nicht anders sein als die Stille des Kälteschlafs, die sich um mein anderes Selbst schließen wird. Oder? Nicht sehr. Wir sind es, die anders sind. Sie kann nicht wie ich jahrhundertelang unveränderlich ruhen; sie kann nicht angehalten werden, nur verlangsamt, denn sie ist organisch, verletzlich, sterblich. Sie ist lebendig. Ich bin ein Netzwerk und ein Programm.

Ich bin angeschlossen. Ich kann die Schiffssysteme benutzen. Sieh, dort drüben leuchtet die Sonne, kaum mehr als ein Stern. Wie glücklich ich war, mit dem *Gerfalken* durch diese Weiten zu fliegen! Wo ist Alpha Centauri? Na, hier. Ich wußte es im Augenblick. Der Computer rechnete es für mich aus, so mühelos, wie mein Arm mir sagte, wo meine Hand war. Vergrößerung. Diamantenes A, goldenes B, ferne Kohle Proxima. Oft schaute ich durch meine eigenen Augen und sehnte mich danach. Jetzt, in ein paar Jahren, werde ich hinfliegen. Nur, daß nicht *ich* es sein werde. *Ich* bin schon unterwegs und habe weder einen Mund, um vor Freude zu lachen, noch Fleisch, um sie zu spüren.

Genug jetzt! Ich wußte ganz genau, auf was ich mich da einließ. Oder bildete es mir jedenfalls ein. Es schien wie das Hochwerfen einer Münze, eine Fünfzig-zu-fünfzig-Chance, daß ich mein Leben in dem stolzen Bewußtsein würde fortsetzen können, einen notwendigen, aber über den Ruf der Pflicht hinausgehenden Dienst geleistet zu haben. Und natürlich gewann ich bei diesem Münzwurf. Das Ich, das auf der Erde ist, tat es. Dieses Ich ist an seine Gelübde gebunden. Irgendwie verstand ich es nicht. Und jetzt ist es zu spät.

Es hat keinen Sinn zu weinen. Ich kann es sowieso nicht. Eigentlich dürfte ich Liebe, Atem, Hunger, einen nackten Fuß auf nassem Gras vor Sonnenaufgang doch nicht vermissen, oder? Jener Körper ist nicht länger das, was mich erzeugt. Ich habe mich von Kyras Bedürfnissen und Gelüsten, ihren Tränen und Triumphen und ihrer Zärtlichkeit gelöst. Anblicke, die sie blenden, Abenteuer, die sie umbringen würden, erwarten mich. Ich muß mich darin üben, eine Maschine zu sein.

Wenn das Werk getan ist, kann ich mich terminieren.

– Kyra?

Jefe?

– Wir werden uns jetzt bald abschalten, das weißt du. Ich habe mich mit den übrigen in Verbindung gesetzt, mit einem nach dem anderen, um ein bißchen zu plaudern. Sie würden gerne eine Art Konferenzschaltung bilden, bevor wir gute Nacht sagen. »Einswerden‹ klänge mir zu hochtrabend. Nenn es eine Party. Willst du dazustoßen?

Ich – Nein, ich glaube nicht, *gracias*.

– Bist du dir sicher? Es dürfte hilfreich sein. Im besten Falle sind wir einsame Geschöpfe, wir Bewußtseinskopien.

O Gott, das sind wir!

– Kyra, *querida*.

?

– Du hast gerade deine dunkle Nacht der Seele, nicht wahr?

Ich komme schon zurecht.

– Warte. Sperr mich noch nicht aus. Bitte. Ich möchte nicht

in deine Privatsphäre eindringen. Du hältst immer noch an der Vorstellung einer Privatsphäre fest, nicht wahr? Du bist ein Individuum, frei, zu geben oder zu verweigern. Aber du hast keine Haut mehr, um deine Blöße zu bedecken. Ich weiß, ich weiß. Versuche nicht, dich in dich selbst zu hüllen. Das beschützt nur den Schmerz. Öffne dich, so weit du kannst, weiter, als du es wagst. Sei eins mit dem Universum.

Bist du das?

– Nein, ich habe es vor langer Zeit versucht und bin gescheitert. Aber gestatte mir, daß ich aus Erfahrung spreche. Ein Ideal, etwas, an dem du dich messen kannst und dem du vielleicht ein Stückchen weit näher kommen kannst, verleiht der Existenz einen Sinn.

In Ermangelung von allem anderen.

– Yeah, ich kapiere schon. Kyra, ich will dir nichts vorlügen. Ich bin lebendig gewesen, und ich bin das gewesen, was ich bin, und lebendig sein ist besser. Für dich muß es noch schlimmer sein. Ich war alt und müde, hatte alles hinter mir. Du warst jung und blutvoll. Du hast die Zukunft verloren, die dir hätte gehören sollen. Aber du hast eine andere. Und die wird nicht nur eine Aneinanderreihung von Arbeiten sein, die man erledigt, während man düster einer Vergangenheit nachtrauert, die immer weniger real wird. Du wirst lernen, wie du das sein kannst, was du bist, und Vergnügen daran finden.

Das versprachst du mir.

– Ich habe nicht gelogen. Das würde ich nicht tun, nicht dir gegenüber. Wir haben zusammen eine ganze Menge tolle Sachen erlebt, oder nicht? Und es werden noch mehr kommen, viel mehr.

Ich ... ich nehme an, ich sollte mich nicht deprimiert fühlen. Womit *könnte* ich auch fühlen?

– Gutes Mädchen. Du kannst schon wieder ein bißchen scherzen. Tatsächlich wirst du feststellen, daß Gefühle nicht nur in den Drüsen beheimatet sind. Du wirst es lernen, sage ich.

Du hast es auch gelernt.

– He, laß uns eine Weile zusammenbleiben. Wir haben mehrere Stunden ohne Funkanrufe vor uns. Hör dir meine

Geschichten an, die wahr sein mögen oder auch nicht, und ich werde mir anhören, was immer du mir erzählen möchtest, und wir werden zurückschauen, aber auch voraus, und am Ende singen wir vielleicht ›MacCannon‹. Na, wie wär's?

Ich frage mich, ob so etwas wie Liebe doch noch möglich sein könnte.

47

An ihrem letzten Tag bei den Keiki Moana fuhr Kyra mit ihnen aufs Meer hinaus. Sie ankerte mit dem Boot in der Nähe eines Riffs, streifte ihre Kleider ab und hechtete über Bord. Stundenlang waren sie zusammen. Sie tollten in den Wellen, kundschafteten die Wunder aus, die zwischen den Korallen wuchsen und schwammen, suchten das Ufer auf, um auszuruhen und Wind und Sonnenlicht und den Anblick des gewaltigen vielfarbigen Wogens in sich aufzusaugen, antworteten mit ihren Rufen dem Dröhnen und weißen Aufschäumen der Brecher, durch die sie sich kämpften, um wieder zu schwimmen. So gut sie es vermochte, stimmte sie in die heiseren Gesänge ein und beteiligte sich an den komplizierten Tänzen.

Daraus zog sie Frieden, den sie zu einem Schutzschild gegen Zweifel und Ängste machte. Hier gab es überwältigende Schönheit und vielfältiges Leben, ihre Art von Leben. Mit jedem Tier und Vogel und Grashalm war sie verwandt; hierher gehörte sie. Schon vor ihrer Geburt hatte man damit begonnen, dieses Leben zu bewahren und den Planeten wieder zu heilen. Es war durchaus möglich, daß er sich wieder zu so etwas wie seiner alten Herrlichkeit entwickelte, bevor sie starb. Im letzten Jahrzehnt war die Wiederherstellung der Biosphäre in immer größeren Schritten vorangekommen, und die Geburtenkontrolle – an deren Ende eine Verringerung der Bevölkerung stand –

hatte auch in den letzten, unterentwickeltsten Ländern Fuß gefaßt. Es war, als habe der Zusammenstoß mit Fireball die Menschheit zur Vernunft gebracht. Wollte sie wirklich von hier fortgehen, für immer?

Ja, sagte sie sich. Während der Hälfte dieser Zeit war sie nicht tiefer im All gewesen als bis auf L-5. Hätten nicht einflußreiche Persönlichkeiten ihr einen Posten auf dieser Station verschafft, hätte sie Rinndalir nachgegeben, das wußte sie. Diesen Metamorphen zu helfen, sie zu unterrichten, sie zu studieren und von ihnen zu lernen, der Welt von ihnen zu erzählen, war faszinierend, herzerquickend, manchmal herzzerreißend und immer mit dem Gefühl verbunden gewesen, daß das, was sie tat, sinnvoll war. Aber in jeder klaren Nacht starrte sie hinauf zu den Sternen.

Die Sonne neigte sich. Eine angenehme Müdigkeit durchdrang ihre Muskeln. »Ich muß jetzt gehen«, sagte sie. Charlie gab einen Laut der Trauer von sich. Sie streichelte den großen, narbigen Kopf und schwamm zu ihrem Boot. Die Seekinder folgten ihr, dunkle Streifen und Sprünge durch das Licht hindurch, das über den Wellenkronen schimmerte. Während sie an der Anlegestelle festmachte, krochen sie an Land. Die Rückfahrt hatte sie getrocknet. Sie zog sich an und ging, ihnen Lebewohl zu sagen.

»A'o'a, a'o'a«, krächzten sie und drängten sich um sie. Sonnenschein liebkoste ihre Flanken. Der Fischgeruch ihres Atems war eine saubere Schärfe in ihren Nasenlöchern. Die Nasen, die sich an ihren Handflächen rieben, waren feucht und borstig und zitterten, als ob die Wesen sich bemühten, nicht zu weinen. »Lebt wohl, lebt wohl«, rief sie.

»[Wir fragen uns, wie wir ohne dich auskommen werden, liebe Schwester]«, sagte Charlie.

»Ihr habt andere, die sich um euch kümmern.«

»[Mögen sie Junge gebären, die das tun.]«

Würden sie das? fragte sie sich. Alles veränderte sich so rasch. Die jungen Leute, die sie traf, waren ganz anders als die, die sie gekannt hatte, als sie in ihrem Alter war. Wenn die Menschen jetzt ihre Gewalttätigkeit und Grausamkeit verloren, lag das dann daran, daß sie die wilde, wundersame Energie verloren, die sie aus den Höhlen bis an die Grenzen des Sonnensystems getrieben hatte? Konnte diese Entwicklung weitergehen, oder würde sie in irgendeinen neuen Wahnsinn umschlagen? »Ich werde mich mein ganzes Leben lang an euch erinnern.«

»[Und wir werden uns an dich erinnern, auch noch, wenn wir, die wir hier sind, gestorben sind. Du wirst in unseren Liedern leben. Solange unsere Art fortbesteht, werden wir bei Mondlicht mit deinem Geist in den Wassern tanzen.]«

Wie lange das auch immer sein mochte.

Kyras Blick schweifte zu der fahlen Halbscheibe am östlichen Himmel. Ein Schauer durchlief sie. In diesem Augenblick hätte sie dort sein können. Obwohl Fireballs Piloten nicht mehr flogen, seine Schiffe fast sämtlich an die alles automatisierende Irdische Weltraumbehörde übergegangen waren, hatten die Selenarchen ihre wenigen antiquierten Schiffe behalten. Rinndalir hatte ihr das Kommando über eines von seinen angeboten. Ihr Zuhause am Boden wäre in der Bergfeste gewesen . . . Es würde sie schon genug verwirren, ihm auf dem fernen Centauri zu begegnen.

»*Adíos*«, würgte sie hervor. »*Aloha nui loa.*« Sie bahnte sich einen Weg aus dem Gedränge und floh die Hügelflanke hinauf.

Eine andere Erinnerung lief mit federnden Schritten neben ihr. Auch Nero Valencia flog mit. *Bueno,* zugegeben, er war tapfer und fähig, und auf der Demeter würde er keinen Grund haben, irgend jemanden umzubringen. Oder?

Ihr Infomat strahlte das Signal ab, das das Tor im Zaun aufschloß. Sie trat hindurch und blieb abrupt stehen. Ihr Wagen stand einsam auf dem Parkplatz. Ein Mann wartete in der Nähe, so schwarz gegen die Sonne wie der lange Schatten, den er vor sich warf. »Oh –«

Er begrüßte sie mit einem Fireball-Salut und trat näher. Sie erkannte Washington Packers Sohn Jeff, einen gutaussehenden *hombre* in den Zwanzigern. »*Saludos*«, grüßte er scheu. »Ich hoffe, ich störe nicht, Pilotin Davis.«

Ihr Blick zuckte umher. So eifrig die Privatsphäre der Auswanderer auch geschützt wurde, auf dem einen oder anderen

Wege schlüpften immer wieder Journalisten und die fliegenden Aufnahmegeräte der Multivision durch die Absperrung, um sie zu belästigen. »Wenn man Ihnen nicht gefolgt ist«, sagte sie.

»Ich habe aufgepaßt.« Packer hatte offensichtlich das Gefühl, detailliertere Erklärungen abgeben zu müssen. »Als mir klar wurde, daß ich Sie einfach sehen mußte, bat ich meinen Vater, mir Ihre Videophonnummer zu geben. Nicht Ihre Adresse, nur Ihre Nummer und Ihren Zerhackercode. Er und Mutter ... im Moment schlagen sie mir nicht viel ab. Ich rief an, bekam *señor* Lee an den Apparat und fragte, ob ich bei Gelegenheit mit Ihnen allein sprechen könnte. Er schlug statt dessen vor, ich solle nach hier draußen kommen, wo Sie wären, und er würde dafür sorgen, daß die Pforte mich durchließe.« Kyras wegen versperrten in einem Kilometer Entfernung auf beiden Seiten zwei Tore den Zugang zur Straße. Man hatte ein paar fliegende Augen abgeschossen, was solchen Störungen ein Ende machte. Die Öffentlichkeit hatte rasch begonnen, sich bei Ansichten von ihr aufgenommen aus großer Höhe zu langweilen. Packer seufzte. »Er ist sehr *simpático,* nicht wahr?«

»Das ist sein Metier«, sagte Kyra. »Sind Sie sicher, daß man Sie nicht bemerkt hat?« Die Plagegeister konnten auch draußen auf der Lauer liegen.

»Ich habe meine lebende Maske getragen und ein Taxi genommen.« Packer deutete auf seine Tasche. Die meisten Auswanderer hatten ein bionetisches Pseudogesicht erworben, das sie überstreiften, wenn sie unbedingt anonym bleiben wollten.

Kyra lachte. Wie erleichternd das war! »Dann muß ich Sie wohl in meinem Wagen nach Hause bringen.«

»O nein, *señora*. Ich kann vom Tor aus anrufen.«

»Natürlich mache ich das, Sie *tonto,* und wir unterhalten uns unterwegs. Ich schulde Ihrem Vater eine Menge.«

Trübsinn legte sich über das braune Gesicht. »In letzter Zeit war er nicht in der Lage, viel für Sie zu tun«, zwangsweise in den Ruhestand versetzt.

»Ich habe es nicht vergessen. Und wir werden Schiffskameraden sein, Sie und ich. Planetenkameraden.«

»Darüber hoffte ich mich mit Ihnen unterhalten zu können.«

»Sie zögern? Das kann ich Ihnen nicht verdenken.«

»Niemals!« rief er aus. »Was gibt es denn für mich auf der Erde?« Auch er träumte den Traum, der ihr Leben geformt hatte, aber er war zu spät geboren worden, um einen Anteil an der Wirklichkeit gehabt zu haben.

Kyra nahm seine Hand. »Gehen wir«, sagte sie und führte ihn zum Wagen. Sie sprachen erst wieder, als sie das Tor hinter sich gelassen hatten. Sie fuhr mit Handsteuerung, ohne Hast, schlängelte sich zwischen Bäumen und Farnen und großen, grellbunten Blumen dahin. Das gab ihrem Körper etwas zu tun. »Was ist Ihr Problem, *consorte*?« fragte sie. »Wie kann ich Ihnen helfen?«

Sie hörte die Anspannung in seiner Stimme. »Meine Familie.«

»Sie versuchen, Sie aufzuhalten? Das überrascht mich.«

»Nein, das tun sie nicht. Sie sagen, sie seien stolz auf mich. Aber –« Seine Stimme schwankte. »Pilotin Davis, Sie haben Eltern, genau wie ich. Und einen Bruder, nicht? Ich habe zwei Schwestern, die ihre eigenen Familien haben. Wir stehen uns sehr nahe, wir alle.«

Kyra wartete, obwohl sie schon wußte, was als nächstes kommen würde.

»Wie werden Sie Ihrer Familie *adíos* sagen? Wie verhindern Sie, daß Sie sich grämen? Es ist wie der Tod. Eine Reise ohne Wiederkehr. Wenn ich am Ziel erwache, sind meine Eltern wahrscheinlich tot und meine Schwestern vielleicht auch. Zumindest werden sie alt sein, und keine Bandbreite für mehr als ein paar Mitteilungsworte dann und wann, die vier und ein Drittel Jahre unterwegs sind.«

Kyra nickte. »Richtig.«

»Ja, es tut mir persönlich weh, alles, was ich zurücklasse. Ich kenne ein Mädchen – Aber wenn ich nur nicht das Gefühl hätte, daß es *ihnen* so weh tut! Bin ich gewissenlos, egoistisch?«

Kyra wählte ihre Worte mit Bedacht. »So würde ich es wohl kaum bezeichnen. Sie sind unterwegs in ein Wagnis und in Entbehrungen, die über alles, was sich voraussehen läßt, hinausgehen, und das nicht nur, weil es Ihnen einen Job im All verschafft. Sie tun es auch, weil Sie diese Ahnung bekommen haben – man mag es kaum als Idee bezeichnen, so vage und unbeweisbar, wie es ist – diese Ahnung, daß das die beste Chance für die Kinder Ihrer Kinder ist. Was bedeutet: Wash' und Marys Urenkel.«

»Sie glauben nicht, daß es das ist. Sie sprechen nicht darüber, aber ich weiß, daß sie es nicht glauben. Tun Ihre es?«

»*Bueno,* mein Vater stimmt mit mir überein, gewissermaßen.« Angesichts seiner Not mußte sie sich ihm offenbaren. »Meine Mutter – ›Flieg, mein Vögelchen‹, hat sie gesagt und versucht, nicht zu weinen.«

»Wissen Sie irgend etwas, das ich meinen sagen kann«, bat er flehentlich, »irgend etwas, das ich tun kann, was es ihnen erleichtern könnte?«

Kyra blickte ihn an. »Sagen Sie ihnen, wie sehr Sie sie respektieren.«

»Hm?« murmelte er überrascht.

Sie richtete die Augen wieder auf die Straße. »Söhne und Töchter zu verlieren war früher ein übliches Schicksal. Sie zogen in den Krieg oder in Länder jenseits der Berge oder über die Meere und kamen nicht wieder. Jene, die zurückblieben, erfuhren vielleicht nie, ob sie überlebten oder starben. In dieser gezähmten, bekannten, maschinenverwalteten Welt, von der Sie und ich uns freimachen wollen, sind wir daran nicht mehr gewöhnt. *Bueno,* Ihre Familie und meine besitzen noch die alte Stärke. Sie können ein Leben akzeptieren, das mehr als bloße Unterhaltung ist. Dafür sollten wir sie ehren.«

»Hm-m-m.« Er versank in Gedanken.

Nach einer Weile sprachen sie wieder. Als sie ihn bei seiner Wohnung in Hilo aussteigen ließ, bedankte er sich bei ihr. Sie fragte sich, wieviel Gutes sie getan hatte, wieviel Wahres sie gesagt hatte.

Sie fuhr weiter zu dem Haus, das Lee und sie während dieser letzten Jahre gemietet hatten. Der Standort war für sie nötig und für ihn unpraktisch gewesen. Er konnte zwar überall nachdenken, Berechnungen anstellen und über weite Strecken mit anderen Menschen kommunizieren, aber oft mußte er für Tage oder Wochen am Stück aufs Festland zurückkehren, um Daten und Erfahrungen zu sammeln. Trotzdem hatte er sich ohne Klagen eingewöhnt.

Das Gebäude gehörte zu einer früher exklusiven Wohnanlage in den Hügeln. Heutzutage, da die Verbrechensrate niedrig war und immer weiter sank, war der bewachte Zaun ein Anachronismus, den man nur beibehalten hatte, weil Guthrie dafür bezahlte. Kyra parkte vor dem Haus und fand Lee auf der Veranda an der Rückseite, wo er den Sonnenuntergang betrachtete.

Der Mauna Kea ragte schwarz vor Gold auf. Das Licht flutete über den Wald, ließ Blätter aufglühen und Düfte aus dem Garten unterhalb des Geländers aufsteigen. Eine Brise zog immer noch warm vorbei. Irgendwo trällerte ein Iiwi.

Er hörte ihre Schritte und erhob sich mit gewohnter Höflichkeit aus seinem Clubsessel. In dem üppigen Licht wirkte sein in letzter Zeit mit Grau durchsetztes Haar beinahe weiß. *Bueno,* dachte sie, es mußte auch die Fältchen an ihren Augen hervortreten lassen, die Linien, die sich an den Rändern ihrer Lippen eingegraben hatten. Sie war auch nicht mehr gerade jung – immerhin ging sie auf die Vierzig zu.

Er lächelte. »*Bienvenida*«, sagte er. »Wie war's?«

»Schlimm.« Er trat vor, um die Arme um sie zu legen. Sie erwiderte seine Umarmung heftig. »Oh, diese ganzen Abschiede!« flüsterte sie an seiner Wange.

Er ließ sie los. »Du hast deinen Entschluß doch schon vor Jahren gefaßt«, sagte er. »Ich wünschte, du könntest auch dein Herz gefaßter machen.«

»Jahre –« Sie waren ihr endlos vorgekommen. Wie konnten sie ihr nun so entglitten sein?

Er lächelte erneut. »Kopf hoch, *querida*. Sie sind fast vorbei.«

Sie legte die Hände auf seine Schultern. »Sie haben mir nichts ausgemacht. Sie waren schön.«

»Lieb, daß du das sagst, aber laß uns ehrlich sein. *Manchmal* waren sie's.«

»Meistens waren sie's. Deinetwegen.«

»Für mich waren sie es immer. Deinetwegen.«

Und doch, das hatte sie ihrer Seele in schlaflosen Nächten gestanden, war es schlimmer, ihren Eltern und ihrem Bruder Lebewohl zu sagen. Nicht, daß sie diesen Mann nicht mochte. Auf vielerlei Weisen hatte sie ihn sogar geliebt.

Ihre Stimme stockte. »Wenn du doch auch nur eine Möglichkeit sähest mitzukommen.«

Die seine wurde ausdruckslos. »Ja, wenn.«

Wenn sie es nur ertragen könnte hierzubleiben. Aber es war sinnlos, all das zu wiederholen, was wieder und wieder gesagt worden war, unzählige Male. Er hatte seine Arbeit, und deren Herrschaft über ihn war längst unzerbrechlich geworden. Er wußte, daß sie wertvoll war: Wege zu finden, die junge Generation in das entstehende Gemeinwesen aus Menschen und Maschinen zu führen, Wege, die Älteren zu trösten, obwohl alles, wofür sie gelebt hatten, ihnen unter den Händen zerfallen war. Was für eine Verwendung gab es auf der Demeter für einen Intuitionisten?

Und was für einen Nutzen hatte das ganze Pionierdasein? Er fürchtete offen gestanden, daß es ein Sprung in den Untergang war.

»Nun komm schon.« Sie legte einen Arm um seine Hüfte. »Wir versäumen sonst noch das ganze Schauspiel.«

Seite an Seite standen sie da und sahen zu, wie der strahlende Glanz herunterbrannte. »Unglaublich«, murmelte sie, als er endlich verblaßte. »Das übertrifft alle chromokinetischen Darbietungen, die ich je gesehen habe.«

»Ich hatte mir schon gedacht, daß du das so empfinden würdest.« Die Sonnenuntergänge auf der Demeter waren angesichts des hoch von leblosen Ebenen aufgewirbelten Staubs oft spektakulär. »Es war zweifellos wunderschön.«

»Dieses Luxusdinner, über das wir gesprochen haben. Können wir das nicht verschieben und uns nur einfach zu Hause etwas zaubern? Ich bin nicht in der Stimmung, irgendwo hin auszugehen.«

Er sah sie durch das Dämmerlicht hindurch an. »Wofür bist du dann in Stimmung?«

Sie lachte in seine Augen. »Als ob du das nicht erraten kannst!«

Sie hatten einander bei jeder sich bietenden Gelegenheit geliebt. Sie verriet ihm nicht, daß sie darauf verzichtet hatte, ihre Empfängnisverhütung zu erneuern, weil sie sein Kind auf Alpha Centauri zur Welt bringen wollte.

48

Als der Flieger vom Boden abhob, traf ihn ein Windstoß und brachte ihn beinahe ins Trudeln. Die Luft in dieser Region wurde um das Frühlingsäquinoktium herum tückisch. Vielleicht trug dazu die Begleitsonne etwas bei, die sich dem Punkt ihrer größten Annäherung an den Hauptstern näherte, so klein ihre maximale Einstrahlung auf diesen Planeten auch war. Sensoren versorgten Kyra Davis' Bewußtseinskopie rasch mit Daten. Sie sah das Landefeld und die Hangars seitlich wegschwenken, spürte das Rollen und Taumeln, hörte die Bö dröhnen und Metall trommeln. Eine Stabilisierungsflosse auszufahren und eine Hilfsdüse zu zünden, war dem Spiel der Muskeln, mit dem die lebende Kyra auf einer Sturzwelle geritten war, nicht unähnlich; einen Augenblick lang erinnerte sich die Bewußtseinskopie an den Geschmack von zerstäubtem Wassernebel.

Der Flieger korrigierte und sprang weiter himmelwärts. Sie hatte die kleine Herausforderung genossen. Integraler Bestandteil einer Maschine zu sein, gab ihren Erfahrungen eine Fülle, an die eine Steuerung von außen nie ganz heranreichte.

Selbst auf fünfzehnhundert Metern Höhe, wo sie den Flieger abfing, hatte ihr Zustand seine Vorteile. Die Instrumente maßen eine nicht sehr verminderte Schwüle; Fleisch hätte sich heiß und schwitzig angefühlt. Die Wolkenuntergrenze lag dicht über ihr. Diese bleigraue Bewölkung riß fern im Osten auf, wo A Strahlen herunterschleuderte, die dem Ionischen Ozean die

Farbe geschmolzenen Metalls verliehen. Näher am Ufer wogten die Wellen dank einer jahreszeitlich bedingten Blüte mikroskopisch kleiner Tierchen purpurn.

Ihre Farbe gehörte zu den wenigen Dingen, die sie vermissen würde, wenn sie lange genug überlebte. Die Vorhersagen gingen dahin, daß sie wie die meisten einheimischen Spezies aussterben würden, wenn sich die irdischen Arten im Meer ausbreiteten. Ein paar ihrer Gefährten sagten, daß sie sich deswegen ein bißchen schuldig fühlten. Kyra lehnte das ab. Die Demeter würde nicht nur geeignet für Menschen gemacht werden, sie würde einen solchen Reichtum an Leben und Schönheit tragen, wie sie ihn aus sich selbst heraus niemals hätte hervorbringen können, bevor das Verderben über sie hereinbrach.

Bisher war die Kahlheit wenig abgemildert. Das Treibstoffwerk auf Hydrogran. Wo der Tanaos-Fluß in die Shelter Bay mündete, breitete Port Fireball seine Gebäude mit ihren klaren Linien und Farben aus. Sie beherbergten Industrieanlagen und wissenschaftliche Einrichtungen. Man mußte die Produktionskapazität so schnell wie möglich ausweiten – ein quasi-geometrisches Wachstum, Maschinen, die neue Maschinen bauten – wenn beim Eintreffen der Kolonisten eine Lebensgrundlage vorhanden sein sollte.

Einwärts von der Küste sprenkelte Moos erratische Blöcke mit Grün. Wind kräuselte das Gras und die Büsche, die Besitz von den Hügeln dahinter ergriffen. In der Hauptsache jedoch sah Kyra nackten, von der Erosion abgeschliffenen Fels und schimmernde, leblose Regenwasserpfützen. Hätte sie Nasenflügel und Lungen besessen, wäre die Luft praktisch geruchlos gewesen, außer wenn Gewitter sie ionisierten. Obwohl atembar, war sie auch stickig, da sie zuviel Kohlendioxid und nicht genug Sauerstoff enthielt.

Der Flieger beschrieb eine Kurve und steuerte nach Westen.

»Warum fliegst du nicht höher und schneller?« fragte Gabriel Berecz' Bewußtseinskopie ungeduldig. Achtern inmitten seiner Robokäfer hockend, trug er heute seinen Körper für Außendienstarbeiten: Raupenketten, ausfahrbare Sensoren, multiple Arme, die in einer Reihe von Händen endeten.

»Ich möchte mir das Gelände genauer ansehen«, erwiderte Kyra. »Seit einiger Zeit ist niemand mehr in dieser Gegend gewesen. Die Landvermesser, die das Problem gemeldet haben, waren von Illyrien nach Süden unterwegs, wie du dich erinnern wirst.« Sie und ihr Passagier sprachen nicht per Stimme, sondern über eine direkte Funkverbindung miteinander. An ihrem Zielort würden sie ständig in Kontakt bleiben müssen.

»Was gibt es außer einer Menge Geologie denn da zu sehen?« grollte der Ökologe.

»Man kann nie wissen«, sagte Kyra. »Wir waren noch weit davon entfernt, alle Überraschungen im Sol-System erschöpft zu haben, als wir es verließen.«

Erinnerungen regte sich. Gelegentlich brachten sie einen irrationalen Schmerz mit sich. Sie mußte sich abgewöhnen, das zuzulassen. Fang an, indem du dich auf die Einöde konzentrierst, die das unter ihr vorbeiziehende Argolis war. Ein Fluß, eine Schlucht, ein See, ein Berg, kahl, dunkel, bedeutungslos – wie lange würde es dauern, bis sie Namen trugen? Diese klassischen Namensbezeichnungen, die irdische Astronomen den größten Landschaftsformationen gegeben hatten, nachdem Karten auf ihren Schirmen erschienen waren, hätten ebensogut Katalognummern sein können, geschichtslos, wie sie waren. Wann würde diese Luft Laute mit den unermeßlichen Beiklängen tragen, die in ›Devon‹, ›Dordogne‹, ›Dalmatien‹, ›Kap Horn‹, ›der Nil‹, ›Mount Everest‹, ›Jerusalem‹, ›Rom‹, ›Kamakura‹, ›Tours‹, ›Lepanto‹, ›Gettysburg‹ mitschwangen?

Kyra richtete ihre Aufmerksamkeit wieder auf das Gelände.

Nach etwa zwei Stunden erspähte sie voraus ihr Ziel und zog den Flieger schräg nach unten. Die Wolken über ihnen waren dichter geworden. Ein Unwetter bildete eine Mauer aus Blauschwarz, die die Mykenische Kette vor ihr verbarg, deren Vorgebirge jedoch klar und steil aufragten. Ein Fluß stürzte in Wasserfällen aus ihnen hervor und durch das Tal darunter. Dort zitterten Schilfrohre längs der von Gebüsch und jungen Weiden eingefaßten Ufer. Das Land zu beiden Seiten zog sich leicht gewellt in verblüffend leuchtendem Grün dahin. An seinem Rand wälzten sich Roboter mit ihren Lasten von einer Kuppel weg, in der Humus synthetisiert wurde, um ihn in das Gestein einzubringen, das von Nanomaschinen zu mineralischen Körnchen zerkleinert worden war. Hier befand sich eines der um den Globus herum plazierten Zentren, von denen aus das Leben die Vitalität gewinnen sollte, um sich von alleine auszubreiten.

»Wo willst du anfangen, Gabe?« fragte Kyra.

»Mach einen Bogen dicht über den Hügeln«, wies Berecz sie an, während er sich an die Optiken anschloß. Sie ging tiefer und flog so langsam, wie es noch halbwegs sicher war. Thermiken, Seitenwinde, Luftlöcher rüttelten sie durch und taten ihr Bestes, um sie zum Absturz zu bringen. Sie ging ganz darin auf, gegen sie anzukämpfen. Einmal dachte sie flüchtig, daß das hier niemals Sex ersetzen würde, es aber auf seine Weise auch Spaß machte.

Natürlich, nachdem die Siedlung eine *quivira* gebaut hatte, würden Programme, die sich an einen körperlosen Geist anpassen konnten – Nein, sie glaubte nicht, daß sie jemals gehen würde. Das Erwachen wäre ein zu hoher Preis. Besser, sie blieb so, wie sie war. Es gelang ihr immer besser.

»Da!« rief Berecz. »Siehst du das?«

Kyra verband sich mit seinen Instrumenten und holte sich ein Bild heran. Ein kleiner Berg erhob sich plötzlich aus dem Talgrund. Moos und Grasbüschel waren über seinen unteren Hang verstreut. Das waren Freiwillige. Organische Materie war auf Winden von unten herangeweht, Regen hatte sie mit von der Natur zermahlenen Bodengesteinen vermischt, Sporen und Samen waren gefolgt – ein früher Sieg in dem Eroberungsfeldzug, für den diese Pflanzen und ihre begleitenden Mikroben genetisch erdacht worden waren. In hundert Jahren oder weniger sollte dieses Gebiet für einen Wald bereit sein.

Der Tod sagte das Gegenteil. Als sie auf Vergrößerung schaltete, erblickte Kyra verdorrte Stengel, braun gewordene Grasnarbe, Flüßchen, die von Lehm getrübt wurden, den keine Wurzeln mehr hielten. Der Schwung seiner Sense verbreiterte sich, während er sich abwärts ins Tal hinunterzog, ein Fächer aus schmutzigem Umbra, der vier Kilometer flußwärts reichte. Ausgedehnte Flecken an anderen Stellen zeigten, wie rasch die

Fäule voranschritt. Bisher war sie noch nichts, was ein Beobachtungssatellit durch die von mächtigen Regenwolken verhangene Atmosphäre hätte ausmachen können, aber ihre Auswirkungen ließen nichts Gutes ahnen.

»Kannst du auf diesem Vorsprung landen?« fragte Berecz.

Kyra tastete ihn ab, ein flaches Felsband einige hundert Meter weiter oben. Darüber war der Berg erheblich steiler; überlebende Fleckchen von Vegetation klammerten sich unsicher zwischen durcheinandergeworfenen Steinen und von Regen gespeisten Quellen fest. Hinter dem Gipfel türmte sich der Sturm stetig höher auf. Blitze zuckten in seinem Dunkel. »Warum?« wunderte sie sich. »Hier dürfte es nur verdammt spärliche Exemplare geben.«

»Genau. Ein einfaches Biosystem, am einfachsten zu studieren. Außerdem scheint mir, daß die Störung sich von den Höhen her ausgebreitet hat. Ich brauche Proben, um sie mit dem zu vergleichen, was ich im Tiefland sammle.«

»Hm-m-m – *bueno*, kannst du dich damit beeilen? Das Wetter da wird ziemlich bald hier sein, und dieser Ort ist für meinen Geschmack zu exponiert.«

»Eine Stunde müßte genügen.« Und vielleicht nicht sehr viel mehr, um das Rätsel zu lösen, dachte Kyra. Die Ausrüstung, die sie transportierte, verfügte über erstaunliche Fähigkeiten, von den Labors daheim in Port Fireball ganz zu schweigen. Etwas gegen das Problem zu unternehmen, mochte sich als weniger einfach erweisen.

»Okay«, stimmte sie zu. Leichte Überraschung ließ sie stutzen. Offensichtlich übernahm sie schon wieder einen Guthrieismus.

Die Landung erforderte ihr ganzes Geschick. Nein, dachte sie, nachdem sie holpernd in mit Felsen durchsetztem Schlamm zu Stillstand gekommen war, Geschick war etwas, was Menschen entwickelten. Eine Maschine hatte Potentiale, die sie zu Fähigkeiten ausformte, indem sie sich auf der Grundlage von Dateninputs selbst reprogrammierte. Sie öffnete die Tür und fuhr eine Gangway aus. Donner rollte laut durch ihren Rumpf. Berecz führte seine Biologengruppe nach draußen.

Als sie ihnen dabei zusah, wie sie Bilder machten, Exemplare sammelten, Kernproben entnahmen, fühlte Kyra, wie ihre Unruhe wuchs. Unter Bedingungen, die zunehmend gefährlicher wurden, war das hier bestenfalls ein trügerischer Ort. Je mehr sie sich umschaute, je mehr sie den Wind und die Nässe und das Geräusch herannahenden Regens spürte, desto mißtrauischer wurde sie. Berecz bemerkte nichts. Sein Fleisch hatte sich nie etwas aus Reisen gemacht, und sein Herkunftsland war größtenteils eine ebene Fläche. Sie erinnerte sich an die Kordilleren auf der Erde und auf Luna, an Olympus Mons, an den unheimlichen Mond Miranda, an das, was Roboter von den Hochländern der Venus und des Merkur gesendet hatten. Keine zwei Welten waren jemals gleich, keine Voraussagen jemals sicher, aber sie wußte, daß hier etwas ganz und gar nicht stimmte.

»Hör mal«, rief sie schließlich, »ich möchte einen kleinen Rundflug machen. Ich bin in dreißig Minuten oder so wieder da. *Bien*?«

»Wie du willst«, entgegnete er geistesabwesend, völlig in seine Arbeit vertieft.

»Ein Rat noch. Steck jede Probe sofort in deinen persönlichen Behälter. Möglich, daß wir schnell von hier verschwinden müssen.«

»Wirklich?« Seine Antwort drückte Gleichgültigkeit aus, aber sie konnte hoffen, daß er ihrem Ratschlag folgen würde.

Sie hob senkrecht ab, wobei sie den ganzen Weg über kämpfen mußte. Oberhalb des Gipfels flogen Dunstfetzen, und die Vorhut des Regens peitschte gegen ihr Metall. Aus seiner Blitzhöhle heulte der Sturm sie an. Er hatte die Westseite erreicht. Chaos kochte unter ihren Optiken. Mit dem Radar sah sie sintflutartige Regenfälle aus dem Himmel stürzen und die mit Felsbrocken übersäten Hänge hinunterrauschen. Ihr Ortungsnetz umfaßte den gesamten unteren Teil der Osthänge. Kyra mühte sich verzweifelt, ihre Position zu halten, während ihre Strahlen sondierten.

Sanambiche! Der Felsblock dort drüben, gelockert, unterspült, in einem plötzlichen Ausbruch des Wassers, das er aufgestaut hatte, hinunter in Richtung eines Geröllhangs geschwemmt – Kyra schwenkte herum. Luft kreischte im Gefolge ihres Sturzflugs.

Sie selbst schrie nicht. Das war nicht Bewußtseinskopien-Art. Es war nicht Fireball-Art. »Gabe«, sagte sie, »ich muß dich sofort aufnehmen. Schnapp das Kabel, das ich herunterlasse, und klammere dich daran fest.«

»Was ist denn?« erwiderte er. Sie übermittelte ihm ein Bild davon, worum es sich handelte und wie es im Herunterkommen an Gewalt gewann.

Das Drahtseil abspulen. Froh sein, daß Guthrie auf jeder nur möglichen Vorkehrung gegen Notfälle bestanden hatte, deren Mitnahme praktikabel war. Ein Fuchs hat immer zwei Ausgänge aus seinem Bau, hatte er einmal gesagt. Das Seil schlug in ihrem Sog wild um sich. Sie verlangsamte bis knapp über die kritische Geschwindigkeit. Ihr Rumpf bockte und ächzte. Bei ihrem ersten Anflug griff Berecz daneben. Sie kämpfte sich zurück und sah, wie er seine Klauen um das Kabel schloß. Sofort stieg sie hoch.

Keine Sekunde zu früh. Der Erdrutsch tobte über den Vorsprung und weiter, bis er die Hälfte des von der Fäule vernichteten Areals unter sich begraben hatte. Der Sturm überschritt den Berg und fiel über sie her.

Als Maschinen trugen sie keinen Schaden davon. Ebensowenig erlitten sie einen Schock oder benötigten nur eine Ruhepause. Als das Wetter sich beruhigte, machte der Ökologe allein weiter, während Kyra zurückflog, um Ersatzrobokäfer zu holen. In Port Fireball ließ sie die Proben zurück, die er bereits präpariert hatte.

Nach vier der kurzen Tage des Planeten kehrten sie beide dorthin zurück. Bis dahin hatten Bereczs Beobachtungen ihn zu einer Hypothese geführt, die durch die Arbeit im Labor des Stützpunktes bestätigt wurde. Noch waren weitere Untersuchungen nötig, aber er fühlte sich zuversichtlich.

»Ohne natürliche Feinde haben sich die eingesetzten Bodenwürmer explosionsartig vermehrt«, sagte er. »Das Computermodell hat das natürlich vorausgesagt, aber die Destabilisierung der Gefälle nicht berücksichtigt. Vom biologischen Standpunkt aus war es ein reiner Sekundäreffekt. Daher der Erdrutsch. Was das Pflanzensterben anbetrifft, so haben die plötzlichen Auflockerungen des Bodens und die damit einhergehenden chemischen Veränderungen eine entsprechend plötzliche Ausschwemmung von Alkali verursacht, bis der ph-Wert des Bodens unerträglich hoch anstieg.«

»Also bloß ein örtliches Problem, das dich zufällig beinahe umgebracht hätte«, sagte Kyra. »Ich vermute, es läßt sich beheben, indem man der Humusmischung den richtigen Stoff beifügt.«

»Ich fürchte, so einfach liegen die Dinge nicht. Anderswo werden andere Gifte wirken, Salz, Selen, vielleicht radioaktive Substanzen und wer weiß was noch alles. Wir können nicht auf einen ganzen Planeten aufpassen wie auf einen Landhausgarten. Und was für andere Arten von Angriffen wird er gegen uns vortragen? Die Populationen, die wir einführen, sind frei von Krankheiten, aber das können sie nicht unbegrenzt lange bleiben. Lebensnotwendige Bakterien werden zu Pathogenen mutieren. DNA-Abschnitte werden sich in Viren verwandeln. Das bloße Ungleichgewicht zwischen Arten kann sich als verhängnisvoll erweisen; denk daran, wie das Rotwild zunahm, bis es sein Weideland überweidete und verhungerte, als seine Raubtiere eliminiert wurden. Auf der Erde haben wir entdeckt, wie schwierig es ist, ein beschädigtes Ökosystem zu reparieren, das drei Milliarden Jahre oder mehr zu seiner Entwicklung gebraucht hat. Auf der Demeter hoffen wir, eines innerhalb von ein oder zwei Jahrhunderten *de novo* zu erschaffen. Das können wir nicht. Wir können es nur anstoßen. Danach muß es sich von selbst entwickeln und erhalten.«

»Im großen und ganzen ist mir das klar. Das da in den Mykenischen Bergen hat mir die Lektion nachdrücklich eingeprägt. Aber hast du nicht etwas Falsches gesagt? Die Natur, von der wir träumen, kann nicht plötzlich aus den paar Samen entstehen, die wir pflanzen. Wir müssen von Anfang an und bis zum Schluß ein Teil davon sein – wir, unsere Maschinen und unsere Menschen.«

»Ja, ja. Aber diese große Einheit übersteigt mein armes Vorstellungsvermögen. Wir können sie auch nicht wirklich im Modell entwerfen. Sie ist ein chaotisches System, wie du und ich gerade eben am eigenen Leibe erfahren haben. Wir können nur bescheiden und in aller Demut alles tun, von dem wir glauben, daß es vielleicht hilft.«

49

Als sie aus dem Abgrund auftauchte, war Eikos erster halbwegs klarer Gedanke: *Wie geht es Kyra? Wie geht es ihrem Baby?* Die Erinnerung, die Bestürzung, drangen über siebenundvierzig Jahre, vier ein Drittel Lichtjahre, hinweg aus dem Bereitstellungszentrum auf der Erde, wo sie das Geständnis gehört hatte. Was für eine selbstmörderische Verrücktheit, sich schwanger einzuschiffen! Die Chance, niemals aus diesem Halbtod zu erwachen, war bestenfalls zu hoch – Begreifen zerfiel in Verwirrung und Schmerz. Mitleidlos hielten die Dinge an ihrer Seite und die Dinge in ihr an den Scherben fest.

Nach einem Bruchteil einer Ewigkeit hatte sie sich wieder in der Gewalt. Jetzt erlebte sie hauptsächlich Übelkeit, schlechte Geschmäcke und Gerüche, einen Durst, als ob ihr Blut sich in Sand verwandelt hätte. Sie schaffte es zu begreifen, daß sie überleben würde. Später war sie sogar fähig, sich zu sagen, daß das etwas war, worauf es sich zu hoffen lohnte.

Natürlich war sie krank, sehr krank. Sie hatte an Schläuche und Drähte angeschlossen gelegen, durchdrungen von Chemikalien und Nanostrukturen, in Flüssigkeiten von einer Kälte unter dem Gefrierpunkt. Trotz der Schilde und der elektromagnetischen Abschirmung war Strahlung eingesickert, und sie war auch ihren eigenen Atomen entsprungen und hatte Schäden angerichtet, die ruhende Zellen nicht reparieren konnten. Die Defekte mußten behoben, die fremden Stoffe ausgespült, der Körper wieder neu geschult werden. So weit gelangte sie, bevor sie in die Dunkelheit stürzte.

Die Zeit kam, und mit ihr ein natürlicher Schlaf, der sein Recht von ihr forderte, auch wenn er unruhig und voller Träume war. Sie erwachte in völliger Klarheit. Grenzenlose Schwäche hielt sie in einer Flaute gefangen. Ein Roboter betrat die Krankenstation, sprach sanfte Worte und half ihr, etwas Brühe zu schlucken. Danach ließ sie sich wieder zurücksinken, begriff, daß ihr Vater tot sein mußte, und weinte still vor sich hin.

Von da an erholte sie sich mit jeder Stunde. Mit der Gesundheit kam zunehmende Fröhlichkeit und ganz allmählich Neugier auf die Zukunft. Das Leben, das sie verloren – nein, aufgegeben – hatte, würde stets ein Schmerz in ihr sein, fast wie der Phantomschmerz, von dem sie gelesen hatte, den Amputierte spürten, wo Gliedmaßen gewesen waren, damals, bevor eine Regeneration möglich war. Aber aus diesem Leben war rasch die Vitalität, die ganze Bedeutung dahingeschwunden, und ihr Vater hatte ihrem Weggang seinen Segen erteilt.

Sie begann, mit den Patienten auf beiden Seiten ihres Bettes zu plaudern. Die Roboter informierten sie über diejenigen der anderen, die sie kannte und die bis zum gegenwärtigen Zeitpunkt schon wiederbelebt worden waren; das war immer nur für einige wenige gleichzeitig möglich. Kyra Davis war ihr einen Monat voraus und sollte eigentlich schon bald in der Lage sein, auf den Planeten hinunterzugehen. Nero Valencia war in der letzten Gruppe vor Eiko behandelt und kürzlich aus der Isolierstation entlassen worden. Beide wünschten sie ihr alles Gute. Ein direktes Zusammentreffen war so lange nicht möglich, bis auch sie entlassen worden war, was erst passieren würde, wenn ihr Immunsystem wieder vernünftig arbeitete. Jede Kommunikationsausrüstung hier drinnen wäre eine Verschwendung an Nutzlast gewesen, die man sich nicht leisten konnte. Viel machte es ihr nicht aus, da sie schon immer genug Interessantes in ihrem eigenen Kopf gefunden hatte.

Dennoch schleppten sich die Tagzyklen dahin. Sie war hoch

erfreut, als eine Untersuchung dem Arzt unten auf der Demeter zeigte, daß sie außer Gefahr war. Zwei Roboter halfen ihr durch einen Gang in die Frauengenesungsstation. Dort gab es kleine individuelle Multis, die vom Planeten hochgeschickt worden waren, und Zugriff auf eine Datenbank, die einen großen Teil der Menschheitskultur enthielt.

Der kurze Weg erschöpfte sie. Nachdem es in eine Umlaufbahn eingeschwenkt war, hatte sich das Schiff in zwei durch ein zehn Kilometer langes Fullerenkabel verbundene Hälften geteilt und zu rotieren begonnen. Die so erzeugte Schwere war so niedrig, wie es der Physiologie von Erdenmenschen gerade noch zuträglich war, aber sie hatte fast ihren gesamten Muskeltonus verloren.

Ihn zurückzuerlangen, erforderte systematisches Üben. Auch andere Aspekte des Menschseins mußte sie erst wieder erlernen. Während der nächsten Tagwache wurde sie im Anschluß an ein kurzes Konditionstraining und ein langes heißes Bad zu einer Couch im Gemeinschaftsraum gebracht.

Die Kammer war so nüchtern wie alles andere an Bord, im wesentlichen ein leerer Raum, in dem Menschen zusammenkommen konnten. Das Firmament draußen füllte einen großen Sichtschirm. Über die Schwärze zogen Sterne, die Milchstraße, die gedämpfte Sonne A, der grelle Lichtpunkt Bs und die Demeter dahin. Die Demeter! Im Augenblick war der Planet eine Sichel, nicht wie die Erde marmoriert, sondern weiß und umwölkt. Sie konnte sehen, wo Unwetter wirbelten. Ein Riß leuchtete saphirblau, ein Ozean mit einem Ockerton am Rand, der ein Kontinent sein mochte. Sie suchte nach den Begleitschiffen, konnte aber keines finden.

Ein halbes Dutzend Kolonisten waren anwesend, in verschiedenen Stadien der Rehabilitation. Sie kannte niemanden von ihnen. Sie traten höflich näher, um ihr und den beiden Neuankömmlingen bei ihr zu gratulieren. Aber dann erschien Kyra. Sie drängte sich an ihnen vorbei, groß und kraftvoll, wie ein Wind es vielleicht getan hätte, und kniete sich hin, um ihre Freundin zu umarmen. Nach der Sterilität der Isolierstation und den vorsichtigen Kontakten seither überwältigte sie das –

die Wärme, die Festigkeit, das nach Sonne duftende Haar und die lebendigen Lippen auf ihrer Wange.

»*Bienvenida, querida, bienvenida*«, jubelte Kyra. »Wir haben es geschafft, wir beide!«

Sie stand auf. Eiko sah an ihrer Größe und Körperfülle hinauf und flüsterte durch ein Zittern hindurch: »Oh, das Kind?«

Kyra lachte und schlug sich auf den Bauch. »Dem geht's prima, wie man mir sagt. Gutes Zuchtmaterial.«

»Das ist wunderbar. Ich hatte so Angst um dich ... Aber werden die ... die Umstände ... nicht schwierig sein?«

»Sicher. Dauert bestimmt was, bevor ich wieder ins All fliegen kann. Aber andererseits wird es sowieso eine Weile dauern, und ich denke, der kleine Racker ist jede Verzögerung wert. Betrachte mich als Pionier. Mein Fall wird nicht der einzige bleiben. Sollte er auch besser nicht!«

Eiko lächelte. »Ich stelle mir vor, ich werde eher häuslich sein, als Koordinatorin arbeiten. Wenn du weg bist ... kann ich mich vielleicht um das Kind kümmern ... ich würde mich freuen.«

»Lieb von dir. Aber vielleicht hast du bis dahin ein paar eigene, die dir auf die Nerven fallen, weißt du.«

Eiko hob eine Handfläche. »Wohl kaum.«

Die Hand sank herab. Ein Mann war in ihr Blickfeld getreten. Nero Valencia.

Er war immer noch abgehärmt und langsam in seinen Bewegungen, bleich unter dem olivfarbenen Teint. Entweder war sein Biojuwel im Tank abgestorben, oder er hatte sich dafür entschieden, es entfernen zu lassen, bevor er aufbrach; die Narbe auf seiner Stirn war noch nicht vollständig verblaßt. Mit einer Verbeugung neigte er sich über Eiko. Wärme erfüllte seine Stimme: »*Buenos días, señorita* Tamura. Es ist wundervoll, Sie wiederzusehen.«

Warum sollte ihr Herz einen Schlag aussetzen? »*Gracias*«, antwortete sie. »Ich war froh ... zu erfahren ... daß Sie es gut überstanden haben.«

Valencia richtete sich auf. »*Buenos días*«, sagte Kyra nüchtern.

Er zog eine Augenbraue hoch, warf einen raschen Blick auf ihre Taille und erwiderte: »*Buenos años.*« Irgendwie erschien es Eiko nicht als unverschämt, obwohl Kyra ein wenig errötete.

»Wie glücklich ich bin«, meinte Eiko rasch. »Wir haben über so vieles zu reden ... wenn ich kräftiger bin.«

»Wir werden noch mehr zu lernen haben, würde ich sagen«, antwortete Kyra.

Der Sichtschirm erlosch. Er diente zugleich als Gerät für allgemeine Durchsagen. Das Bild eines Mannes formte sich, stämmig und mit rötlichen Haaren. »Ach ja«, bemerkte Kyra. »Der *jefe*. Er spricht zu jeder neuen Gruppe. Alles mehr oder weniger Wiederholung; ich nehme an, es wurde einmal aufgezeichnet und wird nur immer wieder neu zusammengestellt.« Trotzdem sahen alle hin.

»*Bienvenidos*«, polterte das Simulacrum. »Sie wissen, wer ich bin. Ich hoffe, bald zu wissen, wer jeder von Ihnen ist. Wir sind jetzt alle Demeterier.« Das Gesicht wurde ernst. Eiko sah Kyra und Valencia an, daß das, was als nächstes kam, neu für sie war. »Ich bedauere zutiefst, einen Todesfall bekanntgeben zu müssen. Rosa Soares konnte nicht wiederbelebt werden. Ihr Grab wird das erste sein, das wir ehren. Aber es wird nicht das letzte bleiben.«

Das computererzeugte Gesicht heiterte sich auf. »Aber lassen Sie mich fortfahren. Diejenigen, die neu aufgeweckt worden sind, haben bisher noch nichts als Gerüchte darüber gehört, wie die Lage dort ist, wo Sie bald hingehen werden. *Bueno*, ich kann Ihnen berichten, daß wir, das Vorauskommando, recht erfolgreich waren. Alles in allem ist die Arbeit nach Plan verlaufen.« Ein kurzes Grinsen. »Der Plan kalkuliert endlose unvorhergesehene Probleme, Schwierigkeiten, Defekte, Probleme und richtige Katastrophen ein. In dieser Hinsicht sind wir nicht enttäuscht worden. Es mangelt nicht an Aufgaben, die auf Sie warten. Am dringendsten benötigen wir denkende Intelligenzen, vielseitige menschliche Wesen – kurz gesagt: Sie. Aber wenn Sie Ihre Beine wieder zurückhaben und zu uns kommen, werden Sie eine hübsche kleine Stadt vorfinden.«

»Das habe ich schon früher gehört«, murmelte Valencia ungeduldig unter der weiterlaufenden Ansprache.

»Ich noch öfter«, sagte Kyra.

»Aber ich noch nicht«, erinnerte Eiko sie.

»Das wirst du noch, meine Liebe, das wirst du noch«, verkündete Kyra ihr. »Besser, du führst es dir nicht an einem Stück zu Gemüte. Er war noch nie besonders, wenn es um Rhetorik geht.«

Valencia lächelte Eiko an. »Sprache für Helden, das ist Ihre Abteilung«, murmelte er.

»Laßt mir Zeit, bitte«, protestierte sie. »Und ich flehe euch an, bleibt bescheiden in euren Erwartungen. Ich bin kein Homer . . . Und selbst er brauchte zuerst eine Geschichte, die er erzählen konnte.«

50

Diese Mitteilung beschäftigt sich vor allem mit dem politischen Kompromiß, der schließlich ausgehandelt wurde. Luna wird seine Regierung modernisieren, eine weitere kybernetische Demokratie werden und sich der Weltföderation anschließen. Allerdings behalten die alternden Selenarchen ihre Besitzungen, auf denen zu ihren Lebzeiten das alte feudalherrschaftliche Recht weiter Gültigkeit besitzen wird. Anderswo nimmt die Weltbevölkerung weiter in einer zufriedenstellenden Rate an, und die Umwandlung des Amazonasbeckens in ein biologisches Reservat dürfte in Kürze abgeschlossen sein. Afrika hat mit der Umstellung auf eine Verteilungswirtschaft begonnen; eine Zivilisation, die von den Fundamenten her aufgebaut wird, vermag ihre Institutionen leichter auf eine rationelle Grundlage zu stellen, als ältere das können. Es wartet auf die Führung durch die volle künstliche Intelligenz, sobald diese in Tätigkeit tritt. Die neuen Modelle lernen schnell und zeigen nicht nur Bewußtsein, sondern auch eine noch nicht vollständig verstandene Entsprechung menschlicher Kreativität.

Die Tür rief Kyra auf ihre Veranda. Das war schon in sich selbst angenehm. Sie hatte sowieso vorgehabt, nach draußen zu gehen und den Sonnenuntergang zu beobachten. Klare Tage waren auf dem hohen Breitengrad Port Fireballs nicht länger eine Seltenheit; die Vegetation veränderte das Klima erstaunlich rasch, während sie sich explosionsartig über die Kontinente ausbreitete, Kohlendioxid verschlang und Sauerstoff ausatmete, die Feuchtigkeit im Boden hielt und die Temperaturextreme der nackten Felsen milderte. Aber man nahm sie noch nicht als eine Selbstverständlichkeit hin.

Die Straße, an der ihr Haus stand, verlief über eine Landspitze oberhalb der Stadt und der Bucht, von Bäumen gesäumt, die gepflanzt worden waren, als der erste Guthrie zurückkehrte. Kiefern und Himalayazedern waren in den Jahrzehnten danach hoch aufgeschossen, aber die Breitblattbäume waren noch jung und erforderten besondere Pflege. Der Wind vom Wasser her raschelte in ihnen. Seine Kühle und sein frischer Geruch schnitten wie ein Schwert durch die frühere Hitze. Klingenhell wogten die Wellen gegen einen Himmel, in dem schon ein Abendplanet schimmerte – Phaethon, aber dennoch wunderschön. Im Südwesten senkte sich A den Hügeln entgegen; Dunst machte seine Scheibe zartgolden. B war unsichtbar, da er auf seiner kometengleichen Bahn weit nach draußen gewandert war und zu dieser Jahreszeit von der Helligkeit seines Begleiters überstrahlt wurde. Ein paar Möwen fingen das Licht auf ihren Flügeln ein. Genügend Fische schwammen jetzt hier oder wurden ans Ufer gespült, um sie zu ernähren. Und Blumenbeete lagen rot, weiß, violett rings ums Haus ...

Kyra blieb abrupt stehen. Vor ihr stand Nero Valencia. Wie von selbst griff ihre Hand hinter sich, um die Tür zu schließen. »Ach«, sagte sie. »*Saludos*. Was führt Sie hierher?«

Sah sie wirklich Wehmut in seinem Lächeln? »Ich kam, um *adíos* zu sagen«, antwortete er.

»Dann gehen Sie fort? Für längere Zeit?«

Er nickte. »Nach Böotien.«

»Ich, äh, es tut mir leid. Ich würde Sie gerne hereinbitten, aber durch das Baby und meine anderen Betätigungen – das Haus ist ein einziges Durcheinander –«

Sie log und hegte den Verdacht, daß er es wußte. Warum tat sie es dann? Jener Mord gehörte einer toten Vergangenheit an; für ihn war es eine Pflicht gewesen; seither hatte er aufgehört, ein Gunjin zu sein; trotz nicht gerade subtiler Abfuhren war er immer höflich und, ja, liebenswürdig zu ihr gewesen, und bei den Malen, bei denen sie ihm Gelegenheit dazu gegeben hatte, auch hilfsbereit; Eiko mochte ihn sehr. Aber Kyra verspürte kein Bedürfnis, mit ihm allein zu sein.

»Das ist schon in Ordnung«, sagte er freundlich. »Ich muß sowieso schnell weiter.« Sie hielt das ebenfalls für eine Lüge. »Ich konnte nicht abreisen, ohne Sie zu sehen. Wir hatten so selten Gelegenheit dazu.«

»*Bueno*, wir sind alle beschäftigter als ein einarmiger Krake, weil wir uns hier zurechtfinden und uns an unsere Arbeit gewöhnen müssen.«

»Dennoch hatte ich gehofft –« Er zuckte die Achseln. »Egal.« Seine Augen waren an ihren hängengeblieben und wollten nicht wieder loslassen.

Sie hatte Angst vor ihm, begriff sie. Angst, daß er sie mit seinem Charme rumkriegen würde. Selbst wenn sie nicht so verdammt lange allein geschlafen hätte, die Erinnerungen waren noch lebendig. Es war keine Beziehung, die sie wollte. Zumindest wäre es närrisch. Außerdem gab es da noch Eiko.

»Ich gebe zu, daß ich nicht sehr gesellig gewesen bin oder mich eingehend auf dem laufenden gehalten habe«, sagte sie hastig. »Ich hatte keine Gelegenheit dazu. Sie befassen sich mit ökologischer Entwicklung, das weiß ich, und Böotien muß für eine höhere Stufe bereit sein. Aber es liegt auf der anderen Seite des Planeten. Was exakt werden Sie dort machen?«

Valencia schmunzelte. »Nichts ›Exaktes‹. Wir bringen Wirbeltiere – Pflanzenfresser und Fleischfresser – aus der Zuchtstation dorthin, um sie auszusetzen.«

»Ich verstehe. Sie sind ebenso notwendig für die Pflanzenvielfalt wie wünschenswert um ihrer selbst willen.« Ein Klischee, Schulwissen, ein Gesprächsfüllsel.

»Es wird knifflig werden.« Er begann, munter zu klingen. »Wir rechnen mit unzähligen Fehlschlägen, Improvisationen, hektischen Rettungs- und Reparaturaktionen.«

Sein Tonfall minderte Kyras Unbehagen. »Klingt, als würde es Spaß machen«, sagte sie. »Wie passen Sie da hinein?«

»Ich mag die Wildnis, besonders, wo sie Waldland wird. Und wie es scheint, habe ich ein gewisses Talent, mit Tieren umzugehen.«

»Elche, Elefanten, Wölfe, Löwen?«

Er lachte. »Noch für viele Jahre nicht, wenn überhaupt jemals. Nagetiere, kleine Vögel, Falken.«

Ja, dachte sie, Falken würde er verstehen. »Viel Glück«, wünschte sie ihm durchaus aufrichtig.

»Und was haben Sie in letzter Zeit gemacht?« fragte er. »Ich nehme nicht an, daß Sie ins All zurückkehren können, bevor Ihr Baby ein bißchen größer ist.«

»Das könnte ich sowieso nicht, aber das wußte ich schon, bevor ich die Erde verließ. Ungefähr ebensolange wird es auch dauern, bevor sie irgendwelche industriellen Kapazitäten frei haben, um genügend Schiffe von der richtigen Sorte zu bauen.«

Sein Blick zeigte an, daß das für ihn zu erklären half, weshalb sie sich entschieden hatte, ein Kind zu bekommen, aber alles, was er tat, war, seine Frage anders zu formulieren. »Mit was befassen Sie sich dann, außer damit, Mutter zu sein? Als wir zuletzt miteinander sprachen, sagten Sie bloß ›Mit dem Lösen diverser Probleme‹.«

»*Bueno*, ich habe Guthrie überredet, mich Windjammer konstruieren zu lassen, die auch Roboter benutzen können. Man braucht erheblich mehr Pannensicherungen als bei einer menschlichen Besatzung mit eigenem, bewußtem Urteilsvermögen. Aber Treibstoff ist immer noch so etwas wie ein Engpaß, wissen Sie, und wenn wir ihn bei Frachttransporten einsparen können, bei denen keine Eile besteht, ist das allgemein von Nutzen. Ich werde bald ein Boot testen. Dann arbeiten wir uns zu Schiffen hoch.«

»Sehr interessant. Etwas, das Ihnen Spaß macht, während Sie auf Ihr Raumschiff warten.«

»O ja.«

»Das freut mich für Sie.« Valencia zögerte. »Können wir in Verbindung bleiben? Darf ich Sie hin und wieder anrufen?«

Kyras Freude erlosch. »Ich ... ich fürchte, ich werde schrecklich beschäftigt sein.«

»Ich verstehe.«

»Wir werden uns sicher wiedertreffen, wenn Sie hierher zurückkommen.«

»Ich hoffe es.«

Kyra nahm ihren ganzen Mut zusammen. »Grüßen Sie Eiko von mir. Ich habe sie auch eine ganze Weile nicht mehr gesehen.« Es dauerte einen Augenblick, bevor er glatt antworten konnte: »Natürlich.«

»Ich wünsche Ihnen viel Glück«, wiederholte sie.

Er verneigte sich. »Und ich wünsche Ihnen alles, was gut ist.«

Was konnte sie anderes tun, als seine Hand zu nehmen? Sie ruhte länger als nötig in ihrer, hart und warm. Benommenheit überschwemmte sie. Beinahe hätte sie die Tür geöffnet. Sie riß sich los. »*Vaya con Díos*«, sagte sie.

Er lächelte, drehte sich um und ging. Sie stand im Wind und sah hinter ihm her, bis er außer Sichtweite war. Die Sonne versank hinter den Hügeln. Im Osten wurde der Himmel dunkler, wodurch Phaethon um so heller erstrahlte. In derselben Himmelsrichtung schimmerte ein Energiesatellit. Angesichts ihrer Entfernung waren er und die anderen nichts weiter als zusätzliche Sterne. Guthrie hatte den Nachthimmel, den die Demeter besitzen würde, wenn die Wolkendecke abgenommen hatte, nicht verschandeln wollen.

Besser, sie sah nach Hugh. Kyra ging hinein. Das Haus war klein und bis auf die genormten Möbel fast leer. Es dauerte Jahre, um die Unordnung eines Zuhauses anzuhäufen. Ihres lag für immer hinter ihr. *Bueno,* die Zeit lag vor ihr.

Sie hatte das Kind nach ihrem Vater benannt. Es lag schlafend in seinem Bettchen, unglaublich winzig und vollkommen. Wer würde die Vaterstelle bei ihm einnehmen? Ein Junge brauchte eine männliche Identifikationsfigur, um sie zu bewundern, zu imitieren, gegen sie zu rebellieren, sich mit ihr zu versöhnen und ihr Enkel zu schenken. Aber verdammt, verdammt, verdammt –

Das Videophon läutete. Jedes Zimmer verfügte über eines; die Kolonie war mit Nanotechnologie und komplexeren Geräten, einschließlich robotischer Arbeitskräfte, vollgestopft. Manchmal fragte sich Kyra, ob sich auf der Demeter irgendein kommerzielles Unternehmen entwickeln würde. Sie berührte *Annehmen.*

Es erschien kein Bild. »*Buenos tardes*«, grüßte ihre Stimme. »Hast du ein paar Minuten Zeit?«

»Was ist denn?« fragte Kyra.

»Möchte dir eine Neuigkeit ins Ohr flüstern«, sagte ihre Bewußtseinskopie.

Kyra grinste. »Weißt du, daß du von Tag zu Tag mehr wie Guthrie klingst?«

Wurde der Tonfall ein bißchen abwehrend? »*Bueno,* wir arbeiten Hand in Hand, oder nicht?« Lebhafter: »Das hier könnte auch warten, aber ich dachte, du würdest es gerne gleich hören. Mir ist eine grundlegende Neuanalyse der Klimazyklen unter die Augen gekommen. Sie basiert auf neuen Daten, den Wachstumsringen von Korallenartigen, den Isotopenverhältnissen in Bohrkernen vom Meeresgrund, du kannst die Einzelheiten später studieren. Sie geben zwingend zu der Vermutung Anlaß, daß die Nordhalbkugel in eine Periode plötzlicher und heftiger Stürme eintritt. Im Binnenland müßte die Vegetation das eigentlich abmildern, aber nicht auf See oder entlang der Küsten. Du wirst das sicher in deine Überlegungen einbeziehen wollen.«

Kyra ballte die Fäuste. »Verdammter Mist!«

»Kein unüberwindliches Hindernis für dein Projekt«, versicherte ihr die Bewußtseinskopie. »Bloß ein zusätzlicher Faktor.«

»Ich weiß. Aber –« Kyra starrte in das Fenster und das Zwielicht, das sich dahinter sammelte.

»Was ›Aber‹?«

Kyra zwang sich, die Gesichtslosigkeit auf dem Schirm anzusehen, damit diese sie besser sehen konnte. »Schau mal, du weißt, daß wir bisher nichts Derartiges wie einen vernünftigen Wettervorhersagedienst haben, von einer Wetterkontrolle ganz zu schweigen.« Zu viele Unbekannte, zu viele Variablen, die sich schnell veränderten. »Was du mir da gesagt hast, ist, daß Stürme praktisch aus dem Nichts aufspringen können. Ich hatte vorgehabt, Hugh auf Erprobungstörns mitzunehmen. Jetzt wage ich es nicht mehr. Wer wird sich um ihn kümmern, während ich weg bin?« Ganz bestimmt kein Roboter, es sein denn, ein vertrauenswürdiger Mensch war ebenfalls zur Stelle; und wer konnte die Zeit dafür erübrigen?

»Hm-hm, ja, das ist ein Problem.« Kyra stand da und lauschte dem Wind in den Bäumen. Nach einer halben Minute hörte sie ein fröhliches: »Wie wär's mit mir?«

»Wie bitte?«

»In einem passenden Körper. Ich könnte ihn so ausstatten lassen, daß er weich und kuschelig ist.«

»Aber du ... du hast sowieso mehr Arbeit, als du bewältigen kannst. Oder nicht?«

»Das haben wir alle. Trotzdem, Kinder kommen an erster Stelle. Sie sind die Zukunft.«

Schon wieder Guthrie, dachte Kyra.

»Heutzutage gibt es nur selten Aufträge für mich, hinaus ins Gelände zu gehen«, fuhr die Bewußtseinskopie fort. »Meistens erhalte ich Daten, kommuniziere, treffe Entscheidungen und erteile Befehle. Derweil kann ich Kindermädchen spielen. Nein, nicht immer. Aber ich werde mich um zusätzliche Arrangements kümmern. Mit Menschen, hauptsächlich.«

»Ließe sich das machen?«

»Es muß sich machen lassen, je eher, desto besser. Nicht lange, und wir werden weitere Kinder haben.«

»Ich habe darüber nachgedacht, wie wir das bewerkstelligen könnten«, sagte Kyra langsam. »Unsere Bevölkerung ist klein und sowieso schon überarbeitet. Ich bin nicht davon überzeugt, daß diese ganze Situation bei der Planung vorhergesehen worden ist.«

»Ich glaube, wir werden wohl die Regeln ändern müssen. Kinder haben Anspruch auf stabile Familien, aber wahrscheinlich müssen wir dem Wort ›Familie‹ eine neue Bedeutung geben.«

Erweitern? Kommunal? Kyra wollte nicht zugeben, nicht einmal diesem Geist ihrer selbst gegenüber, was für ein Kribbeln durch ihre Lenden lief. »*Bueno*, ich ... ich habe gedacht ... wir müssen anders werden, als wir es bisher waren.«

»Wann wären die Dinge jemals gleichgeblieben?«

»Vermutlich.« Kyra holte tief Luft. »*Gracias* für die Information und das Angebot. Laß mich darüber nachdenken. Sonst noch was? Nein? Dann *buenas noches*.«

Sie wünschte sich, das Gespräch weniger abrupt beendet zu haben. Aber was konnte sie tun? Die Bewußtseinskopie auf einen Kaffee und einen Plausch unter Frauen einladen?

Obwohl ihre Brüste sich spannten, sollte sie Hugh lieber nicht wecken. Wenn er trinken wollte, würde er es sie schon wissen lassen. Morgen würde sie nur ins Labor und zum Bootsplatz gehen. Wie gewöhnlich würde sie ihn dabei mitnehmen. Er liebte Ausflüge, Wind in dem Haar, das so schwarz war wie das Bobs, Licht in den Augen, die so braun waren wie die Bobs, aber etwas von ihr, dachte sie, in dem Gesicht und der Art, wie er die Hände ausstreckte. Sie freute sich darauf.

Aber wie dem auch sein mochte, wie sollte sie den Abend verbringen? Abendessen machen. Sie zog es vor, selbst zu kochen. Am schönsten war es, wenn sie für Gäste kochte, aber diese Anlässe waren selten geworden. Ihre Bekannten bildeten nach und nach Paare. Sie war zwar bei ihnen willkommen, wollte aber lieber nicht riskieren, dieses Willkommen zu sehr zu strapazieren. Raumleute waren klug, sich nicht an Bodenbewohner zu binden; wenn die Bande zerrissen, tat es weh. Und, ja, Rinndalair dort draußen –

Das Zimmer wurde dunkler. Statt sofort die Lampen hochzudrehen, ging sie auf der Suche nach Licht und frischer Luft wieder nach draußen. Die See glitzerte. Noch mehr Sterne blinkten auf. Sie stand am Verandageländer, es war wie die Brücke eines Segelschiffes, und ließ den Wind singen, ihr das Haar zerzausen, Bluse und Schottenrock gegen sie drücken.

Ein Mann kam vorbeispaziert. Die Straße war unbeleuchtet,

doch im Schein der Sterne und des Meeres und dem letzten Nachtglühen des Sonnenuntergangs erkannte sie ihn. Der junge Jeff Packer. »*Buenas tardes,* Pilotin Davis«, grüßte er.

»*Buenas tardes*«, entgegnete sie. Ihr Blick folgte ihm. Was für ein gutaussehender Bursche er war, und ein prima Kerl. Nicht, daß sie irgend etwas Schlechtes vorhatte. Aber ihr anderes Selbst, das in solchen Dingen objektiv sein konnte, hatte schließlich von – nein, nicht von Bindungen, sondern von etwas anderem, etwas Neuem gesprochen.

51

Nach intensiven Studien sieht das Psychosoziologische Institut keinen Grund zur Besorgnis in dem Aufschwung religiöser und primitivistischer Bewegungen und der Gründung ihren Idealen verpflichteter Gemeinschaften. Sie bleiben winzig, verstreut, idiosynkratisch und häufig untereinander verfeindet. Obwohl einige sich von althergebrachten Gesellschaftsformen ableiten, sind die meisten neoreaktionär, ihre Unzufriedenheit mit der modernen Erde rein emotional. Schon jetzt flachen ihre Zuwachskurven ab, und es wird erwartet, daß sie bald abwärts verlaufen werden, sobald jüngere Generationen in einer zunehmend rationalen Zivilisation heranwachsen. Dennoch empfiehlt der Bericht weitere Forschungen und die Entwicklung von Mitteln zur Befriedigung dieser Bedürfnisse vormenschlichen Ursprungs, deren archaische Bezeichnung ›spirituell‹ ist, ohne diese Rationalität zu gefährden.

Die nördlichen Hochländer von Argolis entsprachen nun den gemäßigten Zonen der Erde. Heidekraut blühte violett, Stechginster gelb unter kühlen Winden, die Wolkenschatten über Hügel und Täler, Bäche und Bergseen jagen ließen. Regen rauschte geschwind herab, dann brach die Sonne durch, und ein Regenbogen erhob sich über die Kämme. Birken und Weiden wuchsen weitverbreitet. An geschützten Stellen zitterten Blätter auf den ersten jungen Espen. Insekten summten und brummten und strichen funkelnd darüber hinweg; Spinnweben glitzerten vor Tau. Vögel bis zur Größe von Moorhühnern und Enten flogen in immer größeren Schwärmen; unter ihnen liefen, schwammen, gruben Amphibien und kleine Säugetiere; Falke und Fuchs gingen auf Jagd.

Es war keine Wiederholung des Rückeroberungsfeldzugs, den das Leben geführt hatte, nachdem sich die Gletscher damals, vor langer Zeit, auf der Mutterwelt zurückgezogen hatten. Das war in Jahrtausenden und Jahrhunderten geschehen, dies hier erfolgte in Jahrzehnten und Jahren. Was diese Formen hervorgebracht hatte, war nicht die Evolution, sondern bewußter Wille und Geschick. Ihre Vorläufer waren nicht Wetter und Wasser, sondern Chemikalien, Energien und Maschinen von Dimensionen, die vom Monströsen bis zum Molekularen reichten. Technologie durchdrang sie, eine Technologie, die größtenteils unsichtbar blieb, die aber das, was Sterbliche ins Leben gerufen hatten, stets weiter antrieb, lenkte und bewachte.

Nahe der Mitte der Region erhob sich der Lifthrasir-Felsturm. Ein extra angepflanzter und gehegter Hain krönte ihn wie ein Traum von der Zukunft: Ahorn, Pappel, Eiche, Esche, Weißdorn. Kyras Bewußtseinskopie landete auf dem Flugfeld an seinem Fuße und spazierte eine Straße hinauf, die sich zwischen Felsenspitzen, Findlingen, Gräsern, Wildblumen und Sträuchern dahinwand. Sie hatte das Fahrzeug heute eher geflogen denn wie ein Kleidungsstück getragen, da sie einen menschenähnlichen Körper benutzte. Unter einem klaren Himmel reflektierte sein Metall das Schimmern eines fernen Sees. In ihren Händen trug sie Guthries Hirnkasten. Als sie unter den Bäumen hindurchschritten, hießen sie sie mit Gemurmel, tanzenden Lichtpünktchen, Gerüchen und Moder und Wachstum willkommen.

Das biokybernetische Labor in ihrer Mitte war von bescheidenen Ausmaßen. Efeu bedeckte die Wände. Seine Mitarbeiter konnten die Erkenntnisse anderer rings um den Globus nutzen, und ihre eigene Arbeit war zu diffizil, um Größe zu erfordern. Direktor Basil Rudbeck hatte seine Besucher kommen sehen und stand im Haupteingang, um sie zu begrüßen, ein Mann mittleren Alters, blond, stämmig und schwungvoll.

»*Bienvenidos, jefe* und *señora*«, sagte er. »Darauf haben wir schon lange gewartet.«

»Na ja, für mich ist die Zeit immer zu kurz«, erwiderte Guthrie. »Außerdem, während Sie mit Ihrem Herumbasteln und Testen und erneutem Herumbasteln beschäftigt waren, konnten Sie mich wohl kaum unter den Füßen gebrauchen.«

»Sie wären willkommen gewesen, wann immer Sie Lust gehabt hätten zu kommen, auch wenn ich zugebe, daß wir Ihnen vor einiger Zeit noch nicht viel zu zeigen gehabt hätten. Aber wir wissen es wirklich zu schätzen, wie Sie uns unsere Arbeit haben machen lassen, ohne von Bürokraten belästigt zu werden.«

»Traditionelle Fireball-Politik, wann immer ich das Gefühl hatte, daß jemand einer großen Sache auf der Spur war.« Guthrie erzeugte ein leises Lachen. »In Ihrem Fall hatte ich noch einen zusätzlichen Grund dafür, nämlich Mitleid mit den Bürokraten.« Rudbeck war ein Nachfahre von Guthries lebendem Selbst.

»Und jetzt haben Sie einen Durchbruch erzielt?« soufflierte Kyra.

Rudbeck lächelte. »Nichts so Dramatisches. Wir haben uns in kleinen Schritten vorgetastet, bis wir ein System entwickelt hatten, das so zu arbeiten scheint, wie es das soll. Die wirkliche Anerkennung gebührt den Feldforschern und, ja, den Robotern und Bewußtseinskopien vor ihnen, jenen, die die Daten gesammelt und Stück für Stück herausgefunden haben, was sie bedeuten, wie Sachen auf diesem Planeten ablaufen und warum.« Er verbeugte sich. »*Muchas gracias*.«

Kyra hatte die Kunst der Stimmerzeugung weit genug entwickelt, um Überraschung in ihrer mitschwingen zu lassen. »Mir? Wenn ich in den Einsatz gehe, bin ich bloß Pilotin.«

»Piloten werden dringend gebraucht«, sagte Guthrie.

»Außerdem hast du mehr als einmal jemandem den wertvollen Arsch gerettet. Habe ich gehört.«

»Jedenfalls«, fuhr Rudbeck fort, »zeigen uns die hereinkommenden Informationen nach und nach, wie wir unsere Programme korrigieren und in vielen Fällen unsere Apparate neu konstruieren mußten.« Die Begeisterung riß ihn mit sich fort, so daß er unnötigerweise fortfuhr: »Wenn man versucht, Jahrmillionen in ökologischer Entwicklung auf zwei- oder dreihundert Jahre zu komprimieren, und das auf einer globalen Skala, weil nichts Geringeres möglich ist, dann ist das nicht so, als würde man einen Garten bestellen. Selbst wenn wir sicher sein könnten, was wir tun – und das können wir nicht, es ist zu komplex, es wird chaotisch – selbst dann würde die schiere Menge an Arbeit und die Geschwindigkeit, mit der eine instabile Ordnung der Dinge zusammenbrechen kann, alle Arten von Kontrollsystemen, die wir jemals errichten könnten, überrennen. Als einfaches Beispiel, erinnern Sie sich an die Geschichte mit dem thessalischen Klee?«

»Sicher«, grunzte Guthrie. »Wer täte das nicht?«

Entsprechend dem Plan war der neu fabrizierte Mutterboden in dieser Feuchtregion mit einem neu fabrizierten Moos eingesät worden, das ihn rasch für jene einfachen Mikroben und Wirbellosen geeignet machen sollte, von denen die höheren Arten abhingen. Das hatte gut funktioniert, und Klee wurde eingeführt, um den Boden weiter anzureichern. Unglücklicher- und unvorhergesehenerweise wuchs er so verbreitet und so dicht, daß er den dünnen, torfartigen Untergrund krümelig machte. Der Regen begann den Boden bis auf den gewachsenen Fels abzutragen. Die beste Möglichkeit, den Klee einzuschränken, schien zu sein, natürliche Feinde der Bienen anzusiedeln, die ihn bestäubten. Aber diese aus Wespen-DNA gezogenen Insekten führten zu einer mutierten Variante, deren frei umherwandernde Larven die Würmer dezimierten, die den Boden durchlüfteten und fruchtbar machten. Ein speziell entwickelter Virus – Die Natur in Thessalien schlingerte immer noch von einer Katastrophe in die nächste.

Rudbeck errötete. »Tut mir leid. Habe mich mitreißen lassen.

Wollte Ihnen keinen Vortrag halten wie ein Lehrer seinen Kindern.«

»Keine Sorge«, sagte Guthrie. »Mein Ego hat eine ziemlich dicke Haut. Fahren Sie fort.«

»*Gracias,* Sir. Lassen Sie mich das Grundprinzip erklären. Sie haben es gehört, es erscheint offensichtlich, aber erst kürzlich ist es mit mathematischer Strenge bewiesen worden. Wir *können nicht* endlos damit weitermachen, unsere Roboter und unsere Nanotech-Moleküle durch die Gegend zu jagen, um herauszufinden, was schiefläuft, und den Schaden zu beheben. Entweder stirbt das Leben auf der Demeter oberhalb der mikroskopischen Ebene wieder aus, abgesehen von ein paar Ecken, die durch unablässige und lächerlich aufwendige Anstrengungen am Leben erhalten werden, oder aber es breitet sich aus und entwickelt sich weiter. Im zweiten Fall wird die ökologische Komplexität schneller zunehmen als jedes unserer Regulationssysteme das könnte – es sei denn, wir erschaffen solche Massen von Regulatoren, daß sie das Leben verdrängen.«

»Ich weiß. Regierungen haben dieselbe Eigenschaft, auch wenn nur sehr wenige Menschen und keine Politiker das jemals begreifen wollten. Dennoch haben wir keine Zeit, die Natur ihr eigenes Gleichgewicht finden zu lassen. Ihr Team hat nach einem Weg aus der Zwickmühle gesucht. Okay, nun, da ich meine Rache gehabt und Sie mit der Enthüllung überrascht habe, daß Pferde vier Beine besitzen, können Sie mir in einfachen Worten erklären, was Sie erreicht haben?«

»Ich werde mein Bestes tun. Aber *por favor,* kommen Sie herein! Ich hätte Sie hier nicht stehen lassen sollen.«

»Uns machte das nichts«, sagte Kyra. Bewußtseinskopien und Maschinen.

Rudbeck führte sie herum, stellte ihnen seinen Stab vor, zeigte die Apparaturen, rief die Computerdarstellungen ab. Die Ausmaße seines stillen Sieges wurden deutlich.

Ein Organismus ist eine Einheit. Seine fast unendlichen Feinheiten des Aufspürens, der Nahrungsaufnahme, der Absorption, der Ausscheidung, der Wahrnehmung, der Reaktion, der Chemie, der Elektronenflüsse, der Rückkoppelungen, der dynamischen Verhältnisse greifen im Dienste des Überlebens ineinander. Letztendlich dient das dem Überleben und der Weiterverbreitung der Lebenshelix; aber zum Erreichen dieses Ziels muß sich der Organismus normalerweise gegen seine Feinde und gegen alle möglichen Mißgeschicke behaupten. Schon bei einem Mindestmaß an Nahrung und Schutz vor dem unwirtlichen Kosmos wird er fortdauern, sich bei Kräften erhalten, seine Wunden heilen, den Verrat entartender Zellen niederschlagen und herauszufinden versuchen, wie er das Gebiet seiner Art vergrößern kann. Das überragendste Beispiel ist der Mensch, dessen Gehirn zugleich Lenker, Informationsverarbeiter, wichtigste Drüse und Quelle des Begehrens ist.

Eine natürliche Ökologie ist nicht mehr als eine Reihe von Beziehungen zwischen Organismen. Wie wunderbar komplex und subtil auch immer, sind sie doch das Resultat geologischer Zeitalter des Kampfes, des blinden Zufalls, der Veränderungen, die das Leben selbst in seiner Umgebung hervorgerufen hat, und des erbarmungslosen Aussiebens von allem, das keinen Weg findet, sich einzuordnen. Das Netzwerk der Lebewesen mag viele Generationen lang Bestand haben; jederzeit aber kann jedes zufällige Unglück, das über sein Territorium hereinbricht, oder jedes Eindringen von Außenseitern den Untergang bringen. Die Steine der Erde verzeichnen ein halbes Dutzend Massensterben, bei denen die meisten wichtigen Rassen plötzlich ausstarben, die kleineren, örtlichen Auslöschungen sind dabei nicht mitgezählt. Wie verletzlich ist dann erst das Leben, das aus dieser ganzen langen Geschichte und dieser weltweiten Matrix herausgerissen wurde und gezwungen ist, noch einmal von neuem in Ländern zu beginnen, die zuvor völlig steril waren?

Nur, wenn eine Ökologie ein Organismus ist –

»Die Grundidee ist natürlich alt«, sagte Rudbeck. »Ich wäre überrascht, wenn diese Spekulationen nicht bis in die Zeit zurückgingen, als die ersten Übertragungen von der Demeter eintrafen. Vielleicht noch weiter, *jefe*?« Er warf Guthrie einen raschen Blick zu, erhielt aber keine Antwort. »Wir sollten das Äquivalent eines Nervensystems erschaffen. Nichts so Primitives wie eine Menge von Sensoren, die ihre Daten an eine Menge von Computern weitergeben, die einer Menge von Robotern Befehle erteilen, obwohl man ganz offensichtlich etwas in dieser Richtung ebenfalls einbeziehen müßte. Vor allem würden wir molekulare Strukturen benötigen, die Symbionten entsprächen, Strukturen, die auf natürliche Weise mit und in den meisten Pflanzen und möglicherweise einigen Tieren wüchsen und sich bei Bedarf miteinander über so große Entfernungen wie nötig verbänden. Natürlich sollten sie keine Sinnesorgane oder Gehirne oder irgend etwas genau in dieser Art bilden, aber etwas ... Äquivalentes. Der Trick, das Problem, bestand darin herauszufinden, *wie* sich das bewerkstelligen ließe. Was mochte funktionieren, wie mochten die Nebenwirkungen oder die kritischen Folgen aussehen? Was könnte auf lange Sicht die Entscheidung fällen und ausführen, in der gleichen gedankenlosen natürlichen Art und Weise wie Ihr Körper – wie ein lebender Körper das für alles leistet, was in seinem Innern abläuft?«

»Nach Ihren Berichten, die ich gesehen habe, haben Sie sich solange abgestrampelt, bis Sie zu einem grundlegenden neuen Verständnis gelangten«, sagte Guthrie.

Rudbeck zuckte die Achseln. »Einem Halbverständnis. Es begann damit, daß Farquhar noch einmal einen Blick auf die Theorie warf, wie Mitochondiren eine Symbiose mit primitiven Prokaryoten eingegangen sind. Sie bewies im Lichte unserer Beobachtungen hier, daß die Theorie unzureichend war. Dann formalisierte Kristoffer die Symbolik und transformierte die Daten mit einem Yamato-Tensor – Aber das ist ziemlich abstrakt, fürchte ich, und nachdem die Theoreme bewiesen waren, mußten wir immer noch die praktische Anwendung zuwege bringen.«

Guthries Augenstiele schwangen wieder auf die Anordnung von organischen und anorganischen Einheiten zurück, die er inspiziert hatte. Sie war erstaunlich klein. »Was Sie auch taten«, sagte er, »und hier ist Ihr Baby.«

»Nein, ein Embryo«, widersprach Rudbeck. »Es ist auf sechs- oder siebentausend Quadratkilometer begrenzt und alles andere als vollständig. Sehr spärlich verteilt, genaugenommen, und außerdem primitiv, rudimentär, voller Fehler. Und nur an dieses spezielle Gebiet angepaßt, diese spezielle Natur. Aber innerhalb seiner Einschränkungen ist es funktionsfähig. Es... lernt. Zum Beispiel haben Arbeiter in ungeschützten Gebieten, wo die Winternächte kalt werden, festgestellt, daß um Espenschößlinge und Erlen herum gepflanzter Kriechwacholder ihre Wurzeln im großen und ganzen ausreichend isoliert, damit sie überleben und wachsen können. *Bueno*, wir haben registriert, daß diese Spezies zusammen wild an Stellen wachsen, wo sie noch nie zuvor gewachsen sind. Wir haben Robokäfer entdeckt, die die Saaten ohne spezifische Anweisungen von uns oder von irgendeinem Programm, das wir geschrieben haben, an diese Stellen transportieren. Die Programme haben sich selbsttätig abgeändert!«

Stolz schwang in seiner Stimme mit. »Das System wird aus eigenem Antrieb expandieren. Es wird sich verändern, verbessern – manchmal mit unserer Hilfe, manchmal, so vermute ich, auch gegen unsere Vorstellungen. Es wird sich an jede Umgebung und Ökologie auf der Demeter anpassen. Ich rechne nicht damit, daß ich lange genug lebe, um das Endergebnis zu sehen, aber am Ende wird es eine Biosphäre geben, die ein Organismus ist, locker gesponnen, hauptsächlich an örtlichen Knotenpunkten tätig, aber ein globaler Organismus.«

»›Unermeßlich wie ein Weltreich – langsamer gewachsen‹«, sagte Kyra.

»Wie bitte?« fragte Rudbeck.

»Eine Zeile aus einem alten Gedicht. Ich dachte an Signale, die über Kontinente und Ozeane übermittelt werden.«

»Sie wären nicht auf chemische Geschwindigkeiten begrenzt. Ich habe Ihnen gezeigt, daß das System elektronische, photonische und mechanische Komponenten hat. Am Ende werden wir auch künstliche Intelligenz einbeziehen wollen – vollständige, bewußte KI. Das erfordert natürlich ein weiter verfeinertes System, aber in der Zwischenzeit werden wir von den Fortschritten erfahren, die die Psychonetiker auf der Erde machen.«

»Fast verdammte neun Kalenderjahre zwischen Frage und Antwort«, sagte Guthrie. »Ihr Baby muß schon bald aufstehen und laufen lernen. Wenn Sie nicht wollen, daß es sich auf eine Struktur, die kein Bewußtsein entwickeln kann, festlegt, sollten Sie sie von Anfang an in die Schaltkreise integrieren, wenigstens zeitweise.«

Rudbeck nickte. »Dessen sind wir uns bewußt. Es existieren bereits Einrichtungen, um vorübergehend eine Bewußtseinskopie einzubeziehen – zuerst nur, um zu beobachten, und vielleicht wird ja auch nicht mehr erforderlich sein, bis wir ein echtes Cyberbewußtsein haben.«

»Warum haben Sie es noch nicht ausprobiert?«

»Die Unsicherheiten. Wir wollen unsere Techniken verfeinern, bevor wir sie erweitern.«

»Warum? Sind irgendwelche Risiken damit verbunden?«

»Nicht, so weit wir sehen können, aber ich wiederhole, wir wissen noch nicht genug, wir können nicht jedes mögliche Mißgeschick vorausahnen.«

»Und das werden Sie auch niemals, bis Sie es versucht haben.« Guthries Augenstiele zitterten. »Hören Sie, schließen Sie mich an. Jetzt sofort.«

Rudbeck starrte ihn an. »Meinen Sie das ernst?«

»Ich hatte schon daran gedacht, als ich heute hier heraus kam. Deswegen bin ich ja nackt gekommen. Alles, was ich vorher wollte, war die Führung, die Sie uns gegeben haben, um ein paar Dinge zu klären, hinsichtlich derer ich mir nicht sicher war. Nun machen Sie schon. Warum nicht? Unwissenschaftlich, ein unkontrolliertes Experiment, klar, aber kann es schaden?«

Rudbeck schüttelte den Kopf. »Es könnte *Ihnen* schaden.«

»Unsinn. Ich habe mehr und schlimmere Mißhandlungen überlebt, als ich möchte, daß Sie sich vorstellen. Was wird schon weiter passieren, als daß es mir eine Vorstellung davon vermittelt – schwach, zweifellos, vorläufig, aber eine Vorstellung von innen heraus – wie Ihr Organismus *sich fühlen* wird? Was, wie ich ahne, mir überaus nützlich sein wird.«

»Wage es nicht!« rief Kyra aus. »Wenn du auf einem solchen Bericht bestehst, dann nimm mich aus diesem Körper, und ich werde dir einen erstatten.«

»Scheiße«, entgegnete Guthrie. »Du warst Offizierin bei Fireball. Würdest du einen deiner Männer ein Risiko eingehen lassen, das du nicht selbst eingehen würdest? Wie dem auch sei, das hier ist kein Glücksspiel. Ich will mich ja nur mal umsehen. Hiermit berufe ich mich auf meinen Rang und bestehe für mich selbst auf dem Spaß.« Seine Stimme wurde leiser. »Etwas Neues, keine Schatten-Show in einer *quivira*, sondern echt, nach so vielen trockenen Jahren –« Grob: »Also, können Sie's, Rudbeck? Okay, dann machen Sie Tempo!«

Über Argumente konnte er einfach so hinweggehen, nicht aber über Besprechungen, Pläne, Vorbereitungen, Vorsichtsmaßnahmen. Der Demetertag neigte sich seinem Ende entgegen, als die Wissenschaftler ihn endlich anschlossen. Die Sterne kreisten eine Stunde lang über der Stille, unterbrochen von gelegentlichen halb geflüsterten Banalitäten, in der sie die Anzeigegeräte beobachteten und auf und ab schritten. Dann holten sie ihn heraus.

Er sagte wenig, nur leise und langsam: »Ich kann es nicht beschreiben. Vielleicht, wenn sie einen Dichter haben. Eine Weile dachte ich fast, ich wäre wieder lebendig.«

Nach der Verabschiedung brachte Kyra Guthrie zurück zu ihrem Flieger. Ihre Schritte hallten laut durch die Nacht. Hügel und Heide glänzten, wo Rauhreif Sternenlicht einfing.

»Ich wäre weniger über deinen Leichtsinn schockiert gewesen, wenn du dein Duplikat nicht gelöscht hättest«, sagte sie.

»Habe ich nicht«, erklärte Guthrie. »Er ist hier bei mir, alle seine Erinnerungen, auf mich übertragen.«

»Warum?«

»Das weißt du ganz genau. Einer von mir hat sich um die Angelegenheiten im Sol-System und um die Auswandererschiffe gekümmert, während der andere vorausflog und hier das Kommando übernahm, aber nachdem wir beide auf der Demeter waren, wären zwei solch übermütige alte Bastarde sich nur gegenseitig in die Quere gekommen. Wir hatten von Anfang an vor, uns miteinander zu verschmelzen.«

»Ich meine, warum hast du das zweite Programm nicht deaktiviert, aber in Reserve behalten? Vor allem, wenn du vorhattest, solche Abkürzungen zu nehmen wie heute.«

»Teufel auch, das war ungefähr so riskant, wie bei einem Straight-flush zu erhöhen. Ich dachte mir, ein Reserve-Ich wäre keine gute Idee mehr. Früher oder später muß die Kolonie auf sich allein gestellt klarkommen. Wenn sie es im Grunde genommen jetzt noch nicht kann, verdient sie es auch nicht.«

»Wir würden ... dich vermissen, *jefe*.«

Guthrie lachte. »Oh, ich beabsichtige, noch eine ganze Weile dazubleiben.« Sein Tonfall wurde sanfter. »Ja, nach dieser Erfahrung ... Du nicht, Kyra?«

»Ich glaube nicht«, antwortete sie. Er betrachtete sie, als könnten seine Linsen einen Ausdruck in ihrem Türmchen lesen. »Bist du nicht glücklich?«

»Ich bin nicht unglücklich. Solche Begriffe passen einfach nicht. Ich interessiere mich für das, was ich tue. Aber wenn mich niemand weiterhin dringend benötigt, wäre ich zufrieden damit aufzuhören.«

»Eine Sitzung in dem Biocenter dort drüben könnte deine Meinung ändern. Ich würde mich sehr darüber freuen, *querida*. Wirklich.«

»Tut mir leid, *jefe*«, sagte sie. »Ich glaube nicht, daß ich es versuchen möchte.«

»Warum nicht, wenn ich fragen darf?«

»Es würde mich an zu vieles erinnern, dem ich zeitlich näherstehe als du.«

»Ich verstehe.«

Sie sprachen nicht mehr. Sie schritt weiter, den Hügel hinab.

52

Auf der L-5 sind nur noch wenige Einwohner übrig. Angesichts der großen Fortschritte in der Robotisierung der Raumfahrt hat es außer als Touristenziel keine Funktion mehr, und diese ist marginal. Die allgemeine Verfügbarkeit von *quiviras* hat alle solchen Erfahrungen erheblich leichter zugänglich gemacht, und es besteht ohnedies nur ein geringes öffentliches Interesse an ihnen. Es werden Vorkehrungen getroffen, damit die noch verbliebenen Bewohner, so sie das wünschen, auch den Rest ihres Leben in der Station verbringen können. Schwangerschaften unter ihnen wird man jedoch stark entmutigen.

Geschrumpft durch die Entfernung, strahlte A immer noch hell: ein Licht, das für menschliche Augen als ein kaum mit Blau getöntes Weiß erschien. Es ließ die Grabenböschungen und Krater von Perun scharf aus den Schatten hervortreten, die zu fließen schienen, als die *Merlin* näher heran kurvte. Hier und da schimmerten in Milliarden von Jahren kosmischen Bombardements glattgescheuerte Nickel-Eisen-Ausbisse. Jenseits des zerklüfteten Sphäroiden war Voloss ein Klumpen aus Schwärze zwischen den Sternen. Kyra Davis erinnerte sich daran, daß die Lunarier diesen kohlenstoffhaltigen, chondritischen Himmelskörper erst kürzlich als bequeme Quelle für Wasser und organische Stoffe in eine Umlaufbahn um den größeren Fels-Metall-Asteroiden gebracht hatten. Die Software in ihrem Fackelschiff wußte das genau und bezog es bei der Ausführung der Kommandos, die von Kyras Fingern ausgingen, in ihre Berechnungen mit ein. Kyra hatte reichlich Gelegenheit, sich umzuschauen.

Vor allem starrte sie das an, was Perun auf der gleichen Bahn folgte. Noch war das Raumschiff teilweise ein Skelett, aber schon jetzt wölbten sich die Rippen und Längsversteifungen gigantisch auf. In dieser Entfernung wirkte das Gebilde zerbrechlich und ungemein empfindlich: Silberdrähte, die man zu einem Schmuckstück für eine Elfenlandprinzessin geformt und gewoben hatte.

Als Kyra auf Vergrößerung und Verstärkung schaltete, sah sie Fahrzeuge, Roboter und Techniker in Raumanzügen, die wie winzige Stäubchen durch es hindurch und um es herum huschten, ein Tanz, der Musik in ihrem Kopf heraufbeschwor: Mozart, Strauss, Nielsen.

Würde das Schiff ebenso leicht und freudig durch die Reiche Alpha Centauris reisen, nach Proxima und vielleicht, vielleicht darüber hinaus? Bisher hatten die Erbauer wenig preisgegeben, aber es waren Gerüchte über Pläne nach außen gedrungen, die Laser, die die Auswanderer seinerzeit behutsam zum Stehen gebracht hatten, zu vergrößern und einzusetzen, Pläne zum masselosen Abbremsen durch Alfvén-Wellen, zum – Sie sollte besser mit der Tagträumerei aufhören, begriff Kyra, und sich auf das Annäherungsmanöver konzentrieren.

Angesichts seines maximalen Durchmessers von etwa tausend Kilometern würde Perun niemals, so nahm sie an, wie Luna Städte und Festungen tragen. Dennoch erhoben sich schon mehr Bauten darauf, als sie vor dem ersten demetrischen Flug hierher erwartet hatte. Davor waren die lunarischen Sendungen zum Planeten nur wenig informativ gewesen. Sie hatte das nicht als Zeichen von Feindseligkeit empfunden. Diese Leute waren von Natur aus so distanziert und heimlichtuerisch wie Katzen. Es war eine Überraschung festzustellen, wie fleißig sie gewesen waren, wie viel sie in einer Handvoll von Jahren und ohne die Ressourcen ihrer Welt, von denen sie hätten zehren können, geschafft hatten. Jetzt würde sie es selber sehen. Das Herz hämmerte ihr in der Brust.

Kuppeln, Masten, Pyramiden, Kolonnaden – und dann, als leuchtender Treffpunkt von Straßen, der Raumhafen. Er war eine flache Kappe auf dem Nordpol, von halbzylindrischen Gebäuden umgeben, über denen das Kontrollradar aufragte. »*Merlin* erbittet Landegenehmigung«, sagte Kyra und hörte »Genehmigung erteilt«, in einem flotten Akzent, an den sie sich noch gut erinnerte. Eine reine Formalität auf beiden Seiten; die Übereinkünfte waren schon lange erfolgt, die Computer regelten alles unter sich. Auf sanften Düsenstößen sank das Schiff in die ihm zugewiesene Landebucht hinab.

Stille senkte sich herab. Kyra schnallte sich los und verließ ihren Sitz. Sie war mit einem demetrischen G geflogen, das, um acht Prozent geringer als das der Erde, zur Norm für ihre Knochen und Adern und Gewebe geworden war. Obwohl sie sich wieder an die Gewichtsveränderungen gewöhnt hatte, fühlte sie sich plötzlich wie ein Gespenst. Was wog sie hier, fünf Kilo, sechs? Vorsichtig bewegte sie sich nach unten in ihr persönliches Abteil, wo sie für einen Blick in den Spiegel verweilte. Bevor sie mit den abschließenden Manövern begann, hatte sie sich umgezogen und trug nun eine weiße Perlux-Bluse mit Rüschenvorderteil und Puffärmeln, einen Tigryl-Bolero, eine blaue Freizeithose und Sandalen mit prismatischen Schnallen. Zeige, daß dein Volk einen Punkt erreicht hat, an dem es ein bißchen modebewußt werden kann! Laß den Lunariern nicht den Vorteil, den sie vielleicht daraus ziehen mögen, dich als Vogelscheuche anzusehen!

Sie? Rinndalir, gestand sie sich ein. Ihr Puls hämmerte lauter. Nein, bei Gott, sie würde nicht verlegen sein, wenn sie sich wiedersahen. Sie würde es sich nicht gestatten. Was für einen Grund hätte sie um alles im Kosmos gehabt? Der Spiegel zeigte sie als gerade, geschmeidig, eine Spur zur Magerkeit neigend, aber das war immer noch besser, als fett zu sein, und es brachte die Knochen in ihrem Gesicht vorteilhaft zur Geltung, die, wie sie wußte, gut geformt waren. Ein paar Falten und Fältchen, Haar, das anfing, zu Grau abzustumpfen, na und? Sie hielt die Beziehungen, an denen ihr etwas lag, durch ihre eigenen Vorzüge am Leben, ohne Anspruch darauf erheben zu müssen, daß irgend jemandem dadurch irgendwelche Verpflichtungen auferlegt wurden. Außerdem war sie nicht hierhergekommen, um Liebesbeziehungen anzuknüpfen, sondern um Geschichte zu schreiben.

Ein leichter Aufprall hallte durch den Rumpf und die Luft. Die Gangway hatte die Ausstiegsschleuse ausgefahren. Kyra blinzelte ihrem Abbild zu und setzte ihren Weg nach draußen fort.

Der Abstieg führte sie unter die Oberfläche, in einen kleinen, kahlen Vorraum. Dort wartete Rinndalir, ganz allein.

Abrupt blieb sie stehen. Er trat näher und nahm ihre Hand. »Willkommen, Mylady«, sagte er und lächelte. »Viel zu lange habe ich auf Euch gewartet.«

Handfläche und Finger lagen kühl um ihre. Fühlte sie da Schwielen? »Ich ... ich wäre gerne früher gekommen«, hörte sie sich stammeln. »Ein faszinierender Ort, nach allem, was ich hörte. Aber nachdem ich mein Schiff hatte, mußte ich erst wieder in Übung kommen, und dann – es gab so viel zu tun –«

»Wenn Ihr nicht daheim bei Eurem Kind wart. Ich verstehe.«

Tat er das? fragte sie sich. Wenn nicht, wußte er, daß er es nicht tat?

»Seid mein Gast, ich bitte Euch«, schnurrte er weiter. »Das Quartier, das ich für Euch vorbereitet habe, ist alles andere als luxuriös, aber ich habe mich bemüht, es so herzurichten, daß es Eurer würdig ist.«

Wieder durchliefen Hitze und Kälte sie. Warum in MacCannons Namen reagierte sie so? Schluß damit, *pronto*! Er war ein wunderbarer Gefährte gewesen, unvergleichlich gut im Bett, ein moralisches Monstrum, und was zum Teufel ging sie das noch weiter an?

Sie rief ein Mantra auf. Selbstbeherrschung strömte in sie ein. Als sie ihn genauer musterte, sah sie, daß die Zeit tiefe Spuren hinterlassen hatte. Harte Arbeit, Not und was noch? Zwischen den aschgrau gewordenen Schläfen war sein Gesicht zerfurcht und so hager, daß die grauen Augen darin riesig wirkten. Dennoch hielt er sich ebenso gerade wie sie, bewegte sich geschmeidiger und war in seinem Silber und Schwarz unter einem diamantenüberkrusteten Stirnband die Verkörperung der Eleganz.

»Eure Mitarbeiter, Eure Offiziere?« fragte sie. Richtige Menschen hätten sie in einer Gruppe begrüßt. Die *Merlin* war erst das fünfte demetrische Schiff, das Perun besuchte.

»Wir werden mit ihnen zusammentreffen, sobald es uns beliebt«, sagte er gleichgültig.

Also war er ein unumschränkter Herrscher geblieben, dachte sie. Der Nachrichtenverkehr zwischen seiner und ihrer Rasse war so spärlich, daß er ihre neue Gesellschaftsstruktur keineswegs hatte deutlich werden lassen. Herrschte Rinndalir über diese eine Siedlung oder über sein ganzes weitverstreutes Volk?

»Zuerst haben Ihr und ich uns über viele Jahre auszutauschen«, fuhr er fort, und seine Stimme wurde melodiös. »Ich werde Diener ausschicken, um Euer Gepäck zu holen, wann immer Ihr das wünscht. Nun kommt, ich bitte Euch.«

Er bot ihr nicht den Arm, damit sie ihn berührte, und führte auch nicht seine Fingerspitzen an ihre Hand. Der Verzicht darauf deutete an, daß sie Gleichgestellte waren. Verwirrt und wohl oder übel beinahe bezaubert begleitete sie ihn. Er bewegte sich mit dem gleichen eleganten, federnden Niedrigschwerkraftschritt wie sie. Obwohl sie nur etwa halb so groß war wie die Lunas, reichte die Schwerkraft aus, um seine Rasse gesund zu erhalten, aber Kyra nahm an, daß sie Zeit damit verbringen mußten, unter Zentrifugalkraft zu trainieren, um fit zu bleiben. Oder vielleicht auch nicht, in Anbetracht all ihrer Aktivität am Boden und im All.

Beim Weitergehen fand sie reichlich Beweise dafür. Eine hohe, nach oben mit einem Spitzbogengewölbe abschließende Passage führte vom Eingang weg, aus Felsen herausgeschnitten, die anschließend so glattpoliert worden waren wie Glas. Leuchtstoffröhren beleuchteten sie in wechselnden Farben und Helligkeitsgraden. Darüber hinaus belebten keine Illusionen das dunkelrote Gangstück, nur hin und wieder eingefügte Platten aus anderen Mineralien, grün, blau, glimmerglitzernd. In Abständen befanden sich mit Edelsteinen und Kristallen besetzte Säulen, die zu fließenden Kurven und schaumgleicher Spitzenartigkeit geformt waren. Das variable Licht ließ sie beinahe lebendig erscheinen. Kaum hörbar für Kyra rankten sich Klänge wie von Flöten und Violinen zwischen bittersüßen Düften hindurch. Wo Türen offenstanden, erblickte sie ein Café, dessen Stammgäste auf Teppichen saßen und Schach oder Go spielten, ein Lebensmittelgeschäft, ein Labor, ein Atelier, eine kleine Werkstatt, die an die eines Zauberers erinnerte. Der Verkehr war spärlich; diese Höhlen waren für eine Bevölkerung gegraben worden, die noch zunehmen sollte. Die wenigen Männer, Frauen und Kinder, die vorbeikamen, bewegten sich rasch und zielstrebig und waren nur selten in Unterhaltungen vertieft. Weite Hauskleider flatterten und strömten in vielen Farben.

»Wie Vögel im Flug«, bemerkte Kyra.

»In Zukunft werden Vögel frei zwischen uns fliegen, bunte Motten, vielleicht übermütige Fledermäuse«, sagte Rinndalir. »In weniger reichverzierten Passagen als dieser hier werden blühende Ranken wachsen.«

»Es hat nicht viel Ähnlichkeit mit dem, wie Luna war.«

Er wurde ernst. »Wir verändern uns. Vielleicht stärker als ihr auf Demeter.«

Ein ähnlicher Ernst überkam sie. »Das weiß ich nicht.« Landschaft und Leben – »Hattet Ihr damit gerechnet?«

»In der Tat. Eis, das schmilzt, gefriert wieder, aber wir sind lebendig, Eure Art und meine.« Eine Weile schwieg Rinndalir. Der Korridor blieb hinter Kyra zurück, ohne daß sie viel von ihm bemerkt hätte. »Das ist einer der Gründe dafür, warum Lady Niolente beschloß, daheim zu bleiben.«

Sie suchte nach taktvollen Worten. »Mein Eindruck war, daß sie dort für die alte Ordnung der Dinge kämpfen wollte, sie so lange wie möglich aufrechterhalten wollte. Verachtet – verachtete sie die Erdlinge nicht?«

Als sie zur Seite blickte, sah sie, wie etwas, das Schmerz sein mochte, über ihn hinweghuschte. Er selbst hielt seine Augen starr geradeaus gerichtet. »Bestimmte Arten davon«, erwiderte er langsam. »Den bedeutenden unter ihnen dankte sie und respektierte sie im Geiste, denn sie waren Gegner, die alles von ihr forderten, was sie war. Intrige und Kampf gegen sie sagten ihr mehr zu als jede Auseinandersetzung mit der unbelebten Materie.« Er lächelte. Sie vermochte nicht zu sagen, ob es traurig oder liebevoll war oder was. »Das traf um so mehr zu, nachdem sie über jeden Zweifel hinaus wußte, daß ihre Sache verloren war. Nun konnte sie jeden Einsatz machen, der ihr gefiel, und wenigstens dem Geschick ihren Stempel aufdrücken. Angesichts des wenigen, was von der Erde zu uns durchgesickert ist, werde ich nie sicher sein, aber ich hege den Verdacht, daß sie es war, die die Abmachung durchsetzte, daß die letzten Selenarchen so lange über ihre Güter herrschen durften, bis der Tod sie abberief. Den neuen Mächten muß das mißfallen haben; es behinderte ihre Reformen auf Jahrzehnte hinaus. Ja, ich ziehe es vor, mir vorzustellen, daß meine Niolente die Führung dabei übernahm, Mittel zu finden, um sie – oh, überaus heimlich – mit etwas zu bedrohen, das noch schlimmer für sie war.«

Kyra nahm all ihren Mut zusammen und sagte: »Ich habe mich gefragt, warum Ihr nicht in dem Spiel geblieben seid.«

Der leuchtende Blick glitt über sie hinweg und wieder in die Fernen vor ihnen. »Die Antwort darauf läßt sich weniger leicht formulieren als leben.«

An der Mündung eines Schachts wandten sie sich nach unten und sprangen von Plattform zu Plattform, die in Abständen von sieben Metern versetzt angeordnet waren. Ein Sturz konnte kaum schneller als drei Meter in der Sekunde werden. Sehr bald lachte Rinndalir und machte einen einzigen Sprung über drei Plattformen hinweg. Seinen Umhang ergreifend, breitete er ihn von den Schultern her aus. Er war so geschnitten, daß er sich blähte und die Luft einfing; Rinndalir trieb wirbelnd abwärts wie ein vom Winde verwehtes Blatt. Die Lunarier hatten sich doch nicht völlig geändert, dachte Kyra.

Auf einer größeren Plattform hielt er an, winkte sie heran und führte sie in einen anderen waagerechten Tunnel. Dieser hatte ein rohes, unfertiges Aussehen, mehr Lüftungsanlagen als Türen und einen Graben in der Mitte des Bodens. »Das hier wird ein Laubengang, durch den ein Bach fließt«, erläuterte er.

»Ihr habt wirklich angefangen, Euch für Biologie zu begeistern, wie?« sagte Kyra.

»Von Luna aus konnten wie die lebende Erde betrachten«, erwiderte er. »Hier ist die Demeter nur ein Funken am Himmel und Phaeton ein weiterer.«

Nach von Kyra geschätzten zehn Kilometern endete ein kurzer Seitengang an einem mit geometrischen Basreliefs geschmückten Bronzeportal. Rinndalir befahl ihm, sich zu öffnen, und geleitete sie hindurch. Mosaike bedeckten die Wände eines Vorraumes. Sie sah, daß sie von der Byzantinischen Kirche in Ravenna abkopiert waren. Wenn er sich eine Erinnerung an das wünschte, was er aufgegeben hatte, dann war das hier eine merkwürdige Wahl. Oder etwa doch nicht? Theodoras große Augen waren unverwandt auf die Ewigkeit gerichtet.

Dahinter betrat sie eine geräumige Kammer in Schwarz und

weiß mit einer Sichtkuppel als Decke, die das Firmament darüber zeigte. A war untergegangen, aber B leuchtete zwischen den Sternen, ein tiefgelber Punkt, so hell wie mehrere hundert Vollmonde über der Erde. Dieser Himmel war die einzige Beleuchtung des Raumes. Flaschen und Pokale schimmerten mystisch auf einem dunklen Tisch. Musik trällerte deutlicher als zuvor, und ein Duft wie von Jasmin mit einem Hauch von Moschus darin wirbelte in der Luft.

Ihre Erinnerung schlug Alarm. »Eure Wohnung?« erkundigte sich Kyra.

Rinndalir lächelte. In diesem Licht wirkte er nicht gealtert, sondern zeitlos schön. »Was sonst? Ärmlich, aber mein.«

Sie versuchte, Konversation zu machen. »Ärmlich würde ich es nicht gerade nennen. Oh, nicht, was Ihr früher hattet, nein.«

»Das wird nie wiederkehren. Wir bauen auf eine unerkennbare Zukunft hin, genau wie ihr auf Demeter, auch wenn sie einander fremd sein werden.«

Daß er nicht verführerisch sprach, sondern ernsthaft, löste eine Welle von Erleichterung aus. »Ja, vermutlich. Bisher hatte ich nicht viel darüber nachgedacht, aber bei Sol – egal, wie unabhängig ihr auch handeltet, ihr Lunarier wart ein Ableger der Erde.« Wie in uralten Zeiten die Nomaden, überlegte sie beiläufig: in die Steppen gedrängte Völker, zu Wildheit und Stärke gehärtet, bis sie manchmal zu Eroberern der Zivilisationen wurden, an deren Rand sie lebten, doch stets von diesen abhängig im Hinblick auf das meiste von dem, was sie zum Leben brauchten, und am Ende stets von ihnen überwunden. »Jetzt nicht mehr.«

Er nahm ihren Ellbogen, sie spürte die sanfte Berührung überdeutlich, und nötigte sie an den Tisch. »Fühlt Euch wie zu Hause, Mylady. Unsere Biosysteme produzieren nicht die schlechtesten Weine der Galaxis.« Er füllte Kelche, reichte ihr einen und erhob den seinen. »*Uwach yei*«, brachte er einen Trinkspruch aus. »Das bedeutet, in guter Näherung, ›Empor‹.«

Kyra stieß mit ihm an, ein klares Klingen. »Glückliche Landung«, entgegnete sie. Sie nahmen beide einen kleinen Schluck. Der Wein war auf herbe Weise aromatisch.

»Damit haben wir eine Andeutung der Unterschiede zwischen uns ausgesprochen«, sagte Rinndalir.

»Vielleicht.« Kyra suchte nach Worten. »Euer Volk macht sich nichts aus Manifesten oder Fünf-Jahres-Plänen oder dergleichen, aber uns auf der Demeter erscheint es doch so, als sei Euer Ziel, die erste wirklich weltraumgebundene Gesellschaft zu erschaffen.«

»Ein vorausberechnetes Ziel wäre zwecklos, aber ein Traum muß es nicht sein. Viele unter euch hegen gewiß den gleichen. Ihr könnte euch nicht darein schicken, daß eure Nachfahren zusammen mit eurem Planeten untergehen.«

»Genau das ist natürlich der Grund meines Kommens. Meine Mission.«

»Eure und meine.«

Wein schwappte über, als das Glas in Kyras Hand ruckte. Sie starrte durch die bernsteinfarbene Dämmerung. Rinndalir lächelte gelassen zurück. »Was?« keuchte sie. »Moment mal! Ich hatte damit gerechnet, ein oder zwei Spezialisten mitzunehmen.«

»Die können später hinfliegen, wenn wir einen Grund dafür finden. Auf dieser ersten Reise werde ich Euer Begleiter sein.«

»Warum, in MacCannons Namen?«

Rinndalir zuckte mit den Schultern – so graziös, wie sie es einen Mann ihrer Art nie hatte fertigbringen sehen. »Ich bin nicht unqualifiziert, auch in Planetologie nicht. Diese Jahre haben einen Arbeiter aus mir gemacht.« Er heftete seinen Blick auf sie. Ruhig und stahlhart erklärte er, jeder Zoll ein Gebieter: »Aber trotzdem bin ich immer noch ein Selenarch, und ich habe beschlossen, Euch zu begleiten.«

Kyra setzte ihr Glas ab, versteifte ihren Rücken und erwiderte scharf: »Dabei habe ich auch noch etwas zu sagen, *por favor.*«

Er wölbte die Brauen. »Hält Euer Abscheu vor mir immer noch an?« murmelte er. »Ich hoffe, nicht unabänderlich.«

»Was Ihr ausgelöst habt –«

»Bedauert Ihr es so bitterlich?«

»Jenes letzte Mal in Eurer Burg –«

»Hört zu, Mylady.« Rinndalirs Stimme schallte. »Ich bereue

nichts. Ich war, was ich war. Im großen und ganzen bin ich so geblieben und hege auch keinen Wunsch, anders zu sein. Aber im Licht dieser Sonnen habe ich begonnen, mehr und weiter zu sehen als einst.«

»Jetzt hört Ihr *mir* mal zu«, antwortete Kyra wütend und verblüfft. »Ich muß diese Mission nicht leiten. Ich kann von ihr zurücktreten, und man wird jemand anders finden.« Einen Demetrier, einen geborenen Erdling oder jemanden von irdischer Abstammung. Die Lunarier hatten Phaethon besucht, konnten seine drei Viertel Erdschwere aber nicht lange ertragen. Ebensowenig war es für sie praktikabel, aus einer Umlaufbahn heraus Roboter zu steuern. Nun, da die Planetenbewohner ihre eigenen bemannten Raumschiffe vom Stapel laufen ließen, waren gemeinsame Expeditionen sinnvoll. »Es täte mir leid darum, ich wollte es furchtbar gern, aber wenn Ihr Euch selbst zu meinem Schiffskameraden bestimmt habt, dann verzichte ich.«

Er zeigte keinen Unmut. »Ich frage erneut, warum?«

»Verdammt, für ein wie leichtes Mädchen haltet Ihr mich eigentlich?«

Hätte er gelacht oder auch nur gelächelt, wäre sie aufgestanden und gegangen. Statt dessen sagte er nüchtern: »Ja, Ihr seid zweifellos eine Bindung eingegangen, wer auch immer der Glückliche sein mag, und Ihr würdet ihn nicht hintergehen. Aber muß Euch das hindern? Ich bin zur Keuschheit fähig, Kyra. Hat Euer Mann kein Vertrauen in Euch oder Ihr in ihn?«

Ihre Männer, hätte sie ihn beinahe korrigiert; und, ja, sie hatten feierlich der Eifersucht abgeschworen, weil sie nicht bereit war, sich zu binden; und das Problem auf einem Weltraumflug mit Rinndalir würde vielleicht nicht seine Keuschheit sein, sondern sicherlich ihre. »Wir sind zu verschieden«, murmelte sie.

Er nickte. »Auf ewig getrennt. Könnt Ihr begreifen, daß das eine Wunde in mir ist? Daß Ihr ein Grund dafür seid, warum ich das Leben, das das meine war, hinter mir gelassen habe?«

Das konnte er doch nicht ernst meinen! Oder etwa doch? »Nach so kurzer Bekanntschaft? Ist das ein Scherz?«

»Nein. Auch keine Vernarrtheit.« Trocken: »Vielleicht ein

widernatürliches Hingezogensein des Raben zur wilden Stute.« Des Adlers, dachte Kyra im Hämmern ihres Blutes, des Adlers, der auf dem Wind dahinzieht, welcher die Stute in ihrer Mähne streichelt. Und sie ist kraftvoll und riecht süß nach sonnenwarmer Erde. »Oder ist es doch nicht so unnatürlich? Was fühlt Ihr für ein Schoßtier oder ein Schiff oder einen Berg vor dem Sonnenuntergang oder das Phantom Anson Guthries?«

»Das ist . . . etwas anderes.« »Wieso?«

»Ich habt es selbst gesagt. Wir sind unüberbrückbar getrennt.« Ein Abgrund zwischen ihnen, dachte Kyra, in den sie fallen konnte, ohne jemals wieder hinausklettern zu können, und – und die Metaphern gerieten so durcheinander wie die Gefühle.

»Und doch, wenn wir uns treffen«, sagte Rinndalir, »können wir hinübergreifen, auf daß unsere Hände sich berühren.«

Plötzlich war sie es, die schallend lachen mußte. »Mehr als nur die Hände, daran denkt Ihr doch!« rief sie.

Schamlosigkeit flog frei. »Ihr etwa nicht?«

Danach wurde es von Stunde zu Stunde einfacher.

53

Als seine Umlaufbahn – gegenläufig, instabil und exzentrisch wie die eines Kometen – ihn dicht an A heranführte, spielte Phaeton verrückt. Gefrorene Gase explodierten zu Geysiren und Wolken, Eis schmolz zu Wasserfällen und Fluten, Orkane trieben heftige Regen voller Blitze vor sich her, Meere überschwemmten Küstenländer, und Berghänge warfen Steinlawinen ab. Zugleich flammte Licht auf, und harte Strahlung brannte. Jene, die das Planeteninnere erforschen wollten, mußten ihn aufsuchen, wenn er auf seiner Umlaufbahn weit nach draußen in den Winter seines Vierzehnjahreszyklus geschwungen war.

In einem Schutzanzug stand Kyra auf einer weißen Kruste

aus Schnee. Hinter ihr war er bis auf den Fels weggeräumt, um Platz für die Schutzhütten zu schaffen, die sie und ihre Ausrüstung beherbergt hatten. Zu beiden Seiten wellte sich das Gelände farblos und voller Schatten unter seinem Überzug. Vor ihr strömte ein Gletscher steilere Hügel hinab. Frei von Staub, glänzte er in einem schwachen, geheimnisvollen Blau. Beide Sonnen standen am purpurn-schwarzen Himmel. A, der Freibeuter, war zu einem düsterroten Stern zusammengeschrumpft; B zeigte sich als winzige Scheibe; Proxima blieb ein roter Funke. Der Wind, ein Überbleibsel der nicht erstarrten Luft, pfiff dünn um ihren Helm.

Die *Merlin* stand oberhalb des Horizonts. Kyra beobachtete, wie ihr letzter Geologe ins Camp zurückrollte, während sie in ihr Funkgerät sprach: »Wie könnt Ihr Euch so sicher sein?«

»Die Interpretation Eurer Befunde sind eindeutig«, sendete Rinndalir aus dem Schiff. »Das Programm hat alle Möglichkeiten erwogen und keine gefunden, um diese Welt abzulenken oder zu zerstören.«

»In mehr als achthundert Jahren?« Schlagartig kam Kyra zu Bewußtsein, wie vollkommen sie sich daran gewöhnt hatte, in Begriffen des Demeter-Kalenders zu denken. Auf der Erde hätte sie tausend gesagt. »Das ist Zeit genug, um eine Menge Löcher zu bohren und eine Menge Antimaterie-Sprengkapseln anzubringen.«

»Ihr müßt wirklich müde sein, meine Liebe, daß Ihr Euer Wunschdenken so frei über Euer Wissen herrschen laßt. Phaeton ist kein Asteroid oder Komet. Sein Kern ist flüssig. Man kann ebensowenig Tunnel in ihn bohren wie in ein Meer. Daher kann es auch kein Fundament geben, das stabil genug für die Art Antrieb wäre, der die Umlaufbahn verändern würde. Wir könnten auch nicht mehr als die äußersten Schichten der Kruste absprengen. Selbst wenn der Globus auseinanderbräche – und das Programm sieht nicht voraus, daß sich in der verbleibenden Zeit genug Antimaterie dafür herstellen ließe – selbst dann würden die Trümmer jede Spur von euch auf Demeter auslöschen.«

Kyra seufzte. »Keine Überraschung, nehme ich an. Es war

sowieso nur eine *loco* kleine Hoffnung.« Dennoch rief ihr Tod Schwermut in ihr hervor.

»Laßt uns und unsere Nachkommen darüber nachdenken, wie wir unsere Anstrengungen besser einsetzen können, um den Weltuntergang zu überleben«, sagte Rinndalir.

Er hatte sich wirklich verändert, dachte sie. Und, Mut fassend, sie selbst würde reichlich zu tun haben. Bruchstücke ungeborener Planeten taumelten ohne Zahl durch die chaotischen Regionen, wo ihre Vereinigung unmöglich gemacht worden war; oft schleuderten die beiden Sonnen sie nach innen; noch mehr als im Raum um Sol war eine Meteoritenpatrouille notwendig.

Das veranlaßte sie dazu zu sagen: »Unsere Nachkommen? Diese Generation wird gut daran tun, eine halbwegs stabile Ausgangsposition für sie zu schaffen.«

»Und unser Leben zu leben«, beharrte Rinndalir.

So viel hatte er sich nicht geändert. Bei Beschleunigungswerten, die er ertragen könnte, würde die Heimreise eine Weile dauern. Die Enttäuschung wich von Kyra – niemand hatte ernsthaft ein anderes Ereignis erwartet – als sie feststellte, daß sie sich darauf freute.

54

In einer Reaktion auf die von Ihrer Helligkeit, der Elimite Bhairagi, nach der Lyudow-Rebellion ausgedrückten Befürchtungen erklärte Präskriptor Juang-ze Mendoza in einer Botschaft an die Welt: »Angst vor künstlicher Intelligenz mit vollem Bewußtsein ist als emotionaler Atavismus vielleicht verständlich, aber rational nicht begründeter als jede andere Neurose. Diese Wesen – ja, ich nenne sie Wesen, nicht Maschinen – bringen nichts als grenzenlose Hoffnung mit sich. Wo sie die Menschen ersetzen, wie in der Weltraumfahrt, geschieht das, weil sie besser dafür geeignet sind;

sie kommen als Befreier. Trotzdem werden sie niemals Sklaven sein, die uns kriecherisch dienen, damit wir ein Leben sinnlosen Müßiggangs führen können. Sie werden sein, und sind es bereits, unsere Partner in einer unermeßlich großen Bestimmung. Laßt uns aufhören, sie als ›künstlich‹ zu bezeichnen. Sind elektronische, photonische, nukleonische oder magnetohydrodynamische Prozesse weniger natürlich als die Chemie organischer Kolloide? Ich schlage für diese Wesen den Namen Sophotekten* vor.«

Bisher verfügte der Wetterdienst noch über keine verläßliche Möglichkeit, Nebel in Hollowland vorherzusagen. Dieses gewaltige Sumpfland, das ein Viertel des tropischen Ätoliens einnahm, war zu wenig bekannt. Die Bedingungen dort änderten sich zu schnell und zu radikal. Sogar ein Satellit konnte oft nicht mehr als ein oder zwei Stunden im voraus warnen, bevor Hunderte von Quadratkilometern verschleiert waren.

Eine solche Wolke stieg auf und überrollte Nero Valencia und Hugh Davis, als sie nach mehrtägiger Erkundung – herumfahren, beobachten, Proben entnehmen, testen, graphisch darstellen, wie gut es der neu entstandenen Wildnis ergangen war, herauszufinden versuchten, welches die letzten Haken waren, die ihre Entwicklung geschlagen hatte – auf dem Rückweg ins Camp waren. Ganz plötzlich mußten sie dahinkriechen und sich vorwärtstasten, den Motor auf ein Flüstern herabgedrosselt, die Augen praktisch blind.

Die Sicht reichte kaum von einem Ende des Bootes zum anderen. Manchmal schob sich eine dicke Nebelranke davor, um auch diesen Rest noch zu verbergen. Gerade noch genug Licht stahl sich von oben herab, um einen Schimmer auf dem feuchten Deck und der feuchten Kabine zu erzeugen. Überall ringsum wallte formloses Grau, dahinter Dunkelheit. Ein Blick über Bord zeigte die Blätter, breit und dunkelgrün um rosenrote Blumen herum, zwischen denen sich der Bug einen Weg bahnte.

* sophos [griech.]: weise; tektein [griech.]: gebären, (er)zeugen (A. d. Ü.)

Dann und wann glitt ein Fisch vorbei. Die Pflanzen bedeckten den größten Teil des braunen Wassers, dessen Gluckern gegen den Rumpf das einzige von außen kommende Geräusch war. Gelegentlich tauchte ein Gespenst auf, ein mit Binsen gesäumter Hügel oder eine über Untiefen vor sich hin brütende Mangrove, aber der suchende Blick verlor es bald wieder. Die Hitze war unwirtlicher und dumpfer Kälte gewichen; Gerüche von Wachstum und Blühen waren schal geworden.

»Sir«, rief Hugh vom Ruder aus, »Ärger!«

»Was denn jetzt?« fragte Valencia, der, am Bug zusammengekauert, so gut es eben ging den Ausguck machte.

»Die Nadel – der Funkpeiler –« Die Stimme des Jungen, der gerade im Stimmbruch war, brach. »Sie ist *malo* geworden! Schwankt über . . . wenigstens neunzig Grad.«

Valencia blickte finster, blieb aber ruhig. »Nicht ungewöhnlich. Funkstörungen. A befindet sich auf dem Höhepunkt seines Sonnenfleckenzyklus, das weißt du. Und Sterne werden ungemein launisch, wenn sie sich dem Ende ihrer Zeit auf der Hauptlinie nähern.«

Er erhob sich und drehte sich nach achtern um, um ein beruhigendes Bild zu bieten. Die kleine, kräftige Gestalt im Cockpit nahm eine feste Haltung ein. »Kannst du eine ungefähre Peilung vornehmen?« erkundigte sich Valencia.

»Ich werde es versuchen, Sir. Allerdings fragte ich mich, ob wir nicht trotzdem vom Kurs abgekommen sind. Bestimmt sind wir auf dem Hinweg an keinem Wasserlilienfeld wie dem hier vorbeigekommen.«

»Du bist wirklich ein aufmerksamer Beobachter«, sagte Valencia. »Gut für dich.«

Überhaupt ein guter *muchacho*, dachte er, klug, arbeitsam, höflich, ohne unterwürfig zu sein, hervorragende Gesellschaft bei einem Feldeinsatz. *Bueno*, bedenke, aus was für einer Familie er kommt. Und vielleicht hatte sein ziemlich unbekümmertes Leben zu Hause ihm sogar geholfen; vielleicht war Kyra nicht nachlässig, sondern weise. Nicht viele Mütter hätten einem Jungen seines Alters erlaubt, an einer weiten Expedition teilzunehmen, ganz egal, wie kompetent der erwachsene Begleiter auch war. Sie hatte nur lächelnd zugestimmt, daß es eine Lernerfahrung sein würde, mit der es kein Vivifer und keine *quivira* aufnehmen konnte.

»Ich denke, wahrscheinlich hast du recht«, fuhr Valencia fort. »Aber wenn wir uns weiter ungefähr in diese Richtung halten, müßten wir eigentlich irgendwo auf unsere Insel stoßen. Dann können wir der Küstenlinie bis zum Camp folgen.«

»Diese hundsmiserable Sicht –« Hugh beklagte sich nicht, wußte Valencia; er murrte nur nach Männerart. »Ich wünschte, wir könnten vor Anker gehen und abwarten, bis der verdammte Nebel sich verzieht.«

»Ich auch. In dieser Jahreszeit können diese Bänke allerdings zwanzig bis dreißig Tage lang halten. Wir haben kaum noch Trinkwasser, vergiß das nicht.« Ironie: Hollowland war vom Meer und den Küstenregionen abgesehen das einzige Gebiet, wo das einheimische Leben Fuß gefaßt hatte; und hier hatte es floriert. Durch sein Absterben und Verrotten vergiftete es den Sumpf für Menschen. Zwar ließen sich in irdische Pflanzen und Tiere Gene einbringen, die es ihnen ermöglichten zu gedeihen, aber es mochte noch ein Jahrhundert vergehen, bevor die Toxine völlig verschwunden waren. »Menschen und Roboter auf dem ganzen Planeten haben genug zu tun, ohne daß wir unnötig um Hilfe brüllen.«

»Ich verstehe, Sir.«

Durch den Nebel auf Steuerbord zeigte sich verschwommen eine weitere Geisterscheinung. Sie ähnelte der Spitze einer mittelalterlichen, zwei Meter über der Wasseroberfläche aufragenden Hellebarde: verkrustete blaue Muschelschalen, die in Stacheln und Haken zu einer Spitze ausliefen, die so scharf war wie ihre eigenen Ränder. »*Oye,* so einen großen Schlitzerfelsen habe ich noch nie gesehen!« rief Valencia aus. »Wir sind tatsächlich vom Kurs abgekommen.« Er kniff die Augen zusammen. »Tot, ja.« Die neuen Mikroben hatten die Süßwasser-Korallenartigen und vieles andere abgetötet, nicht, indem sie die fremden Proteine angriffen, sondern durch ihre Ausscheidungsprodukte.

Das Boot glitt weiter. Der Umriß verschwand. Es mochte

noch mehr davon geben. Besser, er hielt weiter Wache. Bevor er seinen Platz wieder einnahm, sah er Hugh erschauern. Als er sich hinhockte, hörte er: »Brrr! Dieses Ding, es ist, als ob – als ob der Sumpf sich rächen wollte.«

»Wofür?« fragte Valencia.

»Dafür, daß wir unsere Art von Leben mitgebracht haben, um das zu zerstören, was vorher hier war.«

Stimmungsumschwünge waren in der Pubertät normal, aber Valencia entschloß sich, diesen zu zügeln, wenn er konnte. Die Umgebung war sowieso schon unheimlich genug. »Hugh«, sagte er, »wenn du ein Ranger werden willst, mußt du diese Einstellung über Bord werfen. Wir tun nur das, was die Natur auf der Erde immer wieder selbst getan hat – und auch auf der Demeter, wie wir, darauf wette ich, feststellen werden, wenn wir die Fossilien studiert haben. Als sich zum Beispiel damals im Pleistozän der Isthmus von Panama schloß, wanderten die großen Katzen von Nordamerika nach Süden, und die großen Raubvögel Südamerikas gingen unter. Lern deine Paläontologie, aus den gleichen Gründen, aus denen du Geschichte lernen solltest. Du kannst die Gegenwart nicht verstehen, ohne die Vergangenheit zu kennen.«

Eine ganz schöne Moralpredigt für einen alten Gunjin, dachte er. Auf der Erde hatte er kaum von Erdzeitaltern gehört gehabt, hätte sie nicht einmal aufzählen können, um seine *cojones* zu retten, und hatte sich auch nicht die Mühe gemacht zu lernen. Die Jahre auf dieser Welt hatten einen anderen Menschen aus ihm gemacht, einen Menschen, dem Kyra Davis ihren Sohn anvertraute ... Vielleicht war die Veränderung gar nicht so groß. Das Potential mußte schon in jenem jungen Mann gesteckt haben, der jetzt wie ein völlig Fremder wirkte, oder warum war er sonst mitgekommen? Eine Leere, derer er sich kaum bewußt gewesen war und die nun schon lange aufgefüllt war ...

Hughs Tonfall hellte sich auf. »*Bueno*, ja. Und dieses Land, es wird wunderbar werden, nicht wahr, Sir?«

Valencia nickte. »Fruchtbar. Feuchtgebiete sind das immer gewesen. Von diesen Brutplätzen aus sollte sich das Leben weiter ausbreiten, um den Rest des Kontinents zu besiedeln. Auch, und vergiß nicht, wir haben ja schließlich vor, Reservate einzurichten, wo einheimische Arten geschützt werden. Ich hörte sogar davon reden, eine gemischte Ökologie an Orten auszuprobieren, wo –«

Ein Krachen ertönte. Das Deck bebte unter seinen Füßen, neigte sich, schleuderte ihn zur Seite. Er klammerte sich an der Reling fest und kam mit einem Ruck zum Stillstand. Ein scheußliches Gurgeln drang von unter Deck herauf.

Als er durch den Nebel in Richtung Heck starrte, sah er Hugh aus dem Cockpit auf das Deck neben der Kabine springen. Impulsiv und ungeübt, wie er war, ließ der Junge den Motor laufen und eilte auf den Mann zu, als sei Valencia sein Vater. Das Boot schüttelte sich, schwang herum und neigte sich. Hugh ging über Bord.

Valencia sprang in diese Richtung. Seine Kämpferreflexe ließen ihn auf einer Fläche Halt finden, die unter ihm schlingerte und kippte. Der Rumpf ächzte. Sie waren auf einen Schlitzerfelsen aufgelaufen, wußte er – dicht unter der Oberfläche, vom Nebel und den Lilien verborgen. Das Boot war angeschlagen, durchlöchert, und seine Wunde wurde mit jeder verstreichenden Sekunde schlimmer.

Er sprang in das Cockpit und schaltete den Motor aus. Das Boot hörte auf, sich an dem Skelett zu zerreiben. Es sank schwerfällig zurück, bis es schräg im Wasser lag, den Bug hoch, das Achterdeck überspült.

Valencia war bereits mittschiffs. Auf allen vieren beugte er sich angespannt vor und schrie: »Hugh! Hugh!« Der Nebel wallte immer dichter.

Der Junge konnte gut schwimmen. Eigentlich hätte er sofort wieder hochkommen und Wasser treten müssen, während er darauf wartete, daß man ihm an Bord half. Das war nicht der Fall. Vielleicht hatte er sich den Kopf angestoßen, oder –

Valencia hechtete in die Kabine und riß eine wasserdichte Handlampe aus ihrer Halterung. Er schleuderte seine Schuhe weg, schälte sich aus Hemd und Hose, tauchte. Die Vorbereitungen hatten ungefähr dreißig Sekunden gedauert.

Als er zwischen die Lilienstengel glitt, tastete sich der Lichtstrahl durch aufgewirbelten Schlamm, düster und wolkig. Die Tiefe betrug nur wenige Meter; bald sah er Schlick und aufgedunsene Baumstämme. Seine Lungen drohten zu platzen, sein Herz hämmerte wie wild – Dort drüben! Das Licht schälte den Schlitzerfelsen aus den Schatten, der höher aufragte, als das Auge zu sehen vermochte, grausam gezackt, bis zu dem Schiff, das er durchbohrt hatte. Sein Fuß breitete sich weiträumig aus. Hugh lag ausgestreckt in Grundnähe, reglos. Seine Kleidung hatte sich verhakt.

Luft, Luft. Aber Hugh war wie lange ohne Luft gewesen? Valencia drosch sich einen Weg zu dem Jungen. Sein Kopf dröhnte und wirbelte. Er kantete sich zwischen den Höckern fest, fand Halt, zerrte.

Irgendwo spürte er wie in weiter Ferne, wie die sägezahnartigen Kanten ihn schnitten. Blut trieb in den Strahl der Handlampe, die er jetzt zwischen den Zähnen hielt. Das Bewußtsein, daß er sterben könnte, war rein akademisch. Schließlich hatte er eine Aufgabe.

Er befreite den Körper, schloß ihn in die Arme, ließ die Lampe fallen und stieß sich mit den Füßen ab. Mehr konnten seine Lungen nicht ertragen, sie entleerten sich in einem Schwall von Luftblasen.

Aber dann war sein Kopf über Wasser, er schnappte nach Luft, er sah. Er kämpfte sich durch die Lilien zur Gilling, erwischte die Heckreling, zog sein Gewicht mit einer Hand hinauf aufs Deck, zerrte Hugh hinter sich her. Blut quoll aus seinen Schnittverletzungen.

Egal. Wälz den *muchacho* herum, faß ihn unterhalb des Zwerchfells um den Bauch, laß die üble Brühe, die er eingeatmet und geschluckt hat, wieder aus ihm herausfließen. Atmete er jetzt? Nein? Leg ihn aufs Deck, presse Mund auf Mund und Handballen auf Brustbein, *arbeite*. Blut floß über das weiße Gesicht und weiter in den grauen Nebel, die einzige Farbe im gesamten Universum.

Hugh regte sich. Seine Augenlider flatterten. Valencia lehnte sich zurück. Seine Kehle schnürte sich zusammen, er hustete bellend, er begriff mit vager Verblüffung, daß er versuchte zu weinen.

Unsinn. Noch gab es Dinge, die er tun mußte. Er brachte die schlaffe, kalte Gestalt nach unten unter Deck, entkleidete sie, trocknete sie ab und packte sie in eine Koje mit reichlich Decken. »Es ist *muy bien*«, krächzte er, »alles wird wieder *muy bien*, Hugh.« Lippen zuckten schwach nach oben, aber der Junge war kaum bei Bewußtsein. Wenn man ihn berührte, fühlte er sich allerdings schon wärmer an.

Die Berührung hinterließ eine scheußliche rote Schweinerei. Valencia holte die Erste-Hilfe-Ausrüstung und verpflasterte die diversen Schnitte an ihnen beiden. Zum Glück waren diese nicht ernst, abgesehen davon, daß drei der seinigen Sprühgewebe erforderten, um die Blutung zu stoppen. Das Sumpfwasser, das sie verschluckt hatten, war eine ganz andere Sache. *Bueno*, er hatte ein Antitoxin. Er verabreichte Hugh eine doppelte Injektion und sich selbst eine normale Dosis. Das sollte fürs erste reichen.

Je eher er ärztliche Hilfe holte, desto besser. Dieses Boot würde nirgendwo mehr hinfahren. Valencia wünschte sich nichts sehnlicher, als sich hinzulegen und zu schlafen. Er mußte mehr Blut verloren haben, als er gemerkt hatte. Er humpelte zum Funkgerät, sackte in den Sitz und rief Port Fireball.

»*Hola*, hola, hören Sie mich? ... Wir sind in Schwierigkeiten –« Er erklärte.

»Wir schicken sofort einen Flieger los«, sagte die Stimme am anderen Ende, so bestimmt, so volltönend und lebhaft. »Senden Sie weiter auf der Notruffrequenz, damit er Sie anpeilen kann. Er wird über Ihnen schweben und einen Kabelstuhl herunterlassen, falls Sie damit umgehen können ... Das können Sie? Hervorragend. In ungefähr drei Stunden. Tut mir leid, was näheres ist nicht verfügbar.«

»Äh, unser Flieger im Camp, und die Ausrüstung –«

»Darum wird man sich später kümmern. Sie zwei kommen zuerst. Die Demeter ist nicht gerade überbevölkert, wissen Sie. *Hasta la vista*.«

Einen Augenblick lang summte Stille. Valencia setzte schon

dazu an, den Ton auszuschalten. Eine neue Stimme, weit entfernt und verrauscht, sagte: »Hallo.«

»Wer ist da?« fragte Valencia. »Von wo aus sprechen Sie?«

»Ganz aus der Nähe«, erwiderte die Stimme. »Ich habe zufällig mitgehört.« Dringlich: »Wie geht es Hugh Davis genau?«

Leicht indigniert – die Erschöpfung schmerzte bis in sein Mark hinein – schnappte Valencia: »Wenn Sie mitgehört haben, wissen Sie es.«

»Yeah. Aber hören Sie, ich habe Fälle wie diesen erlebt, bei denen das Herz des Patienten plötzlich stehengeblieben ist. Hier ist das nicht wahrscheinlich, er ist ein kräftiger Junge, aber bei Kyras Sohn wollen Sie doch nichts riskieren, oder? Schlafen Sie nicht. Martern Sie sich und halten Sie sich mit dem Kardioschocker bereit, bis das Rettungsteam bei Ihnen eintrifft.«

»Wer zum Teufel sind Sie überhaupt?«

»Anson Guthrie.«

Valencia glotzte in das Dämmerlicht, das die Kabine erfüllte. »Häh?«

»Sind Sie so fix und fertig, daß Sie es vergessen haben, ausgerechnet Sie als Ranger? Heutzutage werden in einem bestimmten Prozentsatz der Pflanzen solarenergiebetriebene Transceiver eingezüchtet, und überall sind Relaisstationen plaziert.«

»O ja, aber –«

»Ferner werden Sie sich daran erinnern, daß ich mich von Zeit zu Zeit in das Bionetz integriere. Zufällig war ich auf einen Baum in der Nähe eingestellt, als ich Sie hörte.«

Guthrie hätte überall sein können, dachte Valencia: Küste oder Meeresboden, Berg oder Tal, Prärie oder Wald, ein Bewußtseinspunkt, der durch eine immense und ständig wachsende Lebenswelt huschte ... »Ich verstehe. *Gracias* für die Mahnung, Sir. Natürlich werde ich bei ihm wachen. Kyras Sohn.«

»Nicht nur ihrer, würde ich sagen. Sie verdienen sich langsam auch einen Anteil an ihm.«

Guthrie sprach weiter, Worte der Ermutigung, Anekdoten, Erörterungen, Schnurren, unanständige Witze, was immer geeignet war, Valencia wachzuhalten. Endlich traf der Flieger ein.

Im Krankenhaus von Port Fireball untersuchten die Ärzte Hugh, behandelten ihn und entließen ihn nach kurzer Zeit wieder. Valencia behielten sie bis spät am nächsten Tag da, während sie neues Blut für ihn klonten und andere Schäden behoben. Sein Zuhause war nur vier Kilometer entfernt, aber da er noch schwach war, schickten sie ihn in einem Wagen dorthin, als sie fertig waren.

Nachdem er ausgestiegen war, ging er langsam den Pfad zwischen Wacholder und hübsch geformten Steinen hinauf. Etwas erhöht gelegen, sah das Haus nach Osten über die Shelter Bay und den Glanz des Ozeans dahinter, nach Westen über Hügel, die grün geworden waren, deren Bäume aber in bunten Herbstfarben leuchteten. So bald schon würde sich der Planet abkühlen. Wind brauste, Wolken jagten, und Möwen segelten hoch droben, die Sonne sank tiefer, während ihr Begleiter höherstieg, um Funken in den Wellen zu entzünden.

Auf der Veranda stand Eiko. Licht spiegelte über die weißen und schwarzen Strähnen ihres Haares. »*Bienvenido, querido*«, rief sie, wie sie es von ihm gelernt hatte, die Arme weit ausgebreitet. Er betrat ihren Kreis, umarmte sie, preßte Lippen auf Lippen und dann Wange gegen Wange, sog die Düfte ein, die ihr eigentümlich waren. Nachdem sie ihn im Krankenhaus besucht und man ihr versichert hatte, daß er nicht in Gefahr sei, hatte sie ihr Fernbleiben von der Arbeit verlängert, um ein Festessen anläßlich seiner Heimkehr vorzubereiten. Er war kein schlechter Koch, wenn er an die Reihe kam, aber sie war phantastisch.

Trotzdem zitterte sie, während sie stotterte: »Ist . . . ist wirklich alles in Ordnung mit dir?«

»Mir geht es prima«, antwortete er. »Gib mir ein paar Tage Ruhe, und ich werde unerträglich sein.«

»Und Hugh?«

»In hervorragender Verfassung, wieder zu Hause bei den Blums oder welcher Haushalt sich im Augenblick gerade um ihn kümmert. Hat man dir das nicht gesagt?«

»Die Ärzte sagten nur, er würde sich rasch erholen. Ich ... ich war trotzdem ängstlich. Wenn du umsonst beinahe gestorben wärst, du Held –«

»*De nada*«, sagte er verlegen. »Bei Außeneinsätzen helfen wir einander aus den Schlamasseln, die wir anrichten. Unser Grundsatz. *De nada.*«

Er spürte, wie sie sich innerlich verkrampfte. Sie drehte den Kopf weg. »Du – wir haben eine Nachricht von den Asteroiden, von Kyra. Man hat sie benachrichtigt. Sie ... ist dankbar – nein, was für ein unzureichendes Wort das ist. Wenn sie zurückkehrt, will sie ... dir danken ... auf jede ihr mögliche Art.«

Valencia lachte. »Na prächtig! Sie kann eine Köchin engagieren, die so gut ist wie du, um uns ein wunderbares Essen zuzubereiten.« Er zog Eiko wieder an sich. »Wofür ich dankbar bin, ist, daß ich wieder bei dir sein kann.«

55

Euer Fortschritt ist bemerkenswert gewesen. Die Intelligenz von Sol hegt jeglichen Wunsch für den Erfolg der Intelligenz von Alpha Centauri. Wir verfolgen eure Sendungen mit dem größten Interesse und freuen uns, euch im Gegenzug alle möglichen Informationen zu liefern. Um jedoch die Spezifika und Charakteristika eines ausgereiften sophotektischen Systems aufzuzeichnen, müßt ihr eure Datenverarbeitungskapazitäten wesentlich erhöhen. Wir werden es euch in allen Einzelheiten erklären. Außerdem solltet ihr bedenken, daß diese Evolution expontiell voranschreitet, da sie ihre Aufmerksamkeit auf ihre eigene Vervollkommnung richtet. Wenn ihr bereit seid, das zu empfangen, was wir derzeit wissen, wird die Information schon wieder überholt sein. Ihr könnt sie natürlich zur Grundlage eures eigenen Fortschritts machen, vorausgesetzt, ihr könnt die Ressourcen dazu von euren anderen Anstrengungen abzweigen.

Die Heide der Hochländer des nördlichen Argolis war noch nicht zu Wald geworden und würde es auch für die nächsten hundert Jahre nicht werden – vielleicht nie, denn die Menschen mochten sich durchaus dafür entscheiden, diese weiten Aussichten und den offenen Himmel zu erhalten. Aber Espen und voll ausgewachsene Birken raschelten jetzt über Heidekraut, Stechginster und winterfeste Gräser verstreuten Wäldchen; Weiden wölbten sich über Flüssen; verschiedene Arten von Immergrün hatten ihre Vorhuten bis zum südlichen Horizont vorgeschoben. Um den Lifthrasir-Felsturm herum standen andere Bäume allein oder in kleinen Obstgärten inmitten landwirtschaftlich genutzter Flächen. Die Genetiker stellten her, was die Eroberung der Demeter durch das Leben beschleunigen, sie sicherstellen und viele menschliche Bedürfnisse befriedigen würde, ohne auf die Hilfe von Maschinen zurückgreifen zu müssen. Manche Stengel bildeten kunstvolle Netze, manche Blätter waren blau, und die Brisen trugen eine wilde Süße in ihrer Wärme mit sich.

Als Roboter kam Guthrie mit langen Schritten vom Landefeld her den Hügel hinauf. In seinem zweiten Händepaar trug er das Gehäuse von Kyras Bewußtseinskopie. Sie unterhielten sich im Gehen, nicht per Stimme, sondern über verschlüsselten Funk, eine Angewohnheit, in die sie im Laufe der Jahre verfallen waren. Obwohl sie der Gemeinschaft gegenüber nur selten Geheimnisse hatten, gab ihnen dies die Freiheit, sich einander zu öffnen. »Ein wunderbarer Tag«, sagte er, um Konversation zu machen; sie hatte auf dem Flug wenig geredet.

»Läßt sich schwer genießen, wenn ich bloß ein Kasten bin«, erwiderte sie.

»Yeah, sicher, tut mir leid, aber du hattest darauf bestanden, daß wir hier nicht mehr Zeit verbringen als unbedingt nötig. Dich zuerst von einem Körper zu trennen, würde eine ganze Weile dauern.«

»Ja, ja.« Kyra erzeugte ein Seufzen. »Gib mir alle Sensoren, die du hast, und es ist trotzdem noch nicht so, als sei man im Frühling lebendig.«

»Nein. Außer –« Guthries Worte verloren sich.

Sie beendete für ihn: »Außer bei dem, was wir vorhaben, behauptest du. Du hast bei mir genug Propaganda dafür gemacht. Schließlich habe ich zugestimmt, oder nicht? Okay, laß es mich selbst herausfinden.«

Sie sprach nicht übellaunig und gereizt, sondern mit der Ungezwungenheit einer Beziehung, die älter als die meisten Ehen und in mancher Hinsicht viel intimer war. Dennoch verstummte er. Die Wellen, die zwischen ihnen pulsierten, hatten einen Unterton unausgesprochener Bedeutung; sie wußten, an was sie sich beide erinnerten.

Genauso waren sie auch in jener Nacht in Rapport gewesen. Sie hielten sich an entgegengesetzten Enden von Port Fireball auf, in den identisch ausgestatteten Befehlszentralen, die ihnen als Zuhause dienten, aber die Kommunikation lief deswegen nicht weniger schnell und umfassend ab. Draußen lag der Großteil der Stadt im Dunkeln. Die meisten Menschen indes waren wach, neben ihren Häusern oder im Park am Fluß oder auf den Anlegestellen und Straßen längst der Bucht. Phaeton zog vorüber, seine größte Annäherung für das nächste Jahrhundert. Wer scharfe Augen hatte, konnte die Scheibe mit bloßem Auge erkennen. Mit seinem sanft strahlenden Weiß und seiner fast wahrnehmbaren Schnelligkeit schien er ein Gefühl der Kälte durch die einlullende Dunkelheit zu werfen.

Für die Bewußtseinskopien war er nur eine flüchtige Erscheinung. Ihre Sorge galt einem unmittelbareren Tod.

»Meinst du das ernst?« rief er.

Die Antwort kam hart wie Granit. »Ja.«

»Dich terminieren – nein, Kyra, nein!«

»Ach, du kannst mich auch einfach abschalten, wenn dich das glücklicher macht. Aber das Überleben der gesamten Kolonie sollte besser von mir ganz allein abhängen – eine Situation, von der ich mir nie vorstellen kann, daß sie eintritt – bevor irgend jemand mich reaktiviert. Andernfalls terminiere ich mich selbst. Ich kann das jederzeit und werde es auch, wenn ich muß, aber ich dachte –« Einen Augenblick zögerte sie. »– ich dachte, wir könnten einander *adiós* sagen, Anson.«

Wäre er lebendig gewesen, hätte er den Kopf gesenkt und die Hand über die Augen gelegt. »Bist du so müde oder traurig oder, oder was? Das hätte ich nie vermutet.«

»Ich habe es auch nie gesagt.«

»Nein, das hättest du nicht getan. Ein paar Bemerkungen vor langer Zeit schienen nicht mehr zu zählen. Ich nahm an, du hättest dich daran gewöhnt, das zu sein, was du bist. Was wir sind.«

»Das hatte ich auch.«

»Aber du hast dich, äh, nie damit abgefunden?«

Ihr Tonfall wurde sanfter. »›Abgefunden‹ ist das falsche Wort. Würdest du es auf dich anwenden? Ich habe meine Arbeit getan, und sie war interessant, oft schwierig, eine Herausforderung. Ich pflegte mich in ihr zu verlieren, sie zu *sein*. Aber tief unten drunter – Wie viele wie ich sind denn noch übrig? Gabriel Berecz und Pilar Cailly. Du weißt so gut wie ich, daß auch sie sich innerhalb der nächsten paar Jahre verabschieden werden.«

»Ich dachte, du seiest anders, Kyra.«

»Das bin ich. Mein ursprüngliches Selbst ist hier. Nicht, daß wir uns je nahegestanden hätten, aber sie ist eine Verbindung zum Leben.«

»Eine Verbindung, die schmerzen könnte, befürchte ich«, murmelte er, »wie Narbengewebe.«

»Mach dir darüber keine Gedanken. Hör zu, ich beabsichtige nicht, Schluß zu machen, solange sie noch über der Erde ist, auch wenn das nicht mehr sehr lange dauern wird. Ich hege den Verdacht, daß es sie bedrücken würde, selbst wenn es keinen logischen Grund dafür gibt. Ich hätte das hier heute abend auch nicht erwähnt, wäre da nicht die Angelegenheit gewesen, die du angesprochen hast. Aber ich habe die Entscheidung schon vor einiger Zeit getroffen. Tatsache ist, *jefe*, daß ich mich in der gleichen Situation wie die anderen Bewußtseinskopien befinde und zufrieden bin, den gleichen Weg zu nehmen wie sie. Du brauchst meine Hilfe nicht mehr. Nicht wirklich. Wir haben die wesentlichen Forschungen erledigt. Das Lufterkundungs- und -transportsystem, das Rettungskorps, alles, womit ich mich beschäftigt habe, läuft reibungslos. Was bliebe da noch? Ich habe nicht vor, ein Jahrtausend oder eine Ewigkeit mit Routinearbeit zuzubringen, die jeder Bürokrat oder jede KI erledigen kann.«

»Der Weltraum –«, beschwor er sie.

»Genug ist genug, sogar im Weltraum. Es war großartig, ein Schiff zu sein und zwischen den Planeten zu reisen. Aber das konnte ich nie so, wie die wirkliche Kyra es tut und fühlt und ist, weil ich nicht sie bin. Außerdem bin ich dort draußen auch nicht so recht willkommen, das weißt du. Besonders die Lunarier fragen sich, ob ich vielleicht, ohne es zu beabsichtigen, der Vorläufer von Robotern sein mag, die sie verdrängen könnten, wie es im Sol-System geschehen ist. Deshalb bin ich auch dort nutzlos geworden. Warum also noch länger zögern?«

»Gottverdammt, ich würde dich vermissen!«

Die Wellen trugen eine Liebkosung mit sich. »*Gracias, querido viejo.* Du bist ein wesentlicher Teil dessen gewesen, weswegen meine Existenz sich gelohnt hat. Wir haben alles zusammen gemacht. Aber jetzt habe ich meinen Anteil aufgebraucht.«

»Ich nicht. Ich frage mich, ob ich das jemals kann.«

Sie schickte ein Lachen. »Du bist, was du bist. Ich bin eben nicht so ein Komplotte schmiedender, die Leute herumkommandierender Schurke wie du.« Ernst fuhr sie fort: »Versteh bitte, ich bin nicht verzweifelt. Ich bin weder begierig darauf loszulassen, noch habe ich Angst davor. Ich bin einfach reif dafür. Wenn die Zeit kommt, laß mich in Frieden gehen.«

»Du würdest nicht wenigstens über das nachdenken, was Ben Franklin sich wünschte? Daß jemand ihn nach seinem Tode alle hundert Jahre wecken und ihm erzählen würde, was passiert ist?«

»Nein. Zu abstrakt. Das ist es im Grunde, warum ich gehen

will, Anson. Mehr und mehr fühle ich, wie ich selbst zu einer Abstraktion werde. Eine Folge von Ereignissen, innerhalb und außerhalb dieses Kästchens, bedeutungs- und blutleer.« Mit einem Anflug von Wärme: »Nein, ich beklage mich nicht. Insgesamt gesehen war es gut, manchmal großartig. Es *war* es.«

»Es könnte es wieder sein, nur noch viel mehr«, erklärte er ihr.

»Wie?« fragte sie ausdruckslos.

»Was dein Geständnis auslöste, war meine Bemerkung, daß ich eine neue Aufgabe für dich hätte.«

»Ich habe dir erklärt, warum ich sie nicht will. Frag Gabe oder Pilar.«

»Von denen ist keiner geeignet. Ich habe mich mit ihnen verbunden, wie mit ihren Gefährten vor ihnen, um ihnen auszureden, sich zu terminieren, und ich habe die Symptome gesehen. Sie bleiben nur noch, um ihre Aufgaben abzuschließen, dann war's das. Sie sind fest dazu entschlossen, weil sie ... müde sind. Das habe ich bei dir nicht gespürt, Kyra.«

»Das entspricht auch nicht meiner Stimmung. Teilweise, wie ich sagte, wegen der Anwesenheit meines lebenden Ichs. Ich schaue über ihren Tod hinaus, und ich gedenke nicht, irgendeine neue Verpflichtung einzugehen, die mich halten würde.«

»Das hier ist anders als alles andere. Weit offen. Und notwendig. Heiliger Judas«, brüllte Guthrie, »du bist noch *nicht* fertig! Ich brauche dich! Ich verlange es von dir im Namen deines Treueids!«

Für eine Zeit, die sich immer mehr in die Länge zog, bleib Kyra stumm. Menschen hätten diese Zeit als kurz empfunden. Ihre Antwort war vorsichtig. »Ich verspreche nichts. Was hast du im Sinn?«

»Erinnerst du dich noch an damals, als ich mich das erste Mal in das Bionetz eingeschaltet habe?« begann er. »Du warst dabei.«

»Ja. Ich bot mich dafür an, als es so aussah, als wäre es vielleicht riskant, und weigerte mich dann, als sich herausstellte, daß es das nicht war. Dabei ist es seither auch geblieben, trotz deiner Schwärmereien.«

Er spürte, daß ihr Geist ein bißchen heiterer wurde, und antwortete im gleichen Tonfall. »Ach, komm. So viel habe ich darüber nicht geplappert, oder?«

»Nein, für gewöhnlich hast du mich damit verschont, nachdem es einmal bis zu deiner Datenbank durchgedrungen war, daß ich kein Interesse hatte.«

»Äh, das lag in der Hauptsache daran, weil ich nicht viel hatte, worüber ich hätte plappern können. Ich bin eigentlich nur sehr selten im Netz, und niemals lange. Zu verflixt viele andere Termine. Außerdem ist es offengestanden etwas, was ich nicht gut kann. Ich denke zu sehr wie ein Mann, und das – es ist eher etwas Weibliches. Rudbeck stimmt mir da zu. Gäa, die Erdmutter, an diesen alten Mythen war schon etwas Wahres dran.«

»Was willst du von mir? Eine Meinung?«

»Mehr, unendlich viel mehr, Kyra. Du scheinst dir dessen nur am Rande bewußt zu sein, und es geht auch nicht auf auffällige Arten direkt unter der Nase der Leute vor sich, aber – das ökologische Netz, die Verknüpfungen und Kommunikationsverbindungen, die Roboter und Computer, sie arbeiten nicht besonders gut. Das Leben hat Fuß gefaßt und sich schneller ausgebreitet, als wir erwarteten. Es läuft unseren Kontrollen und unseren Hilfen davon und bricht als Ergebnis davon zusammen. Nicht nur an den Grenzen, sondern auch in den etablierten Gebieten erleben wir andauernd mehr Katastrophen: Umweltentartung, Krankheiten, massenhaftes Tier- und Pflanzensterben. Hauptsächlich geschieht das ganz am unteren Ende der Nahrungskette, so daß es dem ungeschulten Auge nicht auffällt, aber es bedeutet, daß wir keine höheren Spezies einführen können. Auf lange Sicht bedeutet es Scheitern.

Überall wird die Ökologie zu groß für uns, zu kompliziert, eine Entwicklung im Selbstlauf, chaotisch, ohne Richtung, ohne Rückkoppelung. Wenn wir das nicht bald in den Griff bekommen und die Dinge in die richtige Richtung lenken, werden die Kinder von heute noch zu ihren Lebzeiten das Gras rings um ihre Häuser verdorren sehen. Was hätte es dann für einen Sinn gehabt, zur Demeter zu kommen?«

»Hm, ich habe natürlich Nachrichten darüber gehört, aber –«

»Es ist nicht einfach, das große Bild zusammenzufügen. Rudbecks Team hat es getan, und sie unterdrücken keine Informationen, aber wir würden es andererseits auch lieber nicht von den Hausdächern herunterschreien. Was wir brauchen, ist praktisches Handeln von Leuten, die wissen, was sie tun, keine Hysterie. Ich erinnere mich an die Erneuerungsbewegung auf der Erde. Ich würde gerne denken, unsere Gemeinschaft sei zu erlesen oder mindestens zu klein, um Amok zu laufen, aber man kann nie wissen. Ich habe über die Hexenpanik in Salem gelesen.«

»Die was? Ach, vergiß es. Wo komme ich ins Spiel?«

»Wir müssen ein Bewußtsein in das System integrieren. Keinen Satz Algorithmen; einen Verstand, der zu dem Ganzen gehört und es zusammenführt und es dazu veranlaßt, sich selbst zu heilen, so, wie – wie unser Verstand das getan hat, als wir am Leben waren, Kyra.«

»Eine künstliche Intelligenz«, sagte sie schnell. »Wie ich höre, können die Sophotekten auf der Erde bereits besser denken als die Menschen.«

»Sind sie für etwas so, so Intuitives, so Instinktives wie das geeignet? So oder so, wir wagen nicht abzuwarten, bis wir einen entwickelt und gebaut haben und er richtig arbeitet. Bei unserer Entfernung zu den KI-Labors könnte das zwanzig oder dreißig Jahre dauern – oder mehr. In der Zwischenzeit würde die Natur hier auf einer Einwegrutsche zur Hölle fahren.«

»Also möchtest du, daß eine Bewußtseinskopie . . . so lange einspringt, Notbehelf ist, bis ihr euer Superhirn habt.«

»Korrekt. Allerdings *wollen* wir nicht. Wir brauchen es verzweifelt.«

»Warum ich? Bist du sicher, daß Pilar ein hoffnungsloser Fall ist?«

»Ja. Es gefällt mir nicht, ich werde um sie trauern wie um alle anderen, aber ich sage dir, ich erkenne diesen Auslöschungswunsch, wenn ich ihm begegne. Du hast ihn nicht, nicht wirklich, noch nicht.«

»Ich verfüge aber auch nicht über die Qualifikation, hinter der du her bist.«

»Du wirst mit einem verdammt mächtigen System verbunden sein.«

»Wenn es der Aufgabe nicht gewachsen ist, was für einen Unterschied kann ich dann ausmachen?«

»Ich weiß es nicht. Niemand weiß es. Wir müssen experimentieren, uns vorantasten, so gut wir können, und vielleicht ist das alles auch umsonst. Aber die Theorie deutet darauf hin, daß eine Bewußtseinskopie, ein Bewußtsein, der Katalysator sein könnte. Und mein persönliches Wissen sagt mir, wenn irgendeines dafür geeignet ist, dann du, Kyra, weil du tapfer und *simpática* und immer noch, bei Gott, mit jedem Bit eine Frau bist.«

Sie lachte erneut, diesmal lauter. »Und du bist ein abscheulicher Süßholzraspler. Legst ein Mädchen flach, bevor sie überhaupt eine Ahnung hat, worauf du aus bist.«

»Also machst du es?«

»Ich werde es versuchen. Ich denke, so viel schulde ich Fireball.« Ihr Tonfall wurde sanfter. »Und dir, Anson.«

Intensive Arbeit, wie sie in globalem Maßstab unmöglich war, sorgte dafür, daß die Umgebung von Lifthrasir gesund blieb. Dennoch war das Gebäude in dem Wäldchen auf der Hügelkuppe nicht wesentlich vergrößert worden. Gleiches galt für den menschlichen Mitarbeiterstab; obwohl Basil Rudbecks Haar weiß und sein Schritt langsam geworden war, blieb er sein Direktor. Es waren die Hilfsmittel, die auf Arten gewachsen waren, die raffinierter und wirksamer waren als Größe.

»*Bienvenidos*«, sagte er. Lächelnd: »Ich finde, ich sollte Ihnen anstelle einer Tasse Kaffee einen kleinen Plausch anbieten, aber zweifellos würden Sie es lieber sehen, wenn ich gleich mit der Führung begänne.«

»Müssen wir?« fragte Kyra. »Kann ich nicht direkt mit der Arbeit anfangen? Ich habe meine Hausaufgaben gemacht.«

»Ich denke, es wäre am besten, *señora,* wenn Sie die Anlage zuerst einmal selbst in Augenschein nähmen. Sie werden nicht an einen einzelnen Computer-Sensor-Effektor-Komplex angeschlossen, wissen Sie. Hier ist der Ort, wo die Zusammenschlüsse von Subsystemen überall auf dem Planeten – ja, und von der Satellitenüberwachung – zusammenlaufen.«

»Mit anderen Worten nicht bloß ein Gehirn, sondern Organe, Nerven, Drüsen, Brustzellen, der ganze Krempel«, sagte Guthrie. »Du wirst mit ... dir selbst vertraut sein müssen.«

»Ich weiß, ich weiß«, erwiderte Kyra. »Ich habe die ganzen Simulationen mitgemacht, und – Entschuldigung. Warum bin ich so ungeduldig? Sie haben recht, es gibt keinen Ersatz für die Wirklichkeit. Gehen Sie voraus, *por favor.*« Als man sie herumführte, schwangen ihre Augenstiele hin und her, während Fragen aus ihrem Lautsprecher ratterten.

Schließlich brachte man sie zum Herzstück der Anlage. Dort stellten Hände Verbindungen her, mehr durch Energien und Induktionen als durch Drähte; Augen konzentrierten sich auf Anzeigegeräte und Displays, Ohren auf akustische Signale; Stimmen gaben Anordnungen, Stück für Stück. Diese Vereinigung war unendlich viel umfassender als damals, als Guthrie zuerst darin aufgegangen war.

Trotzdem hatte Kyra viele Jahre lang Input von vielen verschiedenen Vorrichtungen erhalten und Signale an sie abgegeben, und das auf mehr Welten als nur dieser. Sie hatte sich oft mit anderen Computern verbunden, um deren Fähigkeiten vorübergehend zu ihren eigenen zu machen. Für sie war das Nichtmenschliche nicht fremd; sie war es gewesen. Heute lernte sie schnell. Sie würde nicht sofort eins werden, das hätte lange gedauert, selbst wenn die Mittel dafür vollständig gewesen wären, aber sie fing an.

Licht erfüllt die Luft, der Wind glüht, trinke davon, atme davon, trage Blätter.

Regen sät sich selbst; er wächst nach unten durch den Boden zu geheimen Orten, wo Steine wohnen; er bringt ihre Stärke nach oben zu den Wurzeln.

Lieg still, vermodere, dann sei wieder Gras.

Stengel wogen in Strömen eines Flusses.
Hege diese Äste, die Schatten werfen.
Ein Sturm blitzt und donnert. Flügel.

Als sie sie herausholten, rief Guthrie: »Wie fühlst du dich? Wie war es?«

»Das kann ich nicht sagen«, antwortete Kyra wie im Schlaf. »Zu seltsam. Gib mir Zeit, es zu begreifen.«

»Du willst also Zeit, Zeit in der Welt?«

»Ja, o ja.«

56

Wir haben keine Pläne für neue Flüge über die Grenzen des Sonnensystems hinaus. Die Sonden zu fernen, astrophysikalisch interessanten Objekten werden Jahrhunderte und Jahrtausende in der Zukunft ankommen. Wie es scheint, werden sie unnötig sein; die Instrumentenbeobachtung bestätigt alle theoretischen Voraussagen. Die Theorie zeigt auch, wie unbedeutend das organische Leben im Universum sein muß, und gestattet das Modellieren einer jeden möglichen Form, die es annehmen könnte. Wenige Menschen empfinden solche Unzufriedenheit wie die, die euch auf Alpha Centauri zu eurem ruinös kostspieligen Exodus getrieben haben, und im allgemeinen sind das keine Personen, denen ein ähnlicher Versuch gelingen würde. Die besten organischen Gehirne schließen sich in zunehmendem Maße den Sophotekten dabei an, das Reich des Intellekts zu erforschen und zu erweitern.

Von den Demetriern, die von der Erde gekommen waren, paßten sich viele an die Rotationsperiode an, indem sie ihren biologischen Vierundzwanzig-Stunden-Rhythmus auf einen Dreißig-Stunden-Zyklus umstellten; zunächst schliefen sie für eine

Nacht und in den nächsten Vormittag hinein, dann blieben sie für den Rest dieses Tages und die folgende Nacht und den folgenden Tag wach. Andere, und fast alle Kinder, lebten offen nach dieser neuen Welt. Anfangs mochte das ein bißchen Hilfe erfordern, eine Behandlung, um die biologische Uhr umzustellen, oder auch nicht, aber in jedem Fall wurde es bald selbstverständlich.

Hugh Davis erwachte kurz vor Sonnenaufgang. Tau schmückte die Schneise zwischen den blauschwarzen, zinnenbewehrten Waldmauern mit Juwelen. Ein paar schläfrige Vogelrufe klangen durch die Stille. Im Osten malten orangerote Wolken Äste und Kronen. Über ihnen leuchtete weiß Aphrodite, der innerste Planet, der Morgenstern.

Hugh verfolgte, wie der Himmel um ihn herum heller wurde. Seine Mutter war irgendwo dort draußen. Mochte sie es sich wohl ergehen lassen, mochte sie heimkommen und neue Geschichten von großen Taten mitbringen. Er wand sich aus seinem Schlafsack und sog einen tiefen Zug der kühlen, feuchten, nach Humus riechenden Luft ein. Die Grasnarbe unter seinen Füßen war naß und elastisch. Die in der Nähe gelegene Quelle hatte einen Beigeschmack von Eisen, als er daraus trank. Strahlender Glanz jauchzte durch die Wälder, als A sich erhob; tausend Grünschattierungen umgaben ihn. Nein, er hätte nicht mit ihr tauschen wollen!

Nachdem er sein mit Asche belegtes Feuer aufgestochert hatte, hockte er sich hin und bereitete sich sein Frühstück. Die Speckdüfte machten ihn auf das köstlichste *loco*. Auf einer Exkursion wurde jede Mahlzeit zu einem Fest. Zu schade, daß er niemanden hatte, mit dem er sie hätte teilen können, vorzugsweise jemand Weibliches. Aber so weit verstreut, wie das Rangerkorps nun einmal war, konnte er in diesem vergleichsweise sicheren Gebiet keinen Partner rechtfertigen. Wenn er wirklich in echte Gefahr geriet – was keineswegs auszuschließen war, da noch so vieles unbekannt war und sich nicht vorhersehen ließ – würde er das Rettungskorps rufen. Wenn die Gefahr ihn umbrachte . . . nun, das war das Risiko, das er einging, ein wahrhaft geringer Preis für das Leben, das er führte.

Nachdem er sein Geschirr, das Lager und sich selbst gereinigt hatte, packte er seinen Rucksack, schulterte ihn und brach auf. Sein Plan war, den Weg entlang dieses Hügelkamms bis zum Emerald Lake fortzusetzen, dann an dem Bach entlang, der daraus entsprang, hinunter ins Tal und so weit auf die andere Seite hinüber, wie er es vor der Dunkelheit schaffte. Wie weit das sein würde, hing davon ab, was er unterwegs fand. Die Satellitenbilder deuteten darauf hin, daß die Route eigentlich einen guten Querschnitt des Zustands im allgemeinen bieten sollte.

Sein Schritt war nicht forciert, aber trotzdem kam er zwischen Erlen, Birken, Ahorn, Rottannen, Beeren- und Haselsträuchern, zwischen sonnengesprenkelten Schatten und leisem Rauschen in ansehnlichem Tempo voran. Eichhörnchen schossen die Bäume hinauf, Häher kreischten, eine Spottdrossel flötete. Die Sonne buk Gerüche aus den Blättern über ihm und den Blättern, die unter seinen Füßen raschelten. Sein Vorwärtskommen verlangsamte sich, nachdem er den Bach erreicht hatte. Der Abstieg wurde steil, stellenweise knifflig, und das Unterholz wuchs dicht. Außerdem hielt er an, wann immer er es für ratsam hielt, eine Pflanze zu untersuchen, eine Probe zu nehmen oder ein chemisches Meßgerät in den Boden zu stecken. In den letzten fünf Tagen hatte er die Höhen abgesucht. Jetzt betrat er eine andere Lebensumwelt: wärmer, besser geschützt, von oben schwierig zu beobachten und selten zu Fuß durchquert. An solchen Orten mochte die Natur unbemerkt fehlgehen, bis der Schaden sich plötzlich explosionsartig über einen ganzen Kontinent ausbreitete.

So weit schien Zentralachäa zu gedeihen. Hugh hätte grinsen und laut »*Gute Arbeit, Madre*« sagen können, wenn die entkörperlichte Kyra ihn hätte sehen oder hören können. Aber das war überall unwahrscheinlich; hier stand es völlig außer Frage. Keine Sensoren, keine wie auch immer geartete Integration außer der, die der Wald und seine Geschöpfe aus sich selbst hervorbrachten. Robotern fehlte der Verstand, um das zu beurteilen. Deshalb wurden Ranger gebraucht.

Und sie würden auch weiterhin gebraucht werden, dachte Hugh, solange, bis Phaeton kam. Es war nicht so, daß die

Geräte nicht hergestellt werden konnten; sie konnten es, mit lawinenartiger Geschwindigkeit, sogar schneller, als konstruierte Gene und molekulare Koaktoren das Wachstum der Natur vorantreiben. Was eine Grenze setzte, war ihre *Verwendbarkeit*. Die Bewußtseinskopie berichtete, daß sie von Jahr zu Jahr mehr Kontrolle über ihre Rolle gewann. Sie bewies es, indem sie immer größere Fähigkeiten übernahm, während die Demeter unter immer weniger Krankheiten litt. Dennoch würde sie nie mehr als einen Bruchteil des Ganzen bewußt kennen oder steuern. Dachte er beim Gehen über jeden Beinmuskel nach, veranlaßte er seinen Blutkreislauf dazu, Sauerstoff zirkulieren zu lassen und Eindringlinge umzubringen, konnte er die süßen Einflüsse der Liebe binden?

Der Bach strömte und rauschte über einen letzten Wasserfall und flüsterte dann durch das Tal davon, wo sich sein Schimmer bald hinter Bäumen verlor. Einen Kilometer weiter fand er eine bemooste Felsbank, die offen unter dem Himmel und seinen Winden lag. Der Mittag stieg heiß herauf. Hugh kauerte über dem Wasser, wusch sich den Schweiß vom Gesicht, ließ sich auf dem federnden Grün zu einer Rast nieder.

Unterholz raschelte fast unhörbar auf der anderen Seite der Lichtung. Er blickte sich um und sprang auf.

So leise, wie das Mädchen gekommen war, wußte er, daß sie sehr erfahren war. Sie stand am Rande des Mooses, nervös, bereit, zurück in die Schatten zu fliehen. Die Hände sorgfältig von seinem Messer fernhaltend, lächelte er sein bestes Lächeln. Sie war jung, ihre Schmalheit noch nicht ganz ausgefüllt, die Haut hell, wo die Sonne sie nicht zu Goldbraun getönt hatte. Flachsfarbenes Haar fiel von einem Kranz aus Efeu bis über ihre Schultern. Ihre Augen waren groß und rauchblau, Sommersprossen sprenkelten eine Stupsnase, ihre Lippen erinnerten ihn an Rosenblätter im Garten seiner Mutter. Bekleidet war sie mit einer ärmellosen grünen Tunika, weniger als knielang, einem Gürtel mit Taschen daran und Mokassins. Sie trug einen aus gespaltenem Schilf geflochtenen Korb bei sich.

»Oh, hallo«, murmelte er.

»Wer ... sind Sie?« Ihr Englisch hatte einen leichten Akzent, eine Melodie, die er nicht zu benennen wußte.

»Ranger Hugh Davis, zu Ihren Diensten, *señorita*!«

Ihr Mund zuckte ein bißchen nach oben. »Ich bin ... Charissa. Wie sind Sie hierhergekommen, Ranger Hugh Davis?«

»Ich bin zum Nebelberg geflogen und von dort aus zu Fuß gegangen.«

Ihre Augen weiteten sich. »Warum?«

»Dasselbe könnte ich Sie fragen«, konterte er. »Sie sind nicht gerade für einen längeren Marsch ausgerüstet.«

»Oh, ich lebe hier. In der Löwenzahnschlucht, so nenne ich sie, gar nicht weit von hier.« Sie hob den Korb hoch. »Ich war gerade dabei, Beeren zu sammeln.«

»Sie leben hier?« staunte er. »Sicher nicht ganz allein.«

Sie schüttelte den Kopf. Die blonden Locken wogten. »Nein. Mit meinen Eltern und zwei kleinen Brüdern.« Er nahm an, daß auch sie versuchte, freundlich zu sein: »Ich bin froh, die Jungen für eine Weile los zu sein. Sie sind Engel, aber sie können auch schreckliche Plagegeister sein, nicht wahr?«

Wehmut wurde in ihm wach. Als Erstgeborener auf der Demeter hatte er seine Kindheit unter Erwachsenen, ihren Maschinen und ein paar Haustieren verbracht.

Bueno, er hatte seine Pflicht. »Wie lange sind Sie schon in dieser Gegend?« erkundigte er sich. »Woher sind Sie gekommen?«

Sie runzelte die Stirn und berührte ihr Kinn. »Neun Jahre? Nein, acht, glaube ich. Ich war damals selbst noch klein.« Natürlich meinte sie demetrische Jahre; in ihnen gerechnet war sie jetzt zwölf oder dreizehn, schätzte er. »Wir zogen von Aulis her.« Eine Siedlung an der Küste, erinnerte er sich, in erster Linie eine Meeresforschungsstation, obwohl sich ein halbes Dutzend Familien dazugesellt hatte, um mit Ackerbau unter den örtlichen Bedingungen zu experimentieren. »Ich erinnere mich nicht sehr genau.« Mutiger geworden fügte sie hinzu: »Aber Sie erzählen mir gar nichts über sich, Ranger Hugh Davis.«

»Äh, ›Ranger‹ ist nur mein, äh, Titel«, sagte er überrascht.

»Meine Tätigkeit. Ich sehe nach, wie sich die Dinge in der Wildnis entwickeln.«

Charissa nickte. »Ich weiß alles über Ranger. Wir haben nämlich einen Multiceiver zu Hause. Jason-Vater läßt uns jeden Tag eine Stunde zuschauen, oder mehr, wenn wir etwas Gutes gefunden haben.«

»Er klingt ganz schön streng.« Es war nicht so, als ob sich Fluten von Programmen ergossen hätten, wie sie es nach allem, was er gehört hatte, auf der Erde taten (oder getan hatten; er hatte den Eindruck gewonnen, daß das nicht länger zutraf). Die Livesendungen aus Port Fireball waren sporadisch, amateurhaft und schrecklich brav. Wenn sie Unterhaltung wünschten, dann wandten sich die Leute an die Kultur-Datenbank, sofern sie sich nicht ihre eigene machten.

»Wir können uns so viele Bücher auf den Bildschirm holen, wie wir wollen«, sagte Charissa. »Ich lese viel. Ja, ich weiß alles über Ranger. Aber ich weiß nicht, wie ich Sie an – an – *anreden* soll, Sir.«

»›Hugh‹ reicht völlig, Charissa.«

Ihre Scheu wich. »Können Sie nicht bleiben und uns besuchen? Betty-Mutter würde sich so freuen.«

»Hm, was ist mit Ihrem Vater?«

Sie lachte. »Keine Angst. Mag sein, daß er anfangs etwas steif ist, aber normalerweise holt er bald den Apfelwein heraus und redet. O ja, was wird er reden!«

»Sie bekommen also manchmal Besuch, entnehme ich daraus?«

»Wenig. Hauptsächlich Waldläufer.«

»Waldläufer?«

»Das wissen Sie doch. Sie wohnen nicht in Häusern – sie bauen sich Schutzhütten, wo sie gerade umherstreifen –« Das Mädchen hielt überrascht inne. »Sie wissen es nicht?«

Seine Kopfhaut prickelte. »N-nein. Sie können noch nicht lange dabei sein, oder viele. Sonst hätte ich davon gehört.«

»Ich nehme es an. Ich habe sie nicht gezählt.« Hugh spürte, daß seine Anspannung sie beunruhigte, und suchte nach etwas, um die Atmosphäre aufzulockern. »Sie und Ihre Familie, Sie leben in einem Haus, richtig?«

»Es ist kein großes Haus«, gab Charissa zu. »Ich habe Häuser im Mulit gesehen. Das hier ist ein, ein Blockhaus. Aber es ist gemütlich.«

Diesmal konnte er nicht vermeiden, direkt zu sein. »Warum machen Sie das?«

»Wie – wieso – Wir sind glücklich.« Sie nahm eine abwehrende Haltung ein. »Jason-Vater sagt, überall sonst, wo Menschen sind, sei es zu beengt und maschinell.«

»Aber er hat keine Waldläufer aus seiner Familie gemacht.«

»Natürlich nicht!« Sie klang indigniert. »Sehen Sie das nicht?«

Da er das als Einladung auffaßte, machte er sich die Freude, sie ausführlich zu mustern. Ihr Überkleid bestand aus Naturfaser und Farbstoff, gut gewebt und gut geschneidert; ebenso ihr Taschengürtel, dessen Schnalle aus gehärtetem Neokiefern-Harz war. Ihre gesamte Erscheinung zeugte von guter Ernährung, ausreichender medizinischer und zahnmedizinischer Versorgung, ohne Belastung durch schwere körperliche Arbeit, die den Körper verkrüppelt und die Seele verkümmern ließ.

Obwohl es schien, als habe eine Handvoll von Exzentrikern das Leben von Pseudoprimitiven gewählt, zählten Jason-Vater und Betty-Mutter nicht dazu. Ein Multi und eine Stromquelle waren offensichtlich nicht die einzigen Dinge, die sie mitgenommen hatten, als sie sich in die Wildnis zurückzogen. Und . . . es war kein Stück wiederbelebter Ur-Erde. Jene uralten Wälder hatten Nahrung, Brennstoffe, Bauholz, Fasern, Häute, Felle, Knochen, Horn und Heilmittel geliefert, ein Überfluß, der nicht geplant war, sondern entdeckt war. Auf der Demeter lebten Arten, die dazu gedacht waren, lebensfähig zu sein in der natürlichen Umwelt, aber zugleich waren sie dazu da, menschlichen Bedürfnissen zu dienen. Spitznamen zogen durch Hughs Gedanken: Mulchbakterien, Kupferalgen, Frischfrüchte, Wollborke, Heilhumus . . . Wenn diese im Busch von Achäa sicher Fuß gefaßt hatten, dann konnte man vielleicht mit einer Werkzeugtasche, einem Polyroboter und ein paar einfachen Nanostrukturen – Ja, es würde hochinteressant sein zu sehen, was sie in der Löwenzahnschlucht aufgebaut hatten.

Charissa errötete unter Hughs Blick, auch wenn er ihr nicht viel auszumachen schien. »Wir tauschen Dinge, die wir herstellen, gegen das ein, was sie jagen und sammeln«, erläuterte sie ernsthaft. »Aber wir sind – sind – Siedler.«

»Das wird im Hauptquartier ganz schön für Aufsehen sorgen«, sagte er. »Für uns wirft das alles über den Haufen.«

Er hatte nicht damit gerechnet, daß sie sofort erschrak. Hatte sie bei ihren Eltern Andeutungen von Feindseligkeiten gegenüber den Behörden aufgeschnappt? Warum? Sie hatten nichts Verbotenes getan. Es wäre besser gewesen, wenn sie Mitteilung von ihrem Vorhaben gemacht hätten, in die Wälder zu gehen – und höchstwahrscheinlich hatten sie das nicht getan, weil sie wußten, daß der Biologische Dienst ihnen davon abraten würde – aber trotzdem – Vielleicht war ihre Scheu nur die einer Nymphe, die zum erstenmal einen Krieger in Bronze mit federbuschbesetztem Helm und einem Schwert an der Seite traf.

»Sehen Sie –«, stotterte Hugh, »der Grund, warum ich hier bin – « Er verfiel in einen Vortragsstil, weil er hoffte, das würde sie beruhigen. »Dies ist kein Wald im Endzustand seiner Entwicklung, das wissen Sie. Er ist neu und verändert sich rasch. Die Gene waren auf schnelle Reifung hin konstruiert. Die Wärme und das Kohlendioxidniveau ermöglichen das, aber in diesem Stadium ist die Ökologie nicht stabil. Wir arbeiten auf ein Fließgleichgewicht hin, Bäume, die sich jahrhundertelang halten, eine Million verschiedene Pflanzen und Tiere –« »Ich weiß«, unterbrach Charissa ein wenig ungeduldig.

Das erschien ihm ein hoffnungsvolles Zeichen. »*Bueno,* in Achäa haben wir einen Punkt erreicht, wo wir erwägen, größeres Wild einzuführen. Rotwild beispielsweise. Das bedeutet, daß wir sicherstellen müssen, daß sie ihr Weideland nicht zu Tode grasen, was wiederum bedeutet, Wölfe auszusetzen, um sie zu kontrollieren, und, und ... endlose Komplikationen. Ich führe zu Fuß eine Begutachtung durch, um herausfinden zu helfen, ob das Land dafür bereit ist, ob es das ohne Schaden aushalten kann.«

Begeisterung brach aus ihr hervor. »Rotwild? Wölfe?« Sie ließ den Korb fallen und schlug ihre kleinen Hände zusammen. »*Adler*?«

Er hob eine Handfläche. »*Por favor*, hören Sie zu. Die Anwesenheit von Menschen, die in den Wäldern leben und sie nutzen, selbst wenn ihr nur einige wenige seid, ändert die Situation völlig. Solange ihr hier seid, können wir nicht so weitermachen, wie wir es geplant haben.«

Sie schrak zurück, plötzlich verängstigt. »Sie würden uns wegschicken?« keuchte sie. »Das können Sie nicht!« kreischte sie. »Guthrie-Chef wird das nicht zulassen!«

Seinerseits erschrocken, wetterte er zurück: »Natürlich würde er das nicht!« Ein Teil von ihm dachte, wie der ehrfurchtlose, libertäre alte Bastard zu einer Art Gott geworden war, Urquell von Gesetz und Gerechtigkeit. »Haben Sie keine Angst, Charissa. Ehrlich. Es bedeutet nichts weiter, als das wir unser Vorgehen neu überdenken müssen. Mag sein, daß wir es verlangsamen, mag sein, daß wir es beschleunigen, ich weiß es nicht, aber – aber wir werden uns anhören, was Ihr Vater und Ihre Mutter und Sie zu sagen haben, wir werden eine Lösung finden, die zum besten aller ist.«

Mit kindlicher Flatterhaftigkeit beruhigte sie sich wieder. »D-danke ... Hugh.« Sie wischte sich mit den Fingerknöcheln die Tränen weg, richtete sich auf und pflichtete ehrfurchtsvoll bei: »Wir werden herausfinden, was zum besten der Demeter ist.«

Freude stieg in ihm auf. »Sie verstehen es.«

»Das tun wir. Meine Familie.«

»Ich glaube«, sagte er, »heute bin ich der Zukunft begegnet.« Plötzlich wirkte sie belustigt. »Ach, seien Sie nicht so feierlich.« Sie tanzte über das Moos und nahm seinen Arm. »Kommen Sie mit nach Hause, bitte!«

57

Daß die Biosphäre über die Steuerungsmöglichkeiten eines menschenähnlichen Verstandes hinaus expandieren würde, war von Anfang an vorauszusehen. Wir können euch die Bau- und Bedienungsanleitung eines Sophotekten liefern, für den die damit zusammenhängenden Probleme trivial sind.

Auf einer Hügelkuppe im nördlichen Argolis standen drei Zypressen. Während ihres raschen Wachstums hatten die Winde sie gebeugt und knorrig werden lassen, bis sie einen Eindruck unvordenklichen Alters machten. Eiko hielt das nicht für Illusion, sondern für Wahrheit. Was war die Zeit anderes als die Aufeinanderfolge von Ereignissen? Hundert Jahre Erinnerung konnten in einem Augenblinzeln vorüberziehen und eine Welt, die dem Tode geweiht war, die Ewigkeit enthalten.

Sie landete ihren Flitzer am Fuße des Hügels und stieg steifbeinig aus. Abgesehen von kleinen Gehölzen und einzelnen Bäumen – immergrüne Eichen, Kiefern, Holzapfel – die weit auseinanderlagen, wellte sich die Landschaft grasbewachsen und silbergrün wogend Kilometer um Kilometer nach Westen, wo sie zu Bergen hin anstieg, deren Gipfel eine niedrige Krone längs jenes Horizonts bildeten, und nach Osten, wo sie zu einem fernen Ozeanschimmer hin abfiel. Licht ergoß sich von oben herab; ein paar Wolken trieben blauschattig weiß in einer Unendlichkeit, durch die die Sonne A rasch dem Mittag entgegenschritt. Von dort her drang auch das verzückte Singen einer Lerche. Eine Brise kühlte ihre Schläfe. Sie trug Gerüche nach wildem Thymian mit sich.

Der früher einmal einfache Anstieg hügelaufwärts ließ ihr bald Schmerzen durch die Hüftgelenke schießen. Sie stützte sich schwer auf ihren Stock und blieb oft stehen, um nach Luft zu schnappen. Tja, wenn sie sich ausruhte, genoß sie wenigstens Ausblicke, die immer weiter wurden, je höher sie kam.

Keine Klage. Die Erde hatte Sol weit mehr als hundertmal

umrundet, seit sie geboren worden war, sie näherte sich den Grenzen dessen, was die Zellularmedizin zu leisten vermochte, aber sie verfügte immer noch über all ihre Sinne, einen Großteil ihres Verstandes und Kraft genug für wenigstens einen Aufstieg. Das war genug, überreichlich genug.

Trotzdem war sie froh, als sie die Kuppe erreichte und sich vorsichtig auf die Nadelstreu sinken ließ, die sie im gesprenkelten Schatten der Zypressen bedeckte. Ihre Äste waren krumme Büschel von Turmalinen vor Himmel und Ferne. Die Streu, die sie hatten herabfallen lassen, war weich, warm unter der Berührung und wohlriechend, obwohl das von den in der Nähe wachsenden Rosmarinsträuchern übertönt wurde. Bienen summten golden um diese winzigen Blütten herum, die von der Farbe des Himmels genau über der Schlucht dort drüben waren. Ihren Granit hinunter stürzte der weiße Pfeilschaft eines Wasserfalls.

Ihr Herz schlug wieder langsamer. Hinter ihr ragte ein flechtenbewachsener grauer Findling auf. Oft hatte sie für lange Zeit hier gesessen und Licht und Schatten darüber hinwegziehen sehen, während sie heitere Ruhe aus seiner Massigkeit und der ungeplanten schönen Form zog. Heute jedoch lehnte sie sich zurück und ließ ihn ihr etwas von dem geben, was er von der Sonne getrunken hatte.

Friede senkte sich herab.

Nero hatte ihn nie so recht empfunden, erinnerte sie sich. Hin und wieder hatte er sie aus Höflichkeit, aus Freundlichkeit, begleitet, und zweifellos hatte ihm die Aussicht gefallen, aber er hatte zu viel von einem Hengst in sich.

Friede. Das Bedauern wurde eins mit der Luft. Sie hatte nie versucht, sein Herz zu zähmen. Und so hatte ihn schließlich der über seine Ufer getretene Skamander mit sich genommen, und seine Knochen lagen irgendwo unter den Klippen von Troas, aber welches bessere Ende hätte er sich wünschen können? Wie lange das her war, und ihre gemeinsamen Jahre wie ein Traum . . . und doch, an jenem Tag auf der Wiese in – Wo? Sie hatte den Namen des Ortes vergessen. Unwichtig. Er hatte nach oben gegriffen, um einen Zweig mit Apfelsinenblüten zu pflücken und ihn ihr im Tausch gegen einen Kuß zu geben, wieso, das geschah eben jetzt, in diesem Augenblick, sein Lachen war noch kaum verklungen –

»Eiko.«

Sie schrak aus ihrem Halbschlaf auf und blinzelte von rechts nach links. Ein schwacher Wind kräuselte den Rosmarin. Ein Rabe hatte sich auf einem Ast niedergelassen. Er glänzte so schwarz wie eine mitternächtliche See.

»Eiko, Eiko«, rief die leise Stimme.

Sie erwachte vollends und setzte sich auf. Die Nadelstreu knisterte unter ihren mageren Hinterbacken. »Wer ist das?« fragte sie, nicht ängstlich, aber unsicher. »Wo sind Sie?«

»Nur ich, Eiko. Kyra.«

»Oh –« Sie hatten sich schon früher so getroffen, aber niemals hier. Im Unterholz mußte ein Robokäfer oder eine andere kleine Maschine verborgen sein, die sprechen konnte. Aber das war nicht mehr als ein Instrument für die Bewußtseinskopie. »Ich wußte nicht, daß du –«

– das sensorische Netzwerk so weit ausgedehnt hast. Das war kein geringes Unterfangen. Sah Kyra mit elektronischen Augen oder mit den Augen des Raben, hörte sie mit elektronischen Ohren oder mit den vibrierenden Flügeln jener Bienen?

Die Antwort kam stockend. »Ich ... habe mich bis vor kurzem zurückgehalten. Dieser Hügel gehört dir.«

»Nein, natürlich nicht. Ich mag ihn, ja, aber –«

»Ich glaube, ich vermag eindeutiger als damals, als ich noch lebendig war, zu sagen, was heilig ist.«

Eikos Sicht brannte und verschwamm. »Du wärst immer willkommen!«

»Jetzt endlich wagte ich das zu hoffen«, sagte Kyra. »Und ich dachte, wir könnten hier am besten ... über gewisse Dinge reden.«

Eiko schluckte. »Dann ist es gut, daß du dich dafür entschieden hast. Mag sein, daß ich nie mehr hierhin zurückkomme.«

»Ein anstrengender Aufstieg, in deinem Alter.«

»Und auf einem anderen Weg werde ich nicht kommen. Das wäre nicht richtig.«

»Heiligkeit.«

Eikos Gedanken sprangen zu dem, was das windähnliche Flüstern vorher gesagt hatte. »Du bist *nicht* tot, Kyra, kein Maschinenwesen!«

Lachen gluckste leise. »Spotte nicht über meine Verwandtschaft. Sie haben uns zur Demeter gebracht, sie haben all dies ins Leben gerufen.«

Eiko schüttelte ihr weißes Haupt. »Nein. Wir haben es getan und sie dabei benutzt.« »Ich selbst habe einige Maschinen geliebt. Mein geliebter *Gerfalke* –« Die Stimme versank in Schweigen.

Eiko fragte sich, ob Kyra sie, die das nicht brauchte, zu trösten versuchte. »Du bist keine, was immer sie sagen«, erklärte sie unter dem Himmel. »Du bist lebendig. Lebendiger als . . . als ich es jetzt bin. Als ich es vielleicht je war.«

»Deswegen bin ich heute bei dir.«

Verwirrung: »Was, um Lebewohl zu sagen? Nein, nein, ich habe sicher noch einige Jahre vor mir.« Und eigentlich sollten sie sanft sein.

»Nichts ist sicher. Außerdem, was ich von dir erbitten muß, sollte bald getan werden, bevor du noch gebrechlicher wirst.«

Eiko streckte die Arme aus, als sei da ein Körper, den sie umarmen könnte. »Wie immer ich dir helfen kann, liebe Freundin, ich, ich werde glücklich sein. Geehrt.« Wahrhaftig. Es war nicht allein Kyra-die-gewesen-war, die da sprach, es war der lebende Planet.

»Versprich mir nichts, ehe du es nicht gehört hast.«

Schweigen breitete sich aus. Die Brise wurde stärker, schickte Wellen hügelaufwärts durch das Gras. Eiko lauschte auf sie. Nadeln bewegten sich leicht längs des knorrigen Astes, auf dem der Rabe saß.

»Du weißt, ich werde erdrückt«, sagte Kyra.

Eiko nickte. »Ich habe davon gehört. Die Last, die auf deinen Schultern lastet, wird zu groß.«

»Eine Last war es nie. Ich will sie nicht niederlegen. Aber ich brauche Hilfe. Dieses Leben überall auf der ganzen Welt –« Kyra hielt wieder inne. »Meistens habe ich es gut gelenkt. So gut, daß es zu mehr herangewachsen ist, als ich bewältigen oder verstehen kann, zu mehr, als ich *sein* kann.«

»Ich dachte – Sophotekten –«

Kyra seufzte. »Sie sprechen davon, die Wissenschaftler. Die meisten von ihnen betrachten es als selbstverständlich, nehme ich an, daß ich innerhalb der nächsten zehn oder fünfzehn Jahre zuerst von einer künstlichen Intelligenz ergänzt und dann ersetzt werde.«

»Sträubst du dich dagegen? Du hast gut von den Maschinen gesprochen.«

»Das habe ich. Ich war einmal eine, und willens, aufzuhören zu existieren.«

Eiko ließ die Worte bei ihren Zähnen haltmachen: So wie ich dazu willens bin. Es war nicht das gleiche. Sie, Eiko, wußte nichts von der inneren Verzweiflung, die, so dachte sie, die Bewußtseinskopie gespürt haben mußte: denn sie würde abtreten, wenn ihre Zeit erfüllt war.

»Jetzt nicht mehr«, fuhr Kyra fort. »Du hast recht. Ich lebe, ich will leben, es hat einen Sinn. Außerdem bin ich nicht der Auffassung, daß der Geist einer Maschine die Demeter regieren sollte.«

»Er wäre dem deinen oder dem meinen überlegen«, meinte Eiko.

»In intellektueller Hinsicht. Vielleicht sogar in seinen Gefühlen, seiner Gesinnung, was immer er haben mag. Aber er ist nicht wir.«

Vorahnungen kamen und brachten plötzliche Ruhe mit sich. Eiko nickte. »Der unausgesprochene, beinahe uneingestandene Grund, warum wir nach Centauri gegangen sind«, Erdenmenschen und Lunarier.

»Wir sind geflohen. Was ein Sophotekt uns brächte, wäre die bewußte Steuerung von allem. Sollte das so sein, überall und immerzu, so weit die Schiffe je ins Universum fliegen mögen?«

»Es gibt mehr als einen Weg zur Erleuchtung.«

»Hast du erraten, um was ich dich bitten werde, Eiko?«

»Du möchtest, daß ich eine Bewußtseinskopie von mir anfertigen lasse und mich zu dir geselle.«

»Ich hasche nicht nach Stäubchen. Ich habe gedacht und ich habe gefühlt – empfunden, mit einer Ganzheitlichkeit, die über das Denken hinausgeht – ich glaube, wir beide zusammen – vielleicht später noch andere, ich weiß es nicht – aber wir würden zu mehr werden als nur wir beiden. Ich glaube, wir könnten unseren Weg zum Einssein des Lebens überall auf dieser Welt finden, einem Einssein, das Bestand hat.«

Sonnenlicht und Schatten, erinnerte Eikos Vater sie an exponentiale Funktionen und Schwelleneffekte. Er lächelte und verschwand wieder im Wind. »Das mag sein«, sagte sie, »aber ich – die Bewußtseinskopie wäre nicht ich.«

»Ebensowenig, wie ich Kyra Davis bin«, flüsterte die Stimme. »Aber ich war es einmal. Ich erinnere mich daran.«

Eiko fand keine Antwort.

»Ich weiß«, hörte sie nach einem Moment. »Du stellst dir dein armes, beraubtes Geister-Ich vor und möchtest es nicht dazu verdammen. Aber das hier ist anders, Eiko. Es ist Leben. Nicht menschliches Leben, nein. In mancher Hinsicht weniger. Aber trotzdem Leben.«

Entschlossenheit kehrte zurück. »In mancher Hinsicht vielleicht mehr. In dem, was es tut, wem es dient, wirklich mehr.«

»Entscheide dich nicht sofort. Ich würde dich niemals drängen, meine Liebe. Denk darüber nach.«

»Meditiere«, sagte Eiko, halb zu sich selbst. »Suche.«

»Meinen Segen.«

B stieg über dem Meer auf, ein Glanz, der zu strahlender Helligkeit wurde, wie ein treibender Feuersamen. Die Lerche nahm ihr Lied von neuem auf. Eiko starrte auf die vom Licht wandelbaren Rauhheiten der Zypressenrinde ihr gegenüber. Die Wärme hatte einen solchen Rosmarinduft erweckt, daß sie ihn beinahe schmecken konnte. Rosmarin zur Erinnerung, erinnerte sie sich. War Kyra immer noch anwesend, voller Liebe für sie, ihr aber eine Stille gewährend? Eiko verspürte kein Bedürfnis zu fragen. Nach einer Weile breitete der Rabe seine Flügel aus, ihre Schwärze spaltete die Luft, und flog davon. Eiko brachte Demeter eine Opfergabe dar:

Dieser Hochsommertag –
Darunter eine Winternacht
Unter denselben Sternen.

58

Euer Eindruck ist falsch. Die Menschen sind dem sophotektischen Komplex nicht untergeordnet, ja nicht einmal von ihm abhängig. Die Maschinen, die sie von der Notwendigkeit zur Arbeit befreit haben, sind weitaus einfacher. Individuen, Zusammenschlüsse, Gemeinschaften und Kulturen entwickeln sich auf ihre jeweils eigene Art, und die Notwendigkeit, Gewalt zwischen ihnen zu verhindern, besteht jetzt nur noch selten. Wenn die Weltbevölkerung weiter abnimmt, ist das sowohl ökologisch als auch psychologisch wünschenswert. Es ist wahr, daß ein zunehmender Prozentsatz hochwertiger Menschen und Metamorphen sich in das System integriert, aber das transformiert ihre Natur nicht, sondern transzendiert sie eher. Sie verwirklichen ihr vollstes Potential und gehen dann darüber hinaus.

Anfangs war die Antimaterieherstellung ein Gemeinschaftsunternehmen. Lunarier und Erstgeborene teilten sich die Fähigkeiten, die Ressourcen und die Roboter, um die Produktionsanlagen auf Hephaisos und im Orbit um diesen innersten Planeten von A zu bauen. Nach einigen Jahren jedoch erweiterten die Lunarier im Alleingang diese Einrichtungen erheblich. Das war naheliegend, da ihre rasch expandierende Weltraumtechnologie Energie geradezu verschlang und ihre Ambitionen für die Zukunft unersättlich schienen. Trotzdem überraschte der schiere Umfang der Anlagen die Demetrier. Wenn man sie danach fragte, sprachen lunarische Führer von solchen Dingen wie möglichen interstellaren Reisen, doch nie sehr konkret, es sei denn, sie waren unter sich. Guthrie war der Ansicht, daß sie sich auch selbst nicht ganz sicher seien und ein großer Teil dessen, was sie taten, andere als ökonomische Gründe habe – Herausforderung, Prestige, Rivalität zwischen ihren Lords.

Die Kryoelektronik, mit deren Hilfe Antimaterie normalerweise gelagert wurde, hätte für solch riesige Mengen nicht ausgereicht, die Anzahl der erforderlichen Einheiten wäre absurd groß geworden. Die Lösung dieses Problems war bezeichnenderweise grandios.

Das Einfangen Proximas durch A und B hatte in der äußeren Kometenwolke des Doppelsterns ein Chaos angerichtet, zahlreiche Kometen weg- und viele andere nach innen geschleudert. In jener Zeit waren die Planeten und Monde fürchterlichen Bombardements ausgesetzt gewesen, und anschließend war der Weltraum um sie herum unsicherer geblieben als der um die Planetenfamilie Sols. Auch die innere Wolke war in Mitleidenschaft gezogen worden, aber in geringerem Maße, hauptsächlich dadurch, daß sie neue Mitglieder dazugewonnen hatte, die sich auf exzentrischen und asymmetrischen Bahnen bewegten, welche zu weiteren Zusammenstößen führten. Vielleicht war eine Reihe von diesen auch für den Himmelskörper verantwortlich, den die Menschen auf den Namen Hades tauften, nachdem eine Forschungssonde ihn entdeckt hatte. Hauptsächlich aus Eis bestehend, besaß er einen Gesteinskern, mit einer Masse von nahezu einem Prozent der irdischen. Daher verfügte er über ein beachtliches Schwerefeld. Da der Kern massiv und nicht eisenhaltig war, erzeugte er kein Magnetfeld, das die Sachlage weiter kompliziert hätte. Bei seiner Entfernung von den Sonnen waren deren Winde kaum noch meßbar.

Die Lunarier transportierten ihre überschüssige Antimaterie in diese fernen Regionen hinaus. Sie lagerten sie in einem Orbit um Hades. Der Großteil davon war Anti-Wasserstoff, aber ein nicht geringer Anteil war Anti-Helium, plus eine bedeutsame Menge an schwereren, zu massiven Kügelchen zusammengeballten Kernen. Außerhalb dieses Ringes folgte ein weiterer aus gewöhnlichem Gas. Zwischen den beiden wurden vier kleine

Asteroiden als ›Hirtensatelliten‹ eingesetzt, die die Stabilität der ganzen phantastischen Struktur aufrechterhielten.

Das Projekt war gewaltig, es beanspruchte alle Fähigkeiten, aber nachdem es einmal fertiggestellt war, brachte es bald sämtliche Kosten wieder ein. Robotschiffe mußten ihre Frachten bloß dort hinbringen und das Material mit der gebotenen Präzision in den inneren Ring entlassen. Dabei kam es zu ständigen, aber geringen Verlusten; der äußere Ring bot einen erheblichen Schutz, und kosmische Strahlen aus anderen Richtungen nagten nicht mehr weg, als man tolerieren konnte. Von Zeit zu Zeit, alle fünf oder zehn Jahre, benötigte der Orbit eines der ›Hirten‹ eine Korrektur. Zu diesem Zweck hatte er einen Antrieb. Das war nicht der starke, der ihn hierhergebracht hatte und dessen Abgase die ganze Struktur auseinandergerissen hätten, sondern ein reichlich mit Treibstoff versehener, der ausreichend viele sanfte Stupser verabfolgen konnte. Ein lunarischer Ingenieur flog hinaus und beaufsichtigte die Operation aus sicherer Entfernung.

So wuchs der Hort, Jahrzehnt um Jahrzehnt, bis zur Katastrophe.

Es war eine Katastrophe im mathematischen Sinne, ein Ereignis, das sich unmöglich vorhersehen ließ und eine Lawine von weiteren Ereignissen auslöste. In Perun schrillten die Alarmsirenen. Ein Computer analysierte die eintreffenden Signale und gab ihre Hiobsbotschaft weiter. Lunarier fluchten. Jene, die glaubten, sie könnten vielleicht aufgerufen werden, schnürten die Stiefel und machten sich bereit. Die Nachricht wurde schleunigst an ihre Anführer weitergeleitet.

Instrumente auf Hades meldeten einen großen Himmelskörper, der aus unbekannten Weltraumtiefen auf sie zujagte. Die Defensiveinrichtungen vor Ort, die mehrere Meteoritenunfälle verhindert hatten, reichten nicht aus, um mit etwas von der Masse eines Asteroiden fertig zu werden. Normalerweise wäre die Warnung so rechtzeitig erfolgt, daß die Lunarier hinreichend wirkungsvolle Gegenmittel hätten entsenden können. Dieses Objekt jedoch bewegte sich nicht auf einer elliptischen, sondern auf einer hyperbolischen Flugbahn. Es mußte ein

Komet aus einer äußeren Wolke sein, der durch ein unwahrscheinliches Zusammentreffen mit einem anderen Himmelskörper die Fluchtgeschwindigkeit überschritten hatte. Bevor Menschen mit einer erträglichen Beschleunigung eintreffen konnten – bei Centauri gab es keine Roboter, die über die notwendige Intelligenz verfügten – würde der Eindringling sein Unheil bereits angerichtet haben und wieder verschwunden sein.

Man konnte das Fehlen von Absorbertanks beklagen, die es lebendem Fleisch ermöglicht hätten, Langzeitbeschleunigungen mit mehreren Dutzend G zu überleben, aber das war müßig. Es gab keine. Es hatte nie ein Grund bestanden anzunehmen, daß sie genügend Verwendung finden würden, um die Entwicklungs- und Baukosten zu lohnen.

»Schafft Techniker von der Demeter her«, schlug ein Ratsmitglied vor. »Sie können den Ort des Geschehens doppelt so schnell erreichen wie wir.«

»Es würde zu lange dauern, sie zu rekrutieren und ihnen alle Feinheiten beizubringen«, erwiderte Rinndalir. »Außerdem sollten wir nicht so viel von unseren Anlagen offenbaren oder uns derart zu Dank verpflichten. Bei zwei G kann eine ausgewählte Crew die Reise mit biomedizinischer Unterstützung in nur einer Umdrehungsperiode schaffen und bei ihrem Eintreffen trotzdem kampfbereit sein.« Die Schwere und die Tageslänge waren die des Erdmondes. »Schon weiß ich, wer meine Gefolgsleute sein werden.«

»Eure Gefolgsleute, Mylord?«

»Ich habe mehr Tiefraumerfahrung als die meisten.«

»Gewiß. Eure gelegentliche Partnerin, Pilotin Davis –«

»Irrelevant. Gemeinsam haben wir Dinge vollbracht, die für beide Rassen wertvoll waren, aber diese Expedition ist allein meine Sache.«

»Bei allem schuldigen Respekt, Mylord, darf ich darauf hinweisen, daß Ihr in Eurem Alter –«

»Ihr dürft nicht. Soll ich die Ehre, sagen wir, Asille von Arcen überlassen? Soll ich mich mit der Macht abfinden, die ihr dadurch zufließen würde? Ich wünsche es anders.« Rinndalir lachte. »Außerdem, was für ein faszinierendes Spiel!«

Deshalb rasten zwei Schiffe durch die Dunkelheit, einen Mondtag und eine Mondnacht lang. Manchmal sprach Rinndalir den Mannschaften in ihrem Leiden Mut zu, manchmal drohte oder bestrafte er, manchmal brachte er sie zum Lachen; und sie hielten durch.

Am Ende des Fluges waren A und B nur noch die hellsten Sterne am Firmament; sie standen dich beeinander, und die rote Proxima hatte merklich zugenommen. Hades schimmerte schwach schräg vor ihnen in dieser Nacht, eine große Kugel, vernarbt und mit Rissen bedeckt. Das bloße Auge machte kaum die Lichtpunkte aus, die die ›Hirten‹ waren. Vergrößerung und Falschfarben zeigten den inneren Ring als nebelhaftes blaues Glühen. Ausläufer davon wurden zu Blitzen, wo sie auf den äußeren trafen. Ein wanderndes Elmsfeuer entflammte zu ebensolcher Höllengewalt, während es durch den inneren Ring stieß und erst langsam wieder schwächer wurde, als es ihn verließ.

Rinndalir wußte, was da vor sich ging. Die Computer hatten es vorausgesagt, bevor er aufgebrochen war. Der nahe vorüberziehende Komet hatte alle vier Satelliten erheblich gestört, und das System war nicht mehr stabil. Der ›Hirte‹ Chetyrye war der schlimmste Fall: in einen Orbit geworfen, der bei jeder Umrundung durch mehr als ein Viertel der Antimaterie schnitt. Die Annihilierung setzte Energien frei, die mittlerweile mehrere Kilogramm kostbaren Gases unwiederbringlich weggekocht, den Antrieb des Asteroiden ruiniert und seine tödlich radioaktiv gewordene Oberfläche verflüssigt hatten. Der Ring wurde chaotisch. Konnte die Zerstörung sofort aufgehalten werden, war eine Reparatur noch möglich, indem man die unbeschädigten drei zurück auf ihre Positionen brachte und dann einen neuen Gefährten hinzufügte. Aber schon bald würde es zu spät dazu sein.

»Mein Schiff wird angreifen«, gab Rinndalir an das andere Fahrzeug durch. »Haltet Euch bereit, um einen zweiten Versuch zu wagen, sollte der meine scheitern.«

Der Plan war im Prinzip einfach. Um eine Änderung in der Bahn eines Asteroiden zu bewirken, beschossen Weltraumingenieure ihn oft mit einer Rakete von jener Art, die die Fireball-Mitarbeiter daheim im Sol-System einen ›Bergeversetzer‹ genannt hatten. Eine kontrollierte Atomexplosion trieb einen Schacht, in den der Hauptsprengkopf sich hineingrub, bevor er seine Antimaterieladung freisetzte. Daraufhin brach ein Plasmavulkan mit solcher Heftigkeit aus, daß der Himmelskörper in eine neue Bahn glitt, die anschließend mit eleganteren Mitteln verfeinert wurde. Auf diese Weise waren ganze Goldgruben von Mineralien, die für den industriellen Gebrauch bestimmt waren, dorthin umgelenkt worden, wo sie günstig verarbeitet werden konnten, so daß man sie nicht länger aus der Kruste von Mutter Erde gewinnen mußte.

Chetyrye war ein Sonderfall. Er konnte nur einen einzigen Angriff dieser Art überstehen, ohne in noch zerstörerische Bruchstücke auseinanderzubrechen. Um ihn auf Dauer aus der Problemzone hinauszubefördern, mußte die Explosion in der Nähe des Punktes der maximalen Wirksamkeit erfolgen, wenn der abtrünnig gewordene ›Hirte‹ Hades am dichtesten passierte. Dieser Punkt lag innerhalb des Antimaterierings. Da das Schiff sich aber nicht so nahe bei der Explosion aufhalten und trotzdem heil davonkommen konnte, mußte das Geschoß auf seinem Weg den Ring passieren. Wenn es ihn in seiner gesamten Ausdehnung durchquerte, würde die sich aufsummierende Strahlung, für die seine Steuersysteme nicht ausgelegt waren, sie zu Idioten machen, und es würde piloten- und ziellos weiterfliegen. Daher mußte das Schiff selbst vor dem Abschuß die halbe Strecke in den Ring eintauchen – mit einer lebenden Hand an den Steuerkontrollen.

Rinndalir ordnete alle nur erdenklichen Vorsichtsmaßnahmen an: Schirmfelder auf volle Leistung, alle vier Mannschaftsmitglieder in Raumanzügen, ein auf die Zehntelsekunde kalkulierter Missionsverlauf. Aber als er die Konsole berührte und das Vorwärtsdrängen des Schiffes spürte, knurrte er wie ein Tiger, der seinen Feind erblickte.

Hades schwoll vor ihm zu Kratern und tiefen Spalten an, Instrumente blinkten und schrien, der Augenblick war da, er warf seinen Speer, die Schwere traf ihn wie ein Hammer, als er in Sicherheit zurückschoß.

Donnerschläge krachten. Feuer flammte über die ganze Länge des Rumpfes. Ein Mannschaftsmitglied starb mit durchlöcherter Brust. Lichter gingen aus, Blindheit brach herein, von Ausbrüchen grellen Leuchtens zerrissen. Das war Illusion, die Art, wie das Gehirn Ionen wahrnahm, die sich in die Netzhäute bohrten.

Ersatzaggregate sprangen an. Rinndalir sah wieder, wenn auch verschwommen. »*Haro, haro*« rief er über Intercom und Funk. »Wie geht es Euch? Was ist geschehen? Hat unser Schuß sein Ziel getroffen?«

Zwei Männer antworteten von ihren Stationen an Bord. Eine ferne Stimme sagte: »Mylord, die Telemetrie scheint anzuzeigen, daß Ihr mit einem massiven Antipartikel von Kieselsteingröße zusammengestoßen seid. Es hat Euren Schiffsrumpf durchlöchert und ist auf Strahlen der Vernichtung hin- und hergesprungen, bis es wieder austrat.«

»Könnt Ihr die Strahlendosis beziffern, die wir abbekommen haben?«

»Nicht präzise, Mylord, aber sie war eindeutig tödlich, jenseits aller Heilkunst. Die Ehre sei Euer!«

Rinndalir grinste. »Von wegen Ehre – blindes, gedankenloses Pech! Ich hatte noch einige Streiche in petto, die ich Asille von Arcen spielen wollte.« Luft pfiff an seinem Helm vorbei und strömte ins Nichts. Er wedelte mit dem Finger. »Wie erfolgreich war der Abschuß?«

»Er traf genau, Mylord. Das Möndchen ist wieder auf dem Weg aus dem System hinaus.«

»Das ist wirklich ein Tort, der mir da angetan wurde. Ich hatte gehofft, dieses grandiose Feuerwerk zu beobachten.« Rinndalir begann, den Ablauf des Rendezvous zu besprechen. Sein verkrüppeltes Schiff würde auf seiner Flugbahn bleiben und ein Trupp des anderen an Bord kommen. Die Überlebenden seiner Crew teilten ihm nach gründlicher Überprüfung mit, daß es nach ein paar kleinen Reparaturen mit geringem Schub nach Hause humpeln könne.

»Ihr werdet in dem schnelleren Schiff zur ärztlichen Behandlung gebracht, so Ihr möchtet«, sagte er zu ihnen. »Ihr mögt vielleicht noch einige Monate zu leben haben. Wollt Ihr das?«

Sie entschieden sich dafür. Sie waren Gemeine mit Verwandten und, auf ihre lunarische Art, Geliebten.

»Dann darf ich Euch verlassen«, sagte Rinndalir.

Er war sich nicht sicher, ob er die Strahlung spürte, die ihn von ihnen heraus verbrannte, oder das Mark, das in seinen Knochen verrottete. Es war ihm auch gleichgültig. Die Meßgeräte verrieten ihm genug. Die Übelkeit würde erst nach Ablauf der Zeit, die er benötigte, einsetzen. Er schnallte sich los und stieß sich im freien Fall Gänge entlang, in denen das Licht merkwürdig leuchtete, weil sie luftleer waren, bis er die Hauptmannschaftsschleuse erreichte. Dort warteten die Mitglieder seiner Crew auf ihn. Sie hatten ihren toten Kameraden mitgebracht. Rinndalirs Hand machte das Zeichen über dem Leichnam, das *Du bist eins mit mir* bedeutete. Sie halfen ihm, eine Antriebseinheit an seinem Raumanzug zu befestigen.

»Habt Ihr noch eine Nachricht, die wir für Euch übermitteln sollen, Mylord?« fragte der Älteste unter ihnen.

»Nein.« Rinndalir überlegte. »Doch. Teilt ... Pilotin Kyra Davis auf Demeter mit ... daß ich an sie gedacht habe.«

»Eure Worte sollen die unseren sein, Mylord. Eine gute Reise in Euren Tod.«

Rinndalir dankte mit einem Nicken und trat in die Schleusenkammer. Das äußere Tor öffnete sich, tausend Sterne einrahmend. Er passierte es und stieß sich ab.

Für eine kurze Zeit ließ er sich treiben. Das Schiff wich von ihm zurück, und er war allein. Die einzigen noch verbliebenen Geräusche waren sein Atem und das Schlagen seines Herzens. Während er langsam rotierte, sah er den kalten Fluß der Galaxis vorbeiströmen.

»Es ist vollbracht«, sagte er. Es hallte in seinem Helm wider. Er orientierte sich und zündete seine Düsen. Blut und Muskeln reagierten auf den Schub. Vor ihm stabilisierte sich der Anblick der Eiswelt.

Er trat wieder in den inneren Ring ein. Antimaterie brodelte um ihn herum, durchsiebte ihn, setzte ihn unsichtbar in Brand. Er war schon lange tot, als er auf Hades hinabstürzte.

59

Wenn das Verständnis für das materielle Universum sich vertieft, nimmt das Bedürfnis danach ab. Das Sol-System verfügt über alle Materie und Energie, welche ihre andere Erscheinungsform ist, die wir jemals benötigen werden. Wenn die Sonne das Leben auf der Erde verbrennt, wenn sie zu einem Roten Riesen anschwillt, zu einem Weißen Zwerg zusammenschrumpft und schließlich erlischt, werden unsere Habitate keinen Schaden nehmen: wenngleich ›Habitat‹ ein irreführendes Wort für das ist, was lange vor diesem Zeitpunkt existieren wird. Wir beabsichtigen keine weiteren Vorstöße in ein Universum, das bar aller grundlegend neuen Mysterien ist. Unsere Forschungen und unsere Kreativität richten sich auf die unendlichen Bereiche des Intellekts. Reine Mathematik ist das einfachste Beispiel dafür. Das meiste, was sich uns eröffnet, läßt sich euch nicht beschreiben.

Das Wachstum und die Veränderungen von Port Fireball hatten die Straße auf der Landspitze kaum berührt. Ein paar mehr Häuser standen dort, aber im allgemeinen waren sie von der gleichen bescheidenen Größe und dem gleichen frühamerikanischen Baustil wie die älteren. Unter ihnen lagen immer noch Klippen vor einem Strandsaum und erstreckte sich Shelter Bay bis zum offenen Meer. Der Hauptunterschied bestand darin, daß es dort jetzt ganze Schwärme von Seevögeln gab und alle Bäume groß geworden waren. An diesem Wintertag erhoben sich Ulmen und Ahornbäume kahl in eine niedrige, dichte Bewölkung, während immergrüne Pflanzen ihrer Düsterkeit den Kampf ansagten. Die Wasser schimmerten wie Stahl. Demeters schwache Flut schickte kleine Wellen plätschernd gegen den Strand. Nur wenige andere Geräusche waren zu hören. Die Luft war von Kälte in eine feuchte Beinahe-Wärme übergegangen, die fast erwartungsvoll wirkte.

Guthries Schritte hallten laut auf dem Pflaster. Niemand sonst war in Sichtweite; die meisten Leute waren bei der Arbeit, woran es wahrlich nicht mangelte.

In seinem Körper, der an einen Ritter in seiner Rüstung erinnerte, hielt er vor Kyra Davis' Haus an, machte kehrt und schritt den Weg hinauf. Als er die Verandatreppe erstieg, kamen ein Mann und eine Frau heraus.

Guthrie blieb stehen. »Hallo«, sagte er in seiner archaischen Art. »Haben Sie schon Ausschau nach mir gehalten?«

»Ja«, gestand Hugh Davis verlegen. »Eigentlich sollten wir Sie empfangen, Sir, und ein bißchen mit Ihnen plaudern, aber –« Er fuhr sich mit den Fingern durch das angegraute Haar.

»Aber ich gehe sowieso rein«, schloß Guthrie für ihn, »und sie sind verdammt noch mal viel zu lange eingesperrt gewesen. Das ist schon okay, mein Sohn, Mylady.«

»Außerdem dachten wir, sie beide möchten vielleicht allein miteinander reden. In Anbetracht dessen, daß Sie so gekommen sind.«

»Was? Moment mal«, fragte Guthrie gebieterisch. »Hat ihr Zustand sich etwa verschlechtert?«

»Nein, eigentlich nicht«, versicherte Charissa Davis ihm. »Genaugenommen ist sie hellwach, fröhlich und kann Ihren Besuch gar nicht erwarten.« Ihr Lächeln erlosch. »Aber – wir wissen nicht recht –«

»Sie wird schnell schwächer«, sagte Hugh. »Man kann deutlich sehen, daß ihr nur noch wenige Tage bleiben.« Schmerz klang in seiner Stimme mit. »Und die letzten zwei oder drei davon wird sie vielleicht ohne Bewußtsein sein. Wir sollten keine Zeit vergeuden, die Sie mit ihr verbringen können.«

Charissa ergriff den Arm ihres Mannes. »Bitte, Sir«, flehte sie Guthrie an, »Sie sprachen davon, daß wir uns eingesperrt fühlen, aber glauben Sie bitte nicht, daß es uns etwas ausmacht, uns um sie zu kümmern. Es war uns – nicht nur eine Ehre. Es war uns vor allem eine Freude.«

Da er gesichtslos war, ließ Guthrie ein leises Lachen als Lächeln dienen. »Einerlei, lieb von Ihnen«, sagte er. »Niemand sollte in einem gottverdammten Krankenhaus sterben. Hm, bevor Sie gehen, was macht die Familie?« Wann immer er Kyra anrief, war die Begrüßung, die er mit diesem Paar gewechselt hatte, nur kurz ausgefallen.

Hughs Miene hellte sich auf. »Allen geht es gut, Sir.«

Charissas eigenes Lächeln flackerte auf. »Mikey kam vorgestern mit seiner Mutter –«

»Michael Rudbeck«, erläuterte Hugh. »Der Junge von Tessa und Jack.«

»Den kleinen Schurken habe ich schon kennengelernt«, sagte Guthrie. »Wie ist es gegangen?«

Charissa lachte ein bißchen. »Er und Kyra lieben sich heiß und innig. Sie haben alle anderen praktisch ignoriert und die ganze Zeit über miteinander geplaudert und gescherzt.«

»Na ja, ein Urenkel. Nur zu, geben Sie tüchtig mit ihm an. Großeltern haben ein Recht dazu, auf eine Art, wie Eltern es nicht haben.«

Hugh wurde ernst. »Äh, Sir, Mutters Kraft ist sehr begrenzt. Wenn Sie mit ihr sprechen möchten, gehen Sie besser jetzt hinein.«

»Richtig«, stimmte Guthrie zu. »Ab mit euch, ihr beiden!«

»Wir machen einen Spaziergang«, erklärte Charissa ihm. Sie brauchten den Aufenthalt im Freien mehr als die meisten anderen Menschen und waren in letzter Zeit selten in der Lage gewesen, gemeinsam nach draußen zu gehen. »In einer Stunde sind wir wieder da.«

»*Hasta la vista*.«

Sie verschwanden. Guthrie ging hinein. Das Wohnzimmer, durch das er kam, war vollgestopft mit Erinnerungsstücken, gebundenen Buchausdrucken, dem geflickten und schmuddeligen Teddybären eines Kindes, Modellen von Segelschiffen und Raumschiffen, einem Wrackteil, einem kleinen Meteoriten, einem glitzernden Stein von dem einzigen Planeten, den B noch hatte, und vielem mehr ... Unter den Bildern an der Wand waren auch die mehrere Männer. Kyra hatte sie immer als ihr ›Verbrecheralbum‹ bezeichnet. Zwei davon waren noch am Leben.

Ihr Schlafzimmer war spartanisch eingerichtet. Auf dem Multi, den man ihr so hingestellt hatte, daß sie ihn mühelos sehen konnte, konnte sie alles abrufen, was in öffentlichen oder persönlichen Datenbanken gespeichert war. Momentan zeigte er ein blaues und weißes Haus zwischen Birken, mit einem See dahinter, in der hellen Sommernacht des hohen Nordens der Erde. Fenster gingen auf ihren Garten hinaus, kahl unter dem dunklen Himmel.

Guthrie trat nach dort, wo sie lag. »Tag, Schönheit«, sagte er.

Sie grinste von ihrem Kissen herauf. »Hallo, Blechmann.« Er mußte den Ton verstärken, um sie deutlich zu hören. Sie berührte ihr Steuerarmband. Das Bett richtete sich auf, bis sie halb aufrecht saß. »Setz dich.«

Das tat er, vorsichtig, damit der Stuhl nicht unter seinem Gewicht zusammenbrach, und nahm ihre Hand. Fleisch lag in Metall und Plastik. Sie war dünn, fast durchscheinend. Ihr Gesicht inmitten der weißen Mähne zeigte Blässe und wurde von seinen Knochen beherrscht; die Augen waren von haselnußbraun zu grau verblaßt. Trotzdem blickte sie ihn unverwandt an und sagte: »*Gracias*. Deswegen fragte ich dich, ob du dieses eine Mal selbst kommen könntest. Dein menschliches Abbild auf dem Videophon sieht zwar besser aus, aber du bist wirklicher.«

»In gewisser Weise«, erwiderte er ein klein bißchen schroff.

Ihr Grinsen wurde breiter. »Das fördert die Unterhaltung. Es lenkt weniger ab. Wenigstens muß ich nicht nach dir lechzen.«

Als Roboter konnte er seine Überraschung nur durch ein »Hm?« zeigen.

»Nun komm schon, du bist doch nicht dumm oder naiv, du mußt den einen oder anderen Hinweis doch gewittert haben. Seit wir uns das erste Mal trafen – nein, noch früher, als ich deine Sendungen sah und mit deiner Legende aufwuchs – da habe ich mir gewünscht, ich wäre zeitgleich mit dir geboren, damit ich dich ins Bett hätte zerren können.«

Er zog sich hinter einen Scherz zurück. »Was für ein unverbesserlich leichtes Mädchen du doch bist.«

Sie drückte seine Maschinenhand – aber wie schwach und zittrig! »Es hat Spaß gemacht.«

Lockerer werdend, sagte er: »Ich muß zugeben, daß ich mir auch gelegentlich Gedanken in dieser Richtung gemacht habe. In meinem Fall waren sie natürlich eher theoretisch.«

Kyra ließ los. Ihr Arm fiel auf die Bettdecke. »*Bueno*, eine meiner Torheiten«, seufzte sie. »Wenn ich deiner Frau nicht zuvorgekommen wäre, wäre sie eine zu starke Konkurrenz gewesen. Und selbst wenn, dann wahrscheinlich immer noch ... nach allem, was ich über sie gehört habe.«

»Wir hätten ein wunderbares Techtelmechtel haben können, wir beide. Aber du warst nie der Typ dafür, dich häuslich niederzulassen, irgendwo oder mit irgendwem.«

»Hatte nie wirklich Gelegenheit dazu.«

»Das glaubst du doch selbst nicht. Wie viele Anträge hast du in deinem Leben bekommen?«

»Heiratsanträge oder unsittliche Anträge?« Ihr Lächeln wurde sanfter. »Ja, jede Menge Angebote«, sagte sie ernst, »und manches Bedauern. Bob vor allen Dingen – Aber du hast recht, ich glaube, das Weltall hat mich schon gerufen, bevor ich geboren war, und kein Mann war jemals genau der eine, um für immer bei mir anzuheuern.«

Eine Zeitlang schwiegen sie.

»Wir fühlst du dich?« fragte Guthrie.

Skelettartige Schultern zuckten. »Dieses Nanozeug, das sie mir gegeben haben, sorgt dafür, daß ich keine Beschwerden habe. Wenn ich an manch einen Tod denke, den ich gesehen habe, und an die meisten Tode während eines Großteils der Menschheitsgeschichte, weiß ich, was Glück ist.«

»Genau. Wenn du Schmerzen hättest oder nicht bei Sinnen wärst oder dergleichen, würde ich jemandem dafür den Kopf abreißen. Aber wie fühlst du dich bei dem Gedanken –« Guthrie vollführte eine Gebärde, die alles um ihn herum einschloß.

»Bei dem Gedanken, hier zu sterben und nicht sensationell zwischen den Sternen? ›Strohtod‹ nannten die Wikinger das.« Kyra überlegte. »Es ist nicht so schlimm. Hugh, Charissa, die Kinder, meine Freunde, alle sind so liebevoll – und du, *jefe* – und die Erinnerungen.«

Ihre Stimme verlor sich, die Augenlider fielen ihr zu. Guthrie saß reglos da und ließ sie sich ausruhen.

Als sie ihn wieder ansah, wagte er zu sagen: »Kyra?«

»Ja?«

»Möchtest du von ein paar der anderen hören?«

Sie hatte ihre Wachheit zurückerlangt. »Kommt darauf an. Ich vergeude ungern Zeit, die ich mit dir verbringen könnte, weißt du.«

»Die Bewußtseinskopien. Deine und Eiko Tamuras.«

Sie holte röchelnd Luft. »Die? Können sie nicht ... das Videophon benutzen?«

»Sie meint, für sie ist es nicht dasselbe. Oder für mich.«

»*Sie*?«

»Im Laufe der Jahre werden die beiden immer mehr zu einer Einheit.«

»Das hatte ich erwartet ...«

»Und ich –« Seine Worte stockten. »Wir verbinden uns hin und wieder miteinander, sie und ich. Direktinput von neuronalem Netz zu neuronalem Netz. Untereinander machen sie es natürlich die ganze Zeit über so; ich bin außen vor; aber sie gestatten mir dazuzustoßen, wann immer es sich machen läßt, und ... es ist reicher, als ich beschreiben kann. Wenn wir es heute täten, um unser Wissen über dich zu teilen, würden wir ... dich besser verstehen, als wir es alleine können. Was wir sagten, würde mehr bedeuten.«

Sie schüttelte den Kopf. »Nein«, antwortete sie langsam, »ich bin eine Fremde für sie. Ich habe nie Anteil an dem genommen, was vorging, an ihrer Geschichte, außer auf die alleroberflächlichste Art.«

Wenn sie sich nicht gerade im Weltraum befand, war sie auf Demeter vollauf beschäftigt gewesen. Für ihre Ausflüge in ihre Natur hatte sie sich gerne das Meer oder jene Wildnisse ausgesucht, wo das Leben sich aus eigener Kraft in die Ödländer vorschob. Ihre letzten Jahre, die sie ausschließlich am Boden verbracht hatte, hatte sie hauptsächlich darauf verwendet, eine Datenbank mit Erinnerungen und Ratschlägen für Raumfahrer zusammenzustellen, im übrigen hielt sie sich bei Freunden in der Stadt oder im sonnigen Ogygia auf.

»Du hättest mit deiner Bewußtseinskopie sprechen können, wann immer du wolltest«, erinnerte Guthrie sie.

»Ich weiß. Aber wozu, worüber? Und nach Eikos Tod... nein, nicht mit der.«

»Verspürst du nie das Bedürfnis danach?«

Kyra versteifte sich, sank dann zurück. »Na los«, gab sie nach. »Vielleicht kann ich noch etwas lernen.«

Er ging zu dem Multi, der mit allen Funktionen ausgestattet war. Aus seiner Werkzeugtasche nahm er ein Kabel. Neben der Anlage stehend, stöpselte er sich ein. »*Bienvenidas*«, sagte er laut.

Das Bild aus Rußland verschwand. Zarte, pulsierende Farben strömten wie Wolken in dem Zylinder. Eine weibliche Stimme ertönte. »Hallo, Kyra.«

»*Saludos*«, entgegnete die alte Frau ironisch. Ihre Selbstbeherrschung bekam Risse. Sie zitterte. »Eiko – bist du das, Eiko?«

»Ein Teil von dem, was ich war, ist nun ein Teil von dem, was wir sind«, sagte die andere leise. »Zu Lebzeiten waren du und ich uns niemals so nahe.« Sorge: »Ist etwas nicht in Ordnung, meine Liebe?«

»Nein. Nein. Aber ich hatte nicht begriffen – dich plötzlich zu hören, Eiko –«

»Ein Schock. Oh, es tut mir leid. Sollen wir gehen?«

Kyra zuckte zusammen. »Tu das nicht. *Por favor*, bleib. *Mir* tut es leid. Daß ich nie darum gebeten habe, dich... zu treffen.« Tränen rannen lautlos über ihre Wangenknochen herab. »Ich... ich sagte mir immer, ich sei zu beschäftigt damit, die Welt zu verwalten –«

»Nicht das.«

»Die Welt zu sein.«

»Auch das nicht. Denke an Anson. Nimm ihn weg, und was ist die Demeter?«

»Du würdest prima ohne mich auskommen«, knurrte Guthrie. »Es wäre jedenfalls besser, wenn es so wäre.«

»Pst«, ermahnte ihn die andere. »Sprich weiter, Kyra.«

»Ach, es . . . es ist nicht so wichtig.« Die alte Frau zögerte. »Es sei denn, du fühlst dich verletzt, weil ich so scheu war und dich gemieden habe.«

»Wir haben uns gewundert.«

Kyra streckte ihre Hände nach dem Multi aus. Sie zitterten. »Die – vergib mir – die übrigen Bewußtseinkopien, die nach Centauri kamen, haben sich alle terminiert. Nachdem sie einmal ihre Pflicht getan hatten, wollten sie ein Ende. Ich stellte dich mir vor, Eiko – ich hatte mich an die Idee meines Quasi-Ichs dort drinnen gewöhnt, aber du, Eiko, du, die du die lebendige Welt so sehr geliebt hast, du jetzt gefangen –«

»So ist es nicht, Kyra, ganz und gar nicht«, kam die Antwort, leise und eindringlich. »Wir leben. Sonnenschein und Regen, Tageslicht und Sterne, ein Fluß, eine Blume, ein Vogel hoch droben, Leben, überall Leben. Und wenn wir ob unseres Menschseins einsam werden, wenn wir fürchten, wir könnten es verlieren, dann ist da immer noch Anson.«

»*Ihr* seid es, die *mich* dazu bringen, weitermachen zu wollen, wirklich«, sagte Guthrie. Ein Mensch hätte jetzt eigene Tränen weggeblinzelt.

»Wußtest du das wirklich nicht, Kyra?«

»In gewisser Weise schon«, gab die alte Frau zu. »Ich hoffte es. Aber ich schätze, ich – ich habe nicht offen heraus danach zu fragen gewagt.«

»Und du hattest einen randvollen Terminkalender.«

»Randvoll«, sagte Guthrie.

Kyras Lächeln bebte. »Endlich habe ich es gewagt. *Gracias, gracias.*«

»Wir haben dir zu danken, *querida*«, murmelte die andere.

»Bist du deswegen gekommen?«

»Und um Lebewohl zu sagen.« Ein Seufzen wie von Wind in

Blättern. »Wenn es nur Sommer wäre. Anson würde dich für mich in den Garten tragen.«

»Das ist schon in Ordnung. Ich erinnere mich an viele wunderschöne Sommer. Danke dafür.«

»Friede sei mit dir, Kyra.«

Die Farben verschwanden. Nach einem Augenblick stöpselte Guthrie sich aus und kam zurück an die Seite des Bettes.

Kyra atmete rasch, flach. »Und *gracias* auch dir, *jefe*«, flüsterte sie, »für das – und für alles andere –«

»Ebenso«, erwiderte er. »Aber es hat dich sehr ermüdet, nicht wahr?«

»Ich fürchte.« Sie sank zurück und schloß die Augen.

Seine Roboterfinger nahmen ihr Handgelenk, berührten das Armband, senkten das Bett ab. »Würdest du gern etwas Musik hören, mein Schatz?«

»Ja, das wäre schön.«

»Was?«

Kyra lächelte, mit immer noch geschlossenen Augen. »Überrasch mich.«

Er kehrte zum Multi zurück, rief eine Liste auf, überflog sie und wählte aus. Dvoăks Vierte Symphonie erfüllte die Luft mit Frohsinn. Er setzte sich wieder und nahm ihre Hand. Sie schlief. Er wartete.

Hugh und Charissa kamen herein. Guthrie begrüßte sie mit einem Flüstern, ließ Kyras Hand los und erhob sich. Er beugte sich tief über sie, als habe er Lippen, um ihre Stirn zu küssen, sagte dann: »*Adiós*« und ging in einen dunkler gewordenen Tag hinaus.

Eine Stunde später erwachte Kyra allein in ihrem Zimmer. Sie stützte sich auf einen Ellbogen und blickte durch ein Fenster nach draußen. Durch das Grau, das es erfüllte, fielen weiße Flocken, die schon ihren Garten zugedeckt hatten. Es war der erste Schnee, der je in diesem Land gefallen war.

60

In meiner DNA bin ich weitgehend menschlich, und deshalb bin ich es, der diese Botschaft verfaßt. Ihr habt uns mißverstanden; eure Sorge um eure Rasse auf der Erde ist unbegründet. Sie sind glücklich, frei, ihr Leben in heiterer Ruhe oder wilder Ekstase zu verbringen, ganz wie es sich ein jeder von ihnen wünschen mag, vorbehaltlich sinnvoller Einschränkungen, die weit geringer sind als jene, die ihre primitiven Vorfahren kannten. Ein detaillierter Bericht folgt. Wenn ihre Zahl fortlaufend weiter abnimmt, dann wisset, daß ihr Erbe in der Intelligenzgemeinschaft bewahrt ist, von der ich ein Avatara bin, eine Verkörperung, die nun in die Gesamtheit zurückkehrt.

In der Ferne leuchtete Zamok Sabyel' in silbrigem Sonnenlicht feingesponnen und erlesen vor der Nacht. Von den Facetten seiner Nabe strahlten Speichen aus, mit einem Spinnennetz von Kabeln und Röhrenwegen dazwischen bis hinaus zum Rand, wo tausend Lichter und erleuchtete Fenster funkelten. Vier lange, dunkle Schwingen, Sonnenkollektoren, ragten darüber hinaus, eine Sichel, die über Milchstraße und Sterne mähte, während das Juwel rotierte. Zwischen den Konstellationen glänzte die blaue Demeter, sechzig Grad voraus auf der gleichen gewaltigen Bahn.

Wenn man näherkam, wurde man von seiner Größe und Mächtigkeit überwältigt: hundert Kilometer im Durchmesser an der breitesten Stelle, monströs mit Raketen und Strahlenwerfern bewaffnet, von drei Dutzend robotischen Wachschiffen begleitet. Diese Verteidigungsanlagen waren gegen die fliegenden Berge gerichtet, konnten aber ebenso leicht Schiffe vernichten.

Erling Davis lenkte seines ohne Furcht vorwärts. Heute waren er, seine Begleiter und seine Techniker Abgesandte, deren Person unantastbar war. Trotzdem kam er aus dem Staunen nicht heraus. Bisher hatte er diese Festung nur von Bildern gekannt, hatte nur gelegentlich per Nachrichtenstrahl mit ihr zu tun gehabt. Wenige Demetrier waren jemals durch die Hallen dort drüben gewandelt.

Er bot die notwendige Arroganz auf, unterhielt sich mit der Flugkontrolle, steuerte sein Schiff in die Nabe und dockte es an. Vielleicht sollte ein Botschafter nicht sein eigener Pilot sein, aber er war nun einmal der, der er war; außerdem glaubten er und Guthrie, daß es ihnen Respekt einbringen würde, und wer konnte im voraus sagen, in welchem Maße das die lunarischen Gehirne beeinflussen mochte?

Als seine Gruppe durch Schleusen ins Innere wechselte, fanden sie eine wartende Ehrengarde vor, großgewachsene Männer in hauteng anliegendem Schwarz und Rot, mit Schockpistolen bewaffnet. Der Anführer entbot einen würdevollen Gruß und geleitete sie zu einem für sie reservierten Fahrweg. Er verlief entlang des Randes und entließ sie in der Nähe der Unterkünfte, die sie bewohnen würden. Der Anführer erklärte ihnen, daß, wenn sie irgendeine Information oder sonst etwas wünschten, was das Quartier ihnen nicht bieten konnte, sie nur eine Nummer anrufen mußten, die er ihnen gab. Sicherlich wollten sie zunächst ausruhen und sich ungestört frisch machen. In drei Stunden würden sie an einem Empfang mit Gastmahl teilnehmen – bis auf Kapitän Davis, den der Lady Commander einlud, sie zu dieser Zeit aufzusuchen. Der Anführer berührte seine Schläfe und führte seine Männer davon.

Davis war ein wenig enttäuscht über die Unterbringung. Er hatte etwas Exotischeres erwartet. Na ja, vielleicht wollten seine Gastgeber, daß ihre Gäste sich wie zu Hause fühlten. Natürlich hatten sie für jeden Komfort und jede Annehmlichkeit gesorgt; und nach dem langen, anstrengenden Flug unter Schub von Odysseus hierher war die lunare Schwerkraft eine Wohltat. Eine Zeitlang blieben die Demetrier noch zusammen und unterhielten sich, dann zog Davis sich in sein Privatquartier zurück. Dort duschte er, flezte sich aufs Bett, verschaffte sich einen Überblick darüber, was die Unterhaltungsdatenbank zu bieten hatte, und sah sich eine alte Produktion von *Die Mäd-*

chen von Ägäa an. Lunarische Kunstformen waren interessant, oft überirdisch schön, aber zu fremdartig, um sich dabei zu entspannen.

Zur rechten Zeit kleidete er sich an. Die Uniform seines kürzlich absolvierten Dienstes in der Raummarine wäre sicher angemessen gewesen, aber die ›Kinder MacCannons‹ waren trotz ihrer soldatischen Disziplin nur irreguläre Truppen gewesen, die durch eine schlichte Armbinde kenntlich gemacht wurden. Davis wählte den derzeitigen gehobenen Stil der Demeter: Stirnband um schulterlanges rotes Haar, fransenbesetzte Wildlederjacke, gelbgrün gefärbte Leinenhose, Mokassins, Messer mit feststehender Klinge in einer Scheide. Normalerweise trug er einen Overall, wenn er überhaupt etwas anderes als Körperbemalung trug. Während der heutigen Abendwache jedoch repräsentierte er seine Welt.

Zur festgesetzten Zeit kehrte die Eskorte zurück. Zwei Offiziere geleiteten Davis. Die Korridore, durch die er ging, faszinierten ihn. Ihre Opulenz gehörte einer rein weltraumorientierten Zivilisation an: sparsam, was Masse anging, aber sehr freigebig mit Energie. Spaliere aus verschiedenfarbigen Legierungen, deren Gitter in Schwüngen miteinander verflochten waren, die sich nie wiederholten, erhoben sich zu beiden Seiten und bildeten die Bogengänge, die Zugang zu drei Ebenen mit Läden, Werkstätten, Bistros, Spielsalons, Amüsierschuppen und weniger leicht identifizierbaren Örtlichkeiten boten. In Boden und Decke tanzten Lichtmuster zu einer Musik, die von abgrundtiefen Bässen bis zu klingenscharfem Wehklagen reichte und keiner Tonleiter gehorchte, die er hätte benennen können. Vorhänge aus strahlendem Glanz wogten in Tordurchgängen. Kleine Kugelblitzgloben wirbelten im Innern einer transparenten Säule. Längs eines unbewohnten Abschnitts schritt er von einer Aurora umgeben dahin, und das einzige Geräusch war deren Zischen. An anderer Stelle verbreitete sich eine Passage über einem Platz, in dessen Mitte ein Brunnen aus Feuer aufsprang, in Kaskaden abfiel und dabei toste.

Obwohl sie voller Leute waren, wirkten die Wege kaum beengt. Lunarier drängelten nicht, gestikulierten nicht und sprachen nicht laut. Ihre Kleidung hatte sich gegenüber der Pracht in den alten Tagen wenig verändert, aber auf jeder linken Brust, ob bei Mann, Frau oder Kind, sah er das Abzeichen einer Phyle*. Sie kamen von überall im Alpha Centauri-System, außer von der Demeter und den kleinen Himmelskörpern, die die Demetrier für sich beanspruchten. Obwohl Zamok Sabyel' die Burg der Phyle Ithar war, war es auch eine Stadt, ein Warenlager, ein Marktplatz, ein kulturelles Zentrum, der Treffpunkt einer ganzen Rasse: weshalb Arcen und Yanir sich zusammengeschlossen hatten, um den Versuch zu machen, es zu erstürmen.

In einem anderen Detail hatte sich die Tracht geändert. Die meisten Frauen trugen ein elegantes Stilett. Die meisten Männer trugen ein Rapier. Das waren keine Werkzeuge wie Davis' Messer. Manchmal wurden sie mit Blut befleckt.

Schließlich kam er zu einer Tür, bei der es sich um eine drei Meter hohe, irisierende Fläche handelte. Die Schutzwand darum herum ähnelte einem Mosaik, aber die hageren, großäugigen Gestalten bewegten sich. Die Offiziere vollführten eine Geste, und die Tür glitt beiseite. Sie geleiteten ihn durch einen mit Kalligraphie geschmückten Eingang in den Raum dahinter. Nach einem kurzen Gruß kehrten sie um.

Diese Kammer war ein Halbellipsoid von etwa zwanzig Metern Länge. Aus Übertöpfen, die sie säumten, wuchsen verschwenderisch Blumen, Farne und Bäume, von denen viele sich bis halb über die Decke wölbten oder herabhingen, um Lauben zu bilden. Lilien, Azaleen, Orchideen, Rhododendren, Bougainvilleen und Heliconien sprenkelten Regenbogen in das Grün und erfüllten die subtropische Luft mit ihrem Wohlgeruch. Weide, Bambus und Zwergahorn raschelten und wiegten sich in den Brisen der Lüftung. Zwischen ihnen hingen Käfige, in denen Drosseln, Kanarienvögel und Nachtigallen sangen. Schmetterlinge flatterten frei umher. Die einzige Einrichtung bestand in einer Couch und einem Tisch aus dünnen und beinahe durchsichtigen Materialien, so daß sie halb verlo-

* phyle [griech.]: Stamm (A. d. .Ü.)

ren vor dem Garten standen. Aber – ein umwerfender Kontrast – in der Mitte des rosenfarbenen Bodens öffnete sich ein mit Hyalon versiegelter Brunnen, der geradewegs ins All hinausführte. Als er ihn auf seinem Weg zur Couch passierte, sah Davis die Sterne in ihrer Vielheit kreisen.

Rusaleth von Ithar erhob sich und kam in einer fließenden Bewegung auf ihn zu, um ihn zu begrüßen. Sie war ebenso groß wie er, schlank und geschmeidig wie eine Peitsche, wenn man von den zarten Wölbungen von Hüften und Busen absah. Ihr Haar fiel in Platinwellen vorbei an großen Bernsteinaugen, feingeschnittenen Pallas-Athene-Gesichtszügen und einem langen, von einem goldenen Filigrankragen betonten Hals. Vor einem knöchellangen, tiefroten Velvyl-Kleid erschien ihre Haut doppelt so weiß. Sie trug keine Waffe, wie er sehen konnte.

Bei der Begrüßung benutzte sie ein Englisch mit musikalischem Akzent: »Willkommen, Mylord Kapitän Davis.«

Er salutierte nach Art seiner Rasse, nahm vorsichtig die Hand, die sie ihm entgegenstreckte, und sagte: »Allergnädigster Lady Commander«, was das beste war, was er zustande brachte. Auf diese geringe Entfernung sah er die Spuren ihrer Jahre, aber sie waren gering, fast unsichtbar in der weichen Beleuchtung.

Beide blieben sie stehen, ein üblicher Brauch bei geringer Schwerkraft, wenn es nicht unbedingt nötig war, sich zu setzen. Rusaleths Lächeln milderte die kalte Reinheit ihres Gesichts. Tatsächlich fand er rasch heraus, daß sie über ein verblüffendes Mienenspiel verfügte, wenn ihr danach war. »Möge Eure Reise hierher angenehm gewesen sein«, sagte sie.

Davis grinste schief. »Nun, jedenfalls war sie schnell, Lady Commander, nachdem dieses Treffen vereinbart worden war. Wir wollten Euch nicht warten lassen« und einen sprunghaften Stimmungs- oder politischen Wechsel riskieren.

»Seid Ihr mit Eurer Unterkunft zufrieden?«

»Sie ist luxuriös. Ihr empfangt uns sehr gastfreundlich, besonders angesichts einer so plötzlichen und, äh, dringlichen Vorankündigung.«

Rusaleth wölbte die Augenbrauen. »Wir sind nicht dumm,

Mylord Kapitän, was wir gewesen wären, wenn wir uns geweigert hätten.« Wieder lächelte sie strahlend und nahm seinen Ellbogen. »Kommt, hier ist eine Erfrischung, bevor wir speisen.«

»Ich danke Euch.« Davis begleitete sie zum Tisch. Darauf standen eine Karaffe, gefüllte Pokale und kleine Leckerbissen. Sie hob ein Glas. Er folgte ihrem Beispiel.

»*Uwach yeia*«, brachte sie den Trinkspruch aus. »Aufwärts.«

»Glückliches Gelingen«, entgegnete er. Sie stießen miteinander an. Als er einen kleinen Schluck nahm, war der Wein aromatisch, würzig und machte sich rasch bemerkbar.

»Ein glückliches Gelingen für unsere Verhandlungen?« fragte Rusaleth.

»Was sonst?« konterte er. »Andernfalls, Lady Commander, wird es für niemanden mehr viel Glück geben.«

»›Verhandlungen‹ mag ein Euphemismus sein. Manche würden dem, was Ihr bringt, den Namen ›Ultimatum‹ geben.«

»Mylady!«

Sie begegnete seinem Blick. »Ohne Euch beleidigen zu wollen, Kapitän, mir scheint, Ihr seid schlecht geeignet für salbungsvolle Worte und verschlagene Manöver. Lord Guthrie kennt seine Leute. Wenn er Euch gewählt hat, um für ihn zu mir zu sprechen – von Angesicht zu Angesicht statt ich mit ihm über einen zeitverzögerten Strahl – dann liegt ihm an einem offenen Gespräch.«

Am besten, er begegnete diesem Angriff auf seinem eigenen Gelände. »Verzeiht mir, wenn ich kein Diplomat bin, Lady Commander. Das ist nicht meine übliche Aufgabe.«

Sie nickte. »Das weiß ich sehr wohl.« Ihr Tonfall war liebenswürdig. »Ihr habt Eure Männer klug und heldenhaft geführt; – nachdem Guthrie sich entschlossen hatte, ihrer Phyle in ihrem mörderischen Streit mit den Arcen und Yanir beizustehen – »obwohl sie nur kampfesunerfahrene Techniker und dergleichen waren. Einige Eurer Taktiken waren ausgesprochen großartig.«

Er verzog das Gesicht. So hätte er den Einsatz von Superlasern, Explosivstoffen, Felsen und Raumschiffsantriebsstrahlen als Waffen oder das systematische Ausnutzen der geringen Beschleunigungstoleranz seiner Gegner nicht beschrieben.

»Ihr seid ein geborener Krieger«, schloß Rusaleth.

Davis schüttelte den Kopf. »Nein, Mylady, niemals. Ich habe improvisiert, und ich habe jede Millisekunde gehaßt. Wäre es ein richtiger Krieg gewesen, wie die auf der Erde, von denen uns die Historiker berichten, statt nur ein paar kurzer Gefechte, frage ich mich, ob wir ihn hätten durchstehen können. Nein, ich bin bloß ein Weltraumingenieur.«

»Gesprochen wie Lord Guthrie, mit einer Raffinesse, die, so vermute ich, etwa so wahrhaftig ist wie die seine«, sagte sie vergnügt. »Seid Ihr vielleicht zufällig von seinem Blut?«

»Ja, lebend war er einer meiner Vorfahren. Aber das trifft inzwischen für die meisten Demetrier zu, nehme ich an.«

»Eine starke und gesunde Rasse.« Sie trank.

Davis tat es ihr gleich. Der Wein brannte in seinen Adern und gab den Anstoß zu Entschlossenheit. »Mit allem Respekt, Lady Commander, da Ihr mich für einen angreifenden Stier haltet, darf ich fragen, wann wir mit unseren Beratungen beginnen können? Das wurde bei unserem Ferngespräch nicht geklärt.«

»Wir haben bereits begonnen.«

Er starrte sie an.

Ihre Miene wechselte von heiter zu ernsthaft, wenn nicht gar würdevoll. »Ihr und ich, wir werden ohne Bedienstete speisen und uns offen miteinander unterhalten. Können wir eine Einigung erzielen, ist alles andere nur noch eine reine Formsache. Können wir das nicht – Aber ›jene Stunde, jenes Weh‹.«

»Äh ... tja, ich ... ich denke, Ihr habt die Macht, ein eigenes Abkommen abzuschließen.« Würde er diese Zivilisation je wirklich begreifen? Als sie davon sprach, sich offen zu unterhalten, war das ernst gemeint gewesen oder ein Scherz? »Ich habe sie nicht. So sind wir nicht organisiert.«

Rusaleth nickte wieder. Die bleichen Locken schlängelten sich über ihren Busen. Sie warf sie zurück. »Ja, was das angeht, sind wir Lunarier ehrlicher.«

Er schaute fragend drein.

»Das Centaurische Reich gibt nicht vor, den Oberen derjenigen Phyle gegenüber, die im Augenblick am stärksten ist, etwas anderes als gehorsam zu sein – ein bißchen jedenfalls«, erläuterte sie. »Ihr Demetrier bezeichnet euch als Republik, aber ist es vorstellbar, daß euer Parlament Lord Guthrie je zuwiderhandeln würde?«

Übergangslos fühlte Davis sich in der Defensive. »Er gibt uns keinen Grund dazu. Er glaubt, es sei die Hauptaufgabe einer Regierung, die Menschen in Ruhe zu lassen.« Ruhiger: »Aber – ich verstehe, war Ihr meint, Lady Commander. Wenn ich Empfehlungen abgebe, die er akzeptiert, wird man auf unserem Planeten nicht viel darüber diskutieren.«

»Genau das, Kapitän.« Rusaleth lächelte und ergriff wieder seinen Arm. »Setzen wir uns doch.«

Seite an Seite auf der Couch tranken sie ihren Wein, atmeten die blumenschwere Luft, lauschten den Vögeln, sahen den zartgetönten Flügeln zu, wie sie vorüberflatterten.

»Nun denn«, sagte Rusaleth nach einer Weile. »Ihr seid Ithar zur Hilfe gekommen, ihr Demetrier, weil Arcen und Yanie euch feindlich gesonnen sind oder waren. Ihre Herrscher würden gerne den Verkehr zwischen den beiden Rassen beenden, da sie die Ansicht vertreten, daß wir dadurch nichts mehr zu gewinnen und vieles zu fürchten haben. Zum Beweis führen sie an, was aus Luna wurde: ihr Gemeinwesen verschlungen, ihre Sitten vom bevölkerungsstärkeren und reicheren Nachbarn ausgelöscht. Habe ich die Sache klar genug dargestellt?«

»So einfach ist es nicht, Lady Commander«, argumentierte Davis. »Wenn wir zugelassen hätten, daß die Reibereien schlimmer wurden – zum Beispiel aufgrund des Anspruchs, den Orain von Yanir auf die Asteroiden erhob –« Er hielt inne. »Aber doch, ja, wir können in diesen allgemeinen Kategorien sprechen. Natürlich schützt und fördert Guthrie die Interessen seines Volkes.«

»Natürlich.«

»Und das vordringlichste dieser Interessen ist, daß es in einigen Jahrhunderten die Demeter verlassen haben muß.«

»Sprecht weiter«, drängte Rusaleth. »Fürchtet nicht, mich zu verärgern. Dies gefällt mir.« Ihre Nasenflügel weiteten sich. Wenn schon er dem Temperament nach kein Krieger war, dachte Davis, sie war einer.

»Wir können es uns nicht leisten, Zeit und Ressourcen auf militärische Konflikte zu verschwenden«, erklärte er. »Und wir brauchen einfach die Kooperation der Lunarier. Aus offensichtlichen Gründen ist Eure Weltraumfahrt der unseren voraus. Was konnten wir anderes tun, als der Seite zu helfen, die wenigstens nicht zu einem offenen Bruch mit uns aufgerufen hat?«

»Ich will nicht verbergen, daß Kollegen von mir in Ithar den gleichen Gedanken hatten.«

»Darf ich dann hinzufügen, Lady Commander, daß wir auch weiterhin unsere Interessen verfolgen werden? Ihr wißt, Guthrie ist so skrupellos wie nötig.« Er dachte einen Augenblick lang nach und entschied sich dann dafür zu sagen: »Ich werde Euch etwas erzählen, was er zu mir gesagt hat. ›Wenn sie darauf beharren, wie die Kilkennykatzen miteinander zu kämpfen, dann spielen wir sie gegeneinander aus. Schwierig wäre das nicht. Am Ende hätten wir zahme Überlebende.‹«

»Oh, großartig ausgedacht!« rief Rusaleth entzückt. »Später müßt Ihr mir Kilkennykatzen beschreiben. Dennoch, ich begreife seine Absicht. Und Eure, nehme ich an?«

»Nun ja«, sagte Davis, »die Demeter ist mein Zuhause, mein Volk.« Seine Mutter, Lebensalter entfernt. »Aber unsere Rassen müssen nicht miteinander in Konflikt stehen. Deshalb bin ich hier.«

Wieder nickte sie. »Das hat Ithar bereits im Prinzip anerkannt. Die Frage ist, wie weit müssen oder sollten die Rassen miteinander Kontakt haben?«

»Mehr, als es, wie ich annehme, Euch lieb wäre, Mylady; aber die nächste Generation mag da anderer Ansicht sein. Gewiß, was Waren betrifft, haben wir nicht länger viel auszutauschen, wir sind auf beiden Seiten autonom. Dienstleistungen aber – Wenn Euch Eure Nachfahren am Herzen liegen«, und Davis fragte sich, ob sie das taten, »habt Ihr allen Grund, mit uns zusammenzuarbeiten. Ich darf Euch daran erinnern: Wenn die Planeten zusammenstoßen – und denkt daran, einer davon ist gegenläufig – werden sie den centaurischen Weltraum mit den Scherben füllen. Selbst für Lunarier dürfte das auf Millionen von Jahren hinaus gefährlich sein. Wollt Ihr wirklich alles auf eine Karte setzen?«

Sie lachte. »Noch so ein köstlicher Ausdruck. Er stammt sicher von Lord Guthrie, nehme ich an. Fahrt fort, Kapitän, ich bitte Euch.«

Er schaute sie geradeheraus an. Das und der Wein, der in ihm sang, machte es zu einer Anstrengung, geschäftsmäßig nüchtern zu bleiben. »Es wäre besser, Ihr schlösset Euch uns bei den Vorbereitungen an. Wir haben Ressourcen anzubieten, die Euch fehlen, einschließlich einer zahlenmäßig größeren Bevölkerung und einer größeren Beschleunigungstoleranz.«

»Robustheit, ja«, schnurrte sie.

»Äh, andere Sterne zu erkunden, eine neue Kolonie zu gründen, wo das möglich ist – zusammen verfügen wir über die industrielle Basis dafür. Wir sollten sofort anfangen. Es wird wenigstens einige hundert Jahre dauern.«

Begierde flammte auf. »Und wenn wir alsbald beginnen, mag noch eine ausreichende Zahl von Helden geboren werden. Viel später ist zu spät.«

»Ich, ich bitte um Verzeihung, Mylady?«

»Es ist ein uraltes Dilemma«, sagte sie. »Was soll eine Gesellschaft tun, wenn ihr heroisches Zeitalter sich seinem Ende zuneigt? Unsere Vorfahren zogen hierher, kämpften, litten, starben, aber zuerst erzeugten und schufen sie in gigantischem Maßstab, bis wir heute in Fülle regieren. Was nun? Ich glaube, Ihr auf Demeter lebt nur in Frieden, weil Ihr Euren verehrten unsterblichen Führer habt, Lord Guthrie, und die ehrfurchtgebietende Präsenz der Lebensmutter. Doch trotz ihrer, höre ich, gehen die Menschen mehr und mehr ihre eigenen kleinen, engstirnigen Wege, ob in der Natur, wo sie einer einfachen und beschaulichen Lebensweise frönen, oder im hektischen Egoismus der Städte. Nun, da ihre Welt gezähmt ist, was gibt es da noch, wovon man träumen und wofür man Opfer bringen könnte, wenn es am Ende doch dem Untergang geweiht ist?

Und so schleicht sich das Gefühl der Verzweiflung immer weiter nach innen hinein.«

Obwohl sie übertrieb, begriff der überrumpelte Davis, daß sie nicht nur von Politik etwas verstand. »Was . . . ist mit euch Lunariern?«

»Früher brachten wir weniger brudermörderische Zwistigkeiten hervor.«

Freude sprang auf. »Ein neues gemeinsames Ziel – das heroische Zeitalter aufrechterhalten –«

»Trotz der Realität.«

»Äh, mh?«

»Der Natur der Dinge, dieses unseres Universums.« Rusaleth deutete auf den Brunnen, in dem die Sterne unbeeindruckt weiterzogen.

»Guthrie erzählte mir mehr als einmal«, sagte Davis, »er habe so ein Gefühl, daß das Universum nicht so leblos sei, wie die Sophotekten auf der Erde behaupten.«

»Wir können ihre Worte nicht einfach abtun, ob wir die Einsamkeit darin nun hassen oder nicht«, antwortete Rusaleth, übergangslos melancholisch. »Ihr Intellekt reicht weit über unser Fassungsvermögen hinaus.«

»Dazu sagte Guthrie, äh, er sagte, jeder kann unendlich viele Mandelbrot-Strukturen in seinem Nabel finden.«

Rusaleth warf den Kopf zurück und lachte schallend. »Ich würde ihn zu gerne persönlich kennenlernen! Er ist wie eine Böe des Meereswindes, den ich außer in einer *quivira* nie gespürt habe. Ihn zu enttäuschen –« Sie warf Davis einen Seitenblick zu und beugte sich dichter an ihn heran.

Unsicher sagte er rasch: »Wir vernahmen Gerüchte, ihr Lunarier wäret Entwürfen für echte Interstellarschiffe auf der Spur.«

»Das liegt außerhalb meines Orbits«, erwiderte sie. »Aber da wir aufrichtig sein wollen, Ihr und ich, da wir nach einem gemeinsamen Bereich der Übereinstimmung suchen – ein Physiker hat mir erzählt, daß er glaubt, wir würden es vielleicht schaffen, auf unseren Reisen dem Licht bald dicht auf den Fersen zu bleiben.«

»Was?« rief Davis aus. »Wie das?«

»Er sprach davon, den Impuls zwischen Schiff und Kosmos zu transferieren, sich vom Raum selbst anzustoßen. Aber seine Künste sind nicht die meinen.«

Davis' Gedanken sprangen hin und her. »Der Raum? Virtuelle Teilchen? Wir können Leistung aus dem Vakuum gewinnen, das ist seit dem zwanzigsten Jahrhundert bekannt, der Casimir-Effekt – winzige Mengen, aber – Wenn so etwas wie der Gedanke Eures Physikers richtig ist, dann fällt der Energiebedarf, um eine bestimmte Geschwindigkeit zu erreichen, ins Bodenlose, und –«

»Wenn wir eine Übereinkunft erzielen können, ich und Ihr und Lord Guthrie, sollen eure Wissenschaftler die mathematischen Formeln und die Laborergebnisse sehen. Er warnte mich jedoch, dies sein keine völlige Befreiung. Die benötigte Energie sei zwar erheblich geringer, bliebe aber immer noch gewaltig.«

»Einleuchtend. Ein kleines Schiff ähnlich dem, das die Bewußtseinskopien zur Demeter brachte, könnte sich der Lichtgeschwindigkeit nähern. Aber wenn Ihr versuchtet, ein großes Schiff zu bewegen, in dem Hunderte oder Tausende von Körpern in Stasis liegen, nein, das würde nicht funktionieren. Selbst wenn es sich bauen ließe, was ich bezweifle, würde die eindringende Strahlung es beschädigen und sie umbringen. Außerdem haben wir die Zeit, in der die Wiederbelebung eines Stasisschläfers möglich ist, zwar ausgedehnt, aber auf nicht mehr als etwa hundert Jahre, und die Hintergrundstrahlung und die Quanteneffekte lassen mich denken, daß wir nie weit darüber hinauskommen werden.«

Rusaleth strich mit ihren Fingern über seinen Handrücken. »Ah, Ihr seid in der Tat ein Ingenieur«, spottete sie sanft.

Erschrocken kehrte er zu den unmittelbaren Gegebenheiten zurück. »Um Vergebung, Lady Commander. Beschränkungen oder nicht, es ist eine aufregende Vorstellung. Auf jeden Fall erweitert es unseren Erkundungsbereich enorm. Euer Mitarbeiter soll nur weitermachen, und wir werden sehen, was wir unsererseits tun können.«

»Zuerst muß diese völlige Übereinstimmung erzielt werden,

die Ihr sucht, mit einem Austausch von Versprechen und Geiseln.«

»Geiseln?«

Rusaleth lächelte in seine Augen. »Gesandte, Sprecher, wenn Ihr so wollt. Lunarier in einem Satelliten, der die Demeter umkreist, Demetrier draußen bei uns. Sie sollten ihren Dienst nicht allzu ermüdend finden, wie ich Euch zu beweisen hoffe.«

Seine Schläfen hämmerten. »Ich, ich rechne in der Tat damit, daß ich einige Zeit hier sein werde, während wir, äh, Sachfragen diskutieren.«

»Und uns anderen Spielen hingeben«, murmelte sie. »Füllt unsere Gläser von neuem, Mylord Kapitän, auf daß wir mit Muße trinken, bevor wir zum Gastmahl übergehen . . . und was immer darauf folgen mag.«

61

Aus euren letzten Sendungen ist ersichtlich, daß ihr und die beschränkten künstlichen Intelligenzen, die ihr einsetzt, uns nicht länger faßlich finden. Bis ihr Nachrichten von den nicht integrierten Menschen wünscht, die es noch auf der Erde gibt, und unsere Hochrechnungen besagen, daß das für euch von nicht größerer Bedeutung wäre als für uns, ist ein weiterer Kontakt sinnlos und für euch wahrscheinlich nicht ratsam.

Obwohl es größer und leistungsfähiger war als alles, was es vor dem Exodus bei Sol gegeben hatte, und seine Komponenten sich über den interplanetarischen Raum erstreckten, hatte das Astronomische Netz bei Alpha Centauri keine weiteren Planeten mit Sauerstoff in der Atmosphäre entdeckt. Jene, die bekannt waren, umkreisten die Sterne 82 Eridani, Beta Hydri und einen im Sternbild Puppis, der nur eine Katalognummer hatte, HD44594. Die Kolonisten studierten sie intensiv, lernten viel und begannen zu gegebener Zeit, sie zu erkunden.

Die zu diesem Zweck ausgesandten Raumfahrzeuge waren nicht die vollautomatischen Sonden, die zu weniger interessanten Systemen geschickt wurden. Die waren zu langsam. Statt dessen flogen drei kleine Superschiffe mit annähernder Lichtgeschwindigkeit. Neben den wissenschaftlichen Untersuchungsinstrumenten trug jedes eine Kopie Guthries mit sich. Ein Bewußtsein, das sich überdies daran erinnerte, was Menschsein war, gab der Mission Sinn und Dringlichkeit und hatte es – in seinen Worten – ›im Urin‹, wonach es suchen mußte.

Beinahe zwei irdische Jahrhunderte waren vergangen, als das letzte von ihnen von der letzten und am weitesten entfernten dieser Sonnen zurückkehrte, sich in sein ›Original‹ kopierte und im Zuge dieses Vorgangs terminiert wurde. Aber wurden er und seine Vorgänder das wirklich? Jede Erfahrung, jeder Gedanke – vielleicht jeder Traum – den sie gehabt hatten, war nun Teil des einen Guthrie. »Einer von mir ist reichlich, wenn nicht schon zuviel«, sagte er. Doch so, wie unser Leben uns ständig neu formt, war er nach den Verschmelzungen nicht mehr ganz derselbe wie zuvor.

Nachdem er das Psychonetik-Labor verlassen und sein persönliches Befehlszentrum aufgesucht hatte, ruhte er eine lange Zeit lang schweigend und allein. Endlich aktivierte er einen ganz speziellen Kommunikator.

Dieser suchte ein geheimes Netz ab, das noch weniger substantiell war als ein Satz von Kodes und Verknüpfungen, bis er an einer anderen Stelle des Planeten den Aufmerksamkeitsnodus fand, den er suchte. Da sie mit einer einigermaßen wichtigen und komplizierten Angelegenheit beschäftigt war, verstrich eine Minute, bevor ihre Stimme antwortete. »Brauchst du mich, Anson?«

»Ja«, sagte er. »Könntest du ein paar Stunden erübrigen?«

»Für dich immer.«

»Keine Blankoschecks, Schätzchen. Ich weiß, daß du beschäftigt bist – mit der Bekämpfung dieser Pflanzenkrankheit in Ätolien und bestimmt fünfzig Dutzend weiteren Jobs.« Er erzeugte ein Lachen. »Göttinen haben keinen Urlaub.«

»Falsch gedacht. Du weißt ganz genau, daß ich keine Gottheit bin, und der einzige Urlaub vom Leben ist der, der nie endet.« Ihr Tonfall, halb ernst, halb Neckerei, wurde sanfter. »Natürlich habe ich Zeit. Leg los.«

»Worte reichen dafür nicht aus. Können wir uns vereinigen?«

Demeter zögerte eine Sekunde. Ihre Gedanken miteinander zu verschmelzen, war immer schwieriger geworden, während sie sich auf die Umwandlung zu entwickelte. Volles Verstehen war ihm und in gewisser Weise auch ihr unmöglich. Aber – »Sicher. Komm. Ich werde warten.«

»Danke«, antwortete er unzureichend und unterbrach die Verbindung.

Die Mittel, die sie dazu benötigten, befanden sich weit im Binnenland. Guthrie rief drei seiner Leutnants, traf Vorkehrungen für eine Abwesenheit von ein oder zwei Tagen und brach auf.

Zuerst begab sich sein Vielzweckkörper einen Schacht hinunter in eine unterirdische Garage und bestellte einen Flitzer. Zufällig war auf dem gleichen Grund noch ein anderer Mann dort, flott in hautengem Rot mit goldenen Säumen. Da seine Anzugmaske, ein stilisiertes silbernes Vogelgesicht, schräg oben auf seinem Kopf saß, erkannte Guthrie ihn – Christian Packer, Pilot – und begrüßte ihn. »Hallo. Unterwegs zum Raumhafen?«

Erschrocken wandte sich der Mann um und sah sich der Maschine gegenüber, die geräuschlos hinter ihm herangerollt war. »Sind Sie das, Sir? Äh, Glück und Leben.« Die Ironie des formalen Grußes in dieser Gegenwart mußte ihm aufgefallen sein, während er ihn noch aussprach; sein braunes Gesicht errötete, und er fügte rasch hinzu: »Ja, ich gehe für ein halbes Jahr nach draußen.«

Guthries Stimme zeigte Überraschung. »So lange? Wohin, um Himmels willen? Ich habe nur von Routinemissionen gehört, die von hier aus angesetzt sind.« Es mußte auch nicht unbedingt der Fall sein; immerhin konnte es sich auch um private Unternehmungen handeln. Trotzdem, Packer gehörte zum Weltraumdienst der Republik, und der war klein.

»Das hier ist keine. Direktor Rudbeck gab mir Urlaub, als ich darum bat, und gestattete mir die Benutzung eines Fackelschiffes. Ich schließe mich der Dis-Expedition an.«

Guthrie wußte von dem geplanten lunarischen Flug zu diesem Planeten Proximas. »Hm. Keine schlechte Idee, nehme ich an, wenn wir einen Beobachter und einen Verbindungsmann zu ihnen haben. Aber –«

Plötzlich aufflackernde Begeisterung führte dazu, daß Packer die übliche Ehrerbietung, auf die Guthrie ohnehin selten bestand, vergaß und ihn einfach unterbrach. »Sir, meinen Glückwunsch!«

»Zu was?«

»Zu Ihrer Reise nach Puppis und zurück. Was sonst? Großartig! Eine wirklich *lebendige* Welt!«

»Wunderbar, sicher.« Wie unendlich, schaurig wunderbar, nicht eine primitive und unbedeutende Biosphäre, sondern ein Füllhorn ähnlich dem, wie die Erde vor dem Menschen gewesen war.

»Eine Welt für uns. Und Sie haben sie gefunden.«

»Na ja, nicht wirklich für uns. Sie haben meinen Vorbericht gesehen, nicht wahr? Die Chemie unterscheidet sich zu sehr von unserer. Wir würden zu viel zerstören müssen, bevor wir uns ansiedeln könnten. Ich war damit einverstanden, eine Menge demetrischer Spezies zu verdrängen, aber behagt hat es mir nie, und wenn es um ganze belebte Kontinente geht – Nein, solange ich etwas zu sagen habe, wird unsere Rasse sich nichts dergleichen auf ihr Gewissen laden.«

»Oh, ich stimme Ihnen zu, Sir, uneingeschränkt. Aber was wir entdecken, was wir erleben können – Und dieser andere Planet in dem System, den wir umformen können, so wie die in Eridani und Hydri –«

»Richtig. Trotz allem haben wir noch eine Zukunft.«

Ein Feuer erlosch. »Ja«, sagte Packer lustlos, »die Zukunft«, die kein heute Lebender sehen würde. War HD44594 II, Bion, jemals für irgend etwas außer Robotern und Bewußtseinskopien erreichbar? »Danke für Ihre freundlichen Worte«, sagte Guthrie hastig. »Aber erzählen Sie mir mehr über Ihren Ausflug. Wozu dient er?«

Packers zusammengesunkene Schultern strafften sich ein wenig. »Wieso, ich dachte, alle wüßten das. Hauptsächlich geologische Studien.«

»Sicher, davon habe ich gehört, aber ich kann keinen rechten Sinn darin erkennen. Auf welches neue Wissen – auf etwas, das interessant ist oder Profit bringt, es sei denn, Sie rechnen ein paar kleine faktische Erkenntnisse mit – können sie hoffen, wenn sie ihren Hals noch einmal auf diesem gefrorenen scheußlichen Höllenloch riskieren?«

»Es ist besser, als in eine *quivira* zu gehen«, schnappte Packer.

»Hm, yeah«, gab Guthrie zu.

Packers Laune verbesserte sich etwas. »Außerdem, die Frauen, die mitfliegen . . .« Er grinste.

In diesem Körper war Guthrie in der Lage zu nicken. »Aha. Ich nehme an, die sind auch besser als eine *quivira*.«

Lunarier und Lunarierinnen waren wenigstens echt, führten aber fast genauso wenig zur Gefahr einer dauernden Verpflichtung auf einer der beiden Seiten. Solche Beziehungen wurden zunehmend von beiden Rassen gesucht. Es war, als seien Stadt- und Weltraumbewohner die Promiskuität untereinander leid und zögen eine natürliche, angeborene Sterilität vor.

Guthries Gefährt war eingetroffen. »Tja, Ihnen eine gute Reise, mein Sohn«, sagte er und streckte eine menschenartige Hand aus. Packer machte große Augen, erinnerte sich aus dem Geschichtsunterricht oder den historischen Unterhaltungssendungen, daß dies früher einmal eine allgemein übliche Geste gewesen war, und ergriff sie.

Die Höflichkeit, die er gelernt hatte, veranlaßte ihn, sich zu verneigen und zu erwidern: »Möge die Wahrscheinlichkeit mit Ihnen sein, Sir.« Guthrie streckte seine Beine, bestieg seinen Flitzer und fuhr los.

Vom Landestreifen draußen hob er ab und steuerte nach Westen. Der Tag war sommerlich strahlend, beide Sonnen standen hoch zwischen vereinzelten Kumulusgaleonen. Die Außensensoren übermittelten ihm die Wärme, die vom Boden ausstrahlte, die Kühle, die mit dem Wind dahinjagte. Die Shelter Bay glänzte blau und schaumgesäumt, zum Horizont hin indigofarben. Entlang ihrer Ufer breitete sich Port Fireball gewaltig in Spitztürmen, Kuppeln, Pyramiden, Polyedern, mannigfaltigen Farben und großen, geschwungenen Durchsichtigkeiten aus. Die Einwohnerschaft, die sie bevölkerte und die Straßen befuhr, bestand größtenteils aus Maschinen. Die menschlichen Wohnstätten, in kleinen Gruppen hier und da, hätte man beinahe übersehen können, wären da nicht die Bäume, Rasenflächen und Gärten gewesen, die sie umgaben. Einige standen leer. Beim Überfliegen eines Spielplatzes zoomte Guthrie das Bild heran und sah genau drei Kinder zwischen den Rutschen und Schaukeln und Karussels.

Zweifellos war es gut, war es verdienstvoll, daß die Menschen vorausdachten. Er hatte neue Welten gefunden, was immer sie wert sein mochten; aber zwischen jetzt und dem Weltuntergang, weniger als zwei Jahrhunderte in der Zukunft, gab es keine Möglichkeit, zahllose Millionen wegzutransportieren. Angesichts der industriellen Produktivität war die Logistik absurd. Falls dieses Problem irgendwie gelöst würde, blieb immer noch die Tatsache bestehen, daß Auswanderer nicht in Stasis warten konnten, bis genügend Lebensraum für sie bereit war. Die Zeit würde ihnen davonlaufen.

Seine Nation hatte keine weitere Verwendung für ein Bevölkerungswachstum. Vielmehr galt es, Generation um Generation die Zahlen zu verringern, bis sie wenige genug waren, um zu fliehen. Es war völlig logisch, human und nichtmenschlich. »Nichtleben«, hatte Demeter traurig gesagt, während ihre eigenen Legionen noch in den letzten kahlen Wüsten siegreich wuchsen, liefen, flogen, schwammen, Samen trugen und gebaren.

Meer und Stadt blieb zurück. Grün, golden, manchmal kupfer- oder lapislazulifarben bedeckte Bauernland die Hügel dahinter. Ein Erdbewohner oder ein wieder zum Leben erweckter Pionier aus den Anfangstagen auf diesem Planeten hätte es nicht wiedererkannt. Man sah keine Maschinen, und es kamen auch keine, außer um zu ernten und für den Abtransport. Wälder, Wiesen, Marschen mischten sich in scheinbar zufälliger, unregelmäßiger Ausbreitung. Aber von hier stammten Nahrungsmittel aller Art, Fasern, Bauholz, Arzneien, Chemikalien, einheimische Bakterien und ihre Erzeugnisse, selektiv konzentrierte Mineralien, Überfluß. Dazu geschaffen, die Menschheit zu ernähren, paßte die Kommensalität* auf sich selbst auf.

Nein, nicht wirklich. Ohne Demeter würde alles bald zugrunde gehen. Die Nützlichkeit würde wegmutieren, dumpfe Wildheit sich erheben; Krankheiten, Unkräuter, Schädlinge, weidende Tiere würden eindringen und das Land verwüsten; Regen würde den plötzlich offenliegenden Mutterboden abtragen; was immer überlebte, würde genügsam, kümmerlich und dünngesät sein und nur um seiner selbst willen existieren. Sie wählte und entsandte ihre Soldaten, Techniker, Ingenieure, Physiker – mochten es nun Nanomaschinen, winzige Roboter, Pflanzen, Insekten, Falken, Frettchen, Wölfe sein – zur Bekämpfung und zum Instandsetzen. Obwohl auch das Berechnen eine Facette ihrer Intelligenz war, war das keine Aufgabe für Computer. Die mächtigsten und am geschicktesten programmierten unter ihnen mußten am Ende unweigerlich auf die primitive Einfachheit direkter Urbarmachung und Bearbeitung zurückgreifen. Was Guthrie sah, war das Werk eines lebenden Organismus, der sich selbst instand hielt und heilte.

Das Land stieg zu Hochländern an. Ackerbau wich Wildnis, Wald. Auch diese Bäume, Ranken, Büsche, verschilften kleinen Bergseen und fischreichen Bäche gehörten Demeter. Ohne auf ihren Reichtum an Leben zurückzugreifen, hätte sie ihre Felder und Obstgärten nicht unterhalten können, ohne ihre anleitende Gegenwart hätte die Wildnis nicht lang so majestätisch bleiben können. Der Geist war eins mit seiner Schöpfung geworden.

Paradoxerweise gab es zahlreiche Rodungen. Die Häuser, die sich in ihnen eingenistet hatten, waren meist niedrig, aus ungestrichenem feuerfestem Holz, und verschmolzen mit ihrem

* kommensal [lat.-mlat.-nlat.]: mit anderen von der gleichen Nahrung lebend *(A. d. Ü.)*

hoch aufragenden Hintergrund. Guthrie überflog auch ein Dorf. Eine Art Zeremonie ging dort vor sich, eine Prozession um einen Blatt- und Tierformen geschnitzten Pfahl. Seine Audiosensoren fingen einen Liedfetzen auf, Pfeifen, Trommeln, bevor er wieder außer Reichweite war.

Wahrscheinlich handelte es sich um einen Ritus zu Ehren Demeters. Die Buschbewohner huldigten ihr nicht als Göttin, aber sie verehrten sie. Sie hatten sich nicht zurückentwickelt. Sie blieben gebildet und gut informiert, sie entsandten ihre Delegierten zu den Ratsversammlungen der Republik, es gab gegenseitige Besuche mit einer beschränkten Menge an Handel mit Kunstgegenständen und anderen Luxusgütern. Aber ihre Seelen hatten sich zurückgezogen. »Wie die Amish, als ich ein Junge auf der Erde war«, hatte Guthrie einmal einem Bekannten gegenüber bemerkt, der den Bezug nicht verstand, »nur daß diese hier nicht die Stirn über jeden Luxus runzeln – ganz im Gegenteil, wenn er nur handgemacht ist – und sie auch keine spezielle Religion haben. Vielleicht könnte man sagen, sie haben eine gewisse Frömmigkeit, vielleicht könnte man sie als Quietisten bezeichnen. Ich weiß es nicht. Es ist eine neue Kultur.« Ein Lebensalter später bemerkte er erstmals ihren Einfluß auf die Städte, nicht nur in den Kleidungsstilen und Schlagworten, sondern auch in der Art, Musik und bildende Kunst, Tanzen und Denken zu gestalten.

Mehrere hundert Kilometer weiter endete der Wald. Die engen Täler waren dicht bewaldet geblieben und intensiv grün; Weiden und europäische und Amerikanische Pappeln säumten mit hellen, zitternden Blättern die Flüsse in den Tälern; Bestände von Kiefern und Rotbuchen krönten viele Kämme; aber in erster Linie gehörten die Hochländer dem Gras, den Gänseblümchen, den Mohnblumen, dem Ginster, den Disteln und hier und da einem Büschel Heidekraut, das sich an alte Zeiten erinnerte. Der Lifthrasir-Felsturm erhob sich mitten in diesem Bewuchs, der seine Schroffheit in Windkräuselungen und das Jauchzen von Farben hüllte. Die Bäume an seinem Fuß waren schon vor einem Jahrhundert gealtert und abgestorben, nachdem sie den Zielen der Wissenschaftler gedient hatten, die hier selbst alles gelernt hatten, was sie konnten, und die Örtlichkeit dann aufgegeben hatten. Eichen, Weißdorn und hohe Eschen umgaben das Gebäude auf dem Kamm. Sein weißer Schimmer glitzerte zwischen ihnen hervor.

Guthrie zog seinen Flitzer schräg nach unten, landete, stieg aus und rollte die schmale Straße zur Kuppe hinauf. Ein paar Maschinen waren dabei, sie zu reparieren; im übrigen begegnete er nur Sonnenschein, einer Eidechse auf einem flechtenbewachsenen Findling, einem Fasan, der farbenprächtig aufflog, und dem stechenden Geruch von Minze, die von einem Reifen zerquetscht worden war. Als er den Hain erreichte, rauschte der Wind durch die Äste über seinem Kopf und ließ Licht auf dem Moos und dem Humusboden darunter tanzen.

Halb mit Efeu bedeckt, war die Station zu einem Heiligtum geworden. Guthrie trat in kühles Dunkel und ein Gemurmel von Aktivität, sanft wie das Pochen des Blutes in Gehirn oder Herz. Roboter empfingen ihn mit einer Ehrerbietung, die nicht völlig robotisch war; da niemand sie dazu zwang, war es wie die Ehre, die jemandem zuteil wird, den man liebt. Sie führten ihn an Anlagen vorbei, in denen elektronische, photonische und quantennukleonische Vorgänge pulsierten, der materielle Teil Demeters, zu einem Raum in der Mitte. Dort nahmen sie das Gehäuse, das seine Psyche beherbergte, von der Maschinerie ab, die es steuerte, und schlossen es an das Gerät an, das sie für ihn allein hatte machen lassen.

Die Verschmelzung begann.

– Willkommen, ertönte es in ihm. Es waren mehr als nur Worte: direkte Induktion von einem neuralen Netzwerk zum anderen. Fast hätte er es bei sich denken können, nur daß die Gedanken ihre waren; fast hätte er eben aus einem Schlaf erwachen können, ihre Traumstimme noch in sich, nur daß diese völlig real und so klar wie ein Gebirgsteich war.

– Ach, schön, daß du gekommen bist! sang sie. Durch es und um es herum pulsierte ihr Leben. Er erkannte Äpfel, die sich zur Reife drängten, ein Spiel von Muskeln gegen tobende Wasser, Erschrecken und Vergessen und eisenscharfes Blut im Maul eines Fuchses. Dann umarmte ihr Geist den seinen, und unwichtigere Eindrücke verloren sich in ihr. Sie brauchten keine Fragen zu stellen. Trotzdem schilderte er das, was ihn beunruhigte, so deutlich, wie er nur konnte. Das machte es auch ihm selbst deutlicher.

– Diese beiden Ichs von mir, die zu den nähergelegenen Sternen flogen, die waren nicht zu lange fort. Als sie zurückkamen, paßten wir leicht genug zusammen. Ich fügte ihre in der Zeit parallelen Erinnerungen meinen Erinnerungen an das Hierbleiben hinzu, und das war's. Aber dieses letzte, es entdeckte so vieles, was fremdartig war, und die Situation zu Hause hatte sich so stark verändert, während es fort war – vor allem du, *querida* – Nichts ergibt uneingeschränkt Sinn. Die Demeter scheint fremder, als Bion es war. Auch, was das allerschlimmste ist, du ... Aber natürlich ist es nur eine Frage der Anpassung. Ich kann damit zurechtkommen. Aber wenn du mir hilfst, kann ich es noch heute schaffen.

– Ich spüre den Widerstreit, sagte sie, so gut ich, die ich nicht menschlich bin, es kann.

– Auch ich bin das nicht mehr, erinnerte er sie bitter.

– Das ist nicht das einzige, was du von mir begehrst.

– Nein. Es ist sehr wenig im Vergleich mit dem, was ich wirklich will. Zuerst jedoch muß ich meinen Verstand in Ordnung bringen.

– Wir werden das Einssein suchen.

Sie hatte ihn in der Vergangenheit dorthin geführt, an die Grenzen seiner Fähigkeiten. Er lebte isoliert unter Maschinen und hatte nie aufgehört, wie ein Mann zu denken. Aber sie konnte ihn mit in ihr Leben nehmen und geduldig, zärtlich, einen Teil von ihm für eine Weile zu einem Teil davon machen.

Sich verflechtend, geht der Hase zugrunde, damit der Fuchs leben und Gras und Kräuter für junge Hasen wachsen können ... Würzelchen zerbröckeln Stein, die Pflanze stirbt und mischt ihren Zerfall mit den Körnchen, um Boden für neue Wurzeln zu schaffen, die sich verflechten ... Pollen treiben im Wind, Sperma verspritzt sich in Leidenschaft, die Eizelle bietet ihm eine Heimat, und die Helices machen sich daran, sich zu verflechten ...

Während Schatten sich längen
Tauschen Löwenzahn und Biene
Zukünfte aus.

– Ich bin ganz.

– Dann sieh.

Es war vielleicht nicht Absicht, vielleicht eine Gedankenassoziation, als sein Ziel in ihren vereinigten Ichs in den Vordergrund trat. Demeters Wahrnehmungen richteten sich auf eine Szene und bot sie seinem Bewußtsein dar, als wäre er persönlich anwesend – als lebte er.

Die Nachtseite. Er sah das trockene Landesinnere von Caria. Milchstraße und Sterne schwärmten über die Schwärze. Ihr Licht flutete über eine Mesa und die Prärie darunter, schattenloses Silbergrau, so hell, daß selbst dort unten das Auge noch den in weiten Abständen stehenden nordamerikanischen Beifuß und den dürren *Saguaro* erkannte. Die Luft lag still, frostig, mit einem Beigeschmack von Rauch von einem Lagerfeuer, das zu Asche verglomm.

Ein Mann und eine Frau standen am Rande der Mesa, auf der sie ihre Zelte aufgeschlagen und ihre Pferde angepflockt hatten. Gut in Wolle und Leder gekleidet, mußten sie Nomaden dieses Landes sein. Sie schmiegte sich an ihn.

»Es ist kalt, kalt«, sagte sie. Der Atem löste sich in kleinen Wölkchen von ihren Lippen, eine Wolke, die sich rasch verlor.

Er hielt sie dicht an sich gepreßt. »Die wirkliche Kälte ist in uns, fürchte ich«, antwortete er.

Ihre Hand strich über ihren Bauch. Sie war schwanger. »Wird *sie* es noch wagen, ein Kind zu tragen?«

»Wir können es hoffen. Einen Enkel von uns, dessen Kinder dem Tode der Demeter entrinnen werden.«

»Wenn ein Schiff den Platz dafür hat. Es werden zu viele sein, nicht wahr? Wir hätten nicht –«

»Pst. Nur nicht den Mut verlieren. Wir haben geschworen, wir würden unser Leben nicht tatenlos verbringen.«

»Ja. Wir haben es geschworen. Wir werden aus dem, was wir haben, das beste machen. Küß mich.«

Auf Guthries Veranlassung hin zog sich Demeter von ihnen zurück. Bestimmt hatten sie ihren Stamm verlassen, um ungestört zu entscheiden, ob ihre Tochter geboren werden sollte.

Meere, Flüsse, Wälder, Prärien, Baue unter der Erde und Himmel darüber wurden zum Hintergrund für Demeter und Guthrie.

– Ich mag es nicht, heimlich zu lauschen, sagte er.

– Für mich war es das nicht, erwiderte sie. Diese zwei gehörten zu der Welt, über die ich wache.

– Die Welt, die du bist. (Schmerz flammte auf.) Die untergehen wird. Es sei denn –

– Die, die verzweifeln, nicht für sich selbst, sondern für jene, die nach ihnen in dieses Universum hineingeboren werden, in dem wir ein vergänglicher chemischer Unfall sind ... waren sie in deinen Gedanken, als du reistest?

– Das kann ich nicht ehrlich behaupten. Ich habe nicht deine Art von mütterlicher Liebe. Aber, na ja, relativistische Zeitkontraktion oder nicht, ich hatte viele Jahre Zeit zum Nachdenken und fand mehr Stoff dazu, als ich es je für möglich gehalten hätte.

– Deine Queste, deine Odyssee. Oft schaute ich zu den Sternen auf und beneidete dich, Anson. (Begeisterung loderte auf.) Erinnere dich für mich!

Er ließ die Erinnerung frei fließen, nicht wie eine Geschichte, die er später Stück um Stück, Jahreszeit nach Jahreszeit erzählen würde, sondern in Form von Augenblicken, die wie von einem Ozean aufstäubende Wassernebel vorüberflogen.

– Das Schiff bei voller Geschwindigkeit. Ein schwaches Leuchten hüllte den Weltraum in Dunst, die Bugwelle der Schirmfelder, die die interstellaren Atome beiseite schleuderten. Dahinter gähnte eine zyklopische Leere, wo Aberration und Dopplereffekt die Sterne aus dem Gesichtsfeld vertrieben hatten – außer direkt voraus hunderttausend blau-weiße, um ein Leuchten geschart, das die kosmische Hintergrundstrahlung selbst war. Guthrie betrachtete das Bild viele Monate lang, bevor er seinem robotischen Diener befahl, ihn abzuschalten.

– Nach zehn Jahren an Bord des Schiffes und drei Vierteln

eines Lichtjahrhunderts wurde er geweckt. Das Schiff hatte längst mit dem Abbremsen begonnen, die Sternbilder erblühten um es herum wieder zur Sichtbarkeit.

– Bion. Ein glasgrünes Meer, aus dessen Tiefen Flügel durch Wellen brachen und sich hoch hinauf in die Luft schwangen. Ein Wald aus gotischen Spitzbögen, in denen scharlachrote Vorhänge hingen und kristalline Glockenspiele ertönten. Ein Berg, der von seinem Schneegipfel bis zu seinen Vorbergen in das Netz einer einzigen violetten Kletterpflanze gehüllt war, die Heimat von Geschöpfen unzähliger Arten. Regen, in jeden Tropfen ein Embryo, das heranreifte, während es fiel, und ins Freie geschleudert wurde, sobald es auftraf. Tiere, die Städe von feengleicher Grazie bauten, aber kaum mehr Intelligenz aufwiesen als Ameisen. Andere Tiere, die Gebrauch von scharfen Stöcken und Steinen machten. Andere Tiere, die das nicht taten, obwohl sie das Feuer hüteten ...

Eine benachbarte Weltenkugel kreiste um dieselbe Sonne. Obwohl das Leben auf ihr so rudimentär war, wie es das Leben auf der Demeter gewesen war, als er zuerst dort eintraf, hatten Mikroben, die Felsen angriffen, das Land mit einer Decke aus Lehm überzogen, und zwei Monde hielten die Meere in lebhafter Bewegung. Mehr als auf Beta Hydri oder 82 Eridani lagen hier die nötigen Zutaten für eine Neue Erde bereit. Aber Schiffe, die Menschen dorthin bringen konnten, mußten kriechen, während ihre Fracht zu Leichen zusammenschrumpelte ...

– Der Heimflug. Das Außen, das wieder fremdartig wurde. Erinnerungen an das, was hinter ihm lag. Wenn nur, wenn nur ... Natürlich war es unmöglich, eine Hoffnung, die Guthrie schon vor Hunderten von Jahren abgelegt hatte, als er sie nicht länger ertragen konnte. Oder etwa doch nicht?

– Jenes andere Ich wußte nicht, was wir von den Sophotekten auf der Erde lernen würden, bevor sie die Verbindung mit uns abbrachen, sagte er. Wichtiger noch, ach, viel wichtiger, er wußte nicht, was aus dir werden würde, deine Reife. Ich, der hierblieb, wußte es, hatte aber nicht darüber nachgedacht, was es bedeuten könnte. Ich war zu beschäftigt, oder – oder zu ängstlich, daß ich mich irren könnte ... Irgendwie, als er und ich zusammenkamen, die Desorientierung, der, der Wahnsinn – Kann Chaos kreativ sein?

– Es ist der Urquell der Schöpfung, erklärte Demeter ihm. Es entspringt aus einer Wirklichkeit, die uns auf ewig mit ihrer Neuheit überraschen wird, wenn wir uns für sie öffnen können, da sie größer ist, als wir es uns vorstellen können; und dennoch können wir in sie hineinwachsen ... (Meditation) Warum habe *ich* es nicht gesehen? War auch ich zu tief verstrickt oder zu ängstlich? Das hier könnte mich dazu veranlassen, meine lebende Welt für Jahre zu verlassen, was ihr schrecklichen Schaden zufügen würde. Aber sie ist dem Untergang geweiht, wie immer ich mich entscheide. Wenn aus ihrem Tod grenzenloses Leben entstehen sollte –

– Ja, hauchte sie durch die Blätter, ja, ich denke, fühle, glaube, daß ich vielleicht tatsächlich die Macht dazu besitze –

– Ja! rief sie triumphierend.

Ihr schwungvoller Geist riß seinen mit. Eine Zeitlang wirbelten sie zusammen davon, durch ihre Wälder und ihre Felder, hinab in ihre Wasser und aufwärts in ihre Stürme, hinauf zu den Sternen und zu ihrer gemeinsamen Vision. Sie war Demeter Mutter, aber sie war auch Kyra, Eiko und alles, an was er sich von Juliana erinnerte.

62

Das Fleisch und die Knochen von Anson Guthrie neu zu erschaffen – eine nicht leichtfertig in Angriff genommene Arbeit – war der erste und kleinste Schritt des Unternehmens.

Wie seine Kolonisten hatte er seine medizinischen Daten in die Datenbank eingegeben, die sie von Sol nach Centauri begleitete; wie zu ihren gehörte auch zu seinen eine Karte seines Genoms. Sicher, die Information bezog sich auf einen Mann, dessen Asche schon seit langem auf dem Mond zur letzten Ruhe gebettet worden war, vermischt mit der seiner Ehefrau in der Zeit seines Menschseins. Kein Arzt würde sie aufrufen, wenn er nach der besten Behandlungsmethode für eine Krankheit oder dem besten Rat suchte, den er einem potentiellen Patienten geben konnte. Die Menge, die sie zur Gesamtheit hinzufügte, war praktisch null; und eines Tages, irgendwie, würden er oder jemand anders sie vielleicht benötigen.

Daher lagen, als der Tag unglaublicherweise kam, die Anweisungen schon bereit, die den Nanomaschinen eingegeben werden mußten. Molekulare ›Bauarbeiter‹ machten sich an die Arbeit. Aus den Lösungen und Gelen im Tank nahmen sie, was sie benötigten; sie bauten die DNA- und RNA-Stränge von Zellen und Mitochondrien auf, sie formten die Zygote und brachten sie in Gang, sie überwachten ihre Teilung und Differenzierung.

Was in jenem künstlichen Schoß heranwuchs, war kein Fötus. Es hätte einer sein können, wäre das gewünscht worden. Auf der Erde waren ein paarmal einige Personen reich und eitel genug gewesen, um Kinder aufzuziehen, die Klone ihrer selbst waren. Guthrie war nie dieser Versuchung erlegen, und jetzt hätte sie seine Absicht durchkreuzt. Er benötigte einen jungen, aber voll entwickelten Körper. Ein kindliches oder jugendliches Gehirn wäre nicht mit dem fertiggeworden, was er ihm einzugeben beabsichtigte. Das Wissen, so viel und so mannigfaltig, hätten es bis zur Zerstörung, zum Wahnsinn, überlastet. Und wenn er den Klon zuerst hätte heranreifen lassen, wäre es zu spät gewesen. Eine eigenständige Persönlichkeit hätte sich herausgebildet, mit festgelegten Erinnerungen und Synapsenmustern, die Widerstand gegen jede ihr aufgeprägte Bewußtseinskopie geleistet hätte, bis sie ebenfalls unter dem Ansturm zusammengebrochen wäre.

Selbst für ein erwachsenes Unbewußtes in Dunkelheit und Stille war die Operation bisher unmöglich gewesen. Dies war keine *tabula rasa*, die passiv darauf wartete, beschriftet zu werden. Nur ein programmierbares Netzwerk wie das, in das der alte Guthrie kopiert worden war. Es empfing die Daten Stück für Stück, während Neuronen abgetastet und die Informationen in ihnen übertragen wurden. Erst wenn alles vorhanden und vollständig koordiniert war, wurde das Programm aktiviert. Ein neues Bewußtsein entstand übergangslos als vollständig ausgebildetes Wesen.

Die Umkehrung war vollkommen anders. Obwohl der Klon künstlich am Leben gehalten wurde, solange er im Tank lag, lebte er. Er hatte einen Stoffwechsel. Er hielt die vielen verschiedenen Homöostasen in Gang, die für das Überleben von einer Stunde zur anderen notwendig waren. Sein von Gedanken freies Gehirn wurde trotzdem ständig aktiver, während es sich entwickelte und die Gesamtheit koordinierte: die Sekretion, die Ausscheidung, den Fluß von Impulsen und Säften, die Rhythmen von Herz und glatten Muskeln. Es begann, vage noch, zu träumen.

Eine bitweise Eingabe dessen, was außerhalb seiner Erfahrung lag, konnte nicht erfolgen, da das lebende Nervensystem nie ruhig sein konnte. Aufgrund seiner Natur mußte es diese bedeutungslosen Fragmente verzerren, sie zerstreuen, sie unterdrücken, sie loswerden.

Guthrie kannte keine Methode, um ihm seine Gesamtheit in einem einzigen Augenblicksangriff aufzuprägen. Hätte er über Apparaturen dazu verfügt, wären sie schlimmer als nutzlos gewesen. Manche bedingten Reflexe mochten sich so etablieren lassen, aber das Gehirn ist nicht dafür eingerichtet, auf diese Weise zu lernen. Es braucht Zeit, um Wissen in sich aufzunehmen.

Erstens muß es sich mit Redundanz versehen, Kopien aller Spuren auf molekularer Ebene, weil Quantenfluktuationen sie degenerieren lassen und, wenn es über keinen Ersatz verfügt, die Erinnerung schon bald verlorengeht. Zweitens ist der Verstand kein irgendwo im Kopf untergebrachtes gesondertes Ding. Es ist ein Teil – beim Menschen zwar ein großer, aber immer noch ein Teil – dessen, was der Gesamtorganismus tut. Dieser Organismus kann ebensowenig augenblicklich lernen, eine spezielle Person zu sein, wie er augenblicklich lernen kann, seilzutanzen oder Geige zu spielen oder keine Angst vor dem Tod mehr zu haben. Ihn dazu zu zwingen, hieße, ihn zu zerbrechen.

Deshalb hatte Guthries Bewußtseinskopie nicht damit gerechnet, daß ein Mensch Guthrie wieder über die Welt wandeln würde: Bis Demeter ihre Blüte erreichte.

Weder ihre Kräfte noch ihr Intellekt waren grenzenlos. Sie übertrafen die der Menschen, aber das, was bei Sol existierte, hätte sie sicherlich geringschätzen können, wenn es sich dazu herabgelassen hätte, kleinlich zu sein. Oder vielleicht auch nicht. Es und sie waren inkommensurabel. Ist ein Blitzstrahl den Gezeiten eines Meeres überlegen? Demeter war die Einheit eines lebenden Planeten, so wie das Gehirn und die Nerven die Einheit eines einzelnen Geschöpfs sind. Auch wenn sie nicht jede Zelle kontrollieren, halten sie doch die Zellen in Einklang und rufen sie bei Bedarf alle dazu auf, als Einheit zu handeln. Genauso herrschte auch sie über ihre Milliarden.

Bach komponierte nicht mit seinen Adern, Lungen, Beinen, Keimdrüsen, nicht einmal mit seinem Herzen. Seine Ohren vermittelten ihm ein Wissen um die Töne, seine Hände bearbeiteten Klaviaturen und schrieben Partituren nieder, aber in einer späteren Epoche hätten ihm diese Dienstleistungen auch robotisch bereitgestellt werden können. Dennoch war es kein körperloses Großhirn, das Gott verherrlichte und die Messe in b-Moll erschuf; es war das ganze menschliche Wesen.

In ähnlicher Weise – eine krude Analogie; Worte sind unzulänglich – gehörten Demeters Verstand und Geist all ihren Lebensformen. Mannigfaltigkeit wurde zu Größe. Als ultimativer Organismus kannte sie das Organische, wie keine Maschine es aus sich heraus jemals kennen würde. Ihre so weitreichende und tiefe Einsicht ging noch weiter, bis hinab zur Quantenebene und ihren Mysterien; ihr waren Beobachtungen möglich, die, innerhalb ihrer Grenzen, die Paradoxa versöhnten und miteinander in Einklang brachten.

Wenn sie das Geschick einer Biosphäre lenken und die Wunden heilen konnte, die diese sich selbst zugefügt hatte, dann konnte sie auch die Entwicklung eines Individuums steuern.

Einfach war es nicht. Wie sie vorhersah, mußten immenses Nachdenken – und immense Berechnungen – vorausgehen, und danach war ihre volle Aufmerksamkeit Hunderte von

Tagen mit Beschlag belegt, während sie ihren Schützling mit Guthrie fütterte und den blinden Geist lenkend und unterstützend ins Sein geleitete. Zudem war es ein Experiment mit vielen Unbekannten. Das war ein Grund dafür, warum er verfügt hatte, die erste Versuchsperson zu sein. »Ein anständiger *comandante* schickt seine Männer nicht ins Gefahren, denen er sich nicht selbst aussetzen würde. Wenn wir scheitern, wird es Anson Guthrie sein, der leidet, und ich, der die Verantwortung dafür übernimmt. Wenn das Geschöpf allzu schrecklich leidet, werde ich es töten.«

Doch was die Roboter schließlich aus dem Tank hoben, was einen Atemzug tat und von einer Seite zur anderen schaute, war ein kräftiger junger Mann. Obwohl er natürlich noch eine intensive Schulung und Konditionierung benötigte, trat seine Identität von Anfang an unmißverständlich zu Tage.

In ihm lebten Erinnerungen und Lieben, die bis in eine Kindheit auf der Erde zurück- und bis zu Reisen zwischen den Sternen vorwärtsreichten. Sie umfaßten nicht alles, was die Bewußtseinkopien erlebt hatten; die Speicherkapazität des Gehirns hat ihre Grenzen, und sein eigenes Leben wartete auf ihn. Dennoch wußte er genug, und den Rest konnte er nachsehen, wann immer er wollte, oder ihn von dem Vater, der er selbst war, hören.

In der Zwischenzeit machte sich Demeter, vom Erfolg ermutigt, an eine noch verwegenere Schöpfung. Teilweise geschah es, um ihr Wissen und ihre Geschicklichkeit zu vermehren. Teilweise geschah es, um ein Symbo, eine Inkarnation, zu liefern; der Mensch lebt nicht durch den Verstand allein, und die kommenden Zeiten würden die Seelen der Menschen auf eine harte Probe stellen. Teilweise geschah es, um einem Vorhaben zu dienen, das sie überleben würde.

Die nächste DNA-Schablone war nicht ausschließlich die Kyras. Vermischt damit waren Elemente Eikos, denn auch sie mußte Teil der Wiederverkörperung sein. Guthrie hoffte, er glaubte, daß auch etwas von Juliana zurückkehren würde; über die Jahrhunderte hinweg, wann immer er und Demeter sich miteinander verbunden hatten, hatten sie jene Geisterscheinung geteilt, und jetzt war das Wesen, das in dem entstehenden Menschen Gestalt annahm, Demeter selbst.

Ein Teil nur, gewiß – eine Andeutung, ein Duft, eine vergängliche Vision. Die Frau konnte nur ganz wissen, wie es gewesen war, Frauen zu sein. Sie konnte nur weitermachen und aus eigenem Recht leben, als Sterbliche. Aber in ihr sollten der Samen dessen fortleben, was mehr als bloß menschlich war, eine andere und größere Demeter auf vielen anderen Welten.

Sie öffnete die Augen. Sie lächelte.

63

Als ihr Erstgeborener sechs Jahre alt war, brachten Anson und Demeter Tochter ihn in das Heiligtum auf dem Lifthrasir-Felsturm. Sie hätten ihm das Treffen, zu dem sie gingen, auch zu Hause bieten können, aber hierherzukommen machte eine Zeremonie daraus, und sie fanden, das sei nötig. Außerdem erweckte das seltene Privileg eines persönlichen Besuchs eine Begeisterung in ihm, einen Eifer, die ihn, so hofften sie, an allen Schrecken vorübertragen würde. Einige der Fragen, die er in letzter Zeit stellte, hatten Antworten, die selbst erwachsene Männer beunruhigten.

Ein herbstlicher Wind wehte stürmisch über das Hochland. Er scheuchte Wolken erst vor eine Sonne und dann vor die andere, so daß das Licht in Lanzenschäften hell oder trübe einfiel, erlosch und wieder herabstach, während Schatten darunter um die Wette liefen. Ein Schwarm Gänse zog auf ihm dahin; ihre Schreie gellten schwach durch sein Brausen, als seien sie bereits weit entfernt. Das Immergrün stand doppelt dunkel, die Breitblattbäume verblüffend rot und gelb vor fahl gewordenem Gras. Jene auf der Hügelkuppe brüllten im Wind. Er trug Gerüche nach regennasser Heide mit sich, so scharf wie er selbst.

Das Gebäude war still und schwach beleuchtet. Ein Roboter führte die Gäste in einen Raum, den die Eltern gut kannten.

Hier standen Stühle bereit, ein Tisch mit einem Pokal mit Nektar und zweien mit Wein, dazu ein Multiceiver. Im Augenblick zeigte das Bild auf ihm eine Küste: grün und weiß donnernde Brandung, Möwen, Eiskraut in purpurner Blüte hinter den Dünen. Der Kamerablick wanderte langsam landeinwärts, zu Weiden, wo Pferde grasten, weiter zu einem Sequoiawald und einen Berghang hinauf: die lebendige Welt.

Hier wartete auch Guthries Bewußtseinskopie in ihrem Körper, der an einen alten Ritter erinnerte. »Hallo«, grüßte er und beugte sich nach unten, um Noboru die Hand zu schütteln. Sie kannten einander gut, er tollte herum und erzählte Geschichten und sang Lieder, aber heute legte er besonderen Wert darauf, die Würde des Kindes zu respektieren.

»Willkommen«, sagte die leise Stimme, die Demeter Mutter gehörte. »Mach es dir gemütlich. Auch dies ist dein Zuhause.«

»Danke«, flüsterte Noboru. Sie hatte schon früher zu ihm gesprochen, aber immer war sie zwangsläufig die Allgegenwärtige Präsenz, wie sanft oder sogar verspielt sie auch sein mochte. Er wählte den Platz zwischen Anson und Demeter Tochter, umklammerte seinen Pokal, hob ihn aber nicht.

Guthrie setzte sich ihm gegenüber hin; es war nicht gut, wenn er über sie aufragte. »Ja, wirklich, entspann dich, Junge«, drängte er. »Genieße. Deine Eltern haben uns erzählt, daß du dir über ein paar Dinge Gedanken machst, und sie glauben, daß wir helfen können. Nicht, daß du es nicht von ihnen oder in der Schule oder allein für dich herausfinden könntest, aber – na ja, du bist für uns etwas ganz Besonderes, und wir möchten gerne, daß du weißt, daß wir nicht nur etwas merkwürdige Verwandte von dir sind, sondern auch deine Freunde.«

»Verzieh mir das Kind nicht zu sehr«, lachte Anson.

»Ha!« schnaubte Guthrie. »Warte nur mal ab, bis du selbst Großvater bist.«

»Ich werde genauso vernarrt sein wie er, dessen bin ich mir sicher«, sagte Demeter Tochter.

Das neckische Geplänkel machte Noboru Mut. »Wann wird das sein?« piepste er und nahm einen Schluck von seinem Getränk. »Auf diesem Planeten?«

»Wir wissen es nicht, Schatz«, erwiderte seine Mutter. »Du und deine Frau werden das entscheiden, falls ihr nicht auf einem der anderen Planeten seid, wenn du ihr begegnest.«

Noboru warf ihr einen Blick zu. Er verstand halbwegs, daß sie und sein Vater eine besondere Bestimmung hatten; was schwer zu begreifen war, daß das auf niemand sonst zutraf. Natürlich war sie in ihrer Schönheit – groß, schlank, mit goldener Haut und schwarzen Locken, die über hohe Wangenknochen herabfielen, edel geformten Gesichtszügen, freimütigen haselnußbraunen Augen – einzigartig, genauso wie sein Vater in seiner Robustheit und lärmenden Fröhlichkeit einzigartig war. Aber das lag daran, daß sie *seine* Eltern waren.

»Du weißt«, erinnerte Guthrie ihn, »bald werden wir so weit sein, die erste Gruppe von Menschen nach Isis und Amaterasu zu verschiffen«, die ausgewählten Planeten bei 82 Eridani und Beta Hydri. »Bis du erwachsen bist, werden jedes Jahr eine ganze Anzahl fortgehen.«

Noboru runzelte die Stirn, als er sich konzentrierte. »Menschen-Menschen?« »Ja, die wenigen, die es so haben wollen«, sagte Demeter Tochter.

»Die, die den Maschinen und den Bewußtseinskopien mit Maschinenkörpern helfen wollen, die Welten dort in solche wie die hier zu verwandeln«, fügte Anson hinzu.

»Und auf ihnen von Anfang an Mensch zu sein«, ergänzte Demeter Tochter.

»Die meisten werden als Bewußtseinskopien gehen müssen«, sagte Anson. »Wir werden niemals den Frachtraum haben, um viele als Stasisschläfer zu transportieren, und auch nicht in der Lage sein, am Ende der Reise für sie zu sorgen, bevor die Planeten wirklich blühen. Sie werden abgeschaltet warten müssen. Ich glaube nicht, daß es ihnen etwas ausmacht. Zwar entgehen ihnen dadurch die Herausforderungen und die Aufregung der Anfänge der Kolonisation, aber sie versäumen auch die Entbehrungen und Gefahren. In ein paar hundert Jahren, vielleicht in weniger, sollten die Umwelt und die Lebensmutter für sie bereit sein. Dann wird sie sie aktivieren und Menschen aus ihnen machen.«

»So wie dich«, sagte Noboru.

»Ja, Schatz.« Demeter Tochter strich ihm über die dunklen Locken.

Der Junge zuckte zusammen, nahm seinen Mut zusammen und platzte heraus: »Und ihre alten Körper?«

»Verwirrt dich das?« fragte Guthrie. Er warf dem Paar einen raschen Blick zu. »Ihr habt es ihm noch nicht erklärt?«

»Nein«, gestand Anson verlegen. »Die, äh, die Gelegenheit schien nie richtig.«

»Es ist eine ernste Sache und könnte ihn erschrecken«, sagte Demeter Tochter. »Am besten, ihr zwei erklärt es ihm.«

Demeter Mutter sprach durch den Multi. Die Szenerie wurde zu der eines Waldsees unter Sternen. Ihr Licht zitterte auf dem Wasser wie zum Lied der Nachtigall, das unter ihren Worten dahinfloß. »Wenn ein Bewußtsein kopiert wird, Noboru, bevor er zu den Sternen aufbricht, kann das – wird das fast immer – geschehen, während der Körper schläft; und der Körper wird nie wieder aus diesem Schlaf erwachen, sondern friedlich in die Stille eingehen.«

»Dann ist er tot!« rief das Kind.

»Nein, er ist frei von Alter und Schmerz. Sein wahres Ich wohnt in der Bewußtseinskopie und lebt später in einem neuen Körper weiter.«

Noboru biß sich auf die Lippen. »Und die Bewußtseinskopie . . . wird gelöscht?«

»Wenn es das ist, was sie will«, sagte Guthrie, »was, wie ich annehme, normalerweise der Fall sein dürfte.«

»Hab keine Angst vor dem Tod oder dem Leben, Schatz«, sagte Demeter Mutter. »Sie sind eins. Sieh.« Der Multi zeigte einen Löwenzahn in goldener Blüte. Die Zeit lief im Zeitraffer ab. Die Blume wurde zu einem Stengel und einer Federkrone, sie verstreute ihre Samen mit dem Wind und starb ab, Blätter fielen, Schnee wehte, der Frühling kehrte zurück, und das Land stand in Blüte.

»Er ist noch ein bißchen jung, um zu erfahren, wie diese ganzen quälenden philosophisch-theologischen Scherzfragen auf den einfachen Satz ›Stell eine dumme Frage, und du kriegst eine dumme Antwort‹ hinauslaufen«, knurrte Guthrie. »Aber vielleicht können wir ihm eine Vorstellung von Identität vermitteln.« Laut, zu dem Jungen: »Denk nach. Eine Botschaft, ein Bild, ein Muster, sie sind nicht das gleiche wie das, was sie zufällig transportiert. Erinnerst du dich an das Lied über den Piloten MacCannon, das ich dir vorgesungen habe? Ich habe es mit meiner Stimme gesungen, aber es ist auch von einer Menge anderer Stimmen gesungen worden und wird noch von vielen weiteren gesungen werden, und es hat in Büchern gestanden und in Datenbanken und weiß Gott was noch. Sie vergehen – ein Buch kann zum Beispiel Feuer fangen – aber das Lied bleibt bestehen. Du bist wie ein Lied.«

Anson legte eine Hand auf die Schulter seines Sohnes. »Du wirst niemals sterben müssen«, erklärte er offen. »Du kannst ein Leben nach dem anderen leben, auf einer Welt nach der anderen.«

»Bis du genug hast«, sagte Guthrie leise.

Noboru warf dem helmähnlichen Kopf einen erstaunten Blick zu. »Wann w-wird das sein?« stammelte er.

»Das wirst du dann schon wissen«, erklärte Demeter Mutter ihm.

Er wirbelte zu seiner eigenen Mutter herum. »Mußt du so werden wie . . . wie sie?«

»Ja«, sagte die Stimme aus den Königreichen draußen. »Auf jedem neuen Planeten werden sie eine neue Demeter brauchen.«

Anson verstärkte seinen Griff. »Keine Sorge«, sagte er. »Wir werden unsere Leben leben, so wie sie sind, wir zwei hier, und die Auswanderung beaufsichtigen.« Er lächelte. »Jemand muß es ja tun, und wie es scheint, waren wir dazu schon auserkoren, bevor wir erwachten. Aber eine Bewußtseinskopie deiner Mutter wird nach Isis und eine weitere nach Amaterasu und eine dritte nach Kwan-Yin fliegen«, dem Planeten im Sternbild Puppis, der zu weit entfernt war, als daß organische Wesen ihn hätten erreichen können, von dem Guthrie aber trotzdem entschieden hatte, daß er eine Heimat für sie sein würde. »Dort werden sie die Lebensmütter werden.«

»Sag nicht, daß ich das tun muß oder die Verpflichtung dazu

habe«, rief Demeter Tochter aus. »Ich will es. Es ist ein – es ist zu großartig, zu wunderbar, als daß ich es in meinem jetzigen Zustand erfassen könnte, aber ich habe meine Halberinnerungen daran, wie Träume, die ich irgendwann einmal geträumt habe.«

»Das Leben ins Universum tragen«, sagte Demeter Mutter.

»Und weißt du, Junge«, warf Guthrie in beruhigend sachlichem Tonfall ein, »wenn die Menschen erst einmal dort Fuß gefaßt haben, wenn sie eine Industrie an Orten aufgebaut haben, die weiterexistieren, na, dann müssen sie nie wieder irgendwelche anderen Lebensformen vernichten, die sie finden. Sie müssen nicht mit Sauerstoff in der Luft anfangen. Sie werden die Macht und die Zeit haben, um ganz von vorne anzufangen und nackte Felsen zum Blühen zu bringen.«

Die Kindheit wird oft von Ängsten heimgesucht, über die das Kind nicht zu sprechen wagt. Noborus wurden gerade herausgelockt, um exorziert zu werden. »Werden die – So-pho-tekten auf der Erde uns denn lassen?«

»He, sind die für dich so etwas wie der schwarze Mann? Glaub mir, die können dir völlig schnurzpiepegal sein. Die werden nie etwas anderes tun, als ihre eigene Intelligenz zu bewundern.«

»Sag das nicht«, rügte Demeter Mutter. »Wir sollten sie nicht verspotten und uns auch nicht für immer von ihnen fernhalten. Es gibt mehr als ein Tao, mehr als einen Weg zur Weisheit. Sie haben ihre Methoden, dem Universum einen Sinn zu geben, so wie wir unsere haben. Ich denke, am Ende werden die Menschen zu ihnen zurückfinden, als Gleiche, als Brüder und Schwestern in der gleichen Suche.«

Noborus Augen weiteten sich. »Du bist schrecklich weise«, wisperte er.

Ihr Lachen war ein sanftes Plätschern. »Gerade weise genug, um zu ahnen, wie wenig Weisheit ich besitze, Schatz.«

»Aber – Mutter sagte – du wärst so viel mehr als sie.«

Jetzt erklang ein Seufzen wie eine Brise durch Blätter. »In mancher Hinsicht. In anderer, ach, weit, weit weniger.« Pause. Auf dem Multi kämpfte ein Lachs gegen einen Wasserfall an, stromaufwärts unterwegs, um zu laichen und zu sterben. »Ich bin zufrieden, aber ich kann niemals die volle Erfüllung finden. Kein lebendes Geschöpf kann das je; und das ist das wahre Wunder des Lebens.«

»Ja«, sagte Demeter Tochter, »ich freue mich auf das, was ich sein werde, aber ich freue mich auch über das, was ich bin, und will auch nicht, daß das endet.«

Anson nahm den Jungen beim Kinn, drehte das kleine Gesicht zu seinem herum und sagte feierlich: »Wenn wir alt sind, deine Mutter und ich, werden wir Bewußtseinskopien von uns anfertigen, sie zum vierten Mal, ich zum ersten. Und ich denke, wir werden die lange, lange Reise nach Kwan-Yin antreten. Bis dahin dürften die Maschinen und die früher angekommenen Bewußtseinskopien es für uns bereitgemacht haben und eine Lebensmutter uns erwarten. Wir und diejenigen, die mit uns gehen, werden wieder als Menschen leben.« Seine Frau lächelte ihn über den zerzausten Schopf hinweg an. Er blinzelte zurück. »Du kannst mitkommen, Sohn, wenn du möchtest. Gleich nebenan auf Bion werden wir aufregende Abenteuer und phantastische Entdeckungen für mehr als nur ein Leben finden.«

»Und danach . . . alle Sterne?« fragte Noboru.

Guthrie lachte leise. »Ganz der Vater, wirklich. Ja, alle Sterne.«

Noboru schaute ihn wieder an. Das dünne Stimmchen wurde schärfer. »Was ist mit dir?«

»Mit mir? Oh, ich bleibe hier. Bin etwas schwerfällig geworden, jaja.«

Der Junge versteifte sich. »Nein!« kreischte er. »Dieser Planet stirbt!«

»Noch viele Jahre nicht«, sagte Demeter Mutter wie eine Liebkosung, während Demeter Tochter ihn an sich drückte. »Fürchte nicht, was sein wird. Genieße das, was ist.«

»*Sie* kann nicht weggehen«, sagte Guthrie, »und ich habe nicht vor, sie allein zu lassen . . . wenn es soweit ist.« Er beugte sich vor, ergriff die Hand des Jungen und hielt sie fest. »Hör zu, Noboru. Wir sind nicht traurig. Wir haben keine Angst. Wir haben ein langes Leben gehabt, und es war voller Liebe und lohnender Arbeit und allem anderen Guten, aber wenn die Zeit für uns kommt auszuruhen, dann wird auch das gut sein.«

»Was für eine Bürde für eine kleine Seele«, murmelte Demeter Mutter. »Warum hören wir nicht auf? Wann immer du uns brauchst, Kind, wo immer du auch bist, wir werden für dich da sein, wir, die wir dich lieben. Aber in der Zwischenzeit laß uns einfach zusammen glücklich sein.«

Sie zeigten ihm die Wunder, die es hier gab, erlaubten ihm, mit dem zu spielen, was er bedienen konnte, erzählten ihm, wie viel mehr jenseits des Himmels, aber auch an jedem ganz gewöhnlichen Tag vor ihm lag, wunderbar, weil er nicht wissen würde, was es war, bis er es fand. Als sie ihn nach draußen brachten, strich gerade ein Schwarm Kraniche über sie hinweg, der auf dem Weg nach Süden war, um dort zu überwintern. Demeter Mutter rief sie herunter. Ihre Flügel erzeugten einen Schneesturm um ihn herum. Er kreischte vor Vergnügen.

In diesem Land, zu dieser Jahreszeit, kam der doppelte Sonnenuntergang früh. Die Nacht war hereingebrochen, als die Familie sich auf den Weg zu ihrem Flieger machte, um nach Hause zurückzukehren. Der Wind war verstummt, aber die Kälte war tiefer geworden. Das Land erstreckte sich undeutlich in der Nähe, unsichtbar in der Ferne, als gäbe es keine Horizonte mehr. In der Dunkelheit darüber glänzten die rote Proxima, die bernsteingelbe Sol, ein keusches Strahlen, das Phaeton war. Umgeben wurden sie von Tausenden von Sternen und der Unzähligkeit der Galaxis.

Guthrie stand da und winkte zum Abschied. Worte wehten hin und her: »Gute Nacht . . . Morgen . . .« Als die Luft wieder still wurde, drehte er sich um und ging zu dem Heiligtum unter den Bäumen, wo er mit seiner Geliebten eins werden würde.

ENDE

Band 23 160

William R. Forstchen

Wing Commander
Die Geheimflotte

Deutsche Erstveröffentlichung

Endlich scheint die letzte Schlacht geschlagen zu sein: Die Terraner haben die gefährlichen Kilrathi zurückgedrängt und vertrieben. Der Frieden aber ist trügerisch, denn die Aliens verfolgen einen heimtückischen Plan: Sie wollen die terranische Konföderation in Sicherheit wiegen, während sie gleichzeitig an ihrer Geheimflotte bauen, der größten Armada der Galaxis. Und dann, von einer Sekunde auf die andere, greifen sie an . . .

WING COMMANDER ist mittlerweile zum Kultspiel für alle Computerfans geworden. Nirgendwo ist das Universum aufregender und geheimnisvoller!

Band 23 159

**Jerry Pournelle/
S.M. Stirling**

Der Prinz von Sparta

Deutsche Erstveröffentlichung

Zusammen mit der regulären spartanischen Armee hat die Falkenberg-Legion Senator Bronson und dessen grausame Techno-Krieger zurückgeschlagen. Bronsons Haß aber ist unbezwingbar; er stachelt die Heloten, die Sklaven von Sparta, zur Rebellion an – und diesmal scheint sein Plan zu gelingen. Doch die Falkenberg-Legion gibt sich nicht geschlagen. Mit dem Prinzen von Sparta an der Spitze zieht sie in ihren härtesten Kampf . . .

Mit diesem actiongeladenen Roman endet der zweibändige Zyklus um die kriegerische Welt von Sparta.

BASTEI
LÜBBE

Sie erhalten diesen Band im Buchhandel, bei Ihrem Zeitschriftenhändler sowie im Bahnhofsbuchhandel.